경복궁의 유령

上 불타는 궁궐

경복궁의 유령(上)

초판 1쇄 발행 2023년 2월 1일

지 은 이 권오형
발 행 인 권선복
편   집 권보송
디 자 인 김소영
전 자 책 서보미
발 행 처 도서출판 행복에너지
출판등록 제315-2011-000035호
주   소 (07679) 서울특별시 강서구 화곡로 232
전   화 0505-666-5555
팩   스 0303-0799-1560
홈페이지 www.happybook.or.kr
이 메 일 ksbdata@daum.net

값 22,000원
ISBN 979-11-92486-50-5 (03810)

Copyright ⓒ 권오형, 2023

도서출판 행복에너지는 독자 여러분의 아이디어와 원고 투고를 기다립니다. 책으로 만들기를 원하는 콘텐츠가 있으신 분은 이메일이나 홈페이지를 통해 간단한 기획서와 기획의도, 연락처 등을 보내주십시오. 행복에너지의 문은 언제나 활짝 열려 있습니다.

野史實錄 천주당 무녀 진령군의 일대기

경복궁의 유령

上 불타는 궁궐

권오형 지음

도서
출판 행복에너지

　내가 오랫동안 가슴 속에 묻어두고 있었던 지나간 세월의 옛 이야기 하나를 들춰내 볼까 한다. 경복궁의 유령 얘기다.

　그러니까, 아주아주 오래된 옛날 옛적의 내 어린 시절에 내게 는 참으로 말 못 할 시련이 찾아왔다. 6.25가 터진 것이다. 우리 마을에서는 이때 우리 가족들만이 서둘러 피난길을 떠나야 했는 데, 아마도 조부님께서 공산당에 대한 지식이 조금은 있었던 모 양이었다.

　그런데 문제는 바로 그놈의 피난길이었다. 마을 뒤쪽에 있는 을채골 재터를 넘어 샛강이 흐르는 자갈 강변을 걸어서 지리산 줄기를 따라 남쪽으로 내려가려던 피난길이었는바 그것이 참으 로 고통스럽기가 짝이 없었다. 쇠머리를 벗길 듯한 그놈의 뙤약 볕 때문이었다.

　게다가, 맨몸으로도 걸어서 따라가기 힘든 자갈 강변을 베겟 뭉치 같은 피난 보퉁이까지 짊어지고 어른들을 뒤따라가자니, 나는 그만 체력에 한계를 느낄 수밖에 없었다. 사는 것이 그토록 힘들다는 것을 처음으로 깨닫게 되는 순간이었다. 그런데도 어른들은 내게 전혀 관심이 없었다. 피난 보따리에 짓눌려서 어른들이 나보다도 먼저 녹초가 되어가고 있었기 때문이었다.

그랬기에, 나는 눈치껏 이를 악물고 어른들을 뒤따라가야만 했다. 행여 나를 길가에 내버리고 갈까 봐 겁이 나서였다. 피난길의 분위기가 그랬었다. 자칫, 내가 투정이라도 부리면 대번에 나를 그 자리에서 내버리고 갈 것 같은 분위기 말이다.

거기에다 하늘마저 내 편이 아니었다. 가뜩이나 힘이 들고, 무덥고, 겁이 나서 죽겠는데 갑자기 하늘이 배탈이라도 난 듯 요동을 치며 생전에 본 적조차 없는 괴물 같은 비행기 두 대가 나타나 머리 위를 맴돌면서 내게 겁을 주는가 싶더니 그만 세상이 둘러 꺼지고 말았던 것이었다. 그리고는 정말로 끔찍한 일이 벌어졌다. 결코 멀지 않은 거리에서 갑자기 검붉은 불기둥이 솟구쳐오르며, 그놈의 폭음 소리는 왜 또 그렇게나 큰지, 나는 그만 그 자리에서 졸도를 해버리고 말았다.

그리고 뒤이어 내 기억 속에 떠오른 것은, 아련한 꿈길 속에 펼쳐진 천상의 낙원이었다. 늙은 고목나무 둥치들의 잎새가 하늘을 가린 그늘 밑의 바윗돌들 사이로 시원스레 물줄기가 쏟아져 내리는 다람쥐들의 천국이었는바, 이곳이 바로 그 유명한 성주 산성 아래 청암사 계곡이었다는 사실을 나는 훗날에서야 비로소 알게 되었던 것이었다.

그러니까 피난길에서 내가 졸도를 해버리자 어른들은 그때서야 내 육체적인 한계를 알아채고(지리산 자락을 따라 남쪽으로 내려가려던 피난길을 잠시 보류한 채) 이곳 청암사 계곡으로 발길을 돌려 어린것의 생명을 돌보고자 했던 모양이었다. 참으로 복 받을 일을 한 것임이 분명했으나 그것이 또한 문제였다. 우리 가족들이 나 때문에 발이 묶여 시간을 낭비하고 있는 사이, 인민군들이 (우리가 지나쳐 왔던 그 재터 마루에 매복해 있던 국군부대를 전멸시키고) 우리보다 먼저 남쪽으로 쳐내려가는 바람에 가족들은 그만 오도 가도 못하는 신세가 되고 말았던 것이었다.

그러나, 어찌 알았겠으랴. 이때, 내가 가족들의 피난길을 훼방 놓지 않았더라면 아마도 가족들은 정녕 고생은 고생들대로 하면서 지리산 자락의 어딘가에서 인민군대에 따라잡혀 죽임을 당했거나, 또는 그들에게 끌려가 빨치산이 되어 무주고혼의 신세들이 되고 말았을 것이었으니 말이다.

그런데, 정작 나에게 고마워해야 할 사람들은 따로 있었다. 바로, 마을 사람들이었다. 마을 사람들은 이때 피난 갈 엄두도 못내고 마을 근처에서 얼쩡대다가 그만 인민군대를 맞이하게 되고 말았던 것이었다. 그것이 화근이었다. 마을 뒤쪽 재터에는 국군부대가 매복해 있었다고 하였거니와, 마을 사람들이(인민군에게 도움을 줬든 안 줬든 상관없이) 그들을 도와 국군을 전멸시킨 것으로 오해를 받는 것은 너무도 당연한 결과가 아닐 수 없었던 것이다. 만약에 인민군들을 도와주지 않았더라면 그들에게 분명히 보복을 당했을 것이기 때문이었다.

어쨌거나, 전세가 역전이 되어 인민군들이 모두 퇴각하고 나자 드디어 인민군 부역자들과 공산당들에 대한 마녀사냥이 시작되게 되었던바, 이때 무사히 피난살이를 끝내고 마을로 돌아온 우리 가족들은 그만 아연실색을 할 수밖에 없었다고 했다. 마을이 유령의 마을로 변하게 될 위기에 처하게 된 사실을 알게 되었던 것이다.

조부님께서는 결코 마을의 불행을 방관만 하고 있을 수가 없었다. 마을 사람들이 불행을 겪게 된 근본적 원인은 조부님에게 그 책임이 있었기 때문이었다.

그래서 그 이야기를 시작하고자 하거니와, 그러기 위해서는 얼굴도 알지 못하는 나의 증조부님에 대한 이야기부터 시작할 수밖에 없을 노릇이다.

증조부께서는 원래 버려진 황무지나 다름없던 이곳 삼백골의 외떨어진 산자락 아래에 있던 전답을 구입하여 농사를 지으셨다고 했다. 그러던 어느 해, 이곳에다 원두막을 짓고 참외 농사를 지으셨는데, 이때 사냥꾼 한 분이 이곳을 지나치다가 원두막에 들러 쉬어가게 되었다는 것이었다.

이 시절에는 대원군의 사냥꾼 징집으로 인하여 사냥꾼의 모습을 본다는 게 쉽지 않은 것은 물론이요, 그 풍모 또한 예사롭지 않았던지 증조부께서는 이곳 원두막에서나마 손님에 대한 예우를 다하였고, 그것으로 마음이 통하여 서로 간에 흉금을 털어놓고 대화를 나누는 사이가 되었다고 했다.

그랬는데, 이 사냥꾼이 놀랍게도 고종황제께서 왜인들 모르게 비밀리에 운영하던 (가칭)'활빈당'의 일원이라 하였던바, 사냥꾼으로 위장하여 전국을 누비고 다니면서 의혈단의 인재를 찾아다니던 참이라고 했다는 것이었다.

그 이후로, 황제께서 붕어하시고 국권마저 침탈이 되자 사냥꾼도 더 이상 모습을 나타내지 않았는데, 그럼에도 사냥꾼과의 약조를 위해 증조부께서는 결코 의혈단의 망령에서 벗어나지 못했다는 것이었다.

그리하여, 원두막이 있던 이곳 삼백골의 외딴 산자락 아래에다 오두막을 지어서 이사를 와 사냥꾼을 기다리며 살게 되셨다고 했다. 나라님과의 약조란 기필코 지켜야 하는 것이 사대부의 도리요 본분일 뿐만 아니라 (황제께서는 이미 돌아가셨다고 할지라도) 언젠가 새로운 황제가 의혈단을 운영하게 될 것이요, 왜인들을 이 땅에서 몰아내고 왕조의 기틀을 다시 다지게 될 것이므로 백성된 도리를 가벼이 할 수는 없다고 했다는 것이었다.

그래서, 이곳 삼백골의 이름조차 당신께서 이곳에 은거하여 사냥꾼을 기다리며 살았다는 뜻으로 '은거실'이라 했다는 것인데, 오두막은 훗날에 조부님이 장성하시어 번듯하게 새로 신축을 해서 사셨지만 외로움만은 감당하기 힘드셨던지, 이웃 마을 사람들을 하나둘씩 꼬드겨 집터까지 무상으로 제공을 해가며 십여 호가 넘는 아담한 마을을 형성하기에 이르렀다는 것이었다.

그랬는데, 그만 그놈의 6.25가 조부님의 꿈과 희망마저 앗아가 버리는 지경에 이르고 만 셈이었다. 조부님만 아니었다면 마을 사람 그 누구도 이곳으로 이사와 살지 않았을 것이요. 인민군으로 인하여 비극을 맞이하게 될 일도 겪게 되지 않았을 것이기 때문이었다.

게다가 마을 사람들이 모두 무주고혼의 신세가 되고 나면 우리 가족들인들 어찌 (원혼들만 우글거리는 텅 빈 마을에서) 아무 일도 없었다는 듯 마음 편히 살아갈 수가 있을 일이겠는가.

조부님이 마을 사람들의 구명을 위해 생사를 걸고 나설 수밖

8

에 없는 이유가 바로 그 때문이었는데, 내가 생각하기에 한 가지 이유가 분명 더 있었다. 황국의 망령이 조부님에게까지 이어져 오고 있다는 사실이었다. 어쩌면 그놈의 망령은 나에게까지 이어져 오고 있는지도 모르겠다. 그것이 증조부께서 이 후손에게 물려준 마음의 덫인지도 모를 일이다. 그래서 여기 경복궁의 유령이 태어나게 된 것이거니와 이것이 결코 우연이 아니라는 것이 그 이유이다.

그런데 사실 나는 피난 시절에 겪었던 일들을 하나도 기억하지 못했었다. 나이가 너무도 어렸던 탓에 기억이 의식의 저편으로 묻혀 버렸기 때문이었다. 그러다가 초등학교 5학년이 되어서야 원거리 소풍(원적)을 가게 되었는데, 그것이 하필이면 청암사의 그 먼 절간이었던 것이다. 이때, 계곡으로 발을 들여놓는 순간 나는 너무도 놀라운 광경에 그만 엄청난 충격에 빠지고 말았다. 꿈속에서 보았던 천상의 낙원이 현실이 되어 내 눈 앞에 펼쳐지고 있었기 때문이었다.

그래서 나는 꿈속에서 뛰놀았던 그 기억들을 하나하나 더듬어 나가게 되었고, 그러다 보니 참으로 놀라운 기억을 하나 떠올리게 되었다. 호랑이보다도 더 무섭고 엄하기만 했던 할머니의 무릎을 베고 누워 내가 살포시 잠이 들려는데 할머님이 그러셨다.

"… 내 어린 시절에 어른들을 따라 한양으로 대궐 구경을 갔었는데…"

그때 마침 수염을 허옇게 기른 신선 같은 노인이 대궐 앞에 앉아서 땅을 치며 대성통곡을 하더라는 것이었다. 그러나 내 기억으로는 '수염을 하얗게 기른 신선이 땅을 치며 통곡을 했다'라는 말로 들렸었다. 참으로 기억이 되살아날 법도 한 신비스러운 신선의 이야기가 아닐 수 없었다.

그리하여, 소풍에서 돌아온 내가 언제인가 조부님에게 그 이야기를 꺼내게 되었는데, 뜻밖에 조부님께서도 그 사실을 알고 있었다.

그러니까, 조부님이 조모님과 혼인을 하고 나서의 일이라고 했다. 두 분께서 혼인할 때의 나이가 일곱 살과 여덟 살 때였다니, 증조부님께서 코흘리개 아들과 며느리를 데리고 대궐 구경을 빌미로 황국의 망령 속에 가둬두려는 의도가 있었던 게 아니었나 짐작해볼 뿐이다.

조부님께서 이렇게 말씀하시었다. 국권이 침탈되고 황제께서 붕어하고 나신 뒤라 아마도 어느 전직 대감님께서 그것을 통탄하시어 왜놈들의 시선도 의식하지 않고 그렇게 울분을 쏟아 냈을 것이라고 말이다.

결론적으로, 나의 조모님이 피난 시절에 그 청암사 계곡에서 기약 없는 피난살이의 막막함과 두려움을 잠시라도 잊기 위하여 누군가에게 어린 시절의 이야기를 털어놓았던 것이었으며, 내가 그것을 신비로운 신선의 이야기로 기억해 내게 되었다는 사실이었다.

그리하여, 그것이 꿈이 아니라 현실이었다는 사실도 깨달아 알 수가 있게 된 것이었으며, 내가 할머님의 품에 안겨본 것도 그때가 처음이자 마지막이 아니었나 생각을 해 볼 뿐이다.

그리고 어느덧 내가 조부님으로부터 그 이야기를 전해 들은 지 반세기의 세월이 더 흘러갔다. 조부님께서는 끝끝내 황국의 망령에서 벗어나지를 못하시어 당신의 아들인 나의 부친을 꿈과 현실도 구분 못 하는 인생의 낙오자로 만든 것도 모자라서 나에게까지 경복궁의 유령 속에 갇혀 살게 하셨으나 여한은 없다. 경복궁의 유령을 이 세상에 탄생시킴으로써 내 생전의 마음의 짐을 (홀홀) 털어버릴 수가 있게 되었으니 말이다.

저자 **권오형**

목차

머리말 • 4

上
불타는 궁궐

1. 동물의 왕국

때는 서기 1871년!

〈고종〉 임금께서 보위에 오른 지 8년째가 되는 '신미년' 유월
의 초엿새!

금정산의 구류계곡을 흘러내리는 개울물은 오뉴월의 삼복더
위에도 얼음장처럼 차갑고 맑기만 했다. 삼복의 뜨거운 태양이
상모봉을 넘어 모습을 감추자 지옥의 유령처럼 짓눌린 어둠이
구류계곡을 내리덮고 있었다. 사방 좌우 어디를 둘러봐도 울창
한 삼림만이 하늘을 가리고 있을 뿐, 사람의 발길이라고는 흔적
도 찾아볼 수 없는 첩첩 무인지경의 외진 산골이었다.

그러나, 이토록 한적하고 외진 심산유곡의 무인지경에도 주인
은 있게 마련이어서, 계곡에 땅거미가 내리깔릴 무렵부터 '이곳은
우리의 영토니라!' 하고 외쳐대는 우렁찬 메아리가 있었다.

"까우웅~ 까웅, 까웅, 까웅!"

이 땅의 무법자인 늑대 떼의 울음소리였다. 참으로 모골이 송
연하고 간담이 서늘해지지 않을 수 없었다.

늑대 떼의 울음소리에 간담이 서늘해진 여늬 산짐승들은 그만
오금이 저려 숲속으로 몸을 숨기기에 여념이 없는데, 산 어림의
섬돌바위 위에서는 덩치가 마치 호랑이만큼이나 큰 늑대 한 마
리가 모가지를 길게 뽑으며 목청을 돋우고 있었다.

(까우웅~ 까웅~! 이곳은 우리의 영토니라~! 어느 놈이 감히
겁도 없이 우리의 영토를 침범하려 한단 말이더냐, 까웅~!)

이것은 바로 늑대 대장의 부르짖음이었다.

(만약 늑대 가족의 저녁 성찬에 훼방을 놓는 놈이 있다면 그것이 비록 '산군'이라 할지라도 그냥 두지 않겠다-!)라고 외쳐대는 분노의 함성과도 같았다.

그러자 사방 좌우에서 십여 마리가 넘는 가족 늑대 떼가 한꺼번에 울부짖기 시작했다.

"까우웅! 까웅, 까웅, 까웅!"

대장의 선창에 따른 늑대 가족의 합창 소리였다. 늑대 떼의 합창 소리가 이토록 우렁찬 것은 산속의 주인이 바뀌었다는 것을 의미하는 일이기도 했다.

그랬다. 원래 산속의 주인은 호랑이였다. 그래서 호랑이를 산속의 '군주'라 하여 '산군'이라 부르기도 하는 것이다. 그러나, 단독 생활을 고집하는 호랑이에 비해 늑대들은 가족 단위로 떼를 지어 살아가면서 대장의 지휘 아래 (일사불란하게) 조직적으로 움직이는 영리한 짐승이었다. 사냥개의 사촌쯤으로 개보다도 더 영리하고 포악스런 짐승이었다.

그랬기에 산속의 주인이 바뀌었다는 것은 참으로 두려운 일이었다. 늑대 떼의 사냥감으로 한번 걸려들기만 했다 하면, 세상의 그 어떤 산짐승뿐 아니라 총포수들이라 해도 목숨 부지가 어렵기 때문이었다. 늑대 떼는 자신들의 영역에 발을 들여놓는 침입자라면 그것이 사냥꾼이든 호랑이든 예외를 두는 법이 없을 만큼 악명을 떨치는 (죽음의 전령사로서) 두려움의 대상이기도 했던 것이다.

그랬는데 금정산이 떠나가라 울어대던 늑대 떼의 합창 소리가 갑자기 뚝 그쳤다. 참으로 알 수 없는 일이었다.

(저것이 어찌 된 일일꼬…? 저놈들이 합창을 하는 것은 배가 불러 사냥을 할 의사가 없다는 것을 주변에 알리고, 이곳의 주인이 자신들이라고 외치는 경고의 부르짖음이 분명하거늘!)

그렇다면 무엇인가 중대한 사태가 목전에 닥쳐왔다는 것을 의미하는 일임이 분명했다.

이때였다. 구류계곡, 죽음의 왕국에 인간이라 하는 골칫거리가 (비틀~ 비틀) 모습을 드러냈다.

늑대 떼는 대번에 눈알들을 번뜩이기 시작했다. 늑대들의 눈에 인간이라 하여 먹잇감으로 보이지 않을 리 없었다. 아무리 배가 부르다고 할지라도 늑대들이 사냥감을 두고 그냥 물러나는 법은 없는 일이었다. 그랬기에 늑대 가족들은 고개를 갸웃거리지 않을 수 없었다.

(거 참 희한타? 저것은 여간해서 혼자 밤중에 먹잇감이 되겠다고 이곳으로 기어들 어리석은 짐승 놈이 아니거늘…!)

그래도 행여나 하여 코를 킁킁대며 냄새를 맡아보고 있었으나, 그놈의 역겨운 화약 냄새 같은 것도 풍기는 기색이 없었다.

(총·포수도 아닌 것이, 피 냄새를 풍풍 풍기면서 '나 잡아 잡수-' 하고, 이 죽음의 왕국으로 기어들고 있단 말씀이지 시방?!)

그랬다. 유령처럼 짓눌린 어둠 속으로 피 냄새를 (풍풍-) 풍기면서 인간이라 하는 먹잇감이, 그것도 단신으로 (비틀~ 비틀~) 늑대 왕국으로 기어들고 있었던 것이었다. 그리고 다음 순간,

(아서라, 도망치자! 저놈은 우리에게 잡아먹힐 먹잇감이 아니니라!)

대장 늑대가 몸을 날려 어둠 속으로 사라지자, 가족 늑대들은

영문도 모른 채 그 뒤를 따라 어둠 속으로 도망을 치기에 정신이 없다. 앞, 뒤, 좌, 우, 전후 사정을 생각해볼 겨를조차 없었던 것이다.

참으로 모를 일이었다. 호랑이의 영토까지 점령하여 호기롭게 울어대던 악마구리 떼가 제 몸 하나도 가누지 못하여 (비틀비틀) 기어들고 있는 먹잇감을 눈앞에서 바라보다 말고 갑자기 혼비백산하여 줄행랑을 치다니 말이다. 그것도 전신에서 피 냄새까지 (푹푹) 풍기며 기어들고 있는 먹잇감을 그냥 두고 말이다.

원래 피 냄새란 귀신도 미치게 만든다고 했다. 특히 야생에서의 피 냄새란 죽음과도 맞바꿀 만큼 달콤한 유혹이라 했던 것이다. 그랬는데,

(그래그래, 이래서 세상은 살맛이 난다는 게야. 낄낄낄~)

머리카락을 길게 늘어뜨린 소복 차림의 천녀들이 사방 좌우에서 유령처럼 모습을 나타내며 신바람들을 내고 있었다. 천녀들의 모습은 참으로 유령 같았다. 늑대들이 사라지기 무섭게 거짓말처럼 어둠 속에서 그 모습을 드러내며 쓰러질 듯 말 듯 몸도 제대로 가누지 못하고 걸어오는 인간을 향하여 슬금슬금 거리를 좁혀들고 있었던 것이었다.

그러나, 그것도 모른 채 애티 나는 젊은 승려 하나가 죽장에 몸을 의지하여 가쁜 숨을 몰아쉬며 이렇듯 인적 없는 산 계곡으로 발걸음을 하고 있었는바, 그나마도 상투를 틀지 않은 박박머리가 그것이 산사의 승려임을 짐작하게 해주고 있을 뿐이었다. 입고 있는 옷은 이미 걸레 조각이라도 된 듯 너덜댔고, 그나마도 피범벅이 된 것으로 보아 예리하게 벼려진 칼날에 전신이 난도

질을 당한 것임을 짐작할 수 있었다.

그것이 참으로 알다가도 모를 일이었다. 이 땅의 조선 검은 예로부터 칼날이 두터워서 입고 있는 옷이 이렇듯 난도질을 당할 지경이면 뼈마디가 부서지고도 남을 일이었다. 조선 검은 원래 그렇듯 투박스러운 면이 있었다.

그렇다면 이것은 왜구들의 얍싸한 칼날에 상처를 입은 것임을 깨달아 모를 리 없거니와, 그래서 그것을 모르겠다고 하는 것이다. 왜구들의 장검은 가볍고 얍싸하고 날카로워서 여간해서는 몸을 피하여 가볍게 상처만 입고 목숨을 부지하기가 쉽지 않을 것이기 때문이었다.

게다가 이곳은 왜구들의 출몰이 잦은 도서 지역도 아닌 해안에서 멀리 떨어진 내륙의 깊은 산골이요, 왜구들이 목숨을 걸고서라도 노략질을 해 갈 만한 토신품이 생산되는 곳도 아니었다. 그랬기에, 더더욱이나 더 모르겠다고 하는 것이다.

물론, 여러 억척이야 충분히 해 볼 수도 있을 일이겠으나 세상의 그 어떤 불한당이(설사 왜구의 장검을 손에 넣었다손 치더라도) 젊은 승려에게 무슨 원한이나 빼앗을 물건이 있다고 이렇듯 몹쓸 짓을 했을 것이며, 또한 승복이 난도질을 당할 정도로 칼을 휘둘렀다면 그 솜씨 또한 예사로운 것이 아니었을 터, 아무리 생각을 해 봐도 이해가 될 수 있는 일이 아니었던 것이다.

더불어, 승려 또한(체격이야 장부의 허우대를 갖추었다고 하나) 목덜미의 솜털도 채 가시지 않은 앳된 모습으로서, 그리고도 이렇듯 목숨 부지를 하여 도망쳐온 것을 보면 산사의 호신술이라도 몸에 익힌 것임을 짐작하여 모를 리 없을 일이다. 허긴, 늘

대라고 하는 악마구리 떼가 도망을 칠 때부터 왠지 분위기가 예사롭지 않은 게 사실이기는 했지만 말이다.

그렇다고, 하찮은 신분의 일개 승려를 영웅이라도 되는 듯이 치켜세우고자 해서 하는 소리가 아님을 굳이 변명치 않거니와 소년승은 아직도 목숨줄을 놓지 않고 이렇듯 안간힘을 다하여 무인지경의 지옥으로 숨어들고 있는 것이 제법 가상키는 했다. 요즈음엔 사실 절간의 승려들이 불법을 깨우쳐야 할 시간에 자신들의 안전이나 챙기겠다며 호신술 연마에 매달리는 일이 허다하긴 했던 것이다.

그리고 보면 이 소년승 또한 어느 정도의 호신술을 몸에 익힌 것만은 분명해 보이거니와 그럼에도 온몸에 피 칠갑을 하여 구류계곡의 섬돌 아래까지 당도한 이후에는 결국 기진하여 가쁜 숨을 몰아쉬며 바윗돌에 등을 기대고 쓰러지듯 주저앉고 있었다. 이제는 정녕 더 이상 발걸음을 떼어 놓을 기력조차 남아 있지 않은 것임이 분명해 보였다.

그러자, 하얀 머리칼을 길게 늘어뜨린 소복 차림의 천녀들이 행여라도 늑대 떼가 숲속에 숨어서 지켜보고 있지나 않나 하고 (햴끔~ 햴끔~) 눈치들을 살피며, 소년승을 향해 섬돌 주변으로 다가들고들 있었던 것이었다.

(깔깔~ 늑대란 놈들은 중노미를 몹시도 싫어하나 봐, 그놈들도 어느새 천주당과 야소교에 흠뻑 빠졌는가~ 어쨌는가…! 중노미를 왜 싫어할꼬, 글쎄, 까르르~ 깔깔~)

요사스러운 웃음을 웃어대며 섬돌 아래로 다가가 소년승의 곁에 자리를 잡고 둘러앉는다. 물론, 천녀들이 정말로 중노미를 좋아하는지 알 길이 없으나 그 분위기로 보아 분명히 그래 보였다.

그런데 참으로 요상스럽기는 했다. 이즈음의 세상인심이 오죽했으면 당장 혼절이라도 해버릴 듯한 소년승의 주변으로 천녀들이 모여들면서 천주당이니 야소교를 입에 담느냐 이런 말씀이다.

허긴, 이 시절, 그러니까 고종황제 시절의 신미년 유월이라 조선의 산하에 늑대 떼가 우글거린 것은 분명한 사실이었다. 그러나, 천녀들의 이야기는 들어본 일도 없으며, 천주당이니 야소교란 말은 입 밖에도 낼 수 없는 냉혹한 시절이기도 했다.

게다가, 젊은 소년승의 이야기를 하다 말고 느닷없이 천주당이니 야소교를 입에 담는다니 그 연유가 참으로 의문스럽지 않을 수 없을 일이거니와, 물과 기름처럼 겉돌기만 하는 이들 두 (야소교와 불교의 두) 종교이고 보면 더더욱이나 더 그러했다.

자— 그럼, 지금부터 그 연유를 알아보기 위해서라도 소년승의 행적을 계속하여 뒤따라가 보기로 해야겠다.

소년승이 대나무 막대기를 끌어안고 섬바위에 등을 기댄 채 맥을 놓고 호흡이 잦아들자, 천녀들이 (뭉기적 뭉기적) 다가들며 호들갑을 떨어대기 시작했다.

(그래그래, 쪽쪽—! 거참 피 맛 한번 좋다! 니놈이는 이제 몸뚱이를 우리한테 적선해준 공덕으로 극락왕생이나 하거라. 낄낄낄!)

천녀들은 서로가 소년승의 몸에서 배어 나온 피를 손가락으로 찍어서 입으로 가져가 입맛을 다셔대며 좋아 죽겠다고들 야단들이다. 그러고 보니 천녀들이 소년승을 좋아했던 연유가 바로 그 때문이었던 것이다.

(에그~ 맛나! 신선한 피 맛에는 중독성이 있다니까요. 까르르 ~ 깔깔~)

천녀들의 말이 진정 사실인지는 알 수가 없었으나 그 웃음소리와 행동으로 보아 그게 사실임에는 분명해 보이기도 했다. 어쨌거나, 털부채로 (살랑살랑~) 소년승의 볼을 쓰다듬으며 최대한의 정성을 기울이는 것만은 틀림이 없었다. 그러면서, 한껏 다정스러운 목소리로 콧소리까지 뱉어내고 있었다.

(그래그래, 잠들거라. 그래야 우리가 니놈이의 뱃가죽을 갈라서 간을 꺼내 먹을 것이 아니더냐. 깔깔, 까르르~)

참으로 끔찍스러운 소리가 아닐 수 없었다. 그럼에도 소년승은 천녀들의 속내를 알아차리지도 못한 채 볼따구니를 토닥이는 은혜로운 손길에 녹아들며 가녀린 신음소리만 토해내고 있을 뿐이었다. 그랬기에, 그것이 천녀들에게는 부처님의 자비로 들릴 수밖에 없을 일이었다.

천녀들의 깔깔거리는 웃음소리를 마지막 꺼져가는 의식 속에서도 소년승은 요행스레 귓전으로 흘려듣고 있었다.

"거 참, 알다가도 모르겠네! 보살님네들의 웃음소리가 어이하여 이렇듯 요사스럽게만 들린단 말씀일꼬?"

그러나, 지금은 웃음소리 따위에나 신경을 쓸 계제가 아니었다.

"까짓거, 이제 겨우 하늘님의 보살핌으로 목숨줄을 보전하게 되었거늘, 웃음소리 까짓 게 간드러지면 어떻고 요사스러우면 어떻단 말이더냐!"

(옳거니, 옳거니, 정신줄 차리려고 애쓰지 말고 땅바닥에 편히 드러누워 배때기나 한번 드러내 보이거라 어서, 까르르~ 깔깔!)

그런데, 참으로 알다가도 모를 일이었다. (천녀들이야 무슨 말을 하든 말든 그딴 것이 상관이 없으나) 소년승의 입에서 어찌하여 이렇듯 자꾸만 하늘님이 흘러나오느냔 말씀이다. 스님의 입에서야 당연히 부처님을 찾는 염불 소리가 흘러나와야 마땅함이거늘, 그러함에도 어찌하여 무의식적인 상태에서 자꾸만 하늘님을 입에 올리느냐 이런 말씀이거니와, 그것은 평상시에도 그렇듯 하늘님을 자주 입에 올렸다는 증거가 아니고 무엇이겠는가.

그랬다. 이 시절의 젊은 스님들 입에서는 천주님이니 야소님, 하늘님과 같은 말이 염불 소리만큼이나 수시로 입에 오르내리기도 했는데, 그것은 바로 이 시절의 시대적인 배경이 그 원인이었다. 그러나 그 이야기를 하자면 본질이 흐려질 것 같아 그 이야기는 잠시 뒤로 미루거니와 소년승의 목구멍에서 '꼬르륵' 하고 마지막 숨통 끊어지는 소리가 흘러나오지를 않자 드디어 천녀들에게도 인내에 한계가 다가온 듯싶어 보였다. 그녀들의 태도에서 부지불식간에 변화가 나타나고 있었던 것이었다.

(니놈이 시방, 죽을래~? 말래? 죽으려거든 빨리 좀 죽든가, 아니면 말든가!)

옛날 말씀에 방귀 뀐 놈이 성을 낸다든가? 천녀들의 찢어진 눈길 속에서 요사스러운 기운이 스치고 지나가는 것으로 보아 그 성깔머리를 짐작하고도 남음이 있을 일이었다.

아니나 다를까, 성깔머리 고약스러운 천녀 하나가 소년승의 뱃가죽에 손을 집어넣고 사납게 손톱으로 할퀴며 표독스러운 눈길을 쏘아 재끼자, 마지막 꺼져가는 의식 속에서도 소년승은 그 눈길의 의미를 용케도 알아채고 있었다.

"아이고머니, 저 요사스러운 요괴의 눈길!"

그리고 순간, 요괴들의 날카로운 비명이 밤하늘을 찢어놓는다.

(깨개개갱! 깨갱!)

구미호의 비명이었다.

참으로 늑대도 많고 구미호도 많은 시절이었다. 구미호란, 여우가 천 년을 묵어서 꼬리가 아홉 개나 되는 요물을 말함이거니와, 그것이 사람의 정신을 홀려서 기절하여 쓰러지면 배를 갈라 간을 꺼내먹는 요사스러운 짐승이었다. 그래서 구미호란 이름이 붙여진 저주의 화신이기도 했다.

게다가 사람이 죽으면 무덤까지 파헤쳐서 썩은 시신이라도 꺼내먹어야 직성이 풀린다는 악착스럽고도 저주스러운 짐승인바, 부모가 죽으면 시묘살이까지 해가며 무덤을 지켜야 하는 극성인 존재이기도 했다.

그러니까 그 극성스럽고 저주스러운 요물들이 마치 천녀인 척 요사를 부려 늑대들이 도망친 틈을 타서 소년승을 잡아먹겠다며 설쳐대다가 결국엔 벼락을 얻어맞고 있는 순간이었다.

그리고 보면, 소년승의 행동이야말로 정녕 예사로운 것이 아님을 능히 짐작하여 모를 리 없을 일이거니와, 금방에라도 목숨줄을 놓을 듯이 맥을 놓고 있던 상황에서 부지불식간에 공력을 쏟아내어 구미호들을 제압하는 그 능력이야말로 그것을 어찌 예사롭다고만 치부하여 넘길 수 있을 일이겠는가. 아마도 불가의 호신술 정도는 몸에 익혔다는 사실을 짐작하게 하고도 남음이 있을 일이었다.

"하아— 어찌하여 이렇듯 심신이 고단키만 하단 말이더냐—!"

구미호들에 의해 의식을 되돌린 소년승은 고단한 육신을 다시 일으켜 죽장에 의지한 채 힘겨운 발걸음을 떼어놓고 있었다. 그러나, 그 발걸음은 마냥 힘겹고 위험스러워 보이기만 했다. 구미호들의 눈길이 아직도 소년승의 주변을 맴돌고 있는 상황에서 말이다.

2. 죽음의 목탁 소리

죽음의 목탁 소리가 새벽공기 속에 울려 퍼지고 있었다.

(또르르~ 똑똑! 또르르~ 똑똑~!)

그러나, 그것은 예사로운 목탁 소리가 아니라 탁공 소리였다. 그래서 그것을 죽음의 목탁 소리라고 하는 것이다.

원래, 탁공이라 함은 목탁 소리에 공력이 실려 있음을 의미하는 것인데, 인적 하나 없는 첩첩 무인지경의 심산유곡에서 그것도 새벽 여명이 채 밝아오지도 않은 이른 새벽부터 어느 정신 나간 노스님이 공력 시험을 하고 있단 말씀인지 그것이 참으로 알수가 없을 일이었다. 인근의 십여 리 상거에는 암자조차 있다는 소릴 들어본 일이 없었고, 또 산간마을이나 숯막조차도 존재하질 않았다.

그렇다면, 불가의 공력을 수행하신 어느 산사의 고승께서 밤을 도와 이 깊은 숲속으로 발걸음을 하였을 것이거니와, 수십 년의 수도증진이 없이는 쉽사리 몸에 익힐 수 있는 수련의 결과가 아닌바, 그것이 바로 이 탁공의 수행공법인 것이다. 그것도 스승을 잘 만나야 익힐 수 있는 불가공 최고의 비법이기도 했다.

그랬는데, 참으로 기가 막힐 일이었다. 탁공을 치고 있는 주인공의 용모가 이제 겨우 여나뭇살이나 넘겼을까 한 어린 소년으로서 스님의 용모와는 그 모습이 너무나 딴판이었다. 머리칼을 (박박-) 밀어버린 스님의 용모가 전혀 아니였던 것이다.

"하이고머니-! 저렇듯 어린 동자가 탁공을 치고 있다니-!"

어디선가 희미한 탄식 소리가 흘러나와 살펴보니, 골짜기 한편에 서 있는 낙락장송의 커다란 나뭇가지에 칡넝쿨로 얽어 만든 망태기가 하나 걸려 있고, 그 망태기 속에 산짐승이 한 마리 걸려서(데롱~ 데롱~) 매달려 있었던 것이었다. 그러고 보니 그것은 평범한 망태기가 아니라 짐승을 잡는 거물 망태기였고, 그 속에 걸려 있는 것도 짐승이 아니라 바로 사람이었던 것이다.

그랬다. 사람도 아닌 산짐승의 입에서 어찌 탄식 소리가 흘러나올 수 있을 일이겠는가. 게다가, 더욱더 이해할 수 없는 것은 바로 그 사냥방법이었다. 구덩이를 파서 함정을 만들어 짐승을 잡거나 덫을 놓아 짐승을 잡는 것은 늘리 행해지는 방법이었으나 망태기를 만들어 짐승을 잡는 것은 여간해서 볼 수 있는 사냥법이 아니었다. 산짐승치고 이빨 없는 짐승이 어디 있다고 그까짓 망태기 하나 물어뜯어 탈출을 하지 못할 짐승이 어디 있겠느냐 하는 뜻이다.

그럼에도 망태기는 설치되어 있었고 사냥은 성공했다. 그게 산짐승이 아니라 사람이라는 게 문제이기는 했지만 말이다. 허나, 사람사냥이라도 사냥을 하기는 했으니 성공을 한 것임에는 분명했다. 사람이 어찌하여 탈출을 하지 않고 그냥 망태기에 갇혀서 매달려 있었는지는 차치하고라도 말이다.

그런데 정작 문제가 되는 것은 따로 있었다. 바로 탁공이었다.

"끄아악-! 사람 살려~!"

갑자기 사냥감의 입서 비명이 터져 나왔던 것이었다. 탁공 소리가 사냥감의 귀청을 찢어놓고 있었기 때문이었다. 탁공이란 그런 것이었다. 사람뿐만 아니라 산짐승이라 해도 귀가 있는 짐승이라면 예외 없이 귀청을 울려서 고막을 찢을 듯이 고통스럽게 만드는 것이 바로 이 탁공 소리인 것이다.

그러니까 소년이 지금 목탁을 두들겨 공력을 쏟아내서 사냥감을 때려잡고 있는 참이었다. 그것이 사람이든 짐승이든, 사냥감은 무조건 때려잡고 보겠다는 의도임이 분명해 보였다.

(공들여 잡은 사냥감인데 사람이라고 못 때려잡을 일 있냐 시방!)

아마도 그런 심뽀인 듯싶어 보였다.

"비루먹을 중노미야? 니놈이 시방 산도적 놈이 아니고서야 내 사냥감을 날걸로 가로채서 잡아먹고, 온몸에 피칠갑을 하구설랑 배짱 좋게 자빠져 자고 있어~?! 에라이 비루먹을 씨키-! 내가 니놈을 용서해주면 사람이 아니다 정말-!"

소년이 잠시잠깐 탁공을 멈춘 채 욕설을 쏟아내고 있는 참이었다. 그리고 보니 사냥감은 바로 스님이었다. 머리를 (박박-) 깎은 채 승복을 몸에 걸치고 있었던 것이다. 그것이 어찌 된 일인지 승복이 온통 피칠갑을 하여 걸레 조각이라도 된 듯 너덜대고 있었지만 말이다.

소년은 진작부터 그것이 산짐승이 아니라 사람이란 것을 알아

보았고 또 스님이란 사실까지도 인지하고 있었던 것이다.

"빌어먹을 중노미야─! 니놈이 산도적놈이 아니고서야 내 사냥감을 통째로 잡아먹고 온몸에 피칠갑을 하구설랑 배짱 좋게 자빠져 자고 있어?! 에라이 비루먹을 씨키, 내가 니놈을 용서해 주면 사람이 아니다 정말!"

소년이 탁공을 멈춘 채 같은 말을 반복하여 욕설을 쏟아내고 있는 참이었다.

"세상에 천벌 받아 죽을 산도적 놈아? 어디 도둑질을 할 곳이 없어서 이런 산속까지 찾아와 도둑질한단 말이냐 도둑놈아? 니놈이 내 사냥감을 잡아먹었으니 나도 니놈 한번 잡아 먹어보자 도둑놈씨키!"

그리고는 분풀이라도 하듯 탁공 소리가 다시 울려 퍼지는데, 그동안 두 팔로 머리통을 감싸 쥔 채 숨소리를 죽이고 있던 소년승이 기절하여 급히 소리친다.

"자 자. 잠간만, 잠간만! 제발, 잠간만 멈추시오. 잠간만!"

"뭣이야?! 그래, 잠간만 멈추었다. 어디 말해 보거라. 벼룩이도 낯짝이 있으면 무슨 말을 하는지 죽기 전에 변명이나 한번 들어보자!"

"고맙소이다 동자! 소승이 경황이 없어 자세한 말씀은 못 드리겠으나 말로만 들어봤던 탁공을 어린 동자께서 그토록 고강하게 쏟아내는 것으로 보아…"

"듣기 싫다 도적놈아! 지깟 게 들은 풍월은 있어 갖고 탁공이라는 건 알고 있었던 모양이지? 그래도 어림없다 땡중 같은 놈! 세상천지에 어느 못된 땡중놈이 도둑질도 모자라서 산짐승을 날

걸로 잡아먹고 그러고도 중놈 행세를 한단 말이냐 비루먹을 놈!"

"소승이 산짐승을 날 거로 잡아먹다니? 그건 오해시오 동자!"

"동자, 동자 하지 말거라. 도적놈아?! 내가 어째서 젖비린내 나는 어린 동자더냐 산도적놈아!"

"그 그럼 실례하였소 시주님! 저는 시주님께서 덩치가 왜소하여 어린 동자로만 알고서랑…"

"그깟 변명은 필요 없고, 이제 더 이상 할 말 없걸랑 죽어서 지옥에나 가보거라. 도적놈 씨키!"

목탁 소리가 또다시 새벽공기를 타고 울려 퍼지기 시작했다. 아예 도둑놈의 명줄을 끊어놓고 보겠다는 의도임이 분명했다.

"까아악-! 자자, 잠깐만, 잠깐만!"

상대도 어지간히 다급하기는 한 모양이었다. 목탁 소리 "즉" 탁공 소리가 울려 퍼지기만 하면 다급하게 비명을 질러 탁공 소리를 멈추게 하고자 하는 것을 보면 말이다.

"에그~ 신경질 나! 그래 마지막으로 한 번만 더 기회를 줄 테니까 허튼수작하지 말고 말해 보거라. 무엇이냐?"

"탁발공에 머리통이 터져 죽기 전에 말하겠소. 소승은 죽정리에 대나무를 구하러 갔다가 돌아오는 길에 왜구의 칼잡이들을 만나 죽기 살기로 도망을 쳐오던 길이었소이다. 정말!"

"까르르~ 깔깔~! 그렇다면 네놈의 절간은 어디에 있는 것이더냐 으이?! 기왕에 둘러대려거든 저승 야차한테 쫓긴다고 할 것이지 왜 하필이면 왜구의 칼잡이냐? 깔깔~"

"정말이요 시주님, 소승의 말을 믿어주시오! 소승이 몸담고 있는 절간은 대도방 고방사의 현무암으로서 방주 큰스님이신 현무 스님께서 수행하고 계시는 암자인데…"

"그래서, 네놈은 거기서 뭘 하는데?"

"예에, 소승은 큰스님의 수발을 들고 살아가는…"

"무엇이라?! 스님의 수발이나 들고 산다는 동자승이 덩치는 마치 산 멧돼지만해갖고, 내가 잡은 사냥감은 왜 잡아먹은 것이냐. 으이~?!"

"사, 사냥감이라니…? 하이고야~ 이 일을 어이할꼬~! 내 몸에서 피가 흘러 몰골이 참으로 저승 야차가 따로 없슴이로고…"

비로소 자신의 모습을 깨닫고 크게 탄식을 쏟아내며 눈을 감아 버리는데, 그 모습이 참으로 낯설지가 않아 보였다.

그랬다. 그가 바로 어제 저녁때 금정산의 구류계곡에서 구미호들을 피하여 간신히 그곳을 떠났던 그 젊은 승려였던 것이었다.

아마도 구미호들을 피하여 어두운 산속을 헤매고 다니다가 그만 산짐승을 잡겠다고 설치해 놓은 칡넝쿨 망태기에 걸려 이처럼 난감한 지경에 처하게 된 것임이 분명해 보였다.

"도둑놈이 들은 풍월은 있어 갖고 제법 그럴싸하게 변명을 늘어놓는가 했더니 하마터면 깜박 속을 뻔했잖아? 비루먹을 놈 씨키!"

(똑딱! 똑딱!)

목탁 소리가 또다시 새벽공기를 타고 퍼져나갔다. 이번에는 소년승도 더 이상 반응이 없었다. 변명하다가 통하지를 않자 그만 포기를 해서 기절을 했거나 아니면 목숨줄을 놓아버린 것임이 분명해 보였다. 그러자, 목탁을 두들겨 대던 소년이 되려 놀라서 허둥대기 시작했다.

"하고머니~ 이게 시방 무슨 일이야 시방!!"

놀라는 것도 당연했다. 잠시 전에 상대가 했던 말이 사실이라면 그것은 결코 예삿일이 아니란 사실을 소년으로서도 결코 깨닫지 못할 일이 아니었던 것이다. 상대가 비록 사냥감을 훔쳐 먹은 날도둑이라 할지라도 소년이 지금 하는 행동은 결코 올바른 행동이라 할 수 없었다. 상대는 이제 두 번 다시 살아서 정신을 차릴 가망이 없어 보였기 때문이었다.

"그렇다면 내가… 내가 시방 사람을 때려잡았다는 거 아냐 시방?!"

그것은, 참으로 예사로운 일이 아니었다. 사람을 때려잡았다는 것은 바로 살인을 저질렀다는 의미이기도 했던 것이다.

"안 돼–! 그건 안 돼–! 할배 능감이도 중놈인데, 아니 중님인데, 같은 중님끼리 나만 갖고 혼내킬 거 아냐 시방, 나만 갖고…!"

정녕 예사로운 일이 아님에는 분명했다. 얼떨결에 살인을 저지르기는 하였으나, 살인이라는 것이 어디 예사로운 일이며, 게다가 상대는 스님이라 했다. 자신의 할배라는 사람도 스님이라 하는 것을 보면, 이 소년 역시 스님들과는 무관치 않은 존재임을 깨달아 모를 리 없을 일이었다.

"이제 어쩌면 좋아, 이제–! 아무리 사냥감을 잡아먹었다고는 해도 내가 사람을 죽이다니, 내가…!"

소년으로서도 결코 살인이 가볍지 않은 죄악임을 모르지는 않는 듯 그 절망하는 모습이 가히 안쓰러워 보이기까지 했다. 허긴, 아무리 어린 나이의 소년이라 할지라도 살인을 저지른다는 것이 얼마나 겁나는 일이라는 것쯤이야 깨달아 모르지 않을 일이었다.

바로 이때였다.

"토해 낭다-? 노루 데깽이라두 한 눔 답았남유 야-? 타발 하 능걸 봉께 그렁갑네유 그튜-?"

건너편 쪽 산날등 위에서 누군가가 소리를 질러댔다. 그러고 보니 근처 어딘가에 숯막촌이라도 하나 새로 생긴 것임을 짐작 하여 알 수가 있을 일이었다. 소년이 깜짝 놀라 자리에서 퉁겨지 듯 일어서며 머리를 크게 내젓는다.

"내가 깜박 졸았는가…? 에고머니나. 저 도둑놈은 아직도 도 망을 안 가고… 춘식이 아재가 알면 나는 이제 어쩐데냐 이 제…!"

소년은 그 자리에 또다시(터덜퍽!) 주저앉는다. 그러고 보니 그 것은 소년이 아니라 열댓 살은 돼 보이는 과년한 처자였다. 머리 칼을 길게 땋아 내린 것은 처녀, 총각에 구분이 없어서 남녀를 알 아볼 수가 없었으나, 댕기 머리를 하지 않은 것이 죄라면 죄였다.

물론, 사대부가에서는 자식이 칠, 팔 세만 되어도 혼인을 시켜 남자는 상투를 틀고 여자는 비녀를 꽂아 남녀 구분이 되었으나, 이즈음엔 시절이 하도 각박하여 이처럼 과년한 처자 총각이 사방 각처에 넘쳐나고 있었다. 처자가 열댓 살이 돼 보인다고 하여 새 삼 놀라운 일도 아니라는 사실 말이다. 이처럼 두메산골에서 산짐 승을 잡거나 사냥을 해야 하는 처지라면 더더욱이나 더 그랬다.

그랬기에 이 시절의 풍습대로라면 혼기를 놓쳐도 한참이나 놓 친 과년한 처자가 남녀 복색에 구분도 없이 이처럼 외진 산골에 서 사냥이나 하며 살아간다면 그 기구한 운명을 어찌(일일이 설명치 않는다고 하여) 깨달아 짐작 못 할 리 있겠으랴마는, 이것이 바로 이 시절, 이 땅 조선의 실상을 대변하는 한 단면이기도 했다.

오죽이나 했으면 (마을에서) 사람들과 어울려 함께 살아가지를 못하고 이토록 외진 산골에서 목숨 연명이나 하고자 사냥이나 하며 살아가고 있겠으랴마는, 그나마도 정체불명의 날강도에게 사냥감을 도둑맞았으니 처자가 그만 꼭지가 돌아버리는 것도 당연할 일이기는 했다. 이 사냥감 하나에 희망을 걸고 주린 배를 움켜쥔 채 눈알이 빠져라 기다리고 있을 식솔들을 생각한다면 처자의 심정을 이해 못 할 일도 아니었던 것이다.

그런데, 정작 문제가 된 것은 바로 그다음이었다. 도둑놈이 변명을 늘어놓으며 횡설수설하다가 갑자기 만사를 포기하고 맥을 놓아버리자, 그때서야 정신을 차려 당황을 한 것은 바로 그녀였기 때문이었다.

"에그머니, 이건 아니야! 중놈이 죽으면 초혜는 어쩌라고…"

자신의 잘못을 뒤늦게 깨달아 후회하고 있었으나, 이미 명줄을 놓아버린 듯한 날도둑은 더 이상 기척조차 하는 기색을 보여주지 않고 있었던 것이었다.

뒤이어, 춘식이라고 하는 중년의 사내가 산날등을 내달아 급히 달려왔다. 처자에게서 더 이상 대꾸가 없자, 그만 불안을 느껴 한달음에 달려온 듯 가쁜 숨을 몰아쉬며 짐승의 울음소리를 토해내고 있었다.

"아고~ 컥컥! 아고~ 컥컥! 토깽이랑도 항마리 답은 둘 알고 컥컥~! 둠이 타더 마이도 못 하것당게 컥컥~!"

사투리가 어찌나 심했던지 무슨 말을 하는지도 알아들을 수 없는 사내의 행색은 두메산골 무지렁이 촌부의 모습 그대로였다. 그나마 기골만은 장대해서 호랑이라도 때려잡을 듯 보여지기는 했다.

하여간에, 이들 두 사람 모두 승려가 아님에는 분명했다. 초혜라는 처자 역시 손에 목탁을 쥐고 탁공을 치고 있기는 하였으나 삭발은 고사하고 승복도 몸에 걸치고 있지 않았으며, 춘식이라는 사내 역시 상투를 틀어 올린 머리칼에 덕지덕지 꿰매 입은 거렁뱅이 차림의 바지저고리가 스님의 복색과는 닮은 곳이 한구석도 없었던 것이다.

허긴, 절간의 스님들이 설마 덫을 놓아 산짐승이나 잡으러 다닐 일이겠는가. 그럼에도 그녀 초혜가 목탁을 두들긴다는 사실이 다소 의문스럽기는 했다. 비구니도 아닌 그녀에게 어느 산사의 고승께서 손에 목탁을 들려 탁공의 공력을 전수하여 주었느냐 말씀이다.

그러나, 아무리 절간의 고강한 공력을 전수받았다고 할지라도 역시 어린아이는 어린아이였다. 춘식이라는 사내가 달려오자 그녀 초혜의 입에서 드디어 울음소리가 터져 나오고 있었으니 말이다.

"흐으응~ 춘식 아재? 아마도 내가 중노미를 때려잡았나 봐요, 흐으응~!"

그것은 바로 구원을 요청하는 애원의 목소리나 다름이 없었다. (내가 실수로 탁공을 쳐서 중노미를 때려잡았는데 이것을 어떻게 수습해야 할지 모르겠으니 수습 좀 해주세요. 춘식 아재!)

라고 말이다.

스스로가 자신의 이름을 초혜라고 입에 올린 이 무지렁이 처자가, 춘식이란 사내를 향하여 짐승 울음소리 같은 목소리를 토해내자, 그 소리를 듣다 말고 사내가 그만 눈알이 튀어나올 듯 두 눈을 치켜뜨며 당황을 하여 소리친다.

"뭐뭐- 머디라는기요 디방?! 둔노미가 머디를 어캐서 때려 담았다고 그카는기요 디방-?"

"에고 답답! 저길 봐요! 도둑놈을 때려잡았는데 고거이 중놈이라니까 그래쌌네 디방-!"

"머디라고 드랬능교 디방…?! 크크 크악~! 더더 더거이 그렁께로 드님이 아닝기요 디방?!"

"그렁께로 드님이가 둥놈이라서 때려 잡았다니까요. 내가-! 이제 알아들었어요 아재?!"

"하고 드메야~! 하날림 부털림 딜령님! 이걸 우딸꼬 이걸-!"

사내가 망태기와 처자를 번갈아 쳐다보다 말고 이제야 사태가 파악되었는지 급히 나무 밑으로 달려가 허리춤에 차고 있던 손도끼로 대번에 망태기의 밧줄을 끊어 재낀다. 그것은 어제 낮에 자신이 그녀의 지시하에 설치해 놓은 산짐승 체포용 덫이었다. 칡넝쿨을 여러 개 꼬아서 돌덩이에 매달아 거물을 설치해 놓은 망태기 덫 말이다. 산짐승이 먹이에 이끌려 망태기 속에 발을 들여놓게 되면 갈고리가 튕겨 나가면서 망태기가 허공으로 솟구쳐 오르도록 만들어진 덫이었다. 어린 산짐승을 산 채로 잡아서 우리 속에 가둬놓고 가축처럼 키워 보겠다는 의도임이 분명해 보였던 것이다. 그랬는데 도둑놈이 함께 걸려 산짐승을 잡아먹었

36

으니 그녀가 그만 눈알이 뒤집힌 것도 당연할 일이기는 했다.

하여간에, 춘식이란 사내가 사태의 진위를 확인하고는 옆구리에 차고 있던 손도끼로 망태기의 밧줄을 끊어낸 것은 당연할 일이겠으나, 그 바람에 밧줄이 끊어지면서 망태기가(터덜퍽!) 땅바닥으로 떨어져 버리고 말았다. 그것이 망태기의 도둑에게는 더 치명적인 결과가 아닐 수 없을 일이었다. 까마득히 높은 나뭇가지 위에 걸려 있던 망태기가 그대로 땅바닥에 떨어져 버렸으니 그 충격으로 망태기 속의 사람은 아마도 배 속의 내장에 치명적인 충격을 받았을 것임이 분명했다. 그런데도 사내는 자신의 행동이 얼마나 무지막지한 것인지 그 사실조차 깨닫지 못하는 듯 싶어 보였다. 그토록 그는 미련스럽고 우악스럽기가 짝이 없어 보였던 것이다.

허긴, 초혜라는 이 무지렁이 또한 미련스럽고 어리석기는 사내와 별반 다를 바가 없어 보였다. 산짐승을 산 채로 잡아서 키우겠다니, 사나운 맹수라도 걸렸더라면 어찌할 뻔했던 말이던가. 그래도, 산토끼나 고라니 새끼 같은 연약한 짐승이 걸려 있었기에 망정이지 사나운 짐승이라도 걸렸더라면 아마도 사태는 정반대가 되어 스님 행색의 인간이 먹이가 되었을 것이 아닌가 이런 말씀이다.

춘식은, 그 우악스런 행동에 걸맞게 등짐 꽤나 지고 다닌 상머슴의 풍모를 갖추고 있었다. 비록, 그물망에 걸려 산짐승 꼴이 된 스님 행색의 남정네가(산도둑인지 동학패인지 또는 야수교나 천주학쟁이인지) 신분을 알아차릴 경황도 없긴 하였으나, 무조건 목덜미에 손을 대고 맥박을 확인한 뒤 대번에 상체를 일으켜서 상대를 들쳐 업는 모습이 힘꼴 꽤나 쓰는 장골이 아니고서는 감히 엄두도 낼 수 있는 행동이 아니었던 것이다. 이 심산유곡의 첩첩무인 지경에서 말이다.

이즈음, 시절은 참으로 각박하기만 했다. 장, 김의 육십 년 세도정치에 이어 대원군의 폭정이 계속되면서 세상은 그야말로 죽음의 생지옥 그 자체였다. 사람의 발길조차 찾아볼 수 없는 이런 외지고도 험준한 산골에서 그야말로 신분도 알 수 없는 스님 행색의 낯선 사내를 무조건 들쳐 업고 목숨 구명을 해주고자 인정을 베풀어 줄 수 있는 그런 세상이 결코 아니었던 것이다. 그럼에도 춘식이란 이 사내는 지금 그런 일을 행하고 있었다.

특히나 이즈음엔 스님 행색의 부랑인들이나 산도둑들도 엄청 많은 시절이었다. 자신의 목숨줄을 연명하기 위하여 스님 행색으로 사람들에게 접근해서 온갖 해악질로 상대방을 괴롭히고 심지어는 목숨을 해치는 일도 다반사로 일어나고 있었던 것이었다. 그것은, 이미 오래전부터 벌어지고 있는 일로서, 춘식이란 사내 역시 그 사실을 모르고 있을 리 만무할 일이었다.

그럼에도 그는 그러한 인심과는 전혀 상관도 없이(상대의 신분 따위에는 전혀 아랑곳도 없이) 상대의 목숨만을 소중히 생각하여 무조건 그를 살리겠다는 생각만을 하고 있는 것임이 분명해 보였던 것이다.

게다가, 이곳은 인적조차 찾을 길 없는 심산유곡의 첩첩산골이었다. 멀쩡한 생목숨을 앗아간다고 해도 누구 하나 숨어서 살펴볼까, 의심을 할 수 있는 그런 곳이 아니라고 하는 사실 말이다.

하물며, 상대는 탁공의 공격을 받아 생사조차 불분명한 의식불명의 중환자였다. 전신이 난도질이라도 당한 듯 상처가 나 있었고, 그 바람에 승복은 걸레 조각처럼 너덜거리고 있었으며, 상처에서 흘러나온 유혈은 승복의 색깔조차 분별할 수 없을 만큼 낭자하여 행색조차 제대로 살펴볼 수 있는 지경이 아니었던 것이다.

스님의 상태가 이러함에도 춘식이라 하는 이 무지렁이는 상대의 목숨이 경각에 달렸다는 사실만을 의식하여 무조건하고 그를 살리겠다며 들쳐 업고 있었으니, 춘식의 순박하고도 어진 심성을 어찌 깨달아 짐작하여 모를 일이겠는가.

3. 소년승의 정체

춘식이란 사내가 소년승을 들쳐 업고 산길을 내달리자(아직도 중놈이 죽은 것은 아닌가 보다) 하여 가까스로 정신을 차리게 된 야생녀(초혜)가 번개같이 몸을 날려 사내를 뒤쫓는다.

"내가 마을로 달려가서 사람들을 델고 올게요 아재!"

그녀가 춘식의 발걸음을 앞지르면서 내뱉는 소리였다. 그녀는 정말 야생녀라 함에 전혀 손색이 없을 만큼 엄청 재빨랐다. 발걸음도 발걸음이거니와 그녀의 행색이 정녕 처자라고 보기에는 어려울 지경이었으며, 들고뛰는 동작마저도 흔하게 볼 수 있는 동작이 아니라 무공을 배워 익힌 공력의 소유자가 아니고서는 정녕 따라 할 수 있는 행동이 결코 아니었던 것이다.

춘식은 초혜가 곁을 스쳐 가면서 마을 사람들을 데려오겠다는

데도 그 말에는 대꾸도 없이 스님의 목숨에만 신경이 가 있는 듯했다.

"디님이 아득은 목둠이부터 있등께, 나무간대음보달~! 나무 ~ 간대음보달~!"

춘식의 말투는 이 지방 사투리의 전형으로서 그 말투만을 가지고도 그가 어느 지방 출신인지는 깨달아 짐작할 수 있을 일이거니와 문제는 바로 그녀 초혜의 말투였다. 그녀의 말투에는 전혀 사투리가 섞여 있지 않았던 것이다. 그것으로 미루어 그녀의 부모가 한양 출신이거나 또는 한양 인근에서 살다가 낙향을 한 것임을 짐작하여 모를 리 없을 일이거니와, 그럼에도 그녀가 탁공을 친다는 것이 참으로 이해가 되질 않았다. 탁공이란, 원래 훌륭한 스승의 가르침이 있다고 해도 십수 년 또는 수십여 년이 더 걸려야 흉내를 낼 수 있는 불가공의 고급 공법이기 때문이었다.

그러한 의문은 이제부터 차츰 밝혀지게 될 일이거니와, 그녀가 야생마처럼 내달려서 산날등을 돌아 넘어간 곳은 산골짜기 깊숙한 곳에 숨겨져 있는 낯선 움막촌이었다. 허리춤 깊숙이 땅을 파서 그 주위에 둔덕을 쌓고 나무둥걸을 얹어 띠장을 두른 뒤 억새풀을 엮어 씌워서 임시로 거처를 만든 것이었는데 그것이 아름드리 잣나무가 우거진 숲속에 여나뭇 채나 숨겨져 있었던 것이었다.

그랬다, 그러나 그것은 불법이었다. 지방관들의 수탈을 견디다 못해서 야반도주라도 했다면야 숨어서 살 곳은 이런 산속밖에 더 있겠으랴마는 목숨 부지라도 하기 위해서는 화전을 일구는 수밖에 없었을 것이나 그것이 바로 나라에서 금하는 불법인 것이다. 그들은 화전을 일군다면서 숲을 태워 산불을 내기 십상이요 그래서 그것을 방지하기 위해서 화전을 금지한다는 명분은 그럴싸했지만 사실 그 이유는 정작 따로 있었다.

"농부라고 하는 놈들이 마을을 떠나 산속으로 들어가서 화전민이 되어 숨어 살면 관리들이 그것을 어찌 찾아내어 일일이 세곡을 부과할 수 있단 말이더냐-!"

문제는 바로 세금이었다. 나라에서 세금을 거두지 못하도록 버려진 땅을 남몰래 개간하여 숨어서 농사를 지었으니 세금을 거둘 수 없는 것은 당연할 일이요, 세금도 내지 않고 농사를 지었으니 불법은 불법이었다.

그랬기에, 농부라면 당연히 농사를 지어 세금을 내야 하는 것이며 흉년이 들어 세금(세곡)을 납부할 길이 없어서 굶어 죽거나 관아로 끌려가서 투탁노비가 되는 한이 있더라도 고향 마을을 떠나서는 안 되는 일인 것이다. 그럼에도 그것이 국법대로 잘 지켜지지 않고 있었다. 기왕에 굶어 죽을 바에야 화전이라도 일구며 살고 보겠다는 것이 그 이유인 것인데, 그것이 제대로 지켜질 리 만무했던 것이다.

게다가 관리들은 관리들대로 화전민을 단속해야 할 분명한 이유가 또 있기는 했다. 마을 가까이에 있는 문전옥답들은 대부분 세금도 내지 않는 양반님네들의 땅이거나 관아에서 관리하는 관토였기에 농부들에게 조금만 인심을 베풀었다가도 고을에 할당된 세곡을 충당할 길이 없었으니 고을 수령들의 목이 열 개라 해도 남아날 길이 없을 일이기 때문이었다.

(흉년이 들어서 굶어 죽는 것이야 제 놈들 사정이거니와 농사

짓는 농부가 마을을 떠나서 도망을 치면 농사는 어느 놈이 지어서 세곡미를 충당한단 말이더냐!)

물론, 고을 수령들이 거둬들이는 곡식은 모두를 세곡미라 지칭하였지만, 그게 사실은 그렇게 간단한 문제가 아니었다. 매관매직으로 돈을 주고 벼슬을 사서 내려온 지방관들이 벼슬값의 본전을 뽑기 위해서는 백성들이야 죽든 말든 세곡미를 거둬들이는 수법이 악랄해질 수밖에 없었는데, 조금이라도 인정을 베풀었다가는 자신의 벼슬값은 고사하고 정식 세곡미마저도 제대로 거둘 수가 없을 만큼 시절이 각박했던 것이다.

하물며 그뿐만이 아니었다. 탐관오리들에게는 백성들을 쥐어짜야 할 수탈의 이유가 한 가지 더 있었다. 그것은 바로 자신이 줄을 대고 내려온 조정 대신들의 상납물목 때문이었다. 명절 하례는 물론이요, 그 부인과 자식, 손주에 이르기까지 생일 날짜 하나까지도 일일이 메모를 해 뒀다가 하례품을 올려보내지 않았다가는, 벼슬의 승차는 고사하고 벼슬값의 본전도 뽑기 전에 목이 달아나기 십상이었다. 벼슬을 사겠다고 줄을 대는 사람들이 넘쳐나기 때문이었다.

시절이 이러하니 이것을 어찌 그들(탐관오리들)만의 잘못이라할 일이겠는가. 그래서, 실제로 굶어 죽는 백성들의 숫자가 상상을 초월했고, 나라에서 아무리 중벌로 다스려도 야반도주를 하여 화전민이 되는 숫자도 늘어만 갈 수밖에 없었다.

이곳 움막촌의 존재가 바로 이 시대의 현실을 대변한다고도할 수 있을 일이거니와, 그녀 초혜가 꼭두새벽부터 움막촌을 발칵 뒤집어 놓은 덕분에 거렁뱅이 행색의 젊은 승려는 의식이 불명인 채 마을로 무사히 업혀 올 수가 있었다.

그러나, 그 젊은 승려의 목숨만은 아직도 장담할 상황이 못 되었다. 여태까지 전혀 의식을 되돌리지 못하는 것도 그렇거니와, 세상의 눈길을 피하여 숨어 살고 있는 움막촌에 의원을 데려올 여력이 어디 있을 것이며, 오히려 자신들의 불법행위가 탄로날까 하여 멀쩡하게 살아있는 생목숨도 거둘 우려가 있는 터에 신분도 알 수 없는 의식불명의 소년승이 마을 사람들에게 환영을 받을 수는 없을 일이었다.

게다가, 마을 사람들조차도 먹을 것이 없어서 산나물 죽으로 연명해가는 처지에 이 정체불명의 스님 행색을 위하여 미음 한 숟갈 끓여 먹일 인심이 남아 있을 리도 만무했다.

이즈음, 관아에서는 신원이 불확실한 스님들이나 천주학쟁이 또는 야소교 신자들은 보는 족족 고변을 하도록 했다. 우매한 양민들을 선동하여 만민이 평등하다느니 어쩌느니 해가며 반상의 법도조차 부정하는 골치 아픈 존재들이기 때문이었다.

특히나, 야소교의 전도사들과 천주학의 신부들에 의해서 이 땅에 스며든 이양인들의 종교야말로 조선의 기득권 계층인 사대부들에게는 전염병보다도 더 무서운 독버섯 같은 존재가 아닐 수 없었다. 무지몽매한 백승들 "즉" 일반 양민들을 부추겨서 반상의 차별을 없애고자 하는 것은 그렇다 치더라도, 나라의 근본조차 부정하는 무리들이기 때문이었다.

원래, 천출이나 노비들에게는 양반집의 개만 건드려도 양반을 능멸했다는 죄로 매타작을 당하기 마련이거니와, 그들도 짐승이 아니라 인간이었다는 사실을 일깨워준 것이 바로 서구의 민주사상이요, 그러한 사상을 깨우치게 해준 것이 바로 그들 종교이기 때문이었다.

그래서 제일 먼저 하늘님의 진리를 일깨워, 들고 일어난 것이 바로 절간의 젊은 스님들이었으니 그들을 일컬어 동학하는 승려들이라 했다. 동학의 기원이 되는 셈이다.

이 나라 조선에는 여러 부류의 천민과 노비가 있지만, 그중에서도 유독 글공부를 할 수 있도록 묵인이 된 것은 바로 승려들이었다. 오래전부터 나라에 변란만 생기면 승병들을 일으킨 공로를 인정받아 승과제도란 것까지 시행이 되고 있었으며, 그 덕분에 글자도 익히게 하여 부처님의 말씀인 경전을 깨우치게 해서 우매한 민초들에게 법문을 설파할 수 있도록 은혜를 베풀어주고 있었던 것이다.

그랬는데 그 못된(일부의) 젊은 승려들이(은혜도 모르고) 하라는 염불은 하지 않고 잿밥에만 관심을 기울여 이양인들의 종교인 야소교와 천주교의 교리가 민주사상인 것처럼 왜곡하여 자신들이 하늘님 행세를 하고 나섰던 것이다.

허기사, 하늘님의 존재조차 이해가 난해하던 시절이라 〈내가 하늘님이다〉 했으니 우매한 민초들이야 〈그런가 보다〉 했을 것이다. 그러니까 〈이 중놈이 하늘님이든 저 중놈이 하늘님이든, 우리 천민들도 사람대접받고 살아갈 수 있는 그런 세상만 제발 만들어다오….〉라고 했을 것이 아니겠느냐고 하는 말씀이다.

젊은 승려의 이야기를 하다말고 자칫 이야기가 샛길로 빠졌거니와, 초혜와 춘식에 의해 마을로 업혀 들어온 이 정체불명의 젊은 승려야말로 마을 사람들에게는 정녕 남의 일이 아니었다. 그들에게 해가 될 수는 있어도 득이 될 수 있는 인물은 결코 아니었던 것이다.

〈저 중놈이 동학패의 잔당이라고 한다면…?〉

그것은 충분히 가능한 일이었다. 아직은 소년티도 채 가시지 않은 젊은 승려가 이토록 외진 산골짜기나 헤매고 다녔다면 그의 신분은 십중팔구 관군에게 쫓겨 산속으로 숨어든 동학승임이 분명할 것이라고 하는 사실을 말이다.

그렇다면 참으로 심각한 문제가 아닐 수 없었다. 천주교도들과 야소교도 그리고(동학교도라고 일컬어지는) 동학승들은 모두를 싸잡아 역도로 간주하고 있었기 때문이었다.

그러니까, 역도를 숨겨준 마을 사람들 또한 역도로 간주하여 처벌을 받을 수밖에 없다고 하는 사실이었다. 하물며, 역도를 마을로 데려다가 보호를 해주고 상처를 보살펴 주기까지 했다면 그 죄가 어찌 가볍다고만 할 수 있을 일이겠는가.

그에 반하여 역도를 고변하면 고변자에게는 당연히 후한 상급이 내려질 것이요, 더불어 야반도주를 하여 화전을 일군 가벼운 범죄쯤은 당연히 사면을 받을 수가 있슴인 것이다.

소년승의 운명이 참으로 바람 앞의 등불이 아닐 수 없었다. 그의 신분이 아무리 명확하다 할지라도 이토록 외진 산속을 이유 없이 헤매고 다닌 것만으로도 그는 동학승으로 매도될 수밖에 없을 일이며, 설사 의식을 못 찾아 깨어나지 못한다고 할지라도 그 시체만을 가지고도 고변의 빌미거리는 충분히 될 수가 있슴이기 때문이었다.

(혹여나 알겠는가, 고변을 한 나뿐만이 아니라 우리 마을 사람

모두가 죄값을 용서받을 수 있을런지!)

아나나 다를까, 멀찍이서 구경을 하며 사태의 추이를 관망하고 있던 초막의 늙은 사내 하나가 핫바지에 방귀 새듯 슬그머니 어디론가 모습을 감추고 있었던 것이었다. 그러나, 그 사실을 눈치 채는 마을 사람은 아무도 없었다. 그만큼 마을 사람들에게는 앞으로 전개될 사태의 추이가 더욱더 흥밋거리이기만 했던 것이다.

(저 젊은 스님이 살아날까~ 말까~?)

그래도 설마 죽은 시체를 업어오기야 했겠으랴 하여 젊은 승려를 오동나무 그늘에다 데려다 눕히고 있었는데, 마을에서 정자나무처럼 사용하는 오동나무였다. 그랬기에, 나무 밑에는 마을 사람들이 언제든지 나와서 앉아 쉴 수 있도록 억새를 엮어 만든 멍석이 깔려 있었다. 시체를 "둘둘~" 말아서 메고 가, 매장하기에 더없이 안성맞춤으로 보여지기도 했다.

마을의 연장자들이 낯선 승려의 몸 상태를 번갈아 살피며 생사 여부를 확인해보고 있는데, 그들 중에서도 가장 적극적으로 관심을 보이고 있는 것은 역시나 춘식이었다. 낯선 승려의 칼 맞은 몸 상태를 이리저리 살펴보며 마치 자신의 동기간이라도 되는 듯이 알뜰살뜰 보살피고 있었던 것이었다.

춘식은, 이 초막촌의 촌장이었다. 게다가, 젊은 스님을 이곳으로 데려오게 된 장본인이기도 했다. 그래서, 촌장의 책임감이 발동했는지는 몰라도 이 낯선 승려를 마치 이웃사촌을 대하기라도 하듯 정성을 기울여 상처를 보살피고 있었다.

그러나 그의 능력은 거기까지가 한계였다. 마을 사람들도 그 사실을 알고 있는 듯했다.

"쯧쯧쯧-! 암만케도 가맹이 엄능가벼, 덜머딘 디님께더 어카다가 더디경을 당했들꼬?"

모두가 하나같이 고개를 내저으며 살아날 가망이 없다고들 안타까워하고 있는데, 이때 마을 위쪽에서 노스님 한 분이 황급히 달려 내려오고 있었다. 그 뒤를 꼬맹이 하나가 뒤따르는 것으로 보아 아마도 스님에게 이 소식을 전해준 녀석임이 분명했다. 그러고 보면 마을 뒤쪽 언덕 위에는 암자라도 한 채 있는 것임을 짐작하여 알 수가 있을 일이었다.

스님께서는 마을 사람들의 인사도 받는 둥 마는 둥 황급히 시체 곁으로 다가가고 있었다, 그러면서 춘식에게 급히 물어 말한다.

"젊은 중놈이 송장이 되어 업혀왔다니, 송장은 왜 업고 온 것인게여 으이-?!"

춘식이가 급히 자리에서 일어서며 대꾸를 해 준다.

"고거디가, 아득은 목둠둘이 부터있단떼요 디님?"

"뭐라?! 아즉은 목숨줄이 붙어 있다고?"

"그러탄떼요 디님!"

"허어 거참!"

스님께서 무릎을(풀썩!) 꿇어 시체 곁에 주저앉으며 소년승의 몰골부터 훑어 살피기 시작한다. 그러면서 탄식부터 쏟아내 놓는다.

"허어! 거참! 온몸이 채로 쓸듯 상처가 난 것으로 보아 관군에게 당한 상처는 아님일 터, 삭발하여 입은 옷이 승복이고 보면 인근 절간의 중놈임에 분명한데….”

아낙들 틈에 끼어서 듣고 있던 처자 "즉" 초혜가 냉큼 나서며 말을 받아 말한다.

"예, 할배! 중놈이 죽기 전에 그랬어요, 지놈이 마치 고방사의 중놈이라도 된다는 듯 고방사가 뭔 암자래나~? 어쩐데나….""

"뭣이라?! 허면, 아까까지도 살아있었다는 말이 아니더냐?"

"그래요! 살아 있었으니까 말을 했지 죽은 놈이 어찌 말을 해요?"

"그래서 네놈이 탁공을 쳤단 말이렸다?!"

"하고메- 고걸 어찌 아셨어요?"

"허어~ 관셈타불~! 가뜩이나 죽어가는 사람에게 마지막 숨통마저 끊어놓았겠다? 탁공을 쳐서?!"

"그, 그거야 중놈이 내 사냥감만 안 잡아먹었어도….""

"사냥감이 잡아먹어 중놈을? …그, 그건 그렇고, 무슨 말을 더 하더냐 죽기 전에!"

"죽정리에 대나무를 짊어지고 갔다가 왜구들을 만나서 도망을 쳤데나 어쩼데나, 그랬걸랑요?"

"뭐가 어째?! 그렇다면 이것이 왜구들의 칼잡이를 만나 당한 상처란 게 아니더냐 시방?!"

스님께서는 아예 말문이 막힌다는 듯 망연자실하여 초혜를 바라보다 말고 소년승에게로 다시 시선을 옮긴다. 그러면서도 아예 이 모든 사실이 믿겨지지가 않는다는 듯 고개를 가로저어 흔들어 댈 뿐이다. 아마도 크게 충격을 받은 것임이 분명해 보였다. 왜구의 칼잡이라니 그게 어디 말이나 될법한 일인가 말이다.

그런데, 스님의 말투가 좀 남달랐다. 이곳 사투리가 한마디도 섞여 나오지 않았던 것이다.

그러고 보니 초혜의 말투가 스님을 꼭 닮아 있었다. 그렇다면 스님은 이곳 출신이 아니라는 뜻이요, 이렇듯 표준말을 사용하는 것은 한양 출신밖에 더 있겠는가. 아마 한양 인근의 어느 절간에 살다가 초혜라고 하는 이 늦둥이를 두어 이곳으로 내려와서 딸을 키우며 살아가고 있는 것인지도 모를 일이었다.

　그러나, 초혜가 스님에게 스님이라 부르지 않고 세속 호칭에 따라 할배라고 부르는 것이 다소 의아스럽기는 했다. 그것은 아마도 스님의 나이 때문에 아버지라 부르지 않고 할배라고 부르게 한 것인지도 모를 일이었다.

　어쨌거나 그것이 스님에 대한 예의가 아닌 것 같아 이쯤으로 생략을 하거니와, 초혜가 또다시 스님에게 반박이라도 하듯 쏘아붙인다.

　"그것이 왜구한테 당했는지 어쨌는지는 칼잡이도 아닌데 어찌 알아요 내가?! 그 도둑놈이 죽기 전에 그랬다니까요 중놈이-!"

　"저런 철딱서니 없는 것 하구설랑-! 이 할애비도 중놈이거늘…! 아, 아니다. 헌데 방금 전에 뭐라 그랬더냐 초혜야? 죽정리에 대나무가 무얼 어쨌다고? 다시 한번 말을 해 보거라 어서!"

　그러면서도 몸과 마음은 이미 겉돌기라도 하듯 스님께서는 소년승의 얼굴을 들여다 살피느라 대꾸 따위에는 관심에도 없어 보였다. 초혜가 또 한 번 출싹 말을 받는다.

　"할배도 참 노망났어요?! 대나무가 무얼 해요 대나무가! 죽정리에 가서 대나무를 짊어지고… 그랬다니까요, 글쎄-!"

　역시나 스님께서는 초혜의 대꾸는 들은 체도 않고 비명이나 다름없는 탄식만 쏟아내고 있었다.

"하, 핫뿔싸, 아미타-불~! 이 노릇을 어이할꼬 아미타~불!"

스님의 손이 소년승의 얼굴을 쓰다듬다 말고 갑자기 경련이라도 일으키듯(부들~부들~) 떨리기 시작했다. 세월의 군덕지를 모두 품어 안은 듯싶은 노스님의 후덕스러운 풍모가 얼마나 충격을 받았으면 이렇듯 경련이라도 일으키듯 떨리고 있을 일이겠는가.

마을 사람들도 저마다 한마디씩 귓속말을 수군대다 말고 찬물을 끼얹은 듯이 조용해졌다. 그 눈치를 초혜라 하여 못 알아챌 리 없었다.

(할배가 참말로 노망났나? 어쨌나…!)

갑자기 주눅이 들어(슬금슬금~) 뒷걸음질을 치는데, 마을의 촌장 춘식이가 급히 물어 말한다.

"대, 대다님? 호띠라도 아디는 디님인담노?"

스님이 마을 사람들에게 동정이라도 구하듯 탄식하여 소리친다.

"알다마다. 알다마다!! 얼굴에 피질갑을 하여 퉁퉁~ 부어올랐으니…. 내가 못 알아보았을 밖에 내가…!"

지금까지는 돌부처처럼 행동이 신중하던 노스님도 이때만큼은 당황하여 목소리조차 제대로 이어가지를 못하고 있었다. 아마도 전쟁터에 끌려갔다가 살아서 돌아온 자식이나 손주라도 되는 듯 싶어 보일 지경이었다.

스님의 그러한 모습을 보고는 마을 사람 하나가 크게 소리를 쳐 외친다.

"뭐시들 하능기여?! 암다로 모디거라 디님을-!"

그것이 어느 스님을 말하는 것인지는 알 수가 없었으나, 남정네들이 대번에 (우르르~) 달려들어 노스님을 부축하면서 소년승을 빼앗아 들쳐메고는 언덕 위로 달려가기 시작한다. 아마도 언덕 위에 있을 암자로 가고 있는 것임이 분명해보였다.

역시나, 그들이 시체를 들쳐 업고 가는 언덕 위에는 제법 그럴듯한 토옥 암자가 한 채 자리 잡고 있었다. 그러나 그것은 암자라기보다 초막이라고 하는 편이 옳은 말이었다, 그나마도 초막촌의 움막들보다는 꽤나 규모가 있었다. 부처님을 모신 법당에다 공양간과 쪽방까지 딸린 제법 그럴듯한 토옥 암자였으니 말이다.

마을 사람들이 다짜고짜 소년승을 방 안으로 데려다 눕히고 본다. 시신이나 다름없는 육신을 부처님 면전으로 업어다 눕히는 것이 다소 불경스럽게 보여질 수도 있겠으나, 이들에게는 달리할 수 있는 방도가 아무것도 없었다. 마을의 초막에는 어느 곳하나 시신을 옮겨다 눕혀서 간호해줄 만큼 공간을 확보한 집들이 한 채도 없었기 때문이었다.

어쨌거나, 이곳이 노스님께서 기거하고 계시는 암자임에는 분명했다. 그렇지 않고서야 시신이나 다름없는 육신을 이렇듯 이곳으로 데려와 안치할 리 없을 일이기 때문이었다. 허기사 죽었는지 살았는지도 모르는데 안치를 한다는 게 좀 앞서가는 표현이긴 하였으나 시체를 업어다 안치를 하는 느낌임엔 분명했다. 마을 사람들에겐 소년승이 이미 죽은 송장이나 다를 바 없어 보였으니 말이다.

마을의 사내들이 소년승을 승방으로 업어다 눕히자 스님께서 아녀자들을 마당가로 물린 뒤에 소년승의 몸에서 걸레 조각이 되어 피와 함께 엉겨 붙어 있는 승복을 조심조심 벗겨내기 시작한다.

"디가 돔 도바 드릴따요 디님? 넘듭에는 도인도 도딜이 있는

데….”

춘식은 아예 자신이 염습을 하겠다며 덤비고 나선다. 그러나 스님께서는 더 이상 대꾸도 않고 손놀림만 바삐 움직일 뿐이었다.

이때 초혜가 공양간에서 스님에게 묻는다.

“할배요? 솥단지에 따순물이 있는데 갖고 들어갈까요?”

초혜도 아마 스님의 행동을 눈여겨 살펴보았던 모양이었다.

(이럴 땐 눈치껏 잘 보여야지 뭐, 내가 중놈인 줄 알았나? 날 도둑놈인 줄 알았지!)

그랬다. 초혜는 정녕 소년승이 사냥감을 잡아먹은 날도둑인 줄 알았지 스님인 줄은 결코 몰랐던 것이다. 허기사, 스님인 줄 알았더라도 탁공이야 쳐서 혼찌검을 내주기야 했겠지만 말이다.

그러나 정작 예상치 못한 것이 있었다. 중놈끼리, 아니, 스님끼리 서로 잘 아는 사이였다는 사실을 말이다.

(내가 그걸 알았으면 미쳐서 탁공을 쳤을까!)

어차피 이제는 지나간 일이었다. 이미 지나간 일을 돌이켜본들 무엇 하겠는가.

(나도 엄청 겁이 났었거든? 사람을 죽여본 게 처음이라서 말야….)

그래서 할배 스님의 눈치만 살피고 있는데, 스님께서 경황 중에 시신의 몸에 엉겨 붙은 피딱지를 잡아 뜯고 있는 것이 눈에 띄었다.

“에고, 할배? 피딱지로 엉겨 붙은 옷은 따슨 물로 적셔서 뜯어내야지요-!”

그래서 이럴 때 잘못을 만회해 볼 생각이었다. 역시나 초혜의 예상은 적중했다.

"그래, 그렇지 참! 피딱지는 따슨 물에 불려서 뜯어내야 함이
거늘, 어서 갖고 들어오너라 따슨 물을!"

곁에서 시중이라도 들겠다며 지켜보던 마을 촌장 춘식이가 황
급히 일어서며 소리친다.

"다, 담깐만유 낭댜? 디방, 둑은 디님께터 똘랑 벗고 있등께
뜨든 물은 일루두고 낭다는 덩디깐에 그냥 있드도 고마!"

공양간 문이(벌컥) 열리다 말고 물동이만 슬그머니 들어온다.
그녀 초혜가 비록 야생녀이기는 하였으나, 남녀가 유별하다는
사실까지 모르고 있을 어린아이는 아니었다. 이로 미루어 스님
께서 얼마나 갈피를 잡지 못하고 있는지 가히 짐작을 하고도 남
을 일이었다.

스님께서는 약초에 대해서도 조금은 상식이 있는 듯, 미리 준
비해둔 약초물로 소년승의 몸을 정성스레 닦아낸 뒤 선반 위의
작은 나무통 속에서 침통 하나를 끄집어내 놓는다. 아마도 소년
승에게 시침을 하겠다는 뜻인가 본데, 그러고 보면 의술에도 약
간은 식견이 있는 것임이 분명했다.

"내가 손이 떨려서 제대로 혈맥을 찾아 시침할 수 있을지 그것
이 의문이로고…! 탁공으로 막힌 기혈은 혈도를 풀어 주천을 개
통시켜야 함이거늘, 쑥뜸이 우선일지, 시침이 우선일지…."

스님께서 갈피를 못 잡고 허둥대자 공양간에서 귀를 기울이고
있던 초혜가 냉큼 말을 받아 소리친다.

"할배가 손이 떨려서 시침을 못 하겠걸랑 이 초혜가 들어가
서…."

초혜의 말이 끝나기도 전에 드디어 스님의 분노가 폭발한다.

"그래서 네놈이 들어와 시침을 하겠다고—?! 고이헌 것! 당장에 목탁을 빼앗아 깨부시고 말 것이거늘…!"

"할배는 씨—! 안마로 혈맥을 풀겠다고 했지 시침을 하겠다고 했나 뭐, 누군, 중놈인 줄 알고 그랬을까봐? 도둑놈이니까 그런 거지…!"

그녀로서도 잘못을 깨닫기는 한 것인지 스님의 꾸지람에 슬그머니 공양간을 빠져나가 마당가에 있는 나무 그늘 밑으로 몸을 피해버린다. 평소 같으면 지금쯤 나물죽이라도 쑤어서 공양준비를 해야 할 시각이었으나, 지금은 그딴 것에 신경을 쓸 계제가 못 되었다. 스님 할배에게 아침 공양을 입에 담을 그런 분위기가 전혀 아니었던 것이다.

"에고 젠장! 탁공으로 때려잡았다는 소린 하질 말걸."

그게 이렇게도 큰 문제가 될 줄 누가 알았겠는가. 허긴, 마을의 유랑민들을 구제한다는 명목으로 짐승사냥이 허락되긴 하였지만 그러면서도 무조건 살생을 허락받은 건 아니었다. 사냥을 하긴 하되 최소한 마을 사람들의 목숨 구명만을 목적으로 허락이 된 것으로서, 이것만으로도 큰 스님으로서는 여간해서 내릴 수 있는 결단이 아니었던 것이다.

그런데, 도둑놈까지 때려잡지 말라는 말을 들어본 일은 없었다. 그것도, 애써 잡은 산짐승을 통째로 잡아먹은 날강도 같은 도둑놈을 말이다. 그러면서도 살인을 저질렀다는 사실만은 그녀로서도 두려운 일이었다. 그러니까, 얼떨결에 탁공을 쳐서 살인을 저지르고 만 것이다. 그랬는데, 살인을 저지르고 나서야 비로소 엄청난 두려움을 깨닫게 된 것이었다. 열댓 살의 어린 처자로서는 감당하기 어려운 두려움이 아닐 수 없었던 것이다.

그러다가 춘식의 행동에 다소 안도가 되기는 하였으나, 할배 스님의 당황하는 모습과 혼찌검 앞에서 그만 모든 희망이 사라져 버리고 만 셈이었다. 할배 스님의 꾸지람 한마디에 꽁무니를 뺄 수밖에 없는 이유였다.

초혜는 지금까지 할배 스님을 두려워해 본 일이 한 번도 없었다. 그 이유는 너무도 자명했다. 나약하기만 한 어린 핏덩이를 이토록 외진 산골에서 형제도 없이 외롭게 키우면서 그것이 안쓰러워서라도 야단을 치거나 혼찌검을 낼 수는 없었을 것이었다. 그랬기에 그녀는 스님에 대한 두려움이 없었다. 스님께서는 항상 자신에게 인자하고 너그럽고 다정다감한 스승이요, 보호자일 뿐이었다.

그랬는데, 갑자기 사태가 돌변한 것이다. 살인이라는 두려움을 느낀 뒤에 그 충격에서 벗어나기도 전에 하늘처럼 믿었던 할배 스님으로부터의 예상치도 못한 꾸지람을 듣게 된 것이었다.

그녀에게 더 이상 희망은 없었다. 절망뿐이었다. 오직 마을 사람들이 지푸라기처럼 희망으로 남아 있었으나 그들 또한 할배 스님의 보호 아래 살아가는 가녀린 처지의 유랑민들일 뿐이었다. 초혜가 믿고 의지할 수 있는 그 울타리들은 되지 못하였던 것이다.

초혜의 이 절박하고도 안타까운 심정은 깨닫지도 못한 채 승방의 노스님께서는 소년승의 몸에다가 시침을 하다 말고 드디어 자신의 능력에 한계가 있음을 깨달아 느끼는 듯했다.

"허어– 별일이로고! 이것이 칼 맞은 상처로 인해 피를 쏟은 때문인지? 벌에 쏘인 봉독으로 인해 독이 퍼진 때문인지? 탁공이 머리를 쳐서 혈맥이 막힌 때문인지….."

그러면서도 끝내 자신의 의술이 부족하여 치료에 자신이 없다는 소리는 꺼내놓지를 않는다. 춘식이가 듣고 있다는 것이 그 원인임에 분명했다. 그러나, 이 말 한마디만은 잊지 않았다.

"내가 시침을 함에 이토록 원인을 알 수가 없는 것은 처음이로고…!"

원인도 깨닫지 못하는 시침은 병자를 죽음에 이르게 한다고 하였음에 스님은 결국 시침을 포기하고, 자신이 갈아입기 위하여 깨끗이 빨아서 보관해 둔 핫바지 한 벌을 꺼내어 소년승의 몸에 걸쳐 입힌다.

"허어– 참, 어느 사이에 이토록 훤훤장부로 자라났구나. 그래도 내 육신이 왜소하지 않아 입고 있기에는 모자람이 없을 터!"

춘식을 시켜 마을 사람들을 모두 집으로 돌려보낸 뒤 행장을 갖추고 뒷산 능선을 향해 발걸음을 옮긴다. 어깨에 망태기를 둘러메고 낫까지 챙겨 들고 가는 것으로 보아 약초라도 구하러 가는 것임이 분명해 보였다. 호미나 괭이를 챙기지 않고 낫을 챙겨 가는 것이 다소 의아스럽기는 했지만 말이다.

4. 하늘에 맡겨진 운명

스님께서 암자의 뒤쪽 능선을 따라 숨을 헐떡이며 달려간 곳은 첩첩산중에 높이 솟아 있는 산봉우리였다.

(스님이 부처님은 팽개쳐 두고 천지신명께 기원이라도 하려는 참인가-?)

아마도 그런 듯싶어 보였다. 부처님께만 기원하여서는 효험이 약할 듯싶으니까, 산신령이나 천지신명께도(어린 불제자를 살려 줍시오-) 하고 도움을 청해 보려는 것이 아닌가 하는 말씀이다.

하여간에, 스님께서는 가져온 낫으로 솔가지들을 잔뜩 베어다가 솔깔비를 불쏘시개 삼아 부싯돌을 두들기기 시작한다. 역시나 낫의 용도가 따로 있었던 것이다.

"후우우~ 후우- 빨리 피어나거라 후우-! 우리 무제들이 연기를 보고 달려와야 저 불쌍한 중생의 이승줄을 이어줄 것이 아니더냐. 아맹 타불~ 관세음보살~!"

참으로 기가 막힐 노릇이었다. 노스님의 입에서 (염소가 연기를 마시고 우는 흉내라도 내려는 것인지) 아맹이라는게 어디 말이나 될 소리이든가 말이다.

원래, 아맹이라고 하는 것은 천주교와 야소교가 이 땅에 들어오면서 교인들이 기도의 끝자락에 내뱉는 염불(?) 소리로서, 예전에 동학승의 패거리들이 곧잘 따라 외치던 것이었으나 지금은 아예 입도 뻥긋할 수 없는 소리였다. 아맹이란 곧, 죽음을 불러오는 저승사자의 저주이기 때문이었다. 그것이 어째서 죽음의 저주인지는 앞으로 차츰 밝혀지게 될 일이거니와 산사의 노스님께서 아맹이라는 말을 내뱉는 것도 모자라 불가의 호칭으로는 들어본 일도 없는 무제라는 말까지 뱉어내고 있었으니 아마도 그것이 한여름의 뙤약볕에 더위를 먹은 탓은 아닌지 모를 일이었다.

허나, 이것 한 가지만은 분명했다. 솔가지를 태워 연기를 피워서 누군가에게 연락을 취하고자 한다는 사실을 말이다.

그러나, 그것은 불법이었다. 나라에 환란이 일어나면 봉수대에서 연기를 피워 조정에 알릴 때만 취할 수 있는 것인바, 자칫 이웃 봉수대에서 봉화가 오른 것으로 착각을 하게 되면 온 나라가 발칵 뒤집힐 수밖에 없음인 것이다. 그랬기에, 연기를 잘못 피웠다가 붙잡히면 엄중하게 처벌을 받는다는 것쯤 삼척동자라도 알고 있을 일이었다. 그러한 사실을 스님께서 어찌 모를 리 있겠는가. 그럼에도 스님께서는 이토록 어리석은 불장난을 저지르고 있었던 것이다.

이 나라 조선에서 스님이라 하는 위치는 아주 하찮은 존재에 불과했다. 물론, 사대부라 일컫는 양반들 입장에서 하는 얘기이다. 원래 조선은 사대부의 나라이니 사대부의 입장에서 생각하는 것이야 당연한 일이 아니겠는가.

그랬기에 유학을 숭상하는 사대부의 나라에서 종교라 하는 것은 거저 필요악일 뿐이었다. 불교가 배척을 당하는 이유였다. 그러다 보니 망나니, 백정, 옹기쟁이, 무당 등과 더불어 스님들도 조선의 7대 천민으로 취급되어 무시를 당해오고 있음인 것이다.

그러한 터에, 스님께서 산봉우리를 찾아 연기를 피우다니, 고을의 사또가 눈알을 까뒤집고 죄인을 추적하고 나설 일이었다. 물론, 사또의 모가지가 날아가고도 남을 일이기에 죄인을 찾아 나설 것은 너무도 당연했고, 그와 더불어 이것이 얼마나 위험스러운 일인지는 능히 짐작하고도 남을 일이었다.

그럼에도, 그 엄청난 위험을 무릅쓰고 연기를 피운다는 것은 그럴만한 사연과 곡절이 있을 일이었다. 스님 자신의 목숨보다도 더 중요한 그 무엇인가의 이유 말이다.

"양 무 대사들이 제발 연기를 보아야 할 터인데 제발…!"

스님께서는 결코 천지신명께 기도를 올리고자 하는 것이 아니라 무제라고 일컫는 「아우님」들에게 교통을 하고자 하는 것임을 깨달아 짐작할 수가 있을 일이었다.

그러고 보면 이해가 되는 일이기도 했다. 자신의 승방에 눕혀 둔 젊은 승려 "즉" 소년승의 안타까운 소식을 전하고자 하는 절박한 심정임을 말이다.

스님이 피워올린 이 연기는 아마도 일백여 리 일대의 상거에서는 훤히 알아볼 수 있을 일이었다. 그럼에도 다행인 것은 멀리 떨어진 봉수대에서 착각하지 않고 있다는 사실이었다. 그것은 이곳이 봉수대가 위치하는 곳과는 동떨어진 곳임을 깨닫게 해주는 일이기도 했다.

〈저— 못된 역적놈들이 나라의 근간을 흔들고자 저렇듯 연기를 피우고 있음이 아니든가!〉

행여 알 수는 없을 일이었다. 절간의 스님이라도 한 사람 죽어서 다비식을 흉내 내고 있는 것인지도 말이다. 허긴, 요즘 세상에 그토록 간 큰 스님들이 어디 있겠으랴마는, 노스님께서는 마치 정월 대보름날에 달무리라도 하듯 연기를 잔뜩 피워 올리고는 그제서야 갈증으로 목이 타는 걸 느꼈는지 태연스레 계곡으로 내려가 목을 축이고 있었다.

이때, 초막의 암자에서는 초혜가 젊은 승려의 곁에 붙어 앉아

물수건으로 얼굴을 닦아내 주고 있었다. 노스님이 자리를 비운 사이 그를 대신하여 젊은 도둑승의 상처를 돌봐주고 있음이었던 것이다.

도둑의 얼굴 곳곳에는 자신의 탁공과는 전혀 상관이 없는 칼 자국이 여러 개 나 있었고, 땅벌떼의 공격이라도 받은 듯 벌침 자국과 더불어 얼굴을 제대로 알아볼 수 없을 만큼 부기가 심하여 얼굴도 제대로 확인해 볼 수 없을 지경이었다.

"멍청한 씨키! 지놈이 무슨 꿀 따먹는 곰새낀가? 벌떼가 쫓아오면 도망을 쳤어야지 멍청아? 덩치는 황소만 해갖고, 나랑은 뭐 몇 살 차이도 안나 보이잖아?!"

그랬다. 초혜 자신이랑은 나이가 똣길갯길 같아 보여서 그나마도 마음이 한결 가벼웠다. 초막마을 남정네들처럼 나이 차가 많아 보였다면 이렇듯 여유롭게 상처를 돌봐줄 수가 없었을 것이기 때문이었다.

"남녀 간에는 서로가 유별하다고 그랬는데, 어른 사내라면 내가 이렇듯 동무처럼 옆에 붙어 앉아 몸뚱이를 마음대로 살펴볼 수 있었을까!"

그런데, 문제는 그게 아니었다.

"중놈도 이렇게 잘생길 수가 있는거야? 짜슥이 벌침에 쏘여 얼굴만 부어오르지 않았으면 엄청 잘생길 뻔했잖아? 허긴, 지금도 잘생기긴 했지만…, 첨서부터 잘생겼다고 했으면 내가 목탁을 치진 않았을 거 아냐? 바보 같은 씨키!"

그건 맞는 말이었다. 이렇듯 잘생긴 중놈인 줄 알았으면 어느 바보가 탁공을 쳐서 기절을 시켰을 일이겠는가. 그래서 사람이란 역시 잘생기고 봐야 할 일이었다. 그러나, 아무리 그렇기는 해도 그녀가 이런 말을 부끄러운 줄도 모르고 쏟아낸다는 것은 문제가 있는 일이었다. 세상과 얼마나 동떨어져서 단절된 생활을 살아왔으면 이렇듯 할 말 못 할 말을 구분 못 하고 마음속에 있는 말을 숨김없이 쏟아내느냐 하는 얘기이다.

초혜는 바로 그런 처자였다. 그나마도 유랑민들이 이곳으로 들어와 마을을 형성하여 살아가고부터 듣고 보고 배운 덕분에 이만큼이라도 야생녀의 굴레에서 벗어나게 된 것이었다.

"그래도 부처님께서 초혜를 가엾게 생각하시어 요렇큼 잘생긴 중노미를 종노미로 보내 주셨으니 부처님 너는 복 받으실 거야 아마도!"

초혜는 지금 자신도 모르게 가슴이 쿵쾅거리고 있었다. 이것이 어째서 그런지 생전에 한 번도 느껴보지 못했던 희한한 감정이었다. 그녀에게도 드디어 봄기운이 찾아드는 참이었다. 은혜스러운 기운 "즉" 사랑의 기운이 움트기 시작하고 있었던 것이다.

원래 천주학과 야소교가 이 땅에 전래되면서 은혜스럽다는 말을 사랑이라는 말로 바꿔놓고 있었다. 그러니까 모든 은혜 가운데 유독 남녀 간의 애정 표현만 사랑이라는 말로 구분하여 사용되기 시작했던 것이다. 천주학에서 말하는 사랑이라는 말이 애정 표현으로 둔갑을 하게 된 셈이다.

그러나 사실은 그게 아니었다. 이 시절, 천주교와 야소교의 교인들은 역적으로 간주하여 붙잡히기만 하면 처형을 당해야 했다. 그래서 사랑이라는 말을 함부로 입에 올리지 못했다. 사랑이라는 말만 해도 그들 종교의 교인으로 오해를 받기 십상이기 때문이었다. 사랑이라는 말이 은밀히 행해지게 된 이유였다. 그러다 보니 사랑이란 말은 부정스러운 것으로서 낯부끄러운 사랑놀음 또는 부도덕한 남녀관계의 애정행각 등을 표현하는 말로서 인식이 되게 된 원인이었다. 초혜도 마을 아낙들로부터 그 사실을 귀동냥하여 알게 되었던 것이다.

"이것이 서양 불교의 은혜인가 보다. 서양 불교(종교)는 참 좋은 것이야!"

초혜가 한창 봄기운을 깨닫고는 온몸에 뜨거운 열기가 오르락내리락 하는 참인데, 아랫마을 사람들은 암자의 결과가 궁금하기 짝이 없었다.

"한번 올라가 봐야겠네. 젊은 스님이 죽었는가 살았는가! 시신이라도 매장을 하려면…? 아, 아니지 참, 스님들은 원래 화장을 하는 것이라는데, 죽은 나무라도 베어다 쉬야 화장을 하든말든 하지."

그래서 나물죽이나마 조반 식사를 마치고는(슬금슬금~) 암자로 발걸음들을 하고 있었다. 그것도 모르고 초혜는 정녕 신바람이 났다.

"이제 이 중노미는 내꺼야, 내가 잡았으니까 내꺼지 뭐. 그럼! 이제부터는 내 종노미가 되는 셈인데, 설마 아지매들이 뺏어 가지는 않겠지 설마!"

그러나 아지매들 따위를 두려워할 초혜가 아닐진대, 그까짓 아낙들에게 이렇듯 잘생긴 종노미를 빼앗길 초혜겠는가.

"중노미가 종노민데, 종노미도 아 아니, 중노미도 설마 고추는 있나 몰라…?"

그것이 참으로 의문이 아닐 수 없었다. 남정네의 고추를 본다는 게 왠지 민망스럽기는 하였으나, 그래도 종노미를 삼기로 하였으니 알 것은 알아야 했다. 할배 스님이 약초를 구하여 돌아오면 종노미로 삼겠다고 승낙을 받을 생각이었으니 말이다.

이때였다. 바깥에서 춘식 아지매가 말을 걸어왔다.

"총애 아거띠? 큰드님은 우델 가딨는기요. 야?"

초혜가 화들짝 놀라 급히 대꾸를 해준다.

"왜요. 아지매? 아마도 약초를 캐러 갔나봐요. 할배가 돌아올 때까지 나보고 종노미를 지키고 있으라고 해서 지키고 있는 것이걸랑요?"

"야? 둥노미가 동노민디, 능대가 물고 갈까봐더 디키라고 캤능교 덜마?"

"그래 맞아, 늑대가 잡아먹을 수도 있잖아, 안 그래요 아지매? 그리구 또, 또…"

"또, 또, 낭다보고, 고투를 도둑 마들까봐, 디키고 있드락 카든건 아이구요 야-?"

춘식댁은 초혜가 혼자서 젊은 스님과 방 안에 같이 있는 것이 수상쩍어 보이기만 한 듯 이유를 붙여 따져 들었다.

초혜는 춘식댁이 정말 의심스러웠다. 그녀는 마을의 사내아이들만 보면 늑대가 고추 따 먹는다며 놀려대곤 했었다. 초혜가 들으라며 일부러 더 짓궂게 놀려대곤 했던 것이다.

(내 종노미의 고추를 보면 더더욱이나 더 가만있지 않겠지?)

이럴 땐 특단의 대책이 필요한 시점이기도 했다.

"아지매요? 할배가 그랬는데, 사람들이 방 안에 들락거리면…? 들락거리면…?"

그리고는 더 이상 둘러댈 말이 잘 떠오르지를 않았다. 춘식 댁이 그 기회를 놓칠 리가 없었다.

"아겠구마 낭다. 다램이가 방간에 다꾸 들락대믄, 드님이가, 드님이가… 뭐락 캣능교 낭다? 그 담에는?"

춘식이가 나서며 (탁-!) 쏘아붙인다.

"그 담에는 뱅군이가 옴그까바 그칸거디 뭐, 그땅것도 한 개 모드냐, 너펜네야-?!"

초혜가 냉큼 받아 마무리를 해 준다.

"그래 맞아! 아재가 한 말이 내 말이걸랑? 뱅군이가 옮글까봐 투립을 말라꼬 그랬단 말야 할배가!"

춘식이가 대꾸를 해 온다.

"아겠꾸마 낭다, 뱅군이가 옴그니까 드늘미태 가 있들랑께. 무든 일이 있뜰랑 울들을 부르도마."

춘식이가 제 부인의 손목을 잡아껄고 마당가로 돌아간다. 그럼에도 춘식 댁은 미련이 남아 있는 눈치였다.

"이거이 아인디…? 이거이 아인디…?"

춘식댁은 초혜가 거짓으로 둘러대고 있다는 사실을 눈치채고 있는 듯싶어 보였다. 그래서 방 안으로 들어가 그들 청춘남녀가 단둘이만 있는 것을 훼방 놓고 싶은데 서방이란 작자가 완력으로 잡아끌자 마지못해 방문 앞을 물러나고 있는 참이었다. 초혜는 신바람이 났다.

"키긱, 킥킥-! 나한테 속았지롱? 킥킥…!"

어쨌거나, 이제는 안심이 되었다. 자신의 지혜로 훼방꾼을 막아냈으니 안심도 되고 기분도 놓아질 수밖에 없었다. 잘생긴 종노미랑 마음 놓고 밀회를 즐길 수가 있게 되었으니 말이다.

훼방꾼들이 물러가고 긴장이 풀어지자 왠지 모르게 졸음이 밀려오기 시작했다. 생전에 처음으로 느껴본 충격의 뒤끝이라 그런지도 모를 일이었다.

사실, 초혜의 활달한 성격과 지금 이 순간의 기분으로 보아서는 졸음이 밀려올 상황이 아니었다. 게다가, 아침나절이라 날씨 탓도 아니었다. 아마도 크게 놀라서 (긴장했다가 긴장이 풀어지자) 그만 전신에 맥이 풀리면서 뜻밖의 결과가 나타난 듯싶어 보였다.

초혜는 사실 (내당에 갇혀서) 예의범절이나 익히며 곱게 자란 가녀린 아가씨가 아니었다. 첩첩산골의 깎아지른 벼랑을 오르내리며 가시넝쿨이 우거진 숲속을 들고 뛰면서 야생마처럼 길들여진 그런 처자였다. 오죽했으면 유랑민들(움막촌 사람들)을 위하여 사냥을 하겠다고 나섰을 일이었겠는가.

그녀는 이제 육체적으로나 정신적으로 성숙기에 접어들고 있는 예민한 시기였다. 그랬기에, 더더욱이나 더 감정의 기복이 심했는지도 모를 일이었다. 게다가 이 세상 모든 믿음의 최후 보루인 할배 스님으로부터의 정신적 좌절이야말로 죽음의 절망과도 같은 충격이었을 것임에 분명했다.

그랬기에 한순간 긴장이 풀어지자 정신적 충격을 견디지 못하여 맥이 풀어지게 되었고, 맥이 풀린 육신은 졸음으로 이어지게 되었던 것이었는데, 잠시잠깐 저도 모르게 소년승의 가슴에 머리를 처박고 정신 줄을 놓아버리고 말았던 것이었다.

이때, 바깥이 (시끌~) 하더니 누군가 정겨운 목소리가 귀청을 울려왔다.

"…이보시게나…? 큰스님께서는 아직도 뜨락에 미투리가 없는 것을 보니 돌아오지 않은 것임일 터! 시주님네들이 이렇듯 절 마당에 모여들어 입방아들을 찧고 있는 것으로 보아 사태가 여의치를 못하다는 것임이 분명한바, 도대체들 무슨 일들이신가 으이-?!"

목소리는 바깥에서 들려오고 있었으나 반응은 방 안이 먼저였다.

"에곰마야! 대사 할배들이 오셨네…!"

초혜의 몸뚱이가 용수철이 퉁겨지듯 바깥으로 튕겨 나간다. 어지간히나 반가운 목소리가 아님을 그 행동만으로서도 알 수가 있을 일이었다. 그로 미루어 초혜에게는 구세주의 출현임을 짐작케 하는 일이기도 했다.

아니나 다를까, 초혜가 미투리도 신지 않고 뛰쳐나가는데, 마당가에는 웬 거렁뱅이 스님들 두 분이 마을 사람들이랑 서로 수인사를 나누고 있는 참이었다.

"어서 오소서 할배 대사님들! 초혜가 할배 스님한테 맞아 죽을 번 했사와요. 대사님 할배!"

거렁뱅이 스님들이 초혜에게는 역시나 구세주임이 분명해 보였다. 저도 모르게 반갑다는 것이, 제 할배 스님에 대한 원망부터 쏟아내고 있었으니 말이다. 거렁뱅이 중 한 사람이 말을 받아 되묻는다.

"그거이 무신 말이더냐 초혜야? 큰스님이 노망이라도 났다는

66

게야 으이? 눈에 넣어도 아프지 않을 너를… 노망이 나신 것이 더냐 정녕?"

"그 그거이 아니구요. 방 안에 날도둑놈을 한 놈 때려잡아 놓았걸랑요? 그 그런데 그것이 할배 스님이랑 한통속이지 뭐예요 글쎄…"

"무엇이라?! 방 안에 날도둑놈이 할배 스님이랑 한통속이라니?"

"글세, 젊은 종노미가 울 할배 아들인지 뭔지, 내가 그걸 어찌 알겠어요 글쎄, 그래서 내가 탁공으로…"

"탁공으로 때려 잡았더냐. 젊은 중놈을?"

"예에ㅡ! 대사님들은 안 보고도 어찌 그렇듯 잘 아세요. 글쎄!"

"핫뿔싸ㅡ! 큰스님의 행동으로 무엇인가 짐작은 하였으되 아미타불~!"

두 스님께서는 누가 먼저랄 것도 없이 법당(승방)으로 달려간다. 초혜의 말투로 이미 사태의 심각성을 깨달아 눈치채고 있음이 분명했다. 그때서야 초혜도 다시 한번 충격을 느끼는 듯했다.

〈울 할배가 아는 중놈이면 대사님들도 당연히 알 터! 그놈도 중놈인걸, 내가 그걸 깜박했네, 그만ㅡ!〉

중놈은 중놈들끼리 서로 통할 것이란 사실을 "즉" 스님들은 서로가 한통속일 것이란 사실을 초혜가 그만 간과를 하고 말던 것이었다.

〈이 일을 어쩌면 좋으냐 글쎄. 대사님들도 역시 중노미란 사실을 내가 왜 생각 못 했을까 바보같이!〉

두 사람의 걸승들은 둘러메고 온 망태기를 벗을 사이도 없이

방 안으로 뛰어들어서는 문도 닫지 못한 채, 소년승의 누워있는 얼굴 모습을 확인하는가 싶더니, 그만 그 자리에 꼬꾸라지듯(풀석, 풀석!) 무릎을 꺾고 있었다.

"아마타-불- 관세음보살~!"

"하늘님, 천주님, 부처님, 신령님, 아멩~!"

뒤따라 방문 앞에 당도한 초혜는 더 이상 방 안으로 따라들어가지도 못한 채 멈칫거리고 있었다. 두 걸승들의 행동으로 보아 이제는 할배 스님보다도 이들 두 거렁뱅이들에게 맞아 죽을지도 모른다는 생각을 하지 않을 수 없었던 것이다.

"뒷골 여우가 오줌을 쌌나 어쨌나…! 오늘은 왜 이렇게 재수가 옴 붙었는지 모르겠네. 시불~!"

초혜도 정녕 재수가 엄청 사납다는 사실을 깨닫고 있었다. 젊은 중놈 하나가 남의 사냥감을 날것으로 잡아먹더니 세상이 그만 뒤죽박죽이 되고 말았던 것이었다.

걸승들이 소년승의 저고리를 벗겨내고, 바지까지 벗기려다 말고, 그제야 방문 앞에 서 있는 초혜를 발견하고는 말한다.

"너는… 방 안으로 들어오지 말고 방문을 닫고 바깥에 있거라. 아참, 공양간에 가서 따슨 물이나 좀 끓이거라."

초혜가 얼른 대꾸하여 말한다.

"예, 대사님 할배. 따슨 물은 이미 끓여놓은 게 있으니 언제든지 말씀만 하세요."

"그래 그래. 헤어진 살점들은 약초물로 깨끗이 씻고, 명주실로 꿰매어 봉합을 해야 할 것인즉, 근초 할배가 쓰시던 약초물이 좀 남아 있겠지?"

"예, 할배들."

"오냐! 그럼, 초혜 너는 따슨 물이랑 약초물을 좀 준비해 주고, 이보시게? 자네는 얼른 봉합준비 서두르시게!"

두 걸승들께서 급히 서두르기 시작한다. 이로 미루어 이들은 의술을 익힌 의승들임이 분명해 보였다. 근초 스님께서 국법을 어기면서까지 이들과 연락을 취하려 했던 연유를 이제야 짐작을 할 수가 있을 일이었다.

한참의 시각이 지난 후에 근초 스님 "즉" 암자의 주인이 돌아왔다. 그는 두 사람의 의승들이 먼저 달려와 소년승을 보살피는 모습을 보고는 크게 안도를 하는 모습이었다.

두 사람의 의승들은 참으로 괴승들이었다. 머리가 희끗희끗한 스님들이 하늘님, 천주님은 무엇이며, 부처님, 신령님에 아맹이라니, 그것이 어찌 산사의 스님들 입에서 나올 수 있는 말이겠는가 말이다.

그랬다. 그것은 이미 삼십여 년 전에 궤멸이 된 것으로 알았던 동학승들의 구호로서, 그 잔패가 아직도 남아 있음임을 깨닫게 해주는 일이기도 했다.

그러나 지금은 아무도 동학승이란 말을 입에 올리는 사람이 없었다. 동학승이란 바로 천주교와 예수교의 교인들과 더불어 역도라는 의미로 통용되는 말이라고 하질 않았든가. 그래서 사람들은 선승이란 말로 위장하여 선사라 부르고 있는 것이다.

이들 두 걸승들이 동학승의 잔패인지는 알 길이 없으나, 하늘님, 천주님을 입에 올리는 것만으로도 동비 "즉" 동학의 비적으로 몰리기에 충분했다.

근초 스님께서, 두 의승들이 소년승을 치료하는 모습을 관심 있게 살펴보고 난 뒤에야 비로소 마음의 안정을 찾아 바깥으로 나오며 마을 사람들에게 일러 말한다.

"이보시게들? 이제 두 분 화타께서 구완을 거의 끝마쳤으니 아무 걱정들 마시고 집으로 돌아들 가시게나. 이제는 나도 시름을 내려놓았슴인게야."

촌장 춘식이가 마을 사람들을 대신하여 얼른 나서며 급히 묻는다.

"건디 대다님? 더 덜믄 디님은 어덩 덜간에 기다는 디님인담뇨. 야?"

춘식의 말투를 스님께서는 용케도 잘 알아듣는다.

"으응! 좌도 대방의 방주이신 고방사 현무 방주께서 거두어 보살피고 있는 학승일세. 게다가, 지금 방 안에 계시는 저 두 분 대사님들로부터 승방무술까지 몸에 익혀오고 있는 터라. 어지간해서는 산적 몇 명쯤 끄떡도 없을 녀석인데, 어쩌다가 몰골이 저 지경이 되었는지 나도 그것이 의문이라네."

"야아— 그럭커믄유? 커믄, 이대는 안딤허두 되것디라우?"

"그래 그래. 이제는 두 분 명의들이 오셨으니 안심해도 되네. 그러니 어서들 내려가서 편히 쉬시게나."

스님께서는 마을 사람들을 급히 돌려보낸다. 마을 사람들도 중환자가 있는 곳에서 이렇게 웅성대고 있는 것이 별로 바람직한 일이 아니란 사실을 잘 알고 있었다. 두 분 의승들이 죽어가는 환자를 어찌 치료하는지 그것이 궁금하기는 했지만, 그렇다고 무작정 버티고 있겠다고 할 수도 없었던 것이다.

그랬는데, 이때 마을에는 참으로 크나큰 위기가 닥쳐오고 있었다. 이곳 초막촌으로부터 이십여 리의 산길을 돌아 내려가서 오십여 리를 더 가면 웅천현의 관아가 자리 잡고 있었다.

"고번이요—! 도악하는 둥노멀 고번하러 왔도—!"

관아가 발칵 뒤집혔다. 피골이 상접한 늙은 촌부가 역도를 고변하러 찾아왔으니 웅천 현감의 눈알이 뒤집히지 않을 수 없을 일이었다. 현감의 모가지가 달아나거나 승차를 할 수 있는 절호의 기회이기 때문이었다.

"무어라—?! 도악하는 둥놈을 고번하러 왔다니? 그대는 어느 고을에 사는 성씨는 무엇이든고?"

"도롬게로 더거이 더—도두단에서 땡길을 타고 투막을 터더 달고 있는디—"

이 촌부가 바로 오두산 초막마을에서 소년승의 시신을 마을로 옮겨왔을 때 슬그머니 자리를 피하여 그곳에서 사라졌던 늙은 촌부였다. 그럼에도 마을에서는 아직까지 그 사실을 눈치조차 채지 못하고 있었는바, 그의 아낙이 입에 자물쇠를 꽉 채우고 있었기 때문이었다.

(내가 관아로 달려가 원님에게 고변해서 군사들을 몰고 올 때까지 입도 벙긋해서는 아니 될 것이야. 동비를 고변한 상급을 다른 사람이랑 나눠 먹을 수는 없지. 아암 없고말고!)

이날 중참 때가 지날 무렵, 고을의 현감이 직접 나졸들을 이끌고 부랴부랴 산막으로 쳐들어 왔다. 물론, 나졸이라 해봐야 군노 신분의 일수 사령들로서 그 숫자도 몇 명 되지를 않았다. 그러나, 그깟 무지렁이 촌부들을 때려잡는 일이야 창칼만 손에 쥐었

71

다 하면 숫자가 문제가 아니었다.

"그놈들이 눈치를 채고 도망치기 전에 어서 때려잡아야 한다. 관아에 있는 나졸 놈들뿐 아니라, 아전 나부랭이까지 병장기를 갖추고 모두 출동한다! 어서 서둘거라. 어서어서!"

현감은 신바람이 났다. 촌부의 고변으로 미루어, 동비 "즉" 동학승으로 의심되는 중놈은 젊은 중놈 한 놈으로서 이미 중상을 입어 움직일 수가 없다고 했고, 그곳에는 화전민만 해도 여나뭇 가구나 된다고 했다.

"화전민이라고 하는 것은 국법을 어긴 중죄인들로서, 언제 어느 때고 화적이나 동비로 돌변할 수도 있음인 것이니…"

그들을 모조리 때려잡아 중놈이랑 함께 동학의 비적으로 얽어넣으면 될 일이었다. 그럼으로 현감의 마음이 조급할 수밖에 없었다. 창칼을 손에 쥔 나졸들 서너 명만 되어도 그들을 잡는 데는 어려움이 없을 일이거니와, 관아에는 아전들을 비롯하여 관노비들까지 그 숫자만 해도 열 명이 훨씬 넘는 사내들이 있었다.

사또는 종마를 잡힌 미졸에게 야단을 쳐 댄다.

"야, 이놈아? 본관이 말 등에서 내려 걸어가는 게 더 빠르겠구나! 좀 더 빨리 달려가지 못하겠느냐?! 본관이 말 등에서 굴러 낙마를 해도 네놈 탓이니 빨리 달리거라 빨리—!"

그리하여, 칠십여 리의 시골길을 한나절 만에 내달려(양무 선사가 소년승의 몸에 바느질도 끝마치기 전에) 골짜기에 당도하고 있었던 것이었다. 소년승의 칼 맞은 상처에 봉합술을 하는 것을 바느질이라고 하였거니와 그것은 맞는 말이었다. 바늘에 실을 꿰어 살을 꿰매고 있었으니 그것이 바느질이 아니고 무엇이겠는가. 헤어진 살가죽을 꿰매는 일은 서양의 선진화된 의술로서 조선의 한의술에서는 여간해서 볼 수 있는 광경이 아니었다.

"두 분 대사님들께서는 역시 천하의 명의가 틀림없어. 어찌 사람의 찢어진 살가죽을 바느질할 수 있단 말이던가 글쎄…!"

서로가 걸승들의 의술에 감탄하여 (자신들의 목숨줄을 겨냥해서 다가오는 지옥의 그림자는 상상조차 하지 못한 채) 집으로 돌아갈 생각들은 않고 정자나무 밑에 모여앉아 이야기꽃을 피우고 있는데, 이때 저승야차들이 들이닥치고 있었던 것이었다. 그것은 정녕 지옥의 야차들이었다.

"동비들은 한 놈도 놓치지 말고 추포할 것이며, 행여 반항을 하거나 도망치는 놈이 있거들랑 남녀노소를 불문하고 무조건 잡아죽이거라-!"

게다가, 역적들의 거처는 인정사정 보지 말고 불을 질러서 태워버리라 했다. 갑자기 마을이 아비규환의 생지옥으로 변해버리고 말았던 것이다.

"중놈의 화상을 찾아내거라-! 그놈이 동비의 우두머리이니 그놈을 찾아내야 한다. 어서 그 중놈을 찾아 내거라-!"

촌부가 대꾸하여 소리친다.

"덜깐은 더 똑에 있듭니다. 닷도 나으리-"

"오냐 그랬더냐? 졸개들을 모두 때려잡았거들랑, 저쪽 언덕 위로 쳐들어간다! 절간을 향해 돌격하거라. 얼렁얼렁 돌격~!"

오십 줄의 토벌대장이 말잔등에 높이 앉아서 의기양양하게 소리치고 있었다. 사또의 나이가 오십 줄에 이른 것으로 보아 매관매직의 장본인임을 짐작하여 모를 리 없었다. 고을의 수령 중에서도 최말단인 현감의 나이가 오십 줄에 이르렀다면 과거로 벼슬길에 오른 관리치고는 너무도 격에 맞지 않는 나이대였기 때문이었다.

그랬기에 초막촌을 쑥대밭으로 만들고 있는 그 행위부터가 무지막시하기 짝이 없었고, 촌부의 신고 한마디에 상대를 무조건 동비로 몰아가는 그 작태부터가 이미 결과는 예상이 된 것이나 다름이 없었다.

"하늘도 무심치 않은 게야. 킬킬킬-! 내가 이 나이에 손바닥만한 고을의 현감이나 하고 썩을 몸이더냐 이놈들아-!"

사또의 어깨에 힘이 들어가는 것도 당연했다. 화전민들만 때려잡아도 화적으로 몰기에 부족함이 없는 시국에, 동학승의 역도와 그 무리를 때려잡았다면 이제 승차는 따놓은 당상이기 때문이었다. 큰 고을의 현령 따위야 개나 물어가라고 걷어차 버릴 공적이 아닐 수가 없었던 것이다.

이때, 초막 암자에서는 세 사람의 노승들이 젊은 녀석의 시체 하나를 사이에 놓고 둘러앉아 (도란도란~) 얘기들을 주고받고 있었다.

근초 스님께서 먼저 운을 떼시었다.

"이 아이의 몸에 난 상처들로 보아 왜구의 칼잡이들로부터 공격을 당했다는 것이 정녕 허튼소리는 아닌 듯 보이네마는, 대사들께서 보시기엔 어떠하신지 빈도는 그것이 궁금하오이다 그려."

두 사람의 걸승 중 손아랫사람 되는 걸승이 냉큼 말을 받아 핀잔이라도 주듯 소리친다.

"대사는 무슨 얼어 죽을! 산봉우리에 올라가 연기를 피우느라 더위를 먹은 큰스님께서 아직도 눈썰미 하나는 그대로인 듯 보이오이다. 이것이 우리의 조선 검에 베인 상처라면 뼈마디가 이렇듯 온전치는 못하였을 터이지요."

"그러게 말씀일세. 이 아이의 공력으로 이렇듯 온몸이 풀잎에 베인 것처럼 상처가 심한 걸 보면 상대의 검술 또한 예사로운 것이 아님일 터, 왜구가 아니고서야 어느 누가 이런 칼솜씨를 지녔을까!"

"그거야 그렇소마는 이 녀석이 죽정리에 대나무를 구하러 갔었다고 했다면야 동쪽 바닷가를 다녀왔을 리도 없고, 왜구란 놈들이 무슨 일로 이토록 깊은 내륙에까지 들어왔단 말씀인지 원-!"

"참으로 믿기지 않는 일이로세~!"

"눈앞의 참상이 이러하건데 믿지 않을 수도 없고-!"

"그나저나 이 아이가 목숨 부지는 할 수 있을는지 그것이 걱정이로고-!"

"무엇이라?! 하면 이 아이의 목숨을 두 분께서도 장담치 못한다는 말씀이 아니신가? 그건 안되네. 안돼! 살려내시게! 기필코 살려내지 못하면 현무 종사랑은 두 번 다시 만날 생각들 마시게. 알아들으셨는가-?!"

"…!!"

"…!!"

두 걸승들은 근초 스님의 닦달에 거저 말없이 시선들만 내려깔고 있을 뿐이었다. 근초 스님의 닦달이 다시금 이어진다.

75

"왜 대답들이 없으신가? 그리하겠다고 대답들 하시게! 이 아이가 자리를 털고 일어날 때까지 나도 지금부터 물 한 모금 입에 대지 않을 것일세. 그리들 아시고 살려내든가 말든가 마음대루들 하시게! 내가 피운 연기는 종사께서도 이미 알고 있을 터. 내가 입만 뻥긋하면 그대들은 기필코 현무암에 발도 한 발짝 들여놓지 못할 것인즉!"

그것은 거의 협박에 가까운 언사였다. 그럼에도 두 걸승들은 대꾸 한마디 없이 침묵만 삼키고 있을 뿐이다. 근초 스님의 절박한 심정을 그들도 알고 있다는 뜻이었다. 자신들의 의술만을 하늘처럼 믿고 있을 큰스님에게 무슨 말을 더 해줄 수가 있겠는가.

무거운 침묵이 방 안의 열기를 더욱더 높이고 있었다. 그러다가 드디어 두 걸승 중에 손윗사람으로 보이는 스님이 아랫사람을 보고 말한다.

"이보시게 무제? 언제까지고 우리가 큰스님 앞에서 입만 닫고 있을 수야 없질 않겠는가? 무엇이라 변명이라도 한마디 해 드릴량이면 최선을 다했다는 모습이라도 보여 드리는 것이 도리가 아니냔 말씀일세!"

"그래서 나더러 무얼 어쩌란 말씀이요? 할 말이 없거들랑 가만히나 있을 것이지 왜 나한테 생트집이야 생트집이-! 내 마음은 어디 무구만 못해서 입을 닫고 있는 줄 아나 젠장!"

"허어- 참으로 고얀지고~! 그놈의 동충하초는 이럴 때 써먹으려고 시험을 하는 것이지. 키워서 미륵보살님 갖다 드리려고 시험을 하는 것인가?!"

"아, 그거? 그거라면 대놓고 말을 하면 될 걸 갖고, 빙빙 돌려서 말을 하니 미련한 석불이 알아들을 수가 있어야 말씀이지…! 헌데, 그깟 게 무슨 효험이 있기나 할까?"

"효험이 있고 없고야 이 녀석 팔자소관일 터, 무소는 아직도 이것이 얼마나 엄중한 상황인지를 깨닫지 못하고 있는 게야! 말이 나왔으니 말이네마는, 이 녀석이 잘못되는 날엔 여러 사람 명줄을 앞당길 수가 있다는 것도 알아야지! 그러니 어서 일어서시게. 염불이나 하고 있을 시간 없네!"

그러고 보니 이들에게는 무엇인가 새로운 약초라도 시험코자 하는 것이 있는 듯싶어 보였다. 무구와 무소라는 두 걸승들의 대화 내용을 살펴보면 말이다.

그랬는데 이때였다.

(끄아악!~ 까아악!~ 까르르륵~!)

아비규환의 비명소리가 갑자기 귀청을 찢어놓고 있었다. 바로 아래쪽 초막촌에서 들려오는 비명소리였다.

※ (이제부터 무구와 무소라고 하는 양 무 선승들에 대한 호칭을 "양무 선사"라 하여 간결하게 줄여서 부르도록 하겠다.)

5. 불타는 산막 ①

토벌대장의 몰골이 참으로 말씀이 아니었다. 말잔등에서 굴러 떨어지며 그만 한쪽 팔이 부러지고 말았던 것이었다. 그런 와중에서도 무릎을 꿇고 앉아 목숨만은 살려 달라며 애걸복걸인데, 눈물 콧물이 범벅이 되어 참으로 눈 뜨고는 못봐줄 광경이었다.

향리들과 색리들 "즉" 아전과 사령들 또한 목숨을 구걸하는 데는 상하가 따로 없었다.

그러나 그것보다 더 참혹한 일이 따로 있었으니, 토옥 암자 또한 아랫마을 초막촌과 더불어 화마가 몽땅 집어삼키고 있다는 사실이었다. 그럼에도 소년승은 무사하여 우물가 나무 그늘 밑에 옮겨져 있었고, 초혜가 그 곁을 지키고 앉아서 그를 보살펴주고 있었다. 이미 서쪽 하늘에는 저녁노을이 붉게 물들어가고 있었다.

한 시각 전만 해도 사또는 호기롭게 토벌대를 지휘하여 초막촌과 암자에 불을 지르고 역도들을 때려잡으라며 호기롭게 소리치던 토벌대장이었다. 그때, 두 사람의 걸승들이 사또를 가로막고 나서며 크게 야단을 쳐댔다.

"이게 무슨 짓들이오?! 부처님을 모신 절간에 어이하여 관병들이 들이닥쳐 불을 지르고 행패를 부린단 말이든고-!"

"그대가 이러고도 불한당이 아니라고 발뺌을 할 참이든가?! 어서 군졸들을 시켜 불을 꺼거라 어서-!"

두 사람의 선승들이 사또의 군마를 막아서며 시간을 버는 사이 근초 스님과 초혜가 소년승을 마당가 나무 그늘로 옮겨가고 있었다. 사또가 말잔등 위에서 그 모습을 바라보며 걸승들은 안중에도 없다는 듯 입이 찢어지고 있었다.

"그래그래. 킬킬킬~! 그것은 잘하는 짓이다 킬킬~! 역적놈이 한 놈이라도 불에 타 죽으면 증거가 그만큼 줄어드는 것이거늘, 동학의 중놈이 한 놈뿐이라더니, 어째서 세 놈씩이나 넝쿨째 매달려 있단 말이더냐. 킬킬킬~!"

사또에게는 정녕 걸승들의 꾸지람이 귀에 들어올 리 없었다. 아침나절에 촌부의 고변이 있을 때만 해도 생사를 알 수 없는 젊은 중놈이 한 놈뿐이라고 했었다. 그랬는데 지금 보니 호박이 넝쿨째 (주렁주렁~) 매달려 있었던 것이었다. 늙은 동학승이 세 명씩이나 사또의 출세길을 인도해 주고 있었으니 말이다.

"무엇들 하느냐? 어서 저 역적놈들을 때려잡아 포박하거라―! 어젯밤에 꿈자리가 좋더니, 뒷골 여우가 오줌을 싸서 서라벌이 물에 잠긴 게야. 킬킬킬~!"

사또는 기분이 좋은 김에 자신도 모르는 사이 두 발로 군마의 목덜미를 걷어차고 있었다. 군마가 크게 놀라 앞발을 치켜드는데, 마부가 말고삐를 단단히 움켜쥐고 있었기에 두 걸승들이 말굽에 짓밟히는 불상사는 간신히 면할 수가 있었다.

그렇다고 두 선승들이 말발굽에나 짓밟힐 인물들은 물론 아니었다. 그러나, 군마가 갑자기 두 발을 치켜들며 발광을 하자 그것이 사또의 실수라고 깨닫는 데는 한계가 있었다. 사또가 고의적으로 군마를 이용해서 두 선승들을 짓밟아 뭉개려는 것으로 착각을 하게 된 것이었다.

"으이쿠, 저런 고연놈을 보았나!"

"하마터면 기절해서 간 떨어질 뻔하였네!"

두 선승들은 결코 입으로만 놀라서 비명을 지른 것이 아니었다. 두 사람의 손에서 동시에 자갈돌이 날아가고 있었는데, 그것은 비명과 거의 동시였다. 그리고 사또가 말잔등에서 굴러떨어졌다.

사또는 너무도 경황이 없는 중에 순식간에 벌어진 일이라 자신의 팔목이 부러진 사실도 알지 못했다. 오직 목숨을 구걸하는 대만 정신이 없었다.

"항복! 항복! 사, 살려 주시구려. 스님 나으리들!!"

목숨이 경각이니 어찌 팔이 부러진 사실을 깨달을 수 있을 일이겠는가. 사또가 말잔등에서 굴러떨어지며 무릎을 꿇고 살려달라고 애걸하자 나졸과 아전들도 무릎을 꿇을 수밖에 없었다. 일단은 토벌대장인 사또의 목숨을 구하고 봐야 할 일이기 때문이었다.

이리하여, 사또와 선승들 간에 합의가 이루어졌다. 초막촌의 민초들은 사또의 체면상 그냥 두고 갈 수가 없으므로, (그들은 무조건 무죄 방면하여 그들의 고향마을로 돌려보내 주는 조건하에) 사또가 데리고 하산을 하기로 하고, 세 명의 스님들은 소년승과 초혜를 데리고 원래 몸담고 있던 절간으로 돌아가 더 이상 분란이 없도록 하겠다는 조건이었다.

그러나 이 약조가 제대로 지켜질 리 만무할 일이었다. 꿩 아니면 닭이라고 하였든가. 스님들을 못 잡아갔으니 (초막민들에게 동학승의 역적 누명은 뒤집어씌울 수가 없다 하나) 세곡을 떼어먹고 야반도주를 한 죄목에다 산속에 숨어들어 화전을 일군 죄목만은 씌울 수가 있음인 것이다. 그것만으로도 사또는 장계를 어떻게 꾸미느냐에 따라 승차길이 열릴 수도 있음이었다. 그들을 추포하느라 팔목까지 부러졌으니 말이다.

양무 선사들도 더 이상은 어찌할 방도가 없었다. 사또가 아무리 무뢰배의 탐관오리라고 하더라도 조정에서 내려보낸 관리는 관리였다. 초막촌의 촌부들을 딸려 보내주지 않았다간, 하늘 끝까지라도 그들을 뒤쫓아 추포하려 할 것이고, 아녀자에 어린아이들까지 있는 그들을 관군들의 추적에서 따돌려 보호할 수는 없음일 것이니 말이다.

촌부 한 사람의 욕심으로 인해 마을 사람 모두의 운명이 하늘의 뜻에 맡겨지게 되고 만 셈이었다.

"이것도 다— 하늘의 뜻인 것을 인력으로 어이할꼬! 그나저나 초혜 저것의 거처가 참으로 난감함일세…"

두 사람의 걸승 중 무소라고 불렸던 괴승이 초혜의 안위를 걱정하여 하는 말이다. 그가 바로 양무 선사라고 불리는 두 걸승 중의 아래 스님으로서 이들 두 사람을 일컬어 무구와 무소라고 해서 양무 선사라고 불렀던 것이다.

이들은 불가의 호칭과 함께 세속의 호칭도 함께 사용하고 있었는데, 좌도방의 방주라고 하는 현무, 무중 종사와 함께 삼무 대사라고 불리는 인물들이었다. (이들의 내력에 대해서는 다시 설명할 기회가 있을 것이기에 잠시 생략을 해 두기로 하거니와) 장무 선사와 백무 선사는 바늘과 실처럼 함께 붙어 다니는 괴승들로서 세속의 성씨에 따라 나이가 두어 살이 더 많은 스님이 장무이신 무구 선사요. 그 아래가 백무이신 무소 선사였다.

두 선사의 호칭만으로도 이들이 정통 불교의 스님들이 아님을 짐작하여 모를 리 없을 일이거니와, 이들이 동학승으로 의심을 받는 것도 무리는 아니었다. 두 사람이 무심코 내뱉는 대화에서도 보았다시피 원래는 독실한 석가모니의 제자였었으나, 어느 때부터인가 천주학과 야소교에 관심을 보이면서 중도 소도 아닌 떠돌이 땡초들로 변하고 말았던 것이었다.

그렇다고, 동학승이 된 것은 물론 아니었다. 불교에서 개종하여 천주교나 야소교의 교인이 된 것은 더더욱이 아니었다. 불가와 도가의 무술공력에 심취하여 도시승이라 불려지기는 하였으나 참선으로 정신의 수련도 게을리하지 않는 선승들이었다. 게다가, 천주학과 야소교에 심취하여 하느님을 부처님처럼 떠받들어 숭배하는 것도 사실이기는 했다.

그러나, 삼 무 스님들 중 첫째인 무중, 현무라 하시는 분은 독실한 불제자로서 결코 떠중이 도사승이 아니었다.

어쨌거나 양무의 두 걸승 중 무소 선사께서 초혜의 거취를 걱정하자 근초 스님께서 한마디 불평스런 농담을 뱉어 놓는다.

"초혜의 거취만 걱정이 되고 이 땡초의 거취는 걱정도 않으시는가?"

무구 선사가 기다렸다는 듯 말을 받아 나선다.

"말씀 한번 잘하셨소이다. 초막 절간의 주지승이신 근초 대사께서도 이제 더 이상은 이곳에서 살아갈 근거조차 저렇듯 불길이 앗아가고 없으시니, 이번참에 봉원사로 되돌아가심이 어떻겠소이까? 다비식도 이제는 힘에 부칠 것 같아 드리는 말씀이니 꼬깝게 생각지 마셨으면 고맙겠소이다 마는…"

"고깝고 말고는 내 맘이 정하는 것일테고, 봉원사는 어디 이 땡초를 반겨한다고, 이제 와서 꾸역꾸역 찾아들까? 이 근처 어딘가에 토굴이나 하나 만들어서 풀잎이나 씹으며 살아가면 되는 것이거늘…!"

"왜 또? 마을 사람들이 걱정되시오이까?"

"그도 그렇지만…"

스님께서는 아직도 소년승의 안위가 더 걱정인 듯, 죽은 듯이 누워있는 그의 얼굴에서 시선을 떼지 못하고 있었다. 암자의 무너진 석가래에서는 아직도 잔불이 피어오르고 있었으나, 그깟 암자 쪽은 관심에도 없는 듯싶어 보였다.

무구 선사가 말꼬리를 돌려 다시 말한다.

"사또란 놈이 약조를 어기고 되돌아 습격해 오지 않는다는 보장도 없음이니, 날이 저물기 전에 서둘러 이곳을 떠나야만 할 것이오이다. 그러니 초혜를 데리고 그 빈집으로 가서 하룻밤만 보내시구려. 모기가 좀 극성스럽기는 해도 하룻밤이야 못 견디겠소이까? 내일쯤엔 우리가 솥단지를 가지고 찾아가겠소이다."

근초 스님이 말을 받는다.

"시방은 우리 걱정해 줄 때가 아닌 듯싶소이다. 금방 날이 어두워질 텐데 업보 이 아이를 업고 현무암까지 발걸음을 할 생각들은 아니실 테고…"

"현무암이 예서 어디라고 저 황소 같은 녀석을 업고 거기까지 간단 말씀이요? 여기서 멀지 않은 곳에 소제들이 가끔씩 들러 건강 삼아 금식을 하던 자연동굴이 하나 있는데, 우선 그곳으로 옮겨서 치료해볼까 합니다."

"그래? 그럼, 우리도 같이 따라가서 심부름이라도 해주면 아니 되겠는가? 무슨 일이든 시켜만 주시면 군말 없이 따를 것이니 그리해 주시구려 제발!"

무소 선사가 단호하게 잘라 말한다.

"안 되오이다. 그곳은 장소가 협소하여 두 사람 이상 머물 수 있는 곳도 못 될 뿐 아니라 업보 이놈을 치료하기 위해서는 안정이 첫째인데, 그보다도 외상과 내상이 모두 중한지라 물리치료를 위해서는 큰스님께서 저 철부지를 데리고 함께 따라가 주지 않는 것이 우리를 도와주는 일이오이다."

"허어— 참, 변명도 가지가지라더니 구실도 가지가지로고. 허면 두 분의 의승들께서 하시는 말씀이니 따르기야 하겠소이다마는…"

"자자자—! 이제 쉴 만큼 쉬었으니 어서 서두릅시다. 아직도 하실 말씀이 더 남아 있는 듯한데, 아쉽더라도 남은 애길랑 나중에 마저 나누십시다. 우리는 빨리 칡넝쿨을 걷어다가 들것을 만들어야 하니!"

백무 선사가 너스레를 떨며 급히 자리를 털고 일어선다. 장무 선사도 장단에 맞춰 자리에서 일어서자 근초 스님도 더 이상은 어쩔 수가 없어 소년승의 옷매무새나 매만진다.

그 모습을 바라보며 초혜가 가까이 다가와 눈치를 살피며 무엇인가 말을 하려다 말고 체념을 한다. 근초 스님의 표정이 너무도 심각하여 차마 말을 걸어볼 용기가 나질 않는 듯싶어 보였다. 허긴 할 말이 어찌 없을 수 있겠는가. 사또에게 끌려간 마을 사람들은 앞으로 어찌될 것이며, 이 젊은 스님은 다시 살아날 수가 있는 것인지. 또다시 살아난다면 자신이 종노미로 삼아서 부릴 수 있도록 승낙을 해 줄 것인지, 그리고 할배 스님들이랑은 어떤 인연들인지, 초혜로서는 정녕 궁금한 것이 한둘이 아니었다.

그러나 초혜는 말을 할 수가 없었다. 자칫 말을 걸었다가 또다시 혼찌검이 날까 그것이 두려웠기 때문이었다. 천둥벌거숭이 같은 야생녀도 드디어 두려움이 무엇인가를 깨닫게 된 것이다.

독충이나 독사, 늑대, 호랑이 같은 맹수의 공격보다도 살인이나 그에 따른 할배 스님의 노여움 같은 것이 진정한 두려움이란 사실을 말이다.

그러다 보니 초혜의 불만은 자연적으로 소년승을 향할 수밖에 없었다.

〈비루먹을 씨키가 좀 튼실하게 태어날 것이지, 고추를 달고 태어났으면 중놈은 사내가 아닌가? 그깟 탁공 하나도 못 견디고 죽긴 왜 죽어? 기집년만도 못한 중놈 같은 씨키! 고추를 떼어서 개나 주거라. 씨키!〉

사실, 욕을 먹을 만도 하기는 했다. 덩치는 항우장사만 해갖고, 나이를 따져도 초혜보다는 최소한 두어 살은 더 들어 보였다. 그럼에도 그깟 탁공 하나를 못 견뎌서 초혜 자신을 놀라게 만들고 욕을 먹게 했으니 어찌 덩칫값도 못 하는 약골 서생 같은 중놈에게 욕을 안 할 사람이 있겠는가 말이다.

그나저나 젊은 약골 중놈의 이름이 업보라니 초혜도 언젠가 그 이름을 한 번쯤은 들어본 것 같기도 했다.

(언제일까? 언제 내가 업보라는 저 종노미의 이름을 들어 본 것이었을까?)

그것이 참으로 아리송하기만 했다. 들어본 것 같기는 한데 아닌 것도 같고, 그것이 참으로 괴이스럽기만 했던 것이다.

(언젠가 할배 스님들께서 하는 얘기를 귓전으로 흘려들은 거겠지.)

할배 스님들께서는 초혜의 갓난 시절부터 이곳을 들락거리며 서로 왕래를 하고 지내셨으니, 그것은 충분히 있을 수 있을 일이었다. 초혜만 지금껏 이 산속을 벗어난 일이 없었으니 (상대가 이곳으로 찾아오지 않은 이상) 서로가 얼굴을 마주치지 못한 것은 당연한 일이 아닐 수 없었던 것이다.

그랬다. 이 산속 암자에는 그 어떤 아이들도 다녀간 일이 없었다. 그것은 근초 스님 때문이었다. 초혜가 혼자 외롭게 지내다가 낯선 아이들이 방문하면 함께 따라가려고 할까봐 스님께서 그렇게 출입을 단속시켜 오고 있었던 것이다. 그것이 바로 근초 스님의 육아 방법이기도 했다.

그런데 사실 초혜와 업보는 이번 만남이 처음이 아니었다. 초혜는 업보를 기억하지 못하고 있었으나, 업보는 초혜를 기억하고 있을 수도 있을 일이었다. 물론, 업보의 나이도 그때 겨우 네댓 살 때였으니, 십수 년이 지난 그때의 일을 어른들이 설명을 해주지 않고서야 어찌 기억해 낼 수가 있겠으랴마는, 이들은 이미, 그때 그 시절을 한때나마 현무 종사라 하시는 종단 최고 스님의 슬하에서 함께 지냈던 사이였다. 그것이 초혜의 기억 속에 잠재되어 있었는지는 알 수가 없으나 (이들의 지나간 과거에 대해서는 이제 차츰 설명을 곁들여 나가기로 하겠거니와) 업보의 나이 또한 초혜보다 두 살이 더 많을 뿐으로서, 업보라는 이름까지 소개가 되었으니 이제는 소년승이란 호칭은 생략하기로 해두겠다.

물론 업보라는 이름도 아명에 불과했고, 현무 스님께서 지어준 이름이 따로 있었으니 그것이 바로 무웅이었다. 백무웅!

그랬는데, 삼 무 스님들의 법명이 무자 돌림이라 백무 선사께서 소웅으로 바꿔 불러주니 결국에는 작은 곰 소웅이 되었으나,

그 이름은 허울일 뿐, 업보라는 이름으로만 거의 불려지고 있었는데, 업보라는 이름도 사실은 업둥이라는 말이나 같은 뜻에서 붙여진 예명이었다.

어쨌거나, 업보 소응의 이름만을 가지고도 의아스럽게 생각할 수 있을 것이거니와, 업보는 절간에서 스님 행색으로 살아오고 있기는 하였으나 정식으로 출가한 승려의 신분이 결코 아니었다. 그러나, 승복을 입고 머리를 깎은 채 절간에서 살고 있으면 승려인 것이지, 정식 승려냐, 가짜 승려냐 하는 것이 무슨 의미가 있겠는가.

양무 선사께서 칡넝쿨을 걷어다가 막대기를 이용하여 들것을 만든 뒤에 업보를 그 위에 데려다 눕힌 후 근초 스님을 향해 마지막 인사말을 남겨 놓는다.

"빈도가 이틀 후에는 이 녀석의 안위와 상관없이 종사님을 찾아뵐 것이니 그때까지만 그 빈집에 계시면서 양주 땅으로 돌아갈 준비나 해 두시구려. 그럼 종사께서도 어둡기 전에 얼른 떠나시구려."

근초께서 급히 말한다.

"현무 종사께는 어찌하려는가? 지금쯤 무척이나 걱정을 하고 계실 터인데 소식은 전해 드리는 게 도리겠지요?"

무구 선사께서 칡넝쿨 들것의 어깨끈을 막대기에 걸치면서 말한다.

"소식이야 우리가 어련히 알아서 전할까봐 그러시오? 초혜 저 녀석 늑대한테 겁먹히지 말고 날이 더 저물기 전에 얼렁 떠나기나 하시오. 얼렁!"

초혜가 냉큼 말을 받는다.

"대사님 할배? 늑대를 때려잡으라고 탁공까지 가르쳐 줘놓고 그런 말씀을 하세요 시방?! 초혜가 걱정이 되걸랑 시방이라도 마음을 고쳐 잡숫고 함께 데려가던가요? 초혜도 종노미가 죽을지 살지 그게 무척 궁금하걸랑요?"

백무 선사가 (탁) 쏘아붙인다.

"네가 우릴 따라가면 너네 할배 스님은 늑대한테서 누가 지킨단 말이더냐? 초혜 너라도 할배 스님처럼 철없이 굴지 말거라 제발!"

근초 스님께서 탄식하여 말한다.

"허어― 이거야 원, 입을 막는 것도 가지가지일세 그려. 얘야 초혜야? 우리도 이제 떠나자꾸나. 더 이상 매달려 봤자 좋은 소리 못 들을 거. 내가 어느새 이토록 천덕꾸러기 뒷방 늙은이가 되었더란 말이던가. 아미타불~!"

"키긱 킥킥~! 역시나 부처님의 입에서는 염불 소리가 제격이라니까 킬킬~ 아니 그러신가 무소? 어서 가세나. 큰스님 마음 변하기 전에…!"

무구 선사는 (키들키들~) 웃음 섞인 농지거리를 뱉어내며 무소 선사를 재촉하여 들것을 둘러메고 급히 길을 나선다.

두 선승들이 들것을 둘러메고 길을 나서자 근초 스님도 초혜를 앞세워 길을 떠난다. 그러나 이들은 길을 잡아 나서는 방향이 서로 달랐다.

6. 불타는 산막 ②

이튿날 새벽이 되어 양무 선사는 업보의 육신을 들쳐메고 어느 돌산 아래의 석굴 입구에 당도하고 있었다.

원래 이 석굴은 두 선사께서 오래전부터 가끔씩 「면벽수련」으로 심신을 안정하던 곳이었다. 그러니까 금식 기도처란 뜻이기도 했다. 그런데, 오늘은 업보를 데려와 이곳에서 상처를 치료해 주려 함인 것이다.

두 선사의 몸에서는 지금 땀이 비 오듯 흘러내리고 있었다. 밤을 도와 그 가파른 산길을 헤쳐왔으니 오죽이나 지치고 힘이 들었을 일이겠는가. 그럼에도 동굴에 도착하여 제대로 숨도 돌리기 전에 무구 선사의 닦달이 시작된다.

"자—! 이제 숨길을 돌렸으면 어서 떠나시게나. 이 녀석은 내가 목숨줄을 연명시켜 놓고 기다릴 터인즉!"

"알았소. 알았어! 아무리 급해도 목은 축여야 사람이 살지!"

"댓끼, 그걸 말이라고 하는 게야? 목이야 가는 길에 축이면 되는 것을!"

"그것도 모를까봐 가르쳐 줘서 고맙구려. 헌데, 무구께서는 물을 안 마셔도 사는데 지장이 없으실랑가?"

"옳거니! 무소 아우가 형님 걱정해 주신 게야 컬컬컬~! 헌데, 설마 앞이 도랑인데, 내가 목을 축이는 사이에 늑대가 와서 이 녀석을 물어가기야 할까? 무제는 헛걱정 말고 얼렁 가서 불로 동충이나 잡아 오시게."

"알았소. 알았어. 가는 길에 바우녀석에게 들러 현무암에 소

89

식이나 전해주라 할 것이니, 무구께서도 솔잎이나 씹어 목숨 연명해 두시구려."

"글쎄, 임자 걱정 말고 내 걱정이나 해 두시래도 그래쌌네. 나이가 젊으면 몇 살이나 더 젊다고 노망난 아비가 자식 걱정하듯 잔소리가 심하신가 글쎄. 얼렁 좀 서두르시게. 내 입에서 욕 나오기 전에!"

"아, 알았소, 알았어. 지금 간다니까 그래쌌네. 지금!"

무소 선사도 무구 선사의 성정에 한계가 왔다는 사실을 깨닫고는 화살이 시위를 떠나듯 동굴 밖으로 퉁겨져 달아난다. 여차하여 엉덩짝을 걷어차이기 전에 사정권을 벗어나는 것이 상책이기 때문이다. 밤새워 기운이 빠진 상황에서 서로 끌어안고 나뒹굴어 봐야 기운만 더 빠질 뿐이라는걸 무소 선사라 하여 어찌 깨달아 모를 일이겠는가.

무소 선사가 황급히 산날등을 돌아 넘어 나즐이 기울어 도착한 곳은 깊은 골짜기 속에 있는 널따란 개활지였다. 이곳에 뜻밖에도 여러 개의 다랭이 밭뙈기가 자리 잡고 있었고, 그 규모로 보나 잘 가꾸어진 푸성귀들로 보나 이곳에도 화전민들이 살고 있음임을 짐작하게 했다.

아니나 다를까. 개활지 안쪽으로 아름드리 오동나무 군락지가 자리 잡고 있었는데, 그 한쪽에 산막이 한 채 숨겨져 있었다. 이곳이 바로 무구와 무소의 두 선승들이 기거하여 살고 있는 능구레골 산막 암자였던 것이었다.

그랬기에 화전민들의 임시 초막과는 그 규모부터가 엄청 달랐다. 비록, 지붕이 갈대지붕이기는 하였으나 사람들 대여섯 명은 충분히 기거할 수 있을 만큼의 넉넉한 외관을 갖추고 있었다.

워낙에 첩첩산중의 깊은 골짜기라(근초 스님의 토옥 암자처럼) 사냥꾼들에 의해 그 존재가 발각된다고 할지라도 이 깊은 산골까지 단속을 나올 관리들이 있을 리도 없겠지만, 총포수들도 이 근처에는 얼씬을 할 수 없는 또 다른 이유가 한 가지 더 있었다. 포수들조차 잘못 기웃거렸다간 속수무책으로 체면만 구기고 쫓겨날 수밖에 없는 망나니 같은 녀석 하나가 두 선승들과 더불어 함께 살아가고 있었던 것이었다.

게다가, 이곳은 부처님을 모셔놓은 엄연한 부처님의 도량이기도 했다. 관아에서 단속을 해봤자, 이득 볼 게 아무것도 없다는 의미이다.

무소 백무 선사가 이곳에 당도한 것은 저녁나절이 거의 다 되어서였다. 무구 선사가 있는 동굴에서부터 수십여 리도 더 멀리 떨어진 곳이었다. 업보를 이곳으로 데려오지 못한 이유였다. 암자에는 마침 이십 대쯤으로 보이는 젊은 승려 하나가 뱃가죽을 (훤히-) 드러내 놓은 채 코를 드르렁거리고 있었다.

무소 선사께서 대뜸 공양간으로 뛰어들어 광주리에 담겨있는 식은 꽁보리밥 한술을 커다란 사발에 담아 요기를 하는데도 젊은 승려는 아예 깨어날 기미를 보이지 않고 있었다. 아마도 지난밤 두 선사를 기다리느라 밤잠을 설친 것임이 분명해 보였다.

한참 만에 요기를 끝낸 선사께서 큰소리로 젊은 승려를 불러 깨운다.

"애야, 바우야! 잠시 좀 일어나 보거라. 으야…?"

그도 역시 승려의 행색을 하고있기는 하였으나, 정식 승려는 아닌 듯 바우라는 속명으로 불리고 있었다. 녀석이 화들짝 놀라 자리에서 일어나 앉는다.

"하고메야~ 하합! 언제 오셨는기요 작은 스님? 지난밤에 스님들을 기댕기다가 그만 밤을 지샜능기리요 아-합!"

"오냐 알았다. 우리가 연락을 안 했으니 그랬을테지. 헌데 연락을 취할 겨를이 없었느니라. 업보가 어쩌다 조금 다쳐서 그 녀석을 치료하다가 그만 밤이 되어설랑 너한테 연락해 줄 시간이 있었어야지-"

"야, 그랬남요? 업보 씨키 엄청 다쳤나 부네요. 그치요 스님?"

"대끼 녀석, 눈치는 빨라 가지고-! 그래, 조금 많이 다쳤다. 그래서 혼자 걷지를 못하여 근초 큰스님의 암자로 옮겨서 치료를 하고 있는 중이니라. 해서, 바우 네가 심부름을 좀 해주어야겠다."

"야! 심부름이요? 알겠구마요. 현무암에 가서 업보 씨키 소식을 전해주라는 거겠지요. 그치요? 내 말이 맞지요?"

바우도 업보의 존재를 잘 알고 있는 듯 보여졌다. 게다가, 무소 스님의 말귀까지 지레 알아차릴 만큼 눈치마저 빠른 편이었다. 선사께서 웃으시며 대꾸하여 말한다.

"그래그래 네 말이 맞다. 너도 이젠 제법 눈치가 빨라졌구나. 오늘은 너무 늦었으니 잠이나 마저 자고 내일 아침 일찍 현무암으로 달려가서 큰스님께 전하거라. 업보가 산길에서 넘어져 다리를 크게 삐어 움직이지를 못하니 그리 알고 걱정하지 마시랬다고 말이야. 다리가 낫는 대로 우리가 데려갈 터이니 아무 걱정하지 마시라고 그렇게 전하란 말이니라. 알아들었느냐?"

"야아- 알아듣기는 했지만서도 내 말을 믿어 줄랑가 모르겠네요. 업보 씨키, 엄청 많이 다쳤능가 본데. 나도 알아차릴 수 있는 일을 큰스님께서 못 알아채실 리 있겠어요? 모른 척 믿어 주시면 다행이지만 안 그래요?"

"댓끼 이 녀석아! 나도 늘 무구 스님한테 말이 많다고 혼찌검이 나는데, 네 녀석도 어찌 그리 이유가 많은 것이더냐! 허튼소리 하지 말고 내가 하라는 말만 전하면 되는 게야. 그럼 그렇게 알고 나는 이만 바쁜 일이 있어서 나가볼 터이니 내일 아침에 문단속 잘하고 다녀오도록 하거라. 알았느냐?"

"하고메~ 고럼 오늘 밤에도 안 온다능거 아잉감요? 야? 업보 씨키 고거 다리몽댕이가 으작 났능갑네. 그치요. 작은 스님? 그 씨키 정말 앉은뱅이나 됐뿔거라, 시불~!"

"허어~ 저런 고연녀석! 대자대비 나무 관세음보살~"

무소 선사는 그만, 할 말을 잃은 채 탄식하듯 관세음만 되뇌이며 암자를 나선다. 녀석의 말투로 보아 그 심성이 결코 바르지 못하다는 사실을 짐작하여 모를 바 아니겠으나, 그것 또한 너그러이 이해하려 하는 무소 스님의 의중을 알아챌 수 있을 일이었다. 그가 바로 쇠돌바우였다. 몇 해 전까지만 해도 업보와 더불어 현무암에서 함께 생활했던 사고무친의 인물이었다.

그 당시 현무암에는 업보와 쇠돌의 사내 녀석들 말고도 업순이 소아라고 하는 여자아이가 한 명이 더 있었다. 업보보다는 두 살이 더 많고 쇠돌이보다는 세 살이 더 아래로서, 그녀 역시 절간에서 자라며 절간에서 살아가고 있었지만, 결코 여승으로 키워지고 있는 것은 아니었다. 소아나 업순이라고 하는 속명이 따라붙는 것으로 보아 짐작을 하고도 남을 일이거니와, 그녀는 아예 삭발조차 하지 않은 세속의 모습 그대로였다.

현무암은 (이미 간략하게 설명을 했던 바대로) 좌도대방의 방주이신 현무 무중 대사께서 기거하고 계시는 암자였다. 고방 본 절과는 이십여 리가 떨어져 있는 암자로서, 원래는 좌도방의 초대 방주요, 좌도승방의 창시자이신 고광 큰스님이 토굴을 파고 수도하여 깨달음을 얻은 대방의 성지이기도 했다. 그랬던 것을 그 제자이신 현무께서 스승의 뜻을 기려 번듯하게 암자를 신축해서 오늘에 이르게 된 것이었다.

현무께서는, 고광 큰스님의 뒤를 이어 고방사의 주지가 됨으로서 좌도방의 방주가 되었으나, 이내 그 자리를 금강 사제에게 물려주고 현무암에 들어앉아 오갈 곳 없는 불쌍한 고아들을 두엇 데려다 키우면서 오늘에 이르게 된 것이었다. 거기에는 양무 선사와의 끊을 수 없는 인연이 가장 큰 이유 중의 하나이기도 했다.

이들 세 스님을 일컬어 삼 무 스님이라 부른다고 하였거니와 무구와 무소의 두 스님 역시도 현무이신 무중 스님과 더불어 고광 대사의 제 일대(첫 번째) 제자였었다. 그 사연에 대해서는 좀 더 천천히 설명하기로 하고, 우선 먼저 쇠돌이와 업순이들의 얘기부터 마저 해보기로 하자.

원래, 업둥이나 업순이에 대해서는 (이미 설명을 한 바 있거니와) 업둥이 업보나 업순이 소아 그리고 쇠돌베기 바우 또한 처지가 비슷한 아이들이었다. 게다가, 업보와 업순이는 부모들의 피맺힌 원한이 남긴 눈물의 씨앗으로서 엄밀히 따지자면 업둥이나 업순이가 아닌 셈이었다.

업보는, 무소 선사의 무역백성 집안인 백씨 가문에서 남긴 일점혈육이었고, 업순이는 무구 선사의 번듯한 사대부 집안인 장씨 문중에서 남긴 일점혈육으로서, 이들 두 집안은 서로가 서로에게 멸문지화를 안겨다 준 철천지 원수지간이었다.

그랬는데, 무구와 무소의 두 선승들에 의해 두 아이가 구출되어 현무암에 맡겨지게 되었고, 그들 두 집안의 원혼들을 달래고 화합시키기 위해서 삼 무 선승들은 훗날 이들 두 아이를 서로 혼인시켜 뿌리를 이어주기로 약조를 해 두었던 것이었다.

무구와 무소의 두 스님이 고방사를 등지고 (탁발을 핑계 삼아) 고행으로 세상을 떠돌다가 천주학에 심취하여 대방에서 퇴출이 된 원인 중의 하나도 바로 이들 두 아이의 영향이 컸다. 그에 대한 자세한 이야기는 뒤에 가서 다시 이어가기로 하거니와, 업보와 업순이는 이미 삼 무 스님들에 의해서 혼인을 약조한 것이나 다름이 없었다.

물론, 세속의 풍습대로라면 벌써 십 년 전에 혼인을 시켰어도 모자람이 없을 나이대였으나, 천애의 고아들인 이들이 혼인해서 뿌리를 내려 살 곳이라고는 아무 곳도 없었으며, 더구나 암자에서 살림을 차릴 수는 더더욱이나 없을 일이었다. 그래서, 나이가 이십여 세에 이르렀음에도 세 분 스님들께서는 이들을 혼인시켜 살림을 차려서 내보내 주지 못하고 있었던 것이었다.

그런데 암자에는 이들 두 아이들 말고도 쇠돌바우라고 하는 사고무친이 한 녀석 더 있었다고 하였음에, 쇠돌은 타고난 성정이 성깔머리가 포악스럽고 심성이 사나워서 네댓 살 터울의 업보를 늘 두들겨 패기가 일쑤였다.

그것을 보다 못한 무중 스님께서 양무 사제들에게 부탁하여 가끔씩 들리시는 틈틈이 업보에게 불가의 승방무술을 전수시켜 달라고 당부를 했던 것이다. 이대로 그냥 두었다간 어린 것이 골병이 들어 무사치 못할 것이라 심려가 되었던 때문이었다.

그리하여 두 스님은 쇠돌이가 눈치채지 못하도록 엄하게 훈육이라도 시키는 척, 무술 수련에 필요한 공력을 전수해 주기에 이르렀고, 그러면서 세 아이 모두에게 기초부터 수련을 시켜나가기 시작했는데, 업보는 워낙에 장골의 대물림이요, 양무 선사의 지극 정성이 뒷받침되어 나이가 열두엇이 넘어서자 쇠돌의 폭력 따위는 거뜬히 버텨낼 정도의 다부진 몸매로 성장하기에 이르렀던 것이었다.

이즈음이 되자 쇠돌이로서도 업보를 함부로 할 수 없게 되었고, (슬금슬금~) 눈치까지 살피게 되었는바, 이때부터 쇠돌의 관심이 다른 곳으로 표출이 되게 되었던 것이었다. 그 관심의 대상이 바로 업순이었다. 이미 청년기에 접어든 쇠돌은 업순이에 대한 관심이 청년기의 춘정으로 표출이 되고 있었던 것이다.

그러나, 아직은 나이가 어려서 천지 분간 없는 업보는 언제나 쇠돌의 잔꾀에 넘어가 혼자 따돌림을 당하여 외톨이가 되기 일쑤였고, 그래서 시간이 날 때마다 무술의 수련과 현무 스님의 글공부에만 매진하고 있었다. 그런데 쇠돌의 소아에 대한 관심이 결국 숙제거리가 되고 있었던 것이다.

〈바우 녀석을 업순이와 더 이상 함께 뒀다가는 무슨 사달이 벌어질지 모를 일이로고!〉

현무 스님의 걱정은 이제 업보가 아니라 업순이었다. 그리하여 세 분 스님들이 상의를 한 끝에 쇠돌이는 양무 선사들이 능구레 산막 암자로 데려가 함께 생활하게 된 것이었다. 쇠돌은 승려가 될 인품조차 갖추지를 못하여 고방의 본절로 보내져서 승려가 되는 것조차 허락되지를 않았던 것이다. 그것이 벌써 5년 전의 일이었다.

쇠돌은 업순이와 헤어지고 난 뒤에도 항상 그녀를 마음속에 간직하고 있었다. 그것은, 너무도 당연한 결과였다. 쇠돌이가 이 세상에 태어나 지금껏 함께해온 여자라고는 그녀뿐이었으니 말이다. 그랬는데, 오늘 업보로 인하여 업순이를 다시 만날 기회가 생겼으니 한껏 기분이 고무될 수밖에 없을 일이었다.

무소 선사가 암자를 떠나고 나자 쇠돌은 그길로 현무암을 향해 발길을 내달린다. 햇수로 4년이 넘는 세월 동안 굳게굳게 잠겨져 있던 금족령이 해제되는 순간이었다.

(능감탱이가 언제 또다시 되돌아와서 심부럼을 거둘지 어찌 알아!)

그동안 현무암에는 발길도 할 수 없도록 금족령이 내려져 있었던 것이었는바, 그것이 업순이 때문임을 쇠돌이가 어찌 모르리 있겠는가. 업보 녀석과 후일 혼인을 시키기 위해서란 사실 때문에 말이다.

(사람의 인연이란 먼저 맺어지는 것이 인연인 것이지, 닭 쫓던 개 지붕 쳐다본다고, 한번 놓치고 나면 그 닭이 내 닭 된다든가!)

그러고 보면 업보가 정녕 고맙기는 했다.

(허긴, 찬물도 아래위가 있는 법인데, 혼인이야 당연히 성님한

테 먼저 양보하는 것이 아우의 도리 아닌감? 그나저나 그 씨키는 암매도 앉은뱅이가 된 모양이야. 그렇지 않고서야 두 능감탱이가 한꺼번에 병구완에 매달려서 나를 현무암으로 보내줄까!)

하늘이 자신에게 기회를 주고 있는 것임을 어찌 깨달아 모를 일이겠는가. 그것은 소아에게도 마찬가지였다.

(앉은뱅이랑 혼인하느니, 나랑 혼인하면 그게 얼마나 고마운 일인지 업순이 너도 금방 깨닫게 될 일이 아니더냐, 낄낄낄~!)

쇠돌의 어깨에 힘이 들어가고 있었다. 이번 기회에 업순이를 제 여자로 만든다 해도 그것이 업순이를 위하는 일이 될 것이니 어찌 자신의 잘못이 잘못이라 할 일이겠는가 말이다.

(내게 정녕 고마운 줄을 알게 된다면 나를 하늘처럼 떠받들고 살아야 할 것이야. 낄낄~!)

쇠돌의 머릿속이 급히 회전하고 있었다. 업순이를 하녀처럼 부려먹을 생각에 벌써부터 신바람이 오르고 있었던 것이었다.

쇠돌이가 현무암에 당도한 것은 자정이 거의 다 되어서였다. 녀석은 암자에 당도하자, 업순이도 뒷방에서 듣고 깨어나서 달려 오라고 암자가 떠나가라 소리를 질러 스님을 불러 깨운다.

"큰시님-? 큰시님할배-? 바우가 왔구만요. 쐬돌바우요! 업보씨키가 다리몽댕이가 뿌러저설랑은, 바우가 그 야길 전할라꼬 왔구망요. 할배시님…"

바우의 목소리가 끝나기도 전에 승방문이(왈카닥) 열리며 큰스님 "즉" 현무 스님이란 분이 맨발 치로 달려 나왔고, 잠시 후에는 소아 역시 (옷을 입은 채로 자고 있었던지) 뒤꼍을 돌아 달려오고 있었다. 스님이나 소아 역시 (업보에게 무슨 일이 생겼나

98

보다) 하여 크게 놀라는 모습이 역력했다. 현무암에는 금족령이 내려져서 5년여 동안 발걸음도 못 했던 바우가 소식을 전하려고 달려왔음에랴 그 심각성을 어찌 깨달아 모를 일이겠는가. 참으로 이만저만한 충격이 아닐 것이었다. 그랬기에 스님과 소아는 아예 입도 뻥긋 못 한 채 바우의 목소리에만 신경을 곤두세우고 있을 뿐이었다.

그 사실을 이미 예상이라도 했다는 듯 바우는 아예 업보 얘기는 하다 말고 큰스님을 향해 인사부터 늘어놓는다.

"큰시님 할배? 그동안 기체만강 하셨능기라오? 이놈 쐬돌베기가 큰시님 할배한태 인사 올립니다요."

녀석은 넉살 좋게도 마당에서 넙죽 절부터 올리고 본다.

(궁금한 거야 할배능감이랑 업순이 네 몫이고, 쐬바우 나는 지금 급할 것이 하나도 없걸랑…? 어디 한번 속이 타 보거라 실컷!)

5년여 세월에 대한 앙갚음이었다. 그렇다고 큰스님이나 소아 역시 쇠돌의 행동에 대해 탓할 입장도 못되었다. 아무리 급해서 숨이 넘어간다고 할지라도 오랜만의 만남에 인사부터 올리는 것은 당연한 순서요, 도리이기 때문이었다.

스님께서는 아예 뜨락 밑으로 내려서지도 못한 채 두 다리를 (후덜후덜~) 떨면서 바우에게 말한다.

"그래그래. 인사는 천천히 방 안으로 들어가서 해도 될 것인즉, 업보 야기부터 해 보거라. 업보가 무엇이 어쨌다고?"

"아, 예. 업보요? 다리몽댕이가 부려져서 앉은뱅이가 됐붓는데, 큰시님께 소식도 전하고 업순이를 델고 오라꼬 캐서 이렇게 왔구만요."

"어, 업보가 얼마나 다쳤길래, 업순이는 왜?"

"글씨, 내사 알겠능기요? 암매도 앉은뱅이가 됐붓닥 카는걸 봉께. 똥 오줌도 못 가리는 모양이지요. 뭐—"

"그 그래서 업보는 시방 능구레에 가 있음이더냐?"

"왠걸요. 내는 그씨키 코빼기도 못봤능기라요. 암매도 다리 몽댕이가 으작이 난 모양인디. 두 능감이가 아차, 두 할배들이 치료를 하느라 옴싹달싹을 몬 하는 모양인기라요. 기래서 업순이가 약초 같은 거 심부를을 해줘야 한다꼬 그랬는디. 기래서 큰시님이랑 노닥거리지 말고, 업순이만 빨리 델꼬 오라꼬 했능기라요."

"허어~ 관세음보살~! 그렇다면야 업순이를 보낼 것이 아니라 내가 먼저 가봐야 함일 것이로다. 허어~ 이거야 원, 관셈보살! 관셈보살~! 어서 앞장 서거라. 가자!"

바우가 이럴 때를 대비하여 생각해둔 변명거리가 있어 급히 만류하려는데, 소아가 먼저 말을 받아 나서며 스님을 만류한다.

"안 됩니다. 할배 스님! 이 밤중에 눈도 어두우신 할배가 어찌 가시겠다고 나서십니까? 두 분 할배 선사님께서 오죽이나 다급했으면 오라버니를 보내서 저를 불렀겠습니까? 하오니 소녀가 달려가 보고 소식을 전하겠습니다. 하오니 소녀를 보내주소서. 할배 스님!"

소아의 목소리에는 이미 간절함이 배어 있었다. 여간해서는 큰스님에게 양보할 기미가 아니었다. 게다가, 소아의 말처럼, 현무 큰스님께서는 요즘 들어 시력이 많이 나빠져서 밤길을 다니시는 게 여간 어려운 게 아니었다. 그래서, 마음만 앞세울 뿐이지 밤길을 따라나선다는 것은 사실 무리였던 것이다. 그리하여, 소아가 결국엔 바우를 따라나서게 되었다. 바우의 말처럼 큰스님이랑 쓸데없이 노닥거리지 않고 그 자리에서 곧바로 말이다.

큰스님은 지금 제정신이 아니었다. 두 분 양무 선사께서 어찌 감히 큰스님에게 노닥거린다는 막말을 했을 것이며, 이 밤중에 소아를 데려오라 했을 일인가 말이다. 설사 업보가 앉은뱅이의 신세가 되었다고 할지라도 위험스럽게 이 어둔 밤에 급히 쇠돌을 보낸 이유는 또 무엇이며, 특히나 소아를 밤중에 데려오라고 했다는 것은 도저히 이해조차 할 수 있는 일이 아니었던 것이다.

그럼에도 큰스님께서는 쇠돌의 행동에 전혀 의심조차 해보지 못하고 있었다. 녀석의 행동에 부자연스러운 점이 많았는데도 그 사실을 전혀 낌새조차 채지 못하고 있었던 것이다.

게다가, 제정신이 아닌 것은 소아 역시 마찬가지였다. 큰스님께서 바우를 따라나서겠다고 하는 바람에 큰스님의 발걸음을 붙잡기 위해서는 자신이 따라가겠다고 나서는 것 외에 달리 방도를 생각해 볼 겨를이 없었던 것이다.

업보가 죽정리로 대나무를 구하러 간 것은 사흘 전이었다. 사흘 전 스님께서는 노느니 염불한다고, 광주리라도 몇 개 만들기 위해 업보를 죽정리로 대나무를 구하러 보냈던 것이었다. 그리고 사흘째 연락이 두절이라 내일쯤엔 스님께서 죽정리로 한번 내려가 볼 참이었다.

"고연 녀석이 필시 각설이라도 만나서 노닥거리고 있는 게야."

더 이상은 별로 신경도 쓰지 않았다. 타고난 체질이 워낙에 장골이요, 두 선사들로부터 십오 년 동안이나 배워 익힌 공력이 절정의 수준이라 산적패 여나뭇 명 쯤은 손쉽게 해치우고도 남을 고수의 경지에 이르러 있었으니 걱정할 일이 전혀 없었던 것이다.

그뿐만이 아니었다. 인근의 산야에서는 업보나 업순이의 발자국 소리만 들려도 산짐승들이 놀라 도망을 쳤다. 특히나 떼를 지어 다니며 사냥감을 싹쓸이하는 포악하기 그지 없는 늑대의 무리들도 어린 새끼 때 소웅과 소아의 손에 길들여지지 않은 것들이 없었다.

두 아이는 어린 시절부터 양무 선사에게 탈마신공을 몸에 익힌 처지들이었다. 그것은 쇠돌이도 마찬가지였다. 산짐승들의 공격에 대비하여 두 선사께서 관심을 기울여준 덕분이었다. 탈미공이란 바로 돌멩이를 던져서 상대를 제압하는 투석기술을 말하는 것인데, 아무리 사나운 대장늑대(어미늑대)라 할지라도 돌멩이의 공격에 한 번 얻어맞고 나면 대번에 똥강아지처럼 몸을 사리기 마련이었다. 그것을 정수리에 정통으로 얻어맞으면 목숨조차 보전하기 어려운 것이 맹수들의 공통된 결과였다.

그래서 포악스러운 늑대의 무리라 할지라도 세 아이는 피해 다니며 새끼들에게 젖을 물리고 다녔다. 특히나, 소아와 소웅은 쇠돌이가 떠난 이후로 엄청 외로움을 탔다. 그 바람에 더더욱이나 더 늑대굴을 찾아다니며 새끼들을 보살피는데 시간을 보냈다.

어미 늑대들도 어린 새끼 때 두 아이들의 보살핌 속에 자란 것들이라 그들이 제 새끼들을 해칠 사람들이 아니란 것을 잘 알고 있었고, 그래서 아예 유모 취급이라도 하는 듯했다.

그러한 사실들을 잘 알고 있는 큰스님이나 소아는 업보가 이미 사흘째 돌아오지 않고 있음에도 크게 걱정하지 않고 기다리고 있었던 것이다.

소아는, 자정을 훌쩍 넘긴 시각임에도 쇠돌을 따라 길을 나선다. 업보 소웅에 대한 걱정으로 다른 것은 아무것도 생각할 겨를이 없었던 것이다. 그리하여 이튿날 동이 트고 나서야 능구레 산막에 당도할 수 있었다. 산막에 당도한 소아는 대번에 실망하여 맥이 풀리지 않을 수 없었다.

"어찌된 거예요 오라버니? 웅이는 어디 있고, 작은 스님들은요?"

"아구 딘당! 대발, 둠둠 돌리고 야기하자 헉헉! 내는 깅공둘을 배우디 아나덜랑. 딤이들어 둑겠당께 헉헉−!"

"…!!"

소아는 아예 입을 닫고 눈치만 살핀다. 자신은 소아처럼 경공술을 배우지 않아서 힘이 들어 죽겠다며 사투리마저 일부러 심하게 뱉어내고 있었다. 거짓말을 둘러댈 때의 전형적 수법이었다. 그러면서 둘러댄 말은 내일 정오쯤이나 작은 스님께서 소아를 데리러 올테니 그때까지만 돌아와 있으라고 했다는 것이었다. 업보는 지금 쇠돌이도 알지 못하는 어느 곳인가에서 치료를 잘 받고 있다면서 말이다.

소아는 어쩔 도리가 없었다. 쇠돌의 말을 믿고 기다려 보는 수밖에 달리 방도가 없었던 것이다.

쇠돌이가 공양간 천정에 걸어둔 광주리에서 꽁보리밥 한 그릇씩을 찬물과 함께 담아 내왔다. 반찬이라고는 소금에 절인 산나물과 된장에, 뒷마당에서 갓 따온 고추가 전부였으나 명색이 부처님을 모신 절간인데 현무암이나 예나 다를 바가 없질 않겠는가. 그나마 고추라도 있다는 게 어딘가 말이다.

소아도 밤새워 산길을 달려오느라 배가 고프긴 했다. 그럼에도 밥이 목구멍에 넘어가질 않았다. 그래서 두어 숟갈 뜨는 둥 마는 둥 하다가 그대로 숟가락을 내려놓는다.

"와? 보디 바비랑서 목구덩에 넘어가덜 앙는기냐?"

"설마요. 웅이 생각을 하니까, 밥이 넘어가질 않네요."

"그대 그대, 내가 그덜둘 알고 둔비해 둔 거디 있디, 기댕겨 보거라."

아무리 생각해도 그것은 쇠돌의 평상시 사투리가 아니었다. 자신의 속내를 들키지 않기 위한 비상시의 말투였다. 그것이 소아의 기분을 자꾸만 뒤집어 놓고 있었으나, 그럼에도 (꾹꾹!) 눌러 참아야 하는 소아의 심정이 오죽할 일이겠는가.

소아의 속내를 아는지 모르는지 쇠돌은 태연스레 공양간으로 나가서 미숫가루 한 사발을 물에 타서 들여왔다. 입맛이 없을 때는 천하 없는 별미였다. 소아는 쇠돌의 정성을 생각하여 그것마저 거절할 수가 없어서 미숫가루 한 사발을 달게 받아마셨다.

그리고 얼마나 시간이 흘렀을까?

"얘. 업둔아? 덩딘돔 탱겨봐. 응? 업둔아!"

쇠돌이가 애타게 업순이를 흔들어 깨우고 있었다. 그럼에도 업순이 소아는 인사불성이 된 채 깨어날 기미를 보이지 않았다. 시각은 어느새 저녁나절이 훌쩍 지나고 있었다.

"안 돼! 이럴 수는 없어. 이럴 수는! 내가 어찌 잡은 기회인데, 업순아? 네가 죽으면 나는 어쩌란 말이냐, 나는—?!"

아무리 흔들어 깨우며 난리 법석을 쳐도 업순이 소아가 다시 깨어날 기미는 전혀 없었다. 아마도 숙면 마취제를 과다 사용한 것임이 분명했다.

오늘 아침 동틀 무렵에 쇠돌이가 소아에게 미숫가루 한 사발을 타 준 물에는 바로 숙면 마취제가 함유되어 있었다. 양무 선사들이 외상치료 환자들을 치료할 때 먹이는 마취제로서, 그것을 미숫가루에 타서 소아에게 먹여 정신을 잃게 만들었고, 그리하여 쇠돌은 그녀를 제 여자로 만드는 데 성공하였으나, 그 양이 지나쳤는지, 저녁때가 다 되었는데도 소아는 아예 깨어날 기미를 보이지 않고 있었던 것이다.

쇠돌은 더럭 겁이 났다. 소아를 제 여자로 만들어서 함께 도망을 쳐 숨어 살면 될 일이거니와, 이렇듯 깨어나지 못할 거라고는 전혀 예상치도 못했던 것이었다. 빨리 약효가 퍼져서 정신을 잃으라고 마취제의 양을 좀 과다하게 사용한 것이 화근이 된 모양이었다.

"안 돼! 이러려고 내가 너를 내 여자로 만든 것이 아니잖아?!"

아직까지 목숨은 붙어있다고 할지라도 시체나 다름없는 여자를 들쳐업고 어디로 도망을 쳐서 양무 선사를 따돌릴 수가 있을 일이겠는가.

급하게 짐을 챙긴 쇠돌은 약초더미를 걷어다가 소아가 실신해 있는 승방으로 던져 넣는다. 약초더미에다 불을 붙여서 소아의 몸뚱이를 아예 태워 없애겠다는 의도였다.

"시신을 태워 없애면, 아무것도 알지 못할 거 아냐? 알면 또 어때. 어차피 능감탱이들과는 영원히 이별인데 까짓거. 어디를 간들 이깟 능구레만 못할까 설마!"

짐을 챙겨 짊어진 뒤 약초더미에다 불을 댕겨 붙인다.

"소아야? 부디 극락왕생하거라! 나는 정말이지 너랑 둘이 혼인해서 알콩달콩 살고 싶었는데, 네가 먼저 죽어버린 거잖아 뭐. 그러니 이 오래비를 아 아니, 이 서방님을 절대로 원망하지 말거라. 으야?!"

그리고는 산날등을 향해 급히 발길을 내달린다. 산날등을 넘어서 북쪽으로 올라가면 한양 땅으로 갈 수가 있게 되는 것이다. 쇠돌의 목적지는 바로 한양 땅이었다.

산날등에 당도해서 산막을 내려다보자, 산막이 온통 불길에 휩싸여(활활~) 타오르고 있었다.

7. 백호의 현몽

무구 선사는 낯선 동굴 속에서 업보 소웅의 육신을 구렁이와 지네로부터 보호하고 있었고, 무소 선사는 능구레 산막을 들러 쇠바우에게 (현무암에 가서 업보의 소식을 전하라)고 시킨 뒤에 어느 깊은 산속을 향해 달려가고 있었다.

또한, 근초 대사께서는 이때 초혜를 데리고 마루실이라고 하는 고갯마루 마을의 어느 빈집에서 피난 생활을 시작하려는 참이었다.

원래, 재터 고갯마루의 작은 마을인 이 마루실은 기껏 네댓 가구의 심마니들만 사는 마을로서 푸성귀 하나 가꾸어먹을 밭떼기조차 구경할 수 없는 옹색한 마을이었다. 그나마도 고을 사또의 횡포가 극심하여 젊은 부부가 어린 자식들을 데리고 야반도주를 하자, 그러한 사정을 알게 된 양무의 선승들이 집 안을 수리하여 오며 가며 쉬어가기로 한 것인데, 오늘 이렇듯 근초 대사와 초혜가 신세를 지게 된 것이었다.

그렇다고 오래 머무를 수 있는 곳도 못 되었다. 관아에서 알면 득달같이 달려와 패악질을 저지를 것이기 때문이었다.

참으로 끈질긴 악연이 아닐 수 없었다. 이곳 역시 이틀 전에 띠장마을과 암자를 습격하여 불태웠던 웅천현의 관하로서 사또가 이 사실을 안다면 팔목이 부러진 보복을 하겠다며 미쳐서 날뛸 것은 불을 보듯 뻔한 사실이었다. 그것을 모를 리 없는 근초 스님이셨다.

게다가, 이곳은 경상도와 전라도를 오가는 보부상들의 지름길로서, 고갯마루 빈집에 누군가 정착을 했다고 하면 반나절도 못 돼서 그 사실이 바람결을 타고 웅천 관내에 소문이 되어 퍼질 일이었다. 이깟 고갯마루의 빈집 하나가 무어라고 그토록 소문에 민감하냐고 하겠지만, 거기에는 사또가 이를 갈며 신경을 곤두세우는 끝나지 않은 악연 한가지가 더 존재하고 있었다.

그러니까 지난 초가을이었다. 웅천 현감이 고을의 경계지역 시찰과 놀이를 겸하여 이 마루실 마을을 들리게 되었다. 이때 서너 살쯤 돼 보이는 사내아이 하나가 허기진 배를 채우기 위하여 울타리 밑에 심겨져 있던 돼지감자 하나를 캐어 깨물며 삽작 밖을 기웃거리고 있었다. 사또가 아이를 보고 물었다.

"고놈 참 토실토실~ 실하게도 생겼구나. 너의 이름이 무엇이던고?"

아이가 낯선 사람들을 신기한 듯 바라보며 머뭇머뭇 대답을
해왔다.

"똥돼지, 똥돼지…"

"아하, 핫핫. 똥돼지라? 그래, 에미 에비는 어딜 갓느뇨?"

"저어기, 약초, 약초…"

산을 가리키며 약초를 캐러 갔다고 하는가 본데, 그나마도 약
초란 말은 알고 있었던 모양이었다. 사또가 같이 따라온 아전
"즉" 이방에게 묻는다.

"여기 이 마을에도 세곡은 부과하고 있을 터이겠지?"

고을의 토박이인 이방이 머뭇머뭇 말을 받아 대꾸한다.

"이, 이곳은 워낙에 오지인데다가 겉보리 한 됫박도 수확할 수
있는 밭뙈기조차 없는지라 아마도 세곡은 부과치를 않는 것으
로…"

"뭐라?! 그러니까 세곡도 부과하지 않는다는 뜻이렸다?!"

"그, 그것이 그런 줄로 압니다마는 사또 나으리…?"

"무슨 변명을 하겠다는 게야 시방?! 조 녀석이 조렇듯 불따구
니에 볼살이 통통하게 오른 것을 보면 분명 먹고 사는 데는 지장
이 없다는 뜻일 터! 이것들은 어디 조선 백성이 아니고 하늘에서
떨어진 것들이라 하던가?!"

"그 그것이 그러니까는…"

"그래서 세곡은커녕, 군포도 물리지 않고 있겠구만, 그런 게
지?"

"그, 그렇기는 합니다마는…"

"허면, 이 마을 전체가 모두 세금 한 푼 안 내고, 무위도식한다는 뜻이렸다? 내 말이 맞지 그치?!"

"그, 그게 사또 나으리? 사실은 이 집 하나만 경상도 땅이옵구요…"

"뭐라?!" 하면, 저쪽 집들은 경상도가 아니란 말이던가?"

"그렇습니다요. 저쪽 집들은 모두가 전라도 땅에 속해 있는지라 저희 관할이 아닙니다요. 해서, 저쪽에서는 세금 한 푼 부과를 하지 않고 있는데 이 집 하나만 세금을 부과한다는 것도 왠지 좀 긁적지근~하고 해서…"

"긁적지근 하다는 건 또 뭔 말이야?! 그렇걸랑 이 집 하나만이라도 부과를 하게! 전라도야 워낙에 곡창지대라 여기까지 세금을 거두지 않는다 해도 별 지장이 없겠지만, 우리야 그럴 여유가 없질 않은가!"

"…!!"

"게다가 산나물과 약초에도 세금을 부과하도록 되어 있거늘, 이것들이 오늘날까지 세금 한 푼 내지 않고 산나물과 약초를 팔아 똥배를 채웠겠다?!"

이날 사또는 해가 저물도록 기다려, 산나물과 약초를 캐서 돌아온 젊은 부부에게 엄히 추궁하여 꾸짖었다. 그리고는 말했다.

"나랏법을 어긴 죄를 물어 관아로 끌고 가서 물고를 내고 싶지만, 내가 워낙에 인정에 약한 사람이라 한 달간의 말미를 주겠다. 그러니 한 달 안에 산삼 열 뿌리를 캐서 관아에 바치도록 하거라. 그리하면 본관이 그동안 밀린 세금을 탕감하여 주겠노라. 허나, 한 달 안에 산삼 열 뿌리를 바치지 못할 시에는 곤장으로 다스리고 관노비로 삼을 것이니, 저쪽 이웃들에게도 도움을 좀 청하도록 하거라. 이웃 좋다는 게 무엇이더냐? 이럴 때 서로 돕고 사는 것이지!"

사또는 이들에게 단단히 엄포를 놓은 뒤에 돌아갔다.

"킬킬킬~! 두고 보게나. 지놈이 살고 싶으면, 이웃에 품앗이를 해서라도 산삼 열 뿌리를 캐서 관아로 가져와 바칠 터인즉!"

그러나 산삼이라고 하는 것이 캐고 싶다고 하여 캐어지는 것이든가. 일생에 단 한 번도 캐기 어려운 게 산삼이거늘, 원님의 호령 한마디에 산삼 열 뿌리가 캐어진다면 세상에 넘쳐나는 것이 산삼일 것이었다.

사또는 안달이 났다. 산삼 열 뿌리를 가지고 누구 코에 붙여야 할지 보낼 곳은 많은데, 숫자가 부족했다.

"이럴 줄 알았으면 한 스무 뿌리쯤 할당을 해주는 것인데…!"

그러나 이미 약조를 한 것이니, 일단은 그것만 받고 앞으로의 세금으로 열 뿌리쯤 더 부과를 하면 될 일이었다. 그랬는데 김칫국을 너무 빠르게 마신 탓인지 한 달이 훨씬 지났는데도 약초꾼으로부터는 소식이 없었다.

"당장에 가서 약초꾼 놈을 잡아들이거라―! 고연 놈이 산골 무지렁이가 돼 놔서 국법 지엄한 줄을 모른단 말씀이야. 형방도 함께 나졸들을 데리고 가서 이웃에 있는 놈들도 한두어 놈 슬쩍 끼워서 잡아 오도록 하라! 이웃이 곤경에 처했을 때 서로 도와주라는 뜻에서 이웃사촌이라 함이거늘…!"

괘씸죄란 이럴 때 써먹으라고 있는 것이 아니겠는가. 웅천 관아의 아전들이 일수 사령들을 거느리고 괘씸죄를 시행하러 가게 되었다. 사또의 명에 의해 산삼을 캐어다 바치지 않은 죄과를 묻기 위해서였다.

"고연 놈들이 곤장 맛을 보고 나야 합심해서 산삼을 캐어다 바칠 것이거늘!"

그러나, 심마니를 잡으러 갔던 이방과 형방이 헛걸음을 치고 그대로 돌아왔다. 약초꾼은 이미 야반도주하여 빈집만 (횡-)하니 남아 있었고, 이때 마침 보부상 패거리가 재를 넘다 말고(무슨 구경거리라도 생겼나~?) 하여 관심을 보이는 바람에, 그들이 보는 앞에서 차마 이웃들을 대신 잡아 올 수는 없었던 것이다. 그랬다간 전라도 관찰사의 자존심에 불을 지피는 꼴이 될 것이기 때문이었다.

그리하여, 지나간 겨우내 비어있던 집을 봄이 되어서야 양무 선사께서 그 내막을 전해 듣고 집수리를 해놓게 된 것인데, 그때 근초께서도 그 사실을 알게 된 것이었다. 근초 스님의 산막 암자와는 이십여 리의 지척에 위치하고 있었기에, 집을 수리하는 일엔 띠장마을 장정들의 손길이 필요했던 때문이었다.

초혜는 근초 스님을 따라 저녁 늦게 이곳에 당도했으나 도대체 잠을 이룰 수 있는 형편이 아니었다. 방 안엔 홑이불 하나도 준비된 것이 없었고 정짓간엔 솥단지가 걸려 있던 아궁이만 (횡-)하니 아가리를 벌리고 있어서 따끈한 물 한 그릇 끓여 먹을 형편도 못 되었던 것이다.

게다가, 오늘 하루 배를 (쫄쫄~) 곯은 것도 한 원인이었다. 그래도 마당가 울타리 밑에 조그만 평상 하나는 남아 있었다. 그나마 양무 선사가 가느다란 통나무들을 베어다 새로 만든 것이었다. 원래 있던 것은, 지난겨울 보부상들이 굼불지필 땔감으로 사용해 버렸기 때문이었다.

초혜는 평상 위에 자리를 잡고 앉아서 아예 방 안으로 들어갈 생각조차 않고 있었다. 마음이 싱숭생숭한지 한숨만 (푹푹-) 내쉬고 있는 참이었다.

(허어~ 초혜 저것이 결국엔 마음의 병이 들었음이로고-!)

스님은 알고 있었다. 초막마을 사람들과의 이별로 인하여 초혜의 마음속에도 결국엔 외로움이란 병을 얻어 가지게 되었다는 사실을 말이다. 그러나, 초혜에게는 자신도 깨닫지 못하는 마음의 병이 한가지가 더 있었다.

(… 중노미도 고추는 있나 몰라…?)

역시나 중노미들도 고추가 있다는 것을 알기는 했으나 그것이 어찌하여 이렇듯 온몸을 화끈거리게 하는지 정녕 얄궂기만 했다. 그것만이라도 초혜에게는 크나큰 발전이 아닐 수 없었다. 남녀 구분도 할 줄 모르던 바보가 드디어 하늘의 섭리를 깨달아 이해해 가고 있었으니 말이다.

그러나, 하늘의 섭리를 깨닫는다는 것도 결코 좋은 것만은 아니었다. 마을 사람들과의 기약 없는 이별을 떠올리면서 그만 감정의 기복을 견디지 못하여 그대로 (울컥!)하고 울음보가 터져 나오고 말았던 것이었다.

(흐흑! 흑흑흑! 흑흑-!)

초혜로서는 정녕 생전 처음으로 느껴보는 감정이 아닐 수 없었다. 결코, 마을 사람들과의 이별 때문만도 아니었다. 아직까지는 그것이 어떤 이별인지 그 사실조차 정확히 깨닫지 못하고 있었다. 그러니까, 그들과 헤어진 것이 서러워 우는 것이 아니라 그냥 이유도 모르면서 감정이 북받쳐 울고 있는 것일 뿐이었다. 배가 고파서도 아니었다.

근초 스님께서도 잠을 못 이루기는 마찬가지였다. 방문을 열어놓고 마당을 내다보며 만사 시름을 내려놓으려는 듯 염주알을 굴리는데, 목구멍 속으로는 (웅얼웅얼~) 염불 소리가 흘러나오고 있었다. 스님께서야 어찌 만감이 교차하지 않을 수 있을 일이겠는가. 그러면서, 스님께서는 초혜의 울음소리를 알아듣고 있었다.

(결국에 올 것이 왔슴이로고…! 허어~ 이 일을 어이하면 좋단 말이든고…!)

스님의 마음이 참으로 무겁기만 했다. 단 하루 만에 세상이 천지개벽을 하고 있었던 것이다. 그 개벽은 아직도 끝이 나지 않고 계속되고 있는 참이었다.

(저것과도 이제는 이별할 때가 되었단 말이던가…? 허긴, 혼기를 놓쳐도 한참이나 놓쳤으니, 진즉에 혼인을 시켰어야 함이거늘…! 부모 형제가 있나 일가친척이 있나… 저것을 어이 할꼬! 어디로 가서 살게 해야 할꼬…?)

마음의 병이 들어 (하산을 시켜서) 사바세상으로 내려가 살게 하기는 해야겠는데, 그것이 참으로 막막하기만 했다. 스님의 신분으로서 자신에게 생활 터전이 있는 것도 아니요, 고향이 있는 것도 아니며, 능구레나 현무암으로 데려간다 한들 이미 마음의 병이 들었으니 산사에 틀어박혀 여승이 되기조차 글렀다고 봐야 할 일이었다.

"아미타~불 관셈보살~! 저 불쌍하고 가엾은 것을 어찌하오
리까…!"

스님께서는 아예 시간이 가는 줄도, 날이 새는 줄도 모르고 있
었다. 자신이 속세에 정을 끊지 못하여 어린 핏덩이를 데려다 키
운 지 어언 십수 년! 스님께서는 정녕 자신이 저지른 업보를 톡
톡히 치르고 있는 셈이었다. 허나 어찌하겠는가. 흘러가 버린 세
월을 되돌릴 수도 없음이니 말이다.

한편, 무소 선사가 무구 선사에게 업보의 안위를 맡겨두고 능
구례로 달려가 바우에게 심부름을 시킨 뒤 밤을 도와 달려간 곳
은 바로 천왕골 산삼밭이었다. 예전에 보아두었던 천년 삼의 삼
밭이었는데, 그 주변의 자삼들은 수시로 캐어다 팔아서 사실은
그 돈으로 식량을 구하여 띠장마을 유랑민들의 목숨 구완을 해
오고 있었던 것이다.

이곳 천삼 밭에는 참으로 말 못 할 사연이 있었다. 두 분 선사
께서 언젠가 약초를 구하려고 깊은 산속을 헤매고 다니게 되었
는데, 그때 갑자기 비바람이 몰아치기 시작을 했던 것이다. 그
리하여, 절벽 아래 소쿠리처럼 옴폭 들어간 곳이 있어 급히 비를
피하게 되었던 것이었다.

원래, 비바람이 몰아치면 커다란 나무 밑이나 바위 밑에는 절
대로 들어가서 안 되는 법이다. 벼락을 얻어맞을 수 있기 때문이
다. 그러나, 워낙에 비바람이 세차다 보니 그런 것을 따질 경황
이 못 되었다. 그리하여, 일단 비를 피하기는 하였으나 역시 그
곳은 저승사자의 사타구니였다.

"핫뽈싸! 이 이것이 무엇이든고-?!"

그것은 바로 시체였다. 절반쯤 백골이 되어버린 시신이 나뒹굴고 있었는데, 주변에 널려있는 소지품들로 보아 자신들처럼 약초를 캐러 다니는 약초꾼이 분명한 듯싶어 보였다. 이 약초꾼도 아마 소나기를 피하여 급히 뛰어들었다가 벼락을 얻어맞은 것임을 짐작하여 알 수 있었다.

"아미타~불! 어느 고을에 사는 처사님이신지 호패라도 가진 것이 있으면 소식이나 전하여 줄 것이거늘…"

신원이라도 확인코자 하였으나 호패조차 번거롭게 생각했던 모양이었다. 그러니까, 찾고자 하는 호패는 없고, 썩다 멈춘 시신에는 저승꽃만 잔뜩 피어 있었는데, 그것이 바로 동충하초였다. 아마도 구더기에 병균이 퍼져 저승꽃으로 피어난 듯싶어 보였다.

"비가 그치면 시신을 매장하여 백골이라도 편히 쉬게 해주어야겠으나 이놈의 버섯들은…"

"가져다가 나물 반찬 해 드시려고?"

"댓끼! 망자 앞에서 그 무신 무례한 말씀을!"

"허면, 내가 가져다가 천삼에다 한번 심어볼까?"

"무소가 어째 천년삼을 아껴두나 했지 내가…"

그리하여 무소 백무 선사의 실험정신이 명약 개발의 첫발을 내딛게 되었던 것이었다. 그러나, 산삼에 기생하는 구더기가 어디 있다고 동충하초의 균주를 퍼뜨릴 수가 있다는 것인지. 그 내막은 딱히 알 수가 없으나 무엇인가 실험을 하고 있었던 것임에는 분명했다. 그렇다고, 설마 시신을 가져다가 산삼밭에 거름으로 쓰지는 않았을 것이 아니겠는가. 스님의 신분으로서 말이다.

허여간에, 무소 선사가 달려가는 곳이 천왕골의 산삼밭임에는 분명했다. 그랬는데, 산삼밭에 당도한 선사는 그만 뒤로 벌렁 나자빠지고 말았다. 산삼밭이 쑥대밭이 되어 있었던 것이다. 그것은 바로 멧돼지의 소행이었다. 발자국이 어지럽게 찍혀 있어서 그 사실을 어렵사리 알아차릴 수가 있었다.

무소 선사는 그만 목구멍이 바짝 타들어 갔다. 업보의 목숨이 손도 한번 못 써보고 끝장이 나게 생긴 셈이었다.

"허기사, 그깟 천년삼이 어찌 죽어가는 목숨을 살릴 수야 있겠으랴마는…"

그래도 목구멍이 타는 것은 어찌된 연유란 말이던가.

이때였다. 갑자기 천왕골이 떠나가라 요란스러운 비명소리가 귀청을 찢어놓았다.

〈꾸에엑-! 꾸엑, 꾸엑, 꾸엑-!〉

멧돼지의 비명소리였다. 비명소리가 어찌나 큰지 선사는 그만 정신을 잃을 지경이었다.

"하이고머니-! 산신령께서 멧돼지를 잡아먹으려나 보네!"

잠시 후에 계곡 막바지에서 산봉우리가 굴러 내려오기 시작했다. 그런데, 눈여겨 살펴보니 그것은 산봉우리가 아니라 황소만한 멧돼지였다.

"저렇게도 큰 멧돼지가 다 있었다니, 멧돼지가 어찌 황소보다도 더 크다더냐!"

정신이 혼미한 중에도 자세히 보니 멧돼지의 털이 온통 초록색이었다.

"세상에나…! 초록 멧돼지도 있었구나…!"

돼지가 연거푸 비명을 내지르며 눈앞을 스쳐 도망을 치는데 돼지의 등가죽이 온통 풀과 나무들로 뒤덮여 있었다. 그랬으니 그것이 황소보다도 더 크게 보일 수밖에 없었다. 멧돼지의 억센 털가죽에 흙먼지가 끼어서 거기에 풀씨와 나무씨가 떨어져 발아하여 그만 산봉우리가 하나 생긴 셈이었다. 산신령이 멧돼지를 괴물로 키워서 잡아먹을 참인 듯싶어 보였다.

"저렇듯 큰 괴물이면 호랑이도 덤비지를 못하고 도망갈 터인데…!"

아니나 다를까, 저 - 아래쪽 넓은 습지까지 도망을 친 멧돼지가 드디어 산신령이 보낸 괴물이랑 한바탕 싸움판이 벌어졌다.

"옳거니, 옳거니, 어디 한 번 붙어서 힘겨루기를 해보거라!"

선사는 급히 바위 위로 뛰어올라 난생처음 보는 용호상박의 싸움을 구경하지 않을 수 없었다.

그랬는데, 뜻밖에도 진귀한 광경이 눈에 들어왔다. 멧돼지의 상대는 역시나 생전에 처음 보는 괴물로서 산신령의 전령임이 분명했다. 몸통은 한 아름쯤 돼 보이는 것이 동글동글하게 생겼는데, 길이는 한 발쯤이나 될까말까 했고, 대가리도 없이 뭉특하게 생긴 끄트머리에 입과 코와 귀가 붙어 있었으며 꽁지도 없이 앞과 뒤가 뭉특하게 생겨있었다.

게다가, 몸통의 빛깔이 공단빛을 내뿜으며 반질반질하였는바, 그 빛깔이 석양에 반사가 되고 있었다. 참으로 눈이 부실 흑진주의 영롱한 빛깔이었다. 발과 다리도 있는 듯 없는 듯 통나무가 굴러다니는 듯한 모습이었는데, 선사는 괴물의 정체를 단박에 알아보고 있었다.

"저놈은 바로 이무기가 아니든가! 이무기란 놈이 어찌하여 저보다 열 배도 더 큰 멧돼지를 잡아먹으려 하는 것일꼬?"

참으로 알다가도 모를 일이었다. 이무기가 사람 눈에 띈다는 것은 아주아주 드문 일로서, 용이 못 된 이무기라 하여 영물로 취급이 되기도 하지만, 밤하늘을 날아다니는 모습은 수시로 목격되는 현상이기도 했다. 보통은 산 중턱쯤에서 나타나 그 높이로 날아서 멀리 이동을 하는데, 그놈이 산속에 깃들어 있으면 장마철에도 비가 오지 않는 것으로 잘 알려진 영물이었다.

그러나, 대낮에 그 모습이 사람 눈에 띄는 경우는 극히 드문 일로서, 매에게 쫓겨 날아가는 장끼를 떨어트려 잡아먹는 것은 고사하고, 뒤따르는 매까지 잡아먹기도 한다고 했다. 더러는 산짐승을 뒤쫓는 사냥꾼마저도 사냥감을 빼앗길 때가 있다고 하는 바, 자칫 그놈의 성질을 돋구었다가는 목숨마서 보장빋을 수 없다고 하니 무조건 주의하고 볼 괴물임에 분명했다.

달빛이 해를 대신하여 산 계곡을 희미하게 비춰주고 있는데, 백발의 노인께서 풀밭에 앉아 낄낄거리며 괴물들의 싸움을 구경하고 있었다.

"고연 놈들이 싸울 때 안 싸울 때 가릴 줄 모르고 미쳐서 날뛰는구나 낄낄낄~"

그 소리에 선사도 인사 겸 해서 한마디 말을 거든다.

"그러게 말씀입니다. 소승도 살다살다 저런 꼴은 보길 첨 봅니다. 세상이 어찌 될려고 멧돼지가 다 이무기한테 덤벼들다니, 저놈이 저러고도 제 명에 살면 빈도가 손가락에 장을 지집니다요. 장을 지져요!"

"껄껄껄~! 천하에 괴물 같은 놈이 눈까리가 뒤집히면 무슨 짓을 못 할까! 저 멧돼지란 놈 잇발 좀 보시게나, 못 되어도 족히 한 발은 솟아 나왔음이니 황소라 한들 어찌 저놈 잇발에 무사하기를 바래!"

"그러게요. 예부터 용호상박이란 말은 들어봤어도 멧돼지란 놈이 이무기랑 맞장 뜬다는 소린 들어보질 못했습니다요."

"꺼걸 껄껄~! 용이란 놈이 어디 싸우고 싶어 싸우겠나? 멧돼지란 놈이 미쳐서 날뛰니까 제 본분도 잊고 깜짝 놀란 게지. 그래그래 이제 그만 끝장을 내 버리거라. 용도 못 된 이무기가 체면 차려 뭘 하겠느냐? 껄껄껄~!"

"어르신네께서는 참으로 재미도 있으신가 보옵니다… 하, 하온데? 핫뿔싸! 저 저것이 어찌된 말씀이오이까, 저것이…!"

선사가 놀라는 것도 당연했다. 멧돼지가 미쳐서 날뛰다가 참으로 못 할 짓을 저지르고 만 것이었다. 양쪽 어금니로 이무기의 몸통을 찔러서는 (제 놈도 깜짝 놀랐던지) 대가리를 허공으로 치켜들어 마구 흔들어 재끼고 있었다. 이무기를 급히 떨쳐내겠다는 행동이었다.

(쏴아아ー)

날카로운 휘파람 소리가 밤공기를 찢어놓고 있었다.

"어이쿠, 깜짝이야ー!"

선사는 그만 바위 위에서 굴러떨어지고 말았다. 이무기의 쉿소리에 그만 정신줄을 놓아버리고 말았던 것이다. 그것이 바로 하늘을 날아가는 장끼도 떨어뜨린다는 이무기의 살기였다. 죽음을 부르는 기운 말이다.

한동안 정신을 잃었다가 깨어난 선사는, 이번에야말로 참으로 못 볼 꼴을 보게 되었다. 멧돼지란 놈이 이무기의 몸통을 뜯어 먹고 있었는데 아무리 잡식성의 괴물이라고 하지만 그것은 결코 있을 수 있는 광경이 아니었다. 노인이 선사에게 말했다.

"이제 정신이 드시는가? 그놈이 하필 살기는 내뿜어서… 하마터면 지옥 문턱을 넘어설 뻔하질 않았던가? 그러게 구경도 할 게 따로 있지, 이제 두고 보시게나. 저놈 (멧돼지란 놈)이 먹을 거 말 거 못 가리고 처먹다가 창자가 막혀서 죽게 될 것인즉, 이무기의 뼈는 푹- 고아서 국물을 마셔야 원기가 돌아올 것이요, 기름은 상처가 아무는 데 천하 없는 명약이라…"

"하, 하이고머니. 그게 그런 것이옵니까 어르신네? 그러하면 소승이 극락왕생 포기하고, 저놈이 먹다 남긴 뼈다귀나 좀 주워가도, 중놈이 뼈다귀나 탐한다 하여… 어르신네? 아직은 말씀도 다 끝내지 못하였음이니, 승낙은 언제 받으라 하심인지…"

"그놈 참 말이 많구나"

(꽈르릉~! 끄르릉~!) 천지가 개벽을 예고하고 있었다. 마른 하늘에 날벼락이 떨어지며 멧돼지가 비명을 내질렀던 것이다. ("꾸에엑~! 사람 죽네, 멧돼지 살리거라~!") 비명소리가 귀청을 울리는데 멧돼지가 도망치다 말고 하늘 높이 솟구쳐 올랐다가 그대로 꼬꾸라져 버린다.

〈내가 뭐라더냐? 저놈이 이무기를 잡아먹고 창자가 막혀 죽을 것이라 하였거늘, 꽈르릉, 끄르릉~!"〉

산군의 표효 소리를 듣고 나서야 선사가 기함하여 소리친다.

"어이쿠야~! 산신령도 이미 멧돼지가 죽을 것을 알고 뒤따라

와 있었구나. 그치요 어르신?"

　그러나, 노인은 이미 호랑이에게 잡아먹혔는지 보이질 않고 백호 한 마리가 개활지를 가로질러 멧돼지를 향해 돌진하고 있었다. 선사는 큰대자로 풀밭에 사지를 뻗어 버린다.

　"백호의 현신이시면 진즉에 말씀이나 해주실 것이지, 하마터면 부처님 간 떨어질 뻔하였소이다 어르신네!"

　선사는 아예 바짓가랑이가 흥건히 젖은 줄도 모르고 (멧돼지가 백호를 잡아먹건 말건) 이무기의 뼈다귀를 챙기기에 여념이 없다. 멧돼지가 제법 살점을 뜯어먹기는 하였으나, 그래도 뼈다귀에 살점이 많이 남아 있어서 칡넝쿨 멜방을 만들어 짊어지자 선사의 허리가 휘청할 정도로 무게가 나갔다.

　"기왕에 살점을 좀 더 뜯어먹지 않구설랑~! 나무아미~ 관셈타~불~"

　백호의 시야에서 멀어져 보겠다고 서둘러 길을 나서느라 요즈음에 자주 써먹던 아맹 소리는 아예 깜빡 잊고 있었다. 그리하여 아미타불 관셈타불을 서너 번쯤 외치고 나자 어느새 능구레 산막에 당도해 있었다. 선사가 능구레로 달려온 것은 바로 솥단지 때문이었다. 산막에는 약초를 달이거나 메주콩을 삶을 때 쓰던 무쇠 가마솥이 준비되어 있었던 것이다. 그랬는데, 산막은 이미 잿더미로 변하고 난 뒤였다.

　"핫뿔싸! 고연 놈이 불단속도 않고 심부럼을 떠난 게야!"

　행여나 하여 급히 주위를 둘러 살피는데, 마당 건너편 우물가에서 신음소리를 토해내며 쓰러져 있는 처참한 몰골의 업순이를 발견하게 된 것이었다.

"아니, 저것이 어찌된 것이든가?! 바우는 어딜 가고… 저, 저 녀석은 암자에 있어야 할 업순이의 몰골임에…"

선사는 그만 말문이 (꽉!) 막히고 말았다. 쓰러진 기둥과 주저앉은 석가래에서는 아직도 불씨가 남아 있었는데, 행여나 하여 불길 속을 살펴보느라 선사는 아예 숯검댕이가 따로 없었다. 그럼에도 다행스레 바우의 시신은 찾을 수가 없었다.

"화마에 희생된 것은 아닌 듯하니 그나마 부처님의 보살핌이 아니겠는가. 나무아미 타불, 관세음 보살~"

그러나, 업순이의 몰골이 이만저만 걱정스러운 게 아니었다.

"이것의 몰골로 살펴보건대…"

옷을 발가벗고 있다가 불길을 뚫고 나온 것임이 분명해 보였다. 온몸에 실오라기 하나 걸친 흔적이 없고, 그바람에 얼굴을 비롯한 온몸 전신에 불길이 닿은 흔적으로 보아 화상을 입은 것임이 분명했던 것이다.

"무의식중에 불길을 뚫고 나오기는 하였으나 아직도 의식을 되돌리지 못한 채 간신히 목숨이 붙어 있음이니…"

문제는 바로, 소아가 어찌하여 지금 이곳에서 이런 몰골을 하고 있느냐 하는 것이었다. 게다가, 쇠돌이는 또 어디를 간 것이며, 집안에 불은 왜 났느냐 하는 점이었다.

그것은 바로 소아가 옷을 벗은 채 전신에 화상을 입고 있는 것으로서 모든 의혹을 해소할 수 있는 단초가 되고 있었다. 눈치 빠른 선사가 어찌 그 사실을 깨달아 모를 일이겠는가.

선사는 마음이 급했다. 사실 여부야 시간이 지나면 파악이 될 일이거니와 지금 당장은 소아의 안위가 더 우선이었다.

(…기름은 상처가 아무는 데 천하 없는 명약이라…)

신령님의 현신께서 어이하여 필요도 없는 말을 하시는가 하였는데, 이제 보니 업보와 업순이의 두 아이들을 함께 살려내라 하심인 것을 깨달아 알 수가 있음이었다.

"나무관세음보살~! 소승이 어찌 신령님의 은혜를 부처님처럼 받들어 모시지 않으오리까! 부디 저 아이들만 살려내게 하여 주신다면 소승에게야 천벌을 나리신다 해도 달게 받겠나이다. 아맹!"

무소의 행동이 빨라지기 시작했다. 업순이의 몰골이나 살피면서 탄식이나 쏟아낼 계제가 아니었다. 뒤안에 있는 석실 광속에서 항아리를 감싸두었던 보자기를 가져다가 업순이의 몸에 걸쳐 가려준 뒤에 부엌을 헤쳐 가마솥을 찾아서는 솥단지에 물을 길어다 붓고, 이무기의 뼈를 집어넣은 뒤에, 아직도 타고 있는 숯덩이들을 가져다가 아궁이에 불을 지핀다. 드디어 뱀탕이 끓여지는 순간이었다.

이무기란 원래 승천 직전의 구렁이를 말함인 것으로서, 용이 되어 승천했다면 인간의 손에 잡힐 리가 만무할 일이거니와 지금은 오로지 뱀탕으로밖에 표현할 길이 없음인 것이다.

게다가, 선사는 이미 의승으로서 여러 가지 뱀탕 약재를 달여 본 경험도 있었다. 그랬기에, 그것이 인간에게 얼마나 좋은 약재인지는 (훤히) 꿰고 있었던 것이다. 자신의 손으로 직접 잡지는 않았다고 할지라도 폐질환의 환자들에게는 이보다 더 좋은 명약이 따로 없음인 것이다. 선사가 이무기의 뼈에 희망을 거는 이유였다.

"아직은 목숨이 붙어있으면서도 저렇듯 의식이 돌아오지 않는 것을 보면, 필시 수면약을 과용해서 먹인 탓일 것이로고!"

선사는 마음이 착잡했다. 세 명의 아이들을 모두 한꺼번에 잃는 것은 아닌지, 참으로 마음이 착잡하기만 했던 것이다.

"부처님의 노여움이 어찌 이리도 가혹하단 말이더냐, 아미타불~!"

선사는 업순이에게 해독제를 먹인 뒤, 잿더미가 된 법당 안에서 돌부처를 찾아내어 우물에서 깨끗이 목욕을 시킨 뒤에 화마가 닿지 않을 곳을 찾아 정성스레 모신다. 그러나, 돌부처는 이미 뜨거운 불길로 인해 색깔이 변질되어 있었다. 잿더미 속의 공양간 솥단지에서는 뱀탕국을 끓이는 냄새가 역겹게 퍼져 나왔다.

"부처님께서도 뜨거운 불길에 크게 놀라셨을 테니 잠시만 코를 막고 참선에 드시옵소서! 뱀탕국을 끓이는 것은 어리석은 이 제자이오나 저것을 먹어야 할 중생은 따로 있음이라, 벌을 주시려거든 저에게 주시옵고, 저 불쌍한 중생들만은 부처님의 은덕으로 굽어살펴 주시옵소서-!"

선사는 정녕 애끓은 심정으로 간절하게 기도를 올리고 있었다. 두 아이의 목숨이 부처님의 마음 먹기에 달려있다고 선사는 그렇게 믿고 있었던 것이다. 두 아이에 대한 감회가 새로울 수밖에 없었다. 그러니까, 이야기는 지금으로부터 이십여 년 전으로 되돌아간다.

8. 역사의 뒤안길

상주목 관하의 금산현 우람마을에는 당대의 명문 세도 가문인 장씨 일문이 뿌리를 내려 살고 있었다.

우람마을 뒷산에는 장군바위가 솟아 있었는데, 그래서 일찍부터 장암촌으로 널리 알려지기도 했으며, 장암촌 앞으로는 비옥하고도 넓은 장암 뜰이 풍요롭게 펼쳐져 있었다.

장암 뜰을 돌아 흐르는 목감천은 여름철만 되면 돛단배가 떠다닐 만큼 강폭이 넓고 수량이 풍부했으며, 목감천 건너편엔 당산마을의 천민(백정)들이 농토를 소작하며 살아가고 있었다.

허긴, 농토를 소작하는 것도 근년의 일이었는바, 원래 천민들은 농사를 지을 수가 없었다. 그랬는데 농지 개량법이 생겨나면서 권력을 등에 업은 신흥세력들이 등장하여 그들(백정들)을 동원해서 저습지를 논으로 개간하고, 산 아래의 황무지를 밭으로 개간해서 천민들에게 소작을 시켰던 것이었다.

그랬는데 그만 금산현의 우람마을과 당산마을 사이에 문제가 터진 것이었다.

(장군암의 이무기가 당산나무의 왕지네와 겨루다가 패하여 죽고 말았다!)

그 결과는 참혹했다. 장암 뜰에 벼 이삭이 패어나던 여름철의 일이었다. 청룡이 노하여 물벼락을 쏟아붓자, 장군암의 정기가 사라진 장암 뜰의 제방이 힘도 한번 못 써보고 맥없이 허물어져 버린 것이었다.

(당산의 독지네가 장군암의 구렁이를 죽여서 장암 뜰의 제방

을 무너뜨리고 말았구나!)

인근 일대에 소문이 퍼져나갔다. 상놈이 양반을 잡아먹었다는 뜻이요, 김씨 문중에 줄을 댄 신흥 부자가 지역의 터줏대감을 꺾어 눌렀다는 뜻이었다.

그것은 이미 예견된 결과였다. 장암 뜰 맞은편의 저습지에 제방을 높이 쌓고 농지를 개간하였으니 강폭이 좁아질 수밖에 없을 일이요, 높고 튼튼히 축조한 새 제방보다 낮은 제방 쪽으로 물길이 밀려 넘쳐나는 것은 당연한 이치가 아니겠는가. 당산 뜰에 제방을 축조할 때부터 강폭이 좁아져 물살이 넘쳐나서 폭우가 쏟아지면 장군암의 구렁이가 당산나무의 지네에게 패할 것은 이미 예견된 결과였던 것이다.

그것은 또한 명문 사대부라 할지라도 권력을 등에 업고 등장한 신흥 부자에게는 찍소리 한번 못 해보고 당했다는 일종의 조롱이기도 했다.

게다가, 그것은 사대부에 대한 조롱이 문제가 아니었다. 우람 마을의 장문들은 졸지에 난민 신세가 되고 말았고, 더불어 생사문제가 결부될 수밖에 없었던 것이다.

이곳 우람마을은 이백여 년 전에 한양에서 낙향한 장씨 문중의 일족이 마을을 이루면서 집성촌으로 자리를 잡게 되었는데, 안동김씨들의 세력에 밀려 제대로 힘을 쓰지 못하고 있기는 하였으나, 그래도 아직은 대왕대비의 후광으로 권력의 한 축을 형성하고 있는 명문 세도 가문이었다.

우람마을 양반들은 피죽도 한 그릇 제대로 못 먹은 채 제방 복구에 매달려야 했고, 모래뻘로 뒤덮인 농토를 재정비 해야만 했다. 그 고초가 이루 말할 수 없었다.

그렇다고, 당산 뜰의 신흥 부자가 자신의 잘못을 시인할 입장도 아니었다. 그랬다간 제방이 허물어진 책임을 고스란히 뒤집어쓸 수밖에 없을 일이기 때문이었다. 물론, 당산촌의 천민들은 더더욱이나 더 그랬다. 그것이 어디 자신들의 잘못이란 말인가.

(잘잘못을 따지려면 토지주에게 이유를 따져야지, 우리에게 이유를 따질 일은 아니로다!)

그들은 모든 책임을 신흥 부자에게 떠넘긴 채, 가을 추수가 끝나자마자 당산제를 올린다며 부산을 떨어댔다.

당산제란, 마을 사람들이 당산나무에 제를 올리는 기원제로서 해마다 시행하는 연례행사였다. 그러나 올해는 좀 기분이 끌적지근 하기는 했다. 수해를 입어서 감정이 격해 있을 장씨 일족들 때문이었다. 그러나, 이들에게는 장씨 일족에 대한 쌓인 한이 있었다. 사람대접도 않고 개, 돼지 취급을 하는 사대부에 대한 원한이었다.

(이럴 때가 아니면 우리가 언제 양반놈들에게 한풀이할 수 있단 말이더냐. 올해는 떡과 과일은 물론, 돼지까지 잡아서 당산신에게 제를 올리되, 강 건너에서 (훤-히) 볼 수 있도록 만신 풀이부터 뻑적지근하게 치르도록 하자!)

그들은 자신들의 계획대로 당산제를 요란하게 치르기 시작했다. 그것이 바로 양반을 능멸하는 행위로 비쳐질 수밖에 없었다.

원래 천민들이 양반들을 능멸하면 조정을 능멸하는 것이나 다름이 없었다. 조정이란 바로 사대부들의 중앙권력 집단을 말하는 것으로서 그들이 바로 왕실을 떠받드는 기둥이었다.

그랬기에, 기둥뿌리가 흔들리면 왕실이 흔들리는 것으로서 사대부가 바로 기둥뿌리인바, 기둥뿌리를 흔드는 것은 이 나라의 법도를 흔드는 것이나 다름이 없음인 것이다. 그랬기에, 그것은 역모죄나 다름없이 중벌로 다스리게 되어있었다. 그러므로, 당산의 천민들이 우람의 양반들을 대놓고 능멸하는 대는 도저히 그냥 참고 넘길 일이 아니었다.

(당장에 장씨 일문의 남정네와 하인들을 모두 소집시키거라!)

드디어 당산마을 천민들에게 사대부의 본때를 보여줄 기회가 찾아온 셈이었다. 장촌의 남정네들과 하인들이 모두 소집이 됐다.

(때가 되었도다! 당장에 당산으로 달려가서 양반을 능멸한 죄를 물어 당나무를 베어 불태우고 당집을 허물어 더 이상은 양반을 능멸치 못하도록 하라!)

당산마을의 백씨 일문이라 하여 이러한 사태를 예상 못 할 리 없었다. 그들에게도 신흥 부자의 뒷배가 버티고 있었던 것이다.

(당산 뜰을 개간할 때는 입도 한 번 벙긋 못 하더니 부자는 겁나고 우리는 졸로 보인단 말이더냐!)

그들도 장씨 일문과 맞서서 보란 듯이 당산나무와 당집을 지켜내고 말았던 것이었다. 그 과정에서 양쪽의 젊은이들이 여럿 상처를 입었다. 이러한 사태의 뒤끝에는 바로 나라의 공권력이 버티고 있었다.

"상것들이 감히 양반을 능멸하는 것도 모자라서 두들겨 패기까지 하다니 이러고도 네놈들이 비적 떼가 아니라고 할 참이더냐?!"

장씨 문중의 고변을 받은 고을 원님의 눈알이 한 뼘이나 튀어

나오고 있었다.

《당산의 상것들이 패당을 지어 장암 뜰의 제방을 무너뜨리고, 그것도 모자라 제방을 허물어뜨린 사실을 기념하여 잔치까지 벌이며 양반을 능멸하여 그들을 타이르려 하자, 제방 보수에 지쳐 있는 문중의 젊은이들에게 행패를 부려 두들겨 패기까지 하니, 크게 다쳐서 몸져누운 젊은이와 하인들이 수십 인에 이르는바… 원래가 남쪽 지역에서 창궐하는 동비들의 잔존 무리와 은밀히 교통하여 지낸다는 소문이 사실로 입증이 된 것으로서, 사또께서는 급히 토벌대를 보내시어 그들의 세력이 더 이상 융성해지기 전에 일망타진하여 나라의 우환거리를 제거하여 주시기 바라오-!》

그것은 사실 역도의 고변이나 다름이 없었다.

"뭐라?! 상것들이 패당을 지어 사대부들을 두들겨 패다니 그것만으로도 용서받을 수 없는 중죄이거늘, 동학의 잔존 무리들과 내통하고 지낸다 그 말이지?"

그랬으니 겁도 없이 양반들을 두들겨 팼을 것이 아니겠는가.

사또는 신바람이 났다. 자신이 처음 부임을 할 때부터 우람마을의 장암촌에 장씨 일문의 사대부들이 살고 있다는 사실은 알고 있던 터였다. 예전 같았으면 부임하자마자 달려가서 부임 인사부터 하고 봤어야 할 일이지만, 지금은 거저 안동 김씨들의 세력에 밀려 숨을 죽이고 있는 터여서 부임 인사를 미루고 있었으나 그것이 언제나 마음에 걸릴 수밖에 없었다.

(그놈들에게서 개간한 농토를 빼앗기만 하면…)

사또로서는 참으로 구미가 당길 수밖에 없는 일이었다. 그러나, 그 신흥 부자란 놈의 뒷배가 누구인지를 알 수가 없어 눈치를 살피고 있던 참인데 드디어 농토를 빼앗을 기회가 찾아온 셈이었다.

그런데 지금 사또에게는 그깟 농토가 문제가 아니었다. 농토는 저절로 굴러들어오게 생겼고, 이제 동비를 토벌하여 승차까지 할 수 있는 행운이 찾아오게 된 셈이었다. 그까짓 신흥부자 놈의 뒷배가 설사 김병학이라 할지라도 그것을 두려워할 필요는 아무것도 없었다. 우람마을 장씨 문중의 고변에 동비라는 말이 들어가 있었기 때문이었다. 천하의 그 누가 동학의 비적떼를 두둔하고 나설 일이겠는가.

"킬킬킬~! 이럴 줄 알았으면 부임 인사라도 해서 안면을 터둘 걸 그러지 않았든가! 기왕지사 이렇게 된 거, 동비를 토벌하러 가는 길에 인사를 나눠도 나쁘지는 않을 터!"

사또께서 친히 토벌군을 이끌고 장도에 오르신다. 일개 고을의 말단 관아에 토벌군이란 게 어디 있겠으랴마는, 군노 사령에 아전들까지 총동원하여 이십여 명의 토벌대가 결성이 되어졌다.

물론, 경상 감영에 장계를 띄우긴 하였으나 장암촌의 고변이 하도 절박하여, 그들을 보호하기 위해서라도 감영의 초토군을 기다릴 수만은 없어서 토벌대를 조직하여 자신이 먼저 토벌에 나서게 되었다는 명분이었다.

〈그깟 무지렁이 상것들을 때려잡는 일이야 창칼만 손에 쥐었다 하면 해결이 될 수 있음이거늘!〉

사또는 알고 있었다. 당산의 천민들이 결코 동비가 아니요, 우람마을 장문들의 무고라는 사실을 말이다. 그러나, 천민들이 패당을 지어 양반들을 공격했다면 결코 그냥 묵과할 수 있는 일이 아닌 것만은 분명했다.

게다가 이번 일은 출세와 농토가 한꺼번에 걸려 있었다. 호박이 넝쿨째 굴러들어오게 되어 있었던 것이다. 속된 말로 뒷골 여우가 돌보지 않고서야 어찌 이런 행운이 찾아올 수 있을 것이며, 이러한 절호의 기회를 어찌 또 놓칠 수가 있을 일이겠는가.

이때, 당산마을의 천민들은 참으로 기절초풍을 하지 않을 수 없었다. 양반들과 맞서서 (힘으로 밀어붙여) 내쫓을 때부터 개운치 못한 기분이 들기는 하였으나, 토지주에게 기별하여 구원을 요청하기도 전에 장씨 문중과 사또가 한통속이 되어 마치 기다리기라도 했다는 듯이 밀고 들어올 줄은 전혀 예상치도 못했던 것이었다. 양반들과 맞서서 당나무와 당집을 지켜낸 결과였다. 그나마도 토지주와 인맥이 닿는 향리가 있어서 미리 소식을 전해 듣고 젊은이들은 모두 피신을 시킬 수가 있었다. 마을에는 나이 든 어른들과 부모 없는 아이들만 남게 되었다.

사또는 신바람이 났다.

"마을은 모조리 불사르고, 역도들은 닥치는 대로 때려잡거라! 행여 도망치거나 덤벼드는 놈들이 있거든 남녀노소 구분 말고 척살을 해도 상관이 없다!"

마을은 대번에 쑥대밭이 되고 말았다. 젊은이들은 모조리 도망을 치고 없었으나, 그것으로 인하여 사또에게는 그들을 역도로 몰아가기에 더욱더 훌륭한 빌미거리가 될 수 있었다.

당산마을의 젊은이들은 통곡을 했다. 그러나, 어쩔 도리가 없었다. 이미 동학의 잔패와 내통하였다 하여 역도로 몰린 것을 그들의 힘으로는 뒤집을 방도가 없었다. 그들의 억울함을 해명해줄 사또가 오히려 그들을 역도로 몰아가는 주모자였으니 말이다.

토지주로서도 어쩔 방도가 없었다. 마을의 젊은이들이 서둘러 도주를 한 사실부터가 사태를 더욱더 어렵게 만들었다. 토지주조차 역도의 누명을 뒤집어쓰지 않기 위해서는 근처에 얼씬도 하지 않는 것이 좋았다. 개간한 땅의 본전이 문제가 아니었다.

(정말로 동비들과 연통을 하긴 했던 것일까…?)

토지주로서도 그것만은 장담할 수 없는 일이었다. 동학의 잔존 세력들이 아직도 남아 있다는 사실까지 모르고 있었으니 말이다.

(내가 장암촌의 촌부들을 가소롭게 보았다가 그것들의 올가미에 꼼짝없이 걸려들고 말았구나!)

그렇다한들 어찌하겠는가. 심증은 있으나 물증이 없었고, 사건은 바로 역도에 관한 문제였다. 토지주로서도 당분간은 얼굴을 내밀고 다닐 수가 없게 되고 만 것이다. 사또에게 두 눈(뻔히) 뜨고 개간 토지를 몰수당하면서도 벙어리 냉가슴만 앓는 꼴이 되고 말았던 것이었다.

당산마을의 늙은이들 일부는 토벌군의 창칼에 목숨을 잃었고, 나머지는 모조리 참수가 되고 말았으며, 마을에서 몰수된 곡식들은 장암촌에 상급으로 내려졌다. 비적들을 고변해준 댓가였다. 고변의 댓가는 그뿐만이 아니었다.

"내년부터 당산마을 일대의 전답들은 장암촌의 문중에서 대갈림을 하도록 하시오. 이제 그 땅은 관토로 몰수하여 관아에서 관리할 터인즉!"

그러나, 관토로 몰수한다는 것은 사실 핑계였고, 사또 개인의 사유 토지로 접수한다는 선언이나 다름이 없었다. 아무리 그렇더라도 그 땅들을 대갈림하여 부쳐 먹기 위해서는 구린 입도 뗄 수가 없었다.

사태가 이 지경에 이르게 되자, 간신히 산속으로 몸을 피하여 목숨을 건진 당산마을의 젊은이들은 이제 더 이상 산에서 내려갈 수가 없었다. 산에서 내려가기는커녕, 하루아침에 비적 떼로 몰려 토포군에게 쫓기는 신세가 되고 만 것이었다.

"먹을 식량이 없으니 이대로 굶어 죽을 수도 없고, 부득이 화적패가 되어 살아갈 수밖에! 그러다가 행여 남아 있을지도 모를 동학패와 연줄이 닿게 된다면…?"

동학이 추구하는 새 세상을 만나 금수가 아닌 인간으로 새로운 삶을 살아가게 되는 날이 오게 될 수도 있음인 것이다.

원래, 동학의 비적 떼로 불리던 동비들은 오래전에 이미 관군들에게 거의 토멸이 되고, 일부가 도망을 쳐서 살아남았다고는 하나, 그 존재조차 확실치 않은 것이 작금의 현실이었다. 아무리 그렇기는 해도 당산의 젊은이들이 희망을 걸어볼 길은 그들뿐이었다.

"우리가 화적이 되어 세상에 이름을 드러내면 그들이 세력을 규합하기 위해 우리에게 연통해 올 것이 아니겠는가!"

화적이란, 도적의 무리가 마을을 습격하여 재물을 빼앗고, 집집마다 불을 질러 쑥대밭을 만든 뒤에, 닥치는 대로 사람을 죽여서 악명을 퍼뜨리는 밤의 황제를 말하는 것이다. 그리하여 주변의 마을마다 자신들이 요구하는 곡식과 가축의 수를 정하여 기별하면, 마을 사람들은 먹을 것이 없어서 굶어 죽더라도 화적패의 요구만은 거절을 할 수 없게 되어있음인 것이다. 그것을 어겼다가는 마을 전체가 대번에 불벼락을 얻어맞을 것이기 때문이었다.

당산마을의 젊은이들이 화적패가 되기로 작정을 한 이상, 한두 개 마을쯤은 본보기로 불벼락을 안겨 줄 수밖에 달리 방도가 없음인 것이다. 그래야만 그 악명이 늘리 퍼져나갈 것이기 때문이었다.

"우리의 본보기로 제일 먼저 우람마을의 장암촌을 습격한다!"

그것은 당연한 순서였다. 그들 때문에 화적이 되게 되었는데, 그 불벼락의 영예를 어찌 그들에게 제일 먼저 안겨주지 않을 수 있을 일이겠는가.

이제 겨우 가을걷이가 모두 끝난 초겨울이었지만, 저녁밥을 해먹은 아궁이마다 불씨들이 꺼지지 않고 남아 있는 깃으로 보아 따로 굼불을 지피지 않는다 해도 등 따습고 배가 불러 마을이 온통 꿀잠 속에 빠져들고 있었다.

그러나, 그것은 이웃의 불행으로 얻어진 행복의 결과였다. 당산의 젊은이들과 어린 자식들이 깊은 산속에서 추위에 떨며 배고픔에 지쳐 고통스러워한다는 사실을 전혀 염두에도 두지 않고 있었던 것이다.

그리고 날벼락이 떨어졌다. 아무리 먹고 죽은 귀신은 때깔도 좋다지만 자신들의 행복이 곧 남의 불행으로 얻어진 결과임을 어찌 깨닫지를 못하였더란 말인가. 우람마을의 장씨 일문은 하룻밤 사이에 멸문이 되고 말았다. 그야말로 씨를 말리고 만 것이다.

"장암촌의 장문이면 이 지역의 명문호족이기 이전에 전임 사또께서 역도들을 토벌하는데 크게 기여한 집안이거늘!"

그랬다. 이때 금산 현령은 역도들을 토벌했다는 공로를 인정받아 승차를 해서 떠나고, 새로운 사또께서 마악 부임을 해 와 있었던 것이다. 그런데, 장촌의 우람마을이 쑥대밭이 된 뒤에 아직 불씨도 꺼지지 않은 연기 낀 마을에 모습을 드러낸 그림자가 하나 있었다.

"허어~ 이 노릇을 어이할꼬! 이 죄업을 어찌 다 갚을 것이더냐. 아미타불~ 관세음보살~!"

사방에 널브러져 있는 주검들을 둘러보며 장탄식을 늘어놓는데, 어느 순간 귀를 (쫑긋) 세우며 발길을 멈춘다.

"저것이 살쾡이 울음소리더냐? 귀신의 울음소리더냐…!"

그리고는 담장 밑에 쓰러져 있는 죽은 아낙의 품에서 울고 있는 젖먹이 하나를 발견하여 잽싸게 낚아챈 뒤 어디론가 바람같이 사라지고 있었다.

그가 바로, 당산마을 백씨 집안의 출가 승려인 백 무 무소 선사였다. 선사가 어찌하여 아침 일찍 혼자서 이곳을 지나게 되었는지는 차치하고라도, 그가 이때 구하여 데리고 간 어린아이가 바로 업순이 소아였다. 백씨 집안의 피를 물려받은 원수의 손에 장씨 문중의 일점혈육이 목숨 부지를 하게 된 셈이었다.

물론, 소아가 장씨 문중의 일점혈육이라고는 할 수가 없을 것이나 지금 이 마을에서는 유일한 생존자임이 분명했다.

어쨌거나, 당산의 화적패에 대한 소문은 민심을 들썩이게 만들기에 충분했다. 화적의 무리가 천민이란 점과 상대가 명문 호족의 사대부 집안이라는 점, 그리고 마을 전체에 씨도 하나 남김

없이 도륙하여, 그 악랄함이 조선의 사대부들에게는 정녕 공포의 대상이 될 수밖에 없었기 때문이었다. 사대부들은 정녕 공포에 떨어야만 했다.

〈그들 화적패들이 천민의 한을 풀기 위하여 사대부들의 마을만 골라서 씨도 남기지 않고 몰살을 시킨다더라!〉

그러나, 정작 공포에 휩싸여 불안에 떠는 것은 그들 당산의 젊은이들이었다.

"어찌하여 우리가 화적의 이름을 드높여 놓았음에도, 동학도들에게서는 전혀 연통이 없단 말이더냐!!"

허나, 그들이 기다리는 동학당들에게서는 기별이 아니오고, 감영의 토포군들만이 산채를 급습하여 들이닥쳤던 것이었다. 당산의 젊은이들은 가족들 때문에 움츠리고 뛸 수도 없었다. 그리하여 화승총으로 무장한 토포군에게 대항도 한번 못 해보고 전멸이 되고 말았다.

이리하여 장촌마을의 장씨 일문과 당산마을의 백씨 일문은 역사의 뒤안길로 사라지는 신세가 되고 말았던 것이다.

9. 화마 속의 천년고찰

진홍산의 화적패로 알려진 당산의 젊은이들이 토포군에 토멸된 뒤 헌병들이 산에서 내려가자 두 사람의 유령들이 산채에 모습을 드러냈다.

원래, 역도들은 시신조차도 거두지 않는 법이다. 같은 역도의 무리로 오해를 받아 추포가 될 우려가 있기 때문이다. 그랬기에 사람들은 진흥산의 산채 쪽으로는 눈길조차 주질 못했다. 화적패라고 하는 이름 자체가 두려운 존재이기도 하였거니와, 거기가 바로 백골만 나뒹굴게 될 지옥이기 때문이었다.

그런데, 그 죽음의 땅에 발을 들여놓는 사람이 있었다. 무구와 무소의 두 괴승들이었다.

"이 불쌍한 영혼들을 우리라도 거두어 주지 않는다면 누가 있어 이 죽음을 안타까워해 줄 것이란 말이더냐, 아미타불~!"

그러니까, 이들은 시신들을 매장해 주려고 나타난 것이었다.

"다행스럽게도 띠장 움막으로 추위를 피하고자 하였으니, 자신들이 들어가 영면할 안식처는 스스로가 준비해 놓고 갔음이 아니든가!"

그것만이라도 얼마나 다행스러운지 모를 일이었다. 어른과 아이들을 포함해서 백여 구가 넘는 시신을 처리하기 위해서는 구덩이를 파는 데만 몇 날은 족히 걸릴 일이기 때문이었다.

"관병이라 하는 것들이 악귀와도 다를 바가 없습이로다! 이 갓난 것들에게까지 무슨 죄가 있다고 이렇듯 무참히도 살육을 했단 말이더냐…!"

무참하게 살육된 그 참상이 어찌나 참혹했던지 관세음을 찾는 것조차 잊어버린 듯했다. 물론, 아맹 소리조차 목구멍에 걸려 흘러나오지를 않고 있었다.

두 선사들로서도 할 말이 없기는 했다. 백문의 젊은이들이 우람마을에서 저지른 행위는 이보다도 더 끔찍했기 때문이었다. 장암촌에서 희생된 인원은 이들보다도 두 배나 더 많았었던 것이다.

　아무리 그렇기는 할지라도 젖먹이 어린 것의 시신을 안고 움막 속으로 데려다 눕힐 때는 눈에서 피눈물이 흐르고도 남을 지경이었다. 그리하여 시신들을 움막구덩이 속으로 옮겨다 눕힌 뒤에 띠장을 허물어 매장하는 데만 꼬박 하루가 넘게 시간이 걸렸다.

　밝은 달이 중천에 떠올랐다. 그때서야 간신히 매장을 마무리하고 계곡으로 내려가 목을 축인다. 당분간은 무덤이 훼손될 우려는 없을 일이었다. 요란스레 울려 퍼진 화승총 소리에 놀라 도망친 산짐승들이 되돌아오기에는 화약 냄새라도 걷히고 난 뒤의 일일 것이기 때문이었다.

　그런데 목을 축이고 난 뒤 계곡을 따라 내려가던 무구 선사가 갑자기 발길을 멈추며 혼잣말을 뱉어 놓는다.

　"허어- 거참! 요란스러운 화승총 소리에도 살쾡이란 놈이 놀라 도망치지 않고 그냥 숨어 있었나보네!"

　무심코 뒤따르던 무소 선사가 감정을 억누르며 말을 받는다.

　"그놈이 땅굴 속에 들어가 숨어있다 나왔나 보지 뭐."

　"그래? 허긴, 그럴 법도 하긴 하다마는…"

　"참으로 예민하기도 하시구려. 내 귀에는 안 들리는데, 살쾡이는 무슨 살쾡이가 울어댄다고… 맞네, 살쾡이가!"

　무구 선사가 이미 소리를 따라 계곡을 저-만큼 달려 내려가다 말고 나지막하게 비명을 토해내 놓는다.

　"크흑-! 저저저, 저것이 무엇이던고?!"

　"에그~ 무엇을 보았기에 사람을 그렇듯 놀래키는 게여?!"

　"저저, 저것이 사람이 아니던가?"

"무엇이라?! 아직도 살아있는 사람이 남아 있다는 게여?"

말은 그렇게 주고받으면서도 발길은 어느새 두 사람 모두 그곳으로 달려가고 있었다. 이것은 참으로 기적이라 할 수 있을 일이었다. 누군지는 알 수가 없으나, 그 난리통에서도 어린아이를 업고 어딘가에 숨어있다가 토포군들이 돌아가자 계곡으로 내려와 물을 마시고자 했던 것임을 깨달아 모를 리 없었다.

그랬는데, 역시나 웬 아낙이 계곡물에 얼굴을 처박고 엎어져서 물을 마시고 있는 듯 보였고, 그 등짝에서 갓난아이 하나가 앙앙대며 울고 있었다. 그러나, 여인의 모습이 왠지 수상했다. 전혀 움직이는 기미가 보이지를 않았던 것이다.

"아무리 기진해도 그렇지, 저렇듯 얼굴을 물속에 처박고 있다가 숨이 막히면 어쩌려고…? 벌써 막혔나 보네, 숨이!"

무구 선사가 급히 달려들어 아낙의 얼굴을 치켜들었으나, 이미 때가 늦은 뒤였다. 아낙의 목덜미 근육이 뻣뻣하게 굳어 있었던 것이다. 그 모습을 바라보며 무소 선사가 한마디 말을 거든다.

"옆구리에 피가 흘러 엉겨 붙은 것으로 보아 죽은 지 하루는 지난 듯 싶으이! 그나마 어린 것의 목숨이 붙어있어서 앙앙거리고 있으니, 기적은 기적이로세!"

무구 선사는 들은 체도 않고 아낙의 등짝에서 어린 것을 떼내 안으며 무소 선사에게 말한다.

"나는 이 어린 것을 데리고 방주 형님께 달려가 미음이라도 끓여 먹어야 할 것인즉, 무소는 이 아낙에게 유택이라도 마련해 주고 오시게나!"

그리고는 무소 선사의 대꾸도 기다리지 않고 어린 것을 감싸

안은 채 수풀 속을 내달린다. 어린 것이 배가 고파 울고 있다는
사실을 이미 눈치채고 있었던 것이다.

무구 선사가 이때 구하여 데려간 이 아이가 바로 업보 소웅이
었다. 업보라고 하는 것은 업둥이라는 뜻도 있거니와 백씨 집안
의 업보라는 뜻이기도 했으며, 이름으로 개나 돼지, 소, 곰과 같
은 짐승의 이름을 붙이는 것은, 그와 같은 짐승들처럼 무탈하게
잘 크라는 뜻이기도 했다. 그리하여 업보에게는 작은 곰이라는
뜻의 아명으로 불리다가 그것이 아예 작은 곰 소웅으로 이름이
되어버린 것이었다.

그랬기에 업보나 업순이는 둘 다 모두 정확한 나이는 알 수가
없었으나 어림짐작으로 소아는 이때 네 살쯤으로 짐작이 되었
고, 소웅은 두 살쯤으로 짐작이 되어 그것이 나이로 굳어지게 된
것이었다.

그로부터 이들 두 아이는 양가의 은원을 달래기 위한 뜻에서
훗날 서로 혼인을 시켜 핏줄을 이어주고자 양무 선사가 합의를
보게 되었던 것이었는데, 결론적으로 두 선사가 바로 이 아이들
의 대부 역할을 자청한 것이나 다름이 없었다. 그것이 하필이면
백씨와 장씨의 두 집안에 얽힌 문제라 그렇다고는 할지라도 출
가한 승려의 신분으로서는 결코 있을 수 있는 일이 아니었다.

(오죽이나 했으면 대방에서 파문을 당하였을까!)

그러나 두 선사는 그딴 비방 따위에 신경을 쓰지 않았다. 이제
겨우 삼십 대 중반의 한창 나이로서 고루한 스님들의 눈치나 살
필 지경이면 천주학이나 야소교의 교리에 빠져들지도 않았을 것
이며, 대방에서 파문당한 김에 아예 동학승의 길로 빠져들고 말

앉을 것이었다.

(중놈은 어디 사람이 아니더냐?! 사람이 되고 나서 중놈도 되는 것이거늘–!)

삼무 스님 중의 첫째이신 무중 현무 스님께서는 (세속의 나이로) 사십 대 초반의 젊은 나이로서 고광 스님의 뒤를 이어 대방의 방주가 되었으나, 양무 선사가 파문을 당하여 절간에서 내쫓기자 그들과의 우의를 저버리지 못하고 방주 자리까지 내팽개친 채 현무암으로 나앉으셨다. 삼무 스님들 간의 우의가 대방의 주지 자리보다도 더 우선시 여겨졌던 것이다. 그것이 바로 인간사가 아니고 무엇이겠는가. 삼십 대의 젊은 나이에 내공이 쌓여서 그리하였을 리는 만무할 일이기 때문이었다.

원래, 현무 무중스님과 장무 무구스님, 그리고 백무 무소스님은 세 사람 모두가 좌도방의 창시자이신 고광 대사의 제자승들이었다. 무소 선사는 무구 선사보다 세속의 나이로 세 살이 아래였고, 무중 선사는 무구 선사보다 일곱 살이 더 많으셨다. 그러다 보니 무소 선사는 무구 선사에게 가끔 반말짓거리도 내뱉곤 하였으나, 양무 선사 모두 무중 스님에게만은 고광 큰스님을 대하듯 깍듯이 받들어 모셨다.

게다가 양무 선사와 무중 선사는 배움의 성향이 서로 달랐다. 이들의 스승이신 고광 스님께서는 애초부터 세 사람 중에 첫째이신 무중 스님에게는 부처님의 법문을 우선으로 배우고 깨우치도록 가르치셨으며, 양무의 제자들에게는 혹독한 신체 수련으로 깨달음을 이루도록 가르치셨던 것이었다.

그러니까 양무 선사에게는 승과제도에 대비하여 정치 승려를 만들어서 임진란과 같은 국난 대비에 힘을 쏟아 나가게 하였고, 무중 스님에게는 불경 공부만을 하게 하여 진정한 동학승으로 키워나가고자 했던 것이다. 거기에는 아마도 체력적인 능력이나 자질, 그리고 지능적인 능력이 고려되지 않았나 보여지기도 했다.

물론 대종사께서 선종하신 이후, 두 선사는 의술의 영역까지 관심을 보임과 동시에 천주학과 야소교의 서구 사상에 빠져들어 동학승으로 매도가 됨으로써 승적이 박탈되는 지경까지 이르게 되었으나, 그로 말미아마 두 선사께서 동학에 발을 들여놓지 않은 것은 천만다행이라 할 수 있을 일이었다.

그런데, 사실 양무 선사가 좌도방 대종회의 탄핵을 받게 된 진정한 이유는 따로 있었으니, 그것이 바로 (훗날 대원군이 된) 미치광이 대군 흥선군과의 숙명적 악연 때문이었다.

허긴, 서로가 비껴갈 수도 있는 악연이기는 하였으나, 악연도 또한 하늘의 뜻일 것이니, 하늘의 뜻을 어찌 인간의 힘으로 비껴갈 수가 있을 일이겠는가. 그러니까, 그 내막은 바로 이러했다.

고광 큰스님께서 입적하시고 얼마 되지 않아서였다. 무중 스님께서 젊으신 나이로 방주 자리를 물려받아 제대로 정신도 못 차리고 있는데, 양무 선사들은 야속하게도 방주 스님의 의중은 아랑곳도 없이 자신들의 기분만 달래겠다고 운수 행각의 고행(여행)길을 떠나겠다고 나섰던 것이었다.

그리하여 도방을 떠난 지 일 년여 만에 저-멀리 북간도와 서간도를 거쳐 충청도 덕산 땅으로 돌아와 있었다. 덕산 땅이면 도방과는 하루나절의 거리였다. 두 선사의 발걸음으로 말이다.

"어차피 덕산 땅에 발을 들여놓았으니 대덕사나 한번 둘러보고 가도록 하세나."

대덕사는 원래 백제의 가람으로서 꽤나 이름있는 천년고찰이었다. 두 사람이 대덕사를 향해 발걸음하던 그때 참으로 애석한 소식이 전해졌다. 지난밤에 가람이 불에 타서 잿더미가 되고 말았다는 것이었다.

"허어— 거참, 천 년 세월도 거뜬하게 버텨온 고찰이 어쩌다가 화마에 당했을꼬? 그것을 다시 중건하자면 적잖은 돈이 들어가야 할 것이거늘…!"

어느 독지가가 기부라도 해주면 모를까 사찰의 재정상 자력으로는 중건이 여의치가 않을 것이었다. 어쨌거나, 잿더미가 된 폐허나마 눈에 담아두고자 발길을 재촉하는데 중도에서 대덕사의 스님들과 마주하게 되었다.

"대덕사의 스님들이 아니시오이까? 사찰이 불탔으면 뒷정리를 하고 수습을 해야지 어찌하여 이렇듯 몰려나와 눈물 바람만 하고 있단 말씀이요? 저희도 아직은 젊은지라 함께 힘을 보탤 것이니 어서들 되돌아 가십시다. 헌데, 주지 스님께서 보이지 않는 것을 보니 야박스럽게도 주지 스님만 남겨두고 모두들 절간을 떠나려 하신 것이오이까?"

그 소리에 스님들이 탄식하여 말한다.

"그런 말씀 마시구려. 핀잔을 듣더라도 그랬으면 좋겠소이다. 각설하고, 흥선군의 떨거지들에게 쫓겨나 이렇듯 절간을 떠나야 할 신세들이 되었으니, 중놈들이 절간을 떠나면 어디로 가서 살아야 한단 말씀이오이까? 젊으신 스님들께서 길이나 좀 알려주시구려. 제발—!"

"무엇이라구요?! 그것이 대체 무슨 말씀이오이까? 홍선군의 떨거지들이라니? 저― 한양 땅에 살고 계신 나라님의 종친 되시는 미치광이 대군이 홍선군으로 알고 있사온데, 주지 스님께서는 그럼, 그분한테 붙잡혀 계신단 말씀입니까? 사찰을 불태웠다고?"

"웬걸요, 그랬다면 홍선군 그 인사를 사람대접이라도 해주지요. 그 사람이 미치광이인지, 파락호인지는 모르겠으나, 그 못된 인사가 난봉꾼들을 앞세워 주지 스님을 꼬드겨서 절간을 팔아넘기게 한 뒤, 절간에다 불을 지르고는 우리를 이렇듯 내쫓아 버린 것이라오."

"그래요? 허면, 홍선군이 절간을 사서 스님이라도 되시려나? 그런데 주지 스님께서는 절간을 팔아 그 돈을 어따가 쓰신답니까?"

"절 판 돈을 어따가 쓰실지는 그 노망난 어른께 여쭤보시구려. 우리가 큰스님이라 믿었던 그 어른께서 엽전을 몽땅 챙겨 어젯밤에 한양 땅으로 떠났다는데 젊은 스님들께서는 발이 빠르니 급히 뒤쫓아 가면 따라잡을게요"

"우리가 뒤쫓아 간다고 빼앗아 올 명분도 없질 않습니까? 헌데, 주지 스님께서도 절간이 어디 자기 꺼라고 돈을 챙겨 달아난답니까? 스님들께서 얼렁 뒤쫓아 가 큰스님을 설득하여 모셔와야지요. 그래야 절간을 되물려서 중건을 하든 말든 할 게 아니냔 말씀입니다. 그거야 스님들께서 알아 할 일이겠지만, 파락호 대군께서는 절간을 사서 무엇에 쓰시려고 불을 태워 버렸답니까?"

"그 내막이야 우리가 어찌 알겠소이까마는, 난봉꾼들이 우리가 큰스님을 뒤쫓아가게 놔 둬야 말이지요."

"그걸 말씀이라고 하시는 겁니까 시방?! 그놈들이 길을 막고 못 가게 하면 눈을 피하여 돌아가면 될 것이거늘, 참으로 딱들 하십니다. 주지 스님께서 절간을 팔아먹고 도망을 쳤는데, 이렇게들 눈물 바람만 하고 계시니, 스님들이야말로 천지간에 오갈 곳 없는 신세들이 되신 처지라…"

무소 선사가 배알이 뒤틀려 염장을 지르는데, 무구 선사가 재빨리 말을 가로막고 나서며 힐책을 한다.

"그놈의 성깔머리 하구는…! 그리해서, 어느 천년에 성불을 할까! 한양에서 작심하고 데려온 난봉꾼들의 행패가 오죽했으면 스님들께서 이러고들 계시겠는가? 스님들에게 위로는 못 해줄 망정, 부아는 돋구지 말아야지!"

"허긴 그렇소이다. 내가 성불하겠다고 중놈 된 건 아니오이다 마는, 우리라도 나서서 자초지종을 알아보는 것도 한가지 방도는 될 듯싶소이다 그려."

"그래, 그럼 그러던가. 어차피 성불하긴 글렀으니!"

"그럼, 어서 가십시다. 절간을 안 거치고 돌아가면 못 알아채겠지 뭐!"

그리고 두 사람은 대덕사의 스님들과 작별을 하고는 자신들이 내려왔던 북쪽 방향으로 다시 길을 잡는다.

원래 흥선군 이하응은 도참, 풍수지리설을 신봉하는 그런 인물이라고 했다. 그래서 그의 부친인 남연군 이구의 무덤을 천자지지로 이장하리라 마음먹었다는 것이다. 자기 자손 중에 임금이 나올 수 있는 그런 명당자리를 찾아서 이장을 하겠다는 계획이었는데, 안동 김씨들이 강화에서 데려다 앉힌 지금의 주상(철종)에게 후사가 없었던 때문이었다.

(우리 종친 중에서 임금을 가려 뽑는다면…?)

자신의 자식들에게도 선택권이 돌아오지 말란 법이 없음인 것이다.

그리하여 박창근이라 하는 지관을 매수해서 천하명당을 찾아 나서게 했던 것이었다. 그런데 그것이 문제가 좀 있었다. 박창근이 찾아낸 명당이 바로 충청도 덕산 땅에 있는 가동의 대덕사 경내였기 때문이었다.

"저기 저 석탑이 앉은 자리가 바로 광중을 파야 할 자리입니다."

유골을 눕혀야 할 자리가 하필 사찰의 경내에 있는 석탑 자리라니, 그것은 아무리 왕실의 종친이라 할지라도 불가능한 일이었다. 그러나 파락호 이하응에게 불가능이란 없었다. 어차피 파락호에 광인이란 소릴 듣고 있다는 사실은, 이하응 자신이 더 잘 알고 있었다. 안동 김씨들의 눈길을 피하여 살아남기 위해서 자신이 일부러 그런 행동을 하고 다녔기 때문이었다.

"미친놈이 그깟 절간 하나 불태워 없애지 못할까!"

참으로 절묘한 계책이 아닐 수 없었다. 미치광이 광인에다 파락호란 소문을 앞세워 주지승에게 겁박과 협상을 적절하게 구사해 나갔던 것이다. 절간을 자신에게 팔고, 그 돈으로 한양 인근에다 봉은사와 같은 큰 사찰을 신축하여 떵떵거리며 살아가라는 꼬임이었다.

물론 주지승이라 해서 대번에 홀딱 넘어갈 리는 없었다. 육십 년이 넘게 절밥으로 내공이 쌓인 노(老)스님이었다. 그러나 (홍선군 이하응이에게는) 이럴 때를 대비해서 꺼내 드는 마지막 카드가 준비되어 있었으니, 그것이 바로 미치광이의 겁박이었던 것이다.

"대사께서 정히 싫다면 어쩔 도리가 없겠지요. 이깟 절간쯤이야 쥐도 새도 모르게 불태우는 것쯤, 식은 죽 먹기보다도 쉬운 일이거늘. 불사를 다시 일으킬 불전은 준비되어 있소이까? 그때 가서는 나도 이깟 절간 돈 주고 사 줄 생각 터럭만큼도 없소이다…."

말인즉슨, 틀린 말도 아니었다. 못 먹는 감 찔러나 본다고, 이하응이 몽니를 부린다면 못 할 일이 뭐가 있겠는가. 시골 절간의 주지승이 나라님의 종친을 상대로 싸울 힘도 능력도 있을 리가 없었다. 절간이 불타고 나면 남는 것은 잿더미일 뿐일 것이요, 집도 절도 없이 세상을 떠돌다가 어느 낯선 타관객지에서 까마귀밥이 될 것을 생각하니 그만 오금이 저리지 않을 수 없을 일이었다. 대번에 눈앞이 아찔해지면서 검은 귀신이 잿더미 속을 왔다 갔다 했던 것이다.

주지승은 더 이상 버틸 재간이 없었다. 게다가, 돈을 보자 그만 탐욕으로 눈이 멀고 말았다. 홍선군이 노욕에 부채질해댔다.

"어서 돈을 챙겨 한밤중에 조용히 절간을 떠나시구려. 대사께서 절간을 떠나시는 그 시각에 맞춰 절간이 화마에 휩싸일 것인즉, 다른 스님들이 불을 끄겠다고 아우성을 치는 동안 대사께서는 한 발짝이라도 더 멀리 도망쳐야 붙잡히지 않고 안심을 할 것이오이다."

주지승은 짐을 챙겨 그길로 온다간다 말도 없이 사라지고 말았다. 나머지 스님들은 절간이 모두 불에 타고, 날이 샌 뒤, 흥선군의 떨거지들에게 절간에서 쫓겨나면서야 비로소 그 사실을 알게 되었다. 그래서 몇몇 젊은 승려들이 분개하여 주지승을 뒤쫓으려 하였으나, 그마저도 뜻대로 되지 않았다. 말썽의 소지를 미연에 방지하고자 한 흥선군의 방해 때문이었다.

"비루먹을 놈들아? 당분간 세상을 떠돌며 빌어먹고 지내다가 주지승이 어디에선가 불시를 일으킨다는 소문이 나거든 그때 찾아가면 될 것이 아니더냐!"

그로부터 며칠이 지났다. 수원 땅 대포진 나루터에 무거운 등짐으로 녹초가 되신 늙은 스님이 한 분 계셨다.

"나이 드신 스님께서 노욕이라 하는 무거운 짐을 짊어지고 가시려니 오죽이나 힘에 부치실까. 아미타불~!"

"그러게나 말씀일세. 그깟 노욕이란 죄업을 갖고 가서 어따 쓰시려고 저토록 노구를 혹사시키실꼬 글쎄! 그나저나 큰스님께 위해는 가하지 말라고 그토록 일러놓았으되, 워낙에 한이 많은 중생들이라 우리 같은 젊은 중놈들의 말을 새겨들었을레나 그것이 걱정이로세"

두 사람의 젊은 걸승들이 강포구가 건너다보이는 언덕 위에서 알아들을 수도 없는 말들을 주고받고 있었다. 그들이 바로 사흘 전에 대덕사 초입에서 모습을 감췄던 무구와 무소의 양 무 선승들이었다.

이틀 전에 두 선사는 주지승의 꽁무니를 따라붙을 수가 있었다.

"정말로 재물에 욕심이 생겨서 도망을 치고 있는 것인지 두고 보세나."

멀찍이 뒤를 따르며 주지승의 의중을 살펴보기로 했다. 그리하여 이틀을 더 뒤따랐으나 주지승은 거저 도망치기에만 정신이 없었다.

"허어─ 참. 대덕사의 스님들을 모두 떨쳐두고 어디를 저렇듯 바삐 가실꼬? 설마, 가실 곳이 정해져 있는 것도 아니실터!"

그랬는데, 중도에서 주지승을 뒤따르는 과객 세 명이 더 불어나게 되었다. 고갯길 아래 주막에서 요기를 하며 오고가는 길손들을 살피고 있던 사내들이었다.

양무 선사들이 멀찍이 뒤떨어져 주지승을 살펴보고 있노라니, 주막에서 요기를 끝낸 주지승이 고갯길로 향하자, 그들도 뒤떨어져 주막을 나서고 있었다.

"중놈이 공양미를 잔뜩 거둬서 짊어졌군 그랴."

"암만해도 저것이 공양미가 아니라 엽전 같아 보이신단 말씀이야. 늙은 중놈이 공양미를 거뒀으면 절간을 향해 산으로 갈 것이지, 저쪽 길은 왜 가?"

"하여간에 저 바랭이 속에 든 것이 돌덩이는 아닐 터, 젊은 중놈들은 아꼈다가 씨사위 삼으려나? 늙으신 스님께서 손수 애쓰실 거야 없질 않나 글쎄!"

두 사람의 선승들은 백여 보도 더 멀리 뒤떨어져 걸으면서도 그들의 소리를(훤─히) 알아듣고 있었다. 무소 선사가 말했다.

"고연놈들이 보자 하니 저 짐꾸러미를 가로채겠다는 심산이 아니든가! 아무리 절간을 팔아챙긴 엽전이라지만, 눈독을 들일 게 따로 있지!"

무구 선사가 낄낄거리며 말을 받는다.

"낄낄낄~! 그렇거든 무소 혼자 가서 따끔하게 타일러 보내시게나. 저놈들이 엽전을 빼앗아서는 술독에 빠져 허우적거리게 될 것인즉!"

"안 그래도 그럴 참이었소. 스님께서 순순히 빼앗길 돈도 아니시고 보면, 저놈들 손에 무슨 봉변을 당하실지 모를 터─!"

그로부터 한나절의 시각이 더 지나고, 주지 스님께서 무사히 나룻배에 몸을 싣고 있었다. 배가 뒤이어 나루터를 떠났다.

"어째서 자꾸만 눈치가 보이는 것일꼬? 나무관세음 타불 사바하~"

스님은 뱃전에 법랑을 내려놓고 한숨을 돌리려던 참이었다. 그동안 등짐이 힘에 겨워 주위의 시선 따위는 신경을 쓸 경황이 없었다. 그러다가 비로소 수상한 시선들을 깨딜아 느낄 수가 있었던 것이다.

(등짐이 너무 힘에 부쳐 주위의 시선을 깨닫지 못하였음이로고─!)

법랑을 끌어당겨 품 안에 끌어안았으나 그래도 왠지 불안했다.

(불안해서 안 되겠구나! 힘이 들더라도 짊어지고 있는 수밖에!)

허욕에 눈이 멀면 과민한 행동을 보이기 마련인 법이다. 나룻배가 방금 막 출발을 하여 이제 겨우 한숨을 돌려야 할 시각에 허둥지둥 등짐을 다시 짊어지다니, 그게 정상적으로 보일 리가 만무했다.

아니나 다를까, 불량스럽게 생긴 사내 하나가 이죽거리며 말을 걸어왔다.

"주지 스님? 원행에 지칠 법도 헌데, 그 엽전 보따리는 저희에게 넘기시고 가볍게 다니시는 것이 어떠하시겠습니까?"

다른 또 하나가 말을 받아 나선다.

"대덕사에는 글쎄, 젊은 중놈들이 참으로 버르장머리가 없었나 보옵니다. 젊은 놈들이 뻔뻔히 자빠져 놀면서 늙으신 스님에게 어찌 이렇듯 짐 고생을 시키신단 말씀입니까 글쎄―!"

말하는 꼬락서니로 미루어 그들은 이미 주지 스님의 신분을 (훤―히) 꿰뚫고 있음임이 분명했던 것이다.

〈핫뿔싸! 도둑놈들이 애초부터 눈치를 채고 내 뒤를 따랐음이로고…!〉

더 이상 다른 것은 생각해 볼 겨를도 없었다. 이럴 때는 오로지 주지승의 위엄으로 허풍을 쳐보는 방법 외에 다른 방도가 있을 리 없었던 것이다.

"네 이놈들―! 네놈들의 언사로 보아 내가 누구인지 알고 있는 것이 분명한즉, 그렇거든 발치에 넙죽 엎드려 법문이나 청해 들을 것이지, 어디에서 본 데 없이 말을 빈정댄단 말이더냐 이놈들―!"

불한당 놈이 대번에 말을 받아 나선다.

"하이고― 소인들도 처음에는 그럴려고 생각했습지요 주지 스님? 그랬는데 저기 저 돌중놈들께서 그랬소이다. 주지 스님께서 대덕사를 팔아 챙긴 돈을 혼자서 꿀꺽하여 야반도주하셨다나~? 어쨌다나…"

"댓끼 고연놈들! 저따위 버릇없는 애숭이들에게 휘둘려 대덕

사의 큰스님도 못 알아보다니, 이제라도 용서를 빌고 무릎을 꿇
는다면 이 큰스님께서 부처님의 도량으로 네놈들을 용서해 줄
것이나…"

"그게 아니라면 어쩌실 건데요? 저희들은 싫걸랑요? 그래서
말인데요, 저 애숭이들이 글쎄 엽전이랑 어음이랑 그것들을 돌
려받아 지놈들에게 가져오래나? 어쩌래나…? 스님 같으면 저놈
들에게 갖다주겠어요? 우리가 가지고 토끼뜀을 하고 말지요. 안
그래요?"

"에라이~ 천하에 못땐 놈들-!"

주지승은 이미 사태의 결말을 눈치채고 있었다. 이러나 저러
나 돈을 빼앗기지 않을 방법은 없어졌다는 사실을 말이다.

(차라리 저 중놈들이 직접 왔더라면 고광 스님과의 친분으로
설득이나 해보겠으나, 이 날도둑놈들의 완력을 어찌 당해낸던
말인고-!)

어차피 돈을 빼앗기면 죽은 목숨이나 다름이 없었다.

"네놈들에게 빼앗길 바에야 흥선군에게 좋은 일을 하고 말
지!"

스님의 늙으신 육신은 엽전 꾸러미와 함께 물속으로 사라졌다.

"핫뿔싸, 실수로다!"

뒤늦은 후회는 소용이 없었다. 물속으로 가라앉은 스님의 육
신은 두 번 다시 수면 위로 떠오르지 않았던 것이다. 그리고 이
소문은 배에 타고 있던 여러 명의 목격자에 의해 금방 세상에 퍼
져나가고 말았다.

〈대덕사의 주지 스님께서 설마하니 혼자서 영달을 누리려고

하였겠는가. 고방사의 젊은 두 중놈이 주지 스님의 큰 뜻을 꺾었음이로고-!〉

두 선사는 좌도방 대종회의 징계보다도 자신들 스스로가 자신들의 행위를 용서할 수 없었다. 아마도 무중 스님의 지극한 보살핌이 없었더라면 그들은 지금쯤 승복을 벗어 던진 채 세월의 이단자가 되었을지도 모를 일이었다.

여기서 잠시(이야기를 쉬어가는 의미에서) 대덕사의 이야기를 하는 김에, 봉원사의 이야기도 하고 가지 않을 수가 없겠다. 바로 근초 스님 때문이다. 근초 스님의 신분을 이해하기 위해서는 기필코 짚고 넘어가지 않을 수 없는 것이 바로 봉원사인데, 봉원사야말로 지금까지 거론된 그 어떤 사찰이나 암자보다도 더 중요한 역사의 중심에서 거론이 될 것이라는 사실 때문이다.

10. 왜구의 간자들

양주 땅 봉원사는 한양의 고관대작에서 정경부인에 이르기까지 조선의 내노라하는 명문 세도가는 물론이요, 중인 이하의 모든 천민들까지도 격의 없이 출입하는 한양 인근의 유일한 왕실 사찰이었다.

물론, 부처님을 모시는 도량들을 치고 신분에 제한을 두는 절간이 어디 있겠으랴마는 아무리 그렇더라도 지체가 높으신 양반님네들께서 출입하는 곳이라면 일반 하층민들은 불편해서라도 출입을 꺼리게 되는 것이 상식일 것이나, 이곳에서만큼은 결코 그렇지를 못했다. 왕실 사찰이라 고하는 명분이 양반님네들의 위세를 꺾어 누르고 있었기 때문이었다.

원래, 이 나라 조선은 유학을 숭상하는 성리학의 나라인바, 사대부들은 당연히 사찰 출입을 금기시하였다. 그러나, 이곳에서만큼은 그렇지를 못했다. 왕실 사찰이라고 하는 명분이 그 이유였다. 그래서, 웬만한 집안의 부인네들치고 이 절간을 드나들지 않는 부인들이 없었는데, 그 바람에 그 자제들까지도 어린 시절 제 어머니를 따라 출입을 하게 된 것이었다. 그리하여, 조정에 출사를 하고 나서도 자연스럽게 (연로하신 어머니라도 모시고 나온 듯이) 출입을 하게 된 것이거니와, 그것은 도성에서 코 닿는 곳에 위치한 것이 그 원인이기도 했다.

그랬기에, 도성에 살고 있는 권력자 자제들의 유일한 사찰 나들이 장소이기도 했고, 또 서로가 안면을 익혀 친분 관계를 만들어 갈 수 있는 호혜의 장소이기도 했다. 그러니까 그 말은 곧 부모로부터 공식적으로 나들이를 허락받을 수 있는 사대부들의 유일한 사찰로서, 천하의 팔난봉꾼이라 할지라도 이곳에서만큼은 꼬리를 사린 채 주위의 시선을 의식하지 않을 수 없는 믿을 수 있는 장소라는 뜻이기도 했다.

그 이유에 대해서는 이미 짐작을 하고도 남음이 있을 것이거니와, 권력과 신망의 최고 실세인 정승 판서의 정경부인들까지도 부처님 앞에 자세를 낮춘 채 무시로 드나들고 있는 이곳에서, 그리고, 이 나라 최고의 촉망받는 동량들이 우의를 다지며 소통하는 이곳에서, 자칫 본 데 없이 나대다가 그 부모의 출셋길까지 가로막아 인생이 거덜 난다는 사실을 모르고 있을 바보는 아무도 없었던 것이다. 게다가, 난봉꾼들이 드나들 수 있는 유희의 장소도 아니었으니 말이다.

더불어, 사대부가 아닌 중인 이하의 일반 백성들은 (다소 주눅이 들고 불편하기는 하더라도) 이곳이 아니면 어찌 감히 왕실사찰의 문턱을 넘어볼 수 있을 것이며, 지체 높은 양반님네나 그 부인들께서 사용하던 자리에 떳떳이 앉아 반상의 구분 없는 불제자의 자격으로서 사람대접을 받아 볼 수 있을 일이겠는가 말이다.

그러다 보니 이곳 봉원사야말로 (천주학당이나 야소학당들이) 자신들의 신분을 숨긴 채, 불제자를 가장하여 서로 소통할 수 있는 장소로 이용이 되기도 했다.

그러했던 관계로 봉원사의 스님들치고 서양의 문화나 문물에 익숙치 않은 스님들이 없었고, 천주학이나 야소교의 교인들과도 우호적일 수밖에 없었다. 그것은 주지승이신 무공대사에서부터 어린 동자승뿐만 아니라 사찰 노비들에 이르기까지도 모두 다 그러했다.

(그들 봉원사의 스님들에 대한 이야기를 하자면 당연히 개화승 이동인에 관한 이야기를 빼놓고 설명을 할 수 없겠으나 여기서는 아직 그를 소개할 시기가 아니므로 일단 생략을 해두기로 하겠다.)

그런데 특히나 서양의 문화에 심취하여 무공대사와 더불어 개화파 승려 이동인을 배출시킨 얼치기 승려가 한 사람 더 있었으니 그가 바로 근초 스님이셨다.

근초께서는 서양의 문물에 심취하여 그만 허파에 바람이 들어서는 천하를 유람 삼아 고행길에 나선 김에 (현무 스님을 찾아 고방사를 들렀다가) 현무암에까지 이르게 되었던 것이었다.

근초 스님이 현무 스님을 찾아 현무암에까지 찾아갈 지경이면 양무 스님들과도 친분이 있을 것임에는 두말할 필요조차 없을 일이거니와, 이때 현무 스님과 쿵짝이 맞아 암자에서 꽤나 오랜 시간을 함께 보내게 된 것이었다.

그러나, 사실은 근초 스님의 발길을 붙잡아 맨 이유가 따로 있었다. 이때 현무께서는 암자에서 네 명의 어린 것들을 보살피고 있었는데, 그 어린 것들의 재롱을 보면서 그만 마음이 홀딱 빠져버리고 만 것이었다.

"하아—! 세속의 인간 세상에서 살아가는 재미가 바로 이런 것이었던 게로구나—!"

이때, 네 명의 어린 것들 중에서 제일 나이가 많은 쇠돌이라 하는 녀석이 근초 스님에게 말했다.

"할배 스님도 이제 우리랑 여기서 함께 사실 거죠, 그렇지요? 우리 할배는 맨날맨날 공부나 시키고, 염불이나 시키고…"

녀석이 더 이상은 무슨 말을 하는지 머리를 쇠망치로 얻어맞은 듯 정신이 하나도 없었다.

"핫뿔사! 내가 시방 여기서 무엇을 하고 있음이더냐, 저 어린 것들이랑 노닥거리는 대만 재미를 붙여설랑 아까운 공양미만 축을 내는 것은 고사하고 어린 것들의 훈육에 훼방까지 놓고 있음이 아니던가…!"

그리고는 홀연히 짐을 챙겨 암자를 내려간다. 그러나, 스님은 봉원사로 돌아가는 것이 아니었다.

"키길, 킬킬~! 방주께서는 시방 내가 봉원사로 돌아가는 줄 알고 있으시겠지? 그러나 내 계획을 알면 기절하여 자빠지고 말 걸 아마?"

스님께서는 결코 어린 것들이 눈에 밟혀 그냥 떠날 수가 없었다. 게중에서도 특히나 갓난쟁이 어린 것의 방긋거리는 모습이야말로 도저히 지워버릴 수 없는 아픔이 아닐 수 없었던 것이다.

"내가 시방 봉원사로 돌아가서 할 일이 뭐가 있다고 저 어린 것들과의 아픔을 외면하면서까지 이곳을 떠나야만 한단 말이더냐!"

근초 스님은 정녕 인간사의 즐거움을 깨닫지 못하고 살았었다. 업보의 나이가 되었을까 할 무렵에 삽문으로 들어선 뒤 큰스님의 수발이나 들면서 엄한 훈육과 절제된 생활 속에서 살아온 것이 전부였다. 그런데, 현무 스님의 모습을 보면서 인간의 본성이 깨어나고 있었던 것이었다.

"어찌하여 대도방의 주지 자리를 내던지고 저렇듯 한적지고 외진 곳에 은거하여 혼자 외롭게 살아가나 하였더니…"

어린 것들을 데려다가 보살피고 훈육하며 인간의 참맛을 깨달아 즐기는 것임을 알아차리게 된 것이었다.

"내게도 다 계획이 있음이니, 양무 사제들과의 교분 또한 현무께서만 즐기시란 법이라도 있단 말이더냐!"

결론적으로는 양무 선승들과의 교분에도 그 목적이 있음이란 뜻이었다. 그 목적을 위한 근초 스님의 행보는 참으로 엉뚱하기 짝이 없었다.

"저ㅡ 골짜기 어디쯤이면 현무암과 능구레가 같은 거리쯤이 될려나? 릿수로 따져서 양쪽이 모두 한나즐 거리쯤은 될 터인즉!"

근초께서는 현무암과 능구레 산막이 거의 비슷한 거리쯤이 될 듯싶은 골짜기에 터를 잡고 암자를 신축하겠다며 양무 선사들을 끌어들였으니 능구레 산막이란 바로 양무 선사들이 은거하여 살고 있는 산막 암자였다.

무구와 무소의 양무 선사들은 근초 스님의 속내도 알지 못한 채 근초 스님의 산막 신축에 울력을 보탤 수밖에 없었다. 게다가, 기둥을 세우고 대들보와 석가래를 다듬어 얹을 때는 멀리서 대목수까지 여럿 데려다가 집 짓는 일에 힘을 보태주기까지 했다.

그랬는데, 산막 암자가 완성되고 나서야 양무 선사들은 자신들이 근초 스님에게 코가 꿰였다는 사실을 알게 되었다. 그게 바로 작은 순이 "즉" 작은 업순이 때문이었다. 이미 알고 있다시피 현무암에는 큰 업순이 소아와 작은 업순이 순이가 있었는데 순이는 이제 겨우 두어 살을 갓 넘긴 어린 핏덩이였다.

현무 스님께서는, 근초 스님께서 이미 작정을 하고 찾아와서 순이를 데려가겠다고 하자 만류하여 말리다 말고는 끝내 빼앗기다시피 딸려 보내주고 말았다.

(이미 작정을 하고 벌이신 일이거늘, 어린 것의 양육이 얼마나 힘이든지 견디다 못하면 도루 데려다주겠지.)

그래도 미덥지 못하여 양무 선사들이 현무암을 찾아올 때까지 기다렸다가 그들에게 신신당부하여 눈여겨 살피라는 다짐을 하고는 어린 것을 딸려 보내주었던 것이었다.

(낄낄낄~! 현무께서야 행여 내 속내를 알기나 할까! 내가 부

탁을 하지 않더라도 이제 무제들이 어린 것에게서 눈길을 뗄 수 없는 빌미가 저절로 생기게 되었음이거늘…!)

그게 아니더라도 근초께서는 이미 양무 선사가 이 갓난쟁이 순이의 양육에서 그 책임을 벗어날 수 없다는 사실을 잘 알고 있었다.

벌써 이태(2년) 전의 일이었다. 두 선사가 탁발을 나섰다가 큰비를 만나 개울을 못 건너고 산길을 (비잉~) 돌아가다가 물길에 휩쓸려 쌓인 삭정이 더미에서 갓난 핏덩이 하나를 발견하게 되었던 것이었다. 어린 것이 어찌하여 물길에 떠내려오게 되었는지는 알 길이 없으나, 갑자기 불어난 물길에 떠내려오다가 삭성이 더미에 걸려서 살아나게 된 듯한데, 근초께서 그 사실을 현무 종사로부터 전해 들어 알고 있었던 것이다.

그 아이가 바로 작은 업순이였는바, 아직은 첫돌도 안 지나 보이는 갓난 핏덩이에 불과했었다. 양무 선사는 이 어린 핏덩이마저 현무 스님에게 갖다 맡긴 뒤에 개울을 따라 올라가며 마을마다 수소문해서 핏덩이의 부모나 친인척이라도 찾을까 노력하였으나 끝내 찾지를 못했다고 했다. 갓난쟁이의 성씨마저 알 수가 없게 되고 만 것이다. 쇠돌바우와 더불어 업보, 업순이에 이어 갓난쟁이까지 양무 선사가 그 뒷바라지에 책임을 벗어날 수 없는 이유가 바로 거기에 있었다.

근초 스님께서는 지난여름 암자에 머무실 적에 이제 갓 첫돌이 지난 듯한 이 어린 것의 내막을 소상히 들어 알게 되었던 것이다. 물론, 바우와 업순이 업보의 신상 내막까지도 말이다.

삼무 스님들 간의 끈끈한 우정이야말로 친 혈육의 우애보다도 더 은혜스러운 마음들을 보여주고 있었으니 그것이 과연 구도자의 행위로 적절한지는 예외로 치더라도, 근초 스님 역시 그들과의 교류에 한 자리 끼어들고 싶은 욕망을 끝내 자제하지 못하고 이렇듯 일을 저지르고 만 것이었다.

그러나, 그 속내도 알지 못한 채 무구 선사께서 넌지시 근초 스님의 속내를 염탐하겠다며 한마디 질문을 던져 묻게 되었다.

"어린아이를 키우는 일이 결코 똥강아지를 키우는 일과는 다르거늘 저 어린 것을 방 안에 혼자 두고 탁발이라도 나섰다가 늑대에게 빼앗길 것은 불을 보듯 자명할 터, 탁발해야 공양이라도 하실 것이 아니오이까? 그것은 어찌하실 것인지 묻고 싶소이다마는…"

근초 스님께서는 이미 그 얘기를 자신이 먼저 끄집어내려던 참이었다. 그랬는데 무구 선사가 먼저 가려운 곳을 긁어 주려고 나섰으니 참으로 고맙고도 반가운 일이 아닐 수 없었던 셈이었다.

"이보시오 무구 대사? 대사께서는 참으로 말씀 한번 잘 하셨소. 저 어린 핏덩이를 방 안에 혼자 두고 탁발을 나설 시에 영악스러운 늑대란 놈이 방문의 창살을 물고 깨물어서라도 가만있지 않을 것을 뻔히 알고 있으면서 빈도가 탁발에 나서야 할까?"

무소 선사가 듣다 말고 의아해서 반문을 하고 나선다.

"그럼 어찌하시겠단 말씀이오까? 설마 저 어린 것이랑 함께 굶어 죽겠다는 말씀은 아니실 테고!"

"저토록 미련스럽기는 원! 빈도가 지난번에 현무암에 머물 적에 먹이고 재우고 씻기고 똥오줌 가려 기저귀 갈아 채우고… 온종일 매달려 보살피는 일만 해도 하루해가 모자랐거늘, 설마 빈도가 어린 것의 양육에 매달리는 사이 두 분 대사님들께서는 혹여 두 다리 (쭉~) 뻗고 누워서 낮잠이나 주무시려는가 보오이다 그려?"

"아, 알았소이다. 알았어요. 뒷바라지를 해 드리면 될 거 아닙니까? 저희들도 큰스님의 속내를 모르고 있었던 바는 아닙니다마는 그래도 행여 다른 방도가 있으신가 해서 한번 여쭤본 것뿐입니다. 그러니 너무 역정 내지 마시구려."

"낄낄낄~! 이제라도 알아들으셨다니 다행이오마는 노부가 워낙에 노망끼가 심해 놔서…"

"그럼, 이 사람 무구도 한마디 하십시다. 처음부터 그럴 심산이셨으면서 그토록 시치미를 딱 떼고 계셨소이까? 큰스님답지 않게…!"

"그러게 말씀이요. 무구도 한번 내 나이 되어 보시구려. 나이가 들면 노욕이 생기고, 그것이 노망이 된다니까 그래쌌네."

"키길, 킬킬킬~! 오랜만에 웃을 일 생겨서 다행입니다마는 이거야 원, 이제 당분간 근초 스님의 초막을 벗어날 수 없게 생겼으니 앞으로 산천 유람하기는 글른 듯싶소이다."

"아무려믄 어떠신가! 굶겨 죽이든가 먹여 살리든가 칼자루를 쥐고 계신 두분 선승께서 알아서 하실 일이거늘! 대자대비 나무 관세음보살~!"

이리하여 양무 선승들은 그동안 초혜와 근초 스님의 공양미를 조달해 왔던 것이었다. 그것이 벌써 햇수로 십여 년의 세월이었다.

그런데, 작은 업순이 순이의 이름을 초혜로 바꾼 것도 바로 근초 스님이셨다. 자신의 법명이 근초였으니 그 풀초 자에다 지혜로움을 더하라 해서 초혜라고 이름을 붙여준 것이었다.

그것이 초혜가 이 세상에 세 번째로 태어나는 운명적인 기념이기도 했다. 처음에는 저희 부모로부터 잉태하여 이 세상에 태어난 것이 될 것이요, 두 번째는 부처님의 손길에서 구조가 된 것이 될 것이며, 세 번째 근초 스님의 양육으로 그녀의 새로운 인생이 시작되게 된 것이라 할 것이었다.

초혜는 십수 년째 근초 스님의 애틋한 정성으로 여인으로서의 온갖 행실과 법도를 배워 익혔음은 물론이요, 학문에 있어서도 언문까지 능통하였을 뿐 아니라 산천을 들고 뛰면서 양무 선사를 통한 근초 스님의 공력 수련 또한 탁공을 배워 익힐 만큼의 재능을 보여주고 있었던 것이었다.

그렇다고, 근초 스님을 통한 공력 수련이 대단한 경지에 이를 수는 없을 일이었다. 그나마 탁공을 칠 줄 안다는 것이 놀라울 일이긴 하였으나, 양무 선승들께서는 대부분 초혜 앞에 모습을 드러낸 일이 없었다. 자신들이 초혜와 더불어 산막에 머물러 줄 수 없는 사정상, 그 어린 것이 외로움을 느낄 빌미를 미연에 방지코자 하는 것이 그 이유였다.

그랬기에 초혜는 목탁을 두드려 뇌성벽력 같은 굉음을 쏟아내서 산짐승을 놀라게 하여 도망치게 만들거나 산길을 들고뛰며 야생녀의 본성을 유지하고 있는 것 외에 별다른 공력을 몸에 익힌 것은 거의 없었다.

한편, 양무의 두 선사는 업보 소옹이가 이토록 정신을 잃고 사경을 헤매는 이유를 정녕 이해할 길이 없었다. 온몸에 생긴 검상으로 보아 왜구들의 날카로운 칼날에 의해서 생긴 상처임엔 분명해 보이나 그것이 참으로 이해할 길이 없었던 것이다.

원래, 동해 변이나 남해 변의 해안지대에서는 왜구들의 노략질이 자주 있어왔다고 했다. 그러나, 이곳은 내륙의 산간지대여서 왜구들이 출몰할 그런 지역이 아니었다. 왜구들이 노략질을 하러 올 만큼 값진 토산품이 생산되는 곳도 아니요, 그렇다고 그놈들이 떼를 지어 침공해 왔다면 지금쯤 세상이 발칵 뒤집혔을 것이었다. 그럼에도 난리가 났다는 소문은 전혀 들은 바가 없었다.

게다가, 지방 관아의 일수 사령들이 왜구들의 장검으로 무장을 하고 있을 리도 없고, 산적패들이야 여러 명이 떼거리로 덤벼든다 해도 소옹의 몸에 이렇듯 상처를 입힐 수는 없을 일이었다. 그렇다면 이것은 과연 어찌된 일이었을까?

그 내막은 바로 이러했다. 석모산의 상봉 밑에 자리잡고 있는 현무암에서 대나무마을 대곡리까지는 오륙십 리의 산길을 돌아가야만 하는 먼 거리였다. 대곡리를 일명 죽정리라고도 하는바, 큰스님의 분부에 따라 소옹은 죽정리로 장대를 구하러 갔던 것이다.

장대는 잘게 쪼개어 깔 자리를 만들기도 하고 문발이며 소쿠리 또는 삿갓이며 광주리 같은 여러 가지 살림 도구를 만드는 데 없어서는 안 될 요긴한 재료였다.

소옹은 새벽 일찍 산에 내려가서 정오가 되기도 전에 죽정리의 오 서방네에 당도했다. 오 서방네는 해마다 현무암에 필요한 만큼의 대나무를 아낌없이 조달해 주는 고마운 사람이었다.

오 서방은 소옹에게 새로 돋은 청대를 일일이 골라 베어서 두세 발씩 토막을 내어 짊어지고 갈 만큼 멜방을 해서 챙겨 주었다.

그러나, 장대를 짊어지고 산길을 간다는 것은 몇 곱이나 힘이 더 드는 일이었다. 장대가 길어서 나무에 걸려 옆으로 게 걸음질을 해야 하는 일이기 때문이었다. 그리하여, 오십여 리가 넘는 산길에 이십여 리도 채 못 가서 소웅은 그만 녹초가 되고 말았다.

"으이구~! 이것을 짊어지고 산을 오르려면 땀 꽤나 흘리게 생겼구나! 에라- 모르겠다! 여게서 낮잠이나 한심 푹- 자고 땀을 식힌 뒤에 올라가야지!"

그리고는 개활지가 내려다보이는 숯막골 재터 입구 나무 그늘 밑에 짐을 내려놓고 큰대자로 몸을 눕히는데, 머리가 땅바닥에 닿기도 전에 코부터 곯아대기 시작을 했다. 그만큼 힘이 들었다는 증거였다.

얼마나 시간이 흘렀을까? 소웅은 기절을 하여 몸을 솟구치고 있었다.

"에고머니! 뭔 놈의 소리가 내 낮잠을 방해하는 것이더냐 시방?!"

신경을 곤두세워 귀를 쫑긋 세우는데 또다시 어디에선가 여인의 비명이 귀청을 울려오고 있었다.

(끄아악~! 까아악~! 앙앙앙~!)

여인들의 자지러진 비명이었다.

"어라?! 이런 산골에서 여인의 울음소리라니? 설마 구미호의 울음소리는 아닌 것일테고…!)

물론, 비명이야 착각을 할 수도 있을 일이겠지만 울음소리까지 착각하여 헷갈릴 수는 없을 일이었다. 대번에 단잠이 십 리 밖으로 멀찍이 달아나고 있었던 것이다. 아니다 다를까, 여인의 울음 섞인 목소리가 귀청을 울려왔다.

"까아악! 살려주세요, 제발~ 엉엉엉~ 이년에겐 죽이든지 살리든지 어린 딸년만은 살려 보내 주세요. 제발, 엉엉엉~!"

소웅은 대번에 깨닫는다.

"옳거니, 산중거사라 하는 놈들이 용서받지 못할 짓을 저지르고 있음이구나…!"

뒤이어 산적패로 보이는 사내의 목소리가 그 사실을 확인시켜 주고 있었다.

"입 닥치고 가만 있지 못하겠느냐?! 자꾸만 앙탈을 부리면 네 년부터 주둥이를 문질러서 요절을 내고 말 것이야! 그러니 네년은 뒤로 물러나고, 요것이 네 딸년이라고 했겠다? 그렇다면…"

더 이상은 차마 들어줄 수조차 없는 말이었다. 산적 놈이 행패를 부리기 전에 목탁이라도 두들겨서 행패를 멈추게 하고 싶었지만, 오늘따라 목탁도 가져오지 않은 터였다.

사실 업보는 목탁을 잘 가지고 다니지 않았다. 게다가, 오늘은 장대를 짊어지고 가야 하는 길이었기에 더더욱이나 더 목탁을 가져오지 않을 수밖에 없었다.

그러나, 목탁이 없다고 해서 소리까지 못 지르는 것은 아니었다. 허지만, 소웅에게는 소리를 질러 상대를 자극하기보다는 더 효율적인 제재 수단이 하나 더 있었다. 그것이 바로 탈마공이라 하는 것인데, 알기 쉽게 말해서 돌멩이를 던져 상대를 제압하는 투석을 말하는 것이다.

돌멩이를 던져 사냥하는 것은 시골이나 산골마을 아이들에게는 참으로 손쉬운 사냥 수단의 한 가지 방법이기도 했다. 그것을 사람들은 탈마공이라 하여 무공의 한가지 공법으로 인정을 하고 있거니와, 소웅은 이미 탈마공의 타격술이 고수의 경지에 다다라 있었다.

그랬기에, 나무 그늘에서 뛰쳐나가며 돌멩이를 주워드는 동작이 그야말로 비호처럼 재빨랐다. 이제, 소웅의 손에 돌멩이가 쥐어진 이상 상대가 화승총을 소지하고 있다 할지라도 심지에 불을 붙이기 전에 돌멩이가 먼저 상대를 타격하여 승패를 좌우할 수가 있을 것이었다.

"이놈들, 당장에 멈추거라—!"

소웅이 그렇듯 소리를 지른 것은 상대의 행동을 멈추게 하기 위해서였다. 그러자, 역시나 소웅의 예상은 적중했다. 백여 보쯤 떨어진 저— 아래쪽 풀밭 나무 그늘에서 웬 사내가 여인을 희롱하다 말고 주위를 둘러 살피고 있었다.

그랬는데, 그 모습이 참으로 의외였다. 삼베옷으로 굴건제복을 한 상주의 차림새를 하고 있었던 것이다.

(어라?! 산도둑이 아니라 부모의 상을 당한 상주의 차림새라니…?)

그것이 더더욱이나 더 이해가 되질 않았다. 부모의 상중엔 더더욱이나 자세를 낮추고 행동을 자제해야 할 상주가 여인들이나 납치하여 산속으로 끌고 와서 희롱을 하고 있다니 저런 부도덕한 행위가 어디 있단 말인가. 차라리 상주 노릇이나 하지 말 것이지 말이다.

상복의 사내가 소웅의 모습을 확인하고는 대번에 요절복통을 해댔다.

"까갈, 깔깔깔~! 어인 산적 놈인가 하여 깜짝 놀랬더니 대가리를 박박 깎은 절간의 중놈이 아니더냐? 네 이놈! 아직은 목소리도 변성치 못한 어린 중놈이 어쩌다가 산속을 헤매고 다니는지 모르겠으나, 오늘 참으로 죽을 자리 한 번 잘도 골랐구나. 깔깔깔~!"

소웅은 더 이상 시간을 지체할 수가 없었다. 사내의 언사로 보아 여인들을 쉽사리 돌려보내줄 것 같아 보이지 않았기 때문이었다.

"그렇다면 맛을 좀 보여줘야 정신을 차릴래나?"

소웅은 더 이상 망설일 것도 없이 돌멩이를 날려 보내고 있었다. 그러나, 사내를 해칠 생각은 전혀 없었다. 모녀인 듯 보이는 두 여인네들만 곱게 돌려보내 주도록 하고자 조심조심 급소를 피하여 돌멩이를 날려 보냈던 것이었다.

"끄아악, 사람 죽네에―!"

타격은 강렬할 수밖에 없었다. 비록 위협용이긴 하였으나 그래도 타격이 결코 장난만은 아니란 사실을 사내가 못 알아차릴 리 없을 일이었다.

"아고 아파라―! 엉엉엉―! 엉엉―!"

상복의 사내는 정녕 엄살 끼가 보통이 아니었다. 허나, 그것은 사내의 계획된 행동으로서 소웅은 이때 참으로 큰 실수를 저지르고 있었다. 상복의 사내가 그토록 이해할 수 없는 행동을 보일 때는 분명 무엇인가 꿍꿍이가 있다는 사실을 알아차려야 함에도 불구하고 그 속내를 전혀 깨닫지도 못한 채 여인들의 안위만을 걱정하고 있었던 것이었다.

(어서 도망을 치지 않고 무얼 망설이고 있나 글쎄-!)

이때, 계곡을 흘러내리는 도랑에서 미역을 감고 있었던 듯 보이는 두 명의 사내가 급히 모습을 나타내고 있었다. 그 사내들은 여인네 모녀가 쳐다보고 있는데도 아랑곳하지 않고 알몸 차림으로 그냥 뛰쳐나오고 있었는데 손에는 각자 막대기 같은 것을 하나씩 움켜쥐고 있었다.

"저저저, 저런 민망스러울 데가 있나…!"

소웅은, 자신이 차라리 외면해 버리지 않을 수 없었다. 사내들이 여인네들 앞에서도 전혀 부끄러움을 모르고 있었기 때문이었다. 그랬는데, 다음 순간 소웅은 정신이 아찔했다.

"까욱, 까욱, 까욱, 까르르~"

"까까욱, 까르르~ 까욱, 까욱…"

그것은 결코 사람이 아니었다. 그렇다면 그것은 도깨비가 분명했다.

(어쩐지 발가벗고 설치는 게 예사롭지 않다고 했더니만…!)

상복의 사내가 울음을 멈추지도 않은 채 (도깨비들을 보고도 두려워하는 기색도 없이) 오히려 돌멩이에 얻어맞은 사실을 손짓, 발짓으로 설명까지 해주고 있었다. 도깨비도 그 사실을 알아차리는 듯했다.

"깨굴, 깨굴, 깨굴~! 주노므스키, 니노무스키는 이제 주거스머니다. 깨굴, 깨굴, 깨굴~!"

(어라?! 절반은 도깨비 말이요, 절반은 사람 말인데…? 그렇다면 저것이 도깨비가 아니라 할배 스님들이 말하던 왜구라는 말이던가?)

그제야 소웅도 그것이 왜구일 것이라는 생각이 들기 시작했던 것이다. 그리고 드디어 상복의 사내에게까지 생각이 미치기 시작했다.

(저 상복의 사내가 왜구의 길잡이 노릇을 해 주고 있었다는 뜻이 분명하렸다? 게다가, 부녀자까지 납치하여 희롱을 하고 있다니…!)

그것은 결코 용서할 수 있는 일이 아니었다. 돌멩이가 또다시 상복의 사내를 향해 날아갔다. 그리고 사내는 (끄윽!) 하는 외마디 비명과 함께 그 자리에서 사지를 (쭉-) 뻗어 버렸다. 그것으로 물론 죽기야 하겠으랴마는 여인네들이 도망을 칠 수 있는 시간은 충분히 벌어준 셈이었다. 그럼에도 두 모녀는 도망칠 생각을 하지 않고 있었다.

"어서 도망치세요. 보살님! 어서 도망쳐요-!"

소웅의 고함을 듣고 나서야 여인들도 비로소 제정신을 차리는 듯했다. 그러나, 문제는 정작 따로 있었다. 왜구란 놈들이 대번에 사태를 직감하고 칼자루를 뽑아 들며 소웅을 향해 몸을 날려오기 시작했던 것이었다.

"흥! 네깟 놈들이라고 설마 돌멩이가 피해갈까!"

소웅은 연거푸 두 개의 돌멩이를 더 날려 보내고 본다.

그랬는데, 참으로 기가 막힐 일이었다. 왜구의 칼잡이 놈들이 두 놈 다 소웅의 돌멩이를 보기 좋게 맞받아 쳐냈던 것이었다. 그제야 소웅도 정신이 (번쩍!) 들지 않을 수 없었다. 왜구의 칼잡이가 결코 만만한 상대가 아님을 비로소 깨달았던 것이었다.

"저놈들이 저렇듯 민첩할 줄이야!"

그들은 정녕 타고난 칼잡이들이었다. 공력이 실려 있는 소웅의 돌멩이는 화살만큼이나 빠르다고 할 수 있었다. 그럼에도 그 돌멩이를 맞받아쳐 낸다는 것은 참으로 놀라운 솜씨가 아닐 수 없거니와, 이 세상에 태어나서 처음으로 소웅도 죽음의 두려움을 깨닫는 순간이었다. 지옥의 저승사자들이 지금 자신을 향해 사나운 기세로 다가들고 있다는 느낌이 들었던 것이다.

11. 죽음의 도망자

소웅 덕분에 여인들 모녀는 무사히 도망을 쳐서 위기를 모면할 수 있었으나, 정작 소웅 자신만은 왜구의 칼잡이들에게 꼼짝없이 걸려들고 말았다.

그들은 일본 전역에서 가려 뽑은 최고의 칼잡이들로서 조선의 실상을 염탐하기 위해 그들 조정에서 선발하여 보낸 밀정들이었다. (그 내막에 대해서는 추후에 다시 설명이 있겠으나) 그놈들이 그렇듯 날쌔고 동작이 빠를 줄을 소웅은 미처 예상치도 못했던 것이었다.

물론, 소웅도 왜구들이 조선을 침공했다거나 노략질을 하러 다닌다는 사실을 모르고 있었던 바는 아니었다. 서구에서 들여온 최신 무기들을 가지고 조선을 침공했다는 사실은 알고 있었지만, 칼솜씨도 저렇듯 뛰어나다는 사실은 소문에서조차 들어본 일이 없었던 것이다. 게다가, 발걸음까지 비호 같아서, 여인들에게 신경을 쓰는 사이 어느새 그들은 소웅의 목전에까지 바짝 다가들고 있었던 것이었다.

그럼에도 아직까지 그들의 진면목을 제대로 다 깨닫고 있는 것은 아니었다. 원래, 소웅의 주특기인 투석기술이라 하는 것은 타격을 입혀야 할 상대가 가까이 있을 때는 막대기보다도 더 못한 위협용일 뿐이었다.

그에 반하여 왜구들의 장점은 서구 문명의 제련 기술을 받아들인 덕분에 칼날이 얇사하고 강하면서도 날카롭고 가벼워서 목검처럼 자유자재로 휘두를 수가 있는 장점이 있었다. 서로가 가까이에 있을 때는 말이다. 그랬기에, 두 명이 좌우에서 바람처럼 다가들며 휘두르는 칼날에 소웅은 아예 속수무책으로 당할 수밖에 없었던 것이다.

(어이쿠—! 이것들이 번개보다도 더 빠르네, 글쎄!)

당연했다. 그들의 민첩성은 예상을 초월하고 있었다. (독사에 물린 듯한 뜨거운 느낌만이) 본능적으로 칼을 맞았다는 사실을 깨닫게 해주고 있을 뿐, 그나마도 산사의 신체 수련으로 단련된 반사신경 덕분에 결정적인 공격만은 간신히 모면해가고 있을 뿐이었던 것이다.

그렇다고, 칼잡이들이 한 번씩만 공격을 퍼붓고 그대로 물러설 어리석은 바보들이 아니었다. 상대(소웅)의 손에 막대기도 하나 쥐어진 것이 없는 비무장이란 사실을 알아차리고는 더 이상 주저하는 기색도 없이 칼 솜씨를 자랑해 보이고 있었다. 게다가, 기왕에 칼솜씨를 자랑해 보인 김에 아예 상대의 숨통마저 끊어놓고 보겠다는 의도마저 내비치고 있었던 것이다.

그것은 너무도 당연한 결과였다. 그들이 조선 땅에 숨어든 왜구의 간자가 아니라 일개 도적패의 무리라 할지라도 자신들의 존재가 세상에 알려져서 좋을 것이 없다는 사실은 너무도 잘 알 것이기 때문이었다.

그랬기에, 간자들은 소웅에게 인정을 베풀려는 기색들이 전혀 없었다. 아예 중놈(소웅)을 죽여 없애서 우환거리를 없애겠다는 행동들임을 깨달아 눈치채고도 남음이 있었던 것이다.

이제, 소웅에게는 더 이상 부처님의 자비를 기대해볼 희망조차 없었다. 죽기 살기로 최악의 경우만을 면하고자 공격에 대비해 보지만 칼 맞은 상처는 자꾸 늘어만 갔고, 입고 있는 승복은 걸레 조각이 되어 갔으며, 상처 자국에서 흘러내리는 선혈은 승복을 몽땅 물들이고 있었던 것이었다. 그럼에도, 십여 년 동안 갈고닦은 승방무술의 신체 수련 덕분에 치명적인 공격만은 간신히 막아내어 이만큼이라도 버티고 있다는 것이 그나마 다행이라면 다행일 뿐이었다.

그러나, 소웅도 이제 더 이상은 버텨낼 재간이 없었다. 시간이 갈수록 칼 맞은 상처는 늘어만 갔고, 상처가 늘어갈수록 선혈은 낭자하여 걸레 조각이 된 승복이나마 이제는 아예 승복인 줄도 모르는 지경으로 변해버리고 말았으니 말이다. 그랬으니 기운이 빠지는 것은 너무도 당연한 결과가 아닐 수 없었다.

그럼에도 다행스러운 것은 왜구의 칼잡이를 둘씩이나 상대하면서도 뼈가 손상되거나 배 속의 장기가 쏟아질 만큼의 치명적인 결과는 초래하지 않고 있다는 사실이었다.

그러나 왜구의 칼잡이들은 아직도 전혀 지친 기색이 없었다. 그것이 문제였다. 가볍게 돌멩이를 한 대씩 얻어맞은 것 외에 전혀 상처를 입은 바가 없었기에 지칠 일이 없었던 것이다. 그랬기에 그들은 결코 서두를 필요가 없었다. 서두를 이유도 없었다.

(네깟놈이 절간에서 얼마나 대단한 무술의 공력을 몸에 익혔는지 모르겠으나 오늘은 기어코 우리 손에 죽어줘야겠다!)

그들도 이미 알고 있었다. 중놈은 이제 칼 맞은 상처로 인해 (피를 너무 많이 흘려서) 머지않아 기운을 잃고 쓰러지게 될 것이란 사실을 말이다. 그래서, 여유롭게 간격을 좁혀들며 단칼에 숨통을 끊어 놓으려고 기회를 노리고 있는데, 아니나 다를까 중놈이 뒷걸음질을 치다 말고 엉덩방아를 찧으며 그대로 나자빠지고 있었던 것이었다.

"낄낄낄~! 니노미는 이제 주거스므니다~!"

간자들이 잔뜩 여유를 부리며 최후의 일격을 가하기 위해 여유롭게 다가들고 있는데 그것이 사실은 소응의 노림수였던 것이다.

그리고 뒤이어 (크악! 까아악!) 왜구들의 입에서 동시에 비명이 터져 나왔다. 그러면서 놈들은 십여 보씩이나 (떼굴~ 떼굴~) 몸을 굴려 업보에게서 멀어져 갔다. 그뿐만이 아니었다. 놈들은 아예 몸도 가누지 못했다. 양팔로 얼굴을 감싼 채 업보의 돌멩이 공격에만 대비를 하고 있는 모양새였다.

조금 전, 업보가 땅바닥을 나뒹군 것은 결코 기운이 빠져서가 아니었다. 예전에 사람들이 골짜기 위에다 숯막을 조성할 때 길을 닦으면서 산허리를 잘라놓아 그만 장마에 산사태가 났던 모양이었다. 물론, 숯막은 오래전에 철수하고 없어졌지만, 산사태의 토사가 빗물에 휩쓸려 내려와 이곳에 모래톱을 이루고 있었던 것이다.

(오냐 이놈들, 어디 맛 좀 보거라!)

모래톱을 나뒹굴며 업보의 양손에 쥐어진 모래알갱이들은 엄청난 속력으로 왜구들의 얼굴을 향해 날아갔다. 알갱이가 굵은 것들은 얼굴에 날아가 박힐 만큼 강력한 공력이 실려 있었으니 그것이 결코 눈동자를 때리지 않았다고 할지라도 그들에게는 견딜 수 없는 충격이 아닐 수 없을 것이었다. 업보의 손을 떠난 모래알갱이는 일반인들이 내던지는 거리보다 두 배는 더 멀리 날아갈 수가 있었으니 그 충격 또한 두 배가 더 크다고 보면 될 일이었다.

그러나 문제는 정작 따로 있었다.

(흥! 네놈들이 얼굴을 감싼 채 안절부절 못 하는 것을 보니 눈알을 제대로 얻어맞았다는 증거일터!)

그럼에도 그들은 얼굴을 가린 손가락 사이로 두 눈을 부릅뜬 채 업보의 행동을 살피기에 여념이 없었다. 그 모습을 바라보며 업보도 드디어 제정신이 돌아오고 있었다. 그들의 두 눈에서 피눈물이 흐르고 있다는 사실을 선연히 확인하고 있었기 때문이었다. 그것은 이제 잠시잠깐 시간을 벌 수 있게 되었다는 의미이기도 했다. 그들에게 가까이 다가가지만 않으면 칼을 맞을 위험은 줄어들었다고 보면 될 일이었다.

그렇다고, 업보라 하여 마냥 여유만 부리고 있을 때는 아니었다. 피를 많이 흘린 데다가 기운을 너무 소진하여 탈마공이 제대로 펼쳐질지는 모르겠으나 최후의 젖 먹던 힘을 짜내서라도 지금 그들을 제압하지 못하면 자신의 목숨은 또다시 그들의 손에 맡겨지게 된다는 사실을 깨닫지 못할 리 없었기 때문이었다.

그랬는데, 업보가 모래톱 주위에서 적당한 크기의 돌멩이 두 개를 찾아내어 그들을 향해서 막 집어던지려던 순간 갑자기 멈칫하여 동작을 멈추고 있었다. 그들이 동시에 오만 깨방정을 떨어대기 시작했던 것이다.

"어라?! 저것들이 정녕 왜구가 아니라 도깨비들이었단 말인가?"

그들은 서로가 십여 보씩이나 각자 떨어져 있었다. 그러니까 업보와의 거리만큼씩이나 서로 떨어져 있었는데, 그러면서도 깨방정은 둘 다 똑같이 떨어대고 있었던 것이다. 그랬기에, 업보가 또다시 도깨비로 착각을 하는 것은 어쩌면 당연한 일이었다.

그런데 사실은 그게 아니었다. 그들의 행동에서 업보는 그 연유를 알아차릴 수가 있었다. 그들의 주위에 파리 떼가 새카맣게 날아다니고 있었고, 그것은 발가벗은 몸뚱이에도 예외 없이 달라붙어 있었던 것이다.

"그랬구나, 땅벌집을 건드린 것이야!"

그렇다면, 그들이 도망을 치지 못하도록 그 자리에 묶어둘 필요가 있을 일이었다. 어차피 주워든 돌멩이니 그냥 버릴 여유가 업보에게는 없었다.

돌멩이는 보기 좋게 왜구들의 머리통을 명중시켰다. 십여 보의 거리에서 그까짓 것 하나도 명중시키지 못한데서야 그것에 어찌 탈마공이니 투석공이니 하는 공법의 명칭을 사용할 수 있을 일이겠는가.

"네놈들은 이제 봉독이 올라서 살아도 산 목숨이 아닐 것이니…!"

잠시나마 여유를 부려볼 수 있는 것도 업보로서는 땅벌들의 근성을 잘 알고 있었기 때문이었다.

"내가 네놈들의 목숨을 거둔 것이 아니라 부처님이 지원군을 보내시어 네놈들을 혼내키는 것이니 원망을 하려거든 내게 하지 말고 부처님께 하거라."

혼자 속으로 최후의 승리를 만끽해 가며 대나무 지팡이를 찾아서 자신의 몸을 의지하는데 정녕 업보는 자신을 향해 다가오는 죽음의 그림자는 눈치채지 못하고 있었다.

원래 땅벌이란 놈들은, 사람을 봐가며 (골라서) 공격을 하는 그런 착한 곤충이 아니었다. 닥치면 닥치는 대로 애, 어른 가릴 것 없이 무자비하게 공격을 해대는 그런 독종들이었다.

그런데, 왜구들에게만 떼로 공격을 퍼붓는 것은 그들이 땅벌집에 더 가까이 있었고 땅벌집을 발로 밟아 화를 놓은 것이 그들인데다 옷을 홀랑 벗고 있어서 공격할 수 있는 면적이 더 넓었기 때문이었다.

그래서, 업보에게는 인정을 베풀어 공격을 하지 않기로 한 것이었을까? 천만의 말씀이다. 일단은 가까이에 있는 적(?)들부터 먼저 공격을 퍼붓고 나서, 그러고도 여유가 있을 때는 잠재적인 위협 요소마저 퇴치를 하는 것이 땅벌들의 공격 전략인 것이다.

지금이 (딱) 그 시점이었다. 두 명의 적들에게 집단 공격을 퍼붓고도 여유가 생기자 드디어 좀 더 멀리 떨어진 적에게도 가까이 오지 말라고 하는 위협성 공격이 시작되게 된 것이었다.

업보는 기절했다. 땅벌들도 조선사람과 왜구는 구분할 줄 알아서 그들만 공격하는 것이라 생각을 했다가 그만 허를 찔린 셈이었다.

"하이고, 사람 죽네!"

얼굴과 목 주위에 땅벌들이 새까맣게 달라붙어 집중 공격이 시작되자 왜구들에게 칼 맞은 상처쯤은 문제도 아니었다. 불타는 아궁이 속으로 얼굴을 들이미는 듯한 충격이 전신의 신경을 마비시키고 있었던 것이다.

이럴 때의 대처법을 업보는 잘 알고 있었다. 그것들이 용서해줄 때까지 무작정 도망을 쳐서 그것들의 왕국에서 멀어져야 한다는 사실을 말이다. 그리하여 한 손으로는 얼굴에 달라붙은 벌떼들을 털어내고 또 한 손으로는 대나무 막대기를 휘둘러서 (허공으로 뒤쫓고 있는) 벌떼들에게 위협을 가하면서 왜구들이 있는 반대 방향으로 산비탈을 돌아 줄행랑을 치지 않을 수 없었던 것이다.

그런데 벌떼들의 공격은 그렇다고 치더라도 왜구의 간자들이 업보의 모래 공격을 받고 십여 보를 도망친 뒤 더 이상 달아나지 않고 머뭇거리다가 벌떼의 공격을 자초하게 된 데에는 나름대로 그 이유가 있었다. 그것은 바로 그들의 임무 때문이었다.

(저 중노미를 잡아서 죽이지 못하면⋯)

자신들의 존재가 소문이 나게 될 것이요, 그것은 바로 조선군의 추적을 의미하는 일이 되는 것이다. 비밀리에 활동해야 하는 간자들로서는 소문보다 더 두려운 일이 어디 있겠는가. 그랬기에 벌떼의 공격쯤은 뒷전일 수밖에 없을 일이었다. 벌떼의 집중 공격을 받으면 생명이 위태로울 수도 있다는 사실을 능히 알고 있으면서도 멀리 도망치지 못하고 머뭇거린 이유가 거기에 있었던 것이었다. 가까이에서도 잘 보이지 않는 눈으로 벌떼를 두려워하여 멀리 달아났다가 중놈이 도망을 치게 할 수는 없었던 것이다.

그것이 간자들의 특성이었는데, 조선으로 간자들을 침투시킨 왜나라는 서양의 문물에 의해 문화의 개화기를 맞이하고 있었다. 그러니까 서구의 군사력에 굴복당하여 근대화된 서구의 문화를 받아들인 덕분에 그렇듯 문화의 번성기를 맞이하게 된 것이었다. 그러나, 이웃 국가인 조선은 아직도 쇄국의 빗장을 걸어 잠그고 있었기에 자신들이 굴복당한 방식대로 조선을 굴복시켜 수탈하고자 하는 욕심이 생겨나게 되었던 것이었다.

그리하여 조선을 침공하겠다고 하는 정한론자들이 득세하게 됨으로써 「사이고 다카모리」라고 하는 인물이 중심이 되어 무사들을 훈련 시켜 부산에 있는 왜관을 통해서 간자들을 조선 땅으로 침투시키게 된 것인데 조선을 침공하기 전에 조선의 실상부터 먼저 파악하고자 하는 의도였다.

그로부터 다카모리가 정치분쟁에서 패배하여 퇴진하게 되었으나 다음 정권에서도 정한론의 욕망만은 그대로 이어지고 있었는바 그러므로 해서 조선에 침투시킨 간자들의 활동도 그대로 유지가 되고 있었던 것이었다.

이즈음, 왜나라는 정정이 차츰 불안해지고 있었다. 정파 간에 주도권 다툼이 벌어진 것인데, 이때 조선이 조금만 정신을 차렸더라도 그들의 간자 정도는 더 이상 존재하지 못하고 이 땅에서 사라졌을 것이었다. 이때가 바로 업보가 간자들과 마주쳤던 이 시기로서 그들은 정녕 주인을 잃고 떠돌던 낭인의 신분에 불과했던 셈이었다.

고종 임금께서 보위에 오른 지 8년째가 되는 (1871년의) 신미년이면 청일 수호조규가 체결이 된 해이기도 하였거니와 이때를 계기로 왜나라는 또다시 정한론자들이 득세하게 됨으로서 조선에 침투되었던 간자들도 새롭게 정비가 되어 활동을 재개하는 전기를 맞이하고 있었던 것이다.

물론, 업보를 공격했던 그들이 살아남을 확률은 희박했지만 그들의 생사 여부를 불문하고 조선에서 활동하던 간자들의 수는 충분하고도 남을 만큼 여유가 있었다고 했다. 왜나라 "즉" 일본인들이 조선의 실상을 손금 들여다보듯 (훤-히) 꿰고 있었던 이유였다. 그런데, 이때 왜나라의 지배를 받던 류큐(오키나와)와 타이완 사이에 충돌 사건이 벌어지므로 해서 그들의 조선 침공은 잠시 미뤄지게 되었다.

《조선의 침공은 서두를 것이 없다. 어차피 세월이 가면 갈수록 조선이란 나라는 더욱더 피폐해져서 우리가 흘릴 피를 최소한으로 줄여줄 것이니 우리는 거저 아라사나 청나라를 견제하는 일에만 관심을 기울이면 될 것이야!》

일본국의 속내도 모른 채 대원군은 거저 국고를 (탈탈~) 털고 그것도 모자라 매관매직까지 일삼으며 경복궁의 중건에만 혈안이 돼 있었다.

자신의 자손으로 하여금 천년만년 대를 이어갈 수 있도록 하기 위해서는 왕조의 기틀을 튼튼히 다져 놓는 일이 중요했던 것이다. 그것이 바로 경복궁의 중건이었다. 아첨배들이 흥선군을 꼬드겨서 이뤄낸 결과였다.

《경복궁의 낡은 전각들을 모두 헐어내고 그곳에다 새 전각들

을 위용 있게 세워놓으면 대감의 후손들이 천년만년 대를 이어 왕업을 이어가게 될 것입니다.》

경복궁의 자리는 흥선군도 탐낼만한 천하의 길지였다. 그러한 이치를 나름대로 파악하여 살피고 있던 그가 그 말을 외면할 리 없었다.

"왕궁이 위용 있게 버티고 있으면 어찌 왕조가 번창하지 않을 수 있겠는가!"

흥선군이 아니라 그 어떤 인물이라 할지라도 한 번쯤은 욕심을 내볼 만한 일이었다. 하물며 부친의 묘지 이장 효과를 톡톡하게 맛본 흥선군이 어찌 경복궁의 중건에 목숨을 걸지 않을 수 있었을 것이며, 그깟 자금쯤이야 백성들을 쥐어짜기만 하면 얼마든지 마련할 수 있을 일이니 말이다.

"양이보국의 결기만 앞세워도 서양 오랑캐가 이 땅에 발도 못붙이고 쫓겨나고 있음이거늘, 그깟 왜구쯤이야 지까짓놈들이 감히…!"

그것이 흥선군의 생각이었다. 그럼에도 왜구들이 천지분간을 못 하고 이 땅을 침범해온다면 청나라가 위협을 느껴 한달음에 달려와서 왜구들을 물리치도록 만들면 될 일이었다.

그랬기에, 왜구의 간자들이 조선의 산하를 훑어보고 다닌다는 소문은 흥선군에게도 전하여져 이미 알고 있는 일이었으나 그까짓 것을 걱정할 필요 따위는 전혀 없었던 것이다.

"지깟 놈들이 산천을 들쑤시고 다닌다 하여 땅덩이를 짊어지고 가기라도 할 참이라고 하더냐? 어리석은 놈들 같으니…!"

참으로 옳은 말씀이었다. 대왕대비 조씨로부터 섭정의 권한을 빼앗아 온 흥선군은 그깟 왜구들의 산천유람 같은 사소한 일 따위에 신경을 쓸 계제가 아니었던 것이다. 왕조의 기틀만 굳건히 다져 놓으면 그깟 왜놈들 간자 몇 명 따위가 무슨 대수이겠는가 말이다.

업보가 왜구의 간자들과 마주친 것이 바로 이즈음이었고, 땅벌떼라 하는 지원군의 덕분에 간신히 목숨을 구할 수 있게 된 것까지는 좋았으나 적과 동지도 구분 못 하는 야속스러운 인심 앞에 금정산의 구류계곡까지 도망쳐 헤매게 된 이유이기도 했던 것이다.

다행스럽게도 사방 수십여 리 이내의 늑대무리치고 업보의 손에 길들여지지 않은 것들이 없었던 인연으로 하여 그것들에게 잡아먹히는 위기는 넘길 수가 있었으나 업보는 이미 생사의 기로에 처해 있었다. 왜구의 칼잡이들에게 당한 상처로 인해 너무도 많은 피를 흘려버렸기 때문이었다.

그것은 곧 죽음을 의미하는 일이었다. 피를 수혈받지 못하고서는 천하의 그 누구라 해도 목숨을 부지할 수는 없을 일이며 양무의 의승들이라 할지라도 혈액을 수혈하는 신묘한 의술은 의서에서조차 접해본 일이 없는 꿈 같은 일이었으니 말이다.

12. 천년 원귀

쇠돌바우에 의해 화마에 소실된 능구레 산막의 뜰 안에서는 고깃국 끓이는 냄새가 진동하고 있었다. 불탄 암자의 기둥과 석가래에는 아직도 잔불이 남아 있어서 이곳저곳에 연기가 피어오르며 주변이 메케한 냄새로 가득한데, 아무리 그렇기는 해도 부처님을 모셨던 암자의 한쪽에서 고깃국을 끓이고 있다니 그것은 말도 안 되는 일이었다. 비록 암자가 불에 타기는 했다고 하나 마치 그것을 기다리기나 했다는 듯이 그곳에서 솥단지를 걸어놓고 고깃국을 끓이다니 그게 말이 되느냐 하는 얘기이다.

그런데, 고깃국 냄새가 사방으로 퍼져나가자 그만 능구레골이 발칵 뒤집히고 말았다. 냄새를 맡은 산짐승들은 물론이요, 들쥐나 뱀 따위의 설치류뿐만 아니라, 날짐승에 이르기까지 생명체란 생명체는 모조리 꽁지가 빠져라, 도망을 치기에 정신이 없었던 것이다. 후각이 예민한 산짐승들에게는 호랑이 똥보다도 더 고약한 죽음의 냄새가 아닐 수 없었으니 말이다.

그것이 바로 무소 선사가 짊어지고 온 이무기의 뱀탕 냄새였다. 이무기를 뱀으로 표현하는 것은 그 피부 껍질이 뱀 껍질을 닮아 있었기 때문이었다.

"허어~ 거참. 어찌하여 이무기의 몸에서 이렇듯 누우런 기름이 한가득이란 말씀일꼬? 그러고 보니 산신령님의 말씀이 맞았음이로고…! 허면, 당장에 시험을 해 보도록 하면 될 터…!"

선사는 가마솥 속에서 쪽박으로 기름을 걷어 업순이에게로 가져간다.

"나무관세음 보살~! 하늘님, 천주님, 신령님, 제발 이 가엾은 중생을 어여삐 살피시어 화상치료에 효험을 주소서 아맹 타불~!"

입속으로 간절하게 주문을 읊으면서 버려진 승복 적삼의 옷고름을 뜯어 그것을 접어서는 바가지의 기름에다 흠뻑 적신다. 그리고는 그 기름을 얼굴 화상에다 바르기 시작한다. 무소 선사가 이때 입속으로 아맹이란 주문을 외친 것은 역시나 늙으신 부처님보다야 젊으신 하늘님이 더 효험을 줄 것 같아서였다. 불교는 천 년 전부터 있었던 종교요, 하늘님은 지금 새롭게 들어오는 종교의 주인이시니 당연히 석가모니보다는 야수가 더 젊을 것 같은 생각이 들었던 것이다.

"업순이 이것들에게 효험만 주신다면야 아맹이 대수이고 관셈타불이 대수이겠는가!"

무소 자신은 어차피 도방에서도 쫓겨난 땡초의 처지였다. 부처님께서 자신을 진정한 불제자로 인정해주지 않는다는 뜻인 것이다. 스스로는 그런 처분에 동의하지 않지마는 말이다.

어쨌거나 업순이의 화상 상처가 곱게 아물고 업보의 기력 회복에 도움만 된다면 무소 자신은 억겁의 유황불 지옥에라도 뛰어들 각오가 되어있었다. 부처님에게 경을 치는 한이 있더라도 하늘님 천주님의 도움을 요청하지 않을 수 없는 이유였다.

업순이 소아는 지금 아주 평온한 모습으로 수면에 들어있었다. 선사께서 시침으로 마취를 시켜놓은 덕분이었다. 행여라도 얼굴 화상을 손으로 긁어 상처를 덧나게 할 위험이 있었기 때문이었다.

게다가, 얼굴의 화상이 너무도 심하여 치료하는 것마저 포기하고 명줄을 앞당길 우려마저 있을 일이었다.

"상처가 치료된다고 흉터까지야 없앨 수가 있겠으랴마는 그래도 치료를 하는 데까지는 최선을 다 해봐야 할 것이 아니더냐."

선사는 소아의 얼굴 화상뿐 아니라 온몸의 곳곳을 두루 살펴

꼼꼼하게 기름을 정성껏 발라준다.

"이제 너의 화상치료는 하늘님에게 맡겼음이로다. 아맹 타불~!"

소아는 장독대 뒤에 있는 야채 보관용 인공석굴 속에 옮겨져 있었다. 두어 평은 되고도 남을 크기로써 여름철엔 시원하고 겨울철엔 따뜻하여 야채를 보관하기엔 안성맞춤이었다. 그곳에 자리를 깔고 소아를 데려다 눕혀 놓았는데 더위에 상처가 덧나지 않는데도 도움이 될 뿐 아니라 문짝이 있어서 선사가 자리를 비운다고 해도 산짐승의 공격마저 걱정하지 않아도 될 일이었다.

하여간에, 소아의 화상치료마저 (부처님의 뜻에 맡겨두지 않고) 이토록 부처님을 배신하면서까지 간절한 속내를 내보이는 것은 역시 부처님에 대한 믿음이 부족하거나 신흥종교에 대한 믿음이 그 원인일 수가 있을 일이었다. 무소께서 업보와 업순이에게 기울이는 정성이 부처님에게 의지하는 기색도 전혀 없이 눈앞의 현실만을 중시하는 치료행위가 그러했다.

그러면서도 선사는 결코 마음이 편치 못했다.

"이것이 의식이 없기에 망정이지. 이 일을 어찌할 뻔하였는고, 아미타불~!"

성년이 다 된 처자의 육신을 구석구석 훔쳐보며 화상을 입어 부풀어 오른 상처마다 기름을 발라 치료를 한다는 것은 (결코 본능의 욕망에 초연해진 무소라 할지라도) 그 민망함에 얼굴이 붉어지지 않을 수 없었다.

"반백 년 동안 마음을 비우고 살았으되, 아직도 내 마음속에 전생의 욕망이 죄업처럼 남이 있었음으로고…!"

선사는, 자신의 수행이 부족함을 탄식하면서도 소아에 대한 안타까운 마음만은 욕망이라는 악귀를 물리치기에 충분했다. 그리고 드디어 선사의 입에서 탄성이 터져 나왔다.

"하이고오~! 부처님, 야수님, 천주님, 신령님…!"

화상을 입어 부풀어 올랐던 살 껍질 속에서 무엇인가 경이로운 현상이 나타나고 있었던 것이었다. 잠깐 사이에 부풀어 올랐던 살 껍질이 언제 그랬느냐는 듯 찰싹 달라붙어 있었으니 말이다.

"이제 되었음이로다! 이제 살렸음이로다! 고연 것들이 명줄은 길어가지고설랑, 제 부모들의 명줄까지 죄다 물려받아 가지고설랑…!"

업순이의 화상자리에 기름을 일일이 다시 발라주는 선사의 손길이 경련이라도 일으키듯 가늘게 떨리고 있었다.

"그래, 그래! 화상의 피부가 죽지 않고 이렇듯 다시 살아난다면야 너의 목숨 또한 이렇듯 다시 살아나고 있음이 아니더냐? 아맹 타~불!"

그러나 화상을 입어 부푼 피부가 모두 회복이 된 것은 아니었다. 피부가 이미 손상이 돼 버린 얼굴이나 목덜미 그리고 양쪽 손등에는 아마도 후유증을 피할 수가 없을듯싶어 보였다. 그나마도 상처가 덧나는 불상사는 면하게 된 셈이었다. 그러니까 목숨만은 보전하게 된 듯 보여지고 있으나 결코 화상의 흉터만은 피할 수가 없게 되었다는 사실을 의미하는 일이기도 했다.

"흉터 까짓 게 무슨 대수라고! 이렇듯 목숨만이라도 살려낼 수가 있다면 이것을 어찌 부처님의 은덕이라 아니할꼬!"

그나마도 업순이의 목숨을 살려낼 수 있게 되었다는 희망이 생겨나자 하늘님, 천주님에 대한 간절함은 (쏙−) 들어가 버리고 말았다. 이제는 부처님의 은덕만으로도 두 아이에 대한 희망이 생겨났기 때문이었다. 그래서 사람의 마음을 간사하다고 하는 것이며, 천하의 도사승이라 할지라도 인간의 본성만은 모두가 다 똑같다는 뜻이기도 했다.

선사에게도 이제 새로운 희망이 생겨난 것임에 분명했다. 그래서 소아의 몸에 두 번씩 연거푸 기름을 발라주고 나자 어느새 주위에는 어둠이 내리깔리고 있었다.

선사는 조롱박보다 조금 더 큰 꿀 항아리 두 개를 찾아내어 고깃국물과 기름을 나눠 담은 뒤 삼베 보자기로 정성스레 싸매서 길 떠날 준비를 서두르며 업순이를 향해 혼잣말을 뱉어 놓는다.

"이 할애비가 시방 업보에게 다녀올 터인즉, 그동안에 깨어나면 아니되느니라, 알겠느냐? 으음, 알았겠지, 알고말고…!"

그리하여 밤길을 내달려서 선사가 도착한 곳은 역시 무구 선사가 기다리고 있는 천연 석굴이었다. 무소 선사의 모습을 보자마자 무구께서 크게 야단을 쳐 댔다.

"어인놈의 중놈 발걸음이 굼뱅이보다도 더 굼뜨단 말이더냐?! 약을 달여서 냉큼 가지고 오지는 않고 지놈이 혼자서 다 처먹고 오는 것인 게야!"

무구 선사의 혼찌검에 무소 선사가 껄껄거리며 말을 받는다.

"컬컬컬~! 본시 약이라고 하는 것은 정성이 반이라고 하였거늘, 무구께서는 약을 달일 때 입맛부터 보고 달였소이까? 이쪽 항아리의 고깃국물은 저놈 목구멍으로 넘겨서 먹일 것이고, 이쪽 항아리의 뱀탕 기름 요것은 상처에 발라 치료할 것인즉, 알아들었거든 마저 수고하시구려!"

"뭐뭐뭐, 뭣이라?! 그럼 이 녀석을 나에게만 맡겨두고…? 갔네, 벌써!"

역시나 무소 선사의 그림자는 어느새 동굴 밖으로 사라지고 없었다. 동녘 하늘에서 먼동이 터 오기 시작하는 이른 새벽녘이었다.

"저런 성깔머리 하구는…! 무엇인가 급한 일이 있긴 있는 모양인데 이 녀석의 목숨만큼이나 중요한 일이 또 무엇일꼬-?"

무구 선사 역시 무소의 행동으로 미루어 무엇인가 중요한 일이 있음을 짐작은 하고 있었으나 지금은 오로지 업보에 대한 생사만이 머릿속을 가득 채우고 있을 뿐이었다.

"떠난 놈은 떠난 놈이로되, 이것은 뱀탕 기름이니 상처에 바르고… 끄웩! 이 이것이 정녕 뱀탕 기름이 아니던가?! 저 사람 무소가 기어이 중놈 되길 포기하였음이로고, 아이타불~!"

그렇다고 무소가 시킨 일을 아니 할 수도 없을 일이었다. 동충하초란 어차피 절반은 식물이요, 절반은 벌레이니, 이것이 정녕 동충하초의 기름인지 뱀을 달여 나온 기름인지는 확인해 볼 방법이 없었던 것이다.

"어차피 무제가 천벌을 받는다면 이 몸도 천벌을 받아야 할 터, 이 녀석만 살릴 수 있다면 내가 천벌 같은 것을 두려워할꼬!"

무구 선사 역시 업보에 대한 마음이 지극하기만 했다. 결코, 업보의 생사 앞에서도 자신의 마음이 초연해질 수 있는 그런 큰 스님의 수양과 덕목을 갖추지 못한 것임이 분명해 보였다. 진정으로 수양이 쌓인 스님의 덕목이란 눈앞에서 사람이 죽어 나자

빠진다 해도 마음에 미동도 없이 초연해질 수 있어야 한데나 어쩐데나, 그랬으니 말이다.

아침 해가 중천에 떠오르고 있었다. 그제야 무소께서는 능구레 산막으로 되돌아오고 있었다. 그랬는데, 역시 우려했던 대로 업순이가 정신이 깨어나 우물가에 넋을 놓고 앉아 있었다. 저간의 사정을 어디까지 알고 있는지는 알 수가 없으나 선사께서는 그것만으로도 눈물이 (왈칵!) 쏟아질 수밖에 없었다.

"사람이 저렇듯 화상을 입고도 살아날 수는 없을 것임에 이제는 정녕 죽을 걱정은 아니해도 될 것이로고…!"

그러나, 무소께서도 결코 깨닫지 못하는 사실이 있었다. 여인에게 있어 정절이란 목숨과도 같은 것이란 사실을 말이다.

게다가, 얼굴의 흉터 또한 여인에게 있어 치명적인 결과가 아닐 수 없었다. 그것이 자칫 천형으로 오해받아 돌멩이 찜질을 당할 우려도 있을 뿐만 아니라, 세상의 그 어떤 남정네가 얼굴이 망가져 버린 여인을 아낙으로 맞이하려 할 일이겠는가.

소아의 몸에는 더 이상 기름을 바를 필요가 없었다. 얼굴과 목덜미엔 이미 피딱지가 굳어져 있었고, 전신의 피부는 화상을 입은 흔적조차 찾아보기 힘들었기 때문이었다.

그러나, 소아는 이미 모든 정황을 어렵사리 짐작하고 있었다. 자신의 몸에 걸쳐져 있는 옷차림이며 얼굴과 목덜미의 피딱지들과 손등에 생긴 피딱지들로 미루어 짐작을 하고도 남음이 있었던 것이다.

그보다도 그녀를 결정적 충격으로 빠트린 것은 역시나 자존심 문제였다. 더 이상은 어제의 자신으로 되돌아갈 수 없다는 사실이 그녀를 절망의 나락으로 빠트리고 있었던 것이다.

그럼에도 소아는 오히려 선사의 마음을 위로할 만큼 제 자신을 잘 추스르고 있었다. 게다가, 업보에 대한 애틋한 마음 또한 한결같기만 했다.

"웅이는 지금 어찌 되었나요? 자칫, 앉은뱅이가 될 뻔했다고 하던데 설마 잘못된 것은 아니겠지요? 그렇지요? 저는 아무래도 상관이 없어요. 그러니 제발 제 얘기는 웅이한테 하지 말아주세요. 저의 이런 몰골을 웅이한테 들키고 싶지 않아요…"

백무 선사는 새로운 고민에 빠지지 않을 수 없었다. 아직은 업보의 생사를 속단할 수가 없으나, 녀석이 다시 깨어난다고 할지라도 업순이가 결코 녀석을 다시 만나려 하지 않을 것이란 사실을 눈치챘기 때문이었다.

(업보로고…! 업보로고…! 양가의 맺힌 은원이 어찌 이리도 질기고 야속하단 말이던고…!)

참으로 야속하고도 질긴 악연이었다. 업순이는 결코 업보에게 되돌아가지 않을 것이란 사실을 선사는 이렇듯 깨달아 짐작하고 있었던 것이다.

(저것이 마음속으로 얼마나 업보를 은혜 하였으면 제 자신의 처지는 아랑곳도 하지 않고 업보의 처지만을 걱정한단 말이더냐…)

그것이 진정으로 은혜하는 마음일 것이었다. 그 마음을 깨달아 알고 있기에 선사는 더욱더 애틋해질 수밖에 없었다.

이때, 무구 선사께서는 온갖 정성을 다하여 업보를 간호하고 있었다.

"허어— 참으로 명약이로세! 우리 무소가 천하의 명약을 개발하여 이 가엾은 영혼을 살려냈음이로고…! 녀석이 칼날을 요령껏 피해주어 창자가 쏟아져 나오지 않은 것이 천만다행이긴 하겠으되, 상처를 바늘로 꿰매어도 전혀 아물지를 않더니 어쩌면 이렇듯 상처가 깨끗이 아물고 있단 말씀일꼬…!"

게다가, 너무 많은 피를 쏟아 얼굴이 백지장이 될 만큼 되돌리기 어려운 지경이 되었으나 그깟 고깃국물 몇 모금에 혈색부터 되돌아오고 있었던 것이었다.

"거참 신묘한 일이로다! 이깟 고깃국물이 뭐라고, 소화도 시키기 전에 혈색부터 되돌아온단 말씀인가.…"

이때 마침 무소 선사가 남아 있는 뼛국물과 기름을 챙겨 다시 달려왔다. 업순이에게 먹인 국물과 기름기의 효능으로 미루어 업보에게도 분명 효험이 있을 거라 짐작하면서 업순이가 잠들어 있는 한밤중을 이용하여 급히 달려왔던 것이다. 아직은 이른 새벽이라 동굴 속은 깜깜했으나 무구께서 구해다 밝혀 놓은 관솔불로 업보의 상처만은 충분히 살펴볼 수가 있었다.

무구께서는 거저 말없이 무소의 행동을 지켜보고만 있었다. 그것이 무구가 무소에게 보여주는 신뢰의 표현이었다. (자네가 그 녀석을 살려냈으니 나도 이제 자네를 신뢰하겠네) 하는 믿음의 표시 말이다. 무소께서 관솔불로 업보의 상처를 살펴본 뒤, 드디어 땅바닥에 (터덜퍽!) 주저앉으며 무구에게 한마디 인사를 건넨다.

"참으로 고생하셨소. 이 녀석을 살려낸 것은 오로지 무구의 정성이라 여겨지오이다."

비록 무뚝뚝하게 뱉어내는 한마디의 인사였지만 그 인사말 속에는 진정, 무소의 속내가 담겨있었다. 그러한 무소의 진심을 무구께서 어찌 못 알아차릴 리 있겠는가.

"본도가 오늘까지 살아오면서 무제의 진심어린 인사는 아마도 처음인 듯싶네그려. 헌데, 이 사람의 귀에는 어쩐지 그게 무소를 칭찬해주지 않는다는 불만 같이 들리는데 설마하니 빈도가 수양이 부족해서 그리 들리는 것은 아니겠지요, 대사?"

"어찌 또 그러시오이까? 소제에게 불만이 있으시거든 꼬집어서 말씀을 해주시구려. 소제는 아둔해서 똥인지 된장인지 구분이 어렵소이다."

"컬컬컬~ 그러신가? 오십여 년을 같이 살았어도 나는 무소를 이해할 수가 없음이야. 그래, 죽었던 녀석도 단숨에 살려내는 그 신묘한 고깃국이며, 뱀탕 기름이라 하는 것은 또 어찌된 것이며, 능구레엔 대체 무슨 일이 있는 겐가 으이? 바우 놈이 집에다가 불이라도 낸 건 아니겠지 설마…!"

"왜 아니겠소? 무구께서 그리 짐작을 하셨으면 그런게지, 언제는 그 예측이 틀려본 적 있었소이까? 참으로 말문이 막혀서 유구가 무언이로소이다 그려."

"허어~ 쯧쯧! 그런 예측은 좀 틀려도 좋으련만… 녀석에게 또 무슨일이…?"

사실, 무구 선사의 예측 "즉" 예감은 신기에 가까울 만큼 적중률이 높았다. 그러나, 이번만큼은 업보의 불행만으로 모든 것이 끝나는 줄로 믿고 있었다. 그랬는데, 무소의 입에서 (하마터면 세 아이 모두를 한꺼번에 잃는 줄 알았다)라는 말 한마디에 무구께서는 그만 심장이 (덜컥!) 멈추는 듯한 충격을 느끼지 않을 수 없었던 것이다. 정말이지 무구께서는 불문에 입문하지 않았더라면 지금쯤 아마도 박수가 되어있을는지도 모를 일이었다.

모든 정황설명이 끝나고, 먼동이 터오고 나서야 맥을 놓고 앉아있는 무구를 향해 무소가 말했다.

"이제는 이 녀석도 고비를 넘긴 듯하니 입구나 틀어막아 놓고 사흘 후쯤 찾아와 보도록 하십시다."

무구께서 남의 말 하듯 힘없는 목소리로 한마디 대꾸를 해 준다.

"이번 참에 이 녀석에게도 영매놀이를 한번 시켜보잔 뜻이던가? 무제가 그리하겠다면 그리할 밖에!"

"끄으응…!"

무소께서는 무구의 반응을 짐작이라도 했다는 듯 신음만 목구멍으로 삭여 넘기며 먼저 자리에서 일어나 돌멩이를 주워다 서굴입구를 틀어막기 시작한다. 동굴 입구에는 아름드리 돌멩이들이 어지러이 늘려 있었다. 그것으로 미루어 예전에도 누군가가 이 동굴 입구를 틀어막았던 것임을 깨달아 알 수가 있었다. 그랬다. 이 동굴은 이미 양무 선사가 예전에 마음을 다스리기 위하여 곡기를 끊고 금식 수련을 단행했던 그 석굴이었다. 돌멩이로 입구를 틀어막고 말이다. 그때 무구께서는 영안이 틔어 반무당의 신세가 되고 말았던 것이었다.

그러니까 이 동굴 "즉" 석굴이 두 선사의 마음을 안정시켜 준 곳으로서 업보를 이곳으로 데려온 것 역시 눈곱만큼의 희망이라도 가져보고자 함에 그 의도가 있었다. 그랬는데 이제 이무기의 뼛국물로 목숨 구명은 받았으니 아예 영매놀이까지 한번 시켜보자는 게 그 의도였다.

　그렇다고, 물론 업보를 무당으로 만들겠다는 생각은 아니었다. 백무 선사 자신도 결코 박수가 된 것은 아니요, 박수가 되지 않은 것은 무구 선사 역시 마찬가지였던 것이다.

　그러나, 마음을 가라앉혀 심신을 안정시키고 더불어 영안통까지 틔워 주고자 함이 그 의도였는바, 그것이 바로 일종의 영매놀이라고 그렇게 표현을 함인 것이다.

　물론 의식도 되돌리지 못한 환자에게 어찌 이렇듯 무모한 방법을 실시하느냐고 할 수도 있겠으나 백무 선사 역시 의술에는 일가견을 가지고 있었다. 그랬기에, 업보가 지금 어떤 상태에 놓여 있는지는 (훤―히) 깨달아 알고 있었다.

　(이무기의 뼛국물로 이 녀석은 이미 원기를 회복하여 지금은 오로지 수면에 빠져 있음이거늘…!)

　그것이 무구의 공력 때문인지, 또는 이무기의 뼛국물 때문인지는 알 길이 없으나 숨소리만으로도 그것이 수면 상태라는 것은 대번에 깨달아 알아차릴 수가 있었던 것이다. 그래서, 마음 놓고 입구를 틀어막고자 한 것인데, 무구 역시 그 사실을 못 알아차릴 리 없을 일이었다.

　두 선사께서 석실 입구를 틀어막고 떠나자 석실 안은 그야말로 정적이 감돌고 있었다.

　이때였다. 하늘에서 선녀가 내려왔다. 야소교에서 말하는 천사 말이다.

　"참으로 희얀스런 일도 다 있구나, 하늘의 선녀님이 어찌하여 불민한 소승 앞에 모습을 나타낸단 말씀일까…"

선녀가 업보 소웅의 모습을 발견하고는 반색을 하여 소리친다.

"하이고오~ 부처님, 신령님, 천신님, 미륵님…! 이 넋이 정녕 배를 곯고 지낸 지가 한 달인지, 일 년인지, 십 년인지, 백 년인지…"

소웅은 그만 탄식부터 쏟아내지 않을 수 없었다.

"에고오~ 미치겠네! 선녀님께서 기껏 배곯은 타령이나 하시면서 십 년인지 백 년인지는 혼자 있을 때 셈을 해 보시고, 시방은 오직…"

"하고 싶은 말씀이나 얼렁 해 보라고?"

"그 말씀은 속히도 알아들으시네요. 그렇걸랑 얼렁 하고 싶은 말씀이나 해 보세요. 얼렁!"

"알았어 고연 놈아! 니놈이 내 말을 들으려고 기댕기기라도 한 놈 같구나. 고연놈! 그래서 물어보자, 니놈이 바로 내 서방 잡아먹은 그놈이더냐?"

"말도 안 돼! 내가 산토끼나 장끼는 여러 마리 잡아서 구워 먹긴 하였으나… 멧돼지도 잡아먹긴 했었네, 몇 마리…!"

"거봐. 네놈이 내 서방을 안 잡아먹었다는 증거 있냐 시방?!"

그러는데 보니, 선녀의 입술이 새파랗게 변하면서 입술 사이에서 구렁이의 혀가 날름거리고 있었다.

(옳거니, 저것이 바로 인간으로 변신한 구렁이의 환영이었구나!)

뱀의 환영이 소웅의 속마음까지도 (휜-히) 알아듣고 있었다.

"그래그래! 내가 바로 황룡이 되어 승천할 구렁이의 전생이 아니더냐? 니놈이 내 서방을 잡아먹었으니 나도 니놈을 잡아먹고 하늘로 승천하여 황룡이 될 것인즉…"

그러나 소웅은 변명할 빌미거리가 생각나질 않았다. 사실은 소웅도 쇠돌바우의 강권에 못 이겨 구렁이를 여러 마리 잡아서 구워 먹은 사실이 있었기 때문이었다.

(허어~참, 내가 잡아먹은 구렁이가 황룡의 서방이면 그것이 청룡이란 말이던가 그럼…?)

"비루어먹을 중놈아, 구렁이가 내 서방이라니…? 이무기는 왜 잡아먹어 고연 놈아?! 천하에 못땐 중놈 같으니라고… 중놈 똥은 개도 안 먹는다는데 나는 니놈을 잡아먹고…"

"승천하여 황룡이 되시구려 그럼! 하오나 소승은 싫소이다. 정녕!"

"에라이~ 향내보다도 더 역겨운 놈! 니놈이 시방…"

이때였다. 어디에선가 갑자기 날카로운 쇳소리가 귀청을 울리는가 싶더니 뒤이어 무지막지하게 생긴 지네 한 마리가 달려와 선녀에게 덤벼들었다. 소웅은 순간적으로 그 앞을 막아설 수밖에 없었다. 아무리 구렁이의 원혼이라고 할지라도 선녀가 지네에게 당하는 모습을 그냥 두고 볼 수는 없었던 것이다.

이것은 환영이 아니었다. 꿈속이 아니라 현실이 눈앞에서 전개되고 있었던 것이다.

소웅은 자신도 모르게 허공으로 퉁겨져 올랐다. 지네가 소웅의 몸통을 깨물자 무의식중에 허공으로 몸을 솟구친 것인데, 그만 석굴의 천정에 몸통이 부딪히면서 그대로 땅바닥에 내려꽂히고 말았다. 참으로 순식간에 벌어진 일이었다.

그랬는데, 어찌된 일인지 땅바닥에서 무엇인가가 소웅의 몸뚱이를 떠받쳐주면서 충격을 완화시켜 주고 있었다.

(에그머니 살았네! 하마터면 개차반이 될 뻔 했잖아!)

업보 역시 알고 있었다. 이것이 꿈이 아니라 현실이란 사실을 말이다. 그래서, 무엇인가가 자신의 몸통을 떠받쳐주지 않았더라면 골반뼈가 왕창 부서졌거나 머리통이 깨져서 죽었을 수도 있다는 사실이었다.

그러나 이 기막힌 현실은 그것으로 끝이 난 게 아니었다. 업보의 몸뚱이를 떠받쳐준 것은 바로 지네의 허리통이었고, 그 바람에 기절을 한 것은 역시 지네였다. 길이가 예닐곱 자는 되고 몸통이 한 아름이나 되는 괴물 지네가 업보의 몸뚱이를 위기에서 구해준 것까지는 좋았으나 그 바람에 그만 기절하여 몸부림을 치면서 업보를 석실 바닥에다 내동댕이쳐버리고 말았던 것이었다.

"어이쿠, 중놈 잡네!"

업보는, 양무 선사로부터 불가의 공력을 배워 익힌 무공의 공력자였다. 지네의 이빨에 깨물려 무의식적인 동작으로 몸을 솟구쳤다가 그만 천정에 부딪혀 바닥으로 떨어졌고, 그것이 하필 지네의 허리 관절이라, 지네는 그만 관절이 꺾여 몸부림을 치면서 천정에 부딪히고 땅바닥에 떨어지고 하면서 결국 몸통이 두 동강이 되는 지경에 이르고 말았던 것이었다.

천 년을 살아오며 승천을 눈앞에 둔 괴물이었지만 업보의 육신을 시체로 알고 먹잇감으로 탐을 냈다가 그만 몸통이 두 동강이가 되어 생을 마감하게 되는 지경에 이르고 만 것이었다. 지네는 결코 도마뱀의 흉내를 낼 수가 없었던 것이다. 그것이 아무리 천 년을 묵은 괴물이라 할지라도 말이다.

그런데, 문제는 업보였다. 업보가 아무리 불가의 공력을 몸에 익혔다고 할지언정 천 년을 묵은 지네에게 물리고도 살아날 수는 없을 일이었다. 업보의 인생이 참으로 허무하게도 끝장이 나는 순간이었다. 양무 선사들로서도 업보의 이러한 비극만은 꿈에라도 전혀 예상치 못했던 것이었다. 부처님의 은혜로 그나마도 목숨을 구명 받았다 하여 (떡 본 김에 제사라도 지낸다는 심정으로) 마음의 눈 "즉" 영안을 틔워주고자 했던 것이 그만 욕심이 지나쳤던 셈이었다. 이 조그만 석굴 속에 그토록 큰 괴물이 살고 있을 줄은, 양무 선사도 전혀 눈치채지 못했던 일이었다. 이들이 동안거를 실시할 동안엔 단 한 번도 모습을 드러낸 일이 없었기 때문이었다.

몸통이 두 동강이가 되어버린 괴물이 발버둥을 치며 날뛰기 시작하자 석굴의 천정이 (우수수~ 우수수~) 쏟아져 내리기 시작했고 입구를 틀어막아 놓은 석실 안은 숨도 쉴 수 없을 만큼 흙먼지로 가득 찼다.

"하이고머니나, 그놈 참 기운도 좋네! 내가 이럴 줄 알고 미리부터 먹을 것 못 먹을 것 가려서 먹으라고 경고를 하였거늘…!"

구렁이의 원혼이 혼비백산하여 사라져 버린다.

"저놈은 아무래도 박수가 되긴 글렀다니까 저놈은…!"

원혼이 떠나면서 내뱉는 말이었다. 업보의 몸에는 더 이상 원혼의 접신이 어려워 박수가 되긴 글렀다는 뜻이었다.

13. 엇갈리는 운명

전라도와 경상도를 연결해 주는 고갯마루의 작은 마을인 마루실! 조그만 토담집의 안방과 건넌방을 연결해 주는 중간 마루에서 세 사람의 스님들이 작은 소리로 객담들을 주고받고 있었다. 이들이 바로 양무 선사와 근초 스님이었는데 원래 건넌방이 있던 자리엔 약초를 보관해 두던 골방이었으나 그곳에 구들을 놓고 벽을 발라 방을 들인 것이었다.

고을 사또의 무지로 인하여 야반도주를 한 집주인을 대신해서 오며가며 쉬어가겠다는 생각으로 집수리를 해둔 것이 오늘처럼 이렇듯 요긴하게 쓰일 줄은 예상치도 못했던 일이었다. 능구레 산막을 수리하여 임시라도 거처를 하자면 하루 이틀에 해결될 일도 아니요, 근초 스님과 초혜에게는 이보다 더 다행스러운 일도 없을 일이었다.

물론, 집주인이 돌아오면 다시 돌려주겠다는 생각으로 수리를 해둔 것이긴 했지만, 고을 사또의 횡포에 야반도주를 한 집 주인이 다시 돌아올 확률은 거의 없었다. 그것이 그나마 다행이긴 하였으나 양무 선사야 능구레 산막을 수리하여 다시 들어가 산다지만 문제는 바로 근초 스님과 초혜였다. 스님의 신분인 근초께서 언제까지고 이곳에 머물러 살 수도 없을 일이기 때문이었다.

역시나 근초 스님께서는, 업보를 석실 속에 가둬놓고 온 두 분 선승들에게 초혜의 문제를 상의하고 있었다.

"초혜 저것이 나이로 보자면 열다섯이 되었다고는 하나 세상 물정을 아는 것이 있어야 말씀이지…"

무구께서 말을 받아 말한다.

"허긴 우리라도 나서서 진즉에 저것을 아랫 세상으로 돌려보낼 방도를 찾아봤어야 함인 것인데, 형편이 이러하고 보니 참으로 막막하기가 발등의 불이 되었소이다 그려."

"그러게나 말씀일세, 기껏해야 움막촌의 아낙들과 어울린 게 전부이니 저러한 상식으로 혼인을 시켜 내보낼 수도 없고…"

"그렇소이다. 처음부터 우리가 생각이 짧았던 탓이지요. 애초에 저것을 입양을 시켜 사바세상으로 내려보냈어야 함인 것인데…"

무소께서 말을 가로막고 나서며 한마디 쏘아붙인다.

"도로아미타불도 유분수라더니 이제 와서 그딴 소리나 하고 있으면 무얼 해?! 시방이라도 늦지 않았으니 저것의 살길이나 찾아봐 줄 궁리를 해봐야지!"

근초께서 말을 받는다.

"그래 그래, 바로 그러함일세, 그래서 내가 그것을 상의코자 함이 아니던가?"

"허면, 여기 계시면서 실컷 한번 궁리를 해 봐 주시지요. 소제들은 큰스님께서 궁금해하실까 하여 능구레로 가던 길에 잠시 들린 것이오니 능구레로 갔다가 업보 녀석이 깨어나는 대로 다시 데리고 오겠습니다."

"능구레엔 두 분께서 함께 가셔야 할 일이라도 있으신게요? 뱀탕국이야 설마하니 쇠돌이가 혼자서 다 먹어치울까!"

"녀석이 그거라도 드시고 얌전히만 있었으면 무슨 걱정이 있으리오만 초혜 저것을 그 녀석 앞에 데려가기가 싫어서 우리만

다녀올 것이니 여기서나마 편히 쉬고 있으시구려."

"알았네! 바늘이 가는데 실만 떨어져 있으라고 할 수야 있나. 어서들 가셔서 업보만 무사히 잘 데려오시게나. 방주 스님이 기함해서 쓰러지는 꼴 보지 않으시려거든 말씀일세."

근초 스님의 언행으로 미루어 능구레의 실정을 함구하고 있는 것임이 분명해 보였다. 근초께서도 쇠돌이에 대해서는 현무암에서부터 알고 있었으나 그 녀석의 심성에 대해서는 제대로 아는 것이 없었다. 업순이에게 연정을 품고 있는 것이 걱정되어 현무암에서 능구레로 데려왔다는 사실 외엔 말이다.

(녀석의 성정이 괴팍스러워 보이더니 그래서 초혜랑도 대면을 시키지 않으려고 하는 것이로구나.)

근초께서는 양무 선사의 속내를 그렇게만 짐작하고 있을 뿐이었다.

이때, 초혜는 천지분간도 없이 마당가에 놓여 있는 평상 위에 드러누워 움막촌 아낙들에게서 들은 노랫가락을 흥얼거리고 있다가 양무 선사께서 차비하고 나서자 기절하여 소리친다.

"할배 대사님들? 대사님들께서는 어찌 우리 할배랑 저만 남겨두고 이렇듯 오자마자 떠나시는거예요. 예?"

무구께서 아예 말문이라도 틀어막겠다는 듯 대꾸하여 말한다.

"초혜 네가 탁공으로 때려잡은 그 오래비 중놈을 치료하러 가느니라. 왜? 너도 함께 따라가고 싶은 것이더냐?"

"끄으응~!"

초혜는 그만 개오라지를 만난 똥강아지마냥 꼬리를 사려버린다. 무구 선사의 대꾸가 마치 자신을 질책하는 것처럼 들렸던 모양이었다. 그 모습이 측은해 보였던지 무소께서 한마디 마음을 다독여준다.

"근초 할배께서 마음의 상처가 크시어 이곳에 잠시 머물러 쉬셔야 하니 초혜 네가 잘 보살펴 드려야 하지 않겠느냐? 초혜가 있어서 우리도 마음 놓고 일을 보러 다닐 수가 있어 다행이구나. 그럼 다녀오마"

무소께서 이렇듯 다정스러운 목소리로 초혜의 마음을 다독여주자 그녀로서도 더 이상은 어리광만 부릴 수가 없을 일이었다.

"예, 대사님 할배! 우리 할배 걱정은 하지 마시고 마음 편히 다녀오도록 하세요. 우리 할배는 제가 잘 모실게요."

"오냐오냐! 연로하신 할배 스님 공양 잘 챙기거라. 늦어도 사흘 안엔 다시 돌아올 것이니라!"

초혜는 정녕 기분이 좋았다. 근초 스님만이 가족의 전부였던 단조로운 생활 속에서 양무 대사가 이토록 가족의 구성원으로 합류를 하게 된 셈이니 이보다 더 마음 든든하고 기쁜 일이 어디 있겠는가. 움막촌 사람들과 헤어진 것이 다소 아쉽기는 하였으나 양무 대사로 인하여 절반의 마음은 채워지게 된 셈이었다.

게다가 초혜에게는 또 다른 기대와 희망이 꿈틀대고 있었다. 그 잘생긴 중놈 오라비에 대한 기대였다. 중놈을 종놈으로 만들 수 있을지는 두고 볼 일이겠으나 큰스님들의 여유로운 행동으로 보아, 결코 죽지 않고 살아날 수 있다는 희망만은 가져도 될 듯 보여졌던 것이다. 더불어 무구 선사 역시 자신을 미워하지 않는다는 사실을 확인할 수가 있었으므로 그녀에게는 더 이상 바랄 것이 아무것도 없었다.

초혜가 이토록 자신의 감정에 빠져 신바람을 내고 있는 이때, 업보 소옹은 자신의 기억에도 없는 낯선 석굴 속에서 괴물의 분 탕질에 정신을 못 차리고 있었다. 몸통이 꺾여 두 동강이 나버린 괴물이 석굴 속을 마구 팔딱거리며 몸부림을 치는 바람에 두 마 리의 괴물이 서로 어우러져 싸우는 것으로 착각하게 된 것이었 다. 신경이 살아있는 동안 지네의 몸통은 참으로 요란스럽게도 석실 안을 뒤집어 놓고 있었던 것이다.

"하이고야~! 저것이 도대체 어떤 괴물이길래 저렇듯 요란스 레 싸움을 벌이고 있단 말이더냐. 콜록! 콜록~!"

업보는 정녕 숨을 쉴 수가 없었다. 괴물의 발광으로 석실 안이 온통 흙먼지로 가득 찼기 때문이었다.

석실 안은 칠흑같이 어두웠다. 양무 선사가 입구를 돌덩이로 틀어막아 놓았기 때문이다. 그럼에도 괴물이 석실 안으로 들어 온 것을 보면 석실 안쪽 어딘가에 괴물이 들랑거릴 수 있는 통로 가 있음이 분명했다. 그러한 사실을 양무 선사가 예전에 미리 알 아채지 못하고 있었다는 증거였다.

그런데 사실, 문제는 따로 있었다. 괴물이 정녕 천 년을 묵은 지네라고 한다면 업보가 어찌하여 그러한 괴물에 물리고도 죽지 않고 살아날 수가 있었느냐 하는 사실이다. 그것이 결코 우연은 아니었을 것임에 그 연유가 참으로 궁금해지지 않을 수 없을 일 이었다.

그 이유는 바로 이무기의 뼛국물이었다. 이무기가 천하의 영 물이라고 하는 사실이야 세상이 다 아는 일이라 하겠으나, 그 뼛 국물이 봉독을 해독시킬 줄이야 무소 선사도 정녕 예상치 못했던 일이었다. 그도 그럴 것이 양무의 선사는 사실 봉독쯤은 신경도 쓰지 않고 있었다. 얼굴이나 목덜미에 남아 있는 벌침으로 미루어 벌떼들의 공격을 받았다는 사실이야 알아차릴 수 있었으나 업보가 깨어나지 못하는 주된 원인은 혈액의 부족이란 사실을 알고 있었기에 봉독의 해독에는 신경조차 쓰지 않고 있었던 것이다.

허나, 혈액의 부족으로 인한 봉독의 해악은 더 치명적일 수밖에 없었다. 업보는 혈액이 보충된다고 할지라도 봉독에 의해 목숨을 잃을 수밖에 없는 처지에 놓여 있었던 셈이었다.

그랬는데, 이무기의 뼛국물이 혈액의 보충과 더불어 봉독까지 해독시키면서 맹독에 대한 면역 능력까지 생겨났던 것이었다. 그러니까, 땅벌이나 독사 또는 지네, 전갈과 같은 독충의 공격에 의한 해독작용과 더불어 그에 대한 면역력까지 갖추게 되었다는 의미였다.

게다가, 업보의 몸속에는 아직도 이무기의 뼛국물이 소화도 덜 된 상태였다. 천 년 묵은 괴물의 독침에도 견뎌낼 수 있었던 원인이 거기에 있었던 것이다.

그리하여, 가까스로 정신을 되돌리긴 하였으나 석굴 속의 상황은 결코 만만치가 않았다. 자욱한 흙먼지로 숨을 쉴 수가 없음은 물론이요, 지옥 같은 어둠 속에서 괴물들이 뒤엉켜 요동을 치고 있었으니 이러다가 자칫 목숨을 잃을 것만 같은 두려움에 빠져들지 않을 수 없었다.

"괴물들이 싸움을 그치고 내게 덤벼들기 전에 도망을 치긴 쳐야겠는데 여기가 도대체 어디일까…?"

급히 사방을 둘러보다 말고 여러 개의 빛줄기가 쏟아져 들어오는 것을 발견할 수가 있었다.

"옳거니! 저곳의 벽면에 여러 개의 구멍이 있는 것으로 보아…"

어쩌면 그것이 희망일지도 모른다는 생각이 들었다. 그렇다면 더 이상 망설일 것이 없었다. 망설일 여유도 없었다.

"에라~ 모르겠다! 나무관세음 타불!!"

자신도 모르는 사이에 (하단전에 힘을 주면서) 빛이 스며드는 벽면을 향해 몸을 날린다. 두 다리를 (쭉~!) 뻗어 공력을 쏟아내고 있는 참인데 공력이 실려있는 두 발끝에서는 자신의 몸무게의 열 배에 해당하는 공력이 쏟아져 나오고 있었다. 그랬기에 돌을 쌓아 산짐승의 출입을 막는다면서 흙으로 돌 틈을 막았다 하나 그것이 제대로 배겨낼 리 만무했다. 돌덩이가 힘없이 튕겨 나가면서 돌무더기가 (와르르~) 무너져 내리고 있었던 것이다.

(어구야! 이제 보니 이게 돌담이었네 그래!)

돌담이 갑자기 무너져내리자 순간적으로 어둠이 걷히면서 엎보는 그만 양팔로 얼굴을 감쌀 수밖에 없었다. 눈이 부셔서 눈을 제대로 뜰 수가 없었던 것이다. 그럼에도 아직 안쪽에서는 괴물의 요동이 그치질 않고 있었다.

(이대로 꾸물대다가 괴물한테 잡아먹힐라!)

그래서, 일단은 몸을 솟구쳐 주위를 살펴보려고 하는 찰라, 어디선가 갑자기 도깨비 웃음소리가 들려왔다.

"하핫, 핫핫핫, 핫핫~!"

그리고는 (짝짝짝~!) 손뼉 치는 소리까지 들려왔다. 그것은

업보가 도망을 쳐서 피하려던 앞쪽이었다. 그러니까, 뒤쪽에서
는 괴물들이 싸움을 하느라 야단을 치고 있었고, 앞쪽에서는 도
깨비 웃음소리가 길을 가로막고 있었으니 업보는 (흠칫!) 자세를
낮추며 눈치를 살피지 않을 수 없었다. 뒤이어 도깨비가 목소리
를 높여 소리를 질러댔다.

"하하 핫핫! 저 보시게나, 저놈이 이제는 원기를 회복했음이
야! 헌데, 저 좁은 석실 속에서는 무슨 일이 일어났음일꼬?"

무구 스님의 목소리였다. 뒤쪽에서 아무리 야단법석이 일어나
고 있다 할지라도 할배 스님들의 목소리 하나 못 알아차릴 리 있
을 일이겠는가.

"역시 할배 스님들이셨구나! 할배 스님?"

업보는 너무도 반가운 김에 급히 소리를 지르며 앞을 바라보
는데 역시나 양무 선사들께서 도랑 건너편 언덕에 앉아 업보 자
신을 지켜보고 있었던 것이었다.

(역시 대사님 할배들께서 나를 이곳으로 데려와 치료를 해주
신 거로구나. 헌데, 저 괴물들까지 할배 스님들이 들여보낸 것이
란 말씀인가…?)

그것이 참으로 알 수가 없을 일이었다. 괴물들의 행동으로 보
아 그것이 예사로운 짐승들은 아닌 듯한데, 업보로서는 정녕 저
것이 무슨 짐승인지는 전혀 눈치조차 챌 수가 없었던 것이다. 두
놈이 서로가 천정으로 치고 오르며 몸통이 천정에 부딪힐 때마
다 (우수수- 우수수-) 모래 먼지가 쏟아지는 것을 보면 그것이
결코 예사로운 짐승들이 아님에는 분명한데, 그 정체만은 업보
로서도 전혀 감이 잡혀오지를 않았던 것이다. 곰이나, 호랑이,

늑대, 멧돼지 등 그 어느 맹수를 막론하고 저토록 사납고 거친 맹수는 지금껏 전혀 본 일이 없었던 것이다.

그러나 그 정체를 확인하는 데는 그리 오랜 시간이 걸리지 않았다. 괴물들은 서서히 기운을 잃어 갔고, 업보 소웅도 기억을 더듬어 그 연유를 추측해 낼 수 있었던 것이다.

그런데 두 선사께서는 정녕 처지가 난감해질 수밖에 없었다. 그것은 바로 업순이 소아 때문이었다. 소아 역시 이무기의 뼛국물로 기력을 회복할 수 있었고, 그 기름으로 화상의 상처까지 치료할 수 있었으나, 얼굴과 목덜미 그리고 손목 등의 흉터만은 지울 수가 없었다.

게다가 더욱더 문제가 되는 것은 쇠돌이에게 정절을 잃었다는 사실을 그녀가 알아차렸다는 것이었다. 소아는 두 번 다시 자신의 흉측스러운 몰골을 업보에게 보여주려 하지 않았다. 이제는 더 이상 업보와 마주치는 것조차 용납하지 않았던 것이다.

"소녀가 차라리 죽고 말지요!"

그녀는 현무암으로 되돌아가는 것조차 허락지 않았다.

양무 선사께서는 무슨 거짓말을 해서라도 그녀를 현무 스님 앞으로 데려가야만 했다. 무소 선사께서 작심하고 나설 수밖에 없었다.

"업순이 네가 바우에게 들어서 알고 있다기에 하는 말이다마는 업보는 불행스럽게도 왜구의 칼잡이들을 만나 더 이상 팔다리를 움직일 수도 없을 만큼 크게 상처를 입었느니라.―"

그리하여, 간신히 목숨만 부지한 채 이제는 마지막 희망으로 한양에 있는 서양의 의생들에게 찾아가 볼 참이라 했다.

"여기서 한양까지는 천 리 길에 이르는 멀고 먼 길이거늘, 우마차를 구하여 떠난다 해도 그 녀석을 치료하여 돌아오자면 여러 해가 걸릴 터! 가다가 죽을지, 치료를 못 해서 죽을지, 또는 치료를 했다 해서 불구의 몸으로 다시 돌아온다는 보장은 어디 있으며…"

소아에게는 좀 잔인스럽게 들릴지 모를 일이나 업보의 몸 상태가 그녀보다도 더 불행스러운 지경에 이르게 되었으니, 업보의 불행을 위로하는 마음에서라도 현무암으로 돌아가 큰스님을 보살펴 드리라는 간곡한 부탁으로 업순이를 달래어 현무암으로 데려다 놓고 업보의 상태를 확인하러 이곳으로 달려와 잠시 쉬고 있던 참이었다.

그랬기에, 이번에는 업보에게 거짓말을 둘러대야 할 차례가 된 셈이었다. 지금은 결코 녀석을 현무암으로 데려갈 수가 없게 되고 말았기 때문이었다. 그랬다간 업순이가 당장 무슨 극단적인 선택을 할지 그것이 너무도 두려웠던 것이었다.

"거짓말은 무제가 먼저 시작했으니 저 녀석에게 마무리도 무제가 알아서 하시게나!"

"알았소이다. 작은성님! 소제가 시작한 일, 소제가 마무리를 해주지요. 아미타~불! 중놈들의 꼬락서니가 이래 가지고서야 어찌 성불하기를 바라겠소이까 대사 성님?"

"쯧쯧쯧! 시작은 누가 해 놓고 덤터기는 어찌하여 이 사람 대사에게 덮어 씌우는겐가? 무제야 이미 성불하기 글렀다 하나, 이 사람까지 함께 걸고넘어지지 마시게나."

"그래서 나보고 하던 거짓말 마저 하시라고? 그러지 뭐, 까짓

거!"

"그래그래, 이 사람 무구는 굿이나 보고 떡이나 먹을라네."

무구께서는 정녕 업순이와 업보의 문제를 무소에게만 맡겨두고 있었다. 그렇다고 그게 어디 자신만의 성불 때문이라 할 일이겠는가.

"이 녀석 업보야? 닷새 전에 네가 관병에게 쫓겨 근초 스님의 초막 암자로 도망을 친 사실이 기억이 나느냐?"

"옛?! 소 소손이 관병에게 쫓기다니요? 하물며 근초 큰스님의 산막 암자로 도망을 쳤다니…? 무엇인가 이상한 기억이 머릿속을 맴돌고 있기는 하옵니다마는… 그래서 어찌 되었는지요…?"

"허어~참, 너에게 기억을 되살려 주자면 참으로 귀찮게 생겼음이로다. 네 녀석이 그곳으로 도망쳐 가는 바람에 그곳에 숨어 살던 움막촌 마을 사람들이 모조리 관아로 붙잡혀 가지 않았겠느냐…"

"하이고머니…! 소손이 어찌하여 관병들에게 쫓겼단 말씀이옵니까? 하옵고, 도망을 쳐도 하필이면…?"

"허면, 이곳으로 온 것은 기억이 나느냐? 물론 기억이 없을테지. 그래서 말이거니와 관병들이 왜구의 간자들을 뒤쫓다가 너의 모습을 발견하고는 너마저 왜구를 도와주는 간적으로 알고 뒤쫓은 모양이더라. 해서 말이거니와 근초 큰스님까지 관아로 끌려갈 뻔하신 것을 우리가 알고 급히 구하여 피신을 시키기는 하였다마는…"

백문이 불여일견이라 업보를 데리고 근초 스님의 산막 암자로 데려가서 그곳의 실상을 모두 보여주기에 이른다.

(그래그래! 어디선가 낯설은 꼬맹이를 만나 이상한 일이 있긴 있었었지. 그 그런데, 관군이라니…?)

왜구의 간자들에게 쫓겨 도망친 것까지는 기억을 되돌릴 수 있었으나 그 이상의 일들은 꿈속인 듯 환상인 듯 업보는 정녕 기억을 되살릴 수가 없었다. 그러나, 움막촌이 모두 불에 탔고, 산막 암자까지 잿더미가 된 것을 보고는 그만 기분이 섬뜩할 수밖에 없었다.

(할배 스님께서 설마 거짓말을 할리는 없고…!)

두 분 선사께서는 소웅을 능구레까지 데려갔다. 능구레 산막이 불탄 모습을 보고 크게 놀란 것은 업보였다. 능구레는 업보도 한두 번 다녀간 일이 있어서 잘 알고 있었다. 그런데, 천하의 도사승이신 양무의 선사들까지 이 지경을 당한 모습을 보고는 업보로서도 충격이 아닐 수 없었던 것이다.

(무엇인가 사달이 나긴 났었던 게 분명하구나!)

그래서, 산막이 불탄 연유를 확인해 보지 않을 수 없었다. 이곳도 업보 제 자신 때문인지를 알고 싶었던 것이다.

"할배 스님? 그럼 이곳도 소손 때문에 이 지경이 된 것이란 말인가요?"

무소께서 능청스레 말을 받는다.

"그게 아니면 이런 흉측스러운 모습을 너에게 보여주는 연유가 무엇이라 생각하느냐? 이것이 무슨 자랑거리라도 된다고…!"

그러자, 무슨 거짓말을 하든 말든 두고만 보겠다던 무구께서 기어히 한 말씀 무소의 거짓말을 거들고 나서신다.

"여기도 관병들이 너를 잡겠다며 우리의 뒤를 밟아 이 지경을 만들어 놓고 갔느니라. 이제 똑똑히 잘 보았느냐?"

"하오면, 쇠돌 형님은 어찌 되었는지요?"

쇠돌의 모습이 보이지를 않아 그것을 물어보는 것이었다. 무소 선사가 얼른 나서며 무구 선사에게 뒤로 물러서라는 눈짓을 보내며 대꾸하여 말한다.

"어허, 흠흠! 바우 녀석 또한 관병에게 붙잡히면 무사치 못할 것 같아 우리가 급히 빼돌려서 멀리 피신을 시켰느니라."

무소께서는 업보를 향한 거짓말에 무구까지 끌어들이는게 미안했던 모양이었다. 그래서, 아예 작정이라도 한 듯 업보를 향한 거짓말에 적극적으로 나서고 있었다. (이 녀석을 향한 거짓말은 나 하나만으로도 충분하니 무구께서는 점잖게 뒤로 빠져 있으시오!) 하는 뜻이었다.

업보가 무소 선사를 향해 다시 묻는다.

"관병들이 내 뒤를 쫓고 있다면…? 그래도 설마 내가 현무암에 살고 있다는 건 모르겠지요? 그렇지요?"

그러나, 그에 대한 답변도 생각해 둔 듯, 무소께서 거침없이 대꾸를 해 준다.

"이미 너의 신분이 모두 드러났는데 관아에서 어찌 그걸 모를 수가 있겠느냐!"

"엑?! 그 그럼 어찌 되는 건데요?"

"어찌 되긴 뭐가 어찌 돼! 현무암에도 이미 관병들이 들이닥쳐 한바탕 분탕질을 치고는 너를 잡겠다며 진을 치고 있거늘, 큰 스님께서 아무것도 모르셨기에 망정이지, 네가 그곳에 그림자만 내비쳐도…"

큰스님과 소아가 업보를 숨겨줬단 죄목으로 관아에 끌려가게 되어있다고 엄포를 놓아댔다. 그래서, 큰스님께서는 업보를 현무암 쪽으로 얼씬도 하지 못하도록 양무 선사에게 당부를 했다는 것이었다. 두 분 선사께서 굳이 업보를 데리고 다니며 불탄 절터를 확인시켜 주는 연유가 바로 그 때문이었다는 것이다.

바로 이것이었다. 무소 선사가 거짓말을 둘러대면서 업보에게 불탄 절터를 확인시켜 주는 연유 말이다. 그러면서도 선사께서는 참으로 앞일이 난감하기만 했다. 세상 물정도 하나 알지 못하는 업보에게 거짓말을 둘러대어 속이는 것이야 식은 죽 먹기보다도 쉬운 일이겠지만 녀석을 업순이와 마주치지 못하도록 어딘가로 떠나보내야 하는 일이 참으로 난감하기만 했던 것이다. 능구례 산막조차 불타버린 처지이니 말이다.

게다가, 산막이 그대로 있다고 할지라도 업보를 그곳에 데리고 있을 수는 없을 일이었다. 녀석이 틈만 나면 현무암으로 달려가서 그곳의 동태를 숨어서라도 확인을 해 보려 할 것이기 때문이었다.

"일단 마루실로 가보세나. 어차피 갈 곳도 없으니 그곳에라도 가 있으면서 초혜의 거취 문제도 함께 생각을 해 보는 수밖에!"

양무 선사께서 업보를 데리고 나타나자, 근초 스님과 초혜는 그만 기함을 했다. 이것이 정녕 꿈인지 생시인지 그것조차 구분이 되지 않는다는 표정이었다. 그도 그럴 것이 온통 걸레처럼 헤어진 살가죽을 명주실로 꿰매 놓고 의식조차 없는 중환자를 들것에 들쳐 메고 각자 헤어진 지 열흘도 안 된 짧은 기간이었다.

그 사이에 업보가 말끔히 치료가 되어 제 발로 걸어서 모습을 나타냈으니 어찌 놀라지 않을 수 있을 일인가 말이다. 근초 스님께서는 정녕 자신의 눈을 의심하지 않을 수 없었다.

"내가 시방 헛것을 보고 있음인게야! 애야, 초혜야? 네가 한번 말해보거라. 거기 두 분 대사님들을 따라 들어오는 저 녀석이 눈에 보이더냐. 어이―?!"

초혜가 정짓간에서 방탱이를 들고나오며 양무 선사를 향해 인사를 하려다 말고 그 자리에 못이 박혀 버린다. 자신도 그 잘생긴 중노미를 발견하고는 긴가민가하여 어안이 벙벙하던 참인데 근초 스님마저 헛것을 보고 있음이라 하여 놀라고 있음에 이 상황을 어찌 받아들여야 할지 초혜가 얼음이 되는 것도 당연하기는 했다.

(그렇다면 내가 허깨비를 보고 있다는 것이 아닌가 시방?!)

초혜로서도 정녕 눈앞의 현실을 진실로 받아들이기엔 한계가 있었던 것이다.

14. 양주 땅 봉원사

초혜는 참으로 판단이 쉽지를 않았다. 며칠 전만 해도 전신을 온통 명주실로 꿰매 놓고 (피를 많이 쏟아 혈색이 창백한 것은 고사하고) 의식조차 없이 사경을 헤매던 중노미가 (내가 언제 그랬느냐)는 듯이 이렇듯 태연스레 삽작문을 들어서고 있었으니 어찌 기함하여 놀라지 않을 수 있겠는가.

초혜는 지금 마악, 근초 스님과 더불어 저녁공양을 끝내고 설거지를 마친 뒤 구정물을 방탱이에 담아 수채구멍에 버리려고 정짓간을 나서던 참이었다. 이때 마침 양무의 대사님들께서 삽작문을 들어서시었고 그 뒤를 따라 중노민지 헤깨빈지가 모습을 나타냈던 것이었다.

그랬는데, 초혜가 업보의 모습을 발견하고 놀라는 이유는 따로 있었다. 그것은 근초 스님도 마찬가지였다. 오늘 아침, 그러니까 동이 트기 전의 이른 새벽녘이었다. 초혜는 아침 일찍 일어나 공양 준비를 서두르고 있었고, 스님께서는 평상에 나가앉아 염주알을 굴리며 마음속으로나마 새벽예불을 대신하고 있었다.

이때였다. 웬 노파가 나무 지팡이를 짚은 채 고갯마루를 넘어가다 말고 삽작 밖에서 마당을 들여다보며 집 안의 동정을 이리저리 둘러 살펴보고 있었다. 참으로 부지런도 한 노파였다. 아직은 먼동도 트지 않은 이른 새벽인데 벌써 고갯마루에 당도하여 집 안을 살펴보고 있다니 말이다.

초혜가 마침 정짓간에서 걸어나와 근초 스님에게 공양 준비를 여쭤보려던 참이었다. 양무 대사님들의 공양 준비 때문이었다. 이때 노파가 고갯길을 넘다 말고 집앞으로 걸어와 삽작 안을 기웃거리고 있었던 것이었다.

"할매는 참말로 바지런도 하시네! 그 먼 고갯길을 벌써 올라온 걸 보니, 마을에서는 어젯밤에라도 출발을 하신 것인가…? 고개 너머 딸네 집에라도 다니러 가시나 보네…!"

그런데, 노파가 집안을 기웃거리는 이유가 궁금했다. 아직은 공양을 할 시각이 아니니 배가 고파 기웃거리는 것도 아닐 것이요, 길을 묻겠다는 것도 아닐 것이었다.

그렇다면 문제는 자명했다. 예전의 집 주인과 서로 아는 사이거나 목이 말라 물 한 모금 얻어 마시겠다는 것일 것이었다. 이 여름날에 한가히 쉬어가겠다며 시원한 새벽길을 마다하고 태양이 떠오르기를 기다릴 사람은 없을 테니 말이다.

그랬는데, 노파가 먼저 말을 걸어왔다.

"얘야, 이리 오너라, 내가 너에게 귀띔해 줄 말이 있다."

"예? 할매가 혹시 나를 아세요? 나한테 귀띔해 줄 말이 있다니!"

초혜는 별다른 생각 없이 노파를 향해 다가간다. 노파가 무슨 말을 해주려나 그것이 궁금했던 것이다.

"저- 아래 주막에서 잘생긴 도령이 너를 기다리고 있는데 너는 시방 여게서 무얼하고 있더냐? 어서 나를 따라나서거라. 내가 너를 데려가서 그 도령을 만나게 해 주마."

"피이- 잘생긴 도령이 뭐 땜에 나를 만나자는 건데요?"

"너랑 혼인할려고 안 하냐? 그러니 빨리 서둘거라."

"예, 할매! 그런데 우리 할배한테는 말을 하고 가야지요?"

근초 스님이 평상 위에서 그 소리를 듣고 있었다.

(허어~ 저것이 어찌하여 초혜의 마음을 흔들어 놓고 있을꼬! 나무아미타불, 관세음보살~!)

그러면서도 스님께서는 결코 별다른 내색이 없었다. 초혜가 그 노파에게 어찌 대응을 하는지 그것을 지켜보겠다는 뜻인 듯했다. 역시나 초혜가 스님에게 물었다.

"할배요? 저- 아래 주막에서… 에이, 그 말은 못 하겠네. 그런데 따라갈까요? 말까요?"

"뎃끼 고연것! 아직은 천지분간 없는 쑥맥인 줄 알았더니 잘생긴 도령은 만나보고 싶은 것이더냐?"

초혜는 그것이 도대체 무슨 뜻인지를 이해할 수가 없었다. 할배 스님께서는 이미 모든 사실을 다 알고 계시는 듯싶은데 그 속내를 정녕 이해할 길이 없었던 것이다.

(아랫마을 아줌씨들이 그랬는데, 나는 이미 혼인을 할 나이가 지났데나 어쨌데나, 그래서 언젠가는 백마를 탄 도령이 나를 찾아온댔잖아, 글쎄!)

그랬는데 지금 저- 고갯길 아래 주막에서 초혜를 기다리고 있다니 결코 안 가볼 수가 없을 일이었다. 그랬기에, 가 보라던지 가지 말라던지 가부간에 대답을 해주면 될 걸 갖고 왜 저렇듯 동문서답을 하고 있는 것인지 초혜는 정녕 그것을 알 길이 없었던 것이다.

(그래그래! 이제는 더 이상 너를 산속에 붙잡아 둘 수가 없음이라. 그럼에도 업순이를 생각하여 너를 어린아이인 줄만 알고 있었구나…!)

스님께서는 정녕 그 사실을 지금에서야 깨닫는 듯싶어 보였다. 그와 더불어 조용조용 입속에서 염불 소리가 흘러나오고 있었으니 스님께서 큰소리로 목탁을 두드리며 경을 치지 않는 것은 등 너머에 있는 마을 사람들을 배려하는 마음 때문일 것이었다.

드디어 노파가 탄식을 쏟아내며 악다구니를 해댔다.

"저- 능구랭이 같은 늙은 중놈 땜에 네년을 데려가 혼인 잔치 열긴 다 글렀나 보다!"

그리고는 뒤도 돌아보지 않고 (꼬부랑~ 꼬부랑~) 걸음을 재촉한다. 초혜가 등 뒤에다 대고 소리친다.

"할매요? 나도 따라갈까요? 말까요? 우리 할배가 아직 자초지종을 잘 몰라서…"

스님이 말을 받아 말한다.

"그래서 내가 승낙을 안 하는 것이더냐? 그 요망한 것이 초혜 너의 속마음을 어찌 알았을꼬? 기어이 따라가고 싶거든 어서 따라가서 혼인이나 한번 해 보고 오거라. 아미타불~! 오늘은 무슨 일이 있으려고 새벽부터 저 요물이 나타나서 장난질을 치려 함인지 원…! 진언수리~ 마하수리, 수수리 사바하~"

이때가 되어서야 초혜도 무엇인가 깨닫는 바가 있었다. 노파가 그만 도망이라도 치겠다는 것인지 초혜에게는 더 이상 말도 한마디 받아주지 않고 (꼬부랑~ 꼬부랑~) 눈앞에서 사라져 버리고 말았던 것이었다.

"할매가 저게 나를 갖고 장난을 쳤나보네?! 할배는 알고 있었지요? 저게 도깨비라는 거!"

"쯧쯧쯧! 네 년의 속마음만 들키고 말았으니 어찌할꼬! 저것이라도 나타나서 내 정신을 일깨워 주었으니 망정이지.— 그게 얼마나 다행이더냐, 나무관세음보살~!"

그랬었다. 초혜나 근초 스님이나 아직도 그 충격 속에서 (오늘은 무슨 일이 있으려나?) 하여 긴장이 돼 있던 참인데, 이번에는 업보의 모습을 한 허깨비란 놈이 양무 선사의 뒤를 따라 삽작 안으로 들어서고 있었던 것이었다.

(오냐 이놈. 너 어디 한번 맛좀 보거라!)

초혜가 잔뜩 긴장하여 서 있다가 다시금 정신을 차리기라도 했다는 듯 두 선사를 향하여 인사부터 차리고 본다.

"할배 대사님들 오셨사옵니까?"

그러나 그것은 도깨비를 속이기 위한 눈속임일 뿐이었다. 입으로는 인사를 하는 척 하면서 방탱이의 구정물은 이미 도깨비를 향하여 쏟아져 나가고 있었던 것이었다.

그 모습을 바라보며 놀라는 것은 오히려 양무 선사들이었다. 초혜가 갑자기 이런 행동을 하리라고는 예상조차 못 했다가 구정물이 업보를 향해 쏟아져 나가고 나서야 (앗차!) 하고 깨닫는 바가 있었다.

(핫뿔싸. 저것이 업보에게 맺힌 마음이 있었던 게야!)

그랬는데 그게 아니었다. 양무 선사를 당황하게 만든 것은 바로 근초 스님이셨다. 이때 마침 중마루 위에서 그 모습을 내려다보고 있던 근초 스님께서 갑자기 노망끼를 나타내 보이고 있었던 것이다.

"하하 핫핫 잘한다. 잘해! 초혜야? 구정물이 남았걸랑 그기에 서 있는 할배 도깨비들한테도 한번 끼얹어주거라. 그래야 진짠지 가짠지 알 수가 있지!"

초혜가 말귀를 알아듣고 얼른 대꾸를 한다.

"예, 할배. 잠시만 기다리세요. 공양간에 구정물이 더 남아 있걸랑요?"

그리고는 정말로 구정물을 가지러 정지간으로 뛰어들어간다. 무소께서 급히 근초 스님을 향해 묻는다.

"허어~ 거참! 도대체 무슨 일이 있었소이까 큰스님? 설마 하니, 이삼일 사이에 노망이 들었을 리는 없을테고…!"

"그러게 죽어가는 녀석은 왜 저렇듯 멀쩡하게 살려서 데려와? 그래놓고 이것을 우리더러 믿으라 할 참이던가?! 새벽녘엔 혼자서 나타나 도망을 치더니 아직은 해도 저물지 않았거늘, 귀신이 성하면 나라가 망한다고 하였는데, 아미타불~ 관세음보살~!"

무구 선사께서 말을 받는다.

"나 원 참 이거야 원. 우리가 졸지에 귀신이 되었던가? 새벽녘에 도깨비란 놈이 장난을 친 듯한데, 이보게 무소? 얼른 업보 녀석 데리고 저쪽 평상으로 몸을 피하시게나, 순이한테 구정물 뒤집어쓰지 말고."

이때 마침 업보는, 얼굴이며 옷에 묻어있는 구정물을 손으로 털어내며 (이것이 무슨 상황인가) 하고 사태를 주시하느라 근초 스님에게 인사조차 여쭙지 못하고 있었다. 그 모습이 어찌나 천연덕스럽던지 근초 스님께서 오히려 고개를 갸웃거리며 업보의 행동을 눈여겨 살피신다.

"그놈 참. 미련스럽고 능청스럽기는 어릴 적 업보의 모습을 (쏙) 빼다 닮지 않았던가! 저놈이 업보의 모습은 언제 보고 배웠을꼬…?"

초혜가 구정물 방탱이를 들고 나오며 무구 선사에게 묻는다.

"대사님 할배? 이 구정물을 누구한테 먼저 씌우는 것이 순서일까요. 예?"

무소 선사가 얼른 대꾸하여 소리친다.

"옛끼 녀석! 큰스님 할배가 어찌하여 너에게 이런 장난을 치라고 시켰는지 모르겠다마는 정녕 새벽에 도깨비가 왔다 간 것이 사실이더냐?"

"그게 아니면 울 할배가 노망났단 거예요?!"

역시나 초혜의 심기를 건드린 것은 무소 선사였다. 새벽에 할망구 도깨비로 변장하여 다녀간 사실을 딱 잡아떼는 무소 도깨비가 구정물을 먼저 뒤집어쓰는 것은 당연한 순서일 수밖에 없었던 것이었다.

"어푸, 어푸-! 야 이녀석아? 말이나 하고 덮어씌워야지-!"

무구 선사께서 약까지 올려준다.

"그러게 평상으로 가서 피해 있으랬잖아?! 얘야 순이야. 아 아니 초혜야? 구정물 남은 거 더 없느냐? 무소 할배가 더위 잡수셨다니까 한방탱이 더 갖다가 덮어씌워 주거라."

"할배는요?"

"나는 됐다. 내가 언제 큰스님 할배 노망났다고 그러더냐? 안 그래도 너한테 구정물 뒤집어쓸까 싶어, 저 아래 도랑에서 등목을 하고 왔느니라. 그나저나, 무소는 업보 데리고 도랑에 다시 갔다 와야 하지 않겠는가? 갈아입을 옷도 없는데 승복은 빨아 입어야지?"

"아무래도 그래야 할 것 같소이다. 얘야 업보야? 얼른 큰스님께 인사 여쭙고 따라 나서거라."

이리하여 초혜의 도깨비놀음은 끝이 나게 되었다.

게다가, 양무의 선사들에겐 지금 그깟 도깨비놀음 같은 것에 관심이 있을 리 없었다. 초혜와 업보의 진로 문제가 우선 당장 해결해야 할 발등의 불이기 때문이었다.

업보는 업보대로 혼자서 평상 위에 걸터앉아 깊은 시름에 빠져 들었다. 이제는 당분간 현무암 근처에 얼씬도 해서는 안 된다

고 하니 그것이 참으로 받아들이기 어려운 마음의 고통이 아닐
수 없었던 것이다.

업보도 알고 있었다. 자신이 어찌하여 역적의 자손이 되었는
지를 말이다. 그래서, 고을의 사또에게 한번 낙인이 찍혀 버린
이상 그 낙인을 벗어나는 길은 오로지 세월뿐이라는 사실이었
다. 그것은 업보 자신을 위해서뿐만 아니라 현무 스님이나 소아
를 위해서라도 더더욱이나 더 그랬다. 근초 스님의 암자나 능구
레 산막의 불탄 모습을 둘러보면서 업보는 정녕 양무 스님들의
분부를 따르지 않을 수가 없게 되고 말았던 것이다.

(아까 내게 구정물을 끼얹은 꼬맹이 저것이 초혜라고 그랬었
지? 그런데, 저것이 얼마나 내가 얄미웠으면 도깨비를 핑계 대
면서 구정물을 끼얹었을까…! 그깟거야 나중에 물어보면 알겠지
만 할배 스님께는 또 무슨 감정이 있다고…!)

물론, 업보 자신 때문에 암자가 그 지경이 되어 이곳으로 피신
을 해 와 있는 것이라면 지금쯤 엄청 감정이 상해 있을 것이라는
것쯤 능히 짐작하고도 남을 일이었다. 그랬기에, 아까 구정물을
뒤집어썼을 때도 구린 입도 떼지 못했던 이유가 거기에 있었었
다. 죄지은 사람의 심정이 바로 이런 것이라는 사실을 업보는 뼛
속 깊이 깨달아 알고 있었던 것이다.

(여기는 고갯길을 넘나드는 보부상들의 길목이라 하룻밤만 묵
고 당장 떠나야 한다고 하였으니 내일은 또 어디로 가야 행적을
숨길 수가 있단 말인가!)

이때, 중마루 위에서는 세 분의 스님들이 (도란도란) 이야기를
주고받고 있었다.

"저 녀석도 웬만큼 마음이 심란하기는 한 모양일세그려. 사람의 팔자소관이란 인력으로 어찌할 수 없다 하더니만…"

무구 선사가 업보를 바라보며 탄식처럼 말하자 무소 선사가 말을 받는다.

"그래도 어찌하겠소이까? 거짓이라도 둘러대지 않았다간 저것들 셋을 한꺼번에 모두 다 잃을 판국이니…"

근초께서 묻는다.

"그 아이가 정녕 그렇듯 심각하단 말이던가?"

무소께서 거저 말없이 고개만 끄덕여 대답을 대신한다.

"허어~ 거 참! 바우 녀석은 더 이상 찾아보지 않아도 되고?"

"이제 성년이 넘었거늘 제 팔자 따라 간 게지요."

"그래그래. 그렇겠지! 헌데, 초혜 저것이 초막의 아낙들과 어울려 지내더니 그만 마음에 병이 들고 말았음인게야. -"

무구께서 말을 받는다.

"느닷없이 그건 무슨 말씀이요? 나이가 이미 열다섯을 넘겼음이거늘…!"

"누가 아니레나. 내가 저것의 나이를 잊고 살았음인게지."

"그거야 저희들도 마찬가지가 아니었습니까?"

"해서 말씀일세마는 이번 참에 내가 저것을 봉원사로 데려가 살길을 한 번 찾아볼까도 생각을 했었네마는…"

"옛?! 하 하오신데 마음이 변하셨단 말씀이오이까?"

"그러하네. 이 늙은 몸이 저것을 데리고 천 리 길을 가자 하니 엄두가 나야 말씀이지. 혼자서라면 내가 남의 집 처마 밑에서라도 밤잠을 자 가며 쉬엄쉬엄 못 갈 것도 없겠지마는…"

무구께서 바싹 다가앉으며 안달이 나서 재촉한다.

"그 그래서요? 어서 말씀을 해 보시구려. 저것의 잠자리가 문제란 말씀이오이까?"

"그러하네. 공양이야 이 늙은 것이 문전에서 목탁을 두들겨 대면 굶기기야 하겠나마는 잠자리가 문제인 게지. 허나, 그보다도 더 문제인 것은…"

"문제인 것은…?"

"이 늙은 육신일세. 여기서 양주 땅이면 내 걸음걸이로 한 달은 잡아야 갈 수 있는 길이거늘…"

"허긴 그러겠지요. 때가 되면 공양도 해야 하고 잠자리도 구해야 하고— 그러자면 체력은 떨어질 테고…"

"그래 맞아. 처음 며칠이야 대충대충 넘긴다 할지라도 매일매일 잠자리를 준비해야 하고, 비가 오면 비를 피해 가야 하기도 하고…"

"끄으음!"

"그래서 말씀일세마는, 업보 저 아이에게 좀 부탁을 해 보면 어떨까 하는데, 두 분께서는 업보 저 아이의 건강이 어떠한지를 내게 솔직히 말씀해 주시구려. 저 아이가 정말로 건강이 회복된 것이던가?"

"하이고머니나! 업보 저것이 과연 건강이 회복된 것인지는 우리도 정확히 알 길이 없으나, 저것인들 봉원사에 연고가 있어야 보내든지 말든지 하지요."

"그거야 이 땡초가 무공 주지한테 서찰을 써서 간곡히 부탁하면 당분간은 초혜 저것을 공양간에 머물도록 할지언정 신분에 걸맞은 배필 하나 구해주지 못할까 하는 것이 내 생각이긴 하오마는…"

그러자 이번에는 무소가 바짝 다가앉으며 말꼬리를 잡고 늘어진다.

"헌데 또 무엇이오이까? 뜸들이지 말고 시원시원 말씀 좀 해 보시구려."

"어차피 업보에게 초혜를 부탁하여 봉원사까지 데려가게 할 양이면 업보 또한 주지한테 몇 달만이라도 부탁을 해 봐야 하지 않겠느냐 이런 말씀일세. 헌데, 그러자면 종사님의 승낙이 필요하지 않겠느냔 말씀이지."

"뜸을 들인 이유가 그것이었소이까? 그렇거든 아무 걱정 마시오, 큰스님! 시방은 저것들의 목숨을 살리는 일이 우선이니 종사님 승낙 같은 거야 내가 책임지겠소이다."

무구께서 말을 받는다.

"부처님이 따로 없슴이오이다 그려! 큰스님께서 어찌하여 아직도 이승에 미련을 못 버리시나 하였더니 이생에서의 업보를 짊어지고 갈 수가 없어서 그러셨나 보오이다! 그러니, 이제 저것들 문제만 해결하고 나시거든 하시라도 마음 놓고 성불을 이루시구려 큰스님…"

"컬컬컬~! 이제야 비로소 막혔던 숨통이 트이는 기분이오이다. 어쩌면 이렇듯 큰스님의 은혜가 하해와 같으실꼬 글쎄~!"

양무 선사들은 정녕 막혔던 숨통이 (탁-) 트이는 기분이었다. 근초 스님과 무공스님과의 친분 관계는 이미 예전부터 알고 있던 처지였다. 그랬기에 근초께서 무공 주지에게 간곡히 부탁한다면 이들 두 아이의 거처 문제는 충분히 해결할 수 있을 일이었다. 무공 주지께서 설마하니 초혜를 남의 집 종살이로 보내기야 할 일이겠는가.

그것은 업보도 마찬가지였다. 명색이 중놈 행색을 남의 집 종놈으로 보낼 일은 없을 것이기에 설사 봉원사에서는 받아주지 못한다고 할지라도 (어느 암자의 불목하니나마) 당분간은 현무암에 모습을 나타내지 못하도록 부탁은 할 수 있을 것이라 기대를 하게 된 것이었다.

그런데, 문제는 바로 업보와 초혜의 관계였다. 이들 둘은 서로가 서로를 잘 알지 못했다. 초혜의 마음속에는 아직도 업보가 탁공 한 번으로 목숨을 잃을 수도 있는 연약한 약골에다 자신의 종놈으로 부릴 수 있을 것이라는 희망으로 들떠 있는 참이었다.

게다가, 업보는 업보대로 초혜에 대한 미안한 마음에 고개를 들지 못하고 있었다. 업보 자신의 실수로 인하여 초혜까지 이렇듯 곤경에 처하도록 만들었다는 미안함 때문이었다.

그러나, 서로가 무엇을 어찌 생각하든 그것이 지금 문제가 되는 것은 아니었다. 문제는 바로 이들의 관계 정립이었다. 서로가 서로를 알지도 못하는 처지에서 이들 두 사람만을 서로 짝을 지어 무조건 함께 원행을 떠나보낼 수는 없을 일이기 때문이었다. 천리타향 먼 길을 하루 이틀에 갈 수 있는 것도 아니요, 중도에 어디선가 쉬어갈 수 있는 것도 아니기에 그것이 문제였다.

그렇다고 이들의 봉원사 길을 미루고만 있을 수도 없었다. 그랬기에 세 분 스님들께서는 이들의 운명을 하늘에 맡긴 채 무조건 결단을 내릴 수밖에 더 이상 달리 방도가 없었던 것이다.

15. 고난의 천리길

　양무 선사와 근초 스님 간의 합의하에 초혜와 업보는 한양 인근의 양주 땅 봉원사로 보내지도록 그렇게 결정이 되어졌다. 그러나, 생면부지의 두 청춘남녀를 그들끼리만 함께 보낸다는 것이 문제였다. 초혜의 장래를 위하여 근초 스님께서 뼈를 깎는 아픔을 참아가며(거짓말까지 해 가면서) 내린 결정이요, 더불어 업보의 인생까지도 뒤바꿀 수 있을지 모를 중대한 결정이기도 했다. 근초 스님의 서찰 한 통에 봉원사의 주지승이신 무공스님께서 어찌 받아들이느냐에 따라 이들 두 사람의 인생 항로가 결정될 것이기 때문이었다.

　미리부터 설명하였듯이 양주 땅 봉원사는 왕실사찰이나 다름이 없는 이름난 사찰이었다. 그랬기에, 주지 스님의 영향력도 막강했다. 유학을 숭상하는 조선에서 그깟 사찰의 스님이 무슨 대단한 권력을 가지고 있기야 하겠으랴마는, 초혜와 업보의 인생을 좌우할 정도의 영향력은 가지고 있다는 뜻이었다. 길거리를 떠도는 걸벵이의 신세는 면할 수 있을 것이라는 뜻이기도 했다.

　그리하여, 업보를 초혜의 보호자로 해서 무조건 보내고 보자는 결정을 하게 된 것인데, 그것은 결코 오래 두고 뜸을 들일 일이 아니었다. 저녁공양을 끝내고 설거지도 끝내기 전에 초혜와 업보는 근초 스님의 부름을 받게 되었던 것이었다.

　스님께서는 두 아이를 불러놓고 양무 선사가 지켜보는 자리에서 단도직입적으로 말씀하시었다.

　"이제부터 너희 두 사람은 내 말을 잘 듣거라. 너희들은 오늘 밤이 여기서 지내는 마지막 밤이 될 것이니라. 내일 새벽 먼동이 트기 전에 너희들은 이곳을 떠나 저─멀리 한양 인근에 있는 양주 땅 봉원사로 가야 할 것인즉, 그리 알고 준비토록 하거라."

근초 스님의 말씀이 채 끝나기도 전에 초혜가(촐싹) 반박을 하고 나선다.

"에고~ 말도 안 돼! 세상에 이런 법이 어딨어요?! 한양이라면 여기서 천 리 길이 다 된다고 들었는데, 그 먼 곳을 다녀오라면서 어찌 말씀 한마디 없으셨다가…."

다음 순간 근초 스님의 입에서 갑자기 불호령이 떨어졌다.

"네 이놈! 두 분 대사님도 계시는 면전에서 어찌 이렇듯 버르장머리가 없단 말이더냐?! 내가 그동안 너를 너무도 버르장머리 없이 키운 것이 후회가 되는구나! 지금 이 오래비도 함께 있는 자리에서 종아리를 좀 맞아야 정신이 들겠느냐?!"

"엑, 말도 안 돼! 할배? 갑자기 무섭게 왜 이래요? 그리구, 이 깟 종노미를 오래비라니, 그걸 말씀이라고 하세요 시방?!"

초혜가 큰스님에게 따지고 드는 모양새를 보아 그녀의 성깔이 보통이 아니란 사실을 짐작하여 모를 리 없거니와 업보 역시 지금은 당황하여 이 사태를 어찌 받아들여야 할지 판단이 제대로 서질 않았다.

그랬는데, 근초 스님 역시 작정을 한 듯, 손바닥으로 마루짱을 내려치며 분노가 이만저만이 아니셨다.

"이노옴! 내가 오늘은 마지막으로 너의 버릇을 단단히 고쳐놓고 말 것이거늘, 업보는 이미 십여 년 전에 현무암에서 너랑 함께 같이 지내던 오래비니라! 그런 오래비를 보고 동생이라 할 참이더냐?!"

"끄으응~!"

분위기가 왠지 이상하다 싶었던지 초혜도 더 이상은 반박을 하지 못하고 업보의 모습을(힐끔!) 쳐다보며 신음만 삭여 넘긴다. 그럼에도 양무선사들은 눈을 감고 앉아서 딴전을 피우는데 근초 스님의 노기 어린 목소리는 계속 이어지고 있었다.

"내가 너희들을 봉원사로 보내는 것은 주지 스님께 너희들의 장래를 부탁하여 그곳에서 살길을 찾아보라 하여 보내는 것이지 유람이나 다녀오라고 보내는 것인 줄 알았더냐?! 너희들은 이제 여기서 하루도 더 이상 머물러서는 안 될 것 같아 내일 새벽 일찍 떠나라고 하는 것인즉, 너희들로 인하여 이 할애비들의 목숨까지 위험에 빠트리고 싶거든 어디 한번 마음대로 해보거라!"

그 말씀에는 업보도 더 이상 입을 닫고 있을 수가 없었다.

"큰스님께서 하시는 말씀에 저희들이 어찌 토를 달 수가 있겠사옵니까? 하온데, 정녕 그렇게도 사태가 급박하게 되었다는 말씀이온지요?"

"그래그래! 이 할애비들이 업보 너에게는 참으로 염치가 없구나! 그러한즉 내가 시방 너에게 간곡히 부탁하려 함이니, 이 철부지한 것을 봉원사까지만 무사히 좀 데려다 다오. 너에게 이런 부탁을 하는 것이 참으로 염치가 없음이거늘 그래도 사태가 이 지경이 되었으니 어찌하겠느냐?"

근초 스님의 말씀이 업보는 정녕 이해가 되질 않았다. 이 모든 불행의 씨앗은 업보 자신으로부터 시작이 된 것이거니와, 그럼에도 오히려 초혜에게 책임이 있다는 듯 꾸짖으시는 스님의 행동이 업보는 정녕 이해가 되질 않았던 것이다. 그러자 역시나 무소 선사가 말씀을 가로채고 나서신다.

"어허, 흠, 흠! 큰스님께서는 참으로 별말씀도 다 하시는구려, 업보에게 염치가 없다니 그 무슨 말씀이오이까? 빈도가 위험을 무릅쓰고 현무암으로 달려가서 이 녀석의 짐꾸러미까지 남몰래 챙겨다 놓았거늘!"

업보는 속으로 야속한 마음이 생기지 않을 수 없었다.

(참으로 야속도 하시지! 현무암을 다녀오실 량이면 소손에게 귀띔이라도 해 주셨어야 소아 누님이나 할배 스님께 안부라도 전해 드렸을 것이 아닌가!)

그렇다고 겉으로 내색을 할 수는 없었다. 선사님이신들, 업보만큼 생각이 짧으셔서 그리 하셨을 일이겠는가 말이다.

(무엇인가 내게는 말 못 할 사정이 있으셔서 그리 하셨겠지만서도….)

근초 스님께서 급히 변명하여 말씀하신다.

"내가 시방 초혜의 안위를 업보에게 떠맡기는 것 같아 미안해서 그러는 게 아니신가? 아직은 몸도 성치 않은 환자이고서랴!…."

초혜가 냉큼 말을 받아 나선다.

"그래서 말씀인데요 할배? 봉원사에는 나를 보내겠다는 거에요? 아니면 이 꽁생이를 보내겠다는 거에요, 예?"

"뭐, 뭐라?! 그래서 네가 하고 싶은 말이 무엇이더냐?"

"말은 삐뚜라져도 똑바로 해야 한다고 그랬는데, 할배도 한번 생각을 해 보세요, 이 땅초를 델고 가자면 고생은 내가 해야 하는데 인사는 왜 종노미한테 하는거냔 말예요 시방!"

"허어~! 세상에 이런 어리석은 것을 보았던가, 네 녀석의 눈엔 세상이 그렇게도 만만하게만 보였더란 말이더냐?! 이 모든 것이 할애비의 불찰이로다. 아미타불~"

스님께서는 정녕 초혜를 어찌 깨우쳐줘야 할지 그것이 막막하기만 한 모양이었다. 손으로 목탁을 좀 치고 두 다리로 달음박질을 좀 한다고 세상을 이렇듯 얕잡아보는 초혜의 무지스러움을 이제 와서 깨우쳐 주기에는 이미 때가 늦었다는 사실을 스님께서는 지금에서야 비로소 깨달아 후회하고 있음이었던 것이다.

(세상 물정이라고는 눈곱만큼도 알지 못하는 이 철부지에게 내가 무슨 말로 하늘이 높고 세상이 넓다는 사실을 깨우쳐 줄 수 있단 말이든고-!)

역시나 그 눈치를 알아채고 무소 선사께서 초혜에게 일러 말씀을 하신다.

"애야, 초혜야? 이 세상은 말이니라, 초혜 네가 생각하는 것처럼 그렇게 호락호락한 것이 아니니라, 초혜 내가 업보 오라비를 땡초라고 하는 것이 무슨 뜻인지는 모르겠다마는, 이 오래비의 도움 없이는 초혜 네 혼잣몸으로 그곳까지 간다는 것이 무리라는 뜻이니라. 그러한즉, 큰스님께서 하시는 말씀을 귀담아 새겨서 잘 따르도록 해야 할 것이니라, 내 말 알아듣겠느냐?"

초혜가 냉큼 반박하고 나선다.

"대사님 할배? 그 말씀은 시방 초혜가 알아듣기 힘들걸랑요? 두 분 대사님한테 무술을 배웠다는 소린 저도 들어서 알고 있는데요, 그게 모두 꾀를 부려서 할배 스님들을 속인거라니까요 글쎄, 무술을 제대로 배운 놈이 제 탁공 소리에 꼴까닥 숨이 넘어갔겠어요? 안 그래요?"

근초 스님께서 반박이라도 하듯 언성을 높이신다.

"초혜 너는 눈이 없어서 보질 못했더냐?! 왜구의 칼잡이들을 만나 온몸이 채로 썰 듯 상처를 입어가면서도 그 모든 공격을 죄다 막아내어 지금 이 자리에 있느니라. 그것이 어디 아무나 할 수 있는 일이라고 보이더냐? 하물며, 몸속의 피를 모두 쏟아 살아도 산 목숨이 아니었거늘, 그런 사람에게 탁공을 쳐서 생사를 넘나들게 실수를 해 놓고도 뭐가 어째?! 고이한 것 같으니라고!···. 그러함에도 이 오래비는 열흘도 안 된 짧은 기간에 이렇듯 멀쩡한 모습으로 회복이 되어 이 자리에 앉아 있는 것만 보아도 짐작을 하고 남을 일이거늘, 물론 두 분 대사님들의 의술 덕분이라고는 하나, 내공의 깊은 공력이 뒷받침되지 않고서도 이러한 기적을 볼 수 있다고 보이더냐!"

이번에는 무소 선사께서 말을 받아 나서신다.

"이 할애비도 초혜 너의 달음박질 능력만은 결코 모르는 바가 아니나, 그것도 하루 이틀이지 한양까지 그렇듯 달음박질만 해서 갈 수는 없질 않겠느냐? 더불어, 사람이란 때가 되면 먹어야 하고 밤이 되면 편히 자야 기운도 차릴 수가 있는 것이거늘···! 해서 탁발하여 먹을 것을 구하고, 잠을 잘 방을 구하는 것 또한 이 오래비의 도움을 받아야 할 것인즉, 초혜 네가 구걸이라도 하러 다닐 생각이 아니라면 말이니라."

무소 선사의 말씀에는 초혜도 반박할 말이 없었다. 그런데, 그것이 사실은 의도가 따로 있었다. 업보에게 탁발을 하여 끼니를 챙기고, 날이 저물면 초혜에게 잠자리를 챙겨 보살피라는 사실을 말이다. 그러니까, 말씀만은 초혜를 향해서 하고 있는 듯했지만 그것이 업보에게 들으라고 하는 말임을 어찌 깨달아 모르겠느냐 하는 의미이다.

업보라 하여 그 말뜻을 못 알아들을 리 없었다. 처음 생각엔 초혜를 봉원사까지 데려가면서 불한당으로부터 안위를 지켜주라는 뜻으로만 이해했었는데 무소 선사의 말씀을 듣고 보니 정말로 책임이 막중했다. 근초 스님께서 하신 말씀의 뜻을 비로소 이해하게 되었던 것이다.

(초혜 이것의 성정이 보통이 아닌데 내가 일일이 비위를 맞춰가며 한양까지 무사히 데려갈 수나 있을지 모르겠네!)

업보로서도 드디어 깨닫는 바가 없질 않았다. 자신이 초혜의 호위무사가 되는 것이 아니라, 엽전 한 푼 없는 맨몸으로 성깔머리 고약스러운 아씨 마님을 한양까지 모셔가야 하는 신세가 되고 말았다는 사실을 말이다. 그랬기에, 초혜를 한양까지 무사히 데려가기 위해서는 마음의 준비가 필요하다는 사실을 깨닫지 않을 수 없었던 것이다.

(고삐 풀린 망아지를 한양까지 무사히 데려가자면…?)

그것이 정녕 간단한 문제가 아니었다. 게다가, 초혜는 이미 고을 사또에게도 얼굴이 알려진 상태요, 업보 역시 움막촌 사람들에게 얼굴이 알려진 상태라 이렇듯 급히 서둘러 길을 떠나야 할 처지가 되었기에 업보는 더 이상 아무것도 생각해볼 경황이 있을 수가 없었다.

그러나, 초혜는 나름대로 불만이 참 많았다.

(이 중노미를 오라비라 불러야 한다니 이제 종노미로 만들기는 다 글렀네. 그래도 한번 말이나 꺼내볼까? 종놈 하겠다고!)

그런데, 문제는 바로 이 중노미의 무공 실력이었다.

(어디 한번 두고 보면 알겠지! 기회를 봐서 단단히 혼찌검을 내어 내 힘으로 종노미를 만들어 버리면 될 게 아닌가!)

역시 그 방법밖에 없었다. 그래서, 제가 쓰던 목탁만은 신줏단지 모시듯 철저히 챙겼다. 업보를 대번에 제압하여 종노미를 만들 수 있는 유일한 희망이기 때문이었다.

(하긴 객지에서 지깟 놈이 누구의 도움을 받을 수도 없고—!)

그랬기에 찍소리 한번 못 해보고 종노미가 될 수밖에 없을 일이었다.

이날 밤 초혜는 정녕 잠을 이룰 수 없었다. 그렇다고 할배 스님과의 이별 때문에 마음이 울적해서가 아니었다. 이별의 슬픔 같은 것은 아예 느낄 줄도 몰랐다. 움막마을 사람들과 헤어진 것은 실감이 났으나 할배 스님과의 이별이란 전혀 생각조차 해 본 일이 없었던 것이다.

그럼에도 왠지 가슴이 설레면서 잠을 이룰 수가 없었다. 이 세상에 태어나서 처음으로 낯선 세상을 구경할 수 있게 되었다는 설렘 때문이었다.

그것은, 업보도 마찬가지였다.

업보는 사실 제 자신의 태생이며 집안 내력까지도 대부분 죄다 알고 있었다. 큰스님의 심부름으로 산 아래 마을로 나들이를 다니면서 주워들은 사실들이었다. 그러다보니 초혜와 근초 스님에 대해서도 대충은 들어 알고 있었던 것이다. 그랬는데, 자신이

귀엽다며 배로 깔아뭉갰다던 그 꼬맹이가 이렇듯 의연한 처자라
니 업보는 초혜에 대한 관심이 남다를 수밖에 없었다. 그랬기에,
초혜가 무슨 말을 하든 말든 별로 고까운 생각이 들지를 않았던
것이다. 스님들과의 마지막 밤은 그렇게 흘러가고 있었다.

새벽 하늘엔 별들이 총총했다. 그럼에도 세 분의 스님들께서
는 벌써 잠자리를 털고 일어나 초혜와 업보에게 길 떠날 채비를
재촉하고 있었다.

"소녀가 할배 스님들의 아침공양을 위하여 쌀을 씻어 놓았는
데, 아침공양은 차려올리고 떠나야지요!"

그러나 근초 스님께서는 이미 작정이라도 한 듯 크게 역정부
터 내시었다.

"그럴 것 없다! 정녕 그리할 생각이었거든 조금 더 일찍 서둘
것이지, 이제 와서 공양은 무슨 공양! 날이 밝으면 또 무슨 사단
이 일어날지 모르니 밥 지을 생각 말고 어서 짐 챙겨 길 떠날 채
비부터 서둘거라!"

스님께서 길을 재촉하며 이미 준비하여 두었던 듯 기름종이에
싼 서찰 한 통을 업보에게 건네준다.

"이 서찰은 내가 봉원사의 무공 주지 스님께 전하는 서찰이니
라. 이 서찰을 주지 스님께 전하면 무슨 답변이 있을 것인즉, 초
혜를 잘 좀 부탁하마. 부디 원행에 몸조심들 하거라!"

그리하여, 초혜와 업보는 큰스님들에게 등을 떠밀리듯 마루실
거처를 떠나게 되었다. 그랬는데, 근초 스님의 마지막 말씀이 참
으로 잊혀지지를 않았다.

"이 할애비도 이제 이곳에서는 더 이상 머무를 수가 없게 되었

으니 너희들이 떠나고 나면 나도 천천히 산천 유람이나 해가며 세상을 한 바퀴 둘러보고는 봉원사로 돌아가게 될 것인즉, 그때 다시 만나자꾸나."

그러니까, 초혜더러 자신을 찾아나서지 말라는 뜻과 함께, 스님이 봉원사로 찾아갈 때까지는 꼼짝 말고 그곳에 머물러 있으라는 의미이기도 했다. 업보는 순간 깨닫는다.

(우리가 여기서 큰스님들과 헤어지고 나면 자칫 두 번 다시 만나 뵙지 못할 수도 있겠구나.)

게다가 큰스님께서는 (승려의 신분임에도 불구하고) 할애비란 말을 강조함으로써 그것이 바로 그간의 정분을 의미하는 뜻임을 깨달아 모를 리 없을 일이었다. 그것이 한편으로는 (너희들에게는 굳이 승려의 신분으로 살아가지 않아도 된다)라는 의미로 받아들여지기도 했다.

그랬다. 사실 근초 스님께서는 초혜를 여승으로 만들 생각이 추호도 없으셨다. 그것은 바로 현무 스님의 영향 때문이었다. 현무께서는 암자에서 어린것들을 맡아 키우면서 단 하나도 승려로 만들 생각이 없으셨던 것이다. 그것은 소아나 업보도 마찬가지요, 순이 "즉" 초혜 또한 마찬가지였다.

그랬기에, 초혜를 입양하여 키우면서도 머리를 깎거나 승복을 입혀본 일이 한 번도 없었던 것이다. 물론, 초혜를 지금 봉원사의 주지 스님께 의탁하여 보내는 것은 여차해서 여승을 만들 확률이 없는 것은 아니었으나, 그것이야 초혜 제 자신이 원해서 하는 일일 테니 막을 수가 없을 일이거니와, 이럴 수밖에 없는 근초 스님의 마음인들 어찌 편할 수가 있을 일이겠는가.

세상 나들이에 이력이 붙은 양무의 선사들마저 속수무책으로 초혜의 혼사길 하나 열어주지 못하는 상황에서, 이미 혼기를 놓쳐버린 초혜에게 근초 스님께서 해줄 수 있는 일이 봉원사로 보내는 일 외에 달리 아무것도 없었던 것이다. 세상이 그만큼 각박하다는 뜻이기도 했다.

허긴, 움막마을 사람들의 실상을 두고 보았기에 세상이 얼마나 혼탁한지를 깨닫고도 남음이 있을 일이거니와, 초혜와 업보가 새로운 인생길을 향해 마루실을 떠나는 이때 세상은 참으로 혼탁하고 어수선하기가 짝이 없었다. 지난해 진주에서 민란을 일으켰던 이필재가 역도의 무리를 이끌고 한양으로 향했다는 소문이 온통 세상을 뒤집어놓고 있었는데, 그로 인해 조선천지가 벌집을 쑤셔놓은 듯이 시끌벅적했다. 그러한 틈을 이용해서 세상 곳곳에 화적패가 창궐하여 더욱더 민심을 들쑤셔놓고 있었다.

조정에서는 흥선 대원군의 독선에 반기를 든 척족 민씨들이 세력을 형성하여 그 다툼이 절정에 달해 있었고, 대원군의 중형인 흥인군 이최응마저 민씨들과 죽이 맞아 대원위를 비난하며 민심을 부추기는 일에 일조를 하고 있었다. 그렇듯 조정이 권력 다툼으로 뒤숭숭해지자 조선천지가 그야말로 난장판이 되어가고 있었던 것이었다.

도성에서는 정감록에 대한 풍설이 난무했고, 전라도 광양에서는 민란까지 일어났으며, 강원도 지방에서는 월정사의 초운이란 중이 유언비어를 퍼뜨리고 다니며 민심을 부추기고 있었다.

대원군은 무릎을 쳤다.

〈고연 놈들이 민심을 흐트려 나를 돕고 있구나! 시절이 이러하거늘 척족이란 것들이 주상의 친정을 빌미 삼아 나를 권좌에서 밀어내고 제 놈들이 권력을 잡겠다고 광분하여 설쳐대다니…!〉

대원군에게는 이미 이러한 사태의 대비책이 준비되어 있었다. 언젠가는 자신이 조정에서 물러나야 한다는 사실을 잘 알고 있었기에 그에 따른 권력 연장책을 여러 가지 마음속에 그려두고 있었던 것이다.

≪전군에 비상령을 내리고 전국의 수령방백들에게 영을 나려 유언비어를 퍼뜨리고 다니는 자들은 불문곡직하고 잡아들이도록 하라!≫

백성들은 숨소리도 낼 수 없었다. 지방관들의 무자비한 횡포에도 입도 벙긋할 수 없었던 것이다. 더불어, 기왕에 내린 비상령이니 이번 참에 천주교도와 젊은 승려들까지 무자비하게 잡아들이도록 비상령에 포함을 시켰다. 천주교도야 서구의 민주사상을 끌어들여 왕권을 무너뜨리려 하는 역도의 무리들이니 그렇다 치더라도 젊은 승려들은 또 무슨 죄란 말이든가.

젊은 승려들은 바로 동학승의 역도들이란 뜻이었다. 동학승이 무엇이든가, 그들이 바로 천주학과 야소교의 교리에 심취되어 서구의 민주사상을 받아들여서 반상의 구별을 없애고 왕권을 무너뜨리겠다며 일반 양민들을 꼬드겨서 난을 일으킨 역도의 무리였다. 일명 동학승들이었던 것이다.

원래, 스님들은 신분 고하를 막론하고 한번 머리를 깎고 불문에 귀의하면 모두가 부처님의 가르침인 경전을 깨우칠 수 있게끔 글자를 익힐 수가 있었다. 아무리 천한 망나니라 할지라도 한번 스님이 되고 나면 신분을 확인하기가 쉽지를 않았기에 가능한 일이었다.

천민들이란 원래 글자를 익히는 것이 금지되어 있었다. 가축이나 다름없이 취급되던 천민들이 글자를 익혀 사대부들에게 도전해서 반상의 구별을 없애려 할 것이라는 이유 때문이었다. 왕조를 떠받드는 것이 사대부들인데, 개나 소나 모두 사람 노릇 하겠다며 떨치고 나서면 세상이 어찌 되겠는가. 그것은 바로 왕국의 멸망을 의미하는 것이나 다름이 없는 것으로서 천민들이 글자를 익히는 것 자체가 바로 역적 행위나 다름이 없는 일이었다.

그랬기에, 스님들의 입장에서 보면 그것이 참으로 크나큰 은혜가 아닐 수 없었다. 조선의 7대 천민들 중에서도 유독 스님들에게만 주어지는 은혜이기 때문이었다. (스님들에 대한 신분문제는 이것으로 생략을 하거니와) 대원군이 이즈음에 승려들을 잡아들이라는 빌미로 작용한 사건은 정작 따로 있었다.

그러니까 지난 신미년 4월 6일, 미리견의 함대가 남양부의 풍도 앞바다에 나타나서는 그대로 돌아가지를 않고, 부평부 앞바다를 거쳐 강화섬을 유린하여 조선군을 짓뭉갠 뒤 5월 16일에야 조선을 떠났다. 이 사건을 일컬어 「신미양요」라 했다.

미리견 함대가 돌아간 것은 대원군이 군대를 보내 그들을 이 땅에서 몰아낸 것이라 포장을 했다.

신미양요는, 5년 전에 대동강에서 화공으로 격침이 된 「제너럴 셔먼호」의 사건을 트집 잡아 미국이 조선을 침공한 사건을 일컬음인 것인데, 이 사건을 계기로 대원군은 자신의 정치적 입지를 공고히 하고자 했다.

≪서양의 오랑캐가 침범해오니 싸우지 않으면 화해일 뿐인바,

화해를 주장하는 것은 곧 나라를 팔아먹겠다고 하는 일이다.≫

척화쇄국론이 전국의 수령방백들에게 하달이 되었다. 그러면서 조선 각처에다 척화비까지 세워 놓게 된 것이다.

≪길이 후세의 자손에게까지 경계하노니 병인년에 시작하여 신미년에 세운다.≫

그랬는데, 운종거리(종로통)에 세워져 있던 척화비 하나가 쓰러지는 사건이 발생했다.

〈젊은 스님이 척화비를 쓰러트렸다더라!〉

대원군은 회심의 미소를 지었다.

"어느 못된 중놈인지 그 젊은 중놈을 당장 찾아낼지어다!"

그리하여, 천주교도와 젊은 중놈의 추포령이 전국 방방곡곡에 내려지게 된 것이었다. 천주교도야 물론 수십 년째 추포령이 내려져 있는 상태이지만 이번에 새로이 강조된 것은 서양 군대의 밀정이라는 누명을 덧씌운 것 때문이었고, 척화비를 쓰러트린 것이 젊은 스님이란 소문이었으니 젊은 스님 또한 천주교도와 한통속이란 것이 그 이유였다.

그러나, 처음부터 척화비를 쓰러트린 소문의 진위는(훤-히) 알려져 있었다. (척화비를 쓰러트린 것이 봉원사의 젊은 중놈이라고 하더라….) 하는 소문이었다.

운종가라 하면 사람들의 발길이 항상 붐비는 곳이요, 그랬기에 그런 곳에다가 척화비를 세워 놓았던 것인바 그러한 곳에서 끙끙대며 돌비석을 쓰러트리는데 사람들이 어찌 그 사실을 못 알아볼 리 있겠는가.

훗날에 모든 진실이 명명백백 밝혀지게 되겠지만, 대원군도 이때 모든 사실을 (훤히) 알고 있었다. 그랬기에, 척화비를 쓰러 트린 범인은 못 잡는 것이 아니라 안 잡는다는 것이 옳은 표현이 었다. 그러니까, 범인을 안 잡는 대신에 전국에다 비상령을 선포 하여 천주교도와 젊은 중놈들을 잡아들이라면서 치안권을 장악 하고 있겠다는 것이 그 의도였던 것이다.

대원군이 이때 봉원사의 젊은 중놈을 잡아들이지 않은 데에는 전국의 치안권과 함께 군부의 통수권을 장악하고 있겠다는 의도 와 더불어 또 한 가지 이유가 더 있었으니 그것은 바로 도성의 민심이었다. 그까짓 봉원사의 젊은 중놈 하나가 문제가 아니라, 봉원사를 핍박하는 것으로 비칠 우려가 있었고 그것은 바로 벌 집을 건드리는 것이나 다름이 없었다. 득보다는 실이 크다는 의 미였다.

봉원사가 개화의 온상으로서 권력의 먹잇감으로 손색이 없다 는 사실은 이미 세상이 다 알고 있는 일이었다. 하물며, 장안의 주정뱅이로서 천하의 미치광이로 상갓집 개라는 별명까지 얻은 흥선군이 봉원사의 실상 하나 모를 리 없을 일이었다.

"득이 되는 일이라면 마다하지 않겠지만 득보다는 실이 크다 는 사실을 세상 그 누구보다 잘 알고 있는 나 이하응이가, 봉원 사의 젊은 중놈 하나로 인하여 백배 천배 실익을 챙길 수 있음에 도 그것을 마다하고 어찌 벌집을 건드려서 손해를 자초한단 말 이던가!"

가뜩이나 척족의 세력들이 자신을 권력의 중심에서 밀어내겠 다며 혈안이 되어있는 와중에서 자신이 스스로 도성의 민심을 이반시킬 일을 자초할 이하응이가 결코 아니었던 것이다.

게다가, 봉원사의 승려쯤이야 부처님 손바닥의 벼룩이나 다름이 없을 일이었다. 자신이 필요할 때 언제든지 써먹을 수 있는 미끼이기도 했던 것이다.

그런데 봉원사란 과연 어떤 사찰이었던가. 여기에서 잠시 봉원사의 내력에 대하여 소개를 덧붙이자면, 원래는 반야사라 하는 절이었다고 했다. 신라의 진성여왕 때 도선국사가 한강 서북쪽에 위치한 금화산에 창건한 절로서 조선의 영조 24년(1848년)에 영조로부터 절터를 하사받아 지금의 위치로 옮겨서 지어지게 된 것이다. 그리하여 봉원사란 편액이 내려져 봉원사로 불리게 된 것인데, 이렇게 세워진 새 절의 현재 주지승인 무공대사는 근초 스님과도 어린 시절 함께 수행했던 막역한 사이로서 도승 불교의 선각자이기도 했다.

무공대사의 제자 중에는 이동인이라는 괴짜 중이 한 명 있는데 그가 바로 척화비를 쓰러트린 장본인으로서, 서양의 문물에 조예가 깊었던 관계로 김옥균과 서재필 등의 신진 동량들이 그를 찾아 봉원사를 수시로 드나들고 있었다고 했다.

이동인은 이때 오경석과 유홍기를 스승으로 모시면서 그들로부터 서양문화에 관한 여러 가지 서책과 물건들을 건네받아 승방에 숨겨놓고 비밀스레 사대부의 젊은 신진들을 불러들여 개화사상에 불씨를 지피고 있었던 것이었다.

이동인이 스승으로 모시고 있는 유홍기나 오경석의 뒤에는 이 시대 조선 최고의 선각자이신 환재 박규수가 있었으니 사대부의 젊은 동량들이 이동인을 격의 없이 따랐던 이유가 바로 환재대감 때문이었다. 그에 대한 자세한 설명은 환재 박규수를 소개할 때 다시 설명키로 하겠거니와, 대원군이 지방의 수령들에게(젊은 중놈들은 절 바깥으로 한 발짝도 나서지 못하도록 엄히 단속하라)하여, 금족령을 하달해놓은 이때, 천지분간 없는 젊은 승려 하나가 신작로길을 활보하며 원행을 나서고 있었으니, 이게 어디 말이나 될법한 일이겠는가. 그것도 혼자가 아닌 어린 소년과 함께 말이다.

그 젊은 승려가 바로 업보 소용임은 두말할 필요도 없을 일이거니와, 이때 초혜는 젊은 처자의 몸으로 젊은 승려와 동행을 한다는 것이 왠지 어울리는 행보 같아 보이지를 않는다 하여 평소의 복장 그대로 남장을 한 채 딸려 보냈던 것이었다.

업보가 꿈속인 듯 아닌 듯 어렴풋이 기억해 낸 것이 어린 동자의 모습이었는데, 역시나 초혜는 남장의 바지저고리가 몸에 익숙해져 있었던 것이다. 허기사, 치마를 입고 산속을 들고뛰며 사냥을 할 수야 없었을 것이 아니겠는가.

여자가 남장을 하고 있는 행색은 업보도 낯설지 않은 모습이었다. 업순이 소야 역시 치마저고리를 입은 모습은 거의 본 일이 없었기 때문이었다. 허긴, 치마 속에다 고쟁이를 챙겨입어야 하는 번거로움을 줄여주는 방책이기도 하기는 했을 것이었다. 산사의 여승들에게는 바지저고리가 대세였으니, 큰스님들 역시 초혜에게 남장 차림을 시킨 것이 자연스러웠을 수도 있었을 일이기는 했다.

어쨌거나, 초혜와 업보는 삼십여 리의 고갯길을 단숨에 달려 내려가 큰 신작로길에 이르러서는 무조건 북쪽 방향을 향해 길을 잡는다.

초혜는 정녕 산사를 벗어나 이렇듯 원행을 나서는 것이 처음이었다. 그것은 업보 역시도 마찬가지라 하였거니와, 그랬기에 이들 두 사람은 원행에 대한 설렘만 가득할 뿐, 정든 땅을 떠나는 아쉬움이나 이별의 슬픔 같은 것은 아예 가져볼 생각조차 하질 못했다. 이들이 지금 떠나고 있는 이 길이 마지막이 될지 또는 십 년이나 이십 년 후에 다시 오게 될지도 알 수 없는 머나먼 길을 떠나면서도 이들은 정녕 떠나는 이유조차 돌이켜볼 경황이 없었던 것이다.

물론 나름대로는 이유가 있었다. 삼십여 리의 시골길을 그것도 자신들의 옷가지를 챙겨 넣은 행랑꾸러미를 짊어진 채 숨도 한번 고르지 못하고 이렇듯 달려오게 된 이유 말이다. 그것이 바로 두 철부지의 자존심 대결이었다.

(초혜 네가 시방 내 발걸음을 시험해 보겠다 이거지?!)

그렇다면, 이 달음박질 하나로 초혜의 콧대를 납작 눌러놓을 필요성이 있었다. 그래서, 초혜가 따라잡지 못할 만큼만 발걸음을 앞서 나가게 되었다. 그러자, 초혜도 은근히 약이 올랐다.

(시부놈 시키가 한번 겨루어 보겠다는 거야 시방?!)

그랬는데, 뒤통수에 눈이라도 달렸는지, 십여 보의 간격을 두고 빨리 달리면 빨리, 천천히 달리면 천천히, 초혜의 자존심을 한껏 건드려 놓고 있었던 것이었다.

(에고~ 시부놈이 나 약올리는 거 맞네!)

초혜는 그만 녹초가 될 수밖에 없었다. 바로 이러한 때에 저승사자들이 이들을 기다리고 있었으니, 업보와 초혜는 정녕 꿈에서도 그 사실을 눈치채지 못하고 있었던 것이다. 그것이 바로 이들을 기다리고 있는 고난의 시작이었다.

16. 천주학의 서양 신부

뜨거운 태양이 중천에 높이 떠오르고 나서야 초혜와 업보는 인근 재터입구에 당도를 했다. 이미 아침밥을 먹을 시각이 훨씬 지나 거의 중참(점심) 때가 다 되어가고 있었다.

원래 사람들은 아침저녁으로 두 끼의 끼니만 때우며 살아가는 관습으로 인해 업보가 탁발을 나선다고 할지라도 아침을 얻어먹기에는 이미 한나절이나 뒤늦은 시각이었다.

게다가, 워낙에 외진 시골구석이다 보니 주막집도 하나 눈에 띄질 않았다. 서로가 상대의 콧대를 눌러 주겠다며 이른 새벽부터 전력 질주하여 가운을 쏟았기에 두 사람은 정녕 뱃가죽이 등가죽일 수밖에 없었다. 자신들에게는 워낙에 중요한 자존심의 대결이라 물도 한 모금 마시지를 못했다.

(중노무 시키가 목도 안 마른가? 어째서 지친 기색도 하나 없나 글쎄…!)

초혜는 정녕 후회가 막심했다.

(이럴 줄 알았으면 삼베수건에다 주먹밥이라도 한 덩이 싸 갖고 올걸…!)

그랬더라면 아침 공양이라도 하자며 자연스럽게 목도 축이고 쉬어갈 수도 있었을 것이 아니겠는가. 그렇다고 이제 와서 어찌 해볼 별다른 방도가 있는 것도 아니었다. 기왕에 시작된 대결이니 끝까지 한번 겨뤄보는 수밖에 다른 방도가 없었던 것이다. 그나마도 초혜가 속력을 늦추면 중노미도 속력을 늦춰서 보조를 맞춰 주는 것이 다행이라면 다행이라 할 일이었다.

(이시키 이거 죽다 살아난 놈 맞나 몰라…!)

초혜는 정녕 기가 꺾이고 있었다, 할배 스님들의 말씀이 조금은 사실인 것 같기도 했던 것이다.

업보 또한 힘이 빠지기는 마찬가지였다.

(요것이 보통 독종이 아니로구나! 이러다가 이것이 더위라도 먹게 되면 기절하여 쓰러지고 말 터인데….)

그것은 안 될 일이었다. 초혜를 봉원사까지 무사히 데려다주겠다고 약조를 했기 때문에 업고서라도 가야 할 책임이 있는 일이기 때문이었다, 혹을 떼려다 혹을 붙이는 꼴이 될 수도 있음이었다.

그러다 보니 어느덧 낯선 재터입구에 당도하게 되었고, 이때가 되어서야 두 사람은 서로가 눈치를 살필 수밖에 없었다. 아무리 자존심을 건 대결이라지만 두 사람은 지금 너무도 많이 지쳐 있었던 것이다.

(내가 먼저 쉬었다 가자고 항복을 해 버릴까…?)

그리고, 드디어 운명의 순간을 맞이하고야 말았다.

"흐이그~ 고맙기도 해라! 젊으신 중놈께서는 시방 어디를 가시는 길이신가?"

뜻밖에도 관아의 군사들이 나무 그늘에서 뛰쳐나오며 앞길을 막아섰던 것이었다. 그 바람에 두 사람은 자존심 대결을 멈출 수밖에 없었다.

삼지창을 꼬놔쥔 채 대결을 멈추게 한 군사들은 모두가 세 명이었는데, 초혜와 업보는 그들이 이렇게도 고마울 수가 없었다. 이들이 바로 자신들을 잡아갈 저승사자라는 사실도 알아채지 못한 채 말이다.

　이들은 지금 대원군의 비상령에 의해 지방 관아에서 파견된 나졸들이었다. 천주교도와 젊은 스님들을 잡아들이기 위해서 말이다. 앞장서서 달려 나온 나졸이 업보의 앞길을 가로막으며 중놈이 어디를 가시느냐고 이죽거리자 뒤를 따르던 자가 말을 받아 변죽을 늘어놓는다.

　"댓끼 이사람아? 중놈이 무엇이야 중놈이─? 스님이라 그래야지! 그라고 뒤따르는 사내놈은 천주학쟁이가 맞겠지? 아니면 야소쟁이거나…! 고놈 참 어린놈이 기집처럼 곱상스럽게도 생겼네 그랴, 낄낄낄~!"

　"왜? 조것이 기집이면 자네가 어찌해 볼라고…?"

　"기집이라면야 당연히 그냥 보내줄 수야 없겠지. 안 그런가? 그나저나 형방어른께서는 지금쯤 어찌하고 계실꼬?"

　"낄낄낄~! 오늘은 호박이 넝쿨째 굴러드는 날이구만 그랴, 천주쟁이에 이양인 신부로도 모자라서 이제는 젊은 중놈이라니 원─!"

　"그래서 침만 흘리고 있을 참이던가? 포박부터 해야지 포박부터!"

　"그랴그랴! 얼렁 포박부터 하고 보세나 얼렁!"

　역시나 그들은 포승줄을 꺼내들며 업보에게 결박부터 지을 채비를 서두르고 있었다. 그러나 업보는 그들의 장난질에 놀아날 생각이 전혀 없었다.

"소승이 왜 이유도 없이 포박을 당해야 하는 것인지 그 연유부터 말씀들을 해주십시요. 소승을 잡아가겠다는 연유가 무엇이옵니까?"

군졸 "즉" 나졸이 업보에게 결박을 지으려다 말고 흠칫하여 반박을 해 재낀다.

"빌어먹을 중놈아?! 니놈이 그딴 걸 알아서 뭣하게! 중놈은 그냥 오라만 받으면 되는 것이요, 우리는 중놈 너한테 오라만 지으면 되는 것이니…."

그러나 결박을 지으려는 것은 업보에게만 한 말이 아니었다. 나졸놈 하나가 초혜에게도 포박을 짓겠다고 다가들었던 것이었다. 그것이 또한 초혜에게는 기회이기도 했다. 업보에게 기선을 제압할 수 있는 기회 말이다.

"중노미야? 얼렁 귀를 틀어막거라! 내가 시방 엄청 화가 났걸랑?"

초혜는 어느새 목탁을 꺼내 들고 있었다. 그 모습을 보고 업보가 다급히 소리쳐 만류한다.

"안 돼 초혜야, 내가 해결할 테니 너는 가만 있어!"

그랬는데, 나졸이 그 말을 알아들었다.

"에게게게~ 요것이 얼굴이 곱상하다 했더니 역시나 기집이었네 그랴? 그렇다면야 내가 네년을 그냥 보내줄 수야 없지! 어서 이리 오너라 어서…!"

초혜가 여자인 것을 알고는 나졸의 태도가 대번에 무뢰배로 돌변을 하고 있었던 것이다. 이들의 신분은 고작 군노 신분의 일

수 사령들이었다. 이들의 횡포조차 이러하건데 향리나 수령들의 횡포가 어떠할지는 능히 짐작을 하고도 남을 일이었다.

드디어 초혜가 폭발을 했다. 목탁이 당장에라도 깨져나갈 듯이 요란스럽게 귀청을 울리기 시작을 했던 것이다.

사태가 이 지경이 된 데에는 업보의 책임도 컸다. 그들이 관병들이라 하여 (설마하니 초혜에게 이렇게까지 무례하게 행동을 하려니 해서) 방심을 했다가 그만 허를 찔린 셈이었다. 사람들의 발길이 한적한 후미진 곳에서는 이들이 오히려 불량배들보다도 더 횡포가 자심하다는 사실을 미처 몰랐던 것이다. 그래서 초혜의 경솔한 행동만을 경계하다가 그만 야수로 돌변한 나졸의 횡포를 막지 못했고, 그것이 결국 초혜의 분노를 야기하고 말았던 것이었다.

〈끄아악-! 까아악-! 아아악-!〉

세 명의 야수들이 땅바닥을 나뒹굴며 발버둥을 치기 시작했다. 사전에 대비도 없이 갑자기 당하는 일이라 충격은 더 클 수밖에 없었던 것이다. 업보가 소리를 질러 초혜의 행동을 만류할 수밖에 없었다.

"이제 그만해 초혜야? 이제부터는 내가 알아서 할 테니 너는 그만하고 조용히 좀 있으란 말이야!"

그러나, 그것이 오히려 초혜의 성질만 돋구고 말았다.

"시부놈이 니깟 게 알아서 하긴 뭘 알아서 해?! 그런데, 중놈시키 너는 어째서 귀를 틀어막지 않는 거니 으야?!"

초혜는 아예 업보의 곁으로 다가들며 목탁을 깨트리기라도 할 기세였다. 이번 참에 끝장을 보겠다는 의도임이 분명했다.

"요것이 시방 나한테 재미를 붙였어, 시방!"

다음 순간 업보의 손이 (번쩍!) 했다. 그리고, 초혜의 목탁이 업보의 손에 들려있는가 싶은 순간 그것이 허공을 날아 건너편 산중턱의 우거진 숲속으로 사라져 버렸다.

"하고메야~ 중놈 시키가 언제 내 걸 빼앗아 갔지…?"

업보는 결코 초혜에게 더 이상 관심도 두지 않았다. 이제 목탁을 빼앗긴 이상 초혜가 자신에게 시비를 걸어올 문제꺼리가 없다는 사실을 잘 알고 있었기 때문이었다.

세 명의 나졸들은 그제야 (부시럭~부시럭~) 자리에서 일어서며 창검을 챙기고 있었다.

"나으리들께서 창검을 집어 챙기면 어쩌시겠다는 것인지 소승은 그것이 참 궁금하시거든요? 왜구나 오랑캐를 물리칠 때 쓰거나 도둑을 잡을 때 쓰신다면 누가 뭐랄까마는…!"

업보는 그들에게서 차례로 창검을 낚아채 버린다. 그들은 두 눈을 (뻔-히) 뜨고서도 손에 쥔 무기들을 빼앗기고 있었다. 세 사람의 나졸들이 분신처럼 손에 쥐고 있던 목숨줄이었다.

(이 중놈이 우리의 손에서 창검을 빼앗아 가는 거 맞지 시방?! 하이고야~ 눈뜨고도 코 베어 갈 놈이네 중놈이-!)

그들은 자신들이 분신처럼 소지하고 있던 무기를 빼앗기면서도 그 사실이 정녕 믿겨지지가 않는 눈치였다. 자신들에게는 생명줄이나 다름없는 무기임에도 젊은 중놈이 그것을 낚아채 가자 힘도 한번 못 써보고 그대로 빼앗기고 말았던 것이었다. 그것을 지켜보고 있는 초혜조차도 그 사실이 믿어지지 않는 것은 마찬가지였다.

(군사란 놈들이 탁공에 좀 놀랐다고 분신이나 다름없는 무기를 저렇듯 맥없이 **빼앗긴단** 말야? 멍청스런 씨키들!)

그들이 해코지를 할 때는 할망정 군사답지 못한 행동을 하는데는 정녕 배알이 뒤틀리지 않을 수 없었던 것이다.

(저래가지고 도둑은 어찌 잡고 불량배들은 어찌 상대를 한단 말인가-!)

그랬는데, 나졸들에게서 창검을 모두 낚아채 간 업보의 다음 행동이 더욱더 가관이었다. 세 개나 되는 삼지창을 한꺼번에 움켜쥐고는 몸을 한 바퀴 (휙-) 돌리며 그것을 집어던지는데 초혜는 정녕 눈을 의심하지 않을 수 없었던 것이다.

(에고머니-! 저, 저, 저것이 어디까지 날아가는 거야 저것이…?…!)

어림잡아 짐작해 보아도 족히 백여 보는 넘는 거리를 날아서 목탁이 사라졌던 산 중턱으로 사라져 버렸던 것이었다. 그랬으니 투석이나 투창 실력이야 말로 해서 무엇하겠는가.

(나도 돌멩이를 던져서 산짐승을 잡는 투석에는 남들한테 안 진다고 자신을 했었지만 중놈 씨키 저거는 확실히 나보다 한 수가 위잖아 저거…?)

그렇다면 정말이지 더 이상 겨뤄볼 기술은 아무것도 없었다. 달음박질도 저보다는 한 수가 더 앞섰으며, 탁공에도 전혀 반응이 없었고, 마지막 남은 투석에도 자신보다는 고수의 경지에 있음임을 인정하지 않을 수 없었으니 말이다.

그러자, 드디어 나졸들이 초혜를 대신해서 업보의 실력을 인정해주고 나섰다.

"자, 장군님 살려줍쇼~! 소인 놈들은 거저 중놈도 장군님인 줄을 몰라뵙고 함부로 굴었으니 목숨만 살려줍쇼 장군님-!"

그들은 세 명 모두 땅바닥에 엎드려 손이 발이 되도록 빌어대고 있었다. 그제서야 업보도 자신이 승려라는 사실을 인식하는 듯했다.

"일개 중놈을 보고 장군이라니 말도 되지 않습니다. 그러니 저쪽 그늘 밑으로 좀 가십시다. 소승이 나으리들께 여쭤볼 말이 좀 있어서요."

그리고는 초혜를 보고 말한다.

"초혜 너는 도랑에 내려가서 목이나 축이고 있거라. 나는 이 나으리들이랑 할 얘기가 좀 있으니!"

"끄으응~!"

초혜는 더 이상 반박도 하지 못했다. 지금은 당장 목이 타기도 했거니와, 중놈이 제대로 오라비 행세를 하겠다며 큰소리를 치는 데는 더 이상 어찌해 볼 방도가 없었던 것이다.

(시부놈이 나보다는 덩치도 크고 나이도 많으니 오라비 행세하겠다는 걸 무슨 수로 막나 저거!)

게다가, 결정적인 약점은 또 있었다. 할배능감들이 중노미를 자신의 보호자로서 오라비로 결정을 해 버렸다는 사실이었다. 종노미와 오라비는 하늘과 땅만큼이나 차이가 나는 일임을 어찌 깨달아 모를 일이겠는가.

(이제 종노미로 만들기는 다 글렀나보네. 시불~!)

그보다도 우선은 목을 축이는 일이 더 시급했다. 정말이지 죽을 만큼 목이 탔기에 (이대로 그의 말에 따른다면) 그것이 바로 항복 선언이나 다름이 없다는 사실을 (뻔-히) 알면서도 초혜는 그만 도랑으로 뛰어들 수밖에 없었다. 자존심이 생존의 본능을 앞설 수는 없었던 것이다.

업보도 목이 타기는 마찬가지였다. 그럼에도 초인적인 인내심으로 그것을 버텨내고 있는 참이었다. 배고픔도 마찬가지였다. 목이 타도 참을 수 있고 배가 고파도 참을 수 있는 이런 능력이 언제부터 생긴 것인지 업보는 정녕 그 사실에 제 스스로도 놀라지 않을 수 없었던 것이다.

(목이 타는 것이야 잠시 참을 수 있는 것이지만 지금 도대체 무슨 일이 벌어지고 있는지, 왜 관병들이 이렇듯 길목을 지키고 있는지…)

그 모든 사실을 알아내는 일이 업보에게는 목숨만큼이나 중요했다. 그러니까, 업보 자신이 도망자의 신세가 된 사실과 관련이 있는 일인지, 그것을 알아야만 앞으로의 여정에 목숨을 부지할 수 있을 것이라 여겨졌기 때문이었다.

업보는 사실, 왜구의 칼잡이들을 만나고부터 잔뜩 주눅이 든 게 사실이었다. 하늘은 높고 세상은 넓다는 사실에 더하여 세상살이가 결코 녹록지 않다는 사실까지도 뼈저리게 깨달아 느끼고 있었던 것이다. 산사에서만 살았던 우물 안 개구리가 드디어 세상살이를 알아가는 순간이었다.

업보에 비하면 초혜는 사실 하룻강아지에 불과했다. 업보의 어깨가 더욱더 무거워지는 이유였다. 물론, 업보 자신도 왜구를 만나기 전까지는 초혜나 다름이 없었지만 말이다.

(반상의 구별이 엄연한 세상에서 천민의 자손으로 태어난 것

도 모자라 화적의 자손이고서랴, 내가 중놈이 아니었다면 이 세상을 어찌 살아갈 뻔하였든고-!)

업보는 다시금 승려의 신분을 천직으로 받아들일 수밖에 없었다.

(그것도 모르고 소아 누님과 혼인하여 아들 딸 낳고 오순도순 살아갈 꿈을 꾸고 있었다니…!)

비로소 자신이 현무암으로 되돌아갈 수 없는 연유까지도 깨달아 이해하게 된 것이었다. 자신이 왜구의 간자로 몰리게 되었다면 이제는 자신의 신분까지도 속속들이 드러날 수밖에 없음인 것이요, 천민도 모자라 화적의 자손이 사대부 여인과 혼인을 하게 되면 더더욱이나 더 신분이 발각되는 것은 너무도 당연한 결과가 아니겠는가.

(절간의 중놈으로 숨어 산다 해도 언제 발각이 되어 참수를 당하게 될지 모를 판국에…!)

업보는 현무암이나 할배 스님들 그리고, 소아에 대한 생각들을 머릿속에서 지워버리지 않을 수 없었다. 그랬기에, 지금 관병들이 어찌하여 길목을 지키고 있으며 (젊은 중놈들을 잡아들이고자 하는 연유가 혹여 자신 때문은 아닌지) 분명하게 알아볼 필요가 있었던 것이다. 천주학의 교인들을 잡아들이는 일이야 늘상 있는 일이니 새삼스러울 것도 없을 일이겠으나, 젊은 중놈들까지 잡아들인다는 사실은 지금 이곳에서 처음 듣는 말이었으니 말이다. 그러나, 이들 세 사람의 나졸들조차도 그 연유에 대해서는 잘 알고 있지 못했다. 대원위의 비상령 때문이란 사실 이외엔 말이다.

그렇다면 더 이상 시각을 지체할 필요가 없었다. 재터입구의 계곡에는 지금 형방이라 하는 아전이 천주학쟁이들을 잡아서 데리고 있다 하니 그 사람에게나 가서 알아볼 밖에 다른 방도가 없었던 것이다.

"그러시면 나으리들께서는 여기서 저녁나절까지 좀 쉬고 계셔야겠습니다. 자세한 내막은 제가 형방 어르신께 가서 여쭤보도록 하지요."

그리고는 세 사람의 나졸들에게 번개같이 혈도를 눌러 제압을 해 버린다. 그들은 아마도 저녁나절까지 기운을 차려 일어나지 못할 것임이 분명했다. 업보가 그들에게 그렇게 말을 했으니 말이다.

이때, 초혜는 도랑에서 맑은 물을 실컷 들이마신 뒤에 시원하게 물속에다 몸을 담가 목물까지 하고는 나무 그늘 쪽으로 걸어 나오다가 그 광경을 고스란히 목격하고 있었다.

"저 씨키가 저게 무얼 어쨌는데 군사들이 저렇듯 벌러덩 벌러덩 자빠져 버리는 거야 저거?!"

업보가 발길을 돌리다 말고 초혜를 발견하고는 변명하여 둘러댄다.

"나으리들께서 좀 쉬고 계시겠다고 하여 내가 그러라고 했다. 아마도 저녁나절은 돼야 기운을 차릴 수가 있을테니까 그때 일어나서 창검을 찾아 관아로 돌아가면 될 것이야!"

"…?!"

초혜는 더 이상 할 말이 없었다. 우락부락하게 생긴 세 명의 군사들과 혹여 몸싸움이라도 붙었을까 해서 목물도 대충 끝마치고 급히 뛰쳐나왔던 길이었다. 행여, 싸움이 붙었다면 법랑을 빼앗아 목탁을 찾아서 탁공을 치려 함이었다.

물론, 중노미는 법랑까지 짊어지고 있었다. 그랬는데, 역시나 법랑 같은 것이야 있으나 마나였다. 그것이 아무리 가볍다고는 할지라도 몸놀림이 부자연스러울 것은 당연한 일일 텐데도 말이다.

(시부놈 씨키가 또 한 번 나를 놀래키네 저거…!)

그래서, 병사들이 무슨 말을 하더냐고 물어보고 싶었으나 꾹 참았다. 선뜻 오라비 대접을 해주고 싶지도 않았고 그렇다고 함부로 말을 했다가 무슨 소리를 들을지 그게 왠지 마음에 켕겨서였다.

(내 능력을 충분히 확인했으니까 자존심을 깔아뭉갤 수도 있잖아 뭐!)

그럴 바엔 차라리 입을 다물고 있는 게 득이라는 사실을 알아차린 것이다. 역시나 중노미는 초혜를 무시하고 있음임이 분명했다.

"저ー 계곡 안쪽에 형방이라 하시는 관아의 비장 어른께서 천주학쟁이들을 잡아 데리고 있다 하니 무엇을 하고 있는지 얼른 가 봐야겠다."

그리고는 번개같이 몸을 날려 재터 아래 계곡을 향해 내달린다. 정말이지 그것 말고는 관심에도 없다는 태도였다.

(시부놈 씨키는 목도 안 마른가…?)

그러나, 업보에게는 목이나 축이고 있을 마음의 여유가 없었다. 비장이란 자가 무엇을 하고 있는지 그게 궁금하기도 했거니와, 그가 관아의 형방이라고 하는 사실에 잔뜩 신경이 쓰이지 않을 수 없었던 것이다.

〈형방이라고 하면 무예 솜씨가 뛰어난 군관은 아닐까?〉

그래서, 그것을 확인하여 먼저 제압을 하지 않고서는 초혜의 안위를 보장할 수 없을지도 모른다는 생각이 들었던 것이었다. 그랬는데 문제는 그다음이었다. 업보가 전력을 질주하여 달려가는 모습을 바라보며 초혜는 그만 그 자리에 (터덜퍽!) 주저앉을 수밖에 없었다.

"에고머니! 중놈 씨키 저거! … 저거! … 저거! …"

어느새, 중노미가 백여 보도 넘는 거리를 바람같이 내달려 계곡의 숲속으로 사라지고 보이지를 않았던 것이다. 초혜는 정녕 눈을 의심하지 않을 수 없었다.

이때, 업보는 업보대로 제 자신의 행동에 놀라고 있었다. 초혜를 뒤따라 오라고 해 놓고 초혜보다 먼저 달려가서 사태를 확인해 보고자 하여 최선을 다해서 내달렸는데 뜻밖에도 자신의 몸이 깃털처럼 가벼워진 듯한 느낌을 깨닫게 되었던 것이었다.

"어라?! 아까 참에 초혜랑 함께 달려올 때도 이런 느낌은 못 느꼈었는데…?"

아까야 당연히 그럴 수밖에 없을 일이었다. 석실 속에서 탈출하여 나온 이래로 처음으로 달려보는 일이기도 하였거니와, 아까는 정녕 초혜의 행동에 마음을 쓰느라 다른 것은 아무것도 신경을 쓸 겨를이 없었던 것이다.

그러니까, 뒤를 돌아다보지 않고도 초혜의 숨소리만을 가지고 뒤따르는 간격을 파악하여 거리를 조절하느라 다른 것엔 아무것도 신경을 쓸 마음의 여유가 없었다는 뜻이었다. 그랬는데 사실은 그게 아니었다. 소응은 초혜와의 자존심 대결에서 뜻밖에도 제 자신의 달리기 능력을 향상시켜 온 셈이었던 것이다.

업보는, 석굴 속에서 이무기의 뼛국물로 원기를 회복했다. 봉독과 지네의 독이 뼛국물과 어우러져 석굴을 박차고 나온 기운의 원천이 되었고, 초혜와 함께 달음박질을 하면서 달리기의 능력은 물론이요, 정신력의 능력까지 향상시키는 계기가 되었던 것이었다.

(할배 스님들께서 소손에게 도대체 무슨 일을 하신거야, 도대체…!)

소응은 이것이 양무 선사들께서 불가공의 공법을 이용하여 자신의 몸에다 기력을 주입시켜 주신 것이라 짐작했다. 선사들께서는 한마디도 이무기의 뼛국물 얘기는 해주지 않았던 것이다. 그랬기에 스님들의 은혜가 눈물겹지 않을 수 없었다.

(할배 스님들의 은혜를 생각해서라도 내가 어찌 초혜에 대한 책임을 다하지 않을 수 있겠는가.)

그러기 위해서는 감정에만 사로잡혀 있을 일이 아니라 눈앞의 현실에 충실해지지 않을 수 없을 일이었다.

업보가 감정을 추스르며 재터 아래 계곡에 당도해서 바라보니 중년으로 보이는 한 사내가 옷을 발가벗고는 계곡의 웅덩이에 몸을 담근 채 더위를 식히고 있는 중인 듯싶어 보였다. 그랬는데, 사내는 혼자가 아니었다. 세 명이나 되는 아낙들도 함께였다.

"세상이 말세라 하되 저럴 수가 있단 말인가! 저것이 설마 천주교학들은 아니겠지. 설마? 나무관세음 보살~!"

그런데, 업보가 가까이 다가가며 살펴보니 그게 왠지 조금은 이상했다. 여인들은 세 명 모두 하나같이 옷을 입은 채로 오랏줄에 결박이 지어져 있었던 것이었다.

(그랬구나! 저 보살님네들이 바로 천주학도들이었던 게야!)

이때, 남정네가 업보를 발견하고는 그 자리에서 벌떡 일어서고 있었다.

"저저저, 저놈이 어찌하여 혼자서 저렇듯 태연스레 걸어오고 있단 말이더냐?! 너 이놈 중놈 듣거라! 아까 목탁 소리가 들리길래 오늘은 중놈까지 한 놈 잡아가나~? 하였더니, 사령놈들은 어디가서 자빠져 있길래 니놈만 혼자서… 에고머니, 한 놈이 아닐세! 저─ 뒤에 또 어린놈 한 놈이… 저놈은 중놈이 아니군. 그라!"

업보가 급히 뒤를 돌아다보니 역시나 초혜가 저─ 뒤쪽 길가에 당도하여 이 광경을 바라다보고 있는 참이었다. 순간 업보는 당황을 하지 않을 수 없었다.

"초혜야? 가까이 오지 마! 내가 잠시 후에 다시 부를게!"

그러나, 초혜는 눈앞의 광경보다도 중놈의 말투가 더 귀에 거슬리지 않을 수 없었다.

"시부놈이 꼬박꼬박 오라비 행세야 저거…?! (그래도 어쩌는가!) 아 알았어요. 중노니야…!"

그러면서도 정녕 오라비란 말은 목구멍에서 흘러나오지를 않는 것임이 분명해 보였다.

그러자 형방이란 사내가 먼저 반응을 보이고 있었다.

"저저. 저것도 기집이란 말이더냐? 그렇거든 그대로 가 있을 것 없이 얼렁 이쪽으로 오라 하거라. 중놈을 잡을 때 함께 잡아서 끄악!"

사내가 비명을 내지르며 (벌러덩!) 나자빠지고 있었다. 그 바람에 초혜는 또 한 번 눈을 의심해야 했다. 오라비란 중노미가 오른팔을 한 번 치켜드는 것은 보았으나, 그것이 투석하는 자세 "즉" 돌멩이를 던지는 자세로는 보여지지가 않았었다. 그럼에도 어찌하여 사내가 (벌러덩) 했는지 그게 믿겨지지가 않았던 것이다.

(중노무 씨키 저거 정말로 오라비 하겠다는 거야 뭐야?! 어째서 손만 한 번 내저어도 저 벌거숭이가 벌러덩 하냔 말야 글쎄!)

초혜가 놀라는 것도 당연했다. 소웅의 손에는 콩자갈이 하나 들려져 있었고 그것이 손을 치켜들었다가 내리는 순간 콩자갈이 벌거숭이의 급소를 향해 날아갔던 것이었다.

소웅의 탈미공 (돌멩이 던지는 기술)이야 이미 소개가 된 일이지만 왜구와 맞설 때와는 천양지의 차이가 있었다. 콩자갈을 던지는 팔 힘이 몇 배나 더 강력해져 있었던 것이다.

소웅은 콩자갈을 던지고 나서야 (아차!) 했다. 자신에게 알 수 없는 기운이 솟구치고 있다는 사실을 그제서야 다시금 깨달았기 때문이었다.

(얼른 가서 혈도를 풀어주지 않았다간 저대로 죽을 수도 있겠구나!)

그래서, 급히 달려가 여인들의 결박부터 풀어준 뒤 기절하여 쓰러져 있는 비장의 혈도를 풀어준다. 그가 바로 나졸들을 데리고 관아에서 파견 나온 형방이란 사실을 그의 말투에서 어렵사리 알아볼 수 있었던 것이다.

지방 관아의 구실아치라면 중인 신분의 아전임에 분명할 터,

그러함에도 여인들이 천주학도들이란 약점을 이용하여 그들 앞에서 옷을 벗고 이렇듯 희롱을 하고 있었다는 사실을 못 알아차릴 리 없었던 것이었다.

소웅이가 여인들을 결박에서 풀어주자 한 여인이 황급히 숲속으로 도망을 치기 시작하는데, 그 모습을 바라보며 초혜가 급히 소리친다.

"아주매? 도망칠 거 없어요! 중노미가 설마하니 아주매를 해치기야 하겠어요?! 그러니 안심하세요!"

그것은, 그 여인에게 하는 말이라기보다 소웅에 대한 경고의 의미가 더 강했다. 도망치는 여인에게 돌멩이를 던지지 말라고 말이다. 그러자 여인이 도망치다 말고 초혜를 쳐다보며 대꾸하여 말한다.

"도망치는 게 아니에요. 처자? 저쪽에 서양에서 오신 신부님이 계시거든요!"

그러는데 보니 역시나 그곳에 남정네 세 사람이 재갈을 물린 채 나무둥치에 묶여 있었고, 그들 중 두 사람은 중년의 갓쟁이들이었으나 그중 한 명이 바로 노랑머리의 이양인이었던 것이다.

(그랬구나! 저 사람이 바로 말로만 듣던 그 천주학의 이양인 신부인가 본데, 이 땅에 아직도 천주학을 믿는 사람들이 남아 있다니…!)

그보다도 이양인의 행색이야말로 십 리 바깥에서도 그 모습을 대번에 알아볼 수가 있을 것이거니와, 그럼에도 변복도 시키지 않고 이렇듯 태연스레 데려가고 있다니 아마도 간이 배 밖으로 나온 사람들이 아닌지 의문이 들 지경이었다.

(쯧쯧쯧! 저랬으니 검색 나온 군사들에게 꼼짝없이 붙들릴 밖에!)

그랬는데 어찌 알았겠으랴, 이들이 바로 운현궁의 안주인이신 부대부인 민씨의 부탁으로 이곳 남도 지방까지 내려와 서양에서 온 신부님을 모셔가고 있는 운현궁의 인물들이었다는 사실을 말이다.

그러나, 초혜와 소웅이가 그 사실을 알아차릴 수는 없을 일이었다.

17. 상여막의 목소리

초혜는 이양인 신부를 모셔가는 천주교도 일행과 동행을 하게 되었고, 소웅은 차마 그들과 함께 어울려 갈 수가 없어서 혼자 떨어져 따로따로 가기로 했다. 대원위의 비상령에 의해서 천주교도뿐 아니라 젊은 승려들도 추쇄의 표적이 되고 있다는 사실을 (뻔-히) 알면서 차마 그들과 함께 어울려 갈 수는 없었던 것이다.

그러나 소웅이가 천주교도들과 함께 어울려 가지 않기로 한 의도는 정녕 따로 있었다. 초혜의 안위 때문이었다. 그러니까, 이양인 신부와 동행을 하게 된 초혜의 안위를 위해서 소웅이가 먼저 앞질러 가며 관병들이 길목을 지키고 있지나 않는지 그것을 확인해 보기 위함이었던 것이다. 소웅은 스스로가 관병들을 따돌리고 얼마든지 도망을 칠 수가 있지만, 초혜는 꼼짝없이 천주교도로 매도가 되어 죽음을 면치 못할 것이기 때문이었다.

그랬는데, 그것이 문제가 좀 있었다. 그놈의 배고픔이 문제였던 것이다. 아침밥도 못 먹은 상태에서 대원위의 비상령보다도 더 무서운 것이 배고픔이란 사실을 깨닫는 데는 그리 오랜 시간도 걸리지를 않았다. 뱃속에서 쪼르륵 소리가 들릴 때마다 그것은 견딜 수 없는 고통으로 다가오고 있었던 것이다.

그렇다고, 탁발을 나설 수도 없었다. 그랬다간 대번에 관아에 발고가 될 것이고, 그렇게 되면 뒤따르는 천주학도들이 붙잡힐 것은 불을 보듯 자명할 일이기 때문이었다.

물론 길을 돌아서 멀리까지 탁발을 나갈 수는 있겠으나 그랬다간 초혜의 안위를 지켜주는 것은 고사하고, 서로가 길이 엇갈려 더 큰 문제가 야기될 수도 있음인 것이다. 초혜의 행방을 찾는다며 뛰어다니다가 벌집을 들쑤시는 사태가 야기될 수도 있음이 아니겠는가 말이다.

"허어—참, 이 노릇을 어이해야 한단 말이냐!"

소응은 정녕 배를 (쪼쫄~) 곯으면서도 하소연조차 할 길이 없었다. 천주교도들에게 되돌아가서 (먹다 남긴 음식이라도 좀 없느냐고) 아쉬운 소리를 하고 싶었으나 그것은 자존심이 허락지를 않았다. 초혜에게 자신의 초라한 모습을 보여주는 것 같아서였다.

(지놈이 무슨 도사승이라도 되는 듯이 우쭐대더니 별거 아니잖아 저거? 그깟 배고픔도 하나 못 견뎌서 남들이 먹다 남긴 음식 찌꺼기나 얻어먹겠다니…!)

그보다도, 초혜가 그들에게 신세를 지고 있는 상황에서 소응이 자신마저 그들에게 부담을 주고자 할 수는 없었던 것이다.

(에고 젠장! 뭐가 이렇게 눈치 볼 것이 많으냐 글쎄…!)

세상만사라 하는 것이 이렇듯 살아가는데 복잡한 것이 많다는 사실을 처음으로 깨닫게 되는 순간이기도 했다. 천하의 소웅으로서도 사바세상에 대한 두려움이 생겨나지 않을 수 없음이었다.

원래, 집 떠나면 고생이라고 했다. 그래서, 스님들이 산천유람(?)을 떠나는 것을 두고 그것을 고행이라고 해서 고생길이라고들 했으나 그 의미를 잘 몰랐었는데, 소웅은 비로소 그 의미를 깨닫는 듯도 했다.

(에고- 배고파! 이럴 줄 알았으면 초혜 저것을 저들에게 딸려 보내지 말고 서로가 각자 헤어져서 따로따로 가자고 할걸-! 고행이고 뭐고 배고파서 못 참겠네, 정말!)

현무 큰스님의 품 안에서 그동안은 얼마나 평안하게 세상 물정 모르고 잘 살아왔는지 비로소 현무암을 떠나온 사실을 실감할 수가 있었다. 지금까지 전혀 깨닫지 못했던 일이었으나 왠지 모르게 소아 누님와 큰스님의 얼굴이 마음속에 떠오르면서 소웅은 저도 모르게 눈시울을 적시고 있었다.

(누부나 큰스님께서 얼마나 걱정을 하고 계실까 지금쯤…!)

그래서, 큰스님에 대한 고마운 마음에서라도 배고픔을 참고 견뎌 보기로 했다. 그것이 언제까지가 될지는 모르겠으나 최소한 인내에 한계가 올 때까지 만이라도 말이다.

그랬는데, 하늘 천주님의 도움인지 부처님의 보살핌인지는 알 길이 없으나 이튿날 저녁때가 되어 초혜는 부득이 천주학도들과 서로 헤어질 수밖에 없게 되고 말았던 것이었다. 그들이 머물렀던 중간 기착지에서 (지금의 시국이 잠잠해질 때까지) 일행의 행보를 중단시켰기 때문이었다.

(무엇인가 행보를 중단시킬 말 못할 사정이 생기긴 했나본데…)

그러나, 그 이유가 무엇이 됐건 저녁공양 한 끼 해결한 것만으로도 감지덕지하여 서둘러 그들과 작별을 하고 길을 떠날 수밖에 없었다. 행여라도 초혜가 그들과의 이별을 아쉬워하여 떼를 쓰기라도 한다면 소옹으로서는 또다시 배고픔의 고통을 감수해야 할 사태가 되풀이될 수도 있을 일이기 때문이었다.

(그것은 안 되지! 안 될 일이고 말고…!)

배고픔의 고통이란 결코 겪어 보지 않은 사람이 그 고통을 어찌 알겠는가.

그렇다고, 초혜로서도 떼를 쓸 명분이 없기는 했다. 젊은 승려와 동행을 하고 있는 처지에서 자신은 천주학도라 하여 그들에게 매달릴 수도 없을 일이요, 오라비 중놈을 도사승이라 하여 신바람 나게 자랑을 늘어놓아 놓고선 이제 와서 낯선 중놈에게 납치라도 당했다 하여 거짓을 둘러댈 수도 없을 일이었으니 말이다. 게다가, 양주 땅 봉원사까지 가는 길이라 하여 목적지까지 모두 말을 해버렸을 뿐만 아니라, 도사승 오라비와 동행하는 입장에서 두려움을 입에 담을 수도 없을 일이었다.

초혜는 정녕 아쉬움이 클 수밖에 없었다. 지금의 모든 정황상 (소옹의 말을 무조건 따를 수밖에 없는 입장이긴 하였으나) 지난 세월을 할배 스님의 슬하에서 외롭게 살아온 그녀로서는 움막촌 난민들과의 생이별에 이어 또다시 이렇듯 천주학도들과의 작별이 마음에 내킬 리 만무했던 것이다.

물론, 소웅으로서도 초혜의 심정을 전혀 이해 못 하는 바는 아니었다.

(나도 이렇듯 저들과 헤어지는 것이 서운한데 초혜 저것의 마음이야 오죽할까!)

그러나 어찌 알았겠으랴, 이들과의 만남과 헤어짐은 이것이 끝이 아니라고 하는 사실을 말이다. 이때의 이 천주학도들과 이 양인 신부와의 만남이야말로 초혜에게는 이것이 하늘님의 뜻이라 아니할 수 없을 일이었다. 이 우연의 만남이 초혜에게는 훗날 목숨을 연명케 해주는 하늘님의 은혜가 될 것이기 때문이었다.

어쨌거나, 초혜는 이때 소웅의 뜻에 따라 천주학도들과 기약없는 작별을 뒤로하고, 양주 땅 봉원사를 향해 발길을 재촉할 수밖에 없었다. 그렇다고 이들의 행보가 무사태평해진 것은 물론 아니었다. (여기서 잠시 돌이켜 보건대,) 천하의 부대부인께서 모셔 가고 있는 이양인 신부나 천주학도들마저 그 행보를 중단하고 시국이 안정될 때까지 쉬었다 가겠다고 했을 것이겠으랴마는, 이즈음의 시국은 정녕 대원위의 비상령만이 문제가 아니었다.

그러니까, 대원위의 비상령에 의해 천주학도들과 야소교인들 그리고 젊은 승려들만을 단속하고자 하는 것이 아니라 2천만의 이 나라 조선 백성들 모두가 단속의 대상이 되어 그야말로 숨도 제대로 쉬고 살 수 없는 생지옥으로 변해버리고 말았다는 사실이었다. 이 나라 조선 천지가 모두 말이다.

그리하여 사람들은 (이웃 간에 서로가 얼굴을 확인할 수 있는) 고향마을을 떠나 함부로 멀리까지 나들이를 할 수도 없었다. 아무리 호패가 있다 하나 그것으로 신원을 확인할 수 있는 증거로는 부족했던 것이다.

그래서 원행을 잘못 나섰다가 관병들의 점고에 걸려들면 무조건하고 옥살이를 각오해야만 했다. 해결책은 하나뿐이었다. 원행을 나서지 않는 것 말이다.

그랬기에, 가는 곳곳마다 사람들이 지나다니는 행길에는 지방 관아의 군사들이 배치되어 무조건하고 낯선 사람들을 잡아들이고 있었다. 그러나, 초혜와 소응은 그 이유를 잘 알지 못했다. 한양이 가까워짐으로서 원래가 그런 것인가보다 하고 그렇게 생각할 뿐이었다.

"군사들에게 한번 발각이 되고나면 봉원사까지 가기는 다 그렀지 뭐. 그러니 애초에 조심을 하는 수밖에!"

두 사람은 정녕, 행길가에 얼씬도 하지 못했다.

"이래 가지고는 도저히 안 되겠다. 봉원사가 있는 양주 땅은 한양이 코앞이라는데 이래 가지고 어느 천 년에 그 먼 곳까지 간단 말인가!"

그래서 궁리 끝에 낮에는 산짐승이라도 된 듯 숲속에 숨어서 잠을 자고, 야간에만 사람들의 눈길을 피하여 길을 잡아 나가기로 했다.

그러나, 그것도 쉬운 일이 아니었다. 목에 거미줄을 칠 수는 없는 일이었고, 또, 탁발이라고 하는 것이 낮에만 할 수 있는 일이다 보니 멀리멀리 길을 돌아 산간벽촌만을 찾아다닐 수밖에 없었던 것이다.

게다가 피죽조차 제대로 먹을 수 없는 산골에서 하루종일을 헤매고 다녀봤자 공양미 한 줌 얻기도 힘들었다. 그랬기에 굶기를 밥 먹듯이 해야만 했는데, 그렇다고 초혜가 나서서 소웅을 도와줄 수 있는 일도 아니었다. 초혜의 행색으로 걸벵이 행세를 할 수도 없는 일이요, 더군다나 체력소모가 많은 원행이다 보니 한 끼만 끼니를 건너뛰어도 맥이 풀려서 발걸음이 떼어질 리 없었다. 하루에 십 리 길도 가기가 어려웠다.

그렇다고 소웅은 초혜를 굶길 수도 없었다. 탁발을 해서라도 초혜의 끼니를 책임지기로 한 할배 스님들과의 약조 때문이기도 했고, 또, 배고픔의 고통을 누구보다도 잘 알고 있기 때문이기도 했다. 그래서, 제 자신만은 굶기를 밥 먹듯이 하면서도 초혜에게만은 나물죽 한 끼라도 꼬박꼬박 챙겨다 먹이려고 최선을 다하였다.

그러다 보니 초혜도 차츰 눈치를 챌 수밖에 없었다. 그날그날 얻어오는 나물죽의 분량만 보고도 소웅이가 굶었는지 어쨌는지를 대충 짐작할 수가 있었던 것이다.

"내가 아무리 할배 스님들께서 맺어준 오누이의 인연이라고 하나, 지놈은 덩치가 커서 나보다도 배가 더 고플텐데…!)

소웅에 대한 고마운 마음에 안쓰러운 생각까지 들기도 했다. 그것이 바로 연민의 정이 아니고 무엇이겠는가.

그러나 초혜의 소웅에 대한 감정 변화와는 상관없이 두 사람은 서로가 날이 갈수록 몸과 마음이 지쳐만 가고 있었다. 초혜가 아무리 야생녀요, 소웅이가 도사승이라 할지라도 (벌써 여러 날째 피로가 겹치고 쌓이면서 잠도 제대로 못 자고 먹는 것도 그처럼 부실하다 보니) 두 사람이 똑같이 체력에 한계점이 다가오고 있었던 것이다.

"이러다가 초혜 저것이 지쳐서 쓰러지는 것은 아닌지 모르겠네!"

소웅은 정녕 겁이 (더럭) 났다. 낯선 절간에라도 찾아가 자신들의 처지를 설명하고 하루만이라도 쉬었다 가야 할까 보다고 생각했다. 자칫, 길을 가다가 쓰러지게 되면 그녀를 들쳐 업고 가까운 민가라도 찾아들어 구완을 해야 함인 것인데, 마을 사람들에 의해 관아에 발고가 될 것임은 불을 보듯 자명할 일이 아니겠는가.

"나 때문에 괜히 초혜 저것까지 누명을 뒤집어쓰게 될지 어찌 알아!"

그랬기에 무조건 양주 땅만 고집할 입장이 못 되었다. 어떻게든 초혜를 설득하여 가까운 절간에라도 찾아들어 부처님의 자비를 구해봐야겠으나 선뜻 입이 떨어지지를 않았다. 초혜가 거절할까 싶어서였다. 그래서 그녀가 거절하지 못하도록 잘 타일러 구슬려야겠는데 생전에 처음 겪는 일이다 보니 무슨 말을 어떻게 해야 할지 생각이 잘 정리되지가 않았던 것이다.

"조것의 성깔머리로 봐서는 말을 잘못했다가 핀잔만 들을 것이고, 그렇다고 내가 지쳤으니 쉬어가자고 할 수도 없고…"

그녀를 걱정해서 하는 말이라고는 더더욱이나 할 수가 없었다. 초혜의 자존심을 건드리는 일이 될 것이기 때문이었다.

이때, 초혜는 초혜대로 생각이 참 많았다. 이렇듯 서로 동행하여 고생을 할 바에야 서로가 헤어져서 따로따로 가자고 제안을 하고 싶기도 했으나 그것은 오라비 소웅이가 말을 들어줄 것 같지도 않았으며, 초혜 제 자신으로서도 용기가 나지 않는 일이기도 했다. 그것은 미리부터 설명했다시피 입에 풀칠을 하는 일이 결코 쉽지만은 않다는 사실을 깨닫게 되었기 때문이었다.

"그렇다고 계속 중놈 (오라비) 저것에게 신세만 질 수도 없고…!"

참으로 처신이 난감할 뿐이었다. 이 어려움을 헤쳐나갈 묘책을 생각해 내긴 해야겠는데, 그것이 쉽사리 머리에 떠오르지를 않았던 것이다.

물론, 초혜 역시 지치기는 마찬가지였다. 날이 밝으면 숲속에 숨어서 잠을 자야 하는데, 그 시간에 소웅은 행길에서 멀리 떨어진 산골마을로 탁발을 나가야만 하는 것이다. 그랬기에 소웅이가 잠도 못 자고 멀리까지 탁발을 나갔는데 초혜라고 마음 편히 잠만 자고 있을 수는 없을 일이었다. 혹여라도 관아에서 나온 군사들이나 인근의 깍정이패들이라도 만나 서로 다투다가 길을 잃을 수도 있을 일이요, 산간마을 사람들이라고 대원군의 비상령 하나 알지 못해서 관아에 발고를 하지 않는다는 보장도 없을 일이기 때문이었다.

그래서, 소웅이가 탁발을 하여 돌아올 때까지 초혜는 마음을 졸일 수밖에 없을 일이었다. 어쩌면 초혜가 소웅이보다도 마음 고생은 더 심할지도 몰랐다. 그것은 결코 사람의 할 짓이 아니었다. 야생녀로 살아온 초혜의 성격상 더욱더 그러했다.

게다가, 숲속에 혼자 남아 졸기라도 했다가는 대번에 깊은 수면으로 빠져들 것 같아 마음 편히 휴식조차 취할 수가 없었고, 졸음을 쫓는다며 이상스런 행동을 보일 수도 없었다. 그랬다간 대번에 인근 주민들의 눈에 띌 것이요, 그러한 행색을 보고도 의심하지 않을 사람이 어디 있겠는가.

그러다 보니 두 사람은 서로가 똑같이 몸과 마음이 지쳐가고 있었다. 그렇다고 야간 행보를 중단하고 주간행보로 바꿀 수도 없었다. 피로한 것으로 봐서야 발길이 무거운 것은 밤이나 낮이나 마찬가지일 것이기 때문이었다.

"에고- 젠장, 이렇게 힘들 줄 알았으면 절간이 어디에 있나 진즉에 좀 알아보고 쉬었다 갈걸…!"

이날 따라 날씨마저 예사롭지가 않았다. 먹장구름이 하늘을 뒤덮고 있어서 밤이 되자 발걸음도 떼어놓을 수 없을 만큼 어둠이 심했고, 여러 날째 계속되고 있는 가뭄으로 인하여 밤이 되어도 더위마저 가실 줄을 몰랐다. 열대야로 인해 땀이 비 오듯 쏟아지면서 짜증이 골수에까지 뻗쳐오르고 있었던 것이다.

"이거야 원, 가는 날이 장날이라더니 오늘따라 날씨마저 왜 이 모양이란 말인가…!"

아무래도 조짐이 좋지를 못하였다. 소웅이가 절간을 찾아 쉬어가려는 사정을 알고는 날씨란 놈이 아마도 심술을 부리려는 것임이 분명해 보였다.

아니나 다를까, 저- 멀리 서쪽 하늘에서부터 하늘이 쪼개지기 시작했다.

〈번쩍! 번쩍-!〉〈꽈르르릉~!〉

소낙비를 쏟아부을 조짐임이 분명했다.

"오늘 밤엔 아마도 길을 가기 글렀나 보다!"

그나저나 비를 피할 일이 문제였다. 근처에 인가라도 있다면 처마 밑에서라도 비를 피하고 가겠지만 가까운 곳에 불빛 한 점 비치는 것이 없는 것으로 보아 마을을 찾기는 쉽지가 않을 듯싶어 보였다.

"초혜야? 비가 오기 전에 마을부터 한번 찾아보자. 설마하니 신작로길이 있는데 마을 하나 없을라고!"

마을이야 당연히 있을 일이겠지만, 얼마나 가까운 곳에 마을이 있을지 그것이 문제인 것이다. 결코, 가까운 곳에 마을이 없다는 사실은 분명했으니 말이다. 인가의 불빛이 보이지 않는 것으로, 그것은 충분히 짐작할 수 있는 일이기 때문이었다. 고변을 당하고 안당하고는 별개의 문제였다.

이때, 소웅은 (초혜를 뒤에 남겨두고) 저 자신만 먼저 달려갈 수가 없어서 초혜랑 함께 달리기 위하여 저도 모르게 초혜의 손목을 움켜잡는다.

"자— 초혜야? 나랑 함께 힘껏 달려가 보자!"

초혜는 무의식중에 소웅에게 손목을 잡혀 앞으로 힘껏 내달린다. 그녀가 이 세상에 태어나서 처음으로 남의 남정네에게 손목을 접혀보는 순간이었다.

"이러면 안 되는데? 안 되는데…?"

그러나 이미 손목을 뿌리치기에는 때가 늦은 뒤였다. 소웅의 손에 이끌려 그녀의 몸뚱이는 깃털처럼 가볍게 앞으로 내달리고 있었던 것이다.

"아아— 결국은 이렇게 되고 마는 것인가!"

초혜도 알고 있었다. 처녀 총각이 서로 손목을 맞잡으면 아기가 생긴다는 사실을 말이다. 움막촌 아낙들이 초혜에게 일러준 말이었다. 원래 처녀 총각이란 눈길만 마주쳐도 아기가 생긴다고 하였거늘, 손목까지 마주 잡았으니 더 이상 말로 해서 무엇하겠는가.

"그래, 까짓거! 어차피 이렇게 된 거 이제는 어쩔 수 없는 일이지 뭐!"

초혜는 만사를 운명이라 여기고 오로지 소웅의 이끌림에 따라 앞으로 내달리는 데만 전력을 기울일 뿐이었다.

그러나 소낙비는 결코 두 사람에게 인정을 베풀어 주지 않았다. 마을은 아직도 눈에 띄지 않는데 먹장구름은 어느새 천둥 벼락을 앞세운 채 비를 몰고 머리 위로 들이닥쳤던 것이다.

"에고, 안 되겠다! 아무 곳이나 얼렁 비를 피할 곳을 찾아보자!"

그랬는데 다행스럽게도 신작로에서 멀지 않은 곳에 초막집 한 채가 눈에 띄었다. 번개가 번쩍일 때 그 모습이 확연하게 눈에 띄었던 것이다.

"저쪽에 집이 한 채 있다. 저런 곳에 집이 있는 것을 보니 아마도 당골 보살님네 집인가 보다!"

당골네라고 하는 것은 무당을 말하는 것으로서, 마을에서는 시끄럽게 굿판을 벌일 수가 없으므로 마을에서 쫓겨나 이렇듯 외진 곳에 살기 마련이었다.

소웅은 결코 당골네건 뭐건 그딴 것을 따질 경황이 못 되었다. 일단은 비를 피하고 보는 것이 상책이기 때문이었다. 그래서 초혜의 손목을 움켜잡고 무조건 들고 뛰기 시작했던 것이다.

초혜로서도 더 이상은 생각해볼 겨를이 없었다. 억수같은 빗

줄기가 숨 쉴 틈도 주지 않고 쏟아붓고 있는데 그까짓 당골네면 어떻고, 군막이면 어떻더란 말인가. 일단은 비를 피하고 보는 것이 상책이기에 소웅의 손에 이끌려 무조건 따라가지 않을 수 없었던 것이다.

초막은 다행스럽게도 사람이 살지 않는 빈집이었다. 판자로 문짝을 하여 갈고리를 걸어 놓은 것으로 보아 농막인 듯도 싶어 보였는데 그것이 두 사람에게는 천만다행이 아닐 수 없었다. 주인의 눈치를 살피지 않아도 될 일이기 때문이었다.

그러나, 두 사람은 이미 물에 빠진 생쥐 꼴이 되고 난 뒤였다. 아무리 여름철이라고는 하지만 한밤중이 되면 기온이 떨어져서 오한이 밀려들 것은 당연한 이치였다.

"일단은 옷부터 좀 말리고 보자!"

급히 법랑 속을 뒤져 쌈지주머니를 찾아냈으나 그것 역시 빗물에 젖어 있기는 마찬가지였다. 그럼에도 주머니만은 가죽으로 되어 있어서 천만다행이었다. 부시나 부싯돌도 빗물에 젖게 되면 불꽃이 튀지 않기 때문이다. 그래서 원래 쌈지주머니는 기름을 먹여 빗물이 스며들지 않게 만들거나 짐승 가죽으로 만들어서 쓰곤 했다. 산사의 스님들이라 할지라도 원행에 나설 때는 그와 같이 빗물에 대비를 했던 것이다.

그랬는데, 양무 스님들께서 고맙게도 산사에서는 쉽게 찾아볼 수 없는 짐승 가죽으로 쌈지주머니를 만들어 소웅의 법랑 속에 챙겨 주셨던 것이었다.

마침 초막에는 빗물에 젖지 않은 짚북더기가 바닥에 많이 깔려 있어서 소웅이가 모닥불을 피우는 데는 별로 어려움이 없었다. 더욱이나 나무토막들도 엄청 많이 쌓여 있었다. 이곳이 바로 상여막이었던 것이다. 소웅은 그 사실을 불을 피우고 나서야 알아차릴 수 있었다.

"할 수 없지 뭐. 상여토막이라도 몇 개 태워서 옷을 말려야지 어쩌겠는가."

게다가, 초혜는 이미 한기가 들어 (오돌오돌~) 떨기까지 했다. 비록 상여토막이라 할지라도 모닥불을 피우지 않을 수 없는 이유였다.

"이것을 태워서 옷을 말린 뒤에 비가 그치면 무조건 도망을 쳐야겠구나. 마을 사람들에게 붙잡히면 관아에 발고되기 전에 맞아 죽기 십상일 테니까!"

그랬다. 상여라고 하는 것은 마을의 공동소유이기 때문에 마을 사람 모두가 주인인 셈이었다. 그래서, 두고두고 마을에서 공동으로 사용할 물건을 이렇게 태워버리면 마을 사람들의 분노를 살 수밖에 없을 일이었다. 사람이 죽어서 마지막으로 타고 떠날 소중한 가마인데 그것을 훼손한다는 것은 결코 용서받을 수 없는 범죄임을 두 사람이라고 해서 결코 모를 리 없었던 것이다.

그랬기에 상여라고 하는 것은 (비록 작은 토막들이라고 할지라도) 결코 태워서는 안 될 물건들인 것이다. 그러나, 소웅은 지금 그걸 알면서도 어쩔 도리가 없었다. 억수같이 쏟아지는 빗속에서 이것 말고 태울 것이 무엇이 있으며, 가뜩이나 지쳐 몸살이 날 지경인데 모닥불이라도 피우지 않았다가는 초혜가 대번에 감기몸살에 걸려 쓰러지고 말 것임을 깨달아 모를 리가 없었기 때문이었다.

"사람의 양심으로 해서는 안 될 짓인 줄은 알지만서도…"

일단, 살아있는 사람부터 살리고 보는 것도 양심의 가책만큼 중요한 것임에는 분명할 일이었다. 그래서, 최대한 만들기 손쉬워 보이는 것들만 골라서 불을 피운다. 절간을 지키는 사천왕이 분노해서 천둥 벼락을 사정없이 때려 재끼고 있었으나 상여막의 지붕을 뚫고 불칼을 내리꽂지는 못하고 있었다. 그러다 보니 상여토막들이 여러 개 불길 속으로 사라질 수밖에 없었다.

그리하여 앞뒤로 돌아 앉아가며 옷을 말리고, 젖어 있는 법랑까지 말리다 말고 두 사람은 누가 먼저랄 것도 없이 (꾸벅꾸벅-) 졸기 시작했다.

상여막에는 퀴퀴한 냄새까지 진동했으나 그깟 것이 졸음을 방해할 수는 없었다. 천하의 소옹이라 할지라도 졸음 앞에서는 맥을 쓸 수가 없었던 것이다. 이무기의 뼛국물로 원기를 회복한 소옹이마저 그러할진데 초혜야말로 오죽 고단할 일이겠는가.

초혜는 아예 바닥에 드러누워 코까지 골아대고 있었다. 오랜만에 참으로 기분 좋게 꿈길 속으로 빠져들 수가 있었던 것이다.

그리하여 (잠결인 듯 꿈결인 듯) 기분 좋게 이불 속으로 파고들었다. 그러니까, 그녀가 이불 속으로 파고든다는 것은 주위의 기온이 그만큼 썰렁해졌다는 것을 의미하는 일이기도 했다. 그게 바로 모닥불이 꺼졌다는 것을 깨닫게 해주는 일이 아니고 무엇이겠는가.

그런데, 모처럼의 달콤한 꿈길 속에서도 초혜는 정녕 알 수가 없었다. 무엇인가 육중한 물건이 자신의 몸을 짓누르며 숨통을 막아왔던 것이다.

"에고— 답답! 이것이 도대체 뭔 일이레냐 글쎄!"

그러다 말고 초혜는 결국 잠결에서 깨어날 수밖에 없었다. 가슴을 짓누르는 육중한 물건으로 인해 숨을 쉴 수가 없었던 것이다. 그리고 소스라치게 놀라지 않을 수 없었다. 오라비 중놈이 육중한 몸뚱이로 초혜 자신의 몸을 깔아뭉개고 있었기 때문이었다.

"이노무 씨키가 사람 잡네 이거…!"

초혜가 엉겁결에 소웅의 몸뚱이를 마구 밀쳐내자 그제서야 소웅도 제정신이 돌아오는 듯했다.

"끄으응~!"

소웅은 역시 곰 새끼라는 별명답게 미련스럽기가 짝이 없었다. 자신이 잠결에 초혜의 몸을 깔아뭉개고 있었다는 사실을 알았으면 (후딱) 몸을 일으켜 일어날 것이지 아직도 사태파악이 덜 됐다는 듯 게으름을 피우며 초혜의 신경을 곤두서게 만들고 있었던 것이다.

"이씨키 이거, 일부러 이러는 거~는 아니겠지 설마…? 그 그런데 오라비 너도 알고 있었던 거니? 우리가 애기를 가지게 되었다는 거…! 그, 그렇다면야 까짓거 이대로 있어도 상관이 없지만서도…!"

그제서야 겨우 사태 파악이 되었다는 듯 소웅이가 몸을 일으키려는데 이때는 이미 때가 늦은 뒤였다. 초혜가 어느새 소웅의 허리를 감싸 안고 난 뒤였기 때문이었다.

"일어날 거 없어 오라비 중노미야? 어차피 이리 된 거, 누가 보는 사람도 없는데 눈치볼 거 뭐가 있나? 안 그래? 그러니 우리 이대로 조금만 더 안고 있자, 으응?"

"그, 그래도 이건…"

"뭐가 어때서? 보는 사람도 없다니까는… 오라비 네가 일어나면 엄청 춥단 말이야. 불이 꺼져서!"

그러니까 불을 꺼트린 벌칙으로 가만히 있으라는 뜻이기도 했다. 그것이 소웅의 귀에는 그렇게 들렸던 것이다. 그러니 초혜의 요구대로 그냥 있을 수밖에 없었다. 소웅으로서도 이것이 싫지만은 않았으나 오라비 된 입장으로서 차마 그냥 있겠다고 승낙을 할 수는 없었으나 초혜가 춥다는 말로 명분을 만들어 줬으니 그냥 있을 수가 있었던 것이다. 그것이 불을 꺼트린 벌칙일 수가 있었으니 말이다.

그러나, 음과 양의 이치는 하늘의 뜻으로서 서로 간에 몸을 끌어안고 체온을 느끼는 사이, 두 사람은 역시나 누가 먼저랄 것도 없이 그만 몸뚱이가 뜨거운 불길이 되어 (활~활~) 타오르기 시작을 했다.

그랬는데 바로 이때였다.

(웅얼, 웅얼, 웅얼~ 이러고 저러고, 그리고 저러고, 웅얼~ 웅얼웅얼~)

초혜가 대번에 소웅을 향해 한마디 쏘아붙이고 나선다.

"중노미가 비를 맞았다고 오라비 너도 중노미 행세 하는 거니으야?!"

소웅이가 급히 초혜의 입을 틀어막는다. 그리고는 어둠 속을 향해 소리친다.

"그기에 누가 계십니까? 사람이 있거들랑 어서 말씀을 하시오소서!"

(…!!)

그러나, 어둠 속에서는 아무런 대꾸가 없었다.

"정녕 대꾸가 없으시단 말씀이지요? 그렇다면 확인을 해 보는 수밖에!"

소웅은 타다 남은 나무토막에다 짚북더미를 얹어 불씨를 살린다. 그럼에도 목소리의 주인공은 끝내 모습을 드러내지 않고 있었다.

소웅은 타다 남은 나무토막에다 불씨를 살려 치켜들고 상여막을 살피기 시작한다. 그러나 상여막에서는 사람의 모습을 찾을 수가 없었다. 초혜도 행여나 하여 그 모습을 유심히 지켜보고 있었다.

"아무래도 바람 소리를 잘못 들었나 보다!"

소웅이가 상여막을 살펴본 뒤 초혜에게 하는 말이다. 그러자 초혜가 대번에 (탁-) 쏘아붙인다.

"말도 안 돼! 바람 소리가 말하는 거 봤냐?!"

"끄으응~!"

소웅은 그만 입을 다물고 말았다. 행여라도 초혜가 겁을 먹을까 하여 변명 삼아 해 본 소린데 오히려 무안만 당하고 말았던 것이었다.

"어서 이곳을 떠나야겠다! 비도 그쳤나 본데, 날이 밝기 전에 어서 이곳을 떠나도록 하자!"

소웅은 서둘러 짐을 챙긴다. 법랑에는 아직도 물기가 남아 있었으나 그것을 말리겠다고 시간을 지체할 여유가 없었다. 마을 사람들이 물꼬를 터러 나오기 전에 어서 이곳을 떠나라고 귀신이 자신에게 암시를 주는 것 같아서였다. 이제 곧 날이 밝을 시각이 된 듯도 싶어 보이기는 했다.

18. 삼신당의 신녀

비는 역시 그쳐 있었다. 소나기를 몰고왔던 먹장구름은 물러갔으나, 그렇다고 하늘이 말짱하게 개인 것은 아니었다. 아직은 별빛 한 점 찾아보기가 힘들었다.

소낙비가 쏟아진 뒤끝이라 땅바닥은 엄청나게 질척거렸다. 이럴 때는 맨발로 가는 것이 신발을 신고 가는 것보다 편할 것 같았으나 날이 어두워 그럴 수도 없었다. 돌부리에 발바닥을 찢기기 십상이기 때문이었다. 그나마도 초혜는 짚신이 아니라 짐승가죽으로 만든 것이어서 다행이었으나 소응은 칡넝쿨 껍질을 꼬아 만든 갈근 신발이라 금방 끝장이 날 것 같아 보였다. 그나마 법랑 속에 두어 켤레가 더 들어있어서 천만다행이었다.

(발바닥을 찢기는 한이 있더라도 신발을 벗고 갈까? 이거, 내가 엄청 아껴 뒀던 미투린데…!)

"그러다가 발을 다치면 그년더러 업고 가자고 할래?!"

"그건 말도 안 되지요! 이깟 꼬맹이가 나를 업고 가기나 하겠어요?"

"그렇걸랑 어서 서둘거라. 조금만 지체했다가는 금방 날이 새고 말 것이거늘!"

"나무관세음보살~! 소승이 시방 앞서가는 보살님과 말씀을 나누는 게 맞지요, 시방?!"

초혜가 뒤따르다 말고 (탁!) 쏘아붙인다.

"그럼, 나보고 말을 한거니 시방?! 중놈이 어째서 아직도 정신을 못 챙기고 해롱거리나 몰라!"

"초혜 너는 또 어째서 나서냐 글쎄! 내가 보살님이랑 말씀을 하시는데 네가 그렇게 촐싹 나서면 내가 할 말을 못 하잖냐?!"

여인이 낄낄거리며 초혜를 대신해서 대꾸를 해 온다.

"고년이 성깔머리가 그래서 그런 것을 어찌 하겠느냐? 그년이 시방, 말은 그렇게 해도 상여막이 겁나서 제정신이 아닐 것이니라. 낄낄낄~"

"에이─ 그건 잘못 보셨네요 보살님! 우리 초혜가 누구라고 그깟 것을 겁낼까요 설마…!"

초혜가 냉큼 말을 받아 소리친다.

"아줌씨 말이 맞걸랑? 중놈 네가 뭘 안다고 그딴 말을 함부러 하냐? 초혜는 시방 겁나 죽겠다니까 글쎄!"

여인이 말한다.

"거 보거라, 그년이 시방 뒤가 캥겨서 오줌을 쌀 게다 시방, 그러니 어서 서둘거라. 갈 길이 바쁘다."

소웅이가 말을 받기도 전에 초혜가 낼름 말을 받아 나선다.

"이제 알았냐 오라비야? 아줌씨께서 갈 길이 바쁘다니까 어서 뒤쫓아가자, 어서!"

"…"

소웅은 정녕 할 말이 없었다. 초혜가 어찌하여 낯모를 여인과 이렇게도 쿵짝이 잘 맞는지 그게 알 길이 없었던 것이다.

279

(그래, 까짓거. 어디 한번 뒤쫓아 가 보기나 하자.)

소웅은 정신없이 여인의 꽁무니를 뒤따르기 시작한다. 여인은 어둠 속에서도 질척거리는 오솔길을 잘도 걸어 나가고 있었다. 소웅의 발걸음은 초혜도 이미 인정한 바 있거니와, 그럼에도 좀처럼 여인의 발걸음을 따라잡을 수가 없었던 것이다.

그녀는 마치 어둠 속을 미끄러지듯 달려 나가고 있었다. 그 모습을 보고 초혜가 소웅에게 재촉을 해 재낀다.

"오라비 씨키야 뭐하고 있냐?! 이러다가 아줌씨 놓치겠다. 어서 뒤따르거라 어서!"

소웅의 입에서도 그만 불평이 쏟아져 나오지 않을 수 없었다.

"에고야~! 하늘은 높고 세상은 넓다지만 별꼴을 다 보겠네. 정말! 아줌씨가 누군지는 잘 모르겠지만 보살님께서는 정녕 방귀나 뀌고 다니십니까 정녕?! 소승이 이날 평생…"

여인이 소웅의 말을 가로막으며 (탁!) 쏘아붙인다.

"비루먹을 중놈아 입 닥치고 가만 좀 있거라!"

초혜가 그만 웃음을 참지 못하여 밤공기를 뒤집어 놓는다.

"까갈, 깔깔깔~! 내가 그럴 줄 알았지. 그럴 줄 알았어. 비루먹을 중놈이 욕을 먹을 줄 알고 있었다니깐 깔깔깔~!"

"저년은 또 허파에 바람이 들었구나, 비루먹을 년! 고연 년아 이제 다 왔다. 방귀 그만 뀌고 정신 차리거라, 장맛 떨어진다."

"비루먹을 할망구가 지랄하고 자빠졌네 정말! 남이사 방귀를 뀌든 말든 할망구 네가 보태준 거 있나요 시방?!"

"저년이 저렇듯 주둥이가 사나워가지고 꿍얼~ 꿍얼~!"

"뭐란 거예요 시방?! 귀신처럼 꿍얼~ 꿍얼~"

"이제 다 왔다고 그랬다. 중놈은 가만있는데 저년 방귀는 개도 안 물어가나 몰라!"

여인이 혼자서 궁시렁거리며 걸음을 멈추는데 보니 마치 해소간처럼 보이는 조그만 토담집 한 채가 눈에 들어왔다. 정지간도 없는 단칸짜리였는데, 여인이 혼자 살기에도 무척 비좁아 보이는 집이었다.

소웅은 왠지 기분이 엄청 나빴다. 여인이 어찌하여 이렇듯 손바닥만한 작은 집으로 자신들을 데려온 것인지 그 속내를 전혀 알 길이 없었던 것이다. 그래서 혼자 기분을 삭이며 참고 있는데 초혜가 출싹 질문을 하고 나선다.

"어머나! 이 통싯간 같은 곳에서 사세요. 아줌씨?"

여인이 천연덕스레 말을 받는다.

"그래! 여기가 내 집이다. 어서 따라 들어오너라."

초혜더러 따라 들어오라면서 방문을 (덜컹!) 닫아 버린다.

(그러려거든 따라 들어오라고 하지나 말 것이지!)

초혜와 소웅은 서로 얼굴을 마주 보며 눈치를 살핀다. 그렇다고 눈치나 살피고 있을 초혜가 아니었다.

"먹고 죽은 귀신은 때깔도 좋다는데 한번 들어가 보기나 하지 뭐!"

(에이 바보! 그거는 이럴 때 쓰는 말이 아니지.)

그러나, 그 말이 목구멍에서 나오기도 전에 초혜는 이미 방문을 열고 방 안으로 뛰어들고 있었다. 그리고는 갑자기 비명부터 질러 재낀다.

"끄아악, 사람 잡네~ 이게 뭐라니 오라비야?!"

소웅은 정녕 간이 떨어질 뻔했다. 방 안에 무슨 구렁이라도 용틀임을 하고 있나 하여 번개같이 뒤따라 들어가는데, (하이고머니나―!) 소웅의 입에서도 그만 탄성이 터져 나오고 말았다. 초혜가 연거푸 괴성을 질러 재낀다.

"오라비 너도 봤지 중놈아?! 이게 뭐라니 도대체 으야?!"

방 안에는 뜻밖에도 커다란 교자상에 음식이 한가득 상다리가 휘어지도록 차려져 있었던 것이었다.

"수염이 석 자라도… 내가 언제 수염 날 일 있냐. 까짓거!"

초혜는 어느새 상머리로 다가앉아 두 손으로 음식을 집어서 입속으로 끌어넣고 있었다. 소웅이가 그 모습을 보고 크게 놀라 소리친다.

"이게 무슨 짓이니 초혜야?! 주인의 승낙도 없이 이게 무슨 짓이냔 말야! 그, 그런데 주인 보살님은 어딜 가신 거니, 으야?"

초혜가 양손으로 음식을 한입 가득 틀어넣고는 (우걱, 우걱) 씹어먹으며 턱으로 벽 쪽을 가리키는데, 그곳에는 여인의 걸개 그림 한 폭이 벽 중앙에 덩그러니 걸려 있었다. 석 자쯤은 충분히 돼 보임직한 수묵화 한 폭이었는데, 초혜의 능청스러운 태도에 소웅은 더더욱이나 더 두 눈을 휘둥그레 치켜뜨며 놀라지 않을 수 없었다.

초혜는 이미 방문을 열 때부터 그 그림과 눈길이 마주쳤던 것이다. 그리고 방 안에는 더 이상 다른 사람이 없다는 것도 알아보았다. 오로지 음식상만 하나 눈에 띄었을 뿐이었는데, 그것이 어찌나 반가웠던지 초혜는 정녕 비명을 내지르지 않을 수 없었던 것이다. 그러면서 머릿속으로는 급히 생각을 정리해 보고 있었다.

(아줌씨가 시방 여기에 먹을 것이 있다고 우리를 여기까지 데려온 것임이 분명해. 아줌씬지 (누군지는) 잘 모르겠지만, 좌우지간 아줌씨 너는 죽어서 복 받을 거야 아마!)

그래서 (아줌씨 너는 그림 속에서 구경이나 하고 있으라며) 상머리로 달려들어 음식을 먹어대기 시작을 했던 것이었다. 그것이 그림이든 귀신이든 그깟 것은 배를 채우고 나서 생각해 봐도 될 일이기 때문이었다.

"중노미야? (우걱, 우걱!) 너는 안 처먹냐? (우걱우걱…!)"

초혜가 어찌나 맛깔스레 음식을 먹어 재끼던지 소옹으로서도 그만 인내에 한계를 느낄 수밖에 없었다. 주인이 어디로 갔는지 그깟 것은 아예 더 이상 염두에 둘 필요조차 없었다. 초혜가 이미 손도 씻지 않은 그 더러운 손으로 음식 그릇마다 손을 대지 않은 것이 없었기 때문이었다.

"그래그래! 어차피 더러워서 못 먹을 바에야, 우리라도 실컷 먹어두자 까짓거!"

"진즉에 그럴 것이지! 나 혼자 이거 다 처먹고 배 터져 죽을 일 있냐? 비루먹을 중노무 씨키야!"

그러나 그 말을 소옹이가 알아들을 수는 없었다. 입에 음식이 가득해서 초혜가 무슨 말을 하는지 소옹은 제대로 알아들을 수가 없었던 것이다.

그런데, 초혜의 언사가 어찌하여 이토록 자꾸만 거칠어지는 것인지 그것을 정녕 알 길이 없었다. 초혜 자신은 지금 그러한 사실조차 의식하지 못하고 있었다. 소옹에게 오라비란 말은 고사하고 욕설만 뱉어내고 있다는 사실 자체를 말이다.

어쨌거나, 밥상머리 끝에 놓여 있는 사발종지 속의 기름심지가 타들어 간 길이로 보아 음식상은 아마도 어제 저녁때쯤 차려져 있었던 것임이 분명해 보였으나 두 사람에게는 지금 그딴 것이 관심에 있을 리 없었다.

게다가, 음식이 식었는지 따끈한지 그딴 것도 관심 밖이었다. 음식이 입에만 들어가면 거저 만사가 행복할 뿐이었으니 다른 그 무엇도 생각할 겨를이 없었던 것이다.

그렇게 두 사람은 서로가 경쟁이라도 하듯 음식을 먹어대고 있었다. 그리하여 교자상 가득 차려져 있던 그 많은 음식이 거의 바닥이 나고서야 초혜가 낄낄거리며 한마디 내뱉는다.

"끼낄, 낄낄~! 내 평생에 이렇듯 맛난 음식을 배 터지게 먹어 보기는 처음이네 정말! 아줌씨 덕분에 포식 한번 잘했네요! 아줌씨는 아마도 죽어서 복 받으실 거예요. 낄낄낄~!"

그림을 쳐다보고 말을 한다는 게 다소 민망하기라도 한 듯 초혜는 계속 입을 다물 줄을 모른다.

"아줌씨가 우릴 데려오지 않았으면 어쩔 뻔했어요 글쎄…! 내 생전에 이런 맛난 음식 한번 못 먹어보고…"

소웅이가 초혜의 말을 가로막으며 분위기를 깨고 나선다.

"이제 헛소리 그만하고 어서 도망이나 치자. 음식 주인이 나타나면 매 맞아 죽을지도 몰라! 설마, 저 그림 속 보살님께서 우릴 여기까지 데려왔다고 그렇게 생각하는 것은 아니겠지 설마…?"

"걱정도 팔자라네 중놈이! 그러고도 네 놈이 중놈이냐? 먹을 것 못 먹을 것 안 가리고 다 처먹는 중놈이 세상에 어딨다냐. 글쎄 중놈이…!"

소웅은 귀를 의심했다. 초혜의 입에서 어찌 (남의 말 하듯) 그런 말이 흘러나오고 있는지 그것이 정녕 이상하게 들리지 않을 수 없었던 것이다.

"초혜야? 네가 시방 무슨 말을 하고 있는 거냐. 시방!"

"모르면 됐고! 아합 졸려, 음식을 너무 많이 먹었더니 졸음부터 쏟아지네, 글쎄. 그러니 잠시만 더 벽에 기대서 쉬었다 가자 오라비야?"

초혜는 정녕, 앉은자리에서 조금도 움직일 생각이 없었다. 졸음도 졸음이지만 육신이 전혀 움직여 주지를 않았던 것이다. 행여, 음식을 차려놓은 주인이 나타나서 매타작을 당한다 할지라도 졸음 앞에서는 견뎌낼 재간이 없었으니 말이다.

그것은 소웅도 다를 바가 없었다. 게다가, 초혜의 간청을 뿌리치고 일어설 용기는 더더욱이나 더 없었다. 배가 불러 움직일 수 없는 것은 자신이 오히려 초혜보다도 더 심했던 것이다.

(그래 까짓거, 죽을 때 죽더라도 잠시만 좀 쉬었다 가자!)

소웅도 더 이상 고집을 부리지 못했다. 그래서 법랑을 벼개 삼아 몸을 벽에 기댄 채 잠시만 쉬어가기로 했다. 초혜가 소웅에게 말한다.

"내가 잠깐만 눈을 붙일 테니까 늦지 않게 깨우거라. 으야?"

그리고, 얼마나 시간이 흘렀을까. 초혜는 참새가 지저귀는 소리에 졸린 눈을 치켜뜬다. 그러다 말고 서스라쳐 놀란다.

"에고머니, 여기가 어디야 시방?!"

초혜가 놀라는 것도 당연했다. 바깥은 이미 날이 (훤-히) 밝아져 있었고, 밤중에 먹었던 음식상이 그대로 놓여 있는 것으로 보아 여기가 어디인지는 대번에 감이 잡혀 왔던 것이다. 소웅도 그제서야 (부시시-) 눈을 비벼뜨고 있었다.

"하이고야~ 내가 깜박 졸았구나!"

부리나케 자리를 털고 일어서며 초혜에게 말한다.

"어서 도망치자 초혜야 어서!"

초혜라 하여 그 사실을 모를 리 없었다. 이곳이 어디인지는 알 길이 없으나 좌우지간에 중놈의 신분이 발각되기 전에 이곳을 떠나야 한다는 사실만큼은 서로가 잘 알고 있었던 것이었다.

그래서 마악 단봇짐을 챙기려는데 인기척도 없이 방문이 (슬쩍!) 열리더니 웬 쪼그랑 할망구가 얼굴을 들이밀다 말고 기절하여 소리친다.

"끄아악! 귀신이냐 중놈이냐?! 중놈이 어이하여 남의 당집에는 찾아와서… 에고머니, 거기에 한 놈이 더 있었군 그랴?!"

남의 당집이란 소리가 대번에 두 사람의 귀청을 파고들고 있었다.

(역시나 무당의 당집이었구나!)

무당이 초혜를 향해 다시 소리친다.

"고놈 참 귀엽게도 생겼구나. 멀쩡한 사내놈이 어이하여 중놈이랑 동행을 하는 것이더냐 으이?!"

초혜가 소웅을 향해 되묻는다.

"저 귀신이 시방 뭐레는 거냐. 오래비야?"

무녀가 대뜸 소리친다.

"크엑! 사내놈이 귀엽게도 생겼구나 하였더니 역시 기집이었던 게야! 그런데 기집이 중놈을 보고 오라비라니, 그걸 말이라고 하냐 이년아?!"

무녀가 화를 내는 것은 아마도 자신을 귀신이라 말을 한 때문인 듯싶어 보였다. 어쨌거나 무녀가 초혜를 건드린 것은 잘못이었다. 그딴 늙은 무녀에게 욕이나 먹고 있을 초혜가 아니었으니 말이다.

"남이야, 중노미가 오라비든 말든 그것이 무슨 상관인데 참견이야 시방?! 얼굴이 쪼그랑 방탱이가 돼 갖고 밤중에 만났으면 기절할 뻔했네. 귀신 만났다고ㅡ!"

"뭐뭐, 뭐라?ㅡ! 적반이 환장을 한다더니 남의 음식을 훔쳐먹었으면 미안한 척이라도 하고 봐야지, 내가 이 당집을 지키는 천녀보살인데 네년이 중놈 꼬임에 빠져 어디로 도망을 가는 것이더냐 으이?!"

"이 할망구가 암만해도 미쳤나 보네. 내가 시방 한양에 있는 봉월사로… 그러니까 오라비 중노미가 나를 그곳으로 데려다주기로 한 거란 말야, 이 천년 묵은 귀신 할망구야!"

"천년 묵은 귀신이 아니라 천녀보살이라니까 말귀도 하나 못 알아듣네. 이년이! 정신차려, 이년아?! 남의 음식은 왜 훔쳐먹고…"

소웅이 급히 말을 가로막고 나선다.

"그 말씀은 소승이 참으로 듣기가 민망하옵니다 보살님? 소승과 제 누이는 부처님께 맹세코…"

노파가 쏘아붙인다.

"빌어먹을 중놈아? 내가 이년보고 말했지 중놈보고 말하더냐.

시방? 그러니 어서 말해 보거라. 음식은 왜 훔쳐먹은 것이더냐. 으이?!"

"글쎄 훔쳐먹은 것이 아니라 저 아줌씨가 우리를 여기까지 델고 와서 먹으라고 했다니까 그래쌌네. 귀신 할망구가―!"

"뭐뭐뭐, 뭐시가 어째?! 그게 정말은 아니겠지 시방. 그치?!"

"그게 정말인지 아닌지 아줌씨한테 한번 물어보거라 할망구야! 우리가 한양으로 가는 길에 여기까진 미쳐서 왔겠냐 시방?!"

무녀 할미가 초혜의 말을 듣다 말고 걸개그림을 유심히 바라보더니 그만 방바닥에 (터덜퍽!) 주저앉으며 넋두리를 쏟아내기 시작한다.

"하이고머니 삼신 당녀시여! 지난밤에 귀한 손님들이 올 것이라 해서 음식을 차려 정성을 쏟으라 하시더니 어찌하여 이런 쓸모없는 중놈에다 늙은 할미에게 바락바락 대어드는 요 맹랑스런 어린 기집이오이까? 천하에 영험하신 삼신당의 당주시여! 아이고~ 아까워라~"

초혜는 정녕 더 이상 들어줄 수가 없었다.

"이제 그만, 그만 좀 하거라! 이미 뱃속에 들어가 남의 것이 된 거 아까워해봤자 나올 거는 똥밖에 더 있냐? 그러니 허파 뒤집어져서 죽기 전에 오래 살고 싶거든 깨끗이 잊고 빈 그릇들이나 챙겨서 어서 가란 말야! 조금만 더 성질 돋구면…"

"이 그릇까지 씹어 먹을 것이더냐? 조금만 더 성질 돋구면?"

"그런 건 아니지만서도 멀쩡한 사람을 도둑놈 취급하느냐, 이런 말이지 뭐, 안 그래요 아줌씨?"

초혜가 걸개그림을 향해 되묻는 것은 이미 무녀할미의 의중을 알아차리고 있었기 때문이었다.

무녀할미가 주섬주섬 그릇들을 챙기기 시작한다. 그 모습을 바라보며 소옹도 이제는 마음이 놓이고 있었다. 무녀할미랑 귀신 사이에 무슨 약조가 있었는지는 모르지만, 끝끝내 음식값을 배상하라고 덤비면 참으로 난감한 지경이 되지 않을 수 없을 일이기 때문이었다.

(관아에 발고라도 하면 내가 한양 가기는 다 글렀지 뭐!)

그랬는데, 초혜가 워낙에 강경하게 나오자 무녀할미의 기세가 꺾이고 있었던 것이었다. 소옹과 초혜를 무녀 자신이 기다리는 손님으로 받아들이게 된 것임이 분명해 보였던 것이다.

그런데, 초혜가 이렇듯 강경하게 나갈 수 있었던 것은 무녀의 약점을 이미 눈치채고 있었기 때문이었다. 그러니까, 이 당집을 관리하는 것이 무녀 할미라 했다. 그렇다면 이 당집에서 무녀 할미가 받들어 섬기는 것이 무엇이겠는가. 걸개그림이었다. 걸개그림을 찢어 버리기라도 하겠다고 설치면 할미가 대번에 꼬리를 내릴 것임을 초혜가 눈치채고 있었던 것이다.

초혜의 의중은 할미도 이미 간파하고 있었다. (고연 년이 시방 삼신당녀의 화상을 가지고 내게 협박을 하려는 거 맞지 시방?!) 그랬기에 더 이상은 심기를 건드리지 못하고 빈 그릇들을 거둬 챙김으로써 무녀 자신이 초혜의 협박에 무릎을 꿇었다는 사실을 행동으로 보여주고 있는 셈이었다.

무녀할미가 빈 그릇을 챙기고 있는데도 초혜는 거저 봇짐을 벼개 삼아 벽에 머리를 기대어 누운 채 물끄러미 그 모습을 바라만 보고 있었다. 그것은 참으로 도리가 아니었다. 소옹이가 보다

못해 인사를 차리며 나서본다.

"소승이 비록 잘하지는 못하나 보살님께서 하시는 일을 도와 드리겠습니다."

그러자 할미가 대번에 야단을 쳐재낀다.

"댓끼 놈아 그만두거라. 고추 떨어진다! 중놈 고추는 어디 풋고추라서 고자 만들 일 있다더냐? 천하에 땡중놈 같으니라고…!"

"에그머니, 성질머리는 살아있으셨네 아직도!"

그러면서도 어째서 풀이 죽은 듯 초혜에게 끝까지 맞서지 못하고 입을 다물고 있는지 소응은 그것이 의문스럽기만 했다.

그랬는데, 초혜의 행동이 아무래도 이상했다. 무녀에게 (바락 바락) 기어오를때의 기세와는 달리 자꾸만 몸을 움츠리고 있었던 것이었다.

"왜 그러니 초혜야? 아직도 잠이 부족한 거니 으이?"

초혜가 힘없는 목소리로 대꾸를 해준다.

"으응, 아무래도 그런가 봐, 눈이 자꾸 감기면서 기운이 없고, 으슬으슬~ 추워지는 게 설마 초학에 걸린 건 아니겠지?"

그러면서도, 이깟 거야 얼마든지 이겨낼 수 있다는 듯, 가볍게 몸을 흔들어 보여준다.

무녀할미가 밥상을 치우면서 혼잣말로 무엇인가 귀신이 씨나락을 까먹듯 궁시렁대고 있었다.

"세상이 어디 니깟 것들 맘대로 되는 것인 줄 알았더냐 어리석은 것들아? 세상에 공짜가 어딨다고 먹을 거 안 먹을 거 못 가리고 아무거나 지들 맘대로 처먹고 있어? 비루먹을 것들…!"

초혜가 기운이 없는 와중에서도 그 말을 알아듣고 있었다.

"무당 할매야? 밥상 차려서 배불리 먹여준 거는 고마운데 말을 하려거든 옆에 있는 사람도 알아듣도록 해야지, 어째서 할망구 너만 씨나락을 까먹냐 글쎄!"

"왜? 내가 씨나락 까먹는 데 네년이 손해본 거 있냐?"

"에그~ 비루먹을 할망구야? 제발 어른답게 말 좀 하거라. 내가 잘 봐 주고 싶어도 잘 봐 줄 수가 없다니까 정말!"

"비루먹을 년이, 잘 봐주긴 누가 누굴 잘 봐준다는 게야? 네년이 시방 그 말 한 거 후회 안 하나 어디 두고 보자 이 년!"

무당할미가 초혜에게 독을 품고 있었다. 소옹이가 급히 중재를 하고 나서본다.

"에그 초혜야? 천녀보살님께서 우리에게 음식을 차려 보시해 준 고마움도 있는데 어째서 자꾸 성질머리만 앞세우냐? 더 이상 여기 있다가 보살님한테 실수만 저지르겠다. 이제 그만 떠나기로 하자, 으야? 잠이야 까짓거, 가다가 나무 그늘 밑에서 자고 가도 되고!"

무녀할미가 거칠게 쏘아붙인다.

"비루먹을 중놈아? 이년이 시방 길 떠날 행색인지 눈깔로 좀 보고 말을 하거라. 멍청한 년이 시방 처먹을 거, 안 처먹을 거, 못 가리고 처먹다가 신열이 올라서 자빠져 있거늘, 중놈 눈깔엔 이년의 행색 하나도 안 보인단 말이더냐, 으이?!"

"예?! 초혜한테 신열이 오르다니요? 어젯밤에 날비를 맞고 추위에 떨더니 기어이 고뿔에 걸렸나 보네요. 시방!"

"뎃끼, 멍청한 놈! 이 신열이 그 신열인지, 그 신열이 이 신열인지는 두고 보면 알 것이니라. 낄낄낄~"

"으구야~ 기분 나빠 죽겠네 정말! 이놈도 멍청한 놈, 저년도 멍청한 년…"

그런데 참으로 이상한 일이었다. 소웅과 할미가 한바탕 침을 튀겨가며 설전을 벌이는데도 초혜가 전혀 입도 벙긋하지 않고 있다는 사실이었다. 방금 전까지만 해도 기세가 등등하던 그녀였는데 말이다. 그것이 아무래도 마음에 걸려서 소웅이가 이번에는 초혜에게 방향을 바꾸어 닦달하듯 말한다.

"… 초혜야, 뭐하고 있냐?! 얼렁 봇짐 챙겨 길 떠날 차비 안하고!"

소웅으로서는 지금 무녀할미가 음식값을 물어내라고 하기 전에 이곳을 떠나고 싶은 생각뿐이었다. 그래서 초혜와 할미의 기세 싸움에 끼어들어 중재를 하겠다며 시간을 벌어주고 있는데도 초혜는 전혀 길 떠날 차비를 서두르지 않고 있었던 것이다.

(이러니까 할미보살에게 멍청하단 소릴 듣고 있지.)

그랬는데, 무녀할미의 반응이 그것이 아니었다.

"천하에 멍청하고 어리석고 한심스런 중놈아? 이년에게 오른 신열은 고뿔이 아니라, 삼신 당주님께서 이년에게… 내가 시방 무슨 소리를 하고 있는 거야, 내가 시방…!"

할미가, 무엇인가 이야기를 하려다 말고 어물쩍 넘기는데 소웅은 담박에 그 의중을 깨달아 짐작할 수가 있었다. 무당이 (귀신에게) 고수레를 하여 던져준 음식은 길거리 똥개도 주워 먹지 않는다고 했다. 서낭당의 당집에다 차려놓은 무당의 고사 음식이고 보면 더더욱이나 더 먹어서 기분이 좋을 리는 없을 것이라고 하는 사실을 말이다.

(그래 맞아, 왠지 기분이 개떡 같더라니…)

그래도, 이십여 년간 절간에서 절밥을 먹어온 소웅이가 그딴 세속의 속설 따위에 마음이 흔들릴 수는 없을 일이었다. 아무리 그렇기는 해도 확인을 해 볼 필요는 있을 일이었다. 왠지 모를 지금의 분위기 때문이었다.

(확인을 해서 이 개떡 같은 기분을 뒤바꿀 필요는 있을 일이겠지)

"어서 가자니까, 어서! 뭐 하고 있냐, 초혜야?!"

초혜는 정녕 중노미의 말이 귓전에도 들리지를 않는다는 눈치였다.

"가긴 어딜 가. 사부놈아?! 잠시만 좀 쉬었다 가자니깐 씨키…!"

이럴 때는 오라비고 뭐고 그딴 거 필요가 없었다. 잠시 좀 쉬어가자면 쉬어가면 될 일이지 목숨 걸고 가야 할 이유라도 있는 게 아니질 않는가. 게다가, 봉원사에는 언제까지 가야 한다고 못이 박혀있는 것도 아니었다. 하루 이틀 늦게 간다고 문제가 될 일은 아무것도 없었던 것이다.

무녀할미가 낄낄거리며 말한다.

"거 봐라 이놈아, 내가 뭐라더냐? 부처님 말씀에 아, 아니 공자님 말씀에, 내 말을 들으면 자다가도 떡이 생긴다고 하질 않더냐? 낄낄낄~"

"저어~ 그, 그래서 말씀인데요? 이제 어찌해야 합니까? 소승의 누이가 오라비도 못 알아보고 이렇듯 쉬어가자며 떼를 쓰고

293

있으니…"

"그러게 내 말을 들으랬지, 진작에?! 이년은 시방 잠시 쉬어간
다고 정신을 차릴 것 같았으면 말도 안 한다. 내가 시방!"

"예! 소승이 보기에도 보살님 말씀이 맞는 것 같습니다요. 제
누이의 성정으로 보아 욕을 할 기운도 남아 있지 않나 봅니다요.
방귀 뀔 기운만 남아 있어도 이렇듯 쓰러져 있을 누이가 아닌지
라 드리는 말씀인데요…"

"그래그래. 요년의 성깔머리가 중놈의 상투 끝에… 중놈은 상
투가 없지 참! 그렇거든 얼른 들쳐 업거라. 이년을!"

"예?! 정신도 못 차리고 쓰러져 있는 년을 들쳐 업어서 무얼
어찌하게요?"

"비루먹을 놈아? 내가 이년 저년 한다고 네놈도 이년 저년이
냐? 우리 집으로 가서 신열을 내리도록 해 봐야지 어찌하긴 무
얼 어찌해?!"

"여기서는 안 될까요 보살님? 중놈께서 사정이 좀 있어서 그
러한지라…"

"그러게 대가리는 왜 깎고 살아 이놈아? 우리 집은 마을에서
외떨어진 곳이라, 그곳에 숨어 있으면 관아에 발고를 할 사람도
없을 것이니 아무 걱정 말고 이년이나 들쳐 업거라 얼렁!"

"끄으응~! 관아에서 젊은 중놈 잡아들이라는 것도 벌써 알고
있었군요. 시방?"

"동네방네 못 오는 사람이 없는데 그럼 그것도 하나 몰라?!"

"끄으음~!"

소웅은 정녕 신음만 뱉어내지 않을 수 없었다. 무당 할미의 손

에 목숨줄이 쥐어져 있다는 사실을 소웅은 비로소 깨달아 알아
차리고 있었던 것이었다.

19. 귀신드리 (신굿)

소웅은 급히 초혜를 들쳐 업는다. 그럼에도 초혜는 아예 인
사불성이 되어 있었다. 무녀할미가 음식상을 치우는 짧은 순간
이었다. 그랬기에, 소웅도 무녀의 말을 믿고 따르지 않을 수 없
었다.

소웅이 초혜를 들쳐 업고 봇짐까지 챙기려 하자 할미가 야단
을 쳐제낀다.

"고연놈아, 그딴 거는 나중에 변복하고 와서 교자상이랑 함께
챙겨가도 되는 것이니 그년이나 업고 나서거라 어서! 무당의 신
당에 보관된 물건은 걸벵이도 손을 대지 않는 것이야!"

"예예, 잘 알았습니다. 그러니 제발 좀 빨리 서두르셨으면 좋
겠습니다. 누이의 몸이 불덩이가 되어 혼절까지 했는지라…"

"낄낄낄~ 이제야 마음이 급했더냐? 그년이 신열을 이겨내지
못하면 낯설고 물설은 타관의 객지에서 무주가 고향이 되고 말
것이니…"

소웅은 아예 입을 다물어 버린다. 초혜가 정신줄을 놓아버린
상황에서 무녀할미와 말씨름이나 하고 있을 경황이 아니기 때문
이었다.

소웅이가 입을 다물자 무녀도 굳이 입을 열지 않았다. 그리하

여 무녀가 다다른 곳은 마을에서 외떨어진 언덕 너머의 오두막이었다. 그러나, 초혜의 상태가 문제였다. 무녀의 신당에다 초혜를 데려다 눕히는데도 전혀 미동조차 하는 기색이 없었던 것이다. 그럼에도 무녀는 초혜의 안위 따위엔 관심에도 없이 낡아빠진 핫바지 한 벌을 꺼내왔다.

"몇 해 전에 죽은 서방놈 것인데 아까워서 태우지 않고 보관해 두었더니 이렇게도 쓸모가 생기는구나. 덩치가 니놈이랑 비슷해서 잘 맞겠구나. 얼렁 승복이랑 바꿔 입거라."

소웅은 마지못하여 옷을 바꿔입지 않을 수 없었다.

"저— 기 저 바깥 기둥에 벙거지도 하나 걸려 있으니 저걸 갖다 쓰고 보따리를 챙겨 오거라. 교자상도 함께."

소웅은 거저 말없이 할미가 시키는 대로 미복의 바지저고리에 벙거지까지 눌러 쓰고는 당집으로 향한다. 다행히 마을 사람들이 당고개 쪽으로는 발걸음을 하지 않아서 봇짐을 찾아오는 데는 별다른 어려움이 없었다.

소웅은 정녕 엄청나게 겁이 났다. 초혜처럼 활달하고 강건한 여인이 복날에 맞아 죽은 똥개처럼 사지를 뻗고 늘어지다니 정녕 기가 막힐 노릇이 아닐 수 없었던 것이다.

"제발 소승의 누이 좀 살려주세요. 보살님! 누이가 어찌하여 이렇듯 정신을 못 차리는 것입니까요. 예?"

"당신께서 하시는 일을 이년인들 어찌 하겠느냐? 아마 모르긴 해도 굿판을 벌여야 나을 것 같은데, 중놈 생각은 어떠하냐?"

"누이가 이 지경이 되었는데 중놈 생각이 뭐가 중요합니까요? 누이만 살려낼 수 있다면 보살님께서 시키는 대로 다 하겠습니다. 무엇을 어찌하면 되겠습니까?"

"니놈이 하긴 무얼 해?! 이년에게 신굿을 해야 한다는 뜻이야. 비루먹을 놈아?"

"엑?! 신열이 올라 기절한 사람을 눕혀놓고 신굿을 하다니요…? 아무래도 좋습니다. 신굿을 하든 무엇을 하든 누이만 살려주세요 보살님!"

"그래그래. 네놈이 원한다면 그리 해 주겠다마는 굿판 벌일 돈은 준비해 갖고 있겠지. 설마…?"

"예?! 굿판 벌일 돈이라니요? 이 땡땡이 중놈에게 그런 돈이 어디 있습니까, 보살님? 절간을 떠나 한양으로 올라가는 중놈에게 돈이 어디 있다고…!"

"그럼 할 수 없지 뭐. 방법은 두 가지가 있다. 하나는 네놈이 이년을 업고 여기를 떠나던가, 이년을 내게 맡겨 신딸을 만들던가! 어찌할래? 결정은 중놈 네가 하거라."

"… 신딸이라 하는 게 무엇인가요 보살님?"

"이년에게 내림굿을 시켜 내가 신어미가 되어서 딸년을 데리고 살겠다는 것이지. 그딴 것도 하나 몰라 이놈아?"

"어구야! 그럼 봉원사는 어찌하구요?"

"누가 말리냐? 죽기 전에 얼른 업고 가거라. 가다가 죽든 말든 봉원사에 데려다주면 될 거 아니냐? 죽은 시체라도!"

"말도 안 돼! 아직은 꽃도 피우지 못한 꽃봉오리 같은 아이에게 너무 심한 말씀 아닙니까?"

"그게 싫걸랑 내게 맡기던가! 따라나서긴 왜 따라나서? 당녀님을…! 후회를 할 것이면 따라나서지를 말 것이지!"

"따라오라고 채근을 해서 따라왔지 우리가 원해서 따라왔나요?"

"그래그래. 이제 와서 그걸 따져 무얼 하겠느냐? 죽은 년이나 살려놓고 봐야지, 안 그러냐?"

"끄으응~!!"

소웅은 정녕 말문이 막히고 말았다. 죽은 년이나 살려놓고 봐야 하지 않겠느냐는 말에는 입이 열 개라도 할 말이 있을 수가 없었던 것이다.

이리하여 초혜의 운명은 무녀에게 맡겨지게 되었다. 이러한 사실을 초혜가 알았더라면 (중놈 네가 무엇인데 내 운명을 무당에게 맡기느냐.)며 길길이 날뛰고 야단을 칠 일이겠지만 그녀 자신이 혼수에 빠져 있으니 억울해도 어찌하겠는가. 그래서 사람이 죽으면 죽은 사람만 억울하다는 말이 있는 것이다. 죽어서 화장할지, 매장할지, 물구덩이에 묻어줄지, 양지바른 곳에 묻어줄지…

초혜의 입장이 바로 그런 것이었다. 나중에 깨어나서 자신이 무녀가 되어 있는 것을 알게 되면 그 기분이 어떠하겠느냔 말이다.

그러나 초혜의 입장은 아랑곳도 없이 세 명의 무녀와 박수가 동원이 되어 내림굿을 시작하게 되었다.

전문 박수의 신명풀이는 그야말로 초혜의 영혼마저 (벌떡) 일으켜 세울 만큼 야단법석을 떨어댔다. 그럼에도 소웅은 결코 무녀의 행위를 막아설 수가 없었다. 초혜가 마냥 혼수에 빠져 정신을 차릴 기미를 보이지 않고 있었으니 말이다.

(제발 살려만 주시오. 삼신당 신녀님아…!)

소웅도 결코 삼신당의 신녀를 부정할 수가 없었다. 그녀에게 정신이 홀려 음식 대접까지 받았음에 그것을 부정한다는 것은 초혜의 죽음을 인정한다는 것이나 다름이 없다고 여겨졌기 때문이었다.

게다가, 소웅은 초혜가 무당이 되든 말든 그딴 것에 마음을 쓸 계제가 못 되었다. 초혜에게 그딴 것이 무슨 문제이겠는가. 문제라고 한다면 소웅이가 할배 스님들과의 약조를 지켜내지 못할 수도 있다는 사실 뿐이었고, 그것이 초혜의 목숨과 맞바꿀 수 있는 문제도 아니었다. 목숨이 살아있어야 지킬 것도 있는 것이 아니겠는가.

초혜의 내림굿은 사흘째 계속되고 있었다. 무당과 박수들은 교대로 눈을 붙여가며 잠시도 쉬지 않고 신명을 올려댔다. 소웅이라 하여 편히 구경이나 하고 있을 입장도 아니었다. 초혜가 눈을 뜨고 정신을 차리기 전까지는 소웅이 또한 살아도 산목숨이 아니었던 것이다.

그랬는데 어찌 알았겠랴. 초혜와 소웅이가 뜻하지 않게 낯선 무녀의 집에 발이 묶여있지 않았더라면 이들은 결코 양주 땅에 발도 한 번 들여놓지 못하고 인생이 끝장나고 말았을 것이기 때문이었다.

≪진주에서 민란을 주도했던 이필재가 추풍령에서 세력을 규합한 뒤 대궐을 치기 위해 한양으로 떠났다더라!≫

이러한 소문이 퍼지면서 경상도와 충청도 그리고 경기도가 온통 벌집을 쑤셔놓은 듯이 발칵 뒤집혀 있었던 것이었다. 충청도와 경기도의 군사들이 몽땅 동원되어 한양으로 올라가는 길목마다 물 샐 틈 없는 경계망이 펼쳐지고 있었다. 이것은 전쟁이었

다. 천주교도와 젊은 스님들을 때려잡겠다는 비상령과는 차원이
달랐다.

진주 인근의 백성들을 부추겨서 들고일어난 이필재는 관아를
습격하여 무기를 탈취해서 진주 일대를 수중에 넣은 뒤에 그 여
세를 몰아 조정을 뒤엎겠다며 떨치고 나섰던 것이었다. 나라에
서는 그들이 더 이상 세력을 키우기 전에 서둘러 진압을 할 수밖
에 없었다.

〈안 되겠다! 일단은 도망을 쳐서 후일을 도모해야겠구나!〉

이필재는 자신의 심복들을 이끌고 관군을 피하여 도망을 쳤다.

〈북쪽의 산악지방으로 올라가서 농민군을 다시 규합하여 대
사를 도모하리라!〉

그들이 도망을 쳐서 당도한 곳이 추풍령이었다.

〈이곳에서 한양으로 올라가는 봉물을 털어 자금을 조달하고
인근의 농민들을 규합하여 세력을 키우리라!〉

추풍령은 교통의 요지였다. 경상도에서 도성으로 올라가는 길
목으로서 경상 감영이 백 리 이내에 위치하고 있었고, 충청 감영
또한 이백 리 이내였다. 양 도의 군사들이 이필재의 무리를 때려
잡겠다며 눈에 불을 켤 수밖에 없었다.

〈엇 뜨거라! 이곳은 안 되겠다. 다른 곳을 찾아보자!〉

발 없는 말이 천 리를 간다고 했다.

〈이필재가 추풍령을 떠났다더라!〉

〈그렇다면 그놈들이 도성을 향해 떠났다는 것이 아닌가?〉

〈그렇다더구만, 진주에서 추풍령으로 올라오는 도중에 산적
패와 화적패들을 규합하여 추풍령에서 정비한 후, 그 세력으로

한양을 친다는구먼!〉

충청도와 경기도의 감사또들이 눈알이 튀어나오고도 남을 일
이었다. 만에 하나, 역도의 무리들을 놓쳐서 그들이 도성에 당도
한다면 지방관들의 목은 대번에 군율로 다스려지고도 남을 일이
기 때문이었다. 반대로 그들을 발견하여 때려잡기만 한다면 조
정으로 승차를 해 갈 수 있는 지렛대가 될 수도 있음인 것이다.

각 지역의 고을마다 특별 경계령이 하달되어 수상쩍다고 생각
되는 사람이 눈에 띄기만 하면 이유 여하를 막론하고 무조건 잡
아들이고 보되, 거기에는 신분의 여부조차도 존재하지 않았다.
사대부라 하여 역도가 되지 말란 법이 어디 있으며, 개백정이나
스님이라 하여 역도가 되지 말란 법은 또 어디 있단 말이던가.

바로 이러한 때에 초혜와 소웅이가 서낭당 신녀의 안내를 받
아 무녀의 당집에 찾아들어 시간을 지체시키고 있었으니 망정이
지 만약 그러지 못했더라면 아마도 지금쯤 관군들에게 추포를
당하여 어떤 곤욕을 치르고 있을지 모를 일이었다.

아무리 그렇다고는 할지라도 소웅의 처지가 참으로 난감하기
만 했다. 정작 이번 원행길의 주인공인 초혜의 생사가 불분명했
기 때문이다. 무녀의 서낭당 당집에서 의식을 잃은 뒤로 벌써 사
흘이 지났으나 아직도 의식을 되돌리지 못하고 있었던 것이었다.

무녀들의 내림굿은 벌써 사흘째 이어지고 있었다. 그럼에도
초혜는 전혀 깨어날 기미를 보이지 않았다.

(내가 이거 무녀에게 초혜의 생사를 맡겨준 것이 잘못은 아닐
까?)

소웅은 왠지 후회가 되기 시작했다.

(음식을 먹고 체한 것이었다면 의원한테 데려가 봤어야 옳은 일이었을 것이거늘…!)

지금이라도 초혜를 업고 큰 마을로 의원을 찾아가 봐야 하는 게 아닐까 하는 생각이 들었다. 벌써 사흘이 지났으니 때를 놓친 것은 아닐지 소응은 정녕 불안한 마음을 다잡을 수가 없었던 것이었다.

(내가 어쩌다가 사람의 목숨을 무녀에게 맡겼더란 말인가!)

무녀할미가 물수건으로 가끔씩 초혜의 입술을 적셔주고는 있었지만, 그것으로 사람을 살려낸다고 보기는 어려울 일이었다. 굿판으로 살려낸다는 것은 더더욱이나 더 믿을 수가 없었다.

소응은 정녕 사면초가에 빠지고 말았다. 이제와서 굿판을 뒤엎을 수도 없고, 그렇다고 그냥 두고만 볼 수도 없고, 자신의 우유부단한 성격이 이렇듯 후회가 된 적이 없었다.

"이러다가 사람 죽이겠소! 우리 누이를 살려낼 수는 있는 것입니까?"

무녀가 대번에 반박을 해왔다.

"이런 비루먹을 놈아! 인명은 제 탓이라고 옛날 말씀에도 그랬거늘, 제년이 죽고 싶으면 죽을 것이요, 살고 싶으면 살겠지! 그런데, 저년이 죽는다고 중놈한테 손해날 거 있냐?"

"예?! 나 원 참 기가 막혀서! 그걸 시방 말씀이라고 하세요, 시방?!"

"말씀이 아니면 개가 풀 뜯어 먹는 소리더냐 이놈아? 저년이 죽어도 니놈은 손해날 거 없지만, 나는 쪽박 차는 거야. 중놈아! 비루어먹을 년이 죽으려거든 빨리 죽든가, 살려거든 빨리 깨어나든가…"

"엑?! 그 그럼 살려낼 자신도 없이 굿판부터 벌였단 말씀이세요? 정말 그런 거예요 보살님?"

"그래, 그랬으면 어쩔건데 니 놈이?"

"하이고오~ 부처님, 석가여래님, 관세음보살님…!"

"나도 성황당을 믿은 것이 후회돼서 죽겠는데 중놈까지 부아를 돋구고 있네. 시방! 저리 비껴 비루어먹을 놈아! 저년이 죽었나 살았나 다시 한번 살펴보게!"

소웅은 정녕 미쳐서 환장할 지경이었다. 그러니까, 무녀도 지금 초혜를 살릴 수 있다는 확신이 있어서 굿판을 벌이고 있는 것이 아니라 성황당인지 서낭당인지 좌우지간에 당집의 귀신이 시켜서 굿판을 벌이고 있다는 뜻이었다.

(처음부터 그렇게 말을 했으면 사흘 전에 이미 의원에게 데려가 진맥이라도 받아봤을 것이 아닌가!)

그러나 백 번 천 번 후회한들 이제 와서 무얼 어찌하겠는가. 게다가, 무녀는 지금 소웅에게 더 이상 움츠리고 뛰지도 못하게 만들어 놓고 있었다. 어느새 동네방네 소문을 내어 구경꾼들까지 모여들게 만들어 놓고 있었던 것이다. 떡 줄 놈은 생각지도 않는데 김칫국부터 마신다고 하였든가. 초혜에게 귀신이 접신이 되기는 고사하고, 기절하여 깨어나지도 못하고 있는 상황에서 손님 유치작전부터 시작을 하고 있는 셈이었다.

원래, 내림굿을 한다고 소문이 나면 점괘를 뽑아보고자 하는 사람들이 미리부터 이처럼 모여들기 마련이라고 했다. 새로 신을 모시는 새 무당의 점빨이 용하다는 소문 때문이었다. 그래서,

초혜가 내림굿을 하여 새 무당이 되면 서둘러 점을 쳐보기 위하여 모여드는 예비손님들인 셈이었다. 초혜에게 귀신이 접신이 되어 새 무당이 되기는 고사하고 이처럼 의식이 불명인 채 생사를 넘나들고 있는 줄도 모르고 말이다.

(어차피 시작한 거, 죽기 아니면 까무러치기지 뭐!)

굿판을 벌이고 있는 무녀 또한 죽을 맛이었다. 자신의 말처럼 내림굿의 결과에 따라 그녀의 인생이 좌우되기 때문이었다. 신딸에게 귀신이 접신이 되어 자리를 털고 일어나게 된다면 대박을 터뜨릴 수도 있을 일이요, 끝끝내 기운을 차리지 못하면 빚더미에 올라앉을 수도 있음인 것이다.

무녀할미는 알고 있었다. 자신에게 신기운이 다했다는 사실을 말이다. 무녀도 나이가 들면 총기를 잃게 마련인데, 그래서 신기운이 다한 늙은 무녀들은 이렇듯 재산을 투자하여 신딸을 삼아서 본전을 우려먹기도 하는 것이다.

그러나, 이번 초혜의 경우는 사정이 좀 달랐다. 초혜를 당집으로 데려온 것이 무녀 자신이 아니라 서낭당의 당주(신녀)였고, 초혜를 자신의 신당(귀신을 모셔놓은 점집)으로 데려오기 전부터 이미 기절하여 의식을 잃은 상태였던 것이었다.

그러니까, 초혜의 의사와는 상관없이 신딸을 삼겠다며 굿판을 벌이고 있는 참이었다. 이것이 바로 지푸라기라도 잡는다고 하는 것인데, 무녀할미는 요즈음 신끼가 다하여 목에 풀칠도 하기 어려운 지경에 처해 있었다. 이러한 와중에 서낭당의 귀신이 선몽을 하여 (내일 밤에 귀한 손님이 찾아올 것이라며) 서낭당 아래 당집에다 두 사람분의 음식을 정성을 다하여 차려놓으라 지시를 했던 것이다.

할미는, 서낭당 귀신의 선몽에 따라 음식을 차려놓고 이튿날 아침에 다시 들렀다가 그만 낙담을 하고 말았다. 할미가 바란 것은 뒷골 장승처럼 생긴 기골찬 기둥서방이거나, 아니면 수만금을 들여서 재수굿이라도 해 달라고 할 대갓집 마나님이기를 바랐는데, 기껏 젊은 중놈에다 어린 사내놈이라니 어찌 낙담을 하지 않을 수 있을 일이었겠는가.

그랬는데, 어린 사내놈이 사내가 아니라 변복 차림의 젊은 처자라니 무녀가 눈알을 번뜩일 수밖에 없었다. 그만한 나이대면 이미 혼인을 하여 수태를 하고도 남을 나이거늘, 아직도 처자의 몸인데다가 남복을 하여 젊은 중놈이랑 함께 한양 인근의 절간을 찾아간다니, 정상적인 집안의 처자가 아니란 것이 대번에 짐작되어 졌던 것이다.

게다가, 삼신당(걸개그림 속의 여인)의 안내로 서낭당을 찾아와서 음식 대접을 받게 된 것이었다니, 그렇다면 그녀에게 신끼가 있음임을 짐작하여 모르지 않을 일이었다. 그리고, 그녀(초혜)는 (무녀 자신이 밥상을 치우는 동안) 그만 신열이 올라 의식을 잃고 쓰러져 버렸던 것이었다.

(옳거니, 너 이년 참 잘 걸렸다. 베라먹을 년이 할미뻘이나 되는 나한테 꼬박꼬박 말대꾸를 하고 덤벼드는 것을 보면⋯)

신끼가 있어서 무당인 자신에게 지고 싶지 않다고 덤벼드는 것임을 알고도 남음이 있었던 것이다.

(이런 년을 내가 신딸로 삼으면 안성맞춤이지 뭐.)

무녀는, 중놈(소웅)을 시켜 예비 신딸 년을 자신의 신당으로 업어오게 했던 것이다.

(이제 이년을 살리는 길은 내림굿밖에 더 있을까!)

무녀는, 자신의 상식대로 신내림 굿을 하기 시작했다. 그녀를 의원에게 데려가도록 하지 않고 내림굿을 하여 접신이 되면 정신을 차릴 것이란 믿음이 있었던 것이었다. 그래서, 비싼 돈을 지불하겠다고 약조를 하고 두 명의 박수와 세 명의 이름난 무녀를 데려다가 걸판지게 한바탕 놀아보겠다고 계획을 세웠던 것이었다.

물론, 소문난 굿판에 먹을 것 없다는 말도 있기는 하지만, 삼신당 신녀의 체면을 봐서라도 이만한 대접은 해서 귀신을 모셔와야 하리라 생각을 한 것이다. 초혜에게 거는 기대가 그만큼 크다는 뜻이기도 했다.

역시나 인근동에서 소문을 듣고 많은 사람이 모여들었다. 이제 초혜가 신내림을 받고 깨어나기만 하면 될 일이었다.

(요년의 맹랑한 주둥이로 점괘를 풀어나간다면 복채를 두세 배로 올려도 앞다투어 달려들 것이야.)

무녀할미는 속이 새카맣게 숯검정이 될 수밖에 없었다. 사흘 밤낮을 쉬지 않고 교대로 법석을 떨며 신내림을 유도하고 있는데도 귀신한테서는 전혀 응답이 없었던 것이다.

(이러다가 이년이 정말로 죽는 건 아닌지 모르겠네…)

무녀할미는 드디어 최후의 수단을 강구할 수밖에 없었다. 죽은 송장도 일어나서 춤을 추지 않고는 못 배길 신명놀이가 준비되고 있었던 것이다. 그런데, 이때 초혜는 사실 죽은 것이 아니었다. 어미 무당이 난리굿을 치지 않더라도 깨어날 때면 깨어나게 되어 있었던 것이다.

초혜는 참 기분이 좋아졌다. 전신의 신경 감각이 (우쭐우쭐~) 해 지면서 온몸이 신바람을 타기 시작했던 것이었다.

"잘한다 잘해! 우리 딸 잘한다. 얼쑤, 얼쑤! ~"

무녀할미가 초혜의 무의식 속에서 신명을 올려주고 있었다. 북과 장고, 꽹과리와 징소리가 우렁차게 울려퍼지고 있었다. 초혜는 거저 신명난 장단에 맞춰 흥겨운 몸놀림에 자신을 맡겨두고 있을 뿐이었다. 그러면서도 초혜 제 자신은 정녕 그 사실을 의식조차도 하지 못하고 있었다.

신어미(무녀 할미)는 정녕 눈물이 앞을 가렸다. 삼신당 신녀께서 초혜의 영혼에 깃들어 그녀의 육신을 매개로 하는 바람에 초혜처럼 강인한 여인도 사흘 밤낮을 꼬박 의식불명으로 지내다가 이렇듯 무탈하게 잘 깨어났으니 말이다.

하여간에, 그간의 사정이야 어찌 되었든 간에 초혜에게는 점받이가 참으로 적성에 맞는 기가 막힌 방책이 아닐 수 없었다. 초혜뿐만 아니라 그 누구라 할지라도 지금의 이 조선세상에서 여자가 할 수 있는 일이 무엇이 있겠는가, 시집을 가는 일 외에 말이다. 그런데, 초혜에게는 무당이라고 하는 호구지책이 생긴 것이다. 참으로 축복받을 일이 아닐 수 없었다.

초혜는 정녕 여느 무녀들과는 대비되는 바가 있었다. 소웅에게 막말을 쏟아내는 것을 보면 천하의 무지렁이처럼 보이기도 하였으나 결론은 그렇지를 않았던 것이다. 여자도 배워야 살아남는 시대가 되었다 하여 십여 년이 넘는 세월 동안 근초 스님이라 하는 훈장님으로부터 착실하게 글공부를 익혀온 그녀였다.

그것만으로도 신어미는 감지덕지할 뿐이었다.

"신점을 앞세운 유명세에다 사주풀이까지 더하여 입소문을 타게 되면 백 리 바깥에서도 이 천녀 보살의 명성이 자자해질 것이니…"

딸년 덕에 팔자를 고치는 일이야 따놓은 당상이나 다름이 없을 일이었다. 신어미가 신바람을 내는 이유였다.

"낄낄낄~! 삼신 당주께서 내게 선몽을 할 때부터 저런 복덩이가 굴러들어올 줄 알았다니까는 내가!"

이 시절에 여인이 글공부를 한다는 것이 어디 그리 쉬운 일이었든가. 내노라 하는 명문 사대부의 여식이라 할지라도 기껏 천자문이나 배워 익히는 것이 배움의 전부라 할 수 있을 일이었다.

그러나 초혜에게는 이미 당사주까지도 척척 풀어낼 수 있는 사서삼경의 역서까지 배워 익힐 만큼의 글공부에 이르고 있었으니, 그녀의 총명함이 이 정도는 되었기에 근초 스님께서도 그녀를 봉원사로 올려보내 무공 스님의 판단에 맡겨보려 함이 아니었겠는가 말이다.

그랬기에 언문글자도 제대로 배워본 일 없는 신어미로서는 언감생심 꿈도 꿀 수 있는 일이 아니었다. 초혜의 처음 본 몰골과는 달리 일자무식의 무지렁이 촌닭이 결코 아니었던 것이다.

게다가, 여자가 글공부를 익혔다는 것은 태생의 근본을 짐작해볼 수 있는 신분상의 근거가 되는 일이기도 했다. 속사정이야 어찌 됐든 무녀 어미로서야 초혜가 무시하지 못할 존재임엔 분명했던 것이다.

20. 봉원사 가는 길

신어미(천녀보살)의 점집이 활기를 띠기 시작했다. 인근 고을에서 연일 사람들이 점을 쳐보기 위하여 구름처럼 몰려들었다. 개중에는 자녀들의 궁합이나 택일을 위하여 찾아오는 사람도 부쩍 늘었는데, 그것마저도 공짜가 아닌 것은 마찬가지요, 떡 본 김에 제사를 지낸다는 속담대로 궁합을 보는 김에 신수를 점쳐보는 것 또한 사람이라면 누구나 해 보고 싶은 심리가 아니겠는가.

원래, 자녀들의 혼사에 택일을 하는 것은 무당들의 전문 영역이 아니었다. 무당들치고 사주풀이를 제대로 할 줄 아는 무당은 열에 하나도 될까 말까 하기 때문이다. 언문만 배워서는 책력 하나도 살펴볼 수가 없는 것인바, 사주를 풀이하는 데는 하나에서 열까지 모두가 한문으로 기록이 되어있기 때문이었다.

그러나, 초혜에게는 한문이고 언문이고 막힘이 없었다. 게다가, 필요한 서책들은 신어미를 통하여 얼마든지 구입할 수 있었고, 무당이 서책을 통하여 택일을 한다는 자체가 흥밋거리이기도 했다. 그것도, 이제 겨우 열댓 살이나 될까말까 한 어린 무당이었으니 더더욱이나 더 그랬다.

더불어 신어미인 천녀보살의 젊은 시절 명성까지 새롭게 부각이 되면서 새끼 무당(초혜)의 명성은 가히 상상을 뛰어넘고 있었다. 그것은 초혜의 거침없는 성격과 언사에도 그 이유가 있었다. 초혜는 결코 아무 말이나 주저하는 법이 없었고, 입에서 흘러나오는 대로 시원시원하게 뱉어냈다.

(혹여라도 내가 실수를 하면 어쩔까…? 말을 잘못했다가 뺨이

라도 맞는 것은 아닐까…?)

마음속에 한 가닥이라도 불안이 곁들여지면 스스로가 위축이
되고 눈치를 살피게 되는데 그것이 무당에게는 치명적인 결과라
고 했다. 마음의 눈인 영안 "즉" 심안이 제대로 트일 수가 없기
때문이란 것이다.

그러나, 초혜는 그깟 여인네들에게 말을 잘못해서 뺨을 몇 대
얻어맞는다고 하여 마음이 위축될 만큼 두려움이 많은 성품이
못 되었다. 첩첩 산골에서 가시넝쿨을 헤치고 내달리며 산짐승
을 때려잡던 야생녀였다. 이러한 야생녀의 눈에는 모든 점 손님
들이 거저 연약하고도 연약한 여인네들일 뿐이었던 것이다.

그것이 초혜의 입을 빌려 점괘를 쏟아내는 (삼신 당녀의 말문
을 트이게 만드는) 데는 최고의 효과를 발휘할 수밖에 없었고,
또 자신의 감정이 전혀 개입되지 않는 결정적 요인이 될 수가 있
었던 것이다. 물론, 무당이 점집을 운영하여 돈벌이를 목적으로
하는 데는 다소 불리할 수도 있을 일이긴 했다. 상대의 심리를
이용하여 굿판을 벌일 수 있도록 만들 확률이 그만큼 줄어들 것
이기 때문이다. 굿판을 벌여야 수익이 짭짤하다는 것이야 이미
상식적인 사실이 아니겠는가. 굿을 해서 효험을 보고 못 보고는
결코 판단이 쉽지 않은 일이겠지만 말이다.

신어미는 정녕 신바람이 날 수밖에 없었다.

"우리 딸년 참 잘한다 잘해! 우리 딸년보다 세상에서 더 신통
하고 용한 무당년이 있걸랑 나와보라 그러거라 어디!"

칭찬은 죽은 송장도 춤을 추게 만든다고 했다. 그게 바로 귀신
을 춤추게 만든다는 뜻인데, 신어미는 초혜 곁에 붙어 앉아 복채

도 챙길 겸 초혜의 신바람까지 올려주고 있는 것이었다.

초혜는 정녕 자신이 무슨 짓을 하고 있는지도 몰랐다. 복채 같은 것이 안중에 있을 리도 없었다. 재물이 무엇인지, 돈이 무엇인지도 모르는 천둥벌거숭이가 복채를 어찌 알겠는가. 재물에 관심이 없으니 복채의 많고 적음에는 상관도 없이 점괘를 푸는 데만 집중을 할 수 있음인 것이다. 마음속에 잡념이 끼어들 여지가 없었던 것이다.

그것은 신어미가 처음부터 그렇게 만든 것이었다. 복채는 자신이 챙겨야 하는데 초혜가 복채에 눈독을 들이게 해서는 안 되기 때문이다. 그런데, 그것이 뜻밖에도 초혜에게는 신바람을 올리는 데 크게 도움이 되었다. 마음속에 티끌이 없으니 막힘이 없었고, 점괘를 푸는 데도 주저함이 있을 수가 없었던 것이다.

그로 말미암아 초혜의 점술 능력은 일취월장했다. 워낙에 대담한 성격에다 마음속에 티끌 하나 없는 맑은 영혼에 눈치까지 빠를 뿐 아니라, 십 년이 넘는 세월 동안 근초 스님을 독선생으로 하여 글공부를 익혀 왔음은 물론이요, 탁공을 앞세운 정신수련이야말로 무녀가 될 수 있는 최상의 조건을 모두 갖추고 있었던 것이었다.

게다가, 늙은 무녀를 신어미로 섬기게 됨으로서 점괘를 풀어내는 요령까지도 제대로 깨우쳐가고 있었으니 무녀로써의 초혜의 진가가 더욱더 빛이 날 수밖에 없을 일이었다.

그런데, 원래 초혜처럼 어린 나이에 어미 무당을 섬기게 되면 그 자식무당의 호칭을 새끼 무당이라 하여 마치 짐승 새끼라도 되는 듯이 비하해서 불렀는데, 천하디천한 무당의 신딸이니 짐승 새끼나 무엇이 다르랴 하여 그렇게 불렀던 것이었다.

그러나 사람의 마음이란 참으로 간사한 것이어서 새끼 무당에게 점괘를 풀어보고자 찾아오는 사람들은 행여나 무당에게 밉보이지나 않을까 하여 그 호칭을 「애기보살」이라 바꿔 불러주기도 했던 것이다. 그러니까, 무녀가 듣지 않는 곳에서는 새끼 무당이라 무시하다가도 무녀 앞에만 가면 마음이 약해져서 「애기보살」이란 말로 호칭상의 예우를 달리했던 것이다.

어쨌거나, 천녀보살의 신딸 애기보살에 대한 명성은 겨우 한 달도 되기 전에 사방 백여 리를 퍼져나가 수원성 인근의 소문난 부잣집에까지 그 소문이 흘러 들어가게 되었다. 안골마을의 이생원 댁이었다. 그 이름난 부잣집에서 천녀보살에게 신딸을 데리고 안골마을을 다녀가 달라는 초청장이 당도를 했던 것이다.

무녀 어미는 대경실색하여 반색을 했다.

(옳다구나! 이제 한 건 걸렸구나!)

천녀보살이 한창 명성을 날릴 때도 언감생심 꿈도 못 꾸던 일이었다.

원래가 이름난 대갓집이나 부잣집에서는 무당집을 찾는 것을 금기시했다. 그 사실이 금세 소문이 나서 가문에 먹칠을 한다 하여 사랑채에서 내당마님의 당골네 출입을 엄격히 단속하는 게 관례처럼 되어있었기 때문이었다. 그러면서도, 몰래몰래 집으로 불러들여 점괘를 풀어보게 하기도 했는데, 안방마님의 입김이 막강하거나 집안에 우환이 있을 경우가 대부분이었다.

그런데, 무녀어미가 대경실색하여 반기는 이유는 바로 복채 때문이었다. 지금까지의 복채 따위는 어린아이의 사탕값이나 다름이 없을 일이었다. 이생원댁 같은 부잣집에서 초혜를 불러들인다는 것은 이미 새끼 무당 초혜의 소문을 듣고 비밀리에 사람을 보내서 그 능력을 검증했다는 뜻이기도 했다.

(논이 한 마지기일까? 황소가 한 마리일까?)

황소라 하는 것은 일 잘하는 수소를 말하는 것인데 암소 값의 두 배도 넘게 나가는 것이 황소인 것이다. 그러나, 어미 무당이 반색을 하는 진정한 이유는 또 따로 있었다. 이생원댁 같은 부잣집에서 애기보살을 불러들였다는 소문이 나돌게 되면 밥술 꽤나 먹는다는 지방의 토호들치고 애기보살을 데려다가 점괘를 뽑아보고자 욕심을 내지 않는 사람이 없게 되는바, 덩달아서 점 값이며 굿 값도 올라가게끔 되어있음이기 때문이었다.

어미 무당으로서는 이제 팔자를 고칠 일만 남아 있는 셈이었다.

(내가 삼신당 귀신을 하늘처럼 떠받들어 모셨더니 그동안 모신 값을 톡톡히 보상해 주고 있음이야 킬킬킬~!)

그러나, 어미 무당도 깨닫지 못하는 사실이 한 가지 있었다. 한 집 안에 두 개의 신주를 모실 수 없다고 하는 사실을 말이다. 신주(귀신)들끼리 서로 시샘하여 결국은 하나가 그 집을 떠나야 하는 것인바, 대부분은 귀신들이 무녀의 몸을 떠나는 것으로 마무리가 되는 것이나 더러는 무녀의 죽음으로 결판이 나는 경우도 있다고 했다.

허긴, 어미 무당이 신딸을 받아들일 때는 이미 자신의 신빨이 끝났다는 사실을 알아차리고 하는 경우가 대부분이기에 그딴 걱정은 하지 않아도 될 것이기에 (여기서 생략키로 하거니와) 초혜가 이 생원 댁의 초청을 받게 되자 참으로 처신이 난감해진 사람이 하나 있었다. 바로, 업보 소웅이었다. 명색이 머리를 박박 깎은 승려의 행색으로서 오라비라 하여 무녀의 꽁무니나 뒤따라다닐 수도 없고, 그렇다고 초혜만 혼자 보내놓고 낯선 무당의 집에 남겨져서 집이나 지키자니 그보다 더 난감한 일도 없었던 것이었다.

"그렇다고 낯설고 물설은 타관 객지에다 초혜만 혼자 남겨놓고 내가 봉원사는 무슨 명분으로 어찌 찾아갈 것이며…"

봉원사가 아니면 딱히 갈 곳이 있는 것도 아니었다.

물론, 봉원사라고 하여 소웅이가 의탁을 하고자 찾아가는 것이 아니긴 했다. 그러나 자신의 문제는 (초혜가 그곳에 정착하고 난 후) 그때 가서 생각을 해봐도 될 일인 것이다.

게다가, 지금은 초혜가 이곳에 정착한 듯 보여지기도 했으나 그것이 언제 어느 때 상황이 돌변할지는 알 수가 없을 일이었다. 제대로 점괘를 풀어내지 못할 때는 한시라도 이곳에서 쫓겨나게 될 것임을 염두에 두고 생각해보지 않을 수 없었던 것이다.

그렇다고 무당이 초혜를 내쫓기로 한다면 순순히 내쫓기만 하고 말 일이겠는가. 돈을 받고 주막집 같은 곳에다가 작부로 팔아넘길 수도 있을 일이요, 그보다 더 험악스러운 경우도 생각해보지 않을 수 없음인 것이다. 지난번 무녀 어미가 초혜를 신딸로 삼겠다고 했을 적에 의원으로부터 생사라도 확인한 후에 내림굿을 했더라면 일말의 양심이라도 믿어볼 수 있었을 것이었다.

허나, 무녀 어미에게서는 결코 눈꼽만큼의 양심도 찾아볼 수가 없었다. 소웅이가 무녀 어미를 전혀 믿지 못하는 이유가 거기에 있었고, 그러므로 해서 초혜를 남겨두고 혼자서 이곳을 떠날 생각은 할 수가 없었던 것이다.

(내가 초혜를 봉원사까지 무사히 데려다주는 것이 큰스님들과의 약조였으니 이곳에서라도 온전히 정착했다는 사실을 믿게 될 때까지는 내가 어찌 이곳을 떠날 수가 있겠는가…!)

그랬기에, 웬만한 불편쯤은 이미 각오를 하고 있었으나 이토록 난감한 일을 당하게 될 줄은 정녕 몰랐던 것이다.

그랬는데, 무녀어미가 소옹에게 자신을 따라 이 생원 댁으로 함께 가자고 제안을 했던 것이다. 소옹의 염불 때문이었다.

(행여 이 생원 댁의 마님께서 재수굿이라도 원해오면…?)

소옹의 낭랑한 염불 소리야말로 천하의 안성맞춤이 아닐 수 없을 일이었다. 초혜의 신바람과 더불어 목탁 소리와 염불 소리까지 한데 어우러지면 무녀 어미는 자신의 기량을 절반만 활용하고도 굿판의 효과를 몇 배로 끌어 올릴 수 있을 것이라 깨닫게 되었던 것이다.

(빈둥~ 빈둥~ 자빠져서 밥만 축을 내고 있는 중놈에게 이럴 때 한 번으로 본전을 뽑는거지 뭐!)

소옹이라 하여 그 속내를 모를 리 없었다.

"소승의 누이를 돈벌이로 부려먹는 것도 모자라서 소승에게까지 밥값을 하라는 말씀이로군요?"

"비루어먹을 놈아, 가기 싫걸랑 말고! 초혜에게 굿이라도 해주기를 원해오면 이년이 굿풀이를 배웠어야 말이지. 결국 내가 곁에서 가르쳐야 하는데 그때 니놈이 염불이라도 해주면 오죽 좋아!"

"굿이야 신엄니 마음에 달린 일 아닙니까? 구지 초혜한데 굿

315

하는 것까지 가르치려고 하는지 모르겠네요."

"저런 쯧쯧쯧! 무당이 굿도 못 하면 그게 어디 무당이냐? 일부러 배우겠다고 매달려도 시원찮을 판에 그걸 말이라고 해? 이 비루어먹을 놈아-!"

"어차피 배워야 한다면 좀 천천히 가르쳐도 되잖아요? 한번 배우고 나면 평생을 굿판에서 살다시피 해야 할 텐데 제 누이는 아직도 나이가 어려서…"

"비루먹을 중놈아! 중놈에게 누이가 어딨다고 말끝마다 누이 누이 하는 게야! 남들이 들으면 욕하니까 이제 누이란 소리 좀 그만하거라 고연 놈아!"

"아예, 그만하지요. 중놈에게 누이가 어딨다고. 예예."

"그래서 가겠다는 거냐? 말겠다는 거냐? 만약시 굿을 하게 되면 여러 날이 걸릴 터인데 그래도 좋단 말이지?"

그 소리에 소웅은 대번에 생각이 바뀔 수밖에 없었다.

"하이고오~ 그건 안 되지요! 초혜가 굿을 하느라 여러 날이 걸린다면 그거는 다시 한번 생각해 볼 문제네요. 그건."

"지랄하고 자빠졌네, 중놈이! 잔소리 말고 옷 챙겨 이놈아? 승복은 가서 갈아입고 여기서는 마복으로 그냥 따라나서란 말이야. 니놈이 중놈인 줄 모르고 짐꾼인 줄 알게!"

"어차피 짐꾼으로 데려갈 생각이면서 원!"

"그래서 누가 네놈보고 중놈 되라고 시키더냐? 그게 싫더라도 이년이 언놈이랑 눈이 맞아 도망치면 안 되니까 니놈이 따라가서 지켜야지, 안 그러냐? 이년이 신바람도 났는데 무슨 바람인들 못 날라고!"

초혜가 듣다 말고 (탁!) 쏘아붙인다.

"지랄하네 할망구가! 그게 내 앞에서 할 소리야? 내림굿을 시켜준 게 고마워서 그동안 참고 있었더니 중놈이랑 하는 꼴이 눈꼴 시려 못 봐주겠네. 정말!!"

신어미의 욕심이 드디어 화근을 자초한 셈이었다. 초혜의 말처럼 그동안 그녀는 신어미가 멋대로 자신을 무당으로 만들어 놓았음에도 구린 입도 떼지 않고 있었다. 소웅이를 보호자로 생각하여 소웅의 승낙을 받았다고는 하지만 말이다.

(이년의 성깔을 돋구었다가는 어미도 못 알아볼터!)

신어미도 이미 초혜의 성정만큼은 간파하고 있었다. 그동안 단 한 번도 어미 대접을 안 해준 적이 없던 것이 일순간 돌변을 하여 할망구가 지랄한다며 성깔을 드러내자 대번에 가슴이 (뜨끔!) 해지지 않을 수 없었던 것이다.

서산으로 지던 해가 드디어 노을 속으로 사라지는 순간이었다. 신어미의 신주가 초혜의 삼신당녀에게 대적 한번 못 해보고 어둠 속으로 사라져 가고 있었던 것이다.

그러나, 신어미는 노련했다. 초혜를 신딸로 부리면서 복채만 챙기면 될 뿐, 더 이상 바랄 것은 아무것도 없었다. 물론, 처음에야 (신어미의 생각보다 훨씬 더 영특하다는 사실을 알아채고) 행여 승냥이 새끼를 키우는 것은 아닌가 하여 경계심을 가지기도 했으나, 재물이란 것을 전혀 알지 못하는 쑥맥에다 일가친척도 하나 없는 고아의 신분이란 사실을 알고는 모든 걱정을 (훌훌~) 털어 버릴 수가 있었던 것이다. 자신에게 신끼가 떨어졌다고 걱정할 게 전혀 없다는 사실이었다.

(네년은 재주나 부리고 나는 돈이나 챙기고⋯)

초혜 또한, 신어미의 도움이 절대적이었다. 신어미의 도움 없이는 제 혼자서 할 수 있는 일이 아무것도 없었다. 근초 스님께서는 초혜에게 밥하고 빨래하는 일 외에 여자로서의 살림살이 같은 것은 하나도 가르칠 줄을 몰랐던 것이다. 살림을 살아본 일이 없었기에 아는 것이 없었으니 말이다.

어쨌거나, 신어미가 소웅을 돈벌이에 끌어들이려 하자 초혜가 (발끈!)하고 성깔을 드러내기는 하였으나 그렇다고 이제 겨우 말문을 틔우기 시작한 점쟁이 노릇까지 그만두겠다고 하는 것은 물론 아니었던 것이다.

이리하여 소웅은 짐꾼으로 위장을 하여 안골마을로 동행을 하게 되었던 것이었다. 원래 먼 곳으로부터 초청받고 떠날 때는 이렇듯 굿거리 도구까지 챙겨서 가기도 하는데 그러자면 짐꾼이 필요했고, 짐꾼으로는 박수도 겸할 수 있는 무당의 기둥서방이 따라가기 마련이었다. 초청하는 집에서 엽전이나 곡식 같은 것을 주면 그것을 가져다 날라야 할 믿을 만한 짐꾼이 필요하기 때문이었다. 이러나 저러나 소웅은 결국 짐꾼인 셈이었다. 염불이라고 하는 것은 굿판을 벌였을 때의 덤이라고 보면 될 일이었던 것이다. 무녀어미의 깊은 속내를 초혜나 소웅이 어찌 깨달을 수 있을 일이겠는가.

그랬는데 어찌 알았겠으랴. 신어미의 계략에 의한 이번 행보가 이들 세 사람 모두의 운명을 뒤바꾸게 될 뜻밖의 계기가 되게 될 줄을 말이다.

원래, 안골마을의 이 생원 댁에는 참으로 가슴 아픈 사연이 하나 있었다. 그러니까 지금으로부터 이십여 년 전의 일이었다.

(이 생원 댁에 장군 자손이 태어났다지?)

(장군 자손이면 사내자식이어야지, 계집아이가 그렇듯 기골차게 태어났으니 그것을 장차 어찌할꼬!)

그랬다. 근동에서는 소문난 알부자 집 이 생원 댁에서 여자아이가 태어났는데 그 울음소리부터 어찌나 우렁찼던지 마을 어귀까지 울음소리가 울려 퍼졌다고 했다. 그 아이의 이름이 덕실이었다. 덕실은 여나뭇 살의 나이에 칠척 거인의 괴물처럼 자라나게 되었다고 했다.

(사람이 괴물의 탈을 쓰고 태어났으니 결코 상스러운 일은 못될 것이로다!)

그랬기에 괴인이 태어나면 고을의 수령들은 그 사실을 조정에 보고하고 살해를 해서 재앙을 미연에 방지하는 것이 관례였다. 조정에서는 괴인의 처리를 음양술의 판단에 따라 결정을 하였는데 이 생원의 재산이 반토막이 나고서야 덕실의 운명도 결정이 지어졌다.

(그 괴인은 대궐의 흉액을 막을 수 있는 사주이므로 궁으로 데려다가 액막이로 삼도록 하라!)

궁인이 되어 대궐로 들어가게 되면 살아서는 다시 나올 수가 없게 되는 것이다. 그래도 살해되어 죽는 것보다야 천만다행이 아닐 수 없을 일이었다. 그리하여, 덕실은 십여 년 전에 궁궐의 액막이로 궁인이 되었던 것이었다.

그때 이후로 이 생원의 마음 한구석에는 딸아이 덕실이가 가슴에 한이 되어 맺혀 있었다. 그래서, 덕실의 생일이 다가오면 재산 아까운 줄 모르고 무녀들을 불러들여 액땜 굿을 해주거나, 가까운 사찰에다 많은 시주를 하여 덕실의 무사 안위를 빌어주 곤 했던 것이다. 이때 마침 초혜의 소문이 안골에까지 퍼져서 이렇듯 이 생원 댁의 초대를 받게 된 것이었다.

초혜는 덕실의 신수를 손금 들여다보듯 (훤~히) 맞춰냈고, 그렇게 환심을 산 연후에 무녀 어미가 나서서 굿판을 벌이도록 유도를 해냈다. 그것이 바로 상술이거니와 역시 굿판의 주역은 어미 무당이었다. 점괘야 신끼가 떨어져서 제대로 풀어낼 수가 없었으나 굿판을 이끌어 나가는 솜씨는 점을 치는 것과 별개의 문제로서 그것이 바로 어미 무당의 노림수였다.

굿이라고 하는 것은 원래가 애매모호하기 짝이 없는 것으로서 액땜 굿이라고 하는 것은 더더욱이나 더 그러했다. 그럼에도 굿판은 성사가 됐고 초혜와 신어미가 쿵짝이 맞아 소옹의 낭랑한 목소리에 염불까지 더해지자 드디어 이 생원의 얼었던 마음까지 녹여 내리는 데 성공했다.

초혜는 정녕 삼신당 신녀를 앞세워 궁궐의 액막이 덕실낭자의 고단한 삶을 가감 없이 표현해서 굿판을 숙연케 하였으며 무녀 어미의 처연하고도 농익은 춤사위는 보는 이의 눈자위를 현란하게 하였고, 목탁 치는 장단에 맞추어 구수하게 쏟아내는 소옹의 염불 소리야말로 듣는 이의 애간장을 녹이고도 남음이 있었던 것이다.

원래 액땜 굿이라고 하는 것은 주인의 마음을 흡족하게 만들어 주는 것이 첫째 목적인바, 그것이 굿전의 액수를 결정짓는 잣대가 된다고 하여 신어미는 그것을 초혜에게 귀에 딱지가 앉도록 강조하고 또 강조했다.

물론, 이름난 대갓집에서는 가끔 (굿판을 벌이는 것이) 눈치가 보여 집안의 뒤뜰에다 불단을 차려놓고 절간의 이름난 스님들을 데려다가 염불을 하게 함으로써 굿판에 대신을 하기도 한다고 했다.

그래서, 염불에도 그 성격에 따라 여러 종류가 있는 것인데, 소웅도 이미 염불에는 이력이 붙어있었다. 생활환경 탓이었다. 현무 큰스님의 염불이라면 어느 것 하나도 못 따라 하는 것이 없을 만큼 귀에 익숙하여 이제는 그 실력이 큰스님을 능가하고 있었다. 그랬기에 굿판의 분위기에 맞춰서 제대로 염불 한 자락 자랑을 해 보였던 것이었다.

신어미는 정녕 탄복했다. 초혜가 결코 여간내기가 아니란 것은 이미 알고 있는 일이었으나 굿판에 모여든 구경꾼들마저도 눈물 바람을 하게 할 만큼 그 표현력이 뛰어났을 뿐 아니라 젊은 중놈의 염불 소리와 목탁 치는 솜씨야말로 어느 굿판의 징과 꽹과리 소리보다도 그 소리가 심금을 파고들었던 것이다. 약간은 탁공의 기교가 가미된 것이 그 원인이기도 했다. 그랬기에, 닳고 닳은 신어미마저도 탄복을 할량이면 이 생원 댁 식솔들의 심금은 어떠했겠는가.

소웅으로서도 일생일대의 운명을 걸고 염불에 최선을 다하였다. 이 세상에 홀로서는 첫 번째 관문으로서 사람들로부터 염불 소리가 훌륭하다는 칭찬을 받아보고 싶은 것이 솔직한 심정이기도 했던 것이다.

액땜 굿이 끝나자 마음이 흡족해진 이 생원은 무녀어미가 요구한 금전에다 곡식까지 더하여 덤으로 얹어주고, 초혜와 소웅은 며칠을 더 머물며 쉬어가도록 인심까지 써 주었다.

무녀어미는 정녕 제정신이 아니었다. 복채로 따지자면 몇 달을 걸려서 모아도 모을 수 있을까 말까 한 금액을 한꺼번에 받아 챙겼으니 이보다 더 무엇을 바랄 일이겠는가.

(그래그래, 푹~ 쉬거라. 굿전을 절반까지는 깎아줄 요량으로 두 배가 넘게 불렀는데 그것을 한 푼도 안 깎고 덤으로 곡식까지 챙겨주니 며칠간의 복채가 대수겠느냐. 까짓거!)

게다가, 시절이 또한 신어미를 도와주고 있었다. 중놈이 관아로 잡혀가지 않으려면 꼼짝없이 자신의 말에 순응하지 않을 수 없는 입장이었던 것이다. 그러니까, 신어미가 감시하지 않더라도 서네들끼리 도망을 칠 염려가 없다는 뜻이었다.

그랬는데, 어찌 알았겠으랴.

(나는 어쩔 수 없이 신엄니에게 코가 꿰어 살아야 한다지만 오라비 중놈만은 그럴 필요가 없질 않은가.)

초혜가 신통스럽게도 소웅을 생각하여 지혜를 짜내고 있었던 것이었다.

(생원 나으리와 안방마님께서는 내 점괘를 믿어주고 계시니…)

자신의 점괘를 신용으로 흥정을 시도하고 나섰던 것이었다.

"소녀의 오라비를 봉원사로 올려보내 주시기만 한다면 소녀가 기필코 나으리의 가슴에 응어리진 한을 풀어드리도록 하겠나이다…"

게다가, 초혜 자신은 어차피 이곳으로 되돌아와서 신어미와 함께 살아야 할 몸이니 결코 이 생원에게 거짓 약조를 할 수가 없는 것이며, 설사 봉원사로 올라가 그곳에 얹혀 살아가게 된다고 할지라도 이 생원의 손바닥 안에 들어있는 것은 마찬가지라 할 수가 있음인 것이다. 이 생원과의 약조를 문서로 남기게 된다면 관아에 고변도 할 수가 있을 일이기 때문이었다.

초혜가 이 생원과의 흥정을 시도하고 나선 진정한 이유는 소웅을 이곳에서 떠나보내기 위해서이며, 소웅이가 결코 자신만 남겨 놓고 저 혼자서 이곳을 떠날 사람이 아니란 사실을 잘 알고 있었기에 초혜 자신이 봉원사까지 동행해야만 소웅의 마음을 돌릴 수가 있을 것이겠으나 신어미가 결코 초혜를 그냥 보내줄 사람이 아니란 사실을 잘 알고 있었기 때문이기도 했다.

그렇다고, 이대로 도망을 쳤다가는 신어미가 관아에 발고하여 봉원사 주변에는 얼씬도 할 수가 없을 것이며, 삼신당 신녀와의 약조 때문에라도 초혜는 결코 신어미를 배신할 수 없게 되어 있었던 것이다.

어쨌거나, 이 생원이 두 사람을 봉원사로 보내주는 일은 결코 불가능한 일이 아니었다. 무녀 어미에게 초혜를 책임지겠다고 약조를 해주고 하인들과 더불어 봉원사로 올려 보냈다가 다시 데리고 내려오게 하면 될 일이기 때문이었다.

(설사 저 어린 무녀의 말이 거짓이라 할지라도 내가 봉원사에 시주하는 셈 치면 될 일이거늘!)

이 생원은 딸아이 덕실을 생각하여 초혜의 제안을 거절할 수 없었다. 그렇다고, 쉽사리 승낙해줄 수도 없었다. 그것은 참으로 신중하게 생각해 볼 문제가 아닐 수 없었던 것이다.

(아무리 무당과의 약조라고 하지만, 덕실이보다도 나이가 어

린 저 철부지한 것과의 약조라니⋯)

그것이 결코 마음에 내킬 리가 없었다.

(어른이면 어른답게 나잇값을 할 줄 알아야 함이거늘!)

이 생원은 결코 호락호락한 인물이 아니었다. 딸아이 덕실이로 인해 이렇듯 가슴에 한을 달래며 살아가고는 있지만 초혜 같은 철부지에게나 휘둘릴 인물이었다면 그 많은 재산을 일구고 살아갈 수도 없었을 것이었다.

그리하여, 이 생원은 해답을 미룬 채 여러 날을 숙고하여 뜸을 들이다가 결국엔 초혜의 제안을 거절해 버린다. 그리고는 이 생원이 역으로 다른 제안을 하나 들고 나왔는데 그것이 참으로 기가 막힐 제안이었다.

이 생원은 정녕 치밀한 사람이었다. 초혜의 제안을 받고 근초 스님의 서찰까지 확인해 본 뒤에 이들의 목적지가 봉원사였다는 사실을 확인할 수 있었던 것이다.

(그렇다면 저 어린 무녀가 봉원사 인근으로 올라가서 살아갈 수 있게 해주면 될터!)

이미 호구지책은 스스로가 해결한 셈이니 거처만 하나 만들어 주면 될 일이 아니겠는가.

이 생원은 즉시 사람을 보내 봉원사 인근에 빈집을 한 채 구입하게 했다. 그깟 집이야 한 판 굿값으로도 구입할 수 있는 일이었다. 이 생원은 무녀 어미를 불러 초혜와 더불어 그곳에 가서 함께 살면 어떠냐고 제안을 했다. 그러자 무녀 어미가 기절할 듯 반색을 했다. 초혜의 어미로서 함께 따라가 살게 된다면 이 생원의 뒷배로 배를 곯을 염려가 없을 뿐 아니라 도성이 코앞인데다가 초혜만 앞세우면 벌어먹고 살기가 이깟 시골구석에 비할 일이겠는가.

(이곳보다야 열 배도 더 수익이 쏠쏠할 것임에…)

거기에다 이 생원의 뒷배뿐 아니라 봉원사의 주지 스님 뒷배까지 기대해볼 수 있게 된 셈이니 이것이야말로 호박이 넝쿨째 굴러든 것이나 다름이 없을 일이었다.

신어미는 정녕 평생을 무당으로 살아왔지만, 밭뙈기 하나 변변히 장만 못 하고 어렵게 살아온 처지였다. 점 손님이 아무리 많다 하나 똥구녕이 찢어지게 가난한 시골구석에서 무슨 큰돈을 벌어 땅뙈기를 마련할 일이겠는가. 이 생원의 제안을 받고 나자 무녀어미는 정녕 환장할 만큼 반가울 수밖에 없었다.

게다가, 초혜나 소웅이 역시 이 생원이 고맙기는 마찬가지였다. 초혜가 이 생원에게 제안을 했던 것은 소웅을 봉원사로 올려보내는 것이 목적이었으나 생원 나으리께서는 아예 초혜까지 봉원사 인근으로 올라가 살 수 있게 길을 열어주고 있었으니 말이다.

이 생원으로서도 그것은 절대 손해가 아니었다. 어린 무녀와의 약조야 무시한다고 치더라도 일 년에 한 번쯤 그곳으로 올라가 머물며 봉원사라고 하는 이름난 사찰에 시주할 기회를 얻게 된다면 그것만으로도 남기는 장사가 되는 셈이었다.

(나만 올라가서 머물 수 있는 것이 아니라 온 식구가 함께 올라가 머물며 왕실사찰에 불공을 올릴 수 있게 된다면…?)

그것만으로도 엄청 이득을 보는 일이며 또 누가 알겠는가, 왕실의 사찰이라 했으니 혹여라도 소원이 이루어져서 딸아이를 만나게 될지 말이다.

참으로 삼신당 신녀의 도움이 아니고서야 어찌 서로에게 이런 행운이 찾아올 수 있을 일이며, 신어미 역시 살아생전에 한양 구경 한번 해 볼 수가 있을 일이겠는가.

　이즈음, 이 생원의 딸아이 덕실은 궁궐의 액막이로 들어가 그야말로 힘겹고도 고단한 나날을 보내고 있었다. 기골이 워낙에 장대해서 무수리들의 따돌림을 받는 것까지야 그렇다 치더라도 궁궐의 액땜이라 하여 마치 마귀라도 되는 듯이 괴물 취급을 하는 데는 덕실이로서도 참기 어려운 일이 아닐 수 없었던 것이다.

　게다가 육체적인 고통은 형언하기조차 어려울 지경이었다.

　(궁궐의 액막이는 허드렛일이나 시키며 잠시도 쉬게 해서는 안 될 것이다. 그랬다간 궁궐에 무슨 액운이 따를지 모를 일이다!)

　그래서, 덕실은 눈곱만큼의 여유도 가질 수가 없었다. 빨래하거나 물을 길어다 나르고, 청소를 하며, 나인들의 심부름을 하고, 밥은 숨어서 혼자 먹어야 했으며, 나인들의 근처에 얼씬만 해도 욕을 먹는 것은 고사하고 심지어는 침을 뱉기까지 했다.

　덕실이가 궁궐의 액막이로 들어온 지도 여러 해의 세월이 지나고 경복궁의 중건이 마무리되어 그녀도 경복궁의 액막이로 따라가게 되었다.

　초혜가 덕실의 아비인 이 생원을 만난 지 5개월 후 대궐에서는 중전 민씨의 출산일이 다가오고 있었다. 바로 이즈음에 초혜도 이 생원의 도움을 받아 양주 땅을 밟게 되었던 것었다.

　초혜와 신어미가 이삿짐을 앞세우고 양주 땅으로 향하는 길엔 더 이상 초혜에게 변복이 필요가 없었다. 그 대신에 행색이 바뀐

것은 바로 소웅이었다. 아직도 대원군의 비상령이 시퍼렇게 살아 있었고, 그러한 사실을 잘 알고 있는 이 생원이 다른 짐꾼들과 함께 소웅이도 이삿짐의 짐꾼으로 변장을 시켜 초혜와 동행을 할 수 있도록 조처를 해 주었던 것이다.

이즈음 나라에서는 (주상이 성년이 되었음에도 약조를 어기고) 섭정의 자리에 머물러 있는 대원군께서 예전에 시행했던 풍속의 개혁에 이어 중인과 서류 중에서도 재주와 능력이 있는 자는 중용해서 쓰겠다며 조칙을 발표하였는바, 그 내용은 바로 이러했다.

≪풍속의 개혁과 더불어 행정의 개혁을 단행하여 조정에 새로운 기풍을 진작시켜서 주상의 친정에 선정의 기반을 다지고자 하는바, 이에 반대를 하는 자가 있으면 역모의 마음을 품고 있음이라 생각하겠다.≫

대원군의 서슬에 어느 누가 감히 반대할 수 있을 것이며, 더불어 거기에는 대원군 나름의 치밀하고도 철저하게 계획된 음모가 숨겨져 있었던 것이었다.

"재선이가 서출만 아니었다면 내 뒤를 이어서 천하를 다스리게 할 수 있을 것이련만…!"

흥선군 이하응은 예전의 파락호 시절부터 끔찍이도 귀애했던 서출 자식이 있었다. 그가 바로 이재선이다.

"저놈이 서출이라 망나니짓으로 세월을 보내고 있으나 그 깊은 속내를 내가 어찌 모를까!"

그랬다. 이재선이도 이하응처럼 세상을 속이기 위해 망나니짓으로 세월을 보내고 있었지만, 그 속내는 따로 있었다. 흥선군의 심중을 그는 간파하고 있었던 것이다.

"주상이 성년이 되어 나에게 섭섭히 한다면 임금을 갈아치워 서라도 이 나라 조선의 정치는 내가 이끌어 나갈 것이니라!"

그래서 여차하면 임금을 갈아치울 생각으로 이재선이에게 왕 재의 기틀을 마련해 주며 웅지를 키워주고 있었던 것이었다.

이재선이도 아비의 뜻에 따라 은밀히 그 힘을 길러오고 있는 참이었다. 흥선군이 자신을 지렛대 삼아 주상을 은근히 협박하 면서 여차하면 정말로 기회를 만들어 낼 수도 있다는 사실에 그 는 희망을 걸고 있었던 것이다.

이때 마침 이재선이에게는 진흙 속의 보물 하나가 발견되었으 니 그가 바로 쇠돌바우라고 하는 능구레의 그 인물 쐐돌베기였다.

21. 진흙 속의 보물

초혜와 소웅이가 이 생원의 배려하에 봉원사에 당도한 것이 신미년 동짓달 스무닷샛날이요, 천둥골을 떠나온 지 6개월 만의 일이었다.

"먼 길 오느라 고생들이 많았구나. 거기에서 여기까지 천여 리 에 가까운 먼 길이긴 하나 반년이 넘게 걸려 당도를 한 것을 보 면 너희의 고초를 능히 짐작하고도 남을 일이로고!"

주지 스님이신 무공 큰스님께서는 초혜와 소웅을 기꺼이 반겨 주시었다. 그것은 바로 근초 스님의 서찰 덕분이었다.

"근초께서 나에게 너희의 거처를 간곡하게 당부하여 부탁하였거늘 너희 스스로 거처를 장만하여 살길을 열었다니 부처님의 은혜가 따로 없음이 아니더냐!"

무공스님께서는 정녕 근초 스님이라도 대하듯이 세 사람을 반겨 맞이해 주시었다. 이로써 초혜는 봉원사의 무공 큰스님을 마치 근초 할배 스님처럼 믿고 의지하며 살아갈 수 있게 되었던 것이다. 게다가 소웅은 명색이 승려의 행색이라 당분간이나마 행자승 신분으로 지내도 좋다고 하였음에 불목하니 신세는 면하게 된 셈이었다.

이로써 초혜는 오라비 소웅과 신어미는 물론 무공 큰스님과 이 생원의 보살핌까지 받게 되었으니 참으로 부처님의 은혜라 아니할 수 없을 일이었다.

신어미 또한 도성을 코앞에 두고 초혜를 의지하여 여생을 걱정 없이 살아갈 수 있게 되었으니 이보다 더 큰 흥복이 어디 있을 것이며, 초혜는 초혜대로 신어미가 있어서 인생을 살아가는 데 걱정이 없었다. 신어미가 아니었다면 초혜가 봉원사에 얹혀 살아간다고 할지라도 사찰노비의 신세나 다를 바가 무엇이 있었 겠는가. 밥하고 빨래나 하는 공양주 신세 말이다.

소웅 또한 초혜를 여기까지 데려온 것으로 제 역할이 끝난 것은 분명하다 하겠으나 양 무 선사께서 소웅이에게 당부하신 말씀은 결코 여기까지가 전부가 아니었던 것이다. 천둥벌거숭이나 다름없는 초혜가 밥 짓고 빨래하는 것 외에 할 줄 아는 것이 아무것도 없다는 것을 소웅도 결코 모르는 바가 아니었다. 거기에다 성깔은 있어서 어디에 가서이건 쉽사리 뿌리를 내리고 살아가기가 쉽지만은 않을 것이라는 게 큰스님들의 걱정이었고, 그래서 소웅의 거취마저 무공 대사에게 부탁한 것이었는 바, (제발 초혜가 그곳 생활에 뿌리를 내렸다 싶을 때까지만) 지켜봐 달라고 당부하여 보냈던 것이었다.

그것이 소웅의 발길을 급히 되돌리지 못하게 하려는 의도가 포함되어 있다는 사실을 결코 깨닫지 못하는 바가 아니었으나 그것 또한 전혀 이해 못 하는 바도 아니었다. 업보 자신이 현무암에 모습을 나타내는 것이 현무 스님이나 소아에게 이로움이 되지 못한다는 사실을 말이다.

(그래그래! 이럴 때는 거저 알고도 모른 채 할배 스님들의 분부를 따르는 수밖에!)

그리하여 소웅은 제 자신의 의도와는 상관없이 당분간 봉원사에 머무르며 초혜의 안위를 보살펴 줄 수 있게 된 것인데 이때 무공대사께서는 소웅을 동인이라 하는 개화파 승려에게 소개하여 함께 지내게 해 주시었다.

(저 녀석의 골격으로 보아 산사의 무공을 수행하였음이 분명할터!)

무공 대사에게 동인 선사는 화롯가에 놓아둔 엿가락이나 다름이 없었다. 이 시절의 개화승이란 동학승이나 다름없이 취급이 되었는바, 무공 대사의 수행 제자 중에서도 이와 같은 위험인물이 있다는 것은 결코 우연으로 보아 넘길 일이 아니었다. 그러니까 무공 스님이나 근초 스님 역시 양무 스님이나 다를 바 없는 개화승이라 하는 사실이었다.

대원군이 비상령을 선포하면서까지 젊은 중놈들을 때려잡으라고 한 원인이 바로 이 개화승들 때문이었던 것인데, 무공대사께서 소웅을 첫눈에 알아보시고 이동인에게 소개해준 것 또한 그 이유가 분명했다.

이즈음, 반가의 젊은 동량들이 봉원사를 드나드는 것은 비밀 아닌 비밀이 되어있었으며, 그러한 중심에 바로 동인 선사 그 사람이 있었던 것이다.

이동인은, 척화비를 쓰러트린 사건으로 인해 대원군의 표적이 된 인물이었다. 그러나, 대원군은 그를 추포하는 대신 전국에 비상령을 내려 (척화비를 쓰러트린 젊은 중놈을 잡고자 한다.) 하는 명분으로 활용을 했다. 솔직히 말해서 정국의 주도권을 손아귀에 움켜쥐고 있겠다는 술책이었는 바, 그러면서도 이동인의 동선만은 철저하게 감시를 하고 있었다. 만약의 경우 이동인을 잡아들일 필요가 있다 싶을 때 잡아들이기 위한 비상조처였다.

이러한 시기에 이동인이 소웅이라 하는 사찰 무공의 공력 수행자를 가까이 두게 되었다는 것은 호위무사를 한 명 얻은 것이나 다름이 없었다. 자신의 신변을 보호받을 수 있게 된 것이기 때문이었다.

두 사람의 인연은 그렇게 시작이 된 것이었으나 결국 소웅은 이동인의 호위무사나 다름없이 그를 그림자처럼 따라다니며 안전을 책임지게 되었던 것이었다.

소웅으로서도 그것이 밑지는 장사는 아니었다. 동인 선사를 수행해 다니면서 세상 이치도 깨우치고, 서양의 문물도 보고 배우며 새로운 지식을 쌓아가는 일석삼조의 효과를 거둘 수 있게 되었기 때문이었다.

이동인을 아는 주변 사람들은 그를 괴짜승이라 불렀다. 서양

문물이라고 하는 얼토당토않은 사술에 빠져 황당스러운 말만 떠벌리고 다니는 미치광이 같은 인물이었으니 말이다. 이동인이 그렇듯 사술에 빠져 괴짜승이 된 데에는 바로 유홍기와의 만남이 그 원인이었다.

유홍기는 당대의 대학자였다. 만약에 역관의 집안에서 태어나지 않고 사대부의 집안에서 태어났더라면 정승이 되고도 남을 학문이라 하여 사람들은 그를 백의정승이라 부르기도 했다. 그랬기에, 승려 동인이 그의 문도가 된 것은 대단한 행운이요 영광이 아닐 수 없었다.

유홍기도 승려 동인을 제자라기보다는 절친한 지기처럼 대해 주었다. 무공대사라고 하는 큰 스승을 모시고서도 자신을 찾아와 학문을 깨우치고자 하는 그 열의에 감동하였기 때문이었다.

유홍기는 환재 박규수와도 친분을 쌓고 있었는데, 그 인연으로 하여 이동인도 자연스레 박규수와 친분을 쌓을 수가 있었다. 박규수가 평안도 관찰사로 재직 중일 때였는데 한양에 있는 재동의 본가에서 유홍기를 따라가 인연을 맺게 된 것이었다. 마침 「제너럴셔먼호」의 사건이 터져서 그것을 조정에 보고하기 위하여 한양으로 돌아와 있을 때였다.

"동인 선사라 하시었는가? 이렇게 만나서 참으로 반가우이!"

박규수는 승려의 신분인 이동인을 사대부가의 자제라도 되는 듯이 반가이 맞아주었고 중인 신분인 유홍기와도 격의 없이 대하는 것을 보고는 이동인도 그만 탄복을 하지 않을 수 없었던 것이다.

〈우리의 조선에도 이와 같은 선각자가 계셨다니…!〉

그로부터 이동인은 유홍기와 박규수를 무공 큰스님과 다름없이 떠받드는 처지가 되었던 것이었다. 더불어 유홍기에게는 학문으로 우열을 가리기 힘든 동지가 한 사람 있었는데 그가 바로 역관 오경석이었다.

오경석은 역관으로서 수차례 청나라를 내왕하며 서양의 진귀한 물건들을 재주껏 사다 날랐으며, 그것들을 숨겨둘 장소가 마땅치 않아 고심을 하다가 승려 동인을 알게 됨으로써 그의 승방에다 그 물건들을 숨겨둘 수 있게 되었던 것이었다.

"백문이 불여일견이라, 우리 조선의 젊은이들에게 개화사상을 심어주기 위해서는 서양의 앞선 문물부터 구경을 시켜서 정신의 개혁부터 시작함이 순서일 것이야."

개화의 스승인 박규수의 은밀한 지시에 의해 이루어지고 있는 일들이었다. 박규수가 바로 개화 세력들을 이끌고 있는 우두머리였다.

이즈음, 서양의 물건을 들여오는 일은 국법으로 금지되어 있었다. 더불어, 사람들에게 개화사상을 입에 담는 것조차도 역도로 간주될 수밖에 없었다. 그랬기에, 박규수는 목숨을 걸고 개화 세력을 이끌어 나가며 젊은 신진들을 포섭하여 끌어들이고 있던 것이다.

원래 호기심이 많은 어린아이는 진귀한 물건을 보면 그것에 빠져들기 마련이다. 국법으로 금한 서양의 물건이면 아이들이 호기심을 가질 만큼 진귀하기도 하거니와 그것은 눈으로 보는 것만으로도 죄가 되는 것이요, 게다가 유홍기와 이동인의 강론까지 들었다면야 그 죄를 벗어날 길은 정녕 없게 되고 마는 것이다. 그러할 때에 박규수가 나서서 아이들을 다독이고 회유하여 끌어안게 되면 그들이 어찌 개화 세력으로 포섭이 되지 않을 수 있겠는가.

그렇게 포섭이 된 인물 중에는 김옥균과 유길준, 김광집, 민영익, 김홍집 등등. 수십 인의 사대부 자제가 포함되어 있었으며, 중인과 서류에 이어 천출의 자식들까지도 신분에 관계없이 포섭되고 있었던 것이었다.

소옹 또한 이동인의 처소에서 그와 같은 물건들을 접하게 되고 그의 설명까지 들어가며 개화사상에 빠져들지 않을 수 없었다.

그런데, 여기서 빠트릴 수 없는 인물이 하나 있었으니 그게 바로 애기보살 초혜였다. 초혜의 눈에야 세상살이 모든 게 새롭지 않은 것이 어디 있겠으랴마는, 아무리 근본 없는 무당의 신분이라 할지라도 호기심 많은 열다섯의 어린아이임에는 분명했다.

게다가, 이동인 역시 여인을 폄훼하거나 남녀를 구분할 입장이 못 되었다. 그에게는 박규수를 비롯한 세 사람의 개화 스승 말고도 또 한 사람의 스승이 더 있었으며, 그 스승이 바로 여인이기 때문이었다. 그에 대한 이야기는 잠시 미루어 두기로 하거니와 개화라고 하는 것이 무엇이든가. 서구의 앞선 문물을 말함이 아니라, 그 문물을 탄생시킨 서구의 정신적 사상을 말함인 것이다.

거기에는 반상의 구별을 가리지 않는 것뿐만 아니라 남녀의 구별까지도 차별적 차원에서 타파를 해야 할 문제라 하였음에 초혜가 결코 차별을 받을 일은 전혀 없었던 것이다.

(그래 맞아! 나도 서구의 문화에 대해서는 들은 바가 있었었

지.)

바로 서양의 노랑머리 이양인과 함께 동행을 했던 여인들에게
서였다. 그때, 한양까지 그들과 동행을 했더라면 좀 더 많은 이
야기를 들을 수가 있었을 텐데 그것이 초혜에게는 아쉬움으로
남아 있었다.

물론 그들과 헤어짐으로써 무당이 되어 인생이 뒤바뀌기는 했
으나 이것이 잘된 일인지 잘못된 일인지는 알 수가 없을 일이었
다. 어쨌거나 아쉬움이 남는 것만은 분명했다.

그렇다고, 그딴 일에 연연할 초혜도 아니었다. 오라비가 이곳
을 떠나지 않고 이렇듯 가까이 있다는 것만으로도 초혜는 마음
이 든든했던 것이다.

소웅이 역시 초혜가 지척에서 함께 살아가고 있다는 것이 얼
마나 다행스러운지 모를 일이었다. 할배 스님들과의 약조를 지
킬 수 있다는 것만이 자신이 이곳에 머무는 목적의 전부나 다름
이 없었으니 말이다. 그랬는데, 이제는 자신의 할 일도 함께 찾
아낸 셈이었다. 동인 선사님의 안위를 책임지게 된 것이 그것이
었다.

(내가 선사님의 그림자가 되어 따라다니지 않았다간 언제 어
느 때 무슨 봉변을 당하게 될지 알 수가 없음이니…)

그랬다. 동인 선사에게는 이즈음 그 행동을 못마땅해하는 사
람들이 한둘이 아니었다. 게다가, 동인 선사 본인 역시도 소웅이
라 하는 호위무사가 나타나므로 해서 자신의 역할을 소신껏 수
행할 수 있게 된 것이 사실이기도 했다.

그는 이미 알고 있었다. 자신의 승방에 사대부의 자제들이 무

시로 드나듦으로 해서 이미 세간의 표적이 되고 있다는 사실을 말이다. 문제는 그뿐만이 아니었다. 척화비 사건 이래 대원위의 졸개들까지도 호시탐탐 자신을 노리고 있다는 사실마저 (훤히) 알고 있었다. 그래서 최대한 자세를 낮춘 채 혼자서는 감히 바깥으로 나들이조차 제대로 하지 못하고 있었던 것이다.

그러다가 소웅이를 만나고부터 그의 행동이 예전처럼 대담해져 갔고 도성에 있는 환재 대감이나 역매, 대치 스승님들께 소식을 전할 때도 때에 따라서는 소웅을 시켜 도둑괭이처럼 한밤중에 성곽을 넘나들게 하는 대담함마저 보여주고 있었던 것이다.

동인 선사야말로 박규수의 개화당으로서는 결코 없어서는 안 될 소중한 사람이었다. 반상을 초월하여 이 나라 조선의 젊은 인재들에게 서구의 개화사상을 최일선에서 일깨워주고 있는 인물이기도 했던 것이다. 그랬기에, 소웅이가 스스로 자청해서 선사의 안위를 책임지고 나선 셈이기도 했다.

물론, 소웅이가 선사의 안위에 전념할 수 있게 된 데에는 여러 가지 원인이 있을 것이었다. 봉원사의 절밥을 공짜로 얻어먹지 않겠다는 이유도 있을 것이요, 무공 큰스님의 배려에 보답하는 마음도 있을 것이며, 선사의 가르침에 대한 보답도 분명 있을 것이었다.

그러나 근본적인 원인은 바로 초혜였다. 초혜가 이 생원이 마련해준 초가에서 신어미의 보살핌으로 생활의 안정을 찾았다고는 하나 소웅의 눈에는 아직도 그것이 불안하기만 했다. 세상 물정이라고는 전혀 아는 것이 없는 초혜가 언제 어느 때, 무슨 일로 신어미에게 배신을 당하게 될지 그것이 정녕 불안해 보이기만 했던 것이다.

　게다가 소옹의 그러한 마음속에는 개인적인 감정 또한 개입되지 않았다고는 할 수가 없을 일이었다. 왠지 초혜를 이곳에 남겨두고 혼자 훌쩍 떠날 수가 없다고 하는 그 마음 말이다. 비록 큰스님들의 당부가 있었고 (또 제 스스로도 현무암으로 되돌아갈 수 없다는 사실을 깨닫게 되었다고는 할지라도) 그것이 초혜에 대한 개인적인 감정이 없고서도 그렇듯 애틋할 수는 없을 일이기 때문이었다.

　초혜는 이때 절간에서 바라다보이는 이 생원의 초옥에다 무당의 깃발을 세우고 절간을 드나드는 불자들의 눈길을 사로잡으니 그것은 결코 주지 스님이신 무공스님의 배려 없이는 언감생심 꿈도 꿀 수 있는 일이 아니었다. 절간으로 들어가야 할 불전을 중간에서 가로채는 날강도 행위나 다름이 없을 일이기에 사찰에서 그것을 용인해 줄 리 없을 일이었다. 비단 봉원사뿐만이 아니라 어느 사찰이고 그것은 마찬가지였다. 그랬는데, 그 불문율이 깨져버린 것이었다. 그것을 그렇게 만든 것은 신어미의 계책이었지만 말이다.

　이유야 어찌 되었든 무녀들의 입장에서는 손님 유치가 이토록 안성맞춤인 곳도 없을 일이었다. 땅짚고 헤엄치는 것이나 다름이 없을 일이기 때문이었다. 그랬기에 초혜의 점집은 대번에 활기를 띠기 시작했고 더불어 초혜는 생활의 안정을 찾을 수가 있었던 것이다.

　그럼에도 소옹은 초혜의 곁을 떠나지 못하고 있었다. 소옹의 눈에는 아직도 초혜의 모습이 불안하게만 보인다는 것이었지만 사실은 무공스님께서 소웅이에게 빌미거리를 만들어 준 셈이었다. 동인 선사의 안위를 책임지게 만든 것이 그 빌미거리거니와 초혜에 대한 소웅의 애틋한 마음까지야 어찌 알아차릴 수 있었을 일이었겠는가. 설사 알아차렸다고 할지라도 그것 때문에 소웅을 배려했을 리는 없었을 일이겠지만 말이다.

한편, 이즈음 조정에서는 대원군의 노탐이 극을 향해 치닫고 있었다. 주상의 나이가 성년이 되면 친정을 하도록 권력을 이양하겠다고 약속해 놓고도 성년이 지나 스물한 살이 되었는데도 전국에 내린 비상령조차 거두질 않고 오히려 권력을 강화하기만 했던 것이다. 하늘에 두 개의 태양이 떠 있는 형국이나 다름이 없었다.

(두 개의 태양이 서로 햇빛을 시샘하다 보면 뜨거운 태양볕에 말라 죽는 것은 결국 민초들뿐일 것이니…)

드디어 외척들이 들고 일어나기 시작했다. 민치상과 민치구 등이 민승호를 전면에 내세워 대원군과 맞서겠다며 들고 일어선 것인데, 그들은 주상의 척족이기에 앞서 대원군 자신의 척족이기도 했다.

그들이 바라는 것은 오로지 (우리도 정치 좀 한번 해 보자)라고 하는 단순한 논리였다. 장, 김의 육십 년 세도하에서 숨소리도 한번 못 내보고 지내다가 이제 겨우 빛을 좀 보나 했는데 대원군이 당췌 기회를 만들어 주지 않고 있었던 것이다.

(주상이 권력의 맛을 깨닫기 전에 우리 민문에서 권력을 휘어잡아야 함이거늘, 늙은 여우가 저렇듯 버티고 있으니 우리가 비집고 들어갈 기회가 있어야 말이지!)

그들은 드디어 대원군의 약속 불이행에 대한 성토에 들어갔다.

(주상께서 성년을 넘기셨으니 이제 몸소 만기를 친재하신다 해도 문제가 없을 것이요! 그러니 대원위께서는 약속을 지켜 섭정의 자리에서 물러나시오!)

수세에 몰린 대원군이 드디어 발톱을 드러내기 시작했다.

"주상이 나를 서운하게 하면 내가 기필코 그냥 두지 않는다고 하였거늘, 여봐라~! 어서 재선이를 불러들이거라!"

대원군에게는 서얼 자식 이재선이가 바로 비장의 카드였다.

"너의 수하에 믿을만한 아이들이 여럿 있다고 했겠다?!"

"그렇습니다, 아버님! 천하장안을 능가하는 장사패들이며, 재갈량이도 울고 갈 모사꾼들까지 부리고 있사오니 무슨 분부시든 하교만 하시오소서. 소자 죽을 각오로 아버님을 받들어 산이라도 뽑아 올리겠나이다."

"그래그래! 사내대장부라면 당연히 그만한 배짱과 준비는 하고 있어야지. 내가 너만은 믿느니라!"

대원군은 마음이 흡족하여 재선이에게 은밀한 지시를 내리게 된다.

대원위로부터 은밀한 지시를 받고 운현궁을 물러나 집으로 돌아간 이재선은 즉시 자신의 장자방을 불러들인다. 이재선이가 불러들인 장자방이 뜻밖에도 쇠돌바우 이철암이었던 것이다.

쇠돌은 능구레 산막에서 인사불성이 된 소아를 방 안에 그냥 둔 채 불을 지르고는 곧바로 도망쳐 한양으로 올라오게 되었다. 그러나, 갈 곳이 정해져 있는 것도 아니요, 노잣돈이 준비된 것도 아니었다. 그랬기에, 노독과 허기에 지친 몸을 이끌고 골목길을 헤매고 다니게 되었다.

괴나리봇짐까지 짊어진 그 모습은 시골 무지렁이의 영락없는 거렁뱅이 행색 그대로였다. 이때까지만 해도 걸뱅이들의 도성 출입에 단속이 심하지 않던 때라 그나마 다행이었다. 어쨌거나, 이렇게라도 민머리 행색을 감출 수 있었던 것은 남의 집 담장을 뛰어넘은 덕분이었다.

쇠돌은 정녕 스님 행색을 무척이나 싫어했었다. 그래서 머리칼은 항상 더부룩하게 기르고 다녔었는데 그것이 훔친 갓모로도 제대로 감춰질 리가 없었다. 그랬기에 그 몰골이 참으로 가관이 아니었으나 그렇다고 거렁뱅이 주제에 복색을 따질 입장도 아니긴 했다. 그것은 물론 시절의 각박함에도 그 원인이 있었다. 길거리에 쓰러져 죽은 시체에서도 옷을 벗겨 훔쳐가는 세상에 복색을 입에 담는 사실조차도 사치라 아니할 수 없을 일이기 때문이었다.

쇠돌은 한양 땅이 일생에 처음이었다. 그래서 제 몰골 따위에 신경을 쓸 계제가 못 되었다. 이 골목 저 골목을 기웃거리며 구경하는 재미에 흠뻑 빠져 있는데, 어느덧 (확~) 트인 신작로 길로 접어들고 있었다.

"에고야~! 오늘은 한밤중이 될 때까지 밥 훔쳐 먹기는 글렀나 보네!"

신작로의 한쪽으로는 조그만 개울이 흐르고 있었고, 개울 건너편에 청사초롱을 매달아 둔 집들이 줄지어 늘어서 있는데, 드나드는 발길들이 예사로워 보이지를 않았다. 도대체 그곳이 무엇을 하는 곳인지는 알 길이 없으나 하늘에서 하강한 선녀들이라도 사는 곳인 듯 채색 비단으로 몸을 휘감은 선녀들이 간드러진 웃음을 쏟아내며 남정네들과 어울려 아양을 떨어대고 있었다. 이곳은 바로 화류개로 불리는 천기들의 집창촌이었으니 처음으로 한양 땅을 밟은 쇠돌이가 그 사실을 알 수는 없을 일이었다.

한양에는 원래 양반들을 상대로 술장사를 하는 기생집이 있었고, 양민들을 상대로 하는 화류개 술집이 따로 있었다. 화류개란 바로 창녀들을 일컫는 말이었다.

대원군은 자신의 파락호 시절을 생각하여 젊은 한량들이 마음껏 이용할 수 있도록 창녀촌의 번성을 묵인해 두고 있었다. 게다가, 어린 기생들의 머리를 얹어주는 값도 1백20냥을 초과할 수 없도록 세심하게 배려를 해주었다.

쇠돌은 지금 화류개 여성들의 집단 생활 터전인 집창촌을 지나가면서 이곳이 선녀들의 세상인가 보다 하여 그렇게 생각하고 있었던 것이다.

처마를 잇대고 줄줄이 늘어선 선녀들의 집에는 많은 취객이 드나들고 있었으며, 그곳의 끄트머리쯤에 색다른 규모의 번듯한 집이 한 채 눈에 들어왔다. 집의 규모도 규모이거니와 드나드는 사람들의 복색 또한 선비 차림의 남정네가 대부분이었다.

"거참, 혼인 잔치라도 하는 것인가…?"

그래서, 잔치 음식이라도 얻어먹을 수 있을까 하여 유심히 살펴보고 있는데 갑자기 등 뒤에서 벼락같은 호통 소리가 들려왔다.

"네 이노옴-! 어인 촌놈이 감히 길을 막고 얼쩡대는 것이더냐?! 당장에 썩- 비켜서지 못할까 이노옴-!"

(익크! 어느 지체 높은 대감이라도 행차를 하는 모양이구나!)

얼렁 길을 비켜서며 허리를 굽혀 주위를 살피는데 행차하는 대감의 쌍판은 안 보이고 천립을 눌러쓴 종놈들만이 거드름을 피우며 고함을 질러대고 있었던 것이었다.

"어라? 대감님은 어딜 가고 종놈들이 위세인가 글쎄!"

"뭐뭐, 뭣이라? 네놈이 시방 뭣이라 하였느냐 시방?!"

험상궂게 생긴 사내 하나가 쇠돌이에게 다가와 대번에 멱살을 움켜쥐고 있었다. 쇠돌은 그만 눈알이 뒤집히지 않을 수 없었다.

"양반놈은 그림자도 안 비쳤는데 왠 종놈들이 벌써부터 위세야 이거?!"

다음 순간, 사내의 입에서 비명이 터져 나오고 있었다. 쇠돌이가 대번에 급소를 후려쳐서 사내를 어예 깨구락지 신세로 만들어 버리고 말았던 것이다. 그 모습을 보고 뒤따르던 자들이 한꺼번에 (우루루~) 달려들며 고함을 질러댔다.

"새파랗게 젊은 촌놈이 어따 대고 주먹질이냐 이놈! 너 이놈 오늘 딱 걸렸다!"

그러나, 그깟 종놈들에게 그냥 얻어맞고만 있을 쇠돌이가 아니었다.

"에라이씨~!"

쇠돌이도 이제는 어차피 내친걸음이었다. 양반님네가 나타나서 혼찌검이 날 때는 나더라도 이대로 당하고만 있을 수는 없었던 것이다. 어차피 한 놈을 두들겨 패나 여러 놈을 두들겨 패나 때린 것은 마찬가지이기 때문이었다.

"어이쿠— 사람, 여럿 죽네—!"

쇠돌이도 양무 선사로부터 승방무술을 전수받은 공력자였다.

그것이 소웅이보다는 능력이 뒤떨어진다고 할지라도 이깟 불량
배들쯤이야 쇠돌이의 상대가 아니었다.

그들은 모두 다섯 명이나 되었다. 그럼에도 쇠돌이에게는 털끝
도 하나 건드려보지 못하고 그대로 모조리 길바닥에 꼬꾸라지고
말았던 것이었다. 그런데도 쇠돌은 봇짐조차 벗지 않고 있었다.

(이제는 도망을 쳐야 하나? 어째야 하나…? 주인 놈이 이 꼴
을 보면 그냥 참지 않을텐데…)

그러나, 이미 도망을 치기에는 때가 늦은 뒤였다.

"저런 저런, 칠칠치 못한 놈들! 그러고도 니놈들이 장사패라
할 참이더냐, 이놈들–!"

쇠돌이가 급히 고개를 들어 쳐다보니 꽤나 (번지르르~)하게
차려입은 젊은 선비 놈이 가까이 다가오며 종놈들에게 핀잔을
주고 있었다.

이럴 때는 쇠돌이도 머리가 비상하게 돌아갔다.

"거, 종놈들을 너무 혼내키지 마시구려. 이것들에게 무공을
익힐 수 있도록 배려를 해주지 않은 것은 그대 양반님네들이지
종놈들의 탓이 아니질 않소이까? 그러하니 좌도방의 도방무술
을 몸에 익힌 이 사람에게 얻어맞는 것이야 필연지기일 터이지
요!"

은근슬쩍 종놈들을 깔아뭉개며 제 자신의 공력을 떠벌리는 참
이었다. 제 자신도 상것이 아니라는 뜻으로 문자까지 써가면서
말이다.

쇠돌이도 이미 알고 있었다. 그들은 종놈들이 아니라 왈짜패
라고 하는 사실을 말이다. 양반네의 입에서 장사패란 말이 흘러

나오지를 않았었던가. 바로 그것이 기회였던 것이다.

(장사패라 하면…? 옳거니, 이것들이 패당을 지어 힘자랑해가며 젊은 양반놈에게 술밥을 얻어먹고 다닌다는 그놈들이구나.)

쇠돌이의 예상은 적중했다. 젊은 양반놈의 태도가 대번에 달라지고 있었던 것이다.

"허어-! 그대가 도사님들이나 익힌다고 하는 그 도방 무술을 익히셨단 말씀인가? 행색이 좀 남다르기는 해도 시골에서 마악 상경을 한 무지렁이의 몰골임이 분명하거늘, 그러함에도 천하의 장사패라 자처하는 왈짜패 놈들을 이렇듯 가벼이 때려눕히는 것으로 보아 그대의 말이 허언은 아닌 듯싶군그래."

쇠돌이가 다시 한번 더 상대방의 의중을 확인해 본다.

"그대나 이 사람이나 연배로 따지자면 한치 걸러 두치거늘, 어찌하여 초면부터 반말짓꺼린지 모르겠소이다. 걸치고 있는 옷가지가 다르다고 하여 뼈대가 달라지는 것도 아닐 터!"

쇠돌이가 이렇게 말을 하는 것은 상대방의 의중을 떠보기 위한 것이라기보다 상대의 신분을 확인해 보고자 하는 의도가 더 강했다. 그 이유는 잠시 후에 확인이 될 일이겠으나 양반님네께서 대꾸도 하기 전에 왈짜패 하나가 (버럭!) 화를 내며 맞대꾸를 해 왔던 것이다.

"이런 못땐 놈의 인사를 보았나! 여기 계신 이 어르신으로 말씀하실 것 같으면 주상전하의 형님이 되시는 대군 대감님이시거늘, 그대 같은 서 푼짜리 촌닭이 어데서 감히 혓바닥을 함부러 놀린단 말이든가!"

대군께서 급히 말을 받아 나선다.

"어허-! 그만 하면 됐다. 이제 막 시골에서 상경한 선비가 이 사람이 누구인지를 어찌 알겠느냐!"

쇠돌이가 대번에 태도를 달리한다.

"대군 대감이시라면 소인이 몰라뵙고 참으로 큰 무례를 범하였나이다. 나는 또 이 건달들이 안하무인으로 설치길래 어느 서푼짜리 양반이 종놈들의 버릇을 잘못 가르쳤나 하여 젊은 기분에 무례를 범하였으니 부디 너그럽게 용서하여 주시옵소서!"

그러면서도 또 한편으로는 머리를 굴려 급히 생각을 정리하고 있었다.

〈그래, 바로 이 사람이야. 내가 무작정 상경을 한 것은 바로 이런 주인을 만나서 출세를 해 보고자 함이 아니었던가.〉

역시나 쇠돌의 마음이 통하기라도 한 것인지 대군이란 나으리께서 부드럽게 말을 받아 대꾸해 왔다.

"내가 왕실의 종친이 아니라 그대 같은 양반이었더라면 아마도 오늘 임자 한번 제대로 만날 뻔하였구먼. 헛헛헛! 그러고 이것들은 내 종놈들이 아니라 명색이 장사패라 하는 놈들이거늘, 그럼에도 혼자서 머슴이 장작을 패듯 이것들을 두들겨 패는 것을 보면, 그대의 무공이 참으로 놀랍기만 하네그려. 헌데, 이곳 한양에는 아는 사람이라도 있어서 찾아오신겐가?"

"웬걸요. 소인이 거저 기회가 되면 무과라도 한번 치러 볼까하여 이렇게 상경을 하기는 하였으나 시방은 거저 과거가 열릴 때를 기다려야 할 것 같습니다."

"그래? 그러신가? 허면 아직도 의탁할 거처를 정하지 못하였다는 뜻일 터, 그 행색을 보아 짐작을 하였음일세. 나도 시방 자네 같은 인물들을 찾고 있음이니 내가 저것들의 무례도 사과할 겸 저기 가서 말씀이나 좀 나눠 보세나 그려."

이리하여 쇠돌이와 이재선이의 인연은 이렇듯 시작이 되게 되었다.

이재선은 대원군의 서출이면서도 적장자인 이조판서 이재면이나 주상의 우유부단한 성격과는 달리 괄괄하고 노골적이면서도 직설적인 성품이 대원군을 (쏙-) 빼다 닮아 그의 신임이 두터웠다.

게다가, 왈짜패들을 거느린 채 장안을 휩쓸고 다니는 것 또한 파락호 시절의 흥선군을 그대로 빼닮고 있었던 것이다. 비록 서얼이기는 했으나 대원군에게는 가장 신임하는 아들이기도 했다.

그러한 이재선이와 쇠돌바우의 만남은 이렇듯 운명적으로 시작이 된 것이었다. 그리하여 쇠돌은 이름부터 이철암으로 고쳐 부르게 되었다.

22. 기이한 인연

이재선이가 대원군의 밀명을 받고 모사 이철암과 더불어 경천동지할 음모를 꾸미게 된 것이다. (쇠돌은 이재선의 식객에서 대번에 사병조직의 훈련 참모로 발탁이 되게 된다.)

이때 초혜는 봉원사 초입에 점집을 열고 신어미와 더불어 새로운 인생을 시작하고 있었는데, 신어미는 초혜로 인하여 신수가 (훤-히) 펴졌고, 초혜 역시 신어미 덕분에 인생살이를 차곡 차곡 배워나가고 있었다. 이것이 모두 수원성 밖 안골마을의 이 생원이 보살펴준 덕분이었다.

신어미는 결코 마음이 편할 수가 없었다.

"이 생원 나으리와의 약조는 정녕 지켜낼 수 있는 것이더냐?"

초혜가 퉁명스레 반박하여 쏘아붙인다.

"나보고 지키지도 못할 약속을 했단 거야 시방?!"

"그래도 이 어미는 미덥지가 않다. 그러니 내게는 속이지 말고 솔직하게 말을 해주거라. 네년이 오라비를 이곳으로 데려오기 위해서 거짓 약조를 한 것이 아니더냐?"

"할망구가 아직은 노망이 나면 안 되는데 벌써 노망이 난 거야? 이제는 삼신당 귀신도 못 믿겠다는 거지 시방?!"

"댓끼 년아! 삼신당 귀신이 뭐냐? 당주님이시지! 당주님이야 내가 믿지. 네년을 못 믿어서 그렇지."

"피이— 신빨 떨어졌단 소린 안 하고, 곧 죽어도 네년 탓이라네 글쎄. 초혜나 귀신이나 당주나 초혜나…!"

"네년은 당주님한테 존대도 안하냐?"

"남의 걱정하지 말고 할망구 걱정이나 하란 말야. 그 나이에 벌써 노망나면 안 되니까! 당주님은 어디 어마씨 당주님이야? 그깟 귀신할망구 갖고!"

"끄으응~!"

신어미는 그만 입을 다물고 만다. 무당들이 자신의 신주를 깍듯이 받들어 모시는 것과는 달리 초혜의 입성은 결코 귀신이라 하여 예외를 두는 법이 없었다. 그만큼 그녀는 세상에 겁나는 것이 없었다. 그것이 신어미를 두렵게 만드는 이유였다.

(저것이 두려움을 모르기에 이 생원에게도 둘러대는 소리가 아닐까? 거짓말을 하고도!)

신어미가 이렇듯 두려움을 느끼는 것은 그녀에게서는 신끼가 떨어졌다는 것을 의미하는 일이기도 했다. 비록 입을 (꼭) 다문 채 함구를 하고 있지만, 초혜의 삼신당녀는 이미 그 사실을 (훤히) 알고 있었다.

어쨌거나, 이생원의 가슴에 맺힌 한이란 바로 자신의 딸 덕실 낭자 때문이었다.

(내가 덕실이의 얼굴이라도 한번 볼 수 있다면 지금 죽어도 여한이 없으련만 한번 들어가면 죽어서나 나온다는 대궐이고 보니…)

그럼에도 초혜는 이 생원의 소원을 이루어 주겠다며 약조를 했던 것이다. 그렇다고, 이 생원이라 하여 꼭 그 약조를 믿고 있는 것은 아니었다. 봉원사와 같은 왕실 사찰에 시주를 하고, 그곳에서 덕실이를 위하여 불공을 올릴 수 있는 것만으로도 그 보답을 받는 것이라 치부를 하고 있었던 것이다.

허긴, 일개 시골 출신 무당이 구중궁궐 속에 갇혀 있는 무수리를 무슨 재주로 궁궐 바깥으로 불러내어 자기 부모와 상면을 시켜줄 수 있을 일이겠는가. 그것이 바로 이 생원의 소망이었으니 말이다.

그랬기에 이 생원 역시 처음부터 그 약조를 믿은 것은 아니었던 것이다. 무당이 점괘를 풀어 길흉을 점쳐 본다거나 굿을 하는 것과 초혜의 약조와는 엄연히 성격이 다른 것이기 때문이었다.

그래서 아예 초혜의 약조를 무시하고 (자신이 한번도 가본 일이 없는 봉원사에서 덕실을 위한 불공이라도 올리고자) 절간 인근에 있는 빈집을 하나 구입하여 그것을 여곽 삼아 이용하고자 초혜를 그곳으로 올려보내 살게 해 주었던 것이다.

이 생원의 본심은 바로 그것이었다. 그러다가 또 누가 알겠는가. 그 어린 무당 (초혜가) 정말로 이 생원 자신의 소망을 이루게 해줄는지 말이다. 물론, 초혜도 믿는 구석이 있기는 했다. 애초부터 거짓말을 하고자 해서 한 것이 아니라 삼신당 신녀에 대한 믿음이 그녀를 그렇게 만든 것이었다.

그런데, 초혜의 앞날에는 또 하나의 다른 운명이 기다리고 있었다. 그것은 바로 소웅이와의 인연 때문이기도 했다. 소웅의 정신적 스승이라 할 수 있는 동인 선사에게는 이때 비밀스레 만나는 정인이 한 사람 있었는데 그녀가 바로 여옥이라 하는 여인이었다. 그녀가 이동인에게는 정인이면서 또한 스승이기도 했던 것이다.

여옥은 원래 평양 관기로서 기명을 초선이라 했다. 부모가 역모죄에 연루되어 어린 나이에 관기가 되었는데, 남달리 총명하고 재주가 있어서 기예와 학문이 뛰어났다고 했다.

그래서, 평안도 관찰사 박규수의 은혜를 입어 머리를 올리게 되었던 것이다.

원래 기생들이란 처음 머리를 올려주는 남정네의 품격에 따라 인기의 척도가 정해지는 법이었다. 그랬기에 관찰사와 같은 지방관의 우두머리로부터 은혜를 입어 머리를 올릴 수 있다는 것은 그만큼 장래가 촉망되는 기생의 재목이라는 것을 의미하는 일이기도 했다.

그러나 거기에는 박규수도 미처 알아채지 못한 비밀스러운 내막이 숨겨져 있었다. 그 내막은 바로 이러했다.

지난 철종 11년(1860년)에 열하부사로 연경(북경)에 다녀온 박규수의 수행 통역관으로서 (이미 소개된) 오경석이란 인물이 있었다. 박규수가 세계정세에 눈을 뜨게 된 것이 바로 이 오경석이란 역관에 의해서였다.

오경석은 금석학에 조예가 깊은 유능한 인물이었다. 역관의 중인 신분이라 조정에 출사할 수는 없었으나 그의 해박한 지식과 학문은 당대의 석학인 박규수의 마음까지 감복을 시킬 정도였다.

오경석에게는 또 자신의 학문과 지식을 능가하는 (역관 집안의) 죽마고우가 한사람 있었으니 그가 바로 대치 유홍기였다. 유홍기는 가계에 따라 역관이 되어야 함에도 한의학에 전념하여 약방을 열어서 생활하고 있었다.

박규수는 오경석의 소개로 유홍기를 만난 이후 그의 학문에 매료되고 말았다.

"자네의 학문은 가히 천하의 으뜸이로세!"

천하의 으뜸이란 만인지상의 정승을 일컬어 하는 말이었다. 그래서 이때부터 유홍기를 백의정승이라 부르게 된 것이다.

유홍기는 오경석과 더불어 박규수와 학문을 논하면서 돈독하게 친분을 쌓아 나갔다. 그도 역시 오경석과 더불어 개화에 뜻을 같이하는 동지 사이였던 것이다.

이때 오경석이 박규수로 하여금 관기 초선을 기적에서 빼내게 만든 것이었다. 그것은 박규수가 초선을 첩실로 삼음으로써 가능한 일이었다. 그리하여 초선의 집에서 유홍기와 더불어 박규수를 자연스럽게 만날 수 있도록 계책을 꾸민 것인데, 이로써 초선 역시 예전의 여옥이란 이름을 되찾아 살아갈 수 있게 되었고, 더불어 개화당의 일원으로서 함께 활동해 나갈 수 있게 되었던 것이었다.

사람의 운명이란 한 치 앞도 내다볼 수 없는 것으로서 이때 여옥에게는 참으로 기이한 일이 생겨나고 말았다. 그녀의 몸에 신열이 오르게 된 것이다. (신열이라 하면 보통은 몸에 열이 나는 것을 말함이거니와 여기서 말하는 신열이란 바로 귀신병을 말함인 것으로서 그것을 무병이라고도 표현을 하는 것인바, 무병에 대해서는 초혜의 경우로서 이해하면 될 일이겠다.)

여옥은 결코 무녀가 되는 것을 원치 않았다. 이제는 명색이 박규수의 첩실로서, 무당이 되고 나면 박규수의 체면상 그의 곁을 떠날 수밖에 없는 것이며, 자칫 개화당의 활동에도 걸림돌이 될까 하는 우려 때문이었다.

그러나, 무당이라 하는 것이 하고 싶다고 하고, 하기 싫다고 하지 않아도 되는 것이 아닌 것이다. 무당을 하지 않겠다고 버텼다가는 자칫 목숨을 잃을 수도 있음인 것인데, 여옥도 결국에는 내림굿을 할 수밖에 없었고, 그리하여 도성에서 모르는 사람이 없을 만큼 이름을 떨치게 된 것이거니와 그녀가 이름을 떨치게 된 데에는 그럴만한 사연이 있었다.

서기 1866년, 그러니까 지금의 주상께서 보위에 오른 지 3년이 지난 뒤의 일이었다. 주상께서 여덟 살의 나이로 보위에 올랐으니 그때도 이미 혼례를 치를 나이가 되어있었으나, 그러고도 3년이 더 지난 지금까지 중전을 맞이하지 못하고 있었던 것이다.

그러나 거기에도 또 그럴만한 사연이 있었다. 주상의 생부인 홍선군 이하응과 대왕대비 조씨와의 밀약 때문이었다. 철종임금이 후사가 없이 죽게 되자 홍선군이 대왕대비 조씨를 찾아가 임금의 자리를 두고 흥정을 했던 것이다. 홍선군 자신의 둘째 아들 명복이가 아직 혼례를 올리지 않았으므로 명복을 철종임금의 양자로 삼아서 보위를 이어받게 하도록 하고, 주상이 성년이 될 때까지 대왕대비께서 섭정을 함은 물론 중전의 간택 또한 대왕대비께서 직접 하도록 한다는 내용이었다.

차기 주상의 인사권을 손에 쥐고 있던 대왕대비 조씨로서도 구미가 당기는 내용이 아닐 수 없었다. 홍선군의 아들을 철종의 양자로 삼는다면 홍선군은 자연히 부모로서 자격이 상실되는 것이며, 권력은 섭정의 손에 들어가게 됨으로써 조정의 권력 기반을 공고히 굳힐 수가 있게 될 뿐만 아니라 중전의 간택 또한 조씨 문중에서 골라 삼을 수 있을 것이기 때문이었다. 대왕대비나 그 주변 세력들에게는 이보다 더 좋은 기회가 아닐 수 없을 일이었다.

그리하여, 홍선군의 둘째 명복을 새 임금으로 들여앉히게 된 것인데, 아들이 임금이 되고 나자 홍선군의 숨은 본색이 드러나기 시작을 한 것이었다.

〈내가 주상의 생부이거늘, 내 승낙도 없이 어느 누가 감히 중전의 간택을 입에 담는단 말이더냐!〉

파락호 미치광이가 주상의 생부임을 내세워 몽니를 부리자 대왕대비로서도 미치광이의 기세를 꺾어 누를 수는 없었다. 그뿐만이 아니었다.

〈주상의 생부면 추존대왕의 지위를 부여해도 모자람이 없음 이거늘, 일개 왕대비가 어찌 섭정의 자리를 물려주지 않고 그 자리에 버티고 있단 말이더냐!〉

조정의 중신들을 부추겨 대왕대비의 지위 문제까지 뒤흔들 움직임을 보이자 조대비께서는 섭정의 자리를 흥선군에게 강제로 빼앗기다시피 넘겨주고 말았다. 그러나, 흥선군의 욕망은 거기에서 그치지를 않았다.

〈주상의 생부가 대원군이 못 될 이유는 또 무엇인가!〉

결국 중신들은 흥선군에게 대원군의 지위를 용인해 줄 수밖에 없었다. 자칫 추존 대왕이라도 되겠다고 미쳐서 날뛰지 않는 것만도 그나마 다행이라면 다행일 뿐이었다. 그랬기에 그의 위세는 참으로 하늘을 찌르고 있었다.

〈어차피 용상은 내가 만들어 앉힌 자리거늘, 섭정의 자리에서 조정을 이끌어 나감에 어느 놈이든 나에게 반기를 들기만 해 봐라!〉

대원군은 아예 영의정의 자리까지 꿰어차고 앉아서 정권의 기반을 다져 나가기 시작했다.

〈명복이 너는 상징적인 인물로서 임금의 자리에 앉아 있기만 하면 골치 아픈 나라의 정치는 이 아비가 도맡아서 처리해 줄 것이니라!〉

그리고, 이때가 되어서야 비로소 중전 간택에 나서게 되었는데 그것이 또한 걱정거리였다.

(조정 대신의 여식으로 중전을 삼았다가는 분명 외척의 발호

가 있을 것이거늘!)

자신의 부인인 민씨에게 중전감을 알아보게 했다.

"중전감의 제목은 부인이 조정 대신의 집안을 빼고 다른 곳에
서 한번 찾아봐 주시오."

부대부인 민씨는 임금이 된 둘째 자식의 혼기를 놓쳐 애를 태
우고 있다가 대원군의 부탁을 받고는 즉시 팔을 걷어붙이고 나
선다. 그러나 그도 역시 팔은 안으로 굽기 마련이어서, 성균관
사성으로 있는 친정 아우 민승호에게 부탁하여 민씨 집안에서
중전감을 찾아보도록 했다.

민승호는 대번에 눈알이 튀어나올 수밖에 없었다.

"내 손으로 중전감을 물색한다면 내 출세길도 (휜—히) 열리겠
지?"

민승호의 계모이신 이씨 부인께서 소식을 전해 듣고 아들에게
말한다. (민승호의 계모이신 이씨 부인은 부대부인의 친정어머
니기도 했다.)

"지난 정초에 세배를 다녀간 아이들 중에서 수진방 무녀가 하
늘의 기운을 타고났다 하여 특별히 보살펴 주라 하였던 불쌍한
아이를 기억하느냐?"

"예에! 부모를 여의고 친척집에 얹혀산다는 아이 말이지요?"

"그래, 수진방 보살이 정성껏 보살펴 주라고 간곡히 당부하여
내가 그 아이의 뒤를 보살펴 주고 있었느니라!"

"그따위 무당의 말을 어찌 믿고서요."

"못 믿을 것은 또 뭐냐? 대원위가 찾는다는 인물이 바로 그런
아이가 아니더냐."

"아무리 그래도 부모 없이 자란 고아를 어찌!"

"부모가 없는 것이 흠이 된다면 내가 그 아이를 입적시켜 양녀로 삼으면 될 일이거늘, 그게 뭐가 어째서?"

그러니까 민승호 너도 내게 양자로 들어온 것이 아니냐 하는 뜻이었다.

"까짓거 밑져야 본전이니 말씀이나 한번 드려보지요 뭐!"

그랬는데 부대부인 민씨의 반응이 의외였다.

"부모가 없다니 참으로 안성맞춤이구나. 게다가 어머님의 양녀로 입적시킨다면 누가 감히 집안을 업신여길 수 있음이더냐? 당장에 그 아이를 데려와 보도록 하거라."

이렇게 해서 간택이 된 것이 지금의 중전이었다.

그런데 중전의 삼간택을 하루 앞둔 3월 초닷샛날에 완공이 거의 다 되어가던 경복궁에 화재가 발생했다. 이날의 화재로 새 궁전 800여 간이 전소되고, 산처럼 쌓여 있던 목재며 각종 건축자재가 몽땅 불에 타 버리고 말았다.

〈가뜩이나 국고가 바닥이 난 마당에 경복궁의 중건을 더 이상 계속할 수 없음이야!〉

그러나, 대원군은 경복궁의 중건을 중단하지 않았다.

〈경복궁 중건에 필요한 경비는 인두세를 거두어서라도 중단하지 말고 계속하라!〉

인두세란 사람의 머리 숫자에 따라 거두는 세금이었다. 먹고 살기도 힘든 시절에 불쌍한 민초들에게는 온갖 명목의 세금을 마구잡이로 거둬들이니 세금이 제대로 걷힐 리가 없었다.

(인세가 이렇게도 적게 걷히다니 이게 말이 되느냐! 죽은 부모

와 죽은 처자식까지 인세를 물려서라도 더 거둬들이라!〉

백성들을 마치 기름 짜듯 쥐어짜니 드디어 민심이 요동을 치기 시작했다. 백성들의 원성이 민란으로까지 표출이 되기 시작했던 것이다. 오십여 년 전의 동학란 때보다도 그 정도가 더 심각하다고 했다.

대원군은 다급했다. 활로 모색이 필요했다. 그러다가 생각해 낸 것이 바로 중전이었다. 중전을 희생시켜서라도 난국을 타개하고자 했던 것이다.

《국모를 잘못 간택하여 나라에 우환이 끊이지를 않는 것이다!》

비열하기 그지없는 술수가 아닐 수 없었다. 그럼에도 백성들에게는 그것이 거짓말처럼 먹혀들고 있었다. 자신을 향한 원성을 중전에게 뒤집어씌워 타개를 해 나갈 수 있었던 것이다. 이로써 중전은 백성들 사이에서 원성의 대상으로 자리를 잡는 계기가 되었던 것이었다.

그럼에도 천지분간 없이 중전의 간택을 빌미로 신바람을 내는 사람이 한 사람 있었다. 중전의 새 오라비가 된 성균관 사성 민승호였다.

민승호는 중전의 간택 5년여 만에 이미 도승지를 거쳐 예조판서의 자리까지 올라 있었다. 그리하여 이제는 척족 민문의 두령으로 입지를 굳히게 된 것이었다.

민승호의 뒤에는 민경호와 민태호 그리고 민치구와 민치상 같은 훈구 대신들까지 포진하고 있었으니 이들 외척들은 드디어 대원군의 독선에 맞서는 견제 세력으로 등장해 있었던 것이었다.

민승호는 중전의 오래비이기 이전에 대원군의 처남이기도 했으며 민치구는 민승호의 양부이자 대원군의 장인이기도 했다. 민승호의 어깨에 힘이 들어갈 수밖에 없었다.

그러나, 민승호의 어깨에 힘이 들어갈수록 중전에 대한 원성이 자신에게도 비수가 되어 향하고 있다는 사실을 그는 전혀 깨닫지 못하고 있었다. 겉으로 드러난 민승호의 위세는 가히 하늘을 찌르고 있었던 것이다.

"대왕대비의 척족인 조성하와 조영하가 내 편에 있고 흥인군 대감이 우리에게 동조하고 있음에랴 조정의 판도가 우리 편에 있음이로다!"

흥인군은 바로 대원군의 중형이었다.

민승호가 비록 예조판서라고는 하나 주상의 친정이 거론되면서 대원군은 노을에 지는 해요, 민승호는 떠오르는 아침 해가 되어 희비가 엇갈리고 있었다.

대원군은 치를 떨었다.

"제 놈도 처갓댁에 양자로 들어온 주제에, 그래도 처남이라 하여 벼슬길에 올려주었더니, 이제는 주상의 친정을 빌미 삼아 나를 권좌에서 밀어내고 제 놈이 천하를 손아귀에 쥐고 흔들겠다며 설쳐댄단 말이지? 괘씸한 놈!"

더 이상은 민승호를 그냥 내버려둘 수가 없었던 것이다.

"민승호 그놈을 쥐도 새도 모르게 해치우거라! 민승호를 해치우고 그것이 설사 발각이 되더라도 내가 너를 보호해 주마!"

"예, 아버님. 소자를 믿으시옵소서! 소자가 목숨을 걸고서라도 아버님의 권위에 도전을 해오는 자가 있다면 기필코 그냥 두지 않을 것이옵니다."

이재선으로서는 목숨을 걸 만도 했다. 세상에 서출이 아비를 보고 아버님이라 부를 수 있는 것은 아마도 이재선 한 사람뿐일 것이었다.

게다가, 이재선의 후일을 기약하여 서출들도 조정에 출사할 수 있도록 국법까지 고쳐놓았으니, 그것이 설마 이재선에게 지방 고을의 수령이나 한 자리 시키고자 하여 그런 조치를 취하였을 리는 없을 일이 아니겠는가.

이때 민승호는 대원군의 비수가 자신의 목줄을 겨냥하고 있다는 사실도 모른 채 기고만장하여 설치고 다녔다. 그가 제아무리 민문의 두령이라고는 할지라도 대원군의 눈에는 아직도 하룻강아지에 불과하다는 사실을 그는 전혀 깨닫지 못하고 있었던 것이다.

그러나, 중전께서만은 결코 그렇지를 못했다. 시아버지 대원위가 여차하면 자신을 민심의 화살받이로 내세워 쫓아낼 수도 있다는 사실에 두려움을 느끼고 있었던 것이다.

(당신의 권력 유지를 위해서라면 피도 눈물도 없는 분이시거늘…!)

그래서 지푸라기라도 잡는 심정으로 오라비 민승호를 불러 수진방 무녀의 얘기를 물어보게 되었다.

"혹시 수진방 무녀에 대해서 아시는 것이 있습니까?"

"예, 저도 그 무녀에 대해서는 얘기를 들어 잘 알고 있습니다."

"그래요? 허면, 그 무녀를 얼굴이나 잠깐 볼 수 있도록 상궁 나인으로 변복을 시켜 이곳으로 한번 데려와 주세요."

민승호가 어찌 그 청을 거절할 수 있겠는가. 그것은 오히려 그가 바라던 일이기도 했다. 생색을 내기에 딱 좋은 일이기 때문이다. 무녀가 아무리 중전의 관상을 좋게 보았다고 할지라도 그것을 실행에 옮긴 것은 바로 자신이었다. 일개 무녀의 말을 믿고 자신이 직접 나섰기에 오늘의 중전이 그 자리에 앉아 있는 것이다. (제발 그 은공을 알아주었으면-) 하는 것이 그의 바람이었는데 드디어 기회가 찾아온 셈이었다. 무녀를 중궁전에 데려다 주면 자신의 공로도 저절로 드러날 일이기 때문이었다.

그리하여, 무녀 여옥은 중궁전을 드나드는 왕실 무당이 될 수 있었다. 물론 비공식적이긴 했으나 그녀를 왕실 무당이라 생각하지 않는 사람은 아무도 없었다. 그만큼 중궁전의 애정이 각별했는데 천애의 고아나 다름없는 중전으로서야 여옥이에 대한 믿음이 남다를 수밖에 없을 일이었다. 오늘의 중전을 그 자리에 있게 한 것이 따지고 보면 여옥이기 때문이었다.

〈네가 나를 중궁전의 주인으로도 만들어 주었는데 설마하니 대원위의 사슬 하나 벗어날 길을 찾아내지 못하겠느냐!〉

그동안은 대왕대비와 대비까지 모시고 있는 상황에서 나이 어린 중전이 차마 무녀를 대궐로 불러들이지 못했으나 이제는 자칫 대궐에서 쫓겨날지도 모를 절박한 상황에서 못 할 짓이 아무것도 없었다. 무녀의 도움이라도 받아서 대원위의 마수를 벗어날 길을 스스로 모색해야만 했던 것이다. 이때 중전의 나이 겨우 열일곱 살에 불과했다.

그리하여 여옥은 사흘이 멀다 하고 중궁전으로 불려 들어가게 되었다. 이때까지만 해도 여옥의 대궐 출입은 민승호의 도움이 절대적이었다. 민승호의 도움 없이는 여옥이 혼자 궁궐문을 통과하는 일이 여의치가 않았기 때문이었다. 그것이 또한 민승호에게도 기회가 될 수 있었다. 여옥이를 통하여 자신의 의중을 중전에게 전달할 수 있게 되었기 때문이었다.

그러자, 여옥의 중궁전 출입을 누구보다 반기는 인물들이 또 있었다.

(여옥이가 중전마마의 마음을 사로잡게 된다면 이 나라 조선을 개항시켜서 문명된 서구의 문물을 받아들이는 데 이보다 더 좋은 기회가 없을 것이야!)

바로 박규수의 개화파 인물들이었다.

그리하여 여옥은 시간이 날 때마다 분주히 사람들을 만나고 다녔는데 그녀도 이제는 사유의 몸이 되어 이동인과의 밀회 또한 마음껏 즐길 수가 있게 되었던 것이었다.

그러니까, 여옥이가 사람들을 분주히 만나고 다녔다는 것은 그녀가 이 나라 최초의 신여성으로서 그만큼 할 일이 많아졌다는 것을 의미하는 일이기도 하거니와 활달한 그녀의 성격과도 딱 맞아떨어지는 일이었다.

게다가 자유의 몸이 되었다고 하는 것은 그녀가 무녀의 몸이 됨으로써 박규수의 체면상 첩실 행세를 할 수 없게 되었다는 뜻이며 더불어 신원마저 회복이 되어 관기의 신분에서도 자유로워질 수 있게 되었다는 뜻이기도 했다. (신원이 회복되지 않았다면 박규수의 첩실 노릇을 끝내는 순간 관기의 신분으로 되돌아가야 하는 일이기 때문이었다.)

그것이 바로 여옥이가 (개화 1세대로서의 역할은 역할대로 하면서도) 왕실 무당뿐 아니라 이동인과의 밀회마저 숨기지 않고 자유로이 할 수 있게 되었다는 것을 의미하는 일이기도 했다.

그런데, 여기서 필히 짚고 넘어가야 할 일이 한 가지 있다. 바로 천주당에 대한 이해이다. 그것이 여옥이와 이동인으로 인하여 소옹이와 초혜 그리고 부대부인 및 중궁전으로 이어지는 얽히고설킨 실타래를 풀어나가기 위함에서이다.

그러니까 천주학이 이 땅에 전래된 것은 16세기 중엽부터였다고 했다. 당시 중국에 들어온 서양 문물의 새로운 지식을 얻고자 조선의 사신단들이 선교사들을 만나고 다니면서부터였다고 했는바, 그렇게 해서 이 땅에 전래된 서학이야말로 조선의 왕조와 왕조를 떠받드는 사대부 기득권층에게는 전염병보다도 더 두려운 것이었다고 했다. 그놈의 민주 사상이라고 하는 것 때문이었다. 선교사들이 하늘님을 모셔오는 과정에서 민주사상이라 하는 것도 함께 들여오고자 무리한 욕심을 부렸던 탓이었다.

민주사상이 무엇이었던가. 소나 개나 돼지에게도 갓을 씌워 사람대접해 주자는 게 바로 민주 사상이라 하는 것인바, 일반 양민도 아닌 개백정까지도 사람대접해 주자는 것은 사대부들에게 기득권을 내려놓으라는 것이나 다름이 없음이었던 것이다.

그것은 또한 천민들에게도 사람대접해서 정치에 참여시키고자 하는 것으로서, 개나 돼지에게 갓을 씌운다는 것이 바로 천민들을 지칭하여 하는 말인바, 그 말의 빌미가 되는 것이 바로 동학의 난이었던 것이다.

그렇다면 동학의 난이란 또 무엇이던가. 절간의 일부 승려들이 혹세무민하여 민주 사상이란 것을 내세워서 감히 만민의 평등을 주장하며 난을 일으켰음에 그것을 일컬어 동학의 난이라고 함인 것인데, 결국은 그놈의 민주사상이라 하는 괴물을 이 땅에 들여온 것이 서양의 종교이고 보면 천주학과 야소교가 핍박을 받는 것이야 당연한 결과일 수밖에 없었던 것이다.

그랬는데, 그것이 참으로 묘하게도 흘러가고 있었다. 서양의 종교와 동학의 중놈들만 때려잡으면 서구의 민주 사상이란 것이 이 땅에 스며들지를 못할 줄로 알고 있었으나 그것이 그렇듯 간단치를 못하다고 하는 사실이었다. 그러니까 이 땅에는 이미 사대부(권력자)들이 그렇게도 두려워 몸서리를 치는 민주 사상이라 하는 것이 개화라는 미명하에 세상을 왼통 오염시키고 있었음에, 그 중심인물로서 여옥이란 이름이 존재한다는 사실이었다.

23. 귀신들의 혈투

본의 아니게도 중전의 마음에 들어 왕실 무당으로 알려지게 된 여옥은 중궁전을 드나들게 되면서 그 불편함이 이만저만이 아니었다.

〈언제 어느 때 중전마마의 부르심이 있을지 모르니 항시 부르심에 대비를 하고 있어야 할 것이며, 부득이 나들이를 해야 할 일이 생길 때는 행선지를 꼭 알려두고 나가야만 할 것이다.〉

여옥은 그렇게 족쇄가 채워지고 만 것이었다. 무녀가 된 이후 박규수의 체면상 첩실의 신세를 벗어날 수 있게 됨으로서 자연스레 이동인과의 정분을 불태울 수 있게 되었으나 궁중 무녀라고 하는 족쇄로 인하여 정인마저 마음대로 만나고 다닐 수 없는 안타까운 처지가 되고 만 것이었다.

무당과 개화승과의 만남은 참으로 찰떡궁합이 아닐 수 없었다. 그랬는데, 그마저도 족쇄가 채워지고 말았으니 여옥은 신세 한탄이 절로 나오지 않을 수 없었던 것이다.

그래도, 가끔은 불공을 핑계 삼아 이동인을 만나러 다니긴 하였으나 그의 승방에서는 손목도 한 번 잡을 수가 없었다. 개화파의 젊은이들이 밤낮을 가리지 않고 드나들고 있었기 때문이었다.

그러나, 궁하면 통하는 법이었다.

(소웅 선사의 누이가 저 아래 길목에서 점집을 열고 있으니 그곳에 가서 기다리고 있으면 내가 곧 뒤따라 나가리다.)

그리하여, 초혜의 점집이 그만 밀회의 장소로 낙점이 되어버린 것이었다.

여옥은 결코 초혜의 점집이 마음에 들 리 없었다.

"쳇! 본데없이 굴러먹던 시골 촌것이 감히 절문 입구에다 깃대를 세우고 점집을 열어?!"

초혜라 하여 여옥이가 마음에 들지 않는 것은 마찬가지였다.

"흥! 무당년이 중놈이랑 눈이 맞아 사통을 하다니! 내가 오라비만 아니면 저년을 내 집으로 발도 들여놓지 못하게 할 터인데…!"

그러면서도 대놓고 박대를 할 수는 없었다. 나이가 너무도 많이 차이가 났기 때문이었다.

"이름이 초혜라고 했던가? 소웅 선사의 의붓누이라니 나도 말을 놓겠다. 우리가 이제 서로 얼굴을 자주 보게 될 것이야. 초혜 너도 도성 안에 발걸음할 일이 있거든 수진방으로 한번 들리거라. 혹여, 대궐 구경이라도 시켜주게 될지 누가 알겠니?"

여옥은 은근히 초혜의 구미를 자극해 놓는다. 다음 순간 초혜의 안색이 대번에 뒤바뀌고 있었다.

(그래서 내가 니년을 봐주는 거란 말야, 이년아! 초혜야? 저년에게 깍듯이 손윗사람 대접해 주거라)

"(그러지 뭐) 아줌씨는 참 좋으시겠어요. 무당년 주제에 앗차, 무당님이라고 한다는 게 그만…"

"호호호~ 그래, 괜찮다. 신장님들끼리 시샘해서 그런 건데 내가 그깟 걸 이해 못 하겠니?"

"미안해요, 아줌씨! 이년이 워낙에 시골 무지렁이가 돼 놔서 조심성이 없설랑요? 그러니까 아줌씨가 이해하세요."

"오냐오냐. 네 스스로 무지렁인줄 알고 있다니 다행이로구나 호호호~ 그런데, 너네 신어미가 참 고달프겠구나 애야!"

"엄니는 아줌씨처럼 말투 같은 걸로 그깟 거 신경 안 써요. 돈이면 뭐든 다 해결되걸랑요? 그래서 말인데요, 아줌씨가 대궐 같은 곳엘 들락거린다면 이깟 거 신경 쓰지 마세요. 애초에 생겨먹길 이렇게 생겨 먹었는데 이제 와서 어쩌겠어요?"

"그래그래. 생겨먹기는 예쁘장하게 생겨먹었다마는 아무래도 내가 아쉬워서 찾아왔으니 별수가 있겠니? 대궐 같은 곳엘 들락거리는 내가 참아야지!"

그러면서도 여옥은 속이 뒤틀렸다. 겨우 딸자식뻘이나 되는 어린 계집아이에게 (나는 대궐을 출입하는 왕실 무당이니 나를 우러러보거라) 해서 자랑삼아 해본 말인데 어린것에게 무시당하는 것 같아 기분이 몹시 언짢아졌던 것이다. 그러면서 오히려 (목마른 놈이 우물 판다.)며 자신의 속내만 드러내 보이고 말았는데, 사실은 그것이 전부가 아니었다. (딸자식 같은 어린 꼬맹이에게 무시당하는 것은 아닌가?) 하면서도 결국은 초혜의 말투에 휘말려 들고 있었던 것이었다.

"깔깔깔~! 아줌씨는 참말로 고단하시겠어요. 똥인지 된장인지 그딴 거 일일이 따지지 말고 우리 엄니처럼 나 같은 거 무시하라니까요. 우리 엄니는 내가 무슨 말을 하던 돈이면 그딴 거 신경 쓰지 않는다고 했잖아요? 그래서 말인데요, 제가 궁금한 게 한 가지 있걸랑요?"

"궁금한 게 있어? 그래, 그게 뭔데?"

"예에, 아줌씨가 대궐 같은 곳엘 들락거리면 혹시 무수리라고 하는 궁녀들도 만날 수가 있느냐? 이런 말이에요."

"뭐? 무수리…?… 그게 왜 궁금한데?"

"거 봐요. 똥인지 된장인지 그딴 거 따지지 말라고 했잖아요?"

"오냐오냐! 내가 왜 고단한가 했더니 그래서 그랬구나. 대궐의 무수리라고 하면 빨래나 청소 같은 허드렛일이나 하면서 살아가는 불쌍한 나인들이야. 그딴 것들은 내 앞에서 감히 고개도 못 들고 다녀. 나는 이래 뵈도 중전마마만 만나고 다니는 귀하신 몸이거든, 이제 알겠니?"

"(빌어먹을 년이 잘난 척은, 나도 알아 이년아!) 하이고머니─ 그렇게도 귀하신 분이 어째서 이런 누추한 곳까지 다 납시셨데요 글쎄! 그런 줄도 모르고 이년이 함부로 말을 해서 미안해요.

아줌씨가 이해하세요."

"오냐, 이해하마. 나도 이제 고단하게 살지 않으려고 똥인지 된장인지 그딴 거 따지지 않기로 약속하마."

"이제라도 알았다니 더 이상 피곤하진 않겠네요. 아줌씨."

"그래그래. 고맙구나! 내가 너를 진즉에 만났더라면 피곤하지 않게 살았을텐데. 호호호~"

"지금이라도 만난 게 얼마나 다행이에요? 초혜도 아줌씨를 만난 것이 영광이걸랑요? 그러니, 필요하시거든 언제든지 들리셔서 내 집처럼 마음대로 이용하세요."

여옥은 정녕 초혜의 속내를 이해할 길이 없었다.

(저 무지렁이 촌것의 머릿속에 구렁이가 열 마리는 들어 있음이야!)

이날 이후 여옥은 수시로 이곳을 들러서 동인 선사와 만남의 장소로 활용을 했고, 초혜와의 친분도 쌓여만 갔다.

물론, 초혜와 여옥은 신장들끼리의 질투로 인하여 겉으로는 서로가 냉랭한 분위기를 나타내 보이고 있었으나 인간적인 면으로는 더 없이 가까운 사이가 될 수밖에 없었다. 초혜의 꾸밈없고 해맑은 성격이나 여옥의 푸근한 성품은 서로간에 마음의 빈자리를 채워주기에 부족함이 없었던 것이다.

초혜는 정녕 여옥이가 싫지만은 않았다. 신장들끼리야 서로 반목을 한다지만 초혜의 마음속에는 인간적인 본능도 잠재되어 있었다. 그것이 바로 어미에 대한 그리움일 것이었다.

물론, 초혜에게 신어미가 없는 것은 아니었다. 그러나, 신어미에게서는 결코 인간다운 모습을 찾아볼 수가 없었다. 서로 모녀지간으로 맺어진 것도 신어미의 일방적인 결정으로 그렇게 된 것일 뿐, 초혜가 원해서 된 것은 아니었다. 게다가, 지금도 수시로 본전타령을 해가며 돈벌이에 안달을 할 때면 그나마 있던 정나미도 다 떨어져 나가고 있었다. 신어미에게 정이 남아 있을 리 없었다.

허나, 그렇다고 해서 신어미와 결별을 생각하는 것은 물론 아니었다. 신어미에게서 세상살이를 배워가고 있었고 신어미는 초혜에게서 생활비를 마련해야 했으니 서로가 인생의 동반자인 것만은 분명했기 때문이었다.

그와 더불어 초혜에게는 여옥이 또한 결코 없어서는 안 될 중요한 인물이었다. 이 생원과의 약조 때문이었다. 그러니까, 이 생원과의 약조를 지키기 위해서는 여옥이가 절대적으로 필요하다는 뜻이었다. 초혜의 삼신당 신녀가 여옥이와의 관계를 돈독하게 만든 이유가 그것 때문임을 어찌 깨달아 모를 일이겠는가. 신장들끼리의 싸움은 싸움이고, 삼신당 신녀에게 필요한 일은 또 필요한 일이기에 말이다.

초혜가 여옥이에게 친절을 베풀어 주자 여옥이도 마지못하여 인사치레를 해 왔다.

"초혜야? 내가 번번이 너에게 신세만 지게 되는데 나도 너에게 보답을 해야 하지 않겠니? 네가 수진방을 한번 다녀간다면 내가 책임지고 너에게 도성 구경을 시켜주도록 하마."

초혜도 신어미랑 도성 구경을 하긴 했었다. 그러나, 어미도 시골뜨기요, 초혜도 마찬가지였다. 그랬기에, 여옥이가 도성을 구경시켜 주겠다고 하자 신어미가 더 반색을 했다.

사실, 도성을 구경하자면 하루 이틀에 할 수 있는 일이 아니었다. 운종가만 둘러보는 데도 하루해가 짧을 것이요, 육조관아는 어디에 있고, 궁궐들은 어디에 있으며, 동대문과 서대문을 거쳐서 도성을 한 바퀴 둘러보자면 한 달을 둘러본다고 해도 못다 둘러볼 일이었다.

그런데, 하루만 구경한다고 해도 하룻밤 머물 곳은 있어야 했다. 신어미나 초혜가 도성 구경에 엄두를 못 내는 이유였다. 설사 머물 곳이 있다고 할지라도 안내자가 없다면 길을 잃고 헤맬 것은 자명한 이치요, 눈을 뜨고 있어도 코를 베어 간다는 도성 인심에 겁이 나서라도 신어미랑 초혜가 더 이상 도성 구경에 욕심을 낼 수는 없었던 것이다.

그랬는데, 여옥이가 제 입으로 도성 구경을 제안하고 나섰으니 초혜나 신어미가 반색하는 깃은 너무도 당연했다. 도성이 제아무리 코앞이라고 하나 초혜와 신어미로서는 평생의 소원을 이루는 것이나 다름이 없을 일이었던 것이다. 그리하여 대번에 약속이 잡혀졌다.

신어미는 정녕 신바람이 났다.

"이제 이 어미는 오늘 죽어도 여한이 없다. 드디어 도성구경을 실컷 하게 생겼으니 더 이상 무슨 여한이 있겠느냐."

"그럼 죽던가! 오늘 죽어도 여한이 없다면서 무얼 망설여?"

"비루먹을 년아, 도성 구경은 하고 죽어야지."

"죽고 나서 하면 되잖아? 죽어서 하나 살아서 하나 구경하는 건 매한가진 걸 뭐!"

"그래도 살아서 하는 게 낮지, 내가 죽고 나면 니년 무당 만들어준 거 본전은 어디 가서 뽑냐?"

"죽기 싫걸랑 말고! 괜히 본전 핑계 대가며 복채나 챙기겠다는 거 누가 모를까 봐?"

"옛끼 비루어먹을 년! 제발 말 좀 가려가면서 하거라. 이 어미 가슴에 염장 지르는 소리만 하지 말고!"

"그러게 왜 늘상 보따리는 싸두고 살아! 말로는 금방 죽어도 여한이 없다면서 여차하면 나만 남겨두고 도망을 치겠다는 거 누가 모를 줄 알아? 살고 싶은 욕심은 많아 갖고!"

"그 그걸 알았더냐? 이 생원이 관아에다 발고할까 싶어 겁이 나서 그랬지 누가 도성 구경하게 될 줄 알기나 했나? 그래서 말인데, 수진방 보살년 저거 꼬드겨 이 생원과의 약조를 지켜낼 생각인 거지, 그치?"

"피이- 그래서 아직도 도망 안 가고 이 집에 붙어살고 있는 거잖아?!"

"본전도 덜 뽑았는데 당연하지 이년아, 너 같으면 도망부터 치겠냐? 본전부터 뽑아야지! 보따리야 만약을 대비해서 여분으로 싸두는 것이지만…"

"그러면서 지금 죽어도 여한이 없다고 입에 발린 소린 왜 해? 삼신당 귀신도 못 믿는 주제에…"

"그 그건 미안하게 됐구나. 내가 당주님은 믿으니까 도망 안 가고 참았지. 너 같이 겁 없는 년을 믿고 내가 참았겠냐?"

"알았어! 믿고 기다리니까 도성 구경도 하게 되고 얼마나 좋아!"

"오냐 오냐. 내가 네년은 못 믿어도 당주님이야 믿고 말고!"

그랬는데, 여옥이와 초혜가 도성 구경을 약조한 날 여옥은 하필 감기몸살로 심하게 앓고 있었다. 사실 여옥은 이때 중전마마의 배려로 민승호의 대궐 같은 별저를 물려받아 이사한 지 얼마 되지 않은 때라 집 자랑도 겸하여 한껏 으스대려던 참이었는데 그것이 그만 모두 헛수고가 되고 만 셈이었다. 그러나 초혜의 실망은 더 컸다.

"도성 구경을 시켜준다고 해서 왔더니 이렇게 머리를 싸매고 누워있으면 어째요?! 어서 일어나세요, 엄살 부리지 말고!"

"오냐 그래! 오늘 하루만 아프고, 콜록콜록~! 내일은 일어나도록 하마. 콜록콜록~!"

"에고 젠장! 수십 리도 넘는 봉원사를 한달음에 왔다 갔다 하던 아줌씨가 이렇듯 머리를 싸매고 누워있는 걸 보니 구경시켜주긴 다 글렀나 보네, 젠장! 재수 없는 년은 코가 깨져도 뒤로 넘어진다니까 글쎄…!"

신어미가 초혜의 말을 가로막으며 분위기를 정리하고 나선다.

"이제 그만 입 좀 닫고 가만있거라. 니년은 똑똑할 때 보면 똑똑하고 멍청할 때 보면 뒤통수를 얻어맞고 코가 깨지더라. 니년이야 나이가 젊은데 도성 구경 좀 늦게 한다고 호랑이가 물어가겠냐마는 이 어미는 이제 저승 문턱이 코앞인데 한양 구경도 제대로 못 해보고 죽으면 원통해서 어찌하냐 글쎄…!"

"원통할 것도 많네! 도성 구경 못 해보고 죽은 사람들은 원통해서 어찌 죽었나 몰라 다들!"

"데끼 비루먹을 년! 딸년이라는 것이 어미한테 한마디도 지는 법이 없다니까 글쎄! 내가 오죽이나 속이 상했으면 이러겠냐?

니깟 철딱서니 없는 년을 데리고!"

그러면서 결국은 신어미가 슬그머니 방을 빠져 나간다.

(저년이 아무래도 고뿔이 아닌게야! 그렇다면 혹시?)

신어미는 비로소 무엇인가 느끼는 바가 있는 듯싶어 보였다.

(그래 맞아, 바로 그것이었어!)

무언가 깨닫는 것이 있다는 듯 방 안을 빠져나온 신어미는 즉시 찬모를 닦달하여 새 밥을 짓게 해서는 밥상을 챙겨 장독대로 돌아간다. 장독대는 안채 뒤쪽 담장 밑에 있었다.

신어미가 비록 신장을 떠나보내고 반무당이 되었을지라도 귀신에 대한 비방만은 (훤-히) 꿰고 있었다.

(수진방 년이 제집 안방에서 앓아누운 것을 보면 신장들끼리 서로 맞붙어서 저 지경이 되었다는 결론인데…)

그렇다면, 초혜를 위해서 비방을 하겠다는 것인지 여옥을 위해서 비방을 하겠다는 것인지 그것이 참으로 애매하기만 할 뿐이었다.

(두고 보면 알겠지. 언 년을 위한 비방인지…)

신어미로서는 손해날 게 아무것도 없었다. 여옥이가 신열을 털고 자리에서 일어나면 제 공덕이라 둘러대면 될 일이요, 초혜에게 해코지가 돌아가면 여기에서 삼십육계 줄행랑을 치면 될 일인 것이다. 이깟 퇴물무당의 비방이 무슨 효험이 있겠으랴마는….

해는 이미 서산을 기웃거리고 있었다. 저녁 식사때가 다가오고 있었던 것이다.

(비루먹을 년이 저녁밥으로 치성을 올려도 될 일이련만…!)

새로 밥을 짓게 만든 무당년이 얄미워서 찬모할미가 연신 장독대의 신어미를 향해 눈을 흘겨대고 있었다. 신어미가 장독대 앞에 자리를 잡고 앉아 주문을 외우며 두 손을 비벼대기 시작한다.

(삼신대신, 칠성대신, 일월대신, 천지대신, 신령대신, 용왕대신…)

신어미는 정녕 귀신을 불러내는 솜씨가 보통이 아니었다. 그러나, 그 행동이 사람들에게 좋게 보일 리 만무했다. 집안에 있는 사람들 모두가 개화당의 인물들로서 서구의 신문물에 콧바람이 든 사람들이었다. 여옥이가 아무리 무당이라고는 하나 그깟 비방 따위로 여옥의 병세가 호전되리라고 기대하는 사람은 아무도 없었던 것이다.

그럼에도 신어미는 신바람을 냈다. 딸년과 이 집 주인과의 다툼에서 그 결과를 예측하는 일은 그리 어려운 일은 결코 아니었던 것이다.

신어미가 똥구녕에서 방귀를 (뽕뽕~) 뀌며 장독대를 떠나고 있었다. 비방의 결과를 알아냈다는 뜻이었다. 장독대 귀신이 쏘아붙인다.

〈집구석이 망할라니까 저년의 방구 냄새 땜에 올해 장맛 나긴 다 글렀네. 저년 땜에!〉

신어미가 찬모에게 마치 제 종년 부리듯 지시하여 말한다.

"얼렁 가서 밥상 챙겨 오시우. 얼렁!"

찬모의 눈에서 흰창이 뒤집어지고 있었다.

"오는 김에 들고 오면 팔둑이 부러지나? 다리가 부러지나! 애, 언년애미야? 얼렁 장독대에 가서 밥상 좀 챙겨 오거라. (비루먹을 년!)"

그러나 신어미는 차마 찬모에게 반박할 수가 없었다. 자칫 저녁밥을 못 얻어먹을 수도 있을 일이었으니 말이다.

초혜와 여옥의 신장들 싸움은 이미 끝난 것이나 다름이 없었다. 그 싸움의 발단은 삼신당 신녀의 농간에서 비롯된 것이고 보면 싸움의 끝을 짐작한다는 것은 결코 어려운 일이 아닐 것이기 때문이었다.

여옥은 이즈음, 왕실 무당이 된 자신의 처지에 진저리를 내고 있었다. 그것은 미리부터 설명을 한 바 있거니와, 참새를 새장에 가둬두면 어찌 되겠는가. 참새는 결국 성질을 못 이겨 죽게 되고 마는 것이다. 그러니까, 새도 새 나름인 것인데, 여옥은 결코 새장에 갇혀 있을 새가 못 되었다. 자유를 잃는다는 것은 그만큼 중요한 것이었다.

여옥은 이미 서구의 민주사상이라 하는 것을 깨우치고 있었다. 그랬기에, 민승호로부터 생활비나 받아가면서 왕실에 얽매여 산다는 것이 여옥에게는 새가 새장에 갇히는 것이 아니라 날개를 꺾이는 것이나 마찬가지였다.

그녀는 팔자소관에 따라 무당이 되긴 하였으나 무당이라는 게 죽기보다도 싫었다. 이제는 신원이 회복되어 부모의 얼굴에 먹칠한다는 것도 그랬고, 새롭게 불붙은 이동인과의 정분 때문에도 더 그랬다. 그래서 무당이 싫었다.

그러나, 초혜는 달랐다. 이생원과의 약조 때문이라도 기필코 여옥을 꺾어 눌러야 했다. 게다가, 새로이 점집을 열고 손님을 받아 점을 칠 때마다 신어미가 옆에서 신바람을 올려 주었다.

또한, 무당이 무엇인지 (왜, 손가락질을 받아야 하는지) 그 이유조차도 잘 알지 못했다. 오로지 신바람이 올라서 신바람만 낼 뿐이었다. 집안의 살림을 꾸려나가는 일이나 점 손님을 끌어들이는 일 같은 골칫거리는 신어미의 몫이지 초혜가 신경을 쓸 일이 아니었다.

오로지 걱정거리가 있다면 이 생원과의 약조인데, 그 또한 초혜에게는 그만한 배짱이 있었다. 귀신에게 떠넘길 배짱 말이다.

그랬기에, 초혜와 여옥의 신장에 대한 믿음에는 천양지의 차이가 있었다. 서로가 피를 튀기며 맞붙어야 할 운명에서 언제 끊어질지 모르는 여옥의 낡은 동아줄과 쇠줄처럼 단단한 초혜의 동아줄과는 애초에 상대가 되질 못했다. 여옥은, 유흥기가 지어 보낸 한약조차 목에 넘기지를 못했다. 그야말로 죽음이 목전에 다가와 있었다. 초혜가 나타나고부터 너 그랬다.

개화당의 인물들이 속속 모여들었다. 박규수만이 차마 발걸음을 못 한 채 소식을 기다리고 있었는데, 이때 박규수는 한성판윤으로 승차해 와 있었다.

신어미로서도 이런 일은 생전 처음이었다. 여옥의 신장이 초혜의 신장에게 밀리는 것까지는 신바람이 날 일이었으나, 그렇다고 여옥이가 죽어서도 안 될 일이긴 했다. 여옥이의 도움 없이는 초혜가 절대로 이 생원과의 약조를 지킬 수가 없을 것이기 때문이었다.

(이럴 때는 굿이라도 한판 벌여 보는 수밖에!)

그래서 여옥의 신당에다 자리를 잡고, 또다시 찬모를 닦달하여 음식을 차리게 한 뒤에 굿판을 벌이기 시작한다.

(잘되면 내 탓이요, 잘못되면 까짓거 도망을 치고 보지 뭐.)

신어미의 굿판에 기대를 거는 사람은 아무도 없었다. 유홍기와 같은 천하의 명의가 직접 환자를 돌보고 있었고, 오경석이가 청나라에서 들여온 신약까지 동원하여 병세를 살피고 있는데 그깟 늙은 무당의 굿판 따위에 신경을 쓸 사람이 누가 있겠는가.

여옥의 수진방 집은 원래가 민승호의 별저였었다. 그래서 집 안의 노복들도 사실은 민승호의 가노들이었다. 그랬기에 박규수를 비롯한 관리들은 아무도 이곳을 드나들지 못했다. 관직에 있는 인물들이 이곳을 다녀가면 그 면면을 파악하여 가노들이 그 사실을 민승호에게 보고하도록 되어 있다는 사실을 모두가 나 알고 있었기 때문이었다.

게다가, 그 사실이 대원군의 귀에 들어가지 말란 법도 없을 일이었다. 그랬기에 관직에 몸담고 있는 관리들은 아무도 이 집에 드나드는 사람이 없었으나 오경석과 같은 역관만은 예외였다.

물론, 오경석이가 이 집에 얼굴을 드러낸 것도 이번이 처음이기는 했다. 그 대신에 유홍기가 오경석이나 박규수의 자리를 대신했다. 유홍기는 의원의 신분으로서 출입에 자유로울 수가 있었던 것이다.

어쨌거나, 여옥은 유홍기의 약 처방뿐만 아니라 신어미의 굿발조차 거부한 채 결국에는 숨을 거두고 말았다. 참으로 안타까운 죽음이 아닐 수 없었다.

(비루먹을 년이 초혜의 소원이나 들어주고 죽을 것이지 이 생원과의 약조는 어쩌라고 죽긴 왜 죽어 비루먹을 년!)

여옥의 죽음으로 인하여 발등에 불이 떨어진 것은 신어미였다. 물론, 개화당이라 하여 어찌 그 손실을 말로써 다할 수 있겠으랴마는 이가 없으면 잇몸으로도 살아갈 수 있는 게 세상의 이치인 것이다.

그러나 신어미만은 사정이 달랐다. 결코 이 생원과의 약조 때문이 아니었다. 이 집에 있는 민승호의 가노들 때문이었다.

(정짓간에 있는 두 종년들이 내게 독을 품고 있을 것이니…!)

그래도 사람이 죽어서 장례를 치르고 있는 상황에서 무슨 해코지를 할까 하겠지만, 이곳의 분위기가 결코 그렇지를 못했다. 늙은 찬모 부부나 젊은 언년네 부부에게는 여옥의 죽음이 자신들의 죽음과도 같은 절망이었던 것이다. 그것은 바로 여옥이와의 인과관계 때문이었다.

그들은 모두 민승호의 가노로서 별저를 관리하는 명분으로 여옥의 살림살이를 돌봐주고 있기는 하였으나, 그동안은 참으로 사람다운 대접을 받으며 여옥이와 한 식구처럼 잘 살아오고 있었던 것이다.

원래가, 노비들이 사람대접을 못 받는 것이야 세상이 다 알고 있는 일이라 하겠으나, 남의 집에 임시로 얹혀사는 노비들의 신세는 더더욱이나 더 그러했다. 자칫 배를 곯는 것은 다반사요, 마치 물건처럼 취급하여 이리저리 내돌려지기 마련이었던 것이다.

그러나, 이들은 달랐다. 여옥이도 한때는 관노비의 신분이었다. 노비들의 처지를 너무나도 잘 알고 있는 그녀였다. 더불어 그녀는 서구의 민주사상을 몸소 배워 익힌 신여성이었다.

(사람 위에 사람 없고, 사람 아래 사람 없으니…)

민승호의 가노들과 함께 살아가면서도 여옥은 그들을 가족처럼 생각하여 한 식구나 다름없이 잘 대해 주었던 것이다.

그랬는데 뜬금없이 늙은 무당년이 나타나서 제년이 마치 상전이라도 되는 듯이 마구잡이로 굿판을 차리라며 들볶아 재끼는데, 늙은 찬모는 정녕 눈자위가 뒤집힐 수밖에 없었던 것이었다. 신어미로서도 그 눈치만은 못 알아차릴 리 없었다.

무당들이란 원래 그런 부류들이었다. 귀신을 내세워 큰소리쳐 보는 거 말이다. 그런데, 그만 굿판을 벌인 보람도 없이 주인 년이 숨을 거두고 말았다.

(빌어먹을 년이 죽긴 왜 죽어?…! 눈치 없이 어물쩍거리다가 몰매 맞아 죽게 생겼구나!)

밤중에 오줌이라도 누러 나갔다가 몽둥이로 뒤통수를 얻어맞게 되면 주인 년을 모시고 염라전까지도 함께 가야 할지 모를 일이 아니겠는가.

민승호의 가노들 역시 심기가 불편하긴 마찬가지였다. 여옥이가 죽고 나면 또다시 민승호의 밑으로 복귀하여, 살아도 산 목숨이 아닐 것임을 짐작하여 모를 리 없었기 때문이었다.

(가뜩이나 살맛도 안 나는데 저 늙은 무당년에게 분풀이나 해 주고 보지 뭐!)

신어미는 무조건 줄행랑을 치고 봐야 했다.

"초혜 저년은 오줌 눌 생각도 않는단 말인가?…! 허긴, 저년이랑 함께 도망을 쳤다간 붙잡히기 십상이지…!"

그러니까 혼자서 도망을 칠 수밖에 달리 방도가 없었던 것이었다.

24. 진장방의 새(왕실) 무당

초상집을 찾는 문상객들은 원래 밤을 지새우며 먹고 마시고 떠들며 (상주들의 슬픔을 잊게 해주면서) 함께 밤을 지새워주는 것이 관례이다.

여옥의 초상집이라고 다를 바가 없었다. 먹고 마시고 떠들면서 그렇듯 시대의 인물 하나를 이렇게 떠나보내고 있었던 것이다. 여옥이야말로 이 시대의 신여성으로서는 유일한 인물이었는데, 그녀가 무당이 됨으로써 그 빛이 바래기는 하였으나 개화의 세력들로서는 참으로 크나큰 손실이 아닐 수 없을 일이었다.

그렇다고 관직에도 나갈 수 없는 여성들에게 무슨 사회 활동이 대단하겠으랴마는 그렇더라도 이 세상은 남정네들만이 이끌어 가는 것은 아닌 것이다. 여인들의 가슴속에도 이 세상을 움직이고자 하는 열망이 있고, 또 관직을 제외한 대부분의 사회생활은 여인들도 함께하고 있음임을 부인할 수는 없을 일일 것이다.

그래서 베갯머리 송사란 말도 있고, 집안의 대소사를 관장하는 것도 (여인이라고 하는) 안방마님의 소관인 것이며, 자식을 낳아 가정교육을 시키는 것도 그 절반의 소임은 어머니라고 하는 여인의 몫임을 결코 간과해서는 안 될 것이다.

그랬기에, 여인도 배워야 하고 의식이 깨어 있어야 함인 것이다. 또 누가 알겠는가. 여인들도 의식을 깨우치다 보면 십 년 후 또는 백 년 후의 세상에서는 여인도 관직에 나갈 수 있는 서구의 민주화 세상이 도래할는지 말이다.

그랬는데 그것이 그만 여옥의 죽음으로 희망의 길잡이를 잃고

만 셈이니 어찌 안타까운 일이 아닐 수 있겠는가.

물론 남정네들에게야 여옥의 죽음에 별다른 감정이 없을 수도 있겠으나 그녀를 믿고 따르던 여인들에게는 참으로 크나큰 충격이 아닐 수 없을 일이었다. 의외로 그녀를 믿고 따르던 여인들은 많았으니 말이다. 여옥이가 무당이 된 이후, 드러내놓고 그녀를 따르는 모습은 자제하고 있었으나 서구의 개화된 사상이야말로 여인들의 가슴을 흥분시키기에 충분했고, 그것은 반상의 구별을 떠나 희망의 복음이 아닐 수 없었던 것이다. (※ 그러나 그러한 복음의 전도가 천주학의 미사와 함께 이루어지다 보니 워낙에 은밀히 이루어졌던지라 세상에 널리 전파되지 못한 아쉬움이 있다 할 것이다.) 그랬는데 그만 여옥의 죽음으로 인해 여인네들의 희망의 길잡이가 사라져 버리고 만 셈이었다.

밤이 되어도 사람들은 돌아갈 줄을 몰랐다. 먹고 마시고 떠들면서 초상집의 분위기는 한껏 달아오르고 있었다. 그것이 그녀의 존재를 잘 설명해 주는 결과였다. 사람의 대접조차 받을 수 없는 일개 무당의 집에, 그것도 당사자가 죽어서 장례를 치르고 있는 집에 이렇듯 많은 문상객이 소문을 듣고 찾아들어 북적댄다는 것은 가히 상상도 할 수 있는 일이 아니었다. 채 하루도 안 된 사이에 부고장을 돌린 것도 아닌데 말이다.

그것이 바로 여옥의 인기를 말해주는 일이거니와, 사람들이 얼마나 서구의 민주 사상에 대한 열망이 간절했는지를 보여주는 좋은 결과가 아닐 수 없을 일이었다. 그것이 비록 현실에서는 이루어질 수 없는 환상이라 할지라도 말이다.

이즈음의 조선 백성들은 권력자들이 멍석만 깔아주면 얼마든지 신명 나게 놀아줄 준비가 되어 가고 있었다. 그러한 중심에 바로 개화당이 있었고, 개화당의 제1세대로서 여옥이란 이름이 존재하고 있었던 것이었다. 유일한 신여성으로서 말이다.

그럼에도 사람들은 여옥의 이름을 입에 올리기를 꺼렸다. 그녀가 여인이기에 앞서 무당이기 때문이었다. 게다가, 개혁이니 개화란 말만 입에 올려도 서양 오랑캐의 밀정으로 간주되기 마련이었으니, 그것은 대원군의 〈양·이·보·국〉 정책에 위배되는 일이었기에 더욱더 그러했다. 그러니까 개화당이란 말은 곧 역도라는 말이나 다름이 없는 것으로서 금기시됐던 것이다.

시절이 이러함에도 그 역도의 중심인물 여옥의 초상집엔 문상객들로 북적댔고, 그 문상객 중에는 여인네들도 여럿 있었는데 특히나 시신을 지키고 앉아 상주 노릇을 대신하고 있는 여인이 있었으니 그게 바로 애기 무당 초혜였던 것이었다.

초혜는 줄곧 시신 곁을 지키고 앉아 떠날 줄을 몰랐다. 여옥이가 죽기 전부터 임종까지 지켜본 셈이었는데 결코 상주 차림은 아니었다. 한양 나들이를 위하여 떠나올 때의 화려한 모습에 주변 사람들이 보기 민망하여 삼베옷 한 벌을 준비하려 하였으나 초혜는 그 제안을 일언지하에 거절했다.

"삼베옷을 입으면 시원해서 좋기야 하겠지만서도…"

생전 처음 모양새를 내 본 채색 비단옷을 그토록 쉽사리 벗어 버릴 초혜가 아니었다. 유흥기나 이동인 역시도 그깟 격식에 문제 삼지는 않았다.

(소웅 선사의 누이가 원치 않는다면 어쩌는 수 없는 일이지. 그냥 내버려 두시게나)

초혜가 입을 삐죽이며 내뱉는다.

"내가 이토록 이쁜 옷을 미쳐서 갈아입냐? 그 잘난 삼베옷을!"

귀신이 말을 받아 되묻는다.

〈얘야? 그게 무슨 말이니 으야? 누가 너보고 삼베옷으로 갈아입으래더냐. 으야-?〉

초혜가 눈에 보이지도 않는 귀신을 향해 대꾸하여 말한다.

"글쎄 나보고 옷을 갈아입으라지 뭐예요 글쎄, 이 좋은 비단옷을 벗고 무명옷도 아닌 그 잘난 삼베옷으로!"

〈그게 누군지 초혜 네가 이쁘니까 셈이 났나 보지 뭐.〉

"아마도 그런가 봐요, 호호~ 저 잘나신 대치 어른이랑 중놈 화상이지 누군 누구겠어요, 글쎄…"

〈대치 어르신이…? 또 중놈 화상은 언놈이고…?〉

"글쎄 그것이~ 꿍얼~ 꿍얼~"

초혜가 슬그머니 자리에서 일어나 병풍 뒤로 돌아간다.

"에고머니. 이렇듯 깜깜한 곳에 누워계셨어요, 그동안?"

"그러게 말이다. 환자가 안정을 취하려면… 그런데, 저렇게 떠드는 것은 또 무슨 심뽀라니 얘야?"

"나도 몰라요. 저 잘난 어르신들 하시는 꼴이 언제나 저 모양이지 뭐."

"얘야? 그건 말이 좀 심하구나. 어르신들한테 그게 무슨 말버릇이냐? 아무리 네 맘에 안 들어도 그렇지!"

"그렇걸랑 어른다운 행동을 보여야죠. 아픈 사람 눕혀 놓고 이게 뭣들 하는 짓이에요 글쎄. 먹고 마시고 떠들고…"

"그건 네 말이 맞다. 아픈 사람 눕혀 놓고 저건 내가 봐도 어른들이 잘못하는 짓이 맞구나."

"그렇지요, 그치요? 그런데 더욱더 웃기는 건 뭔 줄 아세요?"

"그래, 그게 뭔데?"

"내일 초상 치른데요 글쎄."

"초상을 치러? 누가 죽었는데?"

"거야 나도 모르지요. 내일 낮에 아줌씨를 새구멍인지 쥐구멍인지 그곳으로 뗄고 가서 땅속에 묻어버린 데나~? 어쩐 데나. 킥킥킥!"

"뭐가 어째?!"

드디어 여옥이가 폭발을 하고 말았다. 중환자를 눕혀 놓고 시끌벅적하게 떠드는 것도 모자라서 죽지도 않은 자신을 시구문으로 데리고 나가서 장례를 치른다는 것으로 알아들었으니 어찌 고함이 터져 나오지 않을 수 있었겠는가.

(내가 죽지도 않았는데 시구문으로 데리고 나가서 장례부터 치르겠다고?!)

초혜가 새구멍인지 쥐구멍인지 할 때 이미 시구문이란 말뜻을 알아들었고, 초혜의 말을 종합해 볼 때 그것이 자신의 장례식이란 사실을 대번에 알아차릴 수 있었던 것이었다.

(왕실의 어의보다도 더 유명하다는 유 의원과 이녁에게는 이 세상에 둘도 없는 정인이라 믿었던 동인이가 어찌 이런 짓을 벌일 수 있단 말인가!)

여옥은 초혜가 세상 물정에 전혀 문외한이란 사실을 깜박하여 잊고 있었던 것이다.

이때, 여옥의 고함에 놀란 것은 문상객들이었다. 오늘 오전에 여옥의 절명 진단을 내린 것은 바로 유홍기였다. 이동인과 소웅이를 비롯한 여러 명의 지인이 입회한 자리에서 의생 유홍기의 여옥에 대한 최종 사망진단이 내려졌던 것이었다.

그리하여 내일 새벽에 염습을 하여 입관을 하고 나면 이승과는 영원히 이별을 하고 마는 것이다. 그리하여 시신을 소달구지로 옮기느냐 지게로 옮기느냐를 놓고 상의를 하던 차에 병풍 뒤에서 들려오는 비명을 듣게 되었던 것이었다.

이때, 제일 민감하게 반응을 보인 것은 역시 이동인이었다.

"소웅이 누이가 시방 무슨 장난을 치고 있는 게야 시방?!"

이동인은 잔뜩 신경이 곤두서 있던 참이었다.

"어젯밤에도 푸닥거리를 한다며 그 요란을 떨더니―!!"

초혜나 신어미나 다를 바가 무엇이 있겠는가. 게다가, 그뿐만이라면 또 다행이었다. 여옥의 사망 선고가 있고 나서 얼마 되지 않아 집안에서는 또 한바탕 야단법석이 일어났었다. 그 내막은 바로 이러했다.

오늘 새벽 신어미는 여옥의 죽음으로 집안이 온통 눈물 바람을 하고 있는 틈을 이용하여 살그머니 집안을 빠져나가 삼십육계 줄행랑을 치고 말았던 것이었다.

그러나 진즉부터 무녀의 행동을 눈여겨 살피는 눈길이 하나 있었다. 집안 살림을 맡아보는 늙은 찬모였다.

〈무당년이 꼴사납게 내가 마치 제 년의 종복이라도 되는 듯이 굿판을 준비하라며 닦달을 해 재끼더니 주인이 죽고 나자 도망부터 쳐?!〉

그것은 집주인에게도 당해보지 않았던 일이었기에 늙은 찬모는 신어미에게 좋은 감정이 있을 리 없었다.

"이보거라, 갓난 에비야? 늙은 무당년이 방금 마악 집 밖으로 도망을 쳤으니 당장 뒤쫓아가서 초주검을 시켜 잡아끌고 오거라."

"예. 알았구만요. 늙은 에미 혼자서 도망을 쳤는감요?"

"딸년이라도 데리고 도망을 쳤으면 내가 말도 안 하지! 집 안에는 눈도 많으니 붙잡는 대로 실컷 두들겨 패서 델고 오란 말이야."

"알았시오. 지깟 게 뛰어봤자 부처님 손바닥이지요. 뭐."

젊은 하인이 지름길로 뒤쫓아가서 도망치는 신어미를 초주검을 시켜서 데리고 돌아왔다. 신어미는 단지 도망을 쳤다는 이유 하나만으로 초주검이 되어서 붙잡혀 왔던 것이다. 온 집안이 발칵 뒤집힐 수밖에 없었다.

신어미는 사랑채 문간방에 갇혀 온몸을 굴신도 할 수 없었다. 그랬는데, 정녕 원통한 것은 이날 하루도 못 넘기고 여옥이가 다시 깨어났다는 사실이었다.

(원통하고 절통해라. 하루만 참고 기다렸어도 저년이 깨어난 것은 내 굿 덕이라 생색을 낼 수 있었을 터인데…)

신어미가 굿판을 벌인 것은 이동인에게도 초혜에 대한 미움으로 남아 있었던 것이다.

그런데 여옥이가 다시 깨어남으로 해서 기가 막힐 사람은 신어미가 아니라 따로 있었다. 바로 여옥이 본인이었다. 그녀에게서 거짓말처럼 신끼가 사라져 버린 것이었다.

(중전마마께서 부르시면 무슨 수로 점괘를 풀어 대답을 해 올

린단 말인가!)

그녀에게서 신끼가 사라졌다는 사실은 절대적으로 남들이 알아서는 안 될 일이었다. 그것은 바로 목숨과 직결되는 일이었다. 천하의 민승호가 후환을 없애기 위하여 무슨 짓을 못 할 일이겠는가. 여옥의 목숨뿐 아니라 개화당의 세력에까지 비수를 들이대지 말란 법도 없음인 것이다. 자칫 수백, 수천의 목숨이 여옥의 행동 여하에 달려 있음이었다.

여옥은 섣불리 행동할 수가 없었다. 지난날의 점괘를 거울삼아 살얼음판 같은 나날을 보낼 수밖에 없었던 것이다. 그렇다고 그것이 얼마나 오래 갈 일이겠는가.

이해 동짓달 초나흘 날에 중전께서 원자를 생산하시었다. 그런데, 원자께서 항문이 막힌 채 태어나신 것이었다.

"항차 대통을 이어가야 할 원량의 몸에 칼을 댈 수는 없다!"

어의들이 수술로써 막힌 항문을 뚫으려 하였으나 대원군이 그것을 막고 나선 것이다. 어의들의 손에 맡겨져 항문까지 뚫어야 할 나약한 원자라면 차라리 죽는 것이 났다는 게 그의 주장이었다.

〈원자가 죽고 나면 또다시 회임을 할 수 있나 두고 보자!〉

대원군은 중전이 장애아를 출산한 것으로 보아 이제 더 이상은 회임을 하지 못할 것이라 여기게 되었다.

〈내가 위기를 돌파하기 위하여 그것을 희생양으로 내세우길 잘했지. 이번 참에 아예 폐서인을 시켜서 내쫓고 건강하고 굳건한 새 중전을 간택하여 왕실을 튼튼히 하리라!〉

대원군에게는 중전이 전혀 마음에 들지 않았다. 민승호를 앞세운 외척 세력들이 중전을 등에 업고 자신과의 권력다툼을 선언했기 때문이었다.

(중전이 그 자리에 있는 한 외척들의 발호는 끝이 나질 않을 것이니…)

그랬기에 중전이야말로 기필코 내쫓아야 할 정적이라 아니할 수 없었다. 이때부터 대원군에게는 또 하나의 목표가 생긴 셈이었다. 민승호와 중전의 제거가 그것이었다.

그러나, 중전의 나이 겨우 스물한 살이었다. 아무리 그렇기는 해도 정상적인 여인 같았으면 벌써 두 번 이상은 회임을 하고도 남을 나이였다. 그럼에도 이제 겨우 첫 번째 회임으로 장애아를 출산한 것이었다.

그래서, 지난 정초까지만 해도 중전이 회임을 하지 못한다는 트집을 잡아 폐서인을 시키겠다고 설쳐댔던 대원위였다. 그러나, 중전의 회임을 장담하여 중궁전을 굳건히 지켜내게 해준 것이 바로 여옥이었다. 그때까지만 해도 여옥의 점괘를 믿어준 사람은 아무도 없었다. 중전 자신마저도 말이다.

(영보당의 몸에서는 벌써 완화군을 비롯한 여러 명의 아이가 태어나고 있거늘–!)

대원군뿐만 아니라 민씨 일문에서조차도 중전의 회임 기대는 포기하고 있었다. 그랬기에 중전을 내쫓고 후궁인 영보당 이씨를 중전으로 들여 앉혀 완화군을 왕세자로 세우겠다는 대원위의 주장에 반박할 사람은 아무도 없었다. 민승호와 민치구마저도 말이다. 그래서 그 주장은 그대로 관철이 되는 듯했다.

그러나 주상에게 간절히 호소하여 대원위의 주장을 뒤로 미루게 해서 중전의 자리를 보전하게 해 준 것이 바로 여옥이었다.

이러한 그녀에게서 더 이상 점괘를 뽑을 수 없다고 한다면 민승호가 대번에 우환거리를 제거하겠다고 나설 일이었다. 대원위에게는 여옥이조차도 중전을 음해할 수 있는 좋은 빌미거리이기 때문이었다. 여옥이가 어찌 그 사실을 깨닫지 못할 일이겠는가.

〈그렇다면 나도 초혜 그 아이를 신딸로 삼아 데리고 다니면서 중전의 점괘는 초혜 그것에게 뽑으라 시키고…〉

여옥의 명석한 두뇌를 활용하여 초혜의 점괘대로 설명해 올린다면 자신의 신끼가 떨어졌다는 사실을 알아채는 사람은 아무도 없을 것이었다. 사실, 이즈음 양자나 양녀를 들이는 일은 너무도 일반적인 일이기도 했던 것이다.

〈초혜 고것이 궁중의 법도를 익혀서 저 혼자 궁궐을 드나들며 나를 대신하여 중전마마를 모시려면 앞으로도 오랜 세월이 더 걸리게 될 것이거늘, 요령껏 잘만 이용하면 마마의 은혜는 은혜대로 입으면서 민승호와 마마의 사슬에서 자유로워질 수가 있을 것이야.〉

이것이야말로 여옥에게는 중전마마의 올가미에서 벗어나는 일인지도 모를 일이었다.

"그깟 무지렁이 촌닭을 내가 신딸로 삼아야 하다니…!"

그러나 어찌하겠는가. 방법이 그것뿐이었으니 말이다.

그리하여 초혜와 여옥은 서로가 별로 달갑지도 않은 마음으로 그러면서도 서로의 필요에 의해서 신어미와 신딸의 관계로 맺어지게 되었다. 여옥이가 신어미를 꼬드겨 이뤄낸 결과였으나 그것이 사실은 초혜의 삼신당 신녀가 꾸며낸 음모였음에 그 사실을 아는 사람은 초혜 자신밖에 없었다. 그리하여 초혜는 또 다른 신어미를 하나 더 섬기게 되었고, 여옥은 중궁전의 부름이 있을 때마다 초혜를 불러 함께 들어가게 되었다.

여옥은 초혜를 데리고 중궁전으로 들어가는 첫날 고심이 참 많았다.

〈저년이 실수하여 중전의 눈밖에라도 나게 되면…?〉

그랬는데 여옥의 우려와는 달리 중전께서는 초혜를 만나는 첫날부터 초혜에게 흠뻑 빠져들고 있었다.

〈내가 초간택이 되어 궁중에 첫발을 들여놓게 된 것이 초혜 저 아이의 나이 때였으니…〉

벌써 5년 전의 일이었다. 그때 중전의 나이 열다섯이요, 주상의 나이 열넷으로서 중전이 주상보다 한 살이 더 많았다.

중전은 외로운 분이셨다. 여옥의 점괘에 의지하게 된 것도 바로 그 때문이었다.

(신어미의 신딸이라 하여 애기보살이라 부른다고…? 저것이 제 어미만큼의 신통력만 갖추었다면 제 어미보다야 마음 편히 부릴 수가 있겠지!)

중전은 자신이 아무리 국모라 할지라도 목숨을 빚진 고마움만은 잊을 수가 없었다. 비록 천박스러운 무녀의 몸이라 할지언정 여옥은 누가 뭐래도 어엿한 반가의 여인이요, 또 나이가 여나뭇 살이나 더 많으니 마냥 궁중의 나인들을 대하듯 할 수만은 없었던 것이다.

(저것을 하찮게 대하면 내 체면도 함께 깎이는 것이거늘!)

그래서 여옥에게는 최대한의 예우를 해 주고 있는 참이었다.

그랬는데, 중전 자신보다 나이도 한참 어린 여옥의 신딸이고 보면 하시라도 불러들여 길흉을 점쳐보며 무료함을 달랠 수 있을 일이었다. 아직은 기둥서방도 없는 처자의 몸이기도 했으니 말이다.

"너의 영특함이 참으로 놀랍다고 들었다. 신어미가 내게 자랑하여 소개할 량이면 더 이상 너의 신통력을 어찌 의심할 수 있겠느냐마는, 오늘 처음으로 내 모습을 보았으니 어디 한번 내 운세를 살펴 점괘를 뽑아 보도록 하거라."

여옥이가 말을 받아 한마디 거들고 나선다.

"그래, 국모님의 분부시다! 정성을 다하여 성심껏 받들어 살피거라!"

"예. 어, 어머니! 중전마마께서는 어찌하여 이토록 오랜 시간을 제 어미에게서 점괘를 뽑아 보지 않으셨나이까?"

여옥이가 얼른 나서려는데 중전께서 제지하여 말씀하신다.

"잠깐! 자네는 아뭇소리 말고 가만 있으시게! 그래! 그동안 궐안 사정이 여의치를 못하여 내가 여러 눈치를 살피느라 너의 어미를 불러들이지 못하였다. 그런데, 그것이 뭐가 잘못되기라도 하였더냐?"

"예에 중전마마! 저의 어미를 조금만 더 늦게 불렀더라도 참으로 망극하신 일이 벌어질 뻔하였나이다."

"뭐라?! 마 망극한 일이라니. 그것이 무엇이더냐?"

"그것이 그러니까, 염라대왕 같은 분이 뒤에 숨어서 (어헝!) 하고 중전마마를 물어뜯으려 하고 있거들랑요? 그게 누군지는 엄니가 잘 알고 있잖아요. 뭐, 어헝~ 하고!"

삼신당 신녀는 정녕 예삿 귀신이 아니었다. 모든 점괘의 과실을 은근슬쩍 여옥이에게 넘겨줌으로써 중전으로부터 최대한의 신뢰와 믿음을 이끌어내려 시도하고 있었던 것이다. 그것이 신어미에게 공과를 넘겨주려는 것처럼 보이기도 하겠지만 사실은 그런 것이 아니었다. 귀신에게 인정이라 하는 것은 가당치도 않은 일이었다. 신어미와 중전 모두에게 신뢰와 믿음을 쌓는 술책일 뿐이었다.

신어미는 정녕 두 손에 땀을 쥘 수밖에 없었다. 초혜의 입에서 너무도 예상치 못한 엄청난 말이 쏟아져 나오고 있었기 때문이었다. 그렇다고 여옥이라 하여 만만한 여자가 아니었다.

"그래그래 우리 딸! 그기까지 말했으니 네 입으로 끝까지 말씀 올리거라! 중전마마에 대한 불경죄는 이 어미가 모두 받을 것이니 너는 아무 걱정 말고 점괘대로만 말씀 올리거라 어서!"

"예. 엄니! 그러니까 사흘 후에 지옥의 야차들이 중전마마를 죽일려고 집 안으로 숨어들걸랑요? 그것도 여러 놈이서요!"

"하이고머니. 그것이 정녕 사실이었다니. 이 일을 어찌해야 할꼬?!"

여옥은 정녕 눈앞이 캄캄해질 수밖에 없었다. 무슨 말을 어찌해야 할지 생각이 떠오르지를 않았던 것이다.

(초혜가 기어이 엄청난 점괘를 터뜨리기는 하였는데…)

수습방안은 고사하고 그것의 진실 여부조차도 알아차릴 방도가 없었던 것이다. 그래서 망연자실하여 초혜의 입만 쳐다보고 있는데 중전께서 여옥을 대신하여 질문하고 나서시었다.

"아마도 내가 보니 너희 두 모녀의 점괘가 일치한 듯한데 그렇다면 그에 대한 대비책도 있을 것이 아니더냐? 신어미는 가만있고 딸년 보살 네가 끝까지 말해 보거라. 대비책은 무엇이더냐?"

"예, 마마! 하오면 저희 어미를 대신하여 소녀가 말씀 올리겠나이다. 이곳에는 지금 이럴 때 써먹으려고 아주 귀한 액막이 여자를 데려다 놓지 않았사옵니까?"

"뭐뭐, 뭣이라?! 이럴 때 써먹으려고 귀한 액막이 여자를 데려다 놓다니? 이 궁중 안에서 내가 모르는 일도 있다더냐? 그것은 말도 안 된다. 그거야 당장에 알아보면 될 일이고, 그래, 기왕에 말을 시작했으니 끝까지 한번 들어 보자꾸나. 어서 말을 계속해 보거라."

"예, 궁전마마! 소녀의 말을 끝까지 들어 주시겠다 하시니 정말 고맙사옵니다. 그러니까 액막이 궁녀를 데려다가 중문 안에 앉혀 놓고 중전마마를 지키라고 하시옵소서. 그리하면 모든 액운이 깨끗이 사라지게 될 것이옵니다.

"그, 그래? 그것뿐이더냐?"

"아니옵니다. 한 가지가 더 남았사온데 믿을 만한 사람을 불러다가 집안 담장을 은밀하게 지키도록 하시옵소서. 쥐도 새도 모르게 말씀이옵니다. 지옥의 야차들이 담장을 넘는 날은 사흘 후의 한밤중이 될 것이옵고, 액막이 여자가 방문 앞에 버티고 있는 한 야차들의 운명은 담장 밑에서 끝장이 날 것이옵니다."

"그래그래! 우선 네 말부터 확인해보마. 여봐라— 이 상궁 있느냐? 지금 즉시 죽동에 사람을 보내 예판대감에게 기별해서 중궁전으로 들도록 하거라!"

중전의 기별을 받자마자 민승호가 득달같이 달려왔다. 예조판서가 되어 이제는 거드름을 피울 법도 한 처지였으나 그것이 누구 때문인지는 그도 잘 알고 있었다. 중전에게만은 한없이 작아질 수밖에 없는 이유였다.

중전께서는 민승호에게 액막이 나인이 대궐에 들어와 있나 확인을 해 본 뒤에 그녀를 즉시 불러들인다. 그리고는, 은밀하게 내금위의 병사들을 가려 뽑아 궁궐 안팎으로 매복을 시키도록 했다.

"이 일은 오라버니와 저만 아는 일로서 외부로 소문이 새어나가서는 절대로 안 될 것입니다. 철저하게 은밀히 진행하세요!"

민승호라 하여 중전의 입장을 어찌 모를 일이겠는가. 자칫, 사흘이 지나도 아무런 일이 일어나지 않고 소문만 새어나간다면 그 뒤에 겪게 될 소문의 여파를 말이다. 그것은 자신에게도 똑같이 화가 미칠 일이었다.

이리하여 중전이 머물고 있는 자경전의 담장 안팎에는 밤만 되면 은밀하게 내금위의 군사들이 배치되어 지키게 되었다.

게다가 경복궁의 새 궁궐 액막이 덕실은 무수리의 신분에서 대번에 중궁전의 액막이가 되어 밤마다 자경전의 중문 안에서 문전을 지키는 호위 상궁의 신분으로 격상이 되게 되었던 것이었다. 지밀상궁과는 별도의 특별 상궁이 된 셈이었다.

여옥은 어렴풋이 그 사실을 알고 있었다. 초혜가 이 생원의 배려로 점집을 마련하여 살게 되었다는 것과 이 생원과의 약조 사실을 말이다. 그러나 초혜의 사적인 관계를 전혀 알지 못하는 중전으로서는 초혜의 신통력에 참으로 감탄을 할 수밖에 없었다.

"대궐의 안주인인 나도 알지 못하는 일을 어찌 저것이 나보다도 더 잘 알고 있단 말이더냐!"

그뿐만이 아니라 이제 이틀만 더 지나면 천지가 개벽을 할 일이 벌어진다고 했다. 중전이 머무는 자경전이면 바로 주상의 안위와도 직결이 되어 있음인 것이다. 그렇다면 그것은 바로 중전의 목숨을 노리기에 앞서 주상의 목숨까지 노리는 대역 사건이 아니고 무엇이겠는가.

(이틀이라? 이틀만 기다려보면 알겠지! 저것들이 나와 주상을 기망하여 스스로 명줄을 재촉하는 것인지, 정녕 천지가 개벽을 할 대역부도한 사태가 발생할 것인지!)

여옥이와 초혜의 점괘에 대하여 정녕 치를 떠는 것은 민승호와 주상이었다. 드디어 대원군의 마수가 주상에게까지 뻗치고 있다는 사실에 오금이 저리지 않을 수 없었던 것이다.

(일개 무당이라고는 하나, 제 목숨 아까운 줄은 알고 있을 터…!)

만약에 점괘가 벗나가기라도 한다면 쥐도 새도 모르게 사라질 목숨들인 셈이었다. 중문 안에 액막이 무수리를 들이고, 궁궐 담장에 내금위의 병사를 배치시키는 일인데 주상의 재가 없이는 할 수 있는 일이 아니었던 것이다. 그랬기에, 이 일은 중전에게도 문제가 될 수 있을 일이었다. 이것이 얼마나 무서운 일인지를 잘 알고 있는 여옥은 아예 피를 토하고도 남을 지경이었다.

(흐이그~ 내가 미쳤지. 내가 미쳤어! 저 무지렁이를 닷새만 늦게 데리고 왔었어도 이런 사단은 일어나지 않았을 것이거늘-!)

여옥과 초혜는 중궁전에서 한 발짝도 벗어날 수가 없었다. 사흘 후 점괘의 결말이 날 때까지 순화당에 갇혀 은신해 있어야만 했다. 순화당이란 자경전과 복도로 연결이 된 작은 방으로서 중전께서 허드레 물건들을 보관해 두는 골방이었다. 이곳에서 두 모녀는 통싯간도 가질 못했다. 대소변마저 요강에다 처리하면서 나인들의 눈길을 피해 있어야만 했던 것이다.

대궐은 거저 평온하기만 했다. 모든 일이 워낙에 은밀히 진행되고 있었기에 궁궐 내의 그 어느 곳에서도 이 사태를 눈치채는 사람은 아무도 없었다. 한편, 이하응의 밀명을 받은 서자 이재선은 모사 이철암과 더불어 참으로 경천동지할 흉계를 꾸미고 있었다.

"철구(철암) 자네가 키우고 있는 칼잡이들 중에서 가족이 없는 놈들만을 특별히 선발하여 대기시키도록 하시게! 이번 거사는 만약의 사태에도 대비해야 함이니 여차하면 혀를 깨물어서라도 함구를 할 수 있는 충직스러운 자들만으로 선발을 해야 할 것이야!"

"예, 나으리! 드디어 대원위 합하의 밀명이 떨어지셨나 보군요?"

쇠돌바우 이철암 "즉" 이철구는 대번에 눈치를 채고 있었다. (쇠돌바우는 이때 이철암과 이철구란 두 개의 이름을 사용하고 있었던 것이다.)

이즈음 대궐의 나인들이나 내시들 대부분은 대원군의 끄나풀들이었다. 그들이 바로 대원군의 눈이 되고 손과 발이 되어 대궐 안팎에 포진이 되어 있었던 것이다. 흥선대원군 이하응의 인물됨을 짐작해 볼 수 있는 일이었다.

애기보살 초혜가 중전 앞에서 예언을 하고, 사흘째가 되는 날

밤, 이재선의 밀명을 받은 다섯 명의 특공대는 누군가의 안내를 받아 경복궁의 담장을 넘은 뒤에 자경전을 향해 움직이고 있었다. 자경전에는 당연히 주상과 중전께서 침수 들어 있을 일이었다.

그러나 내궁으로 숨어들던 이재선의 칼잡이들은 민승호가 매복시켜 놓은 궁수들에 의해 모조리 고슴도치의 신세가 되고 말았다. 민승호가 보고를 받고 달려 갔을 때는 이미 칼잡이들의 시신은 흔적도 없이 사라지고 난 뒤였다.

"앗차! 그것이 설마 대원위의 소행일 것이라고는 예상치도 못하였거늘!"

이런 일이 일어날 것이라는 사실조차도 믿지를 못하였을 뿐 아니라 아비가 자식을, 그것도 구중궁궐 속의 임금을 시해하겠다고 자객을 들여보낼 것이라고는 감히 상상조차 못 했던 것이었다.

"중전께서 무녀 따위에게 너무 빠지신다고 하여 내심 우려스러웠거늘, 하마터면 하늘이 뒤집힐 뻔하질 않았든가!"

민승호는 비로소 피바람의 징후를 깨달아 느끼고 있었다. 자경전이 있는 궁궐의 내궁에서 자객들이 설치는 것도 놀라울 일이거니와 그 시신마저 번개같이 치워 없앤다는 것은 대원위밖에 할 수 있는 사람이 없을 일이었다. 대원위 말고 그런 일을 꾸미거나 뒷수습을 할 수 있는 사람이 누가 또 있겠는가. 그러니까 거사의 실패도 염두에 두고 대비를 했다는 뜻이었다.

중전께서는 정녕 몸서리를 치지 않을 수 없었다. 자신이 아무리 중전이라고는 하나, 일개 무녀의 말을 믿고 따른다는 것은 자칫 국모의 권위를 땅바닥에 내려놓는 것이나 다름이 없을 일이기도 했다. 그럼에도 중전은 지난번에 여옥이가 자신의 회임을 장담하여 중궁전을 지켜내게 해 준 보답의 차원에서 이번에도 믿고 따라주었던 것이다. 그랬는데, 결과는 소름 끼치게 정확했다. 자칫 중전 자신의 체면이나 생각하여 무시했더라면 지금쯤 무슨 일이 벌어졌을지 그것은 생각조차 하고 싶지 않은 일이었다.

"수진방이 지난번에는 나를 중궁전에서 지켜내 주더니 이번에는 제 혼자만의 점괘를 믿기가 두려워 신딸까지 앞세워서, 나라의 근본까지 지켜내 주지 않았는가! 과연 천하에 둘도 없는 이나라 제일의 충신이로다!"

게다가, 깜찍스럽고 영특하며, 세상살이에 전혀 때가 묻지 않고 순진하기만 한 초혜의 티 없이 밝은 모습이 중전은 더욱더 마음에 들었다.

(애기보살 저것이라 하여 어찌 제 신세가 원망스럽지 않겠으랴마는…)

그럼에도 그런 내색 하나 없이 항상 얼굴에 웃음기를 띄고 있는 초혜의 천진스러운 모습이 중전은 정녕 한없이 귀엽게만 보여졌던 것이다. 게다가, 초혜의 신통력까지 중전을 감복시키고 있었으니 어찌 초혜가 귀엽지 않을 수 있겠는가.

그랬기에, 마치 괴물처럼 생긴 액막이 나인 덕실이마저도 중궁전 근처에서 자유롭게 지낼 수 있도록 각별히 신경을 써 주시었다. 초혜가 중전을 꼬드겨 만들어 놓은 변화였다. 궁궐의 액막이란 곧 액운을 막아주는 귀한 존재이므로 귀하게 떠받들어 줘야 한다고 말이다.

초혜는 중전에게 특별히 간청하여 덕실을 궁궐 바깥으로 데리고 나가서 이 생원 부처와 상면을 시켜주기까지 했다. 삼신당 신녀가 이 생원과의 약조를 지켜준 셈이었다. 그러자, 덕실이 또한 초혜를 마치 생명의 은인처럼 생각하게 되었다. 그녀에게 초혜야말로 생명의 은인임에 분명했던 것이다.

그런데, 중전께서 초혜를 궁중으로 불러들일 때마다 약간의 문제가 좀 있었다. 초혜가 한강을 건너 양주 땅에 살고 있었기에 제 어미에게 기별해도 한나절씩은 늦게 도착을 할 수밖에 없다는 사실이었다.

(당장에 해결을 해 줘야지 내가 불편해서 안 되겠다!)

중전은 민승호를 불러 초혜가 살아갈 집을 부탁을 했다.

"애기보살 고것을 내가 도성으로 불러들이고자 하는데 진장방 어딘가에 오라버니의 별저가 한 채 있다고 들었습니다. 그것을 그 아이에게 내어 주시지요?"

중전께서 이미 다 알아보고 부탁을 하는 데는 민승호도 그 청을 거절할 수가 없었다. (내가 집값을 쳐 드릴까요?) 하는 날엔 민승호의 체면이 말이 아닐 것이기 때문이었다.

(어차피 뺏길 거 기분 좋게 승낙을 해 주지 뭐. 그까짓 별저야 또 하나 장만하면 될 일이거늘!)

그리하여 초혜는 대궐처럼 꾸며진 민승호의 진장방 별저로 이사하여 살게 되었다. 수진방의 신어미 여옥이처럼 별저를 관리하고 있던 민승호의 가노들까지 거둬 부리면서 말이다.

25. 운현궁의 예배당

민승호는 가슴이 쓰렸다. 역모에 연루되어 집안이 거덜난 어느 대갓집의 와가를 손에 넣어 호사스럽게 꾸며놓은 별저였다. 수진방 별저를 여옥이에게 뺏긴 뒤 설마하니 또 다른 별저를 누구에게 내어줄 사람이 있을까 하여 민승호 나름대로 애정을 듬뿍 쏟아 호화롭게 꾸며놓은 별저였던 것이다.

"중전께서 미리 뒷조사를 해 보고 하명하신 일이니 따르지 않을 수도 없고… 그렇다면야 나도 본전은 뽑아야 할 일이 아닌가."

민승호는 여옥에게 기별하여 신딸을 데리고 죽동으로 오도록 지시한다.

"그 어린 것의 점괘가 그렇게도 신통하다면야 내 집안의 길흉도 점을 쳐 낼 것이렸다?!"

그리하여, 여옥이가 초혜를 앞세우고 죽동으로 발걸음을 하게 된다. 천하의 권력을 손아귀에 움켜쥔 민승호의 본가요, 중전의 사가이기도 했으며 대원군의 처가이기도 했다.

사람들은 이곳을 운현궁과 더불어 죽동궁이라 불렀다. 민승호의 위상을 한마디로 대변해 주는 일이었다. 그래서 세간에서는 두 사람을 일컬어 이하응은 지는 해요, 민승호는 뜨는 해라 했다.

그래서인지 민승호의 대문간은 문전성시를 이루었다. 전국 각처에서 벼슬을 사겠다고 올라온 사람들이 운현궁과 중동궁으로 양분되어 몰려들었기 때문이었다. 그 지방의 토산품들을 달구지에 바리바리 싸서 싣고 대문간에서 순번을 기다리는 사람들이 줄을 잇고 있었던 것이다.

벼슬을 사고파는 것은 이미 오래된 관행이었다. 민승호가 이하응의 처가댁에 양자로 들어오면서 매형인 이하응의 잠저를 드나들며 제일 먼저 보고 배운 것이 이것이었으니 (내 집 문전이 운현동보다는 번다해야 할 것이 아니더냐!)해서 바깥마당을 넓게 하여 우마차를 세워두기 편리하도록 배려까지 했다. 그것으로 자신의 세를 과시하고자 했던 민승호의 어리석음을 탓만 할 수도 없을 일이었다.

(중전마마의 사가 본댁이 이만은 해야 체면이 설 터!)

참으로 어리석기 짝이 없는 행동이 아닐 수 없었다. 아직은 조정의 권력이 대원위의 손에서 떠난 것이 아니기 때문이었다. 권력이 그의 손을 떠난 것은 고사하고 이제는 대놓고 국태공이라 위세를 떨치면서 중전은 물론이요, 주상마저 갈아치우겠다고 으름장을 놓고 다니는 지경이었다.

이러한 때에 가소롭게도 국태공의 위세에 맞서겠다며 까불어대고 있었으니 이것이야말로 하룻강아지가 범 무서운 줄 모르고 덤비는 격이나 다름이 없을 일이었다.

우마차의 행렬이 장사진을 이루고 있는 와중에 민승호의 대문간 앞에는 화려한 꽃가마 한 채가 (뜨억!) 하니 길을 가로막은 채 버티고 있었다. 천하의 죽동궁 대문간을 가로막고 있을 지경이면 그것은 아마도 정승님 댁의 정경부인쯤은 되는 인물일 것이었다.

여옥은 초혜를 데리고 조심조심 눈치를 살피며 샛문을 통하여 안채로 들어간다. 민승호의 노복들과는 이미 안면이 있는 터여서 여옥이가 집안을 출입하는 데는 아무런 제재도 받질 않았다.

여옥이가 안채로 들어서자 집안의 찬모인 여주댁이 기다리고 있다가 황급히 달려오며 말했다.

"지금 안방에 대부인 마님께서 와 계시니 잠시 뒷채로 가서 기다립시다. 어서 이년을 따라오시오!"

여주댁도 여옥에게는 함부로 하대를 하지 못했다. 아무리 무당이라고는 하나 어엿한 반가의 여인에게 하대를 할 수는 없었던 것이다. 게다가, 여옥은 중전마마의 은혜를 받고 있는 왕실 무당이 아니었든가.

여옥은 조용히 여주댁의 뒤를 따른다. 그랬는데 이때였다. 앞서가던 여주댁이 갑자기 발길을 멈추고 허리를 굽신대며 안절부절을 못 했다. 뒤이어 신어미 여옥도 허리를 굽히며 급히 초혜에게 일러 말한다.

"초혜야? 얼른 예를 갖추거라. 부부인 마님과 부대부인 마님이시다!"

그제서야 초혜도 안채 마루간을 내려서는 여인들을 발견하게 되었다. 이때 툇마루를 내려서던 여인이 뜨락 위에 서서 아래를 내려다보며 말했다.

"거기 있는 게 수진방이 보살이 아니더냐? 어머님을 뵈러 왔으면 안방으로 들어올 것이지 어찌하여 뒤채로 가려 하였더냐?"

여옥이가 대번에 무릎을 (풀썩!) 꿇으며 죽는소리를 뱉어내 놓는다.

"부대부인 마님! 천첩이 죽을 죄를 지었나이다! 천하디 천한 무당년이 부대부인 마님의 승낙도 없이…"

뜨락 위에서 중년의 부인이 여옥의 말을 가로채어 말한다.

"어허~ 그럴 것 없다! 내가 언제 너에게 대궐 출입을 막더냐? 아니면 어머님을 찾아뵙는 걸 막더냐!"

"황송하옵니다. 부대부인 마님!"

"황송하다니? 내가 대원위 대감이라도 되는 줄 아는 것이더냐? 더 이상 나를 경계하지 말고 어서 안으로 들어와서 어머님을 잘 좀 위로해 드리도록 하거라. 내가 어머님을 자주 찾아뵙지 못하여 항상 마음이 무거웠는데 수진방 너라도 이렇듯 어머님을 자주 찾아뵙고 위로를 해 드린다니 참으로 고맙구나. 어서 안으로 들거라."

부대부인께서는 이미 여옥이가 이곳을 방문할 것이란 사실을 들어 알고 있는 듯싶어 보였다. 그래서 서둘러 자리를 피해 주려는 듯 젊은 여인의 부축을 받으며 급히 뜨락을 내려서신다. 이때 함께 있던 노부인께서도 무엇인가 말씀을 하시는 듯했으나 초혜는 그 말이 귀에 들어올 리 없었다.

(도대체 어찌 생기신 부인이신지 얼굴이나 좀 봐 두자.)

초혜는 신어미 여옥의 엉덩이를 방패 삼아 조용히 고개를 치켜들며 여인네들의 면면을 살펴보기 시작한다. 여인네들은 한두 명이 아니었다. 대여섯 명이나 되는 여인들이 한꺼번에 몰려나오고 있었기에 그 면면들을 일일이 확인해 보자면 여간만 신경을 곤두세워야 할 일이 아니었던 것이다.

그랬는데 이때 갑자기 돌발상황이 발생하고야 말았다. 부대부인을 부축하여 뜨락을 내려서던 여인이 갑자기 호들갑을 떨며 소리를 질러왔던 것이었다.

"에고머니, 저게 누구야?! 초혜 낭자 맞지요? 모습이 바뀌어서 전혀 못 알아볼 뻔했네요. 정말!"

초혜도 단박에 그녀의 모습을 기억해 내고 있었다.

"어머나 반가워요, 아줌씨? 노랑머리 사람이랑 함께 있었던 그 아줌씨 맞지요, 그쵸?!"

"맞아요, 낭자! 대부인 마님? 소녀가 말씀드렸던 젊은 도사스님과 그 누이 말씀인데요? 저 낭자가 바로 그 누이예요!"

"그래? 세상에 어쩜 이런 인연이 있단 말이더냐? 생명의 은인인데 다정스레 인사라도 좀 나누거라. 나는 수진방 보살이랑 이야기나 좀 하면서 기다리고 있으마!"

부대부인의 말씀으로 미루어보건대 그녀는 결코 부대부인과 남남이 아님을 짐작하여 모를 리 없었다. 그랬기에, 친정 어머님이신 부부인을 만나는 자리에 함께 동석할 수 있었던 것이 아니었겠는가.

그런데 문제는 그것이 아니었다. 웅천 고을의 재터 입구에서 고을의 아전 놈에게 수모를 당하던 그 여인이 노랑머리의 서양 신부와 함께였던 것으로 미루어 천주교도임을 부인할 수 없을 일이거니와, 그렇다면 부대부인 역시 천주교도일 것이라고 하는 사실이었다.

그게 과연 말이나 될 법한 일이겠는가. 천주교도와 야소교도들은 보는 즉시 잡아들이라는 것이 대원위의 엄명이었다. 그런데 그의 코앞에서 부대부인 민씨가 천주학을 믿고 있다니 그게 어디 말이나 될 법한 일인가 말이다. 초혜는 정녕 꿈을 꾸고 있는 것은 아닌지 그것이 의심스러울 지경이었다.

참으로 말도 안 되는 일이었다. 남편이신 대원위는 천주교도들을 (왕권에 도전하는 역도의 세력으로 간주하여) 씨도 없이 말려버리겠다며 비상령까지 내려놓고 설치는 지경인데, 그 부인이신 부대부인께서는 서양의 신부까지 도성으로 불러들이고 있다니 말이다.

어쨌거나, 초혜는 지금 아쉽게 헤어졌던 그 여인을 다시 만난 것이 반갑기만 할 뿐이었다. 대원위의 비상령이고 뭐고 그깟 복잡한 문제들은 알 바가 아니었다. 그깟 복잡한 문제들은 어른들이나 알아서 할 일일 뿐인 것이다.

"그때 아줌씨들이랑 헤어지고 얼마나 서운했는지 몰라요! 정말 반가워요 아줌씨!"

"우리도 얼마나 서운했다고요. 낭자랑 함께 오지 못한 것이 미안하기도 했구요. 그랬는데, 여기서 이렇게 다시 만나다니 참으로 우린 인연인가 봐요."

여인은 참으로 초혜를 다시 만난 것을 반가워했다. 부대부인께서도 말씀을 했다시피 초혜와 소웅을 생명의 은인쯤으로 생각하여 고마워하고 있었음이 분명해 보였다. 눈물까지 글썽이며 초혜를 반기는 모습에서 그 진심을 알아볼 수가 있었던 것이다.

그러나 부대부인과 부부인을 마당에 세워놓고 마냥 반갑다며 인사나 나누고 있을 처지는 못 되었다. 다음에 시간을 내어 (재터에서 함께 만났던 부인들이랑 모두 함께 만나) 회포를 풀기로 약속을 하고 작별을 할 수밖에 없었다. 초혜도 그때의 그 아줌씨들을 다시 만나고 싶었다. 정녕, 그리운 고향마을 사람들이라도 다시 만나는 듯한 기분이 들 수밖에 없었던 것이다.

부대부인께서 그 눈치를 알아채시고 여옥이에게 일러 말한다.

"수진방아? 금명간에 너의 양딸을 데리고 나한테 한번 들리거라. 저 아이들이 서로가 저렇듯 반기는 모습을 보니 내가 다 가슴이 먹먹해지는구나. 너희가 내 집을 찾더라도 아무 문제가 없도록 아랫것들에게 단단히 일러놓을 것이니라."

여옥은 정녕 꿈을 꾸는 것이 아닌지 의심이 들 지경이었다. 대원위의 운현궁이라면 정승 판서들도 함부로 드나들 수 있는 곳이 결코 아니었다. 부부인과의 인연으로 하여 이렇듯 죽동을 드나든다고 해서 일개 무녀 따위가 얼씬할 수 있는 곳이 아니라는 뜻이다. 행여 문전을 얼쩡거리다가 대원위의 눈에 띄기라도 하는 날엔 쥐도 새도 모르게 목숨이 끝장날 수도 있음이기 때문이었다.

그랬는데 부대부인께서 직접 초대를 해 주셨으니 이 사실을 어찌 받아들여야 할지 그것이 정녕 난감하기만 할 뿐이었다.

〈대원위의 승낙도 없이 대부인께서 결코 뒷일을 어찌 감당하시려고 큰소리를 치시는 것일까?〉

여옥은 그것이 두려울 수밖에 없었다. 감당 못 할 일에 큰소리를 쳐 놓고 목숨을 잃는 것은 따로 있을 것이니 말이다. 그러나 아무리 그렇다 한들 거절을 할 수 있는 일도 못 되었다. 감히 어느 안전이라고 목숨 따위를 걱정하여 초대에 불응할 수 있을 일이겠는가.

부대부인께서는 한술을 더 떠서 초혜에게 까지 인사를 건네왔다.

"자세히 보니 참으로 곱게도 생겼구나. 너희들이 내 손님들을 구해준 이야기를 전해 듣고 얼굴이라도 한번 보았으면 하였는데 이런 곳에서 이렇듯 만나게 되다니 천주님의 은혜가 하늘에 닿았음이 아니더냐! 애야? 너의 양어미랑 함께 운현동으로 한번 들리도록 하거라. 내가 너희들끼리 만나 회포를 풀 수 있도록 약조를 해 주마."

부대부인께서는 참으로 인자하기가 이를 데 없었다. 천하의 운현궁 안주인이시며 임금님의 생모로서 대비전이나 다름이 없는 인물이었다. 그러한 부대부인께서 초혜에게까지 이렇듯 다정다감하게 약조까지 해 주시는 모습을 보면서 하늘처럼 가로막혀 있던 대원위에 대한 마음의 장벽이 한순간에 허물어지는 느낌을 받을 수밖에 없었던 것이다.

뒤이어 젊은 아낙도 초혜에게 인사를 차려왔다.

"낭자? 금명간에 우리 다시 만나도록 해요. 오라비 스님은 어디 계시는지. 스님도 만나 뵙고 인사를 드리고 싶군요. 그럼 우리 다시 만나요."

그리고는 여옥이에게도 손을 합장하여 인사를 차린다.

그랬는데 부대부인께서 여옥의 모녀를 운현궁으로 초대한 것은 결코 인사치레만의 초대가 아니었다. 부대부인께서도 여옥의 모녀가 중궁전을 드나들고 있다는 사실을 누구보다 소상히 알고 있었다.

(내가 언젠가는 그것들을 통하여 천주님의 말씀을 대전에까지 전해지게 할 것이야!)

대전이란 바로 주상과 중전을 의미하는 것이었다.

이즈음, 대원군은 국정에 관한 정무의 대부분을 운현궁에서 처결하고 있었다. 운현동의 대원위 사저가 궁으로 불리게 된 원인이었다. 그러한 관계로 조정의 신료들은 운현궁으로 정무를 보러 다녀야만 했다. 그러다 보니 조정의 신료들 그 누구라도 사사로이는 운현궁을 드나들 수 없게 되고 말았다. 정무를 보러 다니는 신료들만으로도 한가로이 객담이나 나눌 수 있는 장소가 아니었던 것이다.

이러한 때에 무녀들이 운현궁의 대문간을 드나든다는 것은 감히 생각조차 할 수 있는 일이 아니었다. 정무를 보러 다니는 신료들을 통하여 그 소문이 대번에 조정 안팎으로 퍼져나갈 일이기 때문이었다. 게다가 대원위의 성격상 운현궁에 무당의 출입을 허용할 인물이 아니었다.

부대부인이 그러한 사실을 모를 리 없었다. 그럼에도 부인께서는 그딴 것에 신경을 쓰지 않았다. 허긴, 서양의 신부마저 나보란 듯이 집안으로 불러들이는 마당에 이깟 무녀들 따위가 문제이겠는가. 천하의 부대부인이 아니고서는 상상조차 할 수 있는 일이 아니었던 것이다.

여옥은 신장이 떠나간 이후 마음을 다잡지 못하여 방황하던 차에 운현궁 안채에서 행하여진 특별미사에 참석하고는 그만 천주학의 교리에 흠뻑 빠져들고 말았다. 개화당의 개화사상이 바로 천주학의 교리에서 비롯된 것인가 보다고 나름대로 그렇듯 깨닫게 되었던 것이었다. 방황하던 여옥의 마음이 그대로 녹아들 수밖에 없었다.

그것은 초혜도 마찬가지였다. 초혜가 아무리 서낭당 귀신을 받들어 섬기고 있기는 하였으나 그렇다고 귀신이 초혜의 발길을 가로막는 일은 없었던 것이다.

여기서 잠시, 분명하게 짚고 넘어가야 할 일이 한 가지 있다. 그것이 바로 무당들의 종교 활동에 관한 얘기인데, 여옥은 결코 신장이 떠나가기 이전에도 봉원사와 개암사를 드나들며 무공대사와 보우대사를 큰스님으로 받들어 모시면서 불자 된 도리를 소홀히 해 본 일이 없었다. 그러니까 여옥이가 신장을 받들어 무당 노릇을 하는 것과 절간을 찾아 부처님을 받들어 모시는 종교 활동과는 엄연히 다르다는 것을 의미함인 것이다.

그것이 초혜에게는 천행이 아닐 수 없었다. 봉원사의 부처님과 운현궁의 천주님께 영혼이 흠뻑 빠져들면서도 삼신당 귀신과는 전혀 아무런 문제거리도 발생을 하는 일이 없었기 때문이었다.

그랬다. 그것은 너무도 당연한 결과였다. 부처님이나 천주님의 가르침을 따라 배우고 깨우치려는 것과 무당이 귀신을 불러 내어 점을 치는 것이 어찌 같을 수가 있을 것이며, 일개 무당의 신주를 그들 성인과 비교를 하여 감히 입에 올릴 수가 있을 일이겠는가.

그렇지만 많은 사람들이 무당이란 존재를 마녀처럼 질시하는 것도 사실이기는 했고, 더더욱이나 천주교도들은 무당에 대한 편견이 더 심한 것도 사실이기는 했다.

그럼에도 여옥이와 초혜는 운현궁의 출입이 눈에 띄게 늘어나고 있었다. 그것이 어찌 세간의 입방아에 오르내리지 않을 수 있을 일이겠는가. 그로 인하여 운현궁의 안채가 천주학당의 성당이라고 하는 소문은 장안에서 이미 모르는 사람이 없게 되고 말았다. 그러나, 부대부인께서는 아예 자신이 천주학을 믿는다는 사실을 숨기려 들지도 않았다.

대원위의 체면이 참으로 말씀이 아니었다. 자신은 천주교나 야소교의 교인들을 마치 철천지원수처럼 대하면서 (그리하여 교인들은 닥치는 대로 마구 처단을 해 버리면서) 자신의 안채에서는 서양의 신부까지 불러들여 미사를 집전하게 묵인을 하고 있었으니 말이다. 그랬기에 소문이 별로 좋을 리가 만무할 일이었다.

그러자 대원위의 해명이 참으로 가관이 아니었다.

《내 집안에서 행해지는 일이야 내가 능히 감당하여 나라에 해가 되는 일이 없을 것이니 문제 삼을 일이 아니로다. 문제는 바로 무지몽매한 백성들이 옳고 그름의 분별이 없어서 이양인들의 말을 잘못 받아들여 나라에 반기를 들고자 하는 일을 사전에 방지하고자 양·이·보·국의 참뜻을 바로 깨닫게 하고 그와 더불어 반상의 차별을 줄여나기는 개혁을 추진하고 있음이로다.》

참으로 기가 막힐 괴변이 아닐 수 없었다.

그래서 사람들은 대원군을 (평범한 인간이 아니라 상갓집 개라 불릴 만큼의 미치광이쯤으로 치부하여) 괴변이란 말로 면죄부를 주고 있었으나, 그가 바로 조선의 최고 권력자란 사실을 간과해서는 안될 것이다.

그러나, 그것이 여옥과 초혜의 왕실당 모녀에게는 천주님의 복음과도 같은 것이었다. 부대부인의 뜻에 따라 대원위가 이들 모녀에게는 중궁전을 출입하는 행위조차도 용인해 주는 면죄부가 되고 있었기 때문이었다. 그럼에도 대원군에게는 목구멍에 가시 같은 난제가 하나 있었다. 처가댁 "즉" 민승호에 대한 처리 문제였다.

"승호 그놈이 사사건건 내 허물을 걸고 넘어질 것이거늘, 지난번 중궁전의 자객 사건만 하더라도 그놈이 아니었더라면 재선이가 거사를 성사시켜 나에게 시체나 치우는 번거로움을 떠안겨 주지는 않았을 터!"

그래서 고심 끝에 그만 악수를 두고 말았다. 민승호를 수원 유수부로 내쫓아버리고 만 것인데 그것이 바로 고심 끝에 내린 악수였던 것이다.

"이렇게 간단한 것을! 진즉에 그놈을 외직으로 내쫓았으면 될 걸 갖고 괜히 속을 끓였음이야!"

대원군은 그것이 악수인 줄도 모르고 앓던 이를 뽑았다며 회심의 미소를 짓고 있었다. 그와는 반대로 중전의 상심은 이만저만이 아니었다.

"오라버니를 수원 유수부로 내쫓아버렸으니 이제 누가 있어 대궐의 안위를 지켜준단 말이던고—!"

여옥의 모녀가 있긴 하였으나 그들이 결코 민승호의 일을 대신할 수는 없었다. 대원위와 맞서서 군사를 움직이는 따위의 일 등은 여옥의 모녀가 할 수 있는 일이 아니었으니 말이다.

그렇다고 속수무책으로 당하고만 있을 수도 없을 일이었다.

"무슨 묘책이 없겠느냐? 제발 묘책을 한번 찾아내 보거라!"

중전이나 주상이나 막막하기는 마찬가지였다. 여차하면 임금도 갈아치우겠다며 으름장을 놓고 다니는 대원위에게 주상이라 하여 위협이 되지 않을 리 없었던 것이다.

흥선군 이하응은 이미 대원군이란 호칭에 이어 국태공이란 호칭까지 사용하고 있었음에 그것은 명실상부한 주상의 아비로서

황실의 최고 어른이란 뜻이기도 했다.

그랬기에 중전보다는 주상이 더 두려움을 느끼고 있었다. 자신의 침소인 중궁전에까지 자객을 들여보낸다는 것은, 이제, 대놓고 임금을 갈아치우겠다는 으름장이 실행으로 옮겨졌다는 것을 의미하는 일이기도 했던 것이다. 그럼에도 민승호처럼 대놓고 자신의 방패막이가 돼 달라고 부탁을 할 믿을만한 사람이 주상에게는 없었다.

그리하여 왕실 무당 여옥이가 알게 모르게 정사에 개입하는 불행이 현실로 나타나고 있었다. 물론, 계책을 제시한 것은 초혜의 당녀였다.

원래 중전의 사가 척족 민씨 중에는 대원위에 의해서 이미 여러 명의 신진이 출사하여 벼슬길에 올라 있었다. 그것은 원래 대원군이 자신의 권력 기반을 다지기 위하여 심어놓은 척족의 인물들이었다. 그랬는데, 이제는 자신의 독선을 가로막는 세력으로 변해버린 것이었다. 주상께서 그들에게 많은 것을 의지하고 있었기 때문이었다. 그러니까, 대원군이 키워서 자신을 견제하라고 아들에게 넘겨준 인물들인 셈이었다.

주상께서는 이미 성년이 되시고도 일 년이 넘어서고 있었다.

≪성년이 되면 만기를 친재할 수 있도록 권력을 넘겨주고 섭정의 자리에서 물러나겠다.≫

그것은 대원군의 약속이었다. 그럼에도 주상에게 권력을 넘겨주지 않고 그대로 있는 것은 대원군의 약속 위반이었다.

드디어 주상께서 자신의 친정을 선포하고 나서시었다.

민승호의 생가 쪽 친동생인 민겸호를 예조참판으로 승차시켜 여차하면 민승호를 대신하게 했고, 민규호를 도승지로 임명하여 자신의 의지대로 왕명을 출납하게 만들었다.

민승호에게는 민영익이라는 양자가 있었다. 민규호는 민영익의 생가 쪽 작은아버지로서 중전이나 주상에게는 민겸호나 마찬가지였다. 민승호에게도 물론 아들이 둘이나 있기는 하였으나 아직은 나이가 어려서 민영익을 양자로 들인 것이다. 자신이 양자를 들어온 것처럼 말이다.

민영익의 친부는 민태호로서 도승지 민규호의 친형이었으며 황해도 관찰사로 재직을 하고 있었다. 민태호 역시 백부에게 출계를 하여 민영익을 얻었던 것이다.

어쨌거나, 주상께서 대원군의 허락도 없이 왕권을 행사하여 인사를 단행하자 (아차!) 하고 깨달은 대원군은 민승호를 불러들여 복직을 시켜주지 않을 수 없었다. 그것이 주상의 뜻임을 미리 알고 주상이 인사를 단행하기 전에 자신이 스스로 잘못을 바로잡은 셈이었다.

주상이 성년이 되면 (권력을 넘겨주든 말든) 스스로 만기를 친재할 수 있도록 되어 있었고, 그것을 주상이 스스로 (자신의 권한을) 행사하고 나선 것이었다. 그러나, 지금까지는 대원군의 위세에 눌려 권한을 행사하지 못하고 있었던 셈인데, 대원군이 민승호를 외직으로 내보내 주상의 눈과 귀를 막아 버리자 (민승호가 아니더라도 나에게는 민승호를 대신할 인물들이 얼마든지 있습니다.) 하고는 주변에서부터 인사권을 행사해 버린 것이었다. 그다음 인사는 바로 민승호가 될 것임을 대원군이 모를 리 없었다. 그래서, 미리부터 꼬리를 내린 셈이었다.

그러자, 주상도 자신감이 생길 수밖에 없었다. 대원군의 위세와 상관없이 자신도 스스로 정치를 할 수 있다는 사실을 알아차린 것이었다. 거기에다 주상의 자신감에 부채질을 하여 부추긴 사람이 따로 있었으니 바로 왕실 무당 여옥이었다.

"이번 참에 아예 민승호 대감을 병조판서로 제수하여 대원위 합하로부터 병권을 넘겨받게 하시옵소서."

참으로 기발한 발상이 아닐 수 없었다. 주상이 조정의 인사권을 손아귀에 틀어쥐고 민승호로 하여금 군권까지 대원위로부터 빼앗아 오게 한다면 그는 정녕 종이호랑이가 되어 스스로 권좌에서 물러나지 않을 수 없게 될 것이었다. 주상이 드디어 대원위와의 권력다툼에 승부수를 띄우고 나선 셈이었다. 이 승부에서 지게 되면 임금의 자리에서 밀려날 수도 있음인 것이다.

그랬기에, 주상은 여옥의 부추김대로 왕명을 시행하여 최후의 승부수를 띄울 수밖에 없었다. 그리고 그 계책은 주효했다. 주상이 왕명으로 민승호에게 병조판서를 제수하여 대원군을 이빨 빠진 호랑이 꼴로 만들어 버렸으나 대원군에게는 그 어떠한 대비책도 있을 수가 없었다. 그는 이미 섭정의 자리에서 쫓겨난 것이나 다름이 없었기에 더 이상의 인사권을 행사할 수도 없었던 것이다.

드디어 민승호의 위상이 하늘을 찌르게 되었다. 대원위에 의해 외직으로 쫓겨났다가 주상의 용단으로 내직에 복귀한 후 병권까지 틀어쥐게 되자 세상에 두려울 것이 없었다. 게다가, 주상의 든든한 뒷배까지 가지게 되었으니 이제 민승호의 권력을 넘볼 사람은 이 세상에 아무도 없었던 것이다.

이때 어부지리로 승차를 하여 왕명을 출납하게 된 도승지 민규호 또한 호랑이 등에 올라탄 권력의 중심인물로 부상을 했다. 민규호 이전의 승지들은 모두가 대원군의 재가에 의해 왕명을 출납하였으나 이제부터는 그럴 필요가 없어졌다. 왕명이 제자리를 찾은 셈이었다.

이렇듯 주상이 만기를 친재하고 나섰으니 이것은 거의 혁명이었다. 주상이 혁명을 일으켜 대원위로부터 왕권을 쟁취한 것이나 다름이 없었던 것이다. 그리하여 갑자기 권력의 중심인물로 부상을 하게 된 민규호는 장차 민승호를 밀어내고 민문의 두령이 되겠다는 야심까지 품게 되었다.

〈내가 민문의 두령이 되기 위해서는 대원위 대감과도 척을 져서는 아니될 터!〉

조정의 중신들이 모두가 대원위의 사람들이고 보면 언제 다시 그가 권력을 휘어잡게 될지는 알 수가 없을 일이었다. 주상은 아직도 나이가 너무 어렸기에 노쇠한 중신들을 상대로 조정을 제대로 손아귀에 틀어쥘 것이라고는 생각되지를 않았던 것이다.

한마디로 말해서 양다리를 걸치자는 이중 전략이었다. 그리하여 퇴궐하는 길에 수시로 운현궁을 방문하여 대원위의 환심을 사는 일에 정성을 다하였다. 〈내가 도승지가 되어 주상을 돕고 있기는 하나 지금껏 나를 보살펴준 것은 대원위 합하이십니다〉라고 하는 뜻이었다.

이러한 사각의 정글 속에서 자신을 물어뜯고자 발톱을 숨긴 채 속내를 숨기고 있는 정적들이 눈알을 번뜩이고 있다는 사실을 전혀 깨닫지 못한 민승호는 기세가 오를 대로 올라 기고만장한 중에서도 여옥에 대한 고마움만은 표시하고자 했다. 이번 대원군을 밀어내는 주상의 거사(?)에 여옥이가 있다는 사실을 민승호도 들어 알고 있었던 것이다.

(그깟 무녀 따위에게 직접적인 고마움을 표시할 수도 없고…)

그리하여 생각해낸 것이 개화당의 실질적인 우두머리인 박규수를 자신의 편으로 끌어들이는 일이었다. 그것이 개화정책을 반대하는 대원위의 노선과 반하는 일이기도 했거니와 부대부인의 입김이 어느새 여옥을 통하여 중전에게도 전해져서 중전의 개화사상에 대한 관심이 이만저만이 아니었던 것이다.

그리하여 그는 양자인 민영익을 박규수의 문도로 들여보내게 되었다. 자신도 개화사상에 대해서는 아는 것이 없었으므로 자식을 통해서라도 상식을 깨우쳐 중전과의 대화에 활용하고자 함이었다. 게다가, 그것은 여옥에 대한 간접적인 고마움의 표시이기도 했던 것이다.

그러자 민규호는 자신의 조카 민영익이 박규수의 문도가 되어 개화당이 된 것에 대해 크게 불안해했다. 그래서, 시간이 날 때마다 민영익에게 일러 (양부의 뜻을 정면으로 거스르지는 말되) 개화당 세력과도 적당하게 거리를 둘 것을 간곡하게 당부를 했다. 민영익이 개화사상에 깊이 빠져들지 못하는 이유가 거기에 있었다.

이즈음, 민승호는 자신이 군권을 틀어쥔 김에 대원위를 아예 권좌에서 밀어내고자 했다. 주상의 친정을 공식적으로 선포하게 만든 것이다. 이때 주상께서는 대원위에게 잔뜩 주눅이 들어있던 터라 그의 얼굴을 마주할 자신이 없어 통용문을 폐쇄하는 것으로 대원위의 입궐을 막게 하였다. 통용문이란 대원군이 자신만 드나들 수 있도록 만들어 놓은 별도의 궁궐 출입문으로서 자신의 권위를 드높이기 위한 한 가지 방편이기도 했다.

통용문이 폐쇄되자 대원군은 하루아침에 궁궐 출입을 금지당하는 신세가 되었고, 그렇게 권력을 잃게 되자 양주 땅 직곡 산장으로 칩거하여 들어가 버리고 말았다. 드디어 대원군이 주상에게 무릎을 꿇고 권력의 중심에서 밀려나는 순간이었다.

그런데 호사다마라고 하였던가, 올해 10월에 태어난 지 8개월밖에 안 된 공주가 그만 세상을 떠나고 말았다. 중전의 애통함이 참으로 말로는 표현하지 못할 지경이었다.

26. 죽동궁의 찬바람

핏덩이 같은 어린 공주가 세상을 떠나자 그 화풀이가 중궁전의 액막이인 덕실에게 돌아가고 있었다.

"액막이 년의 충심이 부족한 탓이니라. 그 괴물년을 당장에 중궁전에서 내쫓고 새로운 액막이를 데려오도록 하라!"

그리하여 덕실은 또다시 무수리로 강등이 되어 중궁전에서 내쫓기고 새로운 액막이를 찾게 되었다. 그러나, 궁중 나인들 중에서는 액막이로 들어온 여인이 따로 없었다. 고자들 중에서 마침 액막이가 있어 궁문을 지키게 하니 그 이름을 고대수라 했다. 고대수는 궁녀가 아니라 환관이었기에 중궁전의 중마루에 배치를 할 수가 없어 자경전의 바깥에서 문지기 역할을 하게 되었다.

어쨌거나, 중궁전의 액막이가 바뀌었다는 것은 중전으로부터 초혜의 신임이 떨어졌다는 것을 의미하는 일이기도 했다. 민승호는 이 기회에 진장방의 별저를 되찾고자 했다.

(무녀 따위야 수진방 하나만 있어도 될 것인즉, 그 딸년이야 중전께서 다시 찾지 못하도록 내가 막을 것이야!)

그리하여 내친김에 시간을 내서 진장방으로 발걸음을 하고 있었다. 그리고는 (내가 언제 네깟 년을 알았더냐)는 듯 초혜를 불러 야단을 쳐 댔다.

"지금 당장 집안에서 무당의 흔적을 불살라 없애버리고 집을 비우도록 하거라!"

그러나, 무당이 섬기던 물건들은 기분 내키는 대로 그렇듯 함부로 내다 버리거나 불살라 없앨 수가 없는 것이다. 무당의 목숨줄이기 때문이다.

"대감마님? 지금 당장 무당의 흔적을 불살라 없애라니요? 그것은 불가합니다. 소녀가 살던 양주 땅에 옛집이 그대로 있사오니 길일을 잡아 신주를 모셔갈 수 있도록 말미를 주시옵소서!"

그 말이 민승호에게 통할 리가 없었다.

"무어라?! 어린 무당년이 감히 내게 말대꾸를 하다니, 네 이년! 내가 바로 백만 대군을 호령하는 병조판서니라! 어디서 무당년 따위가 감히 내 명에 토를 달고 덤빈단 말이더냐?! 그러고도 네년이 살아남기를 바랐더냐 이년-!"

그리고는 아예 자신이 신당으로 뛰어들어 분탕질을 쳐 버린다. 백만대군을 호령한다는 병조판서의 체면으로 그것을 어찌 눈 뜨고 봐 줄 일이란 말인가.

신어미가 땅바닥에 엎드려 울부짖으며 용서를 구한다.

"대감마님. 살려 주시옵소서! 제 딸년이 아직은 철부지라 세상 물정을 몰라서 그러는 것이옵니다. 이 어미가 죽을 각오로 용서를 바라오니 부디 한 번만 살려 주옵소서. 대감마님−!"

그제서야 민승호도 흥분을 가라앉히며 말한다.

"그래, 네년 어미가 살려달라고 간청하니 내가 이번만은 용서하여 줄 것이로되 오늘 중으로 당장 이 귀신같은 것들을 모두 치우거라!"

그렇다고 호락호락 물러설 초혜가 아니었다.

"대감마님? 이러시는 것은 아니옵지요. 소녀의 신장이 무슨 잘못을 저질렀다고 신당을 엎어버리는 것이옵니까? 백만대군이 아니라 천만대군을 호령해도 그렇지, 이 나라의 사직을 떠받들어 모시는 당주의 신당이옵니다. 이러고도 귀신이 두렵지 않사옵니까?!"

"무엇이라?! 어디서 감히 나라의 사직을 들먹인단 말이더냐!"

민승호는 대번에 초혜의 뺨을 손바닥으로 후려갈긴다. 집안의 노복들이 사시나무 떨듯 몸을 떨며 안절부절못하고 있는데, 신어미가 초혜의 다리를 부여잡고 울부짖으며 소리친다.

"이런 철부지하고도 철부지한 년아, 네년은 목숨이 몇 개나 되길래 백만대군을 호령하시는 병조판서 대감께 말대꾸한단 말이더냐? 당장 살려달라고 용서를 빌거라. 당장!"

초혜가 (탁−) 쏘아붙이며 소리친다.

"제발 비굴하게 좀 굴지 말아요. 엄니! 어디 무당년은 사람이 아니라서 주상 전하와 중전마마께서 이년을 궁중으로 불러들일까! 대감님이 백만대군을 호령하는 게 누구 때문인지 알기나 하고서 하는 소리야?! 나는 아직 중전마마의 하명도 받잡은 일이 없는데 대감께서 무슨 권한으로 이러시는지 내가 두고 볼 것이야!!"

"이런 요망스러운 계집 같으니! 네년이 감히 중전마마의 총애를 앞세워 이제는 병조판서인 나를 겁박까지 하려 함이더냐 이년-!"

"겁박이 아니라 사실이 그렇지 않사옵니까? 은혜를 원수로 갚아도 분수가 있지. 제 신장에게 이러실 수는 없슴이옵니다. 천하의 병조판서께서 이까짓 별저 하나가 아까워 은혜를 원수로 갚았다는 소문이라도 나면 그 체면을 어찌 감당하시려고 이러시는 것이옵니까. 대감?!"

"허어- 이런 요망한 것! 네년이 정녕 목숨을 재촉하는 것이더냐?!"

"겁박만 하지 말고 차라리 죽이시옵소서. 대감! 소녀는 아직도 중전마마의 하교를 받은 바가 없고, 대감에게는 더더욱 이런 대접을 받을 이유가 없슴이지요. 설마 중전마마의 총애가 끝났다 싶어 이러시는 것이옵니까. 대감?"

"참으로 고연 년이로다! 네년이 감히 중전마마의 하명을 핑계삼아 위기를 모면해 보겠다고 덤비나 본데, 내가 다음번엔 중전마마의 승낙과 함께 네년의 수급도 함께 가지러 올 것이니라!"

그리고는 못 이긴 채 한 발짝 뒤로 물러서고 있었다. 그러나 사실은 초혜의 당돌함에 뒤가 켕겨서 물러서고 있는 것이었다. 어린 무당년이 악을 쓰고 덤비자 신어미란 할미조차 더 이상 나서지를 못하고 만사를 포기하여 울음만 쏟아내고 있는 상황에서 민승호도 더 이상 초혜를 윽박지를 명분이 없었던 것이다. 딸자식뻘도 안 되는 어린 무당년과 말다툼을 벌였다는 사실 자체만으로도 체면이 서지 않을 뿐 아니라 초혜의 말처럼 이 별저는 중전이 초혜에게 하사한 것이지 민승호 자신이 초혜에게 준 것이 아니었다. 그러니까 중전께서 이 사실을 알고 어떤 반응을 보이실지 민승호는 그 사실에 뒤가 켕겼던 것이다.

게다가, 아직은 두 무녀에 대한 중전의 속내를 제대로 알고 있지 못했다.

(내가 조금 성급했음이야! 대궐의 액막이 년을 내친다고 무당년들에게까지 그럴 것이란 보장은 없질 않은가!)

더불어 무당년이 저토록 당당하게 나올 때는 무엇인가 믿는 것이 있어서 그런 것일 것이었다. 그것 말고도 문제는 또 있었다. 자신이 병조판서로 제수된 것이 수진방 무녀의 입김인 줄만 알았는데 이제 보니 이 어린 무당에게도 그 공로가 있었음이었다. 어린 무당이 섬기고 있는 귀신 말이다.

그랬기에 어린 무당에게 뺨을 때린 것은 문제가 될 것이 없겠으나 신당을 엎어버린 것은 문제가 있을 일이었다. 은혜를 원수로 갚는다는 말이 폐부에 와닿는 이유였다.

그런데 문제는 그것뿐만이 아니었다. 겉으로 보기에는 한 주먹거리도 안 돼 보이는 이 어린 무당년이 어느 도사승인가의 무공을 전수받았다고 하는 사실이었다.

민승호가 비록 병조판서라고는 하나 칼자루 한번 잡아본 일이 없는 문벌 출신이었다.

(이럴 줄 알았으면 호위군관이라도 한 놈 대동하고 오는 것인데!)

어린 무당년이 이토록 당돌하게 말대꾸를 하고 나올 줄 미처 예상치 못했던 것이다. 병조판서의 위엄 앞에 큰소리만 한 번 쳐도 혼비백산하여 살려달라고 애걸을 할 줄 알았는데 도사승 생각을 깜박 잊고 있었던 것이다.

민승호가 꼬리를 사리게 된 가장 큰 이유가 바로 그것이었다. 그깟 코흘리개 무녀 따위야 명령 한마디에 흔적도 없이 사라지게 만들 수도 있을 일이겠지만 오늘 당장 멱살잡이라도 한번 당하고 나면 세상 부끄러워서라도 병조판서직을 수행할 수 없을 일이었던 것이다.

민승호가 진장방의 별저에 너무 욕심을 앞세웠다가 스스로의 경솔함을 깨닫게 된 것인데, 그것이 결국 삼신당 귀신을 토라지게 함으로써 민승호 본인은 물론이요, 이 나라 종사에 돌이킬 수 없는 후회를 남기게 될 줄 어찌 꿈이나 꿀 수 있었을 일이었겠는가.

신어미가 탄식하여 초혜에게 말한다.

"민 대감께서 저렇듯 분노하여 돌아갔으니 이제 서둘러 집을 비워줘야 하지 않겠느냐?"

"그래서 대꾸 한마디 못 하고 가만 있었던 거야? 이 추운 동지섣달에 가긴 어딜 간다고, 빌어먹을 인사 같으니!"

"낄낄낄~! 이 애미는 우리 딸년이 백만대군도 두려워하지 않고 똥파리 날리듯 하는 게 어찌나 기분이 좋던지 그냥 가만히 두고만 보고 있지 않았겠냐? 낄낄낄~!"

"울었다 웃었다 변덕도 좋으셔. 그러니까 무당이긴 하지만…"

초혜는 결코 이사 갈 생각이 없었다. 신당을 다시 정리하며 중전마마의 하교가 없이는 이사 갈 생각이 없다는 뜻을 분명히 하자 그때서야 가솔들도 정신을 차려 일손을 거들고 있었다.

(역시나 왕실 무당이라 다르긴 달라! 천하의 권세를 손아귀에 움켜쥔 민승호 대감에게 이렇듯 당당하게 말대꾸를 하고 나설 사람이 이 세상에 새끼 무당 저것 말고 어디 또 있을까!)

민승호와 초혜의 껄끄러운 관계를 전혀 알지 못하는 죽동궁의 한창 부부인께서 여옥에게 급히 기별을 보내왔다. 판돈녕 부사 민치구가 병석에 눕게 되어 병구완을 위한 치성굿을 올리기 위함이었다. 민치구의 나이는 이미 여든을 넘어서고 있었다. 죽었어도 오래전에 죽었어야 할 나이였다. 그랬기에 급히 초혜에게 기별하여 죽동으로 발걸음하게 되었다. 여옥은 기대가 남달랐다.

"부부인의 도움으로 중전마마의 마음을 돌릴 수 있게 되면 좋으련만 부사 대감께서는 워낙에 고령이시라 치성굿을 올린다고 병세가 호전이 되려나 모르겠다."

그러나, 초혜는 대꾸가 없었다. 아예 입도 벙긋하지 않았다.

"왜 말이 없는 거냐? 뭐라고 말 좀 해 보거라."

그럼에도 초혜는 아예 들은 체도 하지 않았다.

드디어 죽동에 당도를 했다. 추운 날씨임에도 민승호의 대문간에는 문전성시를 이루고 있었다. 역시나 그 위세가 대단했다. 그랬는데 여옥이와 초혜는 대문간에서 퇴짜를 당하고 말았다.

"그랬구나. 그래서 네가 말이 없었던 게야."

드디어 초혜가 한마디 입을 열었다.

"그래서 엄니는 실망스러우세요?"

"당연히 실망스럽지. 초혜 너는 부대부인 마님께서 우리에게 거는 기대를 벌써 잊은거니?"

"피이- 벌써 천주쟁이가 다 됐네. 중전마마께 천주님의 말씀을 전해 올리라는 거 말이지요? 걱정 마세요. 민 대감이 우리에게 문전박대한 것은 오히려 전화위복이 되걸랑요? 영감은 이미 저승 문턱이 코앞인데 치성굿을 올린다고 귀신이 사람 되겠어요? 사람이 귀신 되지!"

"초혜 너 그게 무슨 말이냐? 제발 알아듣게 말 좀 해보거라."

"이제는 귀신이 떠났다고 사람 말귀도 못 알아들으세요? 민승호가 중놈들을 불러 불공을 올리겠다며 우리를 들이지 못하게 하였으니 얼마나 다행이에요? 이 추운 날씨에! 저기 보세요. 벌써 중놈들이 오고 있잖아요?"

"그래, 그렇구나. 헌데 저건 중놈이 아니라 개암사의 보우대사님이시잖아? 부부인 마님께서 단골로 다니시는 개암사의 주지 스님!"

여옥은 보우 스님을 잘 알고 있었다. 부부인 마님과의 인연 때문이었다.

부부인께서는 해마다 뒤뜰에다 불단을 차려놓고 집안의 평안과 안녕을 기원하며 보우대사님을 불러다가 불공을 올리곤 했던 것이다. 역시나 보우대사님의 불공은 효험이 있었다. 개망나니 사위가 개과천선을 하여 이 나라의 국태공이 되어 있었고 외손주가 또한 임금이 되어 있었으며, 부모 없는 여자아이를 데려다가 양딸로 삼아 국모의 자리에 앉혀 놓았으니 이보다 더 대단한 일이 어디 또 있겠는가. 보우대사의 명성이 하늘을 찌르고도 남을 일이었다. 봉원사의 무공 스님보다도 그 명성이 대단했다. 그랬으니 여옥이가 보우대사를 모를 리 없었다.

여옥이가 급히 달려가며 대사를 맞이한다.

"대사님 어서 오시 오소서! 부부인 마님의 부르심을 받고 오시나 보옵니다?"

"그래, 수진방 이보살이구나. 판돈녕 대감의 병문안을 왔다가는 길이더냐? 내가 조금만 더 일찍 올 걸 그랬구나."

"웬걸요. 부부인 마님의 연락을 받고 달려왔으나 문전에서 쫓겨나고 말았는걸요? 아마도 병판께서 무당의 출입을 싫어하시나 봐요. 호호~"

"그래? 허면, 병판께서는 중놈의 출입도 막으시는 게 아닌지 모르겠다?"

그리고는 자신이 데리고 온 사미승을 쳐다보며 말한다.

"울보야? 네가 달려가서 우리의 출입도 막으시는지 알아보고 오너라."

사미승이 대꾸하고는 (쪼르르~) 대문간으로 달려간다. 초혜가 입속말로 혼자 중얼거린다.

"중놈은 오늘 쫓겨날 운세가 아니네. 뭐."

스님이 용케도 그 말을 알아듣고 말한다.

"오냐, 그렇더냐? 그럼, 마음 놓고 들어가도 되겠구나. 중놈이 염불이나 할 줄 알지 일진을 살펴볼 줄 알아야 말이지. 헛헛헛헛!"

여옥이가 민망하여 초혜를 나무라며 보우대사에게 인사를 시킨다.

"초혜야? 너 그게 무슨 말버릇이냐! 이 어미가 무공 대사님보다도 먼저 받들어 모시는 큰스님이시거늘 어서 인사 여쭙거라. 보우대사님이시다."

그러면서 스님에게 사죄한다.

"소녀의 신딸이온데. 근초 대사라 하시는 분에게 글공부는 제법 익힌 듯하나 입성만은 고치지를 못하여 중전마마 앞에서도 가슴이 조마조마하옵니다. 용서하소서!"

보우께서 귀를 쫑긋하여 급히 묻는다.

"수진방아? 네가 시방 근초라 하였더냐? 소 먹이는 건초 말고 근초, 근초!"

"아참, 무공대사님과 아시는 분이니까 대사님께서도 아시겠군요?"

"알다마다! 근초가 시방 살아있단 말이더냐? 무공이도 내게 근초 얘기는 없었거늘, 허어- 거참, 나무관세음보살~"

"호호호~! 근초 대사님과는 친분이 돈독하셨나 보옵니다. 초혜 이 아이가 그분에게서 손수 길러졌다 하옵니다."

"그랬어? 그랬단 말이지?! 그러니까 근초가 죽지 않고 살아있단 말이 아니더냐? 그래서, 네가 근초의 핏줄이란 말인 게냐…? 어쩐지 모습을 감추고 나타나지 않을 때부터 이상하다 했더니만 역시 그랬던 게야. 허엇, 거참!"

초혜가 대번에 말을 받아 쏘아붙인다.

"스님 할배? 그런 것이 아니걸랑?! 근초 할배가 나를 키워준 건 맞지만 나는 도사 할배들이 강가에서 주워다가 할배한테 맡겨져서 키워진 고아란 말이에요. 알았어요?!"

"오냐 그래. 그랬더냐? 너네 할배는 시방 어디에 계시느냐?"

"나도 잘 몰라요. 사또라고 하는 놈이 무조건 쳐들어와서 절간에다 불을 싸지르는 바람에 도사 스님들이랑 함께 계시는데 지금은 어디로 가셨는지 모르겠어요. 삿도 때문에 나도 함께 못 있고 이렇게 쫓겨온 거예요."

여옥이가 말을 받아 나선다.

"이 아이도 어쩜 제 팔자를 그렇게 빼다 닮았는지 모르겠어요. 산속에 있는 암자에서조차 편히 살지를 못하고 이렇게 쫓겨온 걸 보면 말예요. 그게 어쩜 이것에게는 큰 충격이었나 봐요. 그랬으니 이곳으로 오는 도중에 그만 마음에 병을 얻어들어 내림굿을 다 받았겠지요."

"오호~ 그랬더냐? 아직 댕기 머리를 한 것을 보니 혼인도 하지 못한 처자의 몸인 듯한데, 가만있거라~ 그게 어디서 들어본 듯도 한데, 그게 어디서 들어 봤더라…?"

"이것에게 양오라비 승려가 하나 있는데 승방무술을 몸에 익혀서 공력이 뛰어난가 봐요. 소웅 선사라 하는 젊은 승려인데 그 승려가 천신만고 끝에 봉원사까지 데려왔다네요."

"옳거니, 바로 그 녀석에게 들었던 말인 게야! 동인이를 따라다니고 있는 그 젊은 녀석!"

"대사님께서도 벌써 알고 계셨나 보군요? 맞아요! 지금은 동인 선사의 안위를 책임지고 있지요."

이때 사미승이 달려오며 스님에게 말한다.

"큰스님? 보우대사께서는 아무 걱정 말고 어서 드시래요. 무당년들하고는 같이 오지 말고요."

"오냐 알았다. 헌데, 소웅이란 놈이 너의 양오래비란 말이지?

컬컬컬~! 출가한 중놈에게 사바세상의 인연을 어이 해야 할꼬? 아미타~불"

여옥이가 말을 받아 나선다.

"동인 선사가 개암사까지 데리고 가서 인사를 시켰나 본데, 소웅 선사의 이름까지 기억하시는 걸 보니 꽤나 관심이 많으셨던 가 보죠?"

"컬컬컬~! 이 보살 너한테도 얘기를 안 했던 모양이로구나. 그 녀석은 시방 개암사에 있느니라. 동인이가 데려다 놓았는데 내가 이름을 하나 지어 주었다. 여기 이 녀석이 하도 울기를 잘해서 울보라 하였거늘 그 녀석에겐 운보라 지어 주었느니라."

듣고 있던 초혜가 급히 나서며 묻는다.

"오라비가 시방 어디에 있다구요? 나한테는 말도 안 하고 누구 맘대로 그딴 곳에 가서 숨어있대요, 시방!"

이동인은 이때 소웅을 개암사로 데려가 보우대사에게 맡겨두고 부산포가 있는 동래현의 범어사를 향해 도피행각을 떠나고 있었다. 그것은 바로 대원군 때문이었다.

이때, 주상으로 인하여 부지불식간에 권력에서 밀려난 대원군은 양주 땅 직곡 산장으로 들어가 칩거를 하긴 하였으나 그가 마음만 먹는다면 지금 당장이라도 권력을 빼앗아 올 수 있는 힘을 가지고 있었다. 그런데, 문제는 명분이었다. 주상이 성년을 명분으로 권력을 빼앗아 갔다면 자신도 무엇인가 명분을 만들어 권력을 되찾아 오면 될 일인 것이다.

대원군이 명분을 만드는 일에는 앞뒤 가릴 것이 없었다. 세상의 눈치 같은 것도 볼 필요가 없었고, 사안의 중요성 같은 것도 따질 필요가 없었다. 남연군의 셋째 아들인 자신이 자신의 둘째 아들을 임금의 자리에 올려 앉혔고, 법도에도 없는 대원군이 되어 섭정대왕의 권한까지 휘두르고 있을 뿐 아니라, 자신의 실정 (잘못)까지도 며느리인 중전에게 뒤집어씌우자 거짓말처럼 그것이 먹혀드는 세상이고 보면 그에게 불가능이란 있을 수가 없음인 것이다. 아무리 사소한 일이라도 빌미를 만들어 권력만 빼앗아 오면 될 뿐이었다. 척화비를 쓰러트린 중놈을 잡아들여서 (이놈들이 바로 무지몽매한 민초들을 부추겨 반란을 일으키고자 획책하는 역도의 무리들인 바, 그딴 것도 하나 발본색원하여 바로 잡지 못하는 무능한 조정을 믿고 내가 어찌 편히 쉴 수가 있겠는가!)라고 한다면 전하의 대원위 말을 믿고 따라주지 않을 백성들은 없을 것이었다.

물론 그것으로도 명분이 부족하다면 명분이야 얼마든지 살을 붙여서 부풀리면 될 일이다. 이동인과 연루되어 봉원사를 들락거리고 있는 개화당의 젊은이들을 왕창 잡아들여서 그 부모와 친인척까지도 한 무더기로 엮어 넣을 수가 있을 것이요, 또한, 민영익과 민승호, 그리고 중전으로 이어지는 밑그림까지도 그의 머릿속에서는 폭넓게 그려지고 있었던 것이었다.

이즈음, 박규수에게는 그를 따르는 인재들이 넘쳐나고 있었다. 그들 중에서도 특히나 관심의 초점은 바로 민영익이었다. 그로 인해 민규호를 통한 대원위 주변의 정보까지도 개화당으로 흘러 들어가고 있었던 것이다.

(대원위께서 비록 육신만은 양주 땅에 칩거하여 머물고 있으나 두 눈과 귀만은 더욱더 혈안이 되어 권력의 중심을 맴돌고 있

음에…)

무엇인가 명분을 만들기 위해서 운종가의 척화비 사건까지도 대원위의 주변에서 거론이 되고 있다는 사실에 박규수는 그만 대경실색을 하지 않을 수 없었던 것이다.

"이 선사는 지금 즉시 봉원사를 떠나 당분간은 결코 되돌아올 생각을 하지 않는 게 좋을 것이야!"

그러니까 대원위의 관심에서 벗어날 때까지 봉원사 근처에는 얼씬도 하지 말라는 박규수의 당부였다.

이동인도 그 지시를 따르지 않을 수 없었다. 자신으로 인하여 자칫 개화세력들이 대원위의 먹잇감이 될 수도 있다는 사실을 그 자신이 누구보다도 잘 알고 있었던 것이다. 이동인이 도피처로서 동래현의 범어사를 선택한 것은 그곳에 뜻을 같이하며 교류하는 친구가 한 명 있었기 때문이었다.

범어사는 화엄종의 본산인데 부산포가 속해있는 동래현에서 이십여 리쯤 떨어진 곳에 자리 잡고 있었다. 그곳에 무불 선사 탁정식이 있었으며, 무불은 왜학훈도 안동준으로부터 왜어를 배워 알고 있다고 했다.

원래 조선 조정에서는 동래현에 왜관을 설치하고, 그곳에서 조정을 대신하여 왜나라의 사신들을 맞이하고 있었다.

(하찮은 왜인들이야 동래현의 왜관에서 사신들을 맞아 외교를 담당해도 과분할 일인 게지!)

조선은 원래 왜인들을 하찮게 여겨 야만인 취급을 했다. 그래서 왜학훈도라고 하는 통역관을 그곳에 배치시켜 그곳에서 외교를 담당하게 했던 것이다.

"내가 무불에게 왜어를 배워서 일본국으로 들어가 저들의 동태를 살피고 올 것이야."

그것은 바로 박규수의 권유 때문이기도 했고, 또한 소옹에게서 그들의 간자들 얘기를 들은 때문이기도 했다.

27. 엇갈린 운명

한양 인근에는 크고 작은 사찰들이 엄청 많았다. 권력자들이 적당한 곳에 터를 잡아 암자를 지어놓고 떠돌이 스님을 데려다 앉혀서 개인 사찰을 만드는 일이 흔했기 때문이었다.

개암사도 사실은 조그만 암자에 불과했다. 그런데, 지금은 보우선사의 명성으로 인해서 꽤나 유명한 사찰이 되어 있었다.

한창 부부인께서는 지금도 개암사의 단골이셨다. 그래서 봄과 가을이면 보우선사를 모셔다가 집안 뒤뜰에다 불단을 차려놓고 치성을 올리고 있었다. 그러나, 추위가 기승을 부리는 동지섣달에 불단을 차린 것은 처음이었다.

부부인께서도 처음부터 이러실 생각은 아니었다. 보우선사 또한 예순이 다 된 노인이었기에 날씨를 염두에 두지 않을 수 없었다. 그래서, 수진방 보살의 모녀를 불러다가 병구완을 위한 치성굿을 올리려고 했었다. 그랬는데, 민승호가 뒤늦게 그 사실을 알고 반대를 했다.

"수진방 무당년들은 중전께서도 궐내 출입을 막으시어 경계하고 있음을 모르십니까? 치성이야 당연히 개암사의 승려들을 불러다가 올리도록 해야지요."

그리하여, 뒤뜰에다 불단을 정비하고 대문간에 지시하여 무녀들의 출입을 막아 버렸던 것이었다.

허긴, 초혜의 신당까지 엎어버린 터에 양부의 치성굿을 올리겠다며 초혜를 집안으로 불러들이기가 내키지는 않았을 것이었다. 초혜가 어찌 그 사실을 내심 바라지 않았을 일이겠는가. 그것은 바로 판돈녕 부사 민치구의 연치 때문이었다. 나이 여든을 넘긴 노인이 자리보전하고 드러누웠다면 그 결과는 이미 예상을 하고도 남을 일이었다. 게다가, 초혜의 점괘까지 불길하게 나왔다면 결과는 불을 보듯 (뻔−) 했다. 자리보전하고 눕거나 북망산을 향해 가는 길뿐이라는 사실을 말이다.

그래서, 보우대사로부터 소웅이가 개암사에 머물고 있다는 얘기를 전해 듣고는 (엄니 혼자 집으로 돌아가세요. 나는 울보 중놈 좀 만나보고 와야겠어요.) 하고는 그 길로 개암사를 향해 길을 잡아 나섰던 것이었다. 그랬는데, 그것이 실수였다.

초혜는 세상 물정을 전혀 알고 있지 못했을 뿐 아니라, 도성의 길 사정도 전혀 아는 것이 없었다. 그러나, 사람들에게 물어물어 도성을 벗어나서 송파 나루까지 당도하긴 했으나 그기까지가 전부였다. 아직까지 단 한 번도 제 손으로 물건을 사고팔고 제 손으로 뱃삯을 치러본 일조차 없었다. 당연히 엽전 한 닢도 스스로 소유해 본 일이 없었던 것이다.

"에고머니, 이걸 어째. 누가 뱃삯을 치러줄 사람도 없고."

그런데, 궁하면 통한다고 했다. 언젠가 여옥이가 모녀 관계를 맺은 기념으로 은가락지 한 쌍을 초혜의 손가락에 끼워주며 말했었다.

"혹여라도 네가 혼자 길을 가다가 노자가 필요하게 되면 이 가락지를 팔아서 쓰도록 하거라."

기특하게도 초혜가 지금 그 생각을 해낸 것이었다.

"그래그래, 이걸로 돈 대신에 쓰면 된다고 했어."

은가락지 한 쌍을 빼주고 배표를 구할 수가 있었다. 그 이후로 개암사를 찾아가는 길엔 돈이 들어가는 일이 없었다.

개암사는 뜻밖에도 손쉽게 찾아갈 수 있었다. 보우대사의 명성 때문이었다. 그런데 초혜가 소옹을 만나겠다며 개암사를 찾아가고 있는 이때 소옹은 또 소옹이대로 초혜를 만나기 위하여 개암사를 떠나고 있었다. 그리하여 서로가 길이 엇갈리고 말았다.

초혜는 소옹이가 어딘가를 다녀오겠다며 절간을 나갔다는 말을 듣고 무작정 기다릴 수가 없어 잠시 몸을 녹인 뒤에 절간을 떠나려는데, 갑자기 낯선 칼잡이들이 들이닥쳐 절간에 있는 사람들을 모조리 포박하여 승방에다 쳐 가두고는 동인 선사의 행방을 캐어묻기 시작했던 것이다. 소옹을 찾아온 초혜라 하여 예외일 수는 없었다.

"네년은 누구길래, 소옹이란 중놈을 찾아왔단 말이더냐?!"

초혜는 정녕 당황할 수밖에 없었다. 그들이 처음에는 동인 선사를 찾고 있는 듯했는데, 초혜의 입에서 소옹이란 이름이 나오면서부터 갑자기 태도가 돌변하여 초혜에게 집중적인 문초가 시작되고 있었던 것이다.

(이놈들이 대체 누구길래 소옹이란 이름을 듣고 나에게 이렇듯 관심을 보이는 것일까? 혹여 웅천현에서 이양인의 신부님을

도와준 것 때문일까?)

그럴 수도 있을 일이었다. 웅천 현감이 움막촌을 들이쳤을 때 소옹의 존재가 이미 알려졌었고, 그래서 소옹의 행적을 뒤쫓아 전국에 추포령이 떨어지지 말란 법도 없을 일이었던 것이다.

(포도청의 나졸들은 변복도 한다던데…!)

이들의 행동거지로 보아 그런 것 같기도 했다. 상하 관계의 질서가 엄격한 것으로 보아 일개 화적패의 무리쯤으로는 보여지지 않았던 것이다.

그러나, 초혜의 예상과는 달리 이들은 관군이 아니라 바로 이재선의 무리였다. 대원군은 이때 이재선이에게 명하여 봉원사의 젊은 중놈 "즉" 이동인을 추포하여 은밀히 감금해 두라고 지시를 했던 것이다.

"기회를 봐서 그놈을 이용하여 내가 조정으로 되돌아갈 수 있는 발판을 마련할 것이니라!"

그랬는데, 그만 이동인의 행적을 놓치고 만 것이었다. 벌써 며칠째 봉원사에서 행적을 감춘 것인데, 늘 함께 다니던 새파란 중놈이랑 개암사를 자주 들렀던 것이 확인되었던 것이다.

(이동인과 함께 다니던 그 중놈이 개암사에 머물고 있음이 확인되었다.)

이재선은 즉시 이철암으로 하여금 개암사를 습격하게 했다.

소옹이 "즉" 운보가 개암사를 떠나고 뒤이어 초혜가 찾아왔고, 잠시 후에는 쇠돌바우 일행이 들이닥쳤던 것이었다. 이때까지만 해도 쇠돌은 이동인과 함께 다니는 젊은 중놈이 소옹이란 사실을 꿈에도 모르고 있었다.

그랬는데, 한복을 곱게 차려입은 어린 여인이 소옹 선사라고 하는 젊은 스님을 찾아왔다는 사실을 알아차리고는 몸서리를 치지 않을 수 없었다.

(그놈이 살아 있었단 말이지?! 업보 소옹이 그놈이 죽지 않고 살아서 소아의 복수를 하겠다고 이곳 한양에까지 나를 뒤쫓아와 있단 말이지?!)

자신이 이곳 한양 땅으로 도망을 쳐 와 있다는 사실을 어찌 알았는지 모르겠지만 그딴 것은 중요하지를 않았다. 그놈이 이곳에 와 있다는 사실이 중요할 뿐이었다.

쇠돌이도 소옹의 능력은 너무나 잘 알고 있었다. 소아와의 관계까지도 말이다. 그러니까, 그의 추론대로라면 업보 소옹이가 건강이 회복되어 소아의 얘기를 전해 듣고는 쇠돌의 행적을 추적하여 (복수를 하겠다며) 이곳까지 뒤쫓아와서 이동인과 어울려 다니며 자신을 찾아다니고 있다는 결론인 셈이었다.

그러나 소옹을 간발의 차이로 놓쳐버린 대신 소옹을 찾아온 초혜와의 대면이 이루어진 것이었다.

쇠돌은 초혜의 얼굴을 알지 못했다. 이름은 서로가 많이 듣고 있었으나 초혜의 갓난시절 이외에 얼굴을 마주친 적은 한 번도 없었기 때문이었다.

그랬는데 이곳 개암사에서 이들의 만남이 이렇게 이루어진 셈이었다. 참으로 기이한 인연이 아닐 수 없었다. 초혜가 소옹을 만나겠다며 이곳에 오지만 않았어도 초혜나 소옹은 영원히 쇠돌이와의 만남이 이루어지지 않았을지도 모를 일이기 때문이었다.

쇠돌이가 이재선의 지시하에 사병들을 조련하고 있는 곳이 관악골이고 보면 엎어지면 코 닿는 곳이 말죽거리요, 개암사이기도 했던 것이다.

(고년이 참으로 얼굴이 곱상하게도 생겼다 하였더니 뜻밖에도 그 갓난쟁이 초혜였단 말이지? 조것이 무당년만 아니라면 내가 데려다가 첩실 삼아 데리고 살 수도 있으련만, 쯧쯧쯧!)

쇠돌이도 이제는 예전의 그가 아니었다. 만약에 이재선이가 임금을 내쫓고 왕위에 오르기만 한다면 정승판서도 바라볼 수 있는 일급 참모가 된 것이었다. 그랬기에 무녀 따위를 잘못 건드려 명예를 더럽힐 처지가 아니었던 것이다. 쇠돌은 자신의 신분을 숨긴 채 초혜에 대한 문초를 계속해 나간다.

"네가 바로 중궁전을 드나들며 중전을 홀리고 다닌다는 그 무당이 맞더냐?"

초혜는 그만 기분이 엄청 상하고 말았다.

"에라이, 비루먹을 놈! 네놈 눈엔 내가 구미호로 보이냐? 사람이 사람을 어찌 홀려 이 비루먹을 놈아!"

쇠돌이도 순간 (찔끔!) 하고 놀란다. 지금 이곳 절간의 분위기로 보아 살려달라며 애걸복걸을 할 줄 알았는데 오히려 기고만장해서 욕설을 하고 덤비는 데는 아연실색을 할 수밖에 없었던 것이다.

(요것이 보통내기가 아닌 게야. 나이도 어린 것이 왕실 무당이 됐을 때는 그 성격이 오죽 당차야만 그리됐을까마는 능구레의 늙은 중놈들이 이것에게까지 무공을 전수해 주었을 것이란 사실을 예상 못 한 내 잘못인 게지 뭐.)

그렇다고 부하들이 지켜보는 앞에서 꼬리를 내려 약한 모습을 보일 수도 없을 일이었다.

"요런 맹랑한 것! 어디 한번 끝까지 덤벼 보거라!"

그 순간 초혜의 뺨에서 불꽃이 (번쩍!) 했다. 쇠돌이도 잘 알고 있었다. 초혜 같은 당돌한 성격에는 완력밖에 꺾어 누를 방법이 없다는 사실을 말이다.

(에고 깜짝이야! 이놈의 손매가 예사로운 것이 아니구나.)

그러나 이미 엎질러진 물이었다. 그깟 뺨을 한 대 맞았다고 기가 꺾인데서야 처음부터 욕설을 하며 덤빈 보람도 없을 일이 아니겠는가.

"비루먹을 놈아! 천하에 못땐 산도적 놈이라도 그렇지. 닷짜곳짜 욕설에다 손찌검까지 하다니 그게 어디 연약한 여자에게 할 짓이냐?!"

쇠돌이라 하여 호락호락한 인물은 더더욱이 아니었다.

"그러게 왜 성질을 건드려 이년아?! 죽을 곳인지 살 곳인지 분위기도 하나 못 알아채고 날뛰는 꼬락서니라니. 그러고도 네년이 왕실 무당인 건 맞기나 하냐? 한 번만 더 덤비면 옷을 홀랑 벗겨 우리 군사들에게 눈요기나 시켜주고 말 것인즉, 그래서 마지막으로 묻겠는데 업보란 놈과는 (앗차, 실수!) 어떤 관계더냐. 으이?!"

쇠돌은 그만 깜박 실수를 하고 말았다. 무심결에 업보란 말이 입에서 튀어나오고 말았던 것이다. 속으로 (찔끔) 하고 놀라는 것은 초혜도 마찬가지였다.

(아차, 이놈이 우리의 과거사를 훤히 알고 있는 놈이구나. 그렇다면…?)

"그대가 어찌하여 업보라는 이름을 알고 있는지 모르겠으나 오라비와 나는 천둥골 새말촌에서 고을 사또에게 쫓겨 근초 할배스님과 양무 할배스님들이 봉원사로 피신시켜 준 것이야. 오라비와 나는 어린 시절 현무암에서 함께 살았던 인연이고!"

"뭐라?! 역시 그랬구나! 허면, 업보 그놈이 소아 얘기는 하지 않더냐? 능구레 산막에서 소아가 불에 타 죽은 걸 혹여 잘못 알고 있지나 않더냐 이런 말이지."

"뭐야?! 소아 언니가 불에 타 죽어?!"

초혜는 순간 머리를 스치고 지나가는 불길한 예감이 있었다. 상대가 말을 받는다.

"그래! 너도 소아를 알고 있었던 모양이구나. 헌데, 업보 그놈이 소아 얘긴 하지 않았던 모양이구나. 그놈이 몸이 완쾌된 뒤 현무암에는 다녀왔을 터이겠지. 그렇지?!"

"그거야 나도 모르지. 오라비가 어디를 다녀왔는지 무슨 말을 들었는지 그걸 내가 알 게 뭐야…!"

그러다 말고 초혜는 속으로 생각을 해 본다. (이 사람이 바로 쇠돌바우 그 사람이구나. 그래서 소아 언니의 죽음과 관련이 있는 모양인데, 그 사실을 업보가 알고 있는지 그것을 나한테 확인해보고 있는 것이렸다? 그렇다면 나도 속내를 다 드러내 보일 순 없지!) 초혜가 얘기를 계속해 나간다.

"… 그치만 오라비가 다녀올 곳이 현무암밖에 더 있을라고! 그래서 나를 따라 봉원사까지 올라온 것이구나. 그치만 나한테 말을 안 해주니 내가 알 게 뭐야. 비루먹을 씨키! 그런데 말하는 걸 듣고 보니 이제 알 것도 같네. 그쪽이 바로 쐬돌이 그 사람

맞지요? 그치요?"

쇠돌이도 태연스레 말을 받아 대꾸를 해준다.

"그래 맞다! 허나, 지금은 예전의 쇠돌이가 아니라 대군마마의 군사참모 이철암이다. 그래서 말인데, 업보가 한양에서 사람을 찾고 있지 않더냐? 나를…!"

"글세, 그건 모른다고 했잖아요? 워낙에 곰통이가 돼 놔서 여간해선 속내를 드러내 보여야 말이지요!"

"허긴, 그러고도 남을 놈이지. 그나저나 업보가 너의 오라비라면 나는 너의 큰오라비가 아니더냐? 그러니 이제부턴 큰오라비라 부르거라."

쇠돌이가 이렇듯 당당하게 자신의 정체를 밝히는 데는 그만한 자신감이 있어서였다. 이재선이와 대원군의 지원하에 일당백의 무사들을 수백 명씩이나 양성하고 있는 군사의 우두머리로서 업보 따위쯤은 안중에도 있을 리 없었다. 개인적으로야 업보의 공력을 따라갈 수 없다고 할지라도 서양의 신식 소총으로 무장을 시킨 자신의 부하들과는 비교의 대상이 될 수가 없었던 것이다.

초혜가 속내를 숨긴 채 소아의 문제를 좀 더 알아내고자 태연스레 말을 받는다.

"이제 보니 참으로 반가운 사람을 만났네요. 나도 큰오라비에 대한 얘기는 예전부터 들어 알고 있었어요. 능구레 골짝에서는 사냥꾼들도 오라비 승낙 없이는 사냥을 못 했다면서요? 킬킬킬~!"

"그래그래! 우리가 진즉 알았으면 서로 오해도 없이 오죽 좋았겠느냐."

"그래게요. 서로가 모르고 그랬으니 누구 잘못도 아니지요, 뭐. 그래서 말인데요, 소아 언니가 불에 타 죽었다는 건 무슨 말이예요? 내가 뭔가를 알아야 작은오라비 그 곰퉁이한테 뭔가를 물어보고 서로 오해가 있으면 오해를 풀도록 해 주죠. 어쨌거나 큰오라비한테 욕을 한 건 미안해요."

"그래, 서로가 모르고 그런 것인데 뭐. 그나저나 너도 한 성질 하더구나. 그놈의 노망탱이들한테 공력을 전수 받아 그걸 믿고 그런 것이냐?"

"피이– 네까짓 게 무슨 공력을 전수 받은 게 있다고…!"

그러면서도 초혜는 소아의 생각만 머릿속에 꽉 차 있었다. 물론 초혜가 소아를 잘 아는 것은 아니었다. 능구레엔 쇠바우란 괴짜가 있다는 것을 알고 있듯이 현무암엔 업보와 업순이란 인물이 있다는 것을 알고 있을 정도였다. 그랬는데 업보로 인하여 업순이 소아에 대한 관심이 높아진 것이고 그녀가 불에 타 죽었다는 말을 듣고는 그 사실을 기어이 알아내고 싶은 마음이 간절해졌던 것이다.

(내가 네깟 불한당 같은 놈을 보고 큰오라비라고? 턱도 없는 소리! 허지만, 소아 언니의 죽음에 대한 사실 여부를 알아내야겠기에…)

마지못해 큰오라비 대접을 해 주며 진실을 밝혀 보겠다고 궁리를 하는 참이었다. 쇠돌이가 그 눈치라도 챈 것인지 딴청만 피우고 있다. 그랬기에, 초혜로서도 안달하는 모습을 보일 수는 없었다. 그래서 눈치만 살피고 있는데, 쇠돌이로서도 그냥 묵살하고 모른 체할 수는 없을 일이었다.

(요것에게 무어라 설명을 해 줘야 한다…?)

초혜가 (진실을 알아야 업보의 속내를 알아보고 오해가 있으면 오해를 풀 수 있도록 하겠다)고 하니 말을 안 해줄 수도 없을 일이긴 했던 것이다. 물론 순서로 따지자면 초혜의 결박부터 먼저 풀어주는 것이 당연하다 하겠으나 쇠돌이에게는 초혜의 속내부터 확인해야 할 필요가 있었던 것이다.

(요것이 내가 능구레 산막에다 불을 지르고 도망쳐 온 것을 알아도 내게 아무런 반감도 없이 이렇듯 상냥하기만 할까?)

그래서 먼저 지나간 날을 돌이켜 회상이라도 하듯 한숨을 토해내며 양무 선사에 대한 불만부터 시작하여 이야기를 끄집어 내놓는다.

"끄으응~! 나도 처음부터 절간에다 불을 지르려고 했던 것은 아니었다. 그런데, 능감탱이들이 나한테 읍내로 나가서 약재를 팔아 식량을 구해오라지 무엇이냐 글쎄…!"

그래서, 약재를 가지고 읍내로 나갔으나 약재는 못 팔고, 온종일 쫄쫄 굶은 채 산막으로 돌아와 보니 산막에는 꽁보리밥 한 주먹 남은 것도 없고, 양무 선사들은 어디를 갔는지 나타나지도 않고,

"하는 수 없이 나물죽이라도 끓여서 요기하려는데…"

그만 (욱–!) 하는 심정에 공양간에다 불을 질러버리고 말았다는 것이었다.

"능감탱이들이 나를 종놈 부려먹듯이 부려먹으면서 하루에 한 끼만이라도 먹을 수 있도록 해 줘야 말이지! 근래 들어서는 능감들의 공양미까지 나보고 구해오라며 안달복달이니 원!"

어느 누구라 하여 성질 안 내고 견딜 것이냐는 얘기였다.

"욱— 하는 기분에 불을 지르기는 했으나 정신을 차려 불을 끄려고 했을 때는 이미 때가 늦었지 뭐냐 글쎄! 처마 밑에 걸려 있는 약초에 불이 붙어버리자 순식간에 절간이 불길에 휩싸여 버리고 말았던거야. 업순이가 방 안에 있는 줄도 전혀 몰랐었거든~!"

초혜는 결코 그 말이 곧이곧대로 들릴 리가 없었다. 그 말은 순전히 거짓이었다. 고갯마루 빈집에서 양무 선사님들께서 그랬었다.

"산막이 불에 타서 잿무덤만 남았으나 토굴 속에 보관했던 공양미만은 무사히 화마를 피할 수가 있어서…"

그 공양미로 밥을 하기 위해 마지막 정성을 다하고 온 것이 초혜 자신이었던 것이다. 밤잠을 설쳐가며 소금 간장이며 된장에다 산나물로 정성을 다하여 새벽공양을 앞혀 놓고 온 것을 어찌 잊을 수가 있단 말인가. 솥단지도 그렇고!

(그런데 뭐가 어째? 식량이 없어서 나물죽을 끓이다가 욱—! 했다고?)

그렇다면 초혜도 할 말은 하고 봐야 했다.

"그런데 말예요? 소아 언니가 불에 타 죽었다고 했는데 방 안에 있는 줄도 몰랐다면서 오라버니가 그걸 어찌 아셨나요?"

(아차! 요것이 시방 내 의중을 떠보고자 함이었구나. 대궐을 들랑거리며 무당 노릇을 한다더니 역시 보통내기가 아닌 게야.)

"그래그래! 나도 네가 그걸 물어볼 줄 알았다. 그래서 말인데, 절간에 불이 붙어버리자 능감탱이들이 돌아오는 것은 아닌가 하여 엄청 겁이 났었지. 그래서 그냥 도망을 치려다가 부처님이나 꺼내 볼까 하여 법당으로 뛰어 들어갔는데 뜻밖에도 그곳에서 불길에 휩싸인 시체를 하나 발견하지 않았겠냐…?"

처음에는 그것이 소아인 줄도 모르고 무조건 시체를 끌어안고 밖으로 나와서 보니 그게 바로 소아였다는 것이었다.

"… 업순이는 아마 불이 나기 전에 이미 죽어있었던 모양이야. 그러지 않고서야 아무리 기진하여 쓰러져 있었다고 할지라도 불길이 번지는데 그냥 누워서 타죽을 사람이 어디 있겠냐. 안 그래?"

"거 참 이상하네요? 현무암에 있던 사람이 갑자기 그곳엔 왜 갔을까요? 설마 죽으러 갔을 리는 없고, 읍내에 약초를 팔러 갔다가 암자로 돌아가서 스님들이 있나 없나 법당도 한번 확인 안 해봤나요…? 허긴 뭐 소웅 오라비한테 물어보면 알겠네요. 그쵸?"

쇠돌은 결정적으로 뒤통수를 한 대 얻어맞는 기분이었다.

(지금까지 장황스레 늘어놓은 거짓말이 헛수고가 된 것이야! 업보란 놈이 모든 정황을 알고 왔다면 내가 한 말이 거짓말이란 것은 대번에 알게 될 것이고 무엇보다도 시방 요것이 내 말을 전혀 믿고 있지 않다는 사실이야!)

쇠돌은 그만 머리끝까지 분노가 치솟았다. 천하의 이재선의 장자방, 이철암이가 콩알만한 계집에게 농락을 당했다는 생각이 들자 그만 분노가 치밀어 사지가 (부들부들~) 떨려 왔던 것이다.

(요것이 결박을 풀어 달라는 소리도 없이 나긋나긋 변할 때부터 의심을 하긴 했었지마는…)

"내 말은 믿지도 않으면서 그동안 내 속내를 떠보느라 이 오래비에게 능청을 떨고 있었단 말이지? 허나, 내가 오늘은 그냥 참는다. 네년을 이용해서 업보놈을 잡는 미끼로 삼자니 어쩌겠느냐? 나는 그래도 네년을 누이로 생각하여 살려주려 하였거늘-!"

이때, 지금까지 쇠돌의 곁에서 경계를 서고 있던 졸개놈이 아첨이라도 하듯 쇠돌에게 말한다.

"군사 어른? 오늘 밤은 기어이 절간에서 유하시고 가셔야겠습니다. 저 무당을 이용해서 중놈들을 잡아들이는 미끼로 삼자면 머리부터 올려 주고 보는 것이 순서가 아니겠습니까요? 저 나이가 되도록 머리도 못 올리고 그냥 있는 것을 보면 아마도 임자를 못 만나서 그런 모양입니다요."

"아무리 그렇기로서니 내가 체면이 있지. 그깟 중놈들이 아무리 중요하다 할지라도 무당년의 머리를 올려 준대서야 체면이 서겠느냐?"

"그렇다고 첩으로 삼을 것도 아니질 않습니까? 하옵고, 무당이면 예사로운 무당이라야 말입지요. 하오니, 군사 어른께서 머리를 올려준 뒤에 저희 군관들의 노리개로 삼게 해 주신다면 일석이조가 아니겠습니까요?"

"뭐라?! 일석이조? 네가 그렇게 말을 할 때는 그럴 만한 이유가 있어서일 터 자세히 설명을 해 보거라. 서군교!"

"그거야 뻔한 이치 아닙니까요? 무당년은 군사 어른 같은 훌륭하신 어른을 만나 머리를 올리게 돼서 좋고, 아무리 미천한 무당년이라 하나 제 머리를 올려 준 은인을 배반이야 하겠습니까요? 하오니 미끼를 삼는데 도망갈 걱정을 안 할 수 있게 돼서 좋고, 그게다가 소관들은 무당년을 지키는 데 수고를 들게 돼서 좋고…! 그렇다고 소관들이 감히 왕실 무당에게 눈독을 들여 떡고물을 챙기겠다는 것은 절대 아닙니다요 군사 어른! 정말입니다요. 예!"

"그놈 참, 말 한번 번지르르~ 하게 잘도 하는구나. 그러니까 결론적으로 말해서 떡고물이 아니더냐? 그것도 왕실 무당이니 오죽이나 구미가 당길까!"

"그렇긴 합니다마는 소관들이 어찌 군사 어른의 여자를 감히…"

초혜는 더 이상 귀가 더러워서 그냥 듣고 있을 수가 없었다.

"야 이 빌어먹을 씨키야? 사내란 놈 입에서 그딴 소리가 나오냐 시방?! 허긴, 주인놈 가랑이 밑이나 기어다니는 똥개 같은 주제에 잘도 꼬리를 흔들어 대는구나 비루먹을 놈!"

군교란 놈이 급히 말을 받아 소리친다.

"흐이그으~ 저 보십시요 군사 어른? 계집이란 원래가 저 정도는 돼야…"

그랬는데 바로 이때였다. 갑자기 바깥이 소란스러워지기 시작하더니 다급하게 외쳐대는 소리가 군교란 놈의 입을 틀어막아 놓는다.

"군사 어른? 군사 어른-?! 한양에서의 전갈이옵니다-!"

그 순간 쇠돌이가 반사적으로 몸을 솟구치고 있었다. 그 바람에 초혜는 물론이요, 법당 안에 있던 모든 사람들이 기절할 듯 놀라는 것은 너무도 당연했다. 쇠돌의 행동으로 미루어 한양에서 분명 무엇인가 큰일이 벌어졌다는 사실을 깨달아 모를 리가 없었기 때문이었다.

28. 개암사에서 만난 인연

동지섣달의 매서운 찬바람이 문풍지를 울려대고 있었다. 동장
군이 기승을 부리며 얼음장 같은 칼바람이 매섭게 몰아쳐 오고
있었던 것이다.

개암사의 작은 법당에서 초혜와 쇠돌이가 지금 마악 생사를
판가름할 중대한 고비를 맞이하려는 찰라, 한양에서 날아든 급
보에 법당의 분위기는 대번에 돌변을 했다. 한양에서의 전갈이
란 소리에 쇠돌이가 퉁겨지듯 일어서며 바깥을 향해 소리친다.

"어서 고하거라. 얼렁!!"

바깥에서 사내가 보고를 해왔다.

"예! 죽동궁에서 폭약이 터졌다는 전갈이옵니다!"

"그래~? 그랬단 말이지−?!"

아마도 평상시 같았으면 바깥의 사내가 벼락을 얻어맞고도 남
았을 일이었다. 죽동에 있는 민승호의 사저를 일러 사람들은 더
러 (민승호의 위상을 빗대어서) 궁이라고 부르기도 했는데 아무
리 그렇더라도 대원위를 떠받드는 사람들은 아무도 그렇게 부르
지를 않았다. 민승호를 감히 대원군 이하응이와 동격으로 예우
해 준다는 의미로도 해석되는 말이기 때문이었다.

그러나, 오늘은 사정이 달랐다. 죽동에 있는 민승호의 사저에
서 폭약이 터졌다는 사실에 그딴 것쯤은 아예 시빗거리가 되질
못하였던 것이다. 쇠돌이가 흥분을 감추지 못한 채 계속하여 급
히 따져 묻는다.

"민승호는? 민승호는 죽었다더냐?!"

"그것까지는 모르옵고, 오늘 초저녁에 폭약이 터졌는데 군막에 들렀다가 이곳으로 안내되어 오느라 지체가 되었습니다요."

"빌어먹을 놈아! 폭약이 터졌으면 민승호가 죽었는지를 알아왔어야지 그깟 걸 지금 보고라고 하고 있는 게야?!"

"…!!"

"안 되겠다! 내가 지금 도성으로 달려가 봐야겠다!"

쇠돌이가 다급히 법당문을 박차고 달려 나간다. 이제 초혜 따위는 안중에도 없다는 눈치였다. 군관이란 놈이 뒤통수에다 대고 소리친다.

"무당은요? 중놈들은 어찌합니까요, 군사 어른?"

쇠돌이가 (빼엑!) 소리를 질러재낀다.

"잘 지키고 있어 빌어먹을 놈아! 내가 바쁜 거 안 보이냐?!"

그리고는 문짝이 떨어져라 처닫고는 어둠 속으로 사라져 버린다. 군교라 하는 군관 놈은 아마도 한양에서의 일을 잘 모르고 있는 듯싶어 보였다. 일개 사병조직의 중간 지휘관에게 군관이란 명칭이 가당키나 한 말일까마는 초혜 또한 그러한 명칭이나 직급까지는 잘 알고 있지 못했다. 그러니까, 그들의 용어대로 군교라 함이 마땅하다 하겠으나, 쇠돌의 지위가 어느 정도인지를 가늠하는 데는 결코 부족함이 없을 일이었다.

이때, 초혜의 입에서 나지막한 탄식이 흘러나오고 있었다.

(끄으응~! 그것이 부사대감님의 운세가 아니었던가 보네! 그렇다면…? 에고머니나, 이걸 어째…! 빌어먹을 귀신이 누구 신세 망치는 거 보겠다는 건가 시방?…!)

초혜가 이토록 깜짝 놀라는 데는 그럴만한 이유가 있었다. 오늘 오전 참에 그녀는 신어미 여옥이와 더불어 민승호 대문간에서 문전박대를 당했었다. 그때 귀신이 그랬었다. 문전박대를 당한 것이 전화위복이 될 것이라고 말이다. 그 이외엔 한마디도 입을 떼지 않았다.

(판돈녕 부사 능감탱이의 천수가 다한 모양이구나!)

그랬는데 지금 보니 그것이 아니었다. 귀신 "즉" 신주가 입을 다물고 있어서 알 수가 없으나 죽동궁이라 하는 곳에서 엄청난 사건이 벌어지고 있음을 느낌으로 깨달아 알 수가 있었던 것이다. 참으로 소름 끼치게 두려운 느낌이었다. 초혜로서는 생전에 처음 느껴보는 두려움이기도 했던 것이다.

(민승호 그 어리석은 인물이 죽을 운세란 말이지?! 그래서 내가 이토록 두렵단 말이지?…!)

그럼에도 계속해서 입을 닫고 있는 귀신 할망구가 초혜는 한없이 얄미울 뿐이었다.

(미리미리 귀띔 좀 해 준다고 어디가 덧나냐 시불 할망구야!)

그러나 한번 입을 처닫은 귀신은 전혀 내색이 없었다. 네년이 뭐라든 말든 내 알 바 아니라는 뜻이었다. 그럼에도 전화위복이 될 것이란 말은 또 무슨 뜻인지 초혜는 그것이 좀처럼 이해가 되질 않았던 것이다.

게다가, 초혜가 삼신당 귀신이랑 더 이상 의견분쟁을 일으키지 못하는 이유가 한 가지 있었다. 이번 민승호의 집에서 일어났다고 하는 폭발 사건이 쇠돌이와 연관이 되어있다고 하는 사실 때문이었다.

(도대체가 쇠돌이란 인물이 어디까지 연관이 되어 있단 말인가!)

쇠돌이란 인물에 대해서도 놀라울 만큼 새롭게 깨닫는 바가 없질 않았거니와, 그의 정체가 또한 신비스럽기까지 했던 것이다.

(저 사람은 분명 천둥골의 무지렁이 촌놈 쇠돌배기가 아니야! 허긴, 나도 뭐 예전의 무지렁이 초혜가 아니긴 하지만서도…!)

초혜의 예상대로 쇠돌은 역시 놀라운 인물이었다. 그에게는 원래 수하에 데리고 있는 진정한 꾀돌이가 한 명 있었다. 이재선이의 모사요 책사가 쇠돌이라면 쇠돌이의 모자라는 지혜를 채워주는 재주꾼의 이름이 바로 이철구였다.

이철구의 지혜와 식견은 쇠돌이와 비교가 안 될 만큼 뛰어났다. 그러나, 머리밖에 쓸 줄 모르는 약골 서생이요, 대인관계가 원만치를 못해서 사람들 앞에 내세우거나 이재선이에게 직접 천거를 할 수 있는 인물은 못 되었다.

쇠돌이에게는 그러한 인물이 필요했다. 이재선이가 중책을 맡겨오거나 중대한 일을 상의해 올 적에 지혜를 보충해야 할 인물말이다.

지난번의 중궁전 자객사건 이후 쇠돌은 이재선으로부터 아주 중요한 임무를 한 가지 떠맡아 진행시켜오고 있었는데, 갑자기 이동인의 신원을 확보하라는 엄명이 떨어져 죽동궁의 사건은 이철구에게 맡겨두고 자신은 이렇듯 이동인의 신원을 확보하기 위해 개암사로 달려와 있었던 것이었다.

(민승호 그놈이 폭사를 당해 죽었다면 국태공 합하께서 권좌에 복귀하는 것도 시간문제일 것이거늘!)

이동인의 문제는 다음 기회로 미뤄 둘 수도 있을 일이었다. 게다가, 업보 소옹에 대한 문제는 쇠돌의 개인적인 문제일 뿐이었다.

더불어 소웅에 대해서는 초혜라고 하는 미끼가 손아귀에 들어 있었다. 쇠돌이가 앞뒤 불문하고 도성으로 달려갈 수밖에 없는 이유였다. 거사가 성공해서 민승호가 죽었건, 거사가 실패하여 민승호가 살아있건, 쇠돌은 이재선을 앞세워 수습책을 강구해야만 했던 것이다. 그게 바로 대원군에게 도움을 요청하는 일일 것이었다.

한편, 개암사를 떠난 업보 소웅 "즉" 운보는 어찌 되었을까?

매서운 칼바람에 세상이 (꽁꽁) 얼어붙은 동짓달의 막바지였다.

때는 (서기 1877년) 고종 14년! 개암사의 주지 스님이신 보우 대사로부터 운보라는 법명을 얻어 가진 소웅은 승적마저 개암사로 해서 비로소 출가 입문하여 정식으로 승려가 된 셈이었다.

처음부터 설명하였다시피 소웅은 사실 행색만 승려였지 실상은 승려가 아니었다. (삼 무 스님들에 의해) 소아와 혼인시켜 사바세상으로 내려보내기 위함에서였다.

소웅은 이제 더 이상 현무암으로 돌아갈 생각이 눈곱만큼도 없었다. 그는 자신이 당산골 역도의 자손이란 사실을 너무도 잘 알고 있었던 것이다. 그랬기에 감히 누구 신세를 망치고자 혼인이란 말을 입에 담는단 말이던가! 그것은 소아에 대한 인간의 도리가 아닌 것이다. 그것은 상대가 초혜라 해서 다를 것은 없었다.

그리하여 정신적인 스승인 동인 선사에게 간청해서 불문에 귀의할 수 있도록 (정식 승려가 될 수 있도록) 도와달라고 매달리게 된 것이었다.

동인 선사도 소웅의 순수한 마음을 잘 깨달아 이해하고 있었다. 그러나, 여러 가지 복잡한 문제로 인하여 봉원사의 승적에 이름을 올리기엔 시간이 필요했다. 그것은 주지 스님이신 무공 대사라 해도 마음대로 할 수 있는 일이 아니었다. 종단에는 종단 나름대로의 규율과 법칙이 있음인 것이다.

그러나, 일부 조그만 사찰에서는 주지승이 그 모든 권한을 행사할 수도 있었다.

이때, 이동인이 생각해낸 것이 바로 개암사였다. 개암사의 보우 선사라면 소웅이 하나쯤 개암사의 승적에 이름을 올려줄 힘이 있다는 사실을 그는 잘 알고 있었던 것이다.

이동인은 소웅이가 자신의 안위를 책임지고 있는 그 마음 씀씀이가 고마워서라도 소웅의 처지를 나몰라라 할 수 없었다. 이때 마침 박규수로부터 봉원사를 떠나있으라는 지시를 받고 소웅을 개암사로 데려가 보우대사에게 맡기고 동래현을 향해 길을 떠났던 것이었다.

이렇게 해서 개암사의 승려가 된 업보(운보)는 보우대사께서 죽동으로 치성불공을 떠나자 상좌스님에게 도성을 다녀오겠다는 승낙을 받고 한강나루를 향해 암자를 나섰던 것이었다. 그리하여 간발의 차이로 초혜와 서로 발길이 엇갈리게 된 것인데, 쇠돌이와도 서로 마주치지 않게 된 이유였다.

그랬는데, 나루터에 당도해서는 그만 (아차!) 했다. 초혜와 마찬가지로 그도 역시 뱃삯을 준비하는 것을 깜박했던 것이다.

"이걸 어찌한다…?"

그러나 아무리 머리를 굴려서 생각해 봐도 별다른 방법이 없었다. 동인 선사가 야밤을 이용해서 도성으로 심부름을 시킬 때는 고깃배를 이용하기도 했으나 그것은 노들나루 인근이라 여기서는 길이 너무 멀었고, 또 고깃배를 이용하자면 시각도 시각이려니와 뱃삯도 오히려 몇 곱절이나 더 비쌌다. 운보가 그 많은 뱃삯을 준비할 수는 없었다. 나룻배의 뱃삯도 한 푼 가진 것이 없는 처지에 고깃배를 이용한다는 것은 가당치도 않은 일이었고 또 그럴 필요도 없을 일이었다. 도성의 성곽을 뛰어넘어 도둑고양이처럼 도성으로 숨어들겠다는 것이 아니라 정정당당하게 성문을 이용해서 진장방의 초혜네 집을 한번 다녀오고자 하는 것이기 때문이었다.

원래 도성을 오가는 사람들은 한강이나 임진강을 건너야 하는데, 그러기 위해서는 나루터에 가서 나라의 통제를 받는 나룻배를 이용해야만 했다. 그러지 않고 강물을 공짜로 헤엄쳐 건너거나 얼음판 위로 도둑강을 건넜다가는 대번에 붙잡혀 관아로 끌려가 치도곤을 당해야만 했다. 언제부터인가 도성으로 들어가는데도 도강세를 내야만 했으며, 그것이 뱃삯에 포함이 되어 징수되고 있었다. 경복궁의 중건을 위한 자금 조달의 방편이기도 했는바, 이필재의 난이 있고 난 이후에 그것이 그만 도성의 방비를 위한 신분파악의 명분으로 굳어지게 된 것이었다.

나루터가 속한 관할 관아에서는 경계병까지 파견하여 엄중한 경계를 했다. 대원위의 특명에 의해서였다.

그러한 관계로 걸뱅이나 가짜 승려, 그리고 천주학이나 야소교의 교도들 또는 불순한 무리들의 도성 출입을 통제할 수 있는 명분이 되기도 했고, 핑계 삼아 비싼 도강세를 거둘 수 있어서 참으로 좋았다. 그리하여, 걸뱅이들과 가짜 승려를 비롯한 불순한 무리들의 도성 출입이 제한되자 한성부의 관리들이 한숨을 돌리게 되었다.

원래, 한양도성에는 걸뱅이들과 가짜 승려 또는 전국 각처에서 모여든 뜨내기들이 엄청 많았다. 그들은 참으로 귀찮은 존재였다. 나라에서는 인두세까지 거둬 가며 백성들의 고혈을 쥐어짜고 있거니와 그보다도 더 참기 어려운 것이 바로 걸뱅이 같은 뜨내기들의 등쌀이었다.

걸뱅이들은 떼를 지어 몰려다니면서 각설이타령을 흉내 내어 아우성을 쳐 댔고, 목탁과 승복을 걸쳐 입은 가짜 승려들은 대문간이 떠나가라 목탁을 두들겨 재끼면서 괴성을 질러대는 것이 일과이다시피 하여 사람들은 문밖출입도 제대로 할 수 없을 뿐만 아니라, 옷가지를 빨아서 빨랫줄에 늘어놓으면 어느 귀신이 채갔는지도 모르게 없어지는 것이 일상이었다.

그뿐만이 아니었다. 후미진 골목이나 개천 가 또는 인가가 없는 산자락 같은 곳에는 굶어 죽고, 얼어 죽고, 병들어 죽은 거렁뱅이 부랑자들의 시체가 치워도 치워도 끝이 없었고, 그로 인한 돌림병까지 창궐하다 보니 한성부에서는 백성들의 민원 처리조차 제대로 할 수 없었다. 그랬는데, 도강세를 신설한 이후 도성 출입을 통제하자 도성의 민심이 크게 안정이 되어갔다.

예나 지금이나 한강에는 항시 물이 넘실댔다. 그래서, 강물의 물길을 잘 아는 인근의 주민들이 아니고서는 감히 도강을 시도할 사람이 없었다. 그럼에도 도강(도둑강)을 시도하는 사람이 있다면 그것은 십중팔구 불순분자일 것이었다.

거렁뱅이들과 가짜 승려들이 떼거리로 나루터에 밀려들어 뱃삯도 없이 나룻배를 타겠다며 떼거리를 써대는 바람에 그것이 참으로 골칫거리이기도 했었다. 그러나 대원군에게 그것이 통할 리가 없었다.

〈참으로 고연 놈들이로다! 농촌에는 시방 일손이 부족하여 해가 갈수록 소출이 줄어든다고들 아우성인데 걸뱅이와 중놈들은 어찌하여 뻔뻔히 자빠져 놀면서 무위도식으로 세상인심을 어지럽히려 든단 말이더냐! 그것들은 필시 민란의 무리 같은 불순분자일 것이니 중놈이건 걸뱅이건 닥치는 대로 모조리 잡아들여, 고향을 떠나온 연유와 도성으로 잠입코자 하는 연유를 철저히 밝혀내도록 하라.〉

걸뱅이들은 나룻배를 타겠다고 얼쩡거리기만 해도 관아로 끌려가서 치도곤을 당해야 했다. 승려들도 신분과 목적지가 확실치 않으면 걸뱅이와 마찬가지의 취급을 당했다. 물론, 스님들의 도성 출입이 금지된 것은 이미 오래된 일이었지만, 이렇듯 나루터에서까지 검색을 당하는 것은 아마도 남도 지방에서 또다시 기승을 부리고 있는 동학의 역도들 때문일 것임이 분명했다.

어쨌거나, 한성부에서는 만세를 불렀다. 도성 백성들 역시 대원군에 대한 원성이 잦아들 수밖에 없을 일이었다.

〈나루터에서 불순분자들을 걸러내게 되니 그야말로 도성의 질서와 안정을 도모할 수 있는 최상의 묘수가 아니든가!〉

나루터에 한성부의 예비병력이 배치되고 양편의 강둑에 지방 관아의 나졸들이 배치된 연유가 거기에 있었는바, 금위영의 군사들이 그런 사소한 일에까지 나설 수는 없었던 것이다.

그런데, 나루터에 배치된 한성부의 예비군들과 강둑에 배치된 지방관아의 나졸들과는 엄연한 신분의 차이가 있었다. 한성부의 임시 병력들은(한시적이나마) 정식으로 선발된 예비군들이었지만, 관아의 일수 사령들은 모두가 군노비 출신의 관비들로서 녹봉은커녕 복색도 제대로 갖출 수 없었으며, 사람대접도 제대로 받질 못하였다.

원래가 그런 것이었다. 그것이 관노비들의 타고난 팔자였다. 그들은 오로지 관아를 지키거나(더러는 정규군에 차출되기도 하였으나) 그렇다고 그들의 신분에 변화가 따르는 것은 아니였다. 오로지 군노비의 신분으로 살다가 늙어 죽기 마련인바, 한강 변에 배치된 그들 또한 제대로 먹지도, 입지도 못한 채 엄동의 추운 날씨에 모진 고생을 하고 있었다. 더러는 모닥불을 피워놓고 추위를 면하고 있다고는 하나 모닥불을 피울 나무를 해다 대는 일조차 버거울 수밖에 없었다. 그러다가 불법 도강자를 발견하기라도 하는 날이면 그때는 정말이지 사생결단이 나고 마는 것이다.

올해도 근년에 보기 드문 한파가 몰아쳐서 강물이 결빙되자 도강자가 더러 생겨났다. 그런데, 멀쩡한 대낮에 나루터가 (빤히) 보이는 곳에서 승복 차림의 한 사내가 얼음장 위로 도둑강을 건너는 모습이 눈에 띄었던 것이다. 원래 송파나루 인근지역은 모두 양주 관아의 관리지역이었다.

"저놈 잡아라-! 천하에 못된 중놈이 얼음판 위를 걸어서 도둑강을 건너는구나!"

양쪽 강둑에서 서로 범인을 잡겠다며 경쟁적으로 뛰쳐나가고 있었다. 이럴 때는 참으로 애매한 점이 참 많았다. 범인을 사이에 놓고, 잡은 쪽과 뒤쫓는 쪽이 서로 자기네 것(?)이라며 다툼이 벌어지기 십상이기 때문이었다. 세금도둑을 때려잡아 공을 세우면, 추위에 떨지 않고 관아로 복귀를 할 수 있는 일이기에 범인을 두고 사생결단을 하는 것은 당연한 이치였다.

그랬기에 도둑강을 건너다가 붙잡히면 다리몽댕이 하나 부러지는 것쯤은 당연히 각오해야 했다. 군노 신분의 일수 사령이란 놈들이 공과를 부풀리기 위해서 (도망치는 범인을 뒤쫓아가 붙잡느라 고생을 했다)며, 다리몽댕이 하나 분질러 놓는 것쯤은 일상적인 관례처럼 되어 있었기 때문이었다.

그러한 전후 사정도 제대로 알지 못한 채 천지분간 없이 도강을 시도하다가 쫓기게 된 이 젊은 승려가 바로 운보, 소웅이었다.

운보는 참으로 어리석은 짓을 저지르고 있었다. 물론, 운보의 능력으로 본다면야 그깟 나졸 놈들 몇 명 따돌리는 일이 무에 그리 어렵겠으랴마는, 그랬다간 대번에 금위영의 군사들이 출동하게 될 것이고, 사태가 그 지경이 되고 나면 (이필재의 잔당으로 의심을 받게 될지, 동학승의 잔당으로 의심을 받게 될지) 상상조차 할 수 없는 사태가 발생할 수도 있음인 것이다.

지금의 세상이 그러한 난세임을 이 세상 그 누구보다도 잘 알고 있는 사람이 바로 운보였다. 동인 선사를 따라다니며 터득한 지혜였다.

(어떻게든 여기서 사태를 수습해야 한다! 여기서 도망을 쳐봤자 도성으로 들어갈 수 없는 것은 고사하고, 내가 갈 곳이 더 이상 어디에 있단 말인가!)

게다가 이제는 개암사의 떳떳한 승려로서 여차하면 보우 스님의 도움도 받을 수가 있음인 것이다. 한창 부부인은 물론이요,

민승호의 배경까지 뒤를 받쳐주고 있었으니 말이다.

(설마 이깟 것이 무슨 큰 죄가 되려고!)

그래서 떳떳이 그들 앞으로 다가가며 인사부터 차리고 본다.

"하이고~ 나으리들! 추운 날씨에 고생들이 많으십니다요. 소승이 절간에만 틀어박혀 지내다 보니 너무도 무료하고 지루하여 얼음판 위를 한번 미끄러져 보았습니다요."

그들이 대번에 욕설을 쏟아내며 고함부터 질러왔다.

"빌어먹을 중놈아! 니놈은 팔자가 좋아서 무료하고 지루한지 몰라도 우리는 시방 동태꼴이 될 지경이걸랑? 그러니 오라를 받고 언어맞을래? 언어맞고 포박을 당할래?"

"옛?! 그, 그게 무슨 말씀이시온지…?"

"이런 멍청한 놈! 니놈은 맞는 것도 몰라 이놈아?!"

나졸이 대번에 창대를 휘둘러 왔다. 이럴 때는 창대가 부러지는 것도 개의치를 않았다. 범인을 붙잡다가 창대가 부러졌다고 둘러대면 될 일이기에 범인의 다리뼈만 분질러 놓으면 될 일인 것이다.

(어이쿠! 이런 무지막지한 자들을 보았나!)

운보는 급히 몸을 솟구쳐 위기를 모면하고 본다. 그러자 느긋이 구경만 하고 있던 나머지 두 명의 태도가 대번에 돌변하고 있었다.

"저놈이 예사 중놈이 아니라 아마도 동학패의 중놈인가 보다! 죽여라-!"

(뭐라?! 이만한 일로 사람을 동학패로 몰아서 죽여?!)

운보의 눈에 쌍심지가 생기는 것도 모르고 그들이 한꺼번에 창검을 찔러왔다. 그들은 모두가 세 명이었는데, 중놈의 목숨쯤 안중에도 없다는 뜻임이 분명했다.

"흐이그~ 못된 사람들 같으니! 관리란 분들이 중놈 목숨을 가벼이 여긴다고 하여 저들까지도 그 못된 것을 따라 배운 거란 말인가!"

나졸들이 비록 삼지창 하나씩을 무기라고 손에 쥐고 있기는 하였으나 그까짓 것을 두고 그들이 운보의 상대가 될 수는 없을 일이었다. 게다가 그들은 결코 군사훈련조차 제대로 받아본 일이 없는 무지렁이 신분의 일수 사령들일 뿐이었다. 그랬기에 그들이 운보의 상대가 될 수는 없었다.

"사 살려 줍시요 대사님. 살려 줍시요-!"

예상대로였다. 그들은 모두 모랫바닥에 꿇어앉아 살려달라며 애걸복걸 통사정을 해대고 있었다. 운보에게 그대로 제압을 당해버리고 말았던 것이다.

이때, 강 건너에 있던 나졸들이 달려왔다. 그러나, 그들 역시도 양주 관아의 일수들로서 운보가 도강을 시도하자 그 모습을 발견하고 뒤따라온 자들이었다. 그들 또한 삼지창을 소지한 무지렁이들로서 지금 도대체 이곳에서 무슨 일이 벌어지고 있는지를 몰라 엉거주춤 망설이고만 서 있을 뿐이었다.

(저놈이 행색과는 달리 포도청이나 사헌부의 군관이라도 된단 말인가…?)

아마도 그렇게 생각하여 공격을 못 하고 머뭇거리는 것임이 분명해 보였다.

"이것 참, 공격해야 하나? 말아야 하나…? 야, 이 사람들아?

이 중놈이 누구시길래, 그렇듯 무릎을 꿇고 앉아서 싹싹 빌고 있는겐가 시방?!"

"대, 대사님께서 우리를 시방… 어서 공격해 시부놈들아–!"

안 그래도 운보가 넌지시 그들의 동태를 살피고 있는데, 무릎을 꿇고 있던 나졸 하나가 운보의 얼굴에다 모래 공격을 퍼부으며 외치는 소리였다. 그러자 방금 도착한 나졸들도 대번에 사태를 직감하고 있었다.

"찔러라–!"

어리둥절해 있던 세 명의 나졸들 손에서 일시에 공격이 개시되었다. 그러나 그것은 그들의 실수였다. 승려들의 절간 무술 실력을 너무도 얕잡아본 그들의 실수 말이다.

그랬는데 운보가 처음 도강을 시도할 때부터 나루터 쪽에서 그 광경을 유심히 지켜보고 있는 눈길들이 또 있었다. 바로 한성부의 예비군들이었다.

원래 도성의 관문인 한강과 임진강의 나루터는 그 나루터가 속해있는 지방관아의 관할이었다. 그랬던 것이 대원위의 지시에 의해 한성부의 병사들이 파견되어 불순분자들을 걸러내기 시작하면서부터 나루터의 권한이 한성부로 넘어오게 된 것이었다. 도강세 때문이었다.

그리하여, 도강세는 걷히는 대로 대원위의 수중으로 들어가고 있었다. 경복궁의 중건을 위한 한 가지 방편이었다. 그러나, 한성부에서는 인원이 부족했다. 나루터에 임시병력을 쓸 수밖에 없는 이유였다. 그랬기에 비록 예비군들이라고는 할지라도 나루터에서는 그들의 권한이 막강할 수밖에 없었다.

"저으기 저 백사장에서 양주 관아의 일수들이 도강하는 범인을 붙잡아 서로 다투고 있음이렷다? 포교들에게 빼앗기기 전에 어서 가서 우리가 빼앗아 오자!"

허긴, 이 추운 날씨에 포졸들이 도강자 따위에나 눈독을 들이고 있을 리는 만무할 일이었다. 아무리 그렇기는 해도, 포교들의 눈에 띄지 말란 법도 없음인 것이다. 한성부의 병사들이라 해도 포교들과는 또 신분에 차이가 있었던 것이다.

한성부의 병사들이 달려오자 운보도 순순히 포박을 당해주었다. 운보 자신의 목적지가 도성이었고, 또 한성부에 당도하면, 보우 큰스님의 뒷배로 얼마든지 풀려날 수 있을 것이라 생각을 했기 때문이었다.

양주 관아의 나졸들은 감히 한성부의 병사들에게 항의조차 하질 못했다. 영하의 추운 날씨에 그들로 인해서 동태가 되기 전에 풀려난 것만으로도 감지덕지할 뿐이었다.

"이런 칠칠치 못한 것들! 그리고도 네놈들이 관아를 지키는 나졸들이라 할 참이더냐?!"

한성부의 정식군사도 아닌 예비군들에게 칠칠치 못하다는 핀잔까지 듣고서도 그들은 결코 얼굴조차 제대로 치켜들 수가 없었던 것이었다.

29. 끝나지 않은 진실

한성부 옥사에 당도한 운보는 당직 추관에게 간청하여 병조판서댁에 불공을 드리러 간 개암사의 주지승인 보우 스님에게 기별을 넣어 달라고 간청을 하게 되었다.

"큰스님께 기별만 넣어 주시면 소승의 신분도 금방 확인이 될 수 있을 것입니다."

한성부 관료 역시 그 부탁을 거절할 수 없었다. 운보가 개암사의 승려로서 보우 스님을 뒤쫓아 가다가 뱃삯이 없어 이러한 지경에 처하였다는 사실을 믿지 않을 수가 없었던 것이다.

〈그 늙은 중놈의 말 한마디에 자칫 내 목이 달아날 수도 있음이니…〉

게다가, 이 기회에 보우대사랑 안면을 터 두고자 하는 욕심에 죽동으로 사람을 보내서 보우대사에게 기별을 넣어 주었던 것이다.

"그 녀석이 절간에나 얌전히 들어앉아 있을 것이지, 어찌하여 한성부 옥사에는 붙잡혀와 있단 말이든고!—"

이때가 마침 저녁공양 무렵이었다. 부부인께서 그 이야기를 전해 듣고 사람을 보내 데려오겠다고 하였으나 (그 녀석이 갑자기 도성에 나타나서 옥사에 갇혀있는 것을 보면 분명히 무슨 사연이 있나 보다)하여 선사께서 직접 데리러 나선 것이었다.

"환재대감께서만 계셨어도 그 녀석이 제 발로 걸어나왔을 것이거늘…!"

이때 박규수는 평안도 관찰사에서 한성 판윤으로 승차를 해와 있다가 지금은 우의정에 승차해있었다. 보우대사는 박규수와도 여옥이와 동인 선사로 인하여 안면을 트고 있었던 것이다.

물론, 운보라 하여 박규수를 모를 리 없었다. 그러나 운보가 한성부에 발걸음한 것은 처음이었고, 또 운보 자신이 박규수에게 직접적으로 연줄을 넣을 수 있는 처지까지는 못 되었다. 아무리 그렇기는 해도 박규수가 한성부에 그냥 있었더라면 운보가 옥사에서 풀려나는 일은 그리 어려운 일이 아닐 것임에는 분명할 일이었다.

그나저나 이때가 바로 주상께서 어린 나이로 보위에 오른 지 14년째가 되는 그해 동짓달 스무여드렛날이었다.

민승호는 오후 늦게 퇴궐하여(진귀한 물건이 들었다는) 보물 상자 하나를 집사로부터 건네받아 안방으로 가지고 들어갔다. 안방에는 한창 부부인이 어린 손주들과 함께 있었는데, 민승호는 값진 보물을 어머니와 자식들이 보는 앞에서 자랑스레 개함하고 싶었던 것이다.

그리고 (꽈꽝!) 천지가 진동을 했다. 폭약이 터진 것이다. 그리하여 그는 계모이신 한창 부부인 및 어린 자식들과 함께 폭사하고 말았다. 그의 나이 향년 45세였다.

조선의 병권을 손아귀에 틀어쥔 채 군사들로 하여금 집 안팎을 겹겹이 둘러싸서 물샐 틈 없이 방비하게 했던 그도 저승사자의 손길만은 피해갈 수 없었던 것이다.

보우 선사께서 운보를 데려오기 위하여 집을 나서서 막 골목길을 돌아갔을 즈음이었다. 먼 뒷발치에서 폭발음이 들려와 (무슨 일인가?) 해서 어리둥절해 있는데 누군가가 소리쳤다.

〈병판 대감 댁에서 폭약이 터졌다―!〉

참으로 기가 막힐 일이었다. 방금 막 그곳에서 나왔는데, 폭약이 터지다니. 누군가 자신이 나오는 것을 보고 있다가 폭약을 터뜨린 것이 아닌가 하는 생각이 들기까지 했다.

"나무아미타불~ 관세음보살! 어서 가보자 울보야!"

헐레벌떡 뒤돌아 달려가는데, 이미 길가에는 폭음 소리에 놀란 인근의 주민들로 발걸음을 제대로 떼어 놓을 수도 없을 지경이었다.

그리하여, 대문간에 당도했을 때는 이미 수직 나온 군사들이 대문간을 걸어 잠근 채 들고나는 사람들의 출입을 통제하고 있었다.

(가족이 아닌 자는 그 누구도 집 안으로 들이지 말고, 집 안에 있는 자들은 단 한 명도 바깥으로 내보내지 말아라-!)

보우 선사 역시 집 안으로 들어갈 수가 없었다.

"허어-! 이 노릇을 어이할꼬! 내낭에서 불꽃이 치솟는 것으로 보아 저곳에서 폭약이 터진 듯한데, 허어- 이 노릇을 어이할꼬-!"

선사께서는 망연자실 불꽃이 치솟는 내당 쪽만 바라보며, 발을 구르고 있을 뿐이었다. 그 바람에 운보를 데려 나오는 일은 그만 기회를 놓치고 말았다.

그러나 선사께서 이때 집 안에 그냥 있었더라면 크게 곤욕을 치를 뻔했다. 뒤늦게 소식을 듣고 달려온 민규호에 의하여 아마도 의금부로 끌려가 어육이 되었을지도 모를 일이기 때문이었다.

날이 저물자 매서운 한파는 구경꾼들을 더 이상 내버려 두지 않았다.

"어찌하여 오늘 밤은 날씨마저 이렇듯 매몰차단 말이더냐, 이 넓은 도성에서 우리 울보 잠잘 자리 하나 구해둘 곳이 없단 말이든고!"

선사께서는 우선 어린 사미승의 잠잘 집을 찾는 것부터 신경을 쓰지 않을 수 없었다.

"어느 시주님 댁을 방문하여 네 녀석을 맡겨둔단 말이더냐."

한편 이때, 한성부 옥사에서 보우 스님의 기별만 기다리고 있던 운보는 병판 대감 댁에 폭약이 터졌다는 소식을 전해 듣고 크게 실망을 했다.

"큰스님께서 무슨 경황에 나를 데리러 오겠는가."

역시나 해가 저물고 새날이 밝았는데도 큰스님께서는 자신을 데리러 나타나지 않았다. 그러나, 그것은 보우 스님께서 오기 싫어서 안 온 것이 아니었다. 한성부고 어디고 관아마다 모두 일반 백성들의 출입이 일절 통제가 되고 말았던 것이었다.

지난밤 운보는 옥사에서 하마터면 고드름이 될 뻔했었다. 죄수들끼리 서로 부둥켜안고 체온으로 추위를 견뎌내기는 하였으나, 그 바람에 한숨도 잠을 이룰 수가 없었던 것이다.

(아예, 옥사를 탈출하여 도망을 쳐버려?)

그러나 그것은 안 될 일이었다. 그랬다간 도성에 두 번 다시 발도 못 붙일 일이기 때문이었다. 도성뿐만 아니라 개암사나 봉원사에도 얼굴을 내밀 수 없게 됨으로써, 자신은 영영 도망자의 신세로 살아갈 수밖에 없는 처지가 되고 마는 것이다. 그래서 버텨야 했다. 자신을 무죄 방면시켜 줄 때까지 최대한 버틸 수밖에 달리 방도가 없을 일이었다.

그런데 문제는 민승호의 평판이었다. 그가 폭사를 당해 죽었다는 소문이 들리자 죄수들의 입에서까지 그를 욕하는 소리가 끊이지를 않았다. 운보는 더 이상 입도 벙긋할 수가 없었다. 민승호의 집에 불공을 드리러 간 보우 스님에게 기별을 넣어 달라고 했던 것을 이곳 옥사에서는 모르는 사람이 없었으니 말이다.

민승호가 병조판서이긴 하였으나 무관의 제목이 못 된다는 것은 이미 설명을 한 바 있거니와, 병영의 모든 군사로부터도 그는 지탄의 대상이었다.

원래 수만 명의 군사를 유지하는 데는 막대한 재정이 필요로 하는 일이었다. 먹이고, 입히고, 무기를 제조하고 정비하며 녹봉까지 지급하자면, 이 나라 재정의 대부분을 그들에게 쏟아붓는다고 해도 과언이 아닐 것이었다.

그러나 사실 그 돈은 전란만 일어나지 않는다면, 그래서 군대만 보유하지 않는다면 들어가지 않아도 될 아까운 돈이었다. 그러니까 막연하게 전란에 대비해서 아까운 국고를 그냥 낭비하고 있는 셈이었다.

〈전란이나 일어나면 한번 내보내고자 하여 데리고 있는 놈들에게 매달 천석꾼의 재물을 쏟아붓고 있다니, 그게 어디 말이나 될 법한 일이더냐! 군사란, 오직 한성을 방비하기 위한 명분으로 금군들만 남겨두면 될 일이거늘―!〉

민승호는 그것이 참으로 이해가 되질 않았다. 대궐의 운영 경비와 조정의 모든 대소신료에게 지급되는 녹봉보다도 더 많은 재정이 5군영의 군사를 유지하는 비용으로 들어간다니, 이러고도 나라가 거덜 나지 않는 것이 신통스럽기만 할 뿐이었다.

(대원위 그 양반 참으로 어리석은 양반이로고! 금위영의 군사들만 도성을 지키게 하고 나머지는 모두 해산한다면, 인두세 같은 잡세들은 거두지 않아도 경복궁 중건에 아무런 하자가 없을

일이거늘!)

대원위 그 양반이란 바로 자신의 매형이요, 중전의 시아버지
이며, 주상의 생부인 것이다. 그럼에도 이제 대원위쯤은 안중에
도 없다는 뜻이었으니, 그 방자함을 어찌 하룻강아지에 비유하
여 손색이 있다 할 일이겠는가. 사람의 목숨을 파리목숨 알듯이
하는 대원위에게 머리를 뻣뻣이 치켜들고 덤비는 민승호야말로
저 죽을 줄 모르고 덤비는 하룻강아지임이 분명했다. 세상 물정
을 몰라도 너무 모르는 철부지 양반댁 도련님에게 조선의 병권
을 통째로 맡겨줬으니 그것을 어찌 민승호의 탓으로만 돌릴 일
이겠는가.

한마디로 말해서 주상의 측근에는 그만큼 인물이 없다는 뜻이
기도 했거니와, 민승호의 오만을 견제할 만한 인물이 없다는 것
은 민승호 본인에게도 결코 이로운 일이 아니었다. 병조판서가
되자마자 그가 제일 먼저 시작한 일이 스스로 죽을 자리를 찾아
드는 빌미 거리였으니 말이다.

"금위영을 제외한 나머지 군사들은 전시를 대비해서 무위도식
하는 놈들이 아니더냐! 그놈들에게 소요되는 재정의 지출을 일
할만 줄이도록 하거라. 그 돈이면 내가 정치를 하는 데에 전혀
부족함이 없을 것이거늘!"

그는 비로소 자신이 권력을 움켜쥔 사실을 실감할 수 있었다.

"내가 앞으로 영의정의 자리에 오르더라도 호조판서와 선혜청
의 당상만은 내 수하를 데려다 앉힐 것이야!"

선혜청 당상이란, 군량미를 포함한 조정의 모든 재정을 맡아
서 보는 자리였다. 이때 선혜청 당상에는 민승호의 생가쪽 친동

생인 민경호가 앉아 있었다. 그랬기에 군량미를 함부로 주무를 수가 있었던 것이다.

그러나 그것이 군영의 병사들과 그 가족들에게는 바로 목숨줄이란 사실을 그는 깨닫지 못했다. 아니, 그딴 것은 안중에도 없었다. 병사들에게 지급되는 녹봉미는 겨우 한두 사람이나 입에 풀칠을 할 수 있는 양이었다. 당연히 병사들의 원성이 터져 나올 수밖에 없었고, 그것이 어떤 의미인지도 깨닫지 못한 채 민승호는 의기가 양양했다.

"군량미 1할을 가지고도 내가 큰 정치를 하는 데 자금이 부족하다면 까짓거 1할을 더 떼어다 쓰면 될 것이 아닌가!

민승호의 평판이 니빠지자 대원의의 평판은 (쏙−) 들어가 버리고 말았다. 구관이 명관이란 소리가 나올 수밖에 없었다. 게다가 민승호의 평판이 나빠지자 중전과 주상의 평판마저 덩달아 나빠지고 있었다. 그래서 인사가 만사라 함인 것이다.

어쨌거나, 민승호 일가가 폭사를 당하자, 민규호가 발 빠르게 움직이기 시작했다. 주상에 의해 도승지로 승차했다가 좌찬성이라 하는 지위에 오른 인물이었다. 언제라도 정승의 자리를 꿰찰 수 있는 직첩이기는 했으나 조정의 실세는 아니었다.

그랬는데, 그가 드디어 민승호를 대신해서 민문의 두령이 되고자 떨치고 나선 것이었다. 민승호의 죽음을 디딤돌 삼아서 말이다.

〈이번 폭사 사건에 내가 앞장을 서서 설치고 나서면, 나 민규호가 누구인지를 세상이 모두 주시하게 될 것이야. 이 나라 조선의 권력은 이제 명실공히 내 손아귀에 들어와 있음이 아닌가!〉

자신의 친형인 민태호(민영익의 생부)와 민승호의 친동생 민 겸호를 제치고 그는 약삭빠르게 민문의 수장임을 자처하고 나선 셈이었다.

〈우리 민문에서 일어나는 대소사는 나 민규호가 앞장서서 해 결할 것이다.〉

민규호는 전일 도승지를 역임하면서, 주상이 대원위를 두려워 하여 그의 그늘에서 벗어나지 못하고 있다는 사실까지도 깨달아 알고 있었다.

〈대원위에게 깍듯이 예의를 갖추어야만, 민승호와 같은 꼴을 당하지 않게 될 것이야.〉

그는 철저하게 계산적으로 머리를 굴려서 행동했다.

〈이번 사건은 누가 보나 대원위의 작품임이 분명하거늘!〉

따지고 보면 대원위가 그에게는 은인이나 다름이 없었다. 민 승호가 살아있는 한, 결코 민문의 두령자리를 그가 자신에게 물 려줄 인물이 아니기 때문이었다. 그랬기에, 그 고마움을 생각해 서라도 대원위의 비위를 거스를 수는 없었다.

그랬는데 민승호의 폭사 사건을 수습하다가 기가 막힌 사실 한 가지를 포착하게 된 것이었다. 개암사의 늙은 중이 민치구의 건강을 위해 치성을 올리러 왔다가 한성부 옥사에서 온 기별을 받고 폭발이 일어나기 직전에 집을 나갔다는 사실이었다.

"한성부 옥사에 개암사의 젊은 중놈이 갇혀 있는데, 그놈을 만 나러 늙은 중놈이 집을 나갔다고 했겠다?…!"

즉시 의금부 판사에게 지시하여 한성부 옥사에 갇혀있는 개 암사의 죄인을 의금부로 잡아들이라 지시를 했다. 의금부의 판사 역시 종1품의 직첩으로서 좌찬성과는 동일한 품계였으나 권력상으로는 오히려 좌찬성보다 실세의 자리였다. 그러나 민문의 두령임을 자처하고 나서서 폭사 사건을 진두지휘하고 있는 민규호의 위세 앞에서는 아무리 의금부의 판사라 해도 눈치를 볼 수밖에 없었다.

민규호는 내친김에 이번 사건을 역모사건으로 만들어 가고자 했던 것이다. 그래야만 세상의 이목을 모으는 계기로 삼을 수 있고, 주상과 중전의 신임을 받을 수 있을 것이란 계산에서였다. 그래서 개암사의 중놈을 의금부로 압송하라고 한 것이었다. 의금부역시 범인의 흔적조차 찾을 수 없는 상황에서 민규호가 실마리를 풀겠다며 설치고 나서는데, 그의 뜻을 거스를 수는 없었다.

그리하여, 한성부의 옥사에 갇혀있던 운보는 영문도 모른 채 의금부로 압송이 되어갔다.

그러자, 그동안 사건의 진상을 밝히고자 얼쩡대던 금위영이나 포도청 또는 사헌부 등에서는 더 이상 이번 사건에 얼굴도 내밀지 못했다. 의금부에서 역모죄를 수사하고 있는 사건에 그들이 끼어들 계제가 못 되었기 때문이었다.

원래 의금부라 하는 곳은 국왕의 직속 기관으로서, 역모죄 등을 다스리는 특별기관인바, 그곳에 한 번 끌려가서 무사히 방면된 죄인은 거의 없었다. 없는 죄도 만들어서 토설을 받아내는 곳이 의금부인데, 의금부로 끌려갔다 하면 그곳으로 끌려가게 된 그 자체가 바로 죄가 되는 일이었다.

민규호의 의중은 기가 막히게도 앞뒤가 맞아떨어져 가고 있었다.

〈한성부의 옥사에 갇혀있던 그 젊은 중놈이 바로, 봉원사의 동인이라 하는 중놈과 함께 어울려 다니던 정체불명의 도시승으로서…〉

초혜와 여옥의 관계까지도 양파껍질 벗겨지듯 벗겨지기 시작을 하고 있었던 것이다. 민승호가 진장방 무녀(초혜)의 신당을 엎어버린 일이며, 여옥이가 박규수의 애첩으로서 개화당의 일원이란 사실까지도 말이다.

게다가, 운보가 동인 선사와 연관이 있다는 사실까지 밝혀지자, 그 나머지는 더 이상 밝히려 애를 쓸 필요도 없었다. 이미 포도청이나 의금부 같은 수사기관에서도 (훤-히) 알고 있는 내용들이기 때문이었다.

(이번 일을 빌미로 개화당을 얽어 넣어 싹 쓸어버린다면…?)

대원위가 춤을 추며 반길 일이었다.

(대원위께서 권력을 다시 잡을 수 있는 지렛대가 될 일이거늘…!)

민규호로서는 만천하에 자신의 존재를 드러내 보일 수 있는, 이보다 더 좋은 기회가 없을 일이었다.

그런데, 한 가지 문제가 있었다. 자신의 조카 민영익이 때문이었다.

(이럴 줄 알고 박규수의 문도가 되는 것을 그렇게도 경계하였거늘…!)

그러나, 민규호도 대원위한테서 배운 것이 있었다. (내 집에서 일어나는 일들은 내가 능히 감당할 수 있다)라고 하는 억지 논리였다.

(그래 맞아! 사대부 자재들은 쏙 빼버리고 중인과 천민들만 엮어 넣어서 죄를 뒤집어씌우면 될 것이 아닌가!)

바로 그것이었다.

그리하여, 유홍기와 오경석, 이동인과 이여옥 그리고 초혜를 비롯하여 수백여 명의 명단이 의금부로 넘겨졌다. 민영의의 협조 없이는 명단이 작성될 수가 없는 일이었다. 물론, 사대부 자재들은 단 한 명도 명단에 올리지 않았다. 그것이 개화당을 역도로 매도를 하는 데는 더욱더 유리했던 것이다.

(중인 이하의 천출들이 이 사회에 불만을 품고 세상을 뒤바꾸고자 획책을 하여…)

난을 일으키고자 모의를 했다고 조서를 작성하면 될 일이기 때문이었다.

드디어 민규호의 지시하에 도성과 경기도 일대에서 일시에 검거령이 내려졌다. 그런데 어찌된 영문인지 핵심 인물 두 명의 행방이 묘연했다. 좀 더 정확하게 말해서 세 명이었다. 이동인과 애기보살 초혜의 핵심 인물 두 명과 그들을 뒤에서 도와주고 있는 개암사의 주지승 보우였다.

한편, 그 사실을 전혀 알 리 없는 이동인은 이때 동래현의 범어사에서 일본국으로 잠입을 하기 위해 외어를 공부하기에 열중이었고, 초혜는 지금 개암사에서 쇠돌의 무리들에 의해 감금이 되어있는 상태였다.

금부도사가 제아무리 저승사자라 할지라도 그들 두 사람을 찾아내는 데는 한계가 있었다. 게다가, 보우 스님은 찾아도 그만 못 찾아도 그만이었다.

(보우를 찾게 되면, 이동인을 어디로 피신시켰느냐고 따지면 될 것이요, 못 찾게 되면 운보라는 중놈에게 죄를 뒤집어씌우면 될 것인즉!)

어차피 대원군에게 죄를 물을 수 없는 것이라면 이것저것 싸잡아서 사건을 조작해 나가야 함인데, 그깟 늙은 승려 하나 잡고 못 잡고가 무슨 대수이겠는가 말이다.

그랬는데 어찌 알았겠으랴. 이때 보우선사는 어린 사미승과 함께 이름이 밝혀지지 않은 어느 의금부 도사의 비호를 받아 그의 집에 숨어있었으니 이 사실을 어찌 설명해야 함이겠는가.

그러니까 민규호의 계략은 그것이 처음부터 거짓이었다는 것을 의금부에서는 이미 알고 있었다는 결론이었다. 그럼에도 민규호는 자신의 계략에 의금부가 놀아나는 것이 신바람이 나서 혼자 기고만장해 있었다. 그리하여, 사건의 진행 사실을 일일이 대원군에게 귀띔하여 보고하고 있었는데, 자신이 현명하게 사건의 방향을 엉뚱한 곳으로 돌려서 마무리 짓고자 노력하고 있다는 사실을 이하응에게 보여주고자 함이었다.

대원군도 이때 처남과 빙모의 상을 당하여 산장에서 돌아와 있었던 것이다.

(하늘이 나 민규호를 도와주고 있음이야 껄껄껄—! 대원군이 권력을 유지해봤자 얼마나 더 유지할 수 있단 말이던가. 이제 나이도 있는데!)

그러나, 세상만사란 그렇듯 호락호락한 것이 아님을 민규호역시 제대로 깨닫지 못하고 있었다. 그도 역시 세상 물정에 어두운 것은 민승호나 별반 다를 바가 없었던 것이다. 의금부라고 하

470

는 수사기관이 자신의 손바닥에서 놀아나고 있다고 생각하는 것도 그렇거니와, 대원군이 자신의 행위에 흡족해하고 있다고 생각하는 것 또한 그러했다. 더불어 중전과 주상의 어심까지 사로잡고 있다는 생각을 하는 것은 더더욱이나 더 어리석은 생각이 아닐 수 없었다.

한편, 이때 초혜는 어찌 되었을까?

그녀는 뜻밖에도 황궁 안에 머물고 있었다. 그러나, 그것이 좀 요상했다. 중궁전의 인질이 되어 순화당의 뒤쪽 골방에 갇혀서 문밖출입도 할 수 없는 기가 막힌 처지가 되어 있었으니 말이다.

30. 불타는 궁궐

개암사의 법당에서 초혜는 쇠돌바우와 첫 대면을 한 뒤, 그가 도성으로 떠나고 나자, 일단 위기를 모면하긴 하였으나, 그렇다고 완전히 위기에서 벗어난 것은 물론 아니었다. 쇠돌의 졸개들이 그녀를 철저하게 감시하고 있었기 때문이었다.

초혜는 참으로 기분이 착잡했다.

(민승호 그 양반이 결국은 쇠돌이 같은 무뢰배의 손에 인생을 마감하고 말았음인 게야!)

초혜도 이미 예상을 했다. 민승호가 인생을 마감했을 것이라는 사실을 말이다. 신주가 토라져서 입을 다물고 있었으나 민승호의 집에서 뿜어져 나오는 죽음의 기운 "즉" 사기를 초혜도 느낄 수 있었던 것이다.

(그것이 부사 할배의 죽음이 아니라 민승호 대감의 죽을 기운이었다니…!)

자신도 당장 달려가보고 싶었으나 쇠돌의 졸개들이 그냥 보내 줄 리 만무했다.

(그냥 태연한 척해야지. 내가 안달을 하면 이것들이 더욱더 나를 철저히 감시하려 할 테니까!)

어느덧 밤은 깊어 자정이 거의 다 되어가고 있었다. 그들이 말했다.

"이제 밤도 깊었으니, 따끈하게 굼불을 지핀 방으로 옮겨서 교대로 눈을 좀 붙이세나!"

"그리하세! 얼렁 옮기세나!"

초혜는 그들의 손에 이끌려 작은 승방으로 옮겨지게 되었다. 군교란 자들이 세 명씩이나 초혜의 감시를 전담하고 있었다. 온 몸이 결박을 당한 상태에서 초혜는 결코 그들을 따돌리고 도망을 칠 재간이 없었다.

"오늘 밤에 군사 어른께서 네년의 머리를 얹어준다고 하여 굼 불을 따끈히 지펴 놓았거늘, 네년 혼자라도 잠이나 편히 자야 안 되겠냐?"

그들은 크게 인심을 쓰는 척 결박만은 풀어 주었다. 그것만이라도 얼마나 다행인지 모를 일이었다. 방 안에는 이부자리까지 깔려 있어서 일단은 잠부터 좀 자고 봐야 할 일이었다.

(이놈들이 설마 내게 해코지는 하지 않겠지?)

초혜도 이미 알고 있었다. 이 자들은 결코 쇠돌이가 겁이 나서라도 자신을 괴롭히지 못할 것이란 사실을 말이다. 그래서 이부

자리를 들치고 옷을 입은 채로 자리에 눕다 말고 이상한 광경을 목격하게 되었다. 윗목의 천정 아래에 선반이 하나 걸쳐 있었고, 선반 위에는 걸레 뭉치가 얹혀 있는 것이 눈에 띄었던 것이다.

"선반 위에 웬 걸레 뭉치가 얹혀 있을까?"

초혜가 자리에서 일어나 선반 위에 있는 걸레 뭉치를 끌어 내리는 대도 사내들은 초혜의 행동을 제지하지 않았다. 그들은 세 명이 모두 하나같이 장검을 소지하고 있었고, 또한 방문을 가로막고 앉아 있었기에 초혜가 도망을 칠 염려는 없었던 것이다.

선반 위에 있던 걸레 뭉치는 걸레가 아니라 시커멓게 때에 절은 보자기였고, 보자기 속에는 뜻밖에도 목탁과 엽전이 들어있었다.

"에고머니나, 어쩜 내게 필요한 것이 두 가지가 다 들어있을까 글쎄."

초혜는 이것이 부처님의 도움이라 감격을 하는데, 칼잡이들은 거저 초혜의 말이 무슨 뜻인지를 몰라 눈만 멀뚱거리고 있을 뿐이었다. 그러면서도 엽전꾸러미에는 대번에 관심을 나타냈다.

"목탁만 네가 가지고 엽전꾸러미는 우릴 주면 안 되겠냐? 가뜩이나 목도 컬컬~하던 참인데. 주막에 내려가서 막걸리나 한 됫박 사다 마시게!"

초혜도 엽전이 필요했다.

"이걸 주고 나면 나는 어쩌라고? 아까 낮에도 이게 없어서 은가락지를 빼서 주고 강을 건넜걸랑? 그래서 가락지도 없는데 이거라도 있어야 강을 건너지."

"뭐라?…!"

사내들은 정녕 초혜의 말이 무슨 뜻인지 이해를 하지 못했다.

"니놈들은 시방 내가 무슨 말을 하는지 잘 못 알아듣겠지? 그렇걸랑 어디 목탁 치는 소리나 한번 들어볼래?"

드디어 초혜의 손에서 목탁 소리가 울려 퍼지기 시작했다. 그러나 그들은 탁공이란 말을 들어본 일조차 없었다.

"한밤중에 이년이 미쳤나~? 목탁은 왜 두들기고…"

하다말고 사내들은 그것이 예사로운 목탁 소리가 아님을 뒤미처 깨닫고 있었다. 마치 바윗덩이가 짓누르는 듯한 굉음이 머리통을 울려왔기 때문이었다.

"어서 멈춰 이년아. 어서 어서-!"

그러나 그것은 사내들의 실수였다.

"곱게 말해도 멈추지 않을 텐데, 오냐 이놈들 어디 한번 견뎌보거라!"

목탁을 두드리는 초혜의 손에 힘이 들어가고 있었다.

"지금 내려가면 아침 배를 탈 수 있으려나~? 조금은 더 기다려야 할려나…"

초혜는 산을 내려가면서도 탁공을 멈추지 않았다. 사내들이 뒤따라오지 못하게 하기 위해서였다.

주위는 칠흑같이 어두웠다. 동짓달 그믐께라 하늘에서 쏟아지는 별빛만이 가까스로 밤길을 인도해 주고 있었다. 그랬기에 발길이 더딜 수밖에 없었고, 발길이 더디다 보니 불안해서라도 탁공을 멈출 수가 없었던 것이다.

그랬는데 그것이 화근이 될 줄이야 어찌 짐작이나 했겠는가. 돌부리에 발이 걸려 넘어지기라도 할세라 꽁꽁 얼어버린 길바닥을 조심조심 걸어서 산길을 거의 다 내려갔을 무렵이었다. 저만큼 어둠 속에서 웬 노인이 망태기를 어깨에 둘러멘 채 마주 걸어 오고 있었다.

"송장이 다 된 할배 같은데, 이 추운 밤에 어딜 가나 글쎄…"

노인이 묻는다.

"애야? 네가 시방 나에게 그랬더냐 시방?"

초혜는 거저 아무 생각 없이 건성으로 대꾸를 해주고 본다.

"나 혼자 해 본 소리예요. 그러니 할배는 가던 길이나 얼른 가 보세요."

"가던 길이나 그냥 가라고? 그러면서 탁공은 왜 멈추지 않고 있더냐 으이?!"

그것은 순전히 시비조였다. 초혜라 하여 그 짜증스러운 목소리가 귀에 거슬리지 않을 수 없었다.

"남이사 멈추든 말든 할배 갈 길이나 가란 말예요. 시비 걸지 말고!"

노인이 (버럭!) 고함을 질러왔다.

"야, 이년아! 어디서 그 몹쓸 것을 배워갖고, 사람 해칠 일 있냐? 못땐 것!"

다짜고짜 달려들어 목탁을 낚아채 가는데 초혜는 반항 한번 못 해보고 그 자리에서 목탁을 빼앗겨 버리고 말았다. 그뿐만이 아니었다. 목탁을 빼앗아버린 노인은 초혜의 어깻죽지를 손가락으로 (쿡!) 찔러 버린다. 초혜는 그만 외마디 비명을 내지르지 않을 수 없었다. 송곳으로 어깨를 찌르는 듯한 통증과 함께 온몸에서 기운까지 (쏙!) 빠져나가고 있었던 것이다.

"이제는 두 번 다시 목탁을 치지 못할 것이니라. 고얀 것!"

노인은 초혜를 남겨 놓고 산길을 가로질러 어둠 속으로 사라져 버린다.

"에고, 엄니야—! 하마터면 기절할 뻔했네. 시부놈 능강탱이 땜에…"

온몸에서 식은땀이 (주르르~) 흘러내렸다. 이 세상에는 양무 스님들 말고도 도사님들이 또 있다는 사실을 초혜도 비로소 깨 닫게 되는 순간이었다. 이제는 두 번 다시 목탁을 치지 못할 것 이라는 소리를 듣고도 그딴 것은 염두에도 없었다. 노인이 엄청 두려웠기 때문이었다.

초혜는 결코 진장방으로 돌아갈 수가 없었다. 쇠돌의 무리들 이 자신을 뒤쫓아 진장방으로 들이닥칠 것은 불을 보듯 뻔한 일 이기 때문이었다.

"어디로 도망가서 숨어있어야 목숨을 부지할 수가 있단 말인 가…!"

〈중전이란 년이 용정을 잉태하고 있으니…"〉

"그렇기는 해도, 공주가 죽은 이후 나랑 원수가 져서 나를 부 르지도 않는데 내가 어떻게 찾아가?"

〈그렇다고 칼잡이 놈들 손에 붙잡혀 죽을래? 그년이 부르지 않거든 초혜 네가 찾아가면 되지.〉

"그래도 될랑가? 꼴도 보기 싫다며 당장에 내쫓을 텐데?"

〈용정이 있잖냐 이년아, 용정!〉

"그래서 용정을 어쩌라고?"

〈어쩌긴 뭘 어째, 그년이 자존심 때문에 너를 불러들이지는

476

못해도 지금쯤 네년을 부르지 못하여 안달이 났을 걸 아마?〉

"그럴까?"

〈왜? 가기 싫냐? 가기 싫걸랑 말고!〉

"누가 가기 싫댔냐 할망구야?! 그런 일은 미리미리 좀 알려주면 어디가 덧나냐? 민승호 그 사람 일도 그렇고!"

〈네년이 물어보기나 했냐? 물어보지도 안해놓고, 비루먹을 년이 꿍얼~ 꿍얼~〉

"허긴, 그렇네."

초혜는 대번에 경복궁으로 발걸음을 한다. 중전에게 목숨을 의탁할 빌미거리가 생겨났다는 의미이기도 했다. 물론 삼신당 귀신의 귀띔에 의해서 말이다.

"애기보살 저것이 어찌하여 부르지도 않았는데 내게 발걸음을 하였나 하였더니 제 양어미와 오라비가 죽동사가의 폭발 사건에 연루가 되어 제년만 목숨을 구명 받고자 도망을 쳐 왔단 말이렸다?! 좌찬성이 아니었더라면 내가 저년에게 깜박 속을 뻔하질 않았던가!"

주상과 중전께서는 민승호의 폭사 사건에 개화당이 연루되어 있고, 그 인물 중에 여옥이와 초혜의 모녀도 연루되어 있다는 사실을 누구보다 먼저 알고 있었다. 민규호가 의금부 당상을 손아귀에 쥐고 주무르기 위하여 주상의 재가부터 받아놓고 있었기 때문이었다.

그러니까 의금부에서 여옥이를 비롯한 개화당의 인물들을 잡아들이기도 전에 초혜가 먼저 궁중으로 뛰어들어 중전에게 목숨 구명을 요청했던 것이었다.

중전께서 초혜에게 단도직입적으로 질문을 해왔다.

"애기보살 네가 나에게 목숨을 구명하러 온 것을 보면 무척이나 다급하긴 한 모양이로구나. 그렇다면 어디 한번 발명을 해보거라. 이번 사건을 너는 몰랐다고 말이니라. 그래서 말이거니와 내게 단 한마디라도 거짓을 고했다가는 결코 살아남지 못할 것이거늘, 이제 묻겠다. 네년은 어찌하여 그토록 경천동지할 변고가 생길 것을 능히 알면서도 은혜를 원수로 갚았음이더냐?"

"옛?! 그…그게 무슨 말씀이시온지. 소녀는 정녕 모르겠사옵니다."

"네, 이년! 네년이 정녕 살고 싶지를 않은 모양이로구나. 나도 이미 병판대감께서 너의 집 신당을 엎어버렸다는 얘기는 들어서 알고 있다. 아무리 그렇더라도, 내 사가의 오라버니와 어머님이 아니더냐? 헌데, 네 어미가 연루되어 저지른 일을, 네년이 모른다고 발뺌을 하려 함이더냐, 시방?!"

〈하이고~ 이게 무슨 일인고-!〉

초혜는 정녕 무슨 영문인지를 몰라 말문이 막힐 뿐이었다. 그랬기에 이럴 때는 오로지 귀신의 입을 빌리는 수밖에 다른 방도가 없었다. 초혜가 당황하여 잠시 머뭇거리자 중전께서 다시 한번 더 추궁하여 따져묻는다.

"네년이 그랬었지? 올해가 저물기 전에 크게 한 번 놀랄 일이 있을 것이라고! 그래놓고 그것을(훤-히) 알고 있는 년이, 그렇듯 참담한 일을 능히 알고도 모른 체 그냥 두고만 보았단 말이 아니더냐? 어디 한번 발명을 해 보거라. 얼른!"

"아하, 그것 말씀이옵니까?"

초혜의 입을 빌린 삼신당 신녀의 말은 참으로 엉뚱했다.

"소녀도 시방, 그 일 때문에 이렇듯 황급히 중전마마를 찾아뵙는 것이옵니다. 지난번에 소녀가 중전마마께 드린 말씀은 마마의 사가에서 일어난 사사로운 일이 아니라 종사와 관련된 일이기에 이번 일과 연관 지어 착각하지 마시라고 드리는 말씀이옵니다! 마마-!"

"뭐라?! 내 사가에서 일어난 그 참담한 일이 사사로운 일이라고…? 그래서 내게 놀랄 일이 따로 또 있다고?!"

"그렇사옵니다. 중전마마!"

"이런 맹랑한 것을 보았나! 네년이 시방 위기를 모면해 보겠다고 아무 말이나 둘러대나 본데, 여봐라-? 이년을 당장 내금위에 기별하여…"

초혜가 급히 중전의 말을 가로막고 나선다.

"중전마마? 소녀에게 닷새의 말미만 주시옵소서!"

"뭐라?! 닷새의 말미를 달라?"

"그렇사옵니다. 닷새의 말미만 주신다면 소녀와 어미의 무고함을 밝혀드릴 것이옵니다. 나라의 종사가 걸린 일이온데, 닷새의 말미도 못 주시겠습니까? 마마!"

"갈수록 가관이로고! 네년이 시방 나라의 국모인 나에게 겁박까지 하려 함이더냐?!"

"그것이 겁박으로 들렸다면 황공하오나, 주상전하와 중전마마의 안위를 위해서라면 겁박보다 더한 불충이라도 마다하지 않을 것이옵니다!"

"끄으음-!!"

천하의 여장부로 소문이 난 중전으로도 초혜의 겁박에는 기가 꺾일 수밖에 없었다. 초혜 제 자신의 말 한마디가 그것이 바로 죽음과 직결이 된다는 사실을 능히 알면서도 이처럼 대담하고도 당돌하게 나온다는 것은, 그것이 바로 귀신의 점괘 때문이란 사실을 중전 또한 못 알아차릴 리 없었기 때문이었다.

(그렇다면 죽동 사가의 폭발 사건보다도 더 엄청난 사건이 일어날 수도 있다는 뜻이 아니던가!)

중전이 기가 꺾이는 이유였다. 중전으로서도 초혜의 점괘만은 무시할 수 없었던 것이다.

"이년을 데려다가 골방에 가두고 철저히 감시토록 하거라!"

그래서 초혜의 간청대로 닷새의 말미를 주겠다는 뜻이었다.

〈비루먹을 년아, 혼자 심심해서 어찌 지낼래?〉

초혜가 신녀의 말을 알아듣고 중전에게 다시 간청을 한다.

"중전마마? 소녀에게 한가지 청이 있사옵니다. 중궁전 액막이를 소녀에게 보내주시옵소서!"

그러나, 중전께서도 그것만은 순순히 허락할 수 없었다. 공주가 죽은 것을 액막이의 충심이 부족한 때문이라 여기고 있었기 때문이었다. 그래서 잠시의 망설임도 없이 대꾸하여 말한다.

"그년은 충심이 부족해서 내가 고생을 시키려고 무수리로 내쫓았다!"

〈지랄하네, 비루먹을 년! 밥상만 아니라면 저년을 거저…〉

귀신이 초혜를 대신하여 중전에게 화풀이를 쏟아내고 있었다. 그나마도 신당에 차려지는 밥상이 중전 때문이란 사실을 알고 있기에 해코지는 하지 않겠다는 뜻임을 초혜가 못 알아들을 리 없었다. 초혜가 중전에게 다시 말한다.

"액막이에게 어찌 충심을 말씀하시나이까? 이제 곧 태어나실 용정의 액막이인 것을요!"

중전이 또 한 번 기가 꺾이고 말았다. 이제 복중 태아의 해산 일이 몇 달도 남지 않았을 뿐 아니라, 태아가 원량이라 호언장담 하여 중전과 주상에게 희망을 준 것 또한 애기보살 초혜였던 것 이다.

(그런데 그 괴물이 원자의 액막이라고? 그렇다면야 안 될 일 이지!)

액막이 덕실이가 무수리에서 해방이 되어 초혜와 더불어 같은 운명이 된 것 또한 삼신당 신녀의 농간이었다. 삼신당 귀신 또한 이 생원과의 약조에 발목이 잡혀 있었던 것이다.

어쨌거나, 덕실은 지옥과 천당을 오가고 있었다. 그동안 얼굴 과 손발이 모두 얼어 터진 것은 물론이요, 밤잠도 설칠 만큼 일 거리가 산더미처럼 넘쳐났던 것이다. 그러다가 겨우 육체적인 고통에서 해방이 되긴 하였으나, 초혜가 설사 약속을 지키지 못 하여 함께 의금부로 압송이 된다고 할지라도 그녀는 결코 후회 가 없었다. 그것이 바로 초혜의 진심임을 그녀는 잘 알고 있었기 때문이었다.

초혜가 액막이 덕실이랑 함께 골방에 갇혀서 세월을 죽이고 있는 이때, 신어미 여옥은 영문도 모른 채 의금부로 끌려가서 어 육이 되고 있었다.

"네놈들이 역성혁명으로 세상을 바꾸고자 병판대감부터 폭사 를 시킨 것이 아니더냐?! 여기에 모든 물정이 다 있고, 옥사에

481

증인까지 붙잡혀 있으니 어서 자복하거라!"

옥사의 증인이란 바로 운보를 말함이었다. 이제 민규호의 의중대로 거짓 자복도 받아낼 수가 있는 시점이었다. 유홍기를 비롯한 오경석이나 이여옥 등의 개화당 핵심 인물들은 거의 초주검이 되고 있었다.

"이제 내일쯤이면 저것들의 자복을 받아낼 수도 있음일 것이니…"

일단 초주검을 시켜서 정신도 없는 죄인들에게 질문을 하여 대꾸가 없으면 그것으로 자복을 대신하면 될 일이었다.

(이것이 대원위와 주상의 뜻임을 알아야 할 것인즉!)

민규호가 대원위와 주상을 앞세워 설치는 데는 의금부로서도 그의 지시에 따를 수밖에 다른 방도가 없었다. 사건의 진상조차 제대로 확인도 못 한 상태에서 주상과 중전의 독촉이 이만저만이 아니었기 때문이었다.

그랬는데, 사건이 참으로 묘하게도 꼬여가기 시작했다. 개화당을 엮어 넣어 범인들을 잡아들여서 문초를 시작한 지 사흘째가 되는 날이요. 민승호의 집에서 폭발이 일어난 지 나흘째가 되는 날이었다. 이날 저녁나절이 되어 봉물상자를 전해준 범인이 구경꾼들 틈에 섞여서 민승호의 집 앞을 얼쩡거리다가 노복들이 그 얼굴을 알아보게 되어 추포가 되고 말았던 것이었다.

범인은 어리석게도(이제는 내 얼굴을 알아보지 못하겠지)하여 궁금증을 참지 못하고 구경을 나왔다가 그만 추포가 된 것이었다. 그는 뜻밖에도 전 영종첨사 신철균의 노복이었다.

나흘 전 범인은 얼굴도 처음 보는 낯선 선비가 심부름 값을 듬

뿍 쥐여주면서, 병판대감 댁에 봉물상자 하나를 전해달라는 부탁을 받고 심부름을 해주게 되었던 것이었다.

"이것은 이 정승댁에서 병판대감 댁에 전해주는 진귀한 보물인데…"

문간에 지켜보는 사람도 많은데, 이 정승의 체면상 어쩔 수 없이 이렇듯 낯모르는 사람을 내세울 수밖에 없어서 부탁을 하게 되었다고 했던 것이다. 심부름 값이 워낙 두둑했던지라 신철균의 집사는 만사 제쳐놓고 이 정승네의 노복행세를 해주고 말았던 것이었다.

(이 정승네 집에서 가져온 진귀한 보물이니 병판대감께 필히 전하여 대감께서 친히 개함하게 해야 할 것이요!)

이 정승네라 하면 대원군의 중형 되시는 홍인군 대감밖에 더 있을 일이겠는가. 그랬기에 민승호의 노복들로서도 정승댁 노복의 용모를 눈여겨 살펴두는 것은 당연한 결과가 아닐 수 없을 일이었다.

신철균의 노복이 추포되자 신철균이가 끌려들어 오는 것은 이미 예정된 순서였다. 그러나, 신철균의 노복은 이 정승네의 심부름이라는 그 어떠한 정황도 가지고 있는 것이 없었다. 신철균이가 죄를 뒤집어쓸 수밖에 없는 이유였다.

그러나 이 사실은 아직도 주상에게 보고가 되지 않고 있었다. 신철균에 대한 조서가 제대로 갖추어지지 않았다는 이유로 조금만 더 시간을 두고 완벽하게 처리하자는 민규호의 부탁 때문이기도 했다.

"그래 까짓거, 좌찬성의 낯짝을 봐서 하루쯤 더 기다려 주지 뭐, 만사를 실수 없이 완벽하게 처리하자는데, 하루 이틀이 대수일까!"

의금부 판사로서도 민규호에 대한 감정이 좋을 리가 없었다. 조선 최고의 수사기관인 의금부를 제 손바닥 안에 넣고 주물러 재꼈으니 그 감정이 어찌 좋을 리가 있겠는가. 그것도 왕명에 의해서만 움직이는 의금부를 가지고 놀았으니 말이다.

민규호가 물을 먹었다는 사실은 그 사건이 주상에게 보고도 되기 전에 조정 안팎으로 퍼져나갔다. 의금부로서는 자존심이 걸린 문제요, 체면을 되살릴 수 있는 일이기에, 민규호의 체면과 의지와는 정반대의 결과를 초래할 수밖에 없었던 것이다.

한편, 초혜는 자경전의 뒤채에 딸린 조그만 골방에서 무수리 덕실을 친구 삼아 지루한 나날을 보내고 있었다. 비록 닷새라는 날짜로 못을 박긴 하였으나, 그것은 참으로 견딜 수 없는 고통이 아닐 수 없었다. 대소변조차 요강에다 받아내야 할 만큼 비밀스러운 통제와 감시를 받고 있었으니, 그녀는 정녕 죄인의 몸이 아닐 수가 없었다. 그나마 추운 겨울이라 천만다행이기는 했다.

초혜는 정녕 이 상궁을 대할 낯이 없었다. 기껏 액막이의 고통에서 해방시켜 준다는 것이 좁은 골방에서 함께 똥, 오줌을 받아내야 하는 지경이고 보니, 차라리 바깥에서 자유롭게 생활할 수 있도록 그냥 놔두는 것이 더 나았을 것이라 후회가 되지 않을 수 없었다.

이 상궁은 이 상궁대로 초혜를 볼 면목이 없었다. 궁궐의 액막이인 자신의 충심이 부족하여 공주가 죽어서 애기보살마저 중전에게 미움을 받는 것이라 알고 있었기 때문이었다.

(애기보살은 나를 위하여 이토록 신경을 써주고 있는데, 나는 오히려 애기보살에게 누만 끼치고 있으니…)

덕실이의 심성이 얼마나 착한지를 깨닫고도 남음이 있을 일이었다.

(점괘가 틀려서 애기보살이랑 함께 죽는다 한들 내게 무슨 여한이 있겠는가!)

역시나 초혜가 중전이랑 약조를 한 닷새의 시일이 흘러가고 있었다. 이때 덕실은 안달이 나서 입술이 바삭바삭 타들어 가고 있었으나, 초혜는 마냥 천하태평으로 평소와 다름없는 모습에 전혀 변함이 없었다.

이내 중전께서는 참으로 심기가 불편했다.

"괘씸한 것! 애기보살 고것이 정녕 나를 기망하였단 말이던가!!"

중전은 해가 저물기도 전에 내금위장에게 기별하여 애기보살을 잡아가라 지시를 내리고 있었다.

"내일은 내가 고것들에게 극형에 처하도록 지시를 할 것이야!"

액막이 덕실이마저 한 묶음이 되어 극형에 처할 운명이 된 것이었다. 금부에서도 더 이상은 보고를 늦출 수가 없었다. 애기보살을 잡아가기는 고사하고, 여옥을 비롯한 이백여 명의 개화당 인물들마저 내일이면 모두 방면을 해야 할 상황에서 이제는 보고를 미루고 있을 수가 없었던 것이다.

그리하여, 사태는 순식간에 돌변하고 있었다. 초혜와 액막이가 골방에서 해방이 된 것은 물론이요, 여옥을 비롯한 개화당 인물들도 모두 방면이 되고 있었던 것이었다.

그런데 역관인 오경석과 어미 무당 여옥은 그만 자리보전하고 드러눕는 신세가 되고 말았다. 유홍기만 워낙에 타고난 강골의 체질이라 여이레 치료를 한 뒤 겨우 자리를 털고 일어났을 뿐이었다.

이즈음, 박규수에게도 신상에 변동이 있었다. 평안도 관찰사에서 한성 부윤으로 자리를 옮긴 뒤 우의정으로 영전을 하였으나, 결국 좌의정으로는 오르지 못한 채, 판중추부사라고 하는 상징적 존재로 남게 된 것이었다. 그의 인물됨은 영의정이 되어도 부족함이 없다 하겠으나, 그에게는 견제 세력이 너무 많았다. 그가 바로 개화당의 우두머리란 사실을 모르는 사람은 아무도 없었던 것이다.

게다가 조정의 중신 중에서는 이때 개화당의 이름을 내세운 또 하나의 세력이 더 있었으니(그에 관한 얘기는 보류해두기로 하거니와) 그것이 또한 박규수의 발목을 잡기도 했고, 흥선군을 견제하는 세력으로서, 주상에게는 이때 흥인군 이최응을 전면에 내세울 필요성이 있었기에 그것이 또한 박규수의 승차를 가로막는 장애요인이 되고 있었던 것이었다.

그렇다고, 박규수가 영영 조정에서 발길을 끊은 것은 물론 아니었다. 주상이 대원군의 입궐을 막고 친정을 공표한 이후, 뒤에서 조용히 자신의 개혁정책을 보좌해줄 인물이 필요했던바, 그것이 박규수가 뒤로 물러앉게 된 진정한 이유인지도 모를 일이었다. 어쨌거나, 박규수가 조정 중신들의 관심에서 벗어난 것만은 사실이었다.

그랬는데, 여기서 주목받지 못하는 인물이 하나 있었으니 바로 운보 소옹이었다. 운보는 이때, 개화당의 인물들이 모두 풀려났음에도 금부의 옥사에서 한 발짝도 움직이지 못하고 있었다. 민규호의 당부 때문이었다.

"그 중놈은 보우라고 하는 늙은 중놈을 잡아들일 때까지 결코 방면해서는 안 될 것이야. 신철균이가 비록 자복했다고는 하나, 그 중놈들에게도 결코 혐의가 없는 것은 아닐 것이니…!"

"그러지 뭐 까짓거! 죽은 놈 소원도 들어준다는데, 그까짓 부탁 하나 못 들어줄까!"

물은 물대로 먹여놓고 인심이라도 쓰는 척 운보를 옥사에 가둬두고 있었던 것이었다. 그렇다고 운보의 신상에 관심을 기울이는 사람은 아무도 없었다. 운보가 의금부 옥사에 갇혀 있다는 사실조차 아는 사람이 아무도 없었기 때문이었다.

병조판서 민승호와 그의 어린 자식들, 그리고 서모인 한창 부부인의 장례는 아흐레 만에 치러졌는데, 이날의 운구행렬이야말로 장안의 화젯거리가 되고도 남음이 있었다. 부대부인과 대원군의 위상뿐만 아니라, 주상과 중전의 체면까지 더해지고 보니, 그것이 어찌 국상의 행렬보다 못할 일이겠는가. 운종가가 철시하여 장례행렬에 몰려나가 구경을 할 만큼 이날의 장례식은 참으로 희대의 구경거리가 아닐 수 없었던 것이다.

이날의 장례식을 이토록 요란스레 만든 것은 바로 대원군이었다. 이십여만 명의 도성 백성들 중에서 절반이 훨씬 넘는 백성들이 몰려나왔다고 했으니, 그것은 무엇인가 의도된 것임을 깨달아 모를 리 없을 일이었다.

그것이 어떤 의도였던 간에 이 희대의 장례식으로 인한 후유증으로 도성의 백성들은 한동안 흥분을 가라앉히지 못하고 있었다. 더러 어떤 사람들은 망인들에 대한 대원위의 인간적인 양심이라고도 하였으나 가장 그럴듯한 것은 신철균에 대한 관심이었다.

〈신철균이가 과연 진범일까? 대원군이 신철균에게 죄를 덮어씌운 뒤 사건을 흐지부지 넘기기 위해서, 장례식에 사람들의 관심을 집중하도록 만든 것이라고 하더라.〉

누가 생각해도 그것은 그럴듯한 추리였다. 대원군이라면 능히 그러고도 남을 인물이기 때문이었다. 덧붙여서 퍼져나가는 소문은 바로 중궁전에 대한 비난 여론이었다.

(중전이 무당에게 빠져서, 민승호를 앞세워 국정을 농단하려 하자, 대원위가 그 꼴을 두고 보지 못하여 민승호를 처단하였다더라.)

그랬는데 애꿎은 부부인까지 화를 입게 된 것이며, 결국에 이번 일을 자초한 것은 중전이라고 하는 결론이었다. 중전이 결론적으로 비난의 대상이 된 셈이었다. 참으로 소가 들어도 하품을 할 일이었으나 도성의 백성들치고 그 소문을 모르는 사람은 한 사람도 없었다.

그리하여 진장방의 무녀가 아예 대궐에 똬리를 틀고 들어앉아 있는데, 매일 같이 순화당에서 중전과 더불어 점괘나 뽑아 보고 있으며, 주상 역시 정무도 파하시고 자경전에 들어앉아 중전과 함께 지낸다는 것이 소문의 요지였다.

자경전은 바로 중전이 기거하고 있는 중궁전을 말하는 것이며, 순화당은 자경전과 복도로 연결되어 있는 부속 건물이기에 가능한 일이었다. 그런데, 그 순화당에 무당을 불러다 놓고 중전이 그곳에 눌러앉아 점괘나 뽑아 보고 있다는 소문이 어째서 도성의 백성들에게 퍼져나가고 있는지 모르겠으나 그 소문은 엄연한 사실이었다.

게다가, 그 소문의 진원지는 바로 중궁전이었다.

원래, 대전상궁이나 지밀상궁을 비롯하여 내시들에 이르기까지 대원위의 끄나풀에 연관되지 않은 사람은 궁중 안에 아무도 없었다. 그것은 흥선군이 주상을 대궐에 들여앉히면서부터 노력해온 결과였다.

그랬기에 흥선군 이하응은 대궐에서 일어나는 일들을 손금 들여다보듯 꿰뚫어 알고 있었다. 그래야만 어린 주상을 보호하여 왕실을 잘 이끌어 나갈 수가 있기 때문이었다. 결코, 대비전이나 대왕 대비전만 믿고 왕실을 맡겨둘 수는 없었던 것이다. 그것이 대비전으로부터 섭정의 자리를 빨리 빼앗아 올 수 있었던 방편이 되기도 했다.

또한, 궁중의 내시나 나인들로서도 자신들이 살아남을 수 있는 유일한 방도였다. 흥선군의 눈에 한 번 찍혔다 하면, 어느 귀신이 잡아가는지도 모르게 사라져버리는 것이 예사처럼 일어나고 있었던 것이었다.

그러므로 왕실의 주인은 명실공히 대원위였다. 그러한 사실을 모르고 있을 바보는 아무도 없었다. 자신들이 살아남기 위해서 대원위에게 충성을 하는 것은 너무도 당연했다. 그것이 주상께서 친정을 선포했다고 하여 달라질 것은 아무것도 없었다. 병조판서 민승호까지 폭사를 시켜서 죽여없애는 마당에 그깟 상궁 나인이나 내시 하나쯤 죽여 없애는 일이 무에 어려울 일이겠는가.

왕실 무당 초혜가 골방에 감금되었다가 풀려난 뒤 진장방으로 돌아가지 않고, 순화당에 눌러앉아 중전과 머리를 맞대고 밀담을 나누며 시간을 보내고 있는 것이 세간에 알려지는 것은 너무도 당연했다.

"내가 오늘도 애기보살이랑 함께 말벗이나 하며 시간을 보내려 하니 너희들은 아무도 내 뒤를 따라오지 말거라. 순화당의 복도는 이 상궁이 혼자서 지켜도 될 일이거늘!"

초혜가 골방에서 해방된 후 중전께서는 하루도 거르지 않고 순화당에서 애기보살 초혜와 시간을 보내고 있었다. 그 사실을 궁중에 있는 사람들이라면 아무도 모르는 사람이 없었다.

〈중전마마께서 무당에게 너무 빠져 계시는 것은 아닌지 몰라…!〉

대비나 대왕대비는 물론이요, 일개 무수리에 이르기까지 그것은 관심거리였다. 그러나 주상마저도 그것을 함께 즐기시며, 이제는 아예 밤낮을 가리지 않고 순화당에서 시간을 보내고 있음에 어느 누가 감히 대놓고 그 말을 입에 올릴 수가 있을 일이겠는가. 그랬기에 소문만 더 무성하게 퍼져나갈 뿐이었다.

초혜가 감금에서 풀려난 지도 닷새가 지났고, 부부인과 민승호의 장례식이 끝난 지도 이틀이 지나갔다. 그러니까 장례식이 있은 날이 섣달 초여드렛 날이요. 그 이틀 후면 바로 섣달 열흘이었다.

이날 야밤 삼경이 되어 주상과 중전께서 침수 들어 계시는 자경전과 그 부속 건물인 순화당에서 엄청난 폭발이 일어났다. 그 폭발로 인하여 애기보살이 머물고 있는 순화당은 아예 풍비박산이 나 버렸고, 그 바람에 자경전의 복도마저 몽땅 날아가면서 불길이 그만 중궁전을 몽땅 집어삼키고 말았다.

이날 따라 날씨도 매서워서 세상이 꽁꽁 얼어붙어 있었다. 중궁전이 불길에 휩싸여 있었으나, 물 한 바가지 끼얹지 못하고 있었던 것이다. 애기보살 초혜는 물론이요, 주상과 중전의 안위마저 장담할 수 없는 지경이었다.

게다가 바람마저 세차게 몰아치고 있어서 내시나 나인들 그 누구도 맹렬하게 타오르는 불길 속을 뚫고 주상과 중전을 구하겠다며 전각 안으로 뛰어드는 사람이 한 사람도 없었던 것이었다.

'행복에너지'의 해피 대한민국 프로젝트!

<모교 책 보내기 운동> <군부대 책 보내기 운동>

한 권의 책은 한 사람의 인생을 바꾸는 힘을 가지고 있
습니다. 한 사람의 인생이 바뀌면 한 나라의 국운이 바
뀝니다. 그럼에도 불구하고 많은 학교의 도서관이 가난
하며 나라를 지키는 군인들은 사회와 단절되어 자기계
발을 하기 어렵습니다. 저희 행복에너지에서는 베스트
셀러와 각종 기관에서 우수도서로 선정된 도서를 중심
으로 <모교 책 보내기 운동>과 <군부대 책 보내기 운동>을
펼치고 있습니다. 책을 제공해 주시면 수요기관에서 감
사장과 함께 기부금 영수증을 받을 수 있어 좋은 일에
따르는 적절한 세액 공제의 혜택도 뒤따르게 됩니다.
대한민국의 미래, 젊은이들에게 좋은 책을 보내주십시
오. 독자 여러분의 자랑스러운 모교와 군부대에 보내진
한 권의 책은 더 크게 성장할 대한민국의 발판이 될 것
입니다.

NAVER 선정
**베스트
셀러**

YouTube
구독자
60만명

제 3 호

감사장

도서출판 행복에너지
대표 권 선 복

귀하께서는 평소 군에 대한 깊은 애정과 관심을
보내주셨으며, 특히 육군사관학교 장병 및 사관
생도 정서 함양을 위해 귀중한 도서를 기증해
주셨기에 학교 全 장병의 마음을 담아 이 감사장을
드립니다.

2022년 1월 28일

육군사관학교장
중장 강 창 구